내게만 불친절한 당신에게

당신에게

II

•

틸리빌리 장편소설

동아

내게만 불친절한
당신에게 II

초판 1쇄 인쇄일 | 2022년 09월 26일
초판 1쇄 발행일 | 2022년 10월 06일

지은이 | 틸리빌리
펴낸이 | 박성면
펴낸곳 | (주)동아

출판등록 | 제406-3960100251002007000071호
주소 | 경기도 파주시 문발동 223-1 2층
전화 | (031)8071-5201
팩스 | (031)8071-5204
E-mail | bear6370@hanmail.net

정가 | 12,800원

ISBN 979-11-6302-613-6 (04810)
      979-11-6302-611-2 (set)

내게만 불친절한 당신에게

당신에게

II

틸리빌리 장편소설

동아

목   차

8장. 교차

이안은 자신과 헬렌을 훑어보는 아이샤의 청회색 눈이 커졌다가 천천히 원래 크기로 돌아오는 것을 보았다. 그것만이라면 이리 심장이 내려앉는 기분은 느끼지 않을 것이다. 하나 아이샤의 눈은 제 크기를 찾음과 동시에 감정까지 깨끗하게 지웠다.

이안은 숨조차 멈추고 아이샤를 바라봤다. 그의 시선을 느꼈는지 아이샤의 눈이 그를 똑바로 향했다. 두 사람의 시선이 허공에서 맞닿았다. 아이샤는 입술을 달싹여 무어라 하려다 그만뒀다. 그리고 이안에게서 시선을 거둔채 몸을 돌렸다. 느리지도 그리 빠르지도 않은 동작이 자연스러웠다.

"아이샤!"

이안은 주변에 다른 이들이 있다는 사실조차 잊은 채 아이샤를 부르며 몸을 곧장 앞으로 튕겼다. 그 반응 속도가 어찌나 빠른지 잘 훈련받은 기사에 필적할 정도였다.

"잠깐. 잠깐 기다려 봐."

하지만 모자랐다. 보는 것과 달리 제법 거리가 있었는지 아이샤는 이안의 손에 잡히지 않았다. 서 있는 다이앤과 소피아를 헤치고 그가 빠르게 걸음을 옮기며 손을 뻗었다.

얇은 손목이 당장에라도 잡힐 듯 가까워졌다. 닿을 듯 말 듯 한 뼘 좁은 간격, 이안의 얼굴에 안도가 차올랐다. 그러나 이안의 손가락이 아이샤에게 닿기 직전 강한 힘이 그를 밀쳤다.

퍽.

"이 개새끼. 넌 때릴 가치도 없다."

이안은 휘청일지언정 넘어지지 않았다. 그가 다시 아이샤를 쫓아가려다 꼿꼿이 서 있는 다니엘에게 다시 막혔다.

"오해야."

당장에라도 주먹을 내지르고 싶은 심정을 참은 채 이안이 다니엘에게 말했다. 다니엘은 오해라 말하는 이안에게 코웃음을 쳤다. 너무도 선명한 비웃음이 불쾌할 법도 했건만 이안은 다니엘에게는 시선을 주지 않았다. 그는 다니엘의 어깨 너머로 멈춰 선 채 고개 숙인 아이샤에게만 눈길을 던질 뿐이었다.

"다니엘, 비켜. 오해라 말했어."

"무슨 오해? 내 눈으로 이안 네가 저 여자랑 입 비비고 있는 꼴을 봤는데 무슨……. 윽!"

이안의 인내심이 끊어졌다. 그는 빈정거리는 다니엘을 세게 밀치고 그대로 달렸다. 무슨 이유에서인지는 몰라도 잠시 멈춰 선 아이샤가 성큼성큼 다가오는 그를 보고는 얼굴을 굳히며 다시 걸음을 떼려 했다.

"아니야."

그러나 이번에는 이안의 손이 먼저였다. 아이샤의 손목을 붙든 그가 아이샤를 당기더니 고개까지 저었다. 아이샤는 이안과 눈 마주치길 한사코 거부했다. 그녀는 이안에게서 벗어나려 잠시 힘을 줬다 금세 포기하고는 고개를 모로 틀어 버렸다.

"내 말 들어 봐. 설명할 수 있어. 어떻게 된 거냐면⋯⋯."

"이게!"

이안이 미세하게 떨리는 목소리로 변명을 시작했다. 하지만 그새 쫓아온 다니엘이 그의 손을 여동생의 손목에서 떼어 냈다.

"넌 빠져, 다니엘!"

아이샤가 다니엘의 등 뒤로 사라지자 이안이 목소리를 높였다. 감정을 주체 못 하는 그의 모습에 다니엘이 어처구니없다는 듯 헛웃음을 흘리다 주먹을 쥐었다.

"그만 집에 가자, 오빠."

힘이 들어간 다니엘의 주먹을 작은 손이 꼭 붙잡았다. 당장에라도 팔을 들어 올릴 듯 험악한 분위기를 일렁이던 다니엘이 여동생의 말에 주먹에서 힘을 풀었다. 그가 이안을 잠시 노려보다가 몸을 돌렸다.

"아이샤. 내 말 듣고⋯⋯."

"손 치워, 이 자식아."

아이샤 남매가 걸음을 옮기자 이안이 뒤쫓아 가 아이샤의 어깨를 쥐려 했다. 그러나 그의 손은 다니엘에게 또다시 막혔다. 이안은 거세게 내쳐진 손에도 포기하지 않은 채 아이샤의 뒤를 따랐다. 포기를 모르는 그의 모습에 아이샤가 작은 한숨과 함께 멈춰 서더니 몸을 돌리지 않은 채 이안에게 말했다.

"할 말이 있으면 나중에 했으면 좋겠어. 오늘은 너랑 대화할 기분이 아니야."

화난 목소리도 아니요, 그렇다고 슬픈 목소리도 아니었다. 아이샤의 목소리에는 지친 기색만 조금 묻어날 뿐 그 외에는 아무런 감정이 없었다.

한데 이상한 일이었다. 아이샤의 목소리를 듣기 무섭게 이안은 그녀를 쫓아갈 힘을 잃고 말았다. 뻗었던 팔을 내린 그가 제자리에 서서 아이샤의 조그마한 등을 쳐다봤다. 고개를 아주 약간 뒤로 돌린 아이샤가 끝내 이안을 보지 않은 채 단정한 걸음을 옮겼다. 곧 깔끔히 정돈된 관목담 뒤로 남매의 모습이 사라졌다.

아이샤의 모습이 완전히 사라지자 이안은 가만히 선 채 한 손으로 눈을 가렸다. 덜덜 떨리는 손이 그가 지금 공포마저 느끼고 있다고 알려 줬다.

"아……."

아무 생각도 떠오르지 않는 머릿속. 이안은 시야를 가렸음에도 눈앞에 어른거리는 아이샤의 얼굴에 침음을 뱉으며 고개를 떨궜다.

* * *

덜컹거리는 마차 안, 다니엘은 시끄러운 속내에 괴로워하고 있었다.

'그 자식 일부러 그런 건 아닌 거 같은데…….'

이안의 앞에서는 내색하지 않았으나 다니엘이 본 광경은 어딘지 어색했다. 분노와 경악이 여실히 드러나는 이안의 표정, 그에 반해 즐거워 보이는 헬렌의 얼굴, 게다가 그 자리에 가기까지의 과정. 모든 게 부자연스러웠다.

'알 게 뭐야. 결론은 이안 자식이 그 사생아랑 입술인지 얼굴인지를 비비고 있었다는 건데.'

고개를 거칠게 내저은 다니엘이 저도 모르게 한숨을 쉬었다 맞은편에 앉은 아이샤를 보고는 입매를 일자로 다물었다. 아이샤는 마차에 탄 후로 단한 마디 말도 하지 않았다. 다니엘은 마차 밖을 바라보는 여동생의 모습에 이안에게 또 한 번 소리 없는 욕설을 날렸다.

'개새끼!'

그러나 찜찜한 속은 여전했다. 결국, 갈등하던 다니엘은 발을 뻗어 여동생을 툭툭 건드렸다. 아이샤가 그제야 다니엘 쪽으로 고개를 돌렸다. 창백한 여동생의 얼굴에 다니엘은 온실 벽을 장식하고 있던 마른 꽃을 떠올리며 입술을 한번 질끈 물었다가 입을 열었다.

"……내가 이런 말 하는 거 어떻게 들릴지는 모르겠는데 아까 그거. 이안 놈이 일부러 그런 건 아닌 거 같아."

"……."

"자세도 그렇고 이안 그 새끼 얼굴도 그렇고……. 무엇보다 그 노친네가 우리를 데려갔을 때부터 뭔가 이상했어. 그러니까……."

"나도 알아, 오빠."

아이샤가 고개를 끄덕이며 다니엘의 말을 가로챘다. 알고 있다는 아이샤의 말에 다니엘이 멍청한 얼굴을 했다.

"어?"

"어떻게 모르겠어. 나도 눈이 있는데."

다니엘과 마찬가지로 아이샤도 목격한 상황이 부자연스럽다는 것 정도는 눈치챘다. 하지만 그렇다고 이안의 말을 곧이곧대로 듣고 싶지는 않았다.

'……내가 싫다고 하면 날 위해서 헬렌 양이 여기에 못 드나들게 해 줄 수 있는 거잖아. 우리 약혼식에 그녀가 오지 못하게 해 줄 수 있었잖아. 날 배려할 수는 없었어?'

'……헬렌 양이 여기 드나드는 거 싫어. 네 이름 친밀하게 부르는 것도 싫어.'

헬렌 그 여자를 두고 지금껏 얼마나 여러 번 이안에게 말했던가. 아이샤는 이안과 헬렌의 관계로 수도 없이 상처받았고 아주 많은 눈물을 흘렸다.

'난 내기에서 이겨 기분이 썩 좋아. 받을 것이 꽤 크거든. 그러니 웃어. 아이샤. 내가 기쁘니 너도 기쁠 텐데 아닌가?'

'……우리 아직 결혼한 사이 아니야. 약혼만 한 거지.'

게다가 헬렌의 일을 제외하고도 이안은 그녀에게 신뢰를 주지 못했다. 항상 제멋대로에 누구보다 그녀를 아프게 한 당사자. 그에게 수도 없이 찔린 아이샤는 과거에 이안을 어떻게 믿었나 자신에게 되물을 정도였다.

"……힘들어. 너무 지쳐."

속으로 말한다는 것이 입 밖으로 툭 튀어나왔다. 동시에 무표정했던 아이샤의 얼굴이 흐려지며 무미건조한 하늘색 눈에서 눈물이 한 방울 툭 떨어졌다. 여동생의 뺨을 가로지르는 눈물에 다니엘은 아무 말도 할 수 없었다. 그는 그저 품에서 손수건을 꺼내 아이샤에게 내밀었다.

"고마워."

아이샤의 눈물은 그 한 방울이 끝이었다. 젖은 눈가 정도만 닦아 낸 그녀가 손수건 꼭 쥐고는 오라비를 향해 옅지만 분명한 웃음을 보였다. 다니엘은 울다가 웃는 여동생을 놀려 줄까 아주 잠시 고민했지만, 곧 그럴 때가 아니라 판단하고는 진지한 얼굴로 아이샤에게 물었다.

"이제 어쩔래?"

"……."

"이안이랑 파혼할 거야?"

"……."

아이샤는 다니엘의 물음에 침묵으로 일관했다. 그 모습을 보자 다니엘은 속에서 다시 열불이 뻗치는 걸 느꼈다. 이안 앞에서 냉랭히 몸을 돌리면 뭐하나. 가장 중요한 결정에 이르러서는 항상 이 꼴인데. 분을 참지 못한 그가 목소리를 높였다.

"그러고 보니 너 아까 잘 가다가 멈춰 섰지? 혹시나 이안 기다린 거 아니야?"

"……오빠 기다린 거야."

"거짓말하지 마! 내가 그 말을 믿을 거 같아? 아, 다 모르겠고 너 내 입막을 생각 하지 마. 나 오늘 내 눈으로 보고 들은 거 전부 아버지, 어머니, 그리고 에드워드 형한테도 말할 거야. 알았어?"

다니엘이 어깃장을 놓으며 팔짱을 꼈다. 아이샤는 그런 오라비를 잠시 바라보다 고개를 끄덕였다.

"그래."

"뭐?"

"그렇게 해, 오빠."

아이샤의 답에 오히려 다니엘이 당황했다. 그가 팔을 풀고 동그랗게 변한 눈으로 아이샤에게 설명을 요구했다.

"알다시피 난 이안 이야기에는 중심을 못 잡잖아. 내가 판단을 못 내리면 주변 말이라도 들어야지."

오라비의 눈빛이 부담스러운지 아이샤가 고개를 모로 틀어 밖을 바라보며 조곤조곤한 목소리로 말했다. 체념이 묻어나는 말투에는 힘이 하나도 없었다.

"어……. 그래. 잘 생각했다."

괜스레 무안해진 다니엘이 아이샤의 눈치를 보다 그녀와 마찬가지로 시선을 마차 밖으로 돌렸다. 빠르게 지나가는 풍경은 늦가을을 담고 있었다. 겨울을 향해 가는 계절이 어딘지 쓸쓸했다. 그러나 여동생의 얼굴만큼은 아니었기에 다니엘은 파든가에 도착할 때까지 밖을 바라봤다.

* * *

"헬렌 양은 지금 당장 후작저를 나가는 게 좋겠어요."

이안이 아이샤 남매를 쫓기 무섭게 다이앤이 헬렌에게 말했다. 구겨진 드레스를 정돈하던 헬렌도 같은 생각인지 고개를 끄덕였다.

"저쪽 길로 나가면 이안을 피해 마차를 탈 수 있을 거예요."

"네, 그럼 다음에 뵙죠."

다이앤이 이안이 사라진 길 반대편을 가리키자 헬렌은 곧장 움직였다. 그녀도 알았다. 지금 다시 이안을 마주했다가는 정말 좋은 꼴 못 본다는 것을.

헬렌이 도망치다시피 걷자 하얗게 질려 있던 소피아가 그제야 정신을 차리고 몸을 움직였다. 그러나 헬렌은 그사이 완전히 사라져 더는 보이지 않았다.

"소피아."

그런 소피아를 잠시 바라보던 다이앤이 그녀를 불렀다. 넋이 나간 채 헬렌이 사라진 방향을 보고 있던 소피아는 조모의 목소리에 어깨를 움찔거리며 몸을 돌렸다. 소피아의 녹안에는 지금 이 상황에 대한 떨떠름함이 가득했다.

"성공이구나. 그렇지?"

"네?"

알아듣지 못할 조모의 말에 소피아가 멍청한 표정으로 반문했다. 다이앤은 그런 소피아를 향해 인자한 웃음을 지었다.

"저런. 우리 순수한 소피아. 내 손녀. 충격이었나 보구나. 하긴 입맞춤은 좀 지나쳤지?"

그걸 좀 지나친 일이라 치부할 수 있을까? 아이샤를 싫어하는 소피아였지만 이성은 아이샤의 편을 들고 있었다. 소피아가 아무 대꾸 없이 있자 다이앤이 손녀의 손을 꼭 잡으며 어린아이를 달래듯 부드러운 목소리로 말했다.

"소피아, 넌 착한 아이니까 방금 일에 눈살을 찌푸릴 수 있어. 하지만 이렇게 생각해 보면 어떨까?"

"……."

"우리는 항상 이안과 헬렌 양이 같은 마음이라 확신했지. 한데 네 오라비이안은 좀 고지식한 부분이 있잖니. 그런 사람들은 대개 큰 충격을 겪어야 딱딱하게 굳은 사고를 깬단다. 방금 전 일로 이안도 이제 자신의 진실한 마음에 한발 다가갔을 거야."

다이앤은 '우리'라는 단어를 강조했으나 소피아는 평소처럼 쉽사리 고개를 끄덕이지 못했다. 그녀의 속마음이 계속해서 아니라고 외친 탓이었다.

'……오빠가 정말 헬렌에게 마음이 있을까? 아이샤를 그렇게 쫓아갔는데?'

헬렌에게 마음이 있다면 이안이 그리 행동했을까? 이안의 마음에 자신이 있다면 헬렌이 저리 도망치듯 사라졌을까?

그러나 이안이 헬렌에게 마음이 있는 게 아니라면……. 소피아의 머릿속에 어릴 적 외로움에 눈물지었던 기억들이 속속히 떠올랐다. 딸을 아끼는 부모와 다정한 오라비들, 거기에 이안의 관심까지 가져간 아이샤…….

'아이샤 너 싫어! 왜 다들 너만 좋아해?'

'소피아 그게 무슨……앗!'

'너 따위 싫어! 너무 싫어!'

'이게! 남의 여동생한테 무슨 짓이야!'

어린 날, 아이샤를 밀어 넘어뜨렸다가 다니엘에 의해 진흙 웅덩이에 엉덩방아를 찍은 기억이 새록새록 떠올랐다. 그날 부모가 생전 마지막으로 선물해 줬던 분홍색 드레스는 세탁으로도 복원이 되지 않을 만큼 망가졌더랬지.

하지만 아서를 제외하고는 누구도 소피아를 달래 주지 않았다. 거기까지 생각한 소피아가 주먹을 꽉 쥐어 차오르는 눈물을 참았다.

"그리고 확실히 보여 주는 게 아이샤 양에게도 좋은 거란다. 어영부영 오랜 시간 상처 주는 것보다야 이편이 훨씬 낫지."

그런 소피아를 향해 헬렌이 다시금 동의를 구했다. 소피아는 자신에게 인자한 미소를 주는 다이앤을 잠시 바라보다 결국 천천히 고개를 끄덕였다.

"……네. 할머니 말씀이 맞아요."

소피아가 동의하자 다이앤이 웃으며 잡고 있는 그녀의 손을 마사지하듯 살살 주물렀다. 주름진 손이 따뜻한 온기를 전하자 소피아는 마음이 조금은 편안해지는 것을 느끼며 조모를 향해 마주 미소 지었다.

'그래. 내 편은 할머니와 헬렌이야. 한데 내가 두 사람과 다른 생각을 할 수는 없잖아?'

내 편이라는 단어를 속으로 되뇐 소피아가 꺼림칙한 기분을 억지로 지웠다. 하지만 목에 걸린 가시처럼 한편에 자리한 불편함과 답답함은 여전했기에 그녀의 미소에는 어색함이 맴돌았다.

"……할머니, 저 좀 꼭 안아 주실래요?"

계속 내려가는 입꼬리를 간신히 유지한 채 소피아가 다이앤에게 말했다. 다이앤은 뜬금없는 손녀의 부탁에 잠시 의아한 낯을 했으나 곧, 잘 꾸며진 표정과 함께 팔을 넓게 벌렸다.

"물론. 우리 아가."

다이앤의 품을 파고들며 소피아가 눈을 꼭 감았다. 다이앤은 눈을 감은 소피아를 향해 잠시 거추장스럽다는 듯 차가운 눈빛을 보내다 헬렌이 사라진 방향으로 고개를 돌렸다.

'시간도 얼마 없고……. 그 사생아 계집이 무슨 일을 꾸미든 빨리 제 몫을 해내야 할 텐데.'

헬렌이 사라진 관목 위로 저무는 해가 그림자를 서서히 넓히고 있었다. 그 모습에 초조함이 일어난 다이앤이 입술을 살짝 문 채 아래로 시선을 내렸다. 그러자 발치의 녹색 잔디 사이로 보라색의 작은 들꽃이 빼꼼 모습을 드러낸 게 보였다.

꽃을 본 다이앤의 얼굴에 섬뜩한 빛이 맴돌았다. 그녀가 발을 살짝 들어 들꽃을 신발로 짓뭉개며 속으로 중얼거렸다.

'……내 아이들에게 제 몫은 찾아 줘야지.'

* * *

마차에 탔을 때 헬렌의 숨은 거칠어져 있었고 그녀의 벨벳 구두는 흙과 말라비틀어진 잔디로 더러워져 있었다. 헬렌은 도망자처럼 헐레벌떡 마차에 탄 자신의 꼴을 생각하다 모멸감에 몸을 떨며 읊조렸다.

"……다들 두고 보라지. 난 무슨 수를 써서라도 후작 부인이 될 거야."

그러나 입 밖으로 꺼냈다 한들 마땅한 방법이 떠오르지 않았다. 아이샤 그 계집에게 이안과 붙어 있는 꼴을 보여 속은 시원했지만, 덕분에 이안의 적대심이 강해질 것은 자명했기 때문이다. 게다가 이런 일을 벌였으니 다이앤과 소피아도 더는 그녀를 후작가로 초대하지 못할 게 뻔했다.

"흥! 됐어. 어차피 그 너구리 같은 늙은이나 소피아나 지금껏 제대로 된 도움을 못 줬는걸. 하여간 쓸모없는 것들!"

답답함에 소피아는 괜스레 다이앤과 소피아를 욕하며 발을 굴렀다. 흥분을 이기지 못해 씩씩거리는 숨소리가 마차 안에 울렸다.

"하아……."

한참 가슴께를 들썩이던 헬렌이 진정하려는 듯 한숨을 쉬며 손을 들었다. 그리고 두통을 이기기 위해 이마에 손가락을 가져다 댔다.

"훗!"

손가락 마디 아래 차가운 금속의 감촉이 더운 피부에 닿았다. 갑작스러운 냉기에 어깨를 움찔 떤 헬렌이 무언가 생각난 듯 제 손을 내려 바라봤다.

'……맞아. 내겐 오라비가 있었지.'

그녀의 왼쪽 손가락에는 세 개의 반지가 있었다. 그러나 다른 것들은 두 번째 손가락을 차지한 화려한 반지에 가려 빛을 잃었다.

'일이 이렇게 된 거 아껴 둔 패를 써야지.'

헬렌이 왼손 검지에 낀 반지를 만지작거리며 눈을 교활하게 번뜩였다. 동시에 헬렌의 반지 속, 웅크린 사자도 당장에라도 포효할 듯 치켜뜬 눈을 반짝 빛냈다.

* * *

제국에서 가장 고귀한 부부인 황제와 황후가 머무는 중앙궁은 이른 아침부터 고성으로 시끄러웠다.

"당신이 왜 간섭이야!"

"그걸 말이라고 해요?"

아무리 높은 신분의 귀족, 아니 황자 황녀라 한들 중앙궁에서 함부로 큰소리를 낼 수 없었다. 그러나 지금 고함치는 이는 이 궁의 주인들이었다. 때문에 궁인들은 숨을 죽인 채 몸만 벌벌 떨 뿐이었다.

"내가 내 여식 좀 부른다는데 당신이 무슨 상관이야?"

"그동안 당신이 그 사생아 뒤 봐준 거 내가 모를 줄 알아요? 몰라서 지금 껏 아무 말도 하지 않은 줄 아느냐고요."

"그러니까 당신이 무슨 상관이냐고! 내 여식 내가 좀 돌본다는데!"

그래도 어느 정도 차분한 황후에 비해 황제는 많이 흥분한 모양새였다. 얼굴을 시뻘겋게 붉힌 그는 황후가 입을 열 때마다 발을 굴렀다.

"그 사생아한테 금전적인 지원해 준 것도, 귀족들을 시켜서 은밀히 사교 계에 자리 마련해 준 것도, 건국제 연회에 모습을 드러내게 한 것도 눈감고 넘겼어요. 하지만 황궁으로 부르겠다니. 그건 안 돼요."

날뛰는 황제와 달리 황후는 꼿꼿한 자세로 남편을 노려봤다. 하나하나 짚고 넘어가는 아내의 목소리에 황제가 또 한 번 고함을 질렀다.

"당신 그만하지 못해! 황제인 내가 그렇게 한다잖아!"

황제의 직위를 들먹이자 황후가 처음으로 입을 닫았다. 그러나 그건 두려워서가 아니었다. 황후의 얼굴이 경멸과 함께 더욱 시리게 변했다. 그녀가 한심하다는 듯 한숨을 내쉬고는 차가운 목소리로 일갈했다.

"그렇게 애틋한 자식이면 옛날부터 끼고 살지 그랬어요? 갓난쟁이를 그여자랑 같이 쫓아낼 때는 언제고 이제 와 왜 이러는 거예요?"

헬렌의 어미, 셀린느가 대화에 올랐다. 황제는 1년 정도 함께했던 정부의 존재를 상기하고는 미간을 팍 구긴 채 또다시 고함을 치려 했다. 그러나 곧 황제는 무언가 떠올리고는 잠시 입을 닫고 입술을 씰룩였다. 그리고 창밖,

타국의 사신들이 머무는 푸른 지붕의 별궁을 잠시 노려보다 빈정거리기 시작했다.

"그걸 말이라고 해? 그때는 당신이 더 좋았으니까."

"뭐라고요?"

"카르나 당신은 젊고 예뻤지. 게다가 당시에는 당신 오라비가 세인트 왕국 왕이었고 말이야."

고국의 이름이 나오자 이번에는 황후의 미간이 좁아졌다. 시저 제국에서 조금 떨어진 세인트 왕국은 현재, 황후의 아픈 손가락이었다.

"하지만 지금은 아니지. 당신은 더 이상 아름답지도 젊지도 않아. 게다가 지금 세인트 왕국의 왕은 당신이랑 사이 나쁜 이복동생이잖아? 덕분에 세인트 왕국 사이에서 보는 이득도 전만큼 크지 않지. 아니, 오히려 손해야. 그런데 내가 왜 예전처럼 당신 눈치를 보겠어?"

카르나가 결혼할 때만 해도 세인트 왕국의 왕은 그녀와 사이가 좋았던 동복 오라비였다. 그러나 오라비가 늘그막에 얻은 어린 딸 하나만을 남기고 급사한 뒤 세인트 왕국의 왕위는 카르나와 사이가 나쁜 이복 남동생에게 돌아갔다.

'왕위에 오르는 조건이 그러하지 않았습니까. 조카이자 태자이신 왕녀님께 다음번 왕위를 주겠다는 약속을 어기시지는 않겠지요?'

하나 현재 세인트 왕은 자식에게 왕위를 물려줄 수 없는 왕이었다. 적자가 아닌 그가 왕위를 차지할 수 있었던 명분은 너무 어린 조카딸을 대신한다는 것 하나뿐이었고 때문에 그는 왕위를 차지하기 전 조카딸에게 왕위를 물려줘야 한다 약속을 해야 했다.

물론 왕은 약속을 지킬 생각이 없었다. 왕관은 차지하고 나면 쉽게 양보할 수 없는 물건. 왕위를 차지하기 무섭게 그는 시시각각 어린 조카딸을 노렸다. 그러나 적통 왕녀에게 충성스러운 세력, 나아가 출신으로 인한 약한 지지 세력 등으로 세인트 왕의 바람은 이뤄지지 않았다. 거기다 아주 막강한 존재가 조카딸을 비호하고 있었으니 그는 다름 아닌 카르나 황후였다.

카르나는 대륙에서 가장 큰 영향력을 가진 시저 제국의 황후로 황제의 묵인 아래 고국의 귀족 세력에 은밀히 영향력을 끼쳤다. 덕분에 그녀의 조카딸은 태자로서 자리와 목숨을 지킬 수 있었다.

황제 또한 그 사실을 알았기에 부러 세인트 왕국 이야기를 꺼낸 것이다. 아니나 다를까 고국 이야기가 나오기 무섭게 황후의 입술이 일자로 다물렸다. 그 모습에 황제가 의기양양하게 고개를 쳐들고 말을 이었다.

"카르나. 난 이 시저 제국의 황제야. 내 말이 곧 제국의 법이지."

"······."

"당신이 황후라고 예외는 아니야. 그러니 내 그늘에서 지금처럼 편안히 살고 싶으면 조용히 있어."

황제의 말을 가만히 듣는 듯싶었던 황후의 눈에서 불꽃이 튀었다. 그녀는 황제의 눈을 똑바로 노려보며 짓씹듯 답했다.

"싫어."

"뭐?"

"싫다고, 로이저."

황후의 기세에 황제는 잠시 주춤했다. 몇십 년을 함께하는 동안 아내가 저런 눈을 하는 일은 한 손에 꼽다시피 했기 때문이다.

"당신도 그때처럼 젊지도 잘생기지도 않았어. 가린다고 매일같이 가리지만 다 늙어서 볼품없어진 그 배를 보라고. 그리고 당신 말에 네네, 하며 애교 떨 여자를 원하면 당신이 끼고도는 그 사생아 어미나 데려와 옆에 앉혀. 안 말리니까."

"내, 내가 왜? 그 여자는 당신보다도 볼품없잖아. 어찌나 헤픈지 이 남자 저 남자 만나고 다니는 데다 지금은 다 늙어 화장으로 그 지저분한 삶을 겨우 연명이나 하고 있지. 한데 카르나! 당신이 나한테 그렇게 말하면 안 되는 거 아냐?"

작아진 목소리로 말을 더듬던 황제가 그런 자신의 모습에 울컥했는지 마지막에 가서는 다시 소리를 높였다. 그리고 황후에게 손가락질하며 목에 핏대를 세웠다.

"사생아가 생긴 것도, 사생아 때문에 내가 이렇게 번거로운 것도 어찌 보면 다 당신 탓이야!"

"……."

"내가 더러운 사생아를 왜 갖게 됐는데. 그 여자는 당신의 시녀였어. 당신이 불쌍하다고 거둬들인 계집이 몰래 내 침대로 기어들어 온 거라고!"

틀린 말은 아니었다. 헬렌의 어미 셀린느는 본디 황후의 먼 외사촌으로 제국으로 시집와 남편에게 학대당하던 불쌍한 여인이었다.

'내 옆에서 지내렴. 그럼 안전할 거야.'

황후는 멍을 달고 사는 외사촌을 동정해 제 시녀로 들였다. 하지만 그건 최악의 선택으로 돌아왔다. 셀린느가 황제와 황후가 큰 다툼을 벌인 날 술 취한 황제의 침실에 숨어든 것이다.

'죄송해요. 하지만 어쩔 수 없었어요. 황제 폐하께서……. 흑.'

셀린느는 하룻밤 동침으로 아이를 가졌고 천으로 부푼 배를 더 이상 가릴 수 없게 되자 영악하게도 귀부인들과 임신 축하 파티를 즐기고 있는 황후에게 울면서 그 사실을 고했다. 큰 다툼으로 틀어졌다가 겨우 화해했던 황제 부부는 셀린느의 임신으로 다시 크게 싸웠고 카르나는 이제 막 부풀기 시작한 배를 부여잡고 자레드 황자와 함께 중앙궁을 떠났다.

황제는 중앙궁을 떠난 황후를 비난하며 홧김에 셀린느를 정부로 삼았다. 물론 후에 캐서린 황녀가 태어나고 황제 부부가 화해하자 셀린느는 황제의 차가운 명 아래 헬렌과 함께 제국을 떠나야 했지만 그렇다고 해서 사생아의 존재가 사라지는 것은 아니었다.

사생아의 존재가 황제도 미안했는지 그는 지금껏 황후의 눈치를 보며 헬렌의 존재를 거의 무시했다. 그러나 무슨 심경의 변화가 생겼는지 그는 갑작스레 태도를 바꿔 헬렌을 황궁으로 부르겠다며 고집을 피웠다.

"……로이저. 당신 말에 넘어가는 게 아니었는데. 그때 당신을 선택한 건 내 생에 가장 큰 잘못이었어!"

사생아가 생긴 것도 자신의 탓을 하자 참지 못한 카르나가 고함을 지르며 그 옛날, 셀린느의 임신으로 싸웠을 때와 같은 말을 뱉었다. 그러자 황제의 눈이 순간 더없이 차가워졌다.

"그럼 당신 딸……."

황제는 황후에게 무언가 말하려다 입을 닫았다. 그리고 창밖 푸른 지붕의 별궁에 다시 한번 시선을 줬다.

"황후."

황후가 황제의 시선을 따라 창밖으로 눈을 돌릴 때였다. 황제가 엄숙한 목소리로 그녀를 부르더니 지금까지와는 사뭇 다른, 선을 그은 듯한 태도로 말했다.

"사생아든 뭐든 난 내 핏줄을 지금이라도 챙겨 줄 거요. 그러니 주제넘게 간섭 마시오."

황제가 또다시 권위를 내세워 자신을 짓누르려 한다는 생각에 황후가 입을 열려고 했다. 그러나 그녀가 입을 제대로 열기도 전 황제가 으름장을 놓았다.

"이 문제로 더 이상 내 심기를 건드리면 세인트 왕국에 있는 당신 조카딸에 대한 보호를 거두겠어. 그러니 그만해, 카르나. 경고야."

황제가 협박의 수단으로 조카딸을 내뱉자 카르나가 주먹을 꾹 쥐더니 이를 갈았다. 그리고 이내 몸을 홱 돌려 방을 가로질렀다.

쾅.

큰 소리를 내며 닫힌 문에 궁인들이 어깨를 움찔거렸다. 카르나는 신경 쓰지 않은 채 숨을 골랐다.

"……어머니."

그런 그녀 위로 그림자가 졌다. 평소라면 반가워할 목소리였지만 카르나는 목소리를 듣기 무섭게 눈을 매섭게 치켜떴다. 한 번도 보지 못한 어미의 눈길에 그림자의 주인, 자레드가 주춤거렸다. 카르나는 자신을 닮은 진녹색 눈을 원망스레 노려본 뒤 곧장 걸음을 옮겼다.

차마 어미를 따라가지 못한 자레드가 제자리에 서서 고개를 푹 숙이고 있다 한참 만에 몸을 돌렸다. 그러나 무거운 발걸음을 얼마 옮기기도 전 누군가 그를 향해 달려들었다.

"이 자식!"

퍽!

둔탁한 소리와 함께 사내의 묵직한 주먹이 자레드의 얼굴에 박혔다. 자레드는 휘청이다 그대로 넘어져 바닥에 주저앉았다.

"네가 어떻게 어머니께 이래! 응? 말 좀 해 봐!"

황제가 헬렌을 황궁에 부른 표면적인 이유는 아비를 향해 구구절절한 마음을 전한 그녀의 편지 때문이었다. 그리고 그 편지의 전달자는 다름 아닌 자레드였다. 황후의 눈치를 살피느라 지금껏 누구도 전달하지 못한 편지를 그녀의 자식인 자레드가 직접 전하다니. 윌리엄은 남동생을 용서할 수 없었다.

"일어나. 이 자식아!"

힘을 빼고 주저앉아 있는 남동생의 멱살을 윌리엄이 붙잡았다. 그러나 다시 한번 자레드를 내려치기 위해 주먹을 쥔 그는 이내 손에 힘을 풀고 말았다. 자레드의 얼굴은 윌리엄 못지않게, 아니, 그보다 더한 감정으로 일그러져 있었다.

결국, 윌리엄은 주먹을 완전히 푼 채 남동생에게 말했다.

"말해. 무슨 일이야."

* * *

날이 갈수록 해가 짧아졌다. 이르게 찾아온 저녁에 마리사는 하녀에게 촛대를 몇 개 더 꺼내라 이르며 백작 부부가 공용으로 사용하는 거실 카우치에 앉았다. 그녀의 왼손에는 제법 두툼한 종이 뭉치가 있었다. 마리사는 뻑뻑한 눈을 깜빡여 침침한 시야를 바로 한 뒤 곧장 서류를 읽어 내려갔다.

서류에는 주방에서 사용하는 감자의 양부터 사용인들의 임금, 나아가 저택의 수리까지 집안 이곳저곳에 쓰이는 크고 작은 비용이 빽빽하게 적혀 있었다. 마리사는 감자 한 톨의 가격까지 빼놓지 않고 점검하며 서류에 집중했다.

"마리사."

얼마쯤 그러고 있었을까. 마리사 뒤로 그레이엄이 그녀를 부르며 다가왔다. 집중하느라 문 열리는 소리도 듣지 못했던 마리사는 놀랐는지 몸을 움찔거리다 목소리의 주인공이 남편임을 깨닫고 한숨을 쉬었다.

"오늘은 그만합시다. 그렇게 서류만 보다가는 눈이 더 나빠질 거요."

그레이엄이 마리사의 어깨를 자연스레 주무르며 말했다. 그가 이 시간에 마리사의 어깨를 주물러 주는 일은 이제 습관과도 같았다. 그러나 마리사는 남편의 손길이 평소와 달리 어딘가 어수선하다는 것을 대번에 알아차렸다.

'……이 인간이.'

마리사가 뒤를 돌아 남편의 얼굴을 봤다. 창밖을 걱정스레 보고 있던 그레이엄은 갑작스레 제게 박힌 아내의 시선에 잘못한 일을 들킨 것처럼 화들짝 놀랐다.

마리사는 그런 남편의 태도에 인상을 찌푸리다 한숨을 쉬었다. 그리고 밖에 있을 하녀를 불렀다.

"차를 가져오렴."

파든 백작 부부는 잠자리에 들기 전 짧게나마 티타임을 가지고는 했다. 보통 그 시간에 그들은 사업이나 가문의 이야기가 아닌 자녀들이나 서로에 관한 이야기를 나눴다.

"부인, 여기 있습니다."

"고마워. 너도 이제 들어가 쉬렴."

심신을 편안히 해 주는 차향이 은은했다. 마리사는 금박을 두른 얇은 찻잔에 옅은 색의 차를 따르고는 그레이엄 앞으로 밀었다.

"자, 마셔요."

"응? 어……. 알겠소."

그레이엄이 차를 받아 들자 마리사는 자리에서 일어나 창문으로 성큼성큼 다가갔다. 그러고는 창밖을 보며 미간을 구기더니 커튼을 소리 나게 확 쳐 버렸다. 조마조마한 눈으로 창밖을 응시하고 있던 그레이엄이 아내의 행동에 고개를 숙였다.

"……."

"……."

그 후, 부부의 티타임은 평소와 달리 침묵으로 일관되다 침묵으로 끝났다. 따뜻한 차를 다 마신 마리사가 찻잔을 내려놓고 자리에서 일어나 침실로 향하자 진즉 차를 다 마신 그레이엄도 주춤거리며 그 뒤를 따랐다.

티타임 내내 침묵을 지키던 그였지만 사실 그의 입술은 몇 번이고 살짝 열렸다 다시 다물렸다.

"여기 매듭 좀 풀어 줘요."

침실에 들어선 마리사가 등 뒤로 꽉 묶인 매듭을 보이며 뒤따라온 그레이엄에게 부탁했다. 침실 입구에서 무언가 고심하던 그레이엄은 아내의 말에 잠깐 머뭇거리다 곧 무언가 결정한 듯 결연한 표정으로 마리사의 등 뒤에 섰다.

"저……. 마리사. 나 할 말이 있는데."

"……."

"겨울이 다가와 날씨가 춥다오. 아직 밖에 있는 거 같은데 일단 들어오라 하고……."

"내일 하도록 해요. 피곤하네요."

마리사는 뒤에서 들리는 그레이엄의 말을 단칼에 자르며 옷차림을 편안히 했다. 그리고 침대 안으로 들어가 이불을 턱까지 올렸다. 그레이엄은 말조차 붙이지 못하게 하는 마리사를 보며 어찌할 바를 모른 채 서 있다가 깊은 한숨을 쉬었다.

"거기서 그러고 있지 말고 빨리 자요. 내일 새벽에 일어나야 하잖아요."

불이 다 꺼진 컴컴한 방, 그레이엄이 한참 가만히 서 있자 마리사가 그를 재촉했다. 그제야 그레이엄은 느릿한 동작으로 옷을 가볍게 하더니 침대에 올라 마리사 옆에 누웠다.

"그…… 마리사?"

"……."

"아니요. 아니야."

침대에 누운 그레이엄이 또 한 번 무언가 말하려다 눈을 감은 아내의 얼굴에 몸에 힘을 뺐다. 마리사는 그런 남편의 행동에 속으로 한숨을 쉬었다.

시계 소리가 끝없이 달깍였다. 그러나 침대에 누운 그레이엄은 여전히 눈을 뜬 채 몸을 뒤척였다. 덕분에 마리사도 잠들지 못했다. 다만 그녀는 남편의 행동을 부러 무시한 채 잠든 척 연기를 할 뿐이었다.

그렇게 또 한참을 시계 침이 달깍이는 소리가 났다. 불을 끄기 전 숫자 11을 가리키고 있던 시침은 이제 숫자 12에 가까워졌다.

결국, 5분마다 몸을 뒤척이던 그레이엄이 참지 못하고 자리에서 벌떡 일어났다. 잠든 척 눈을 감고 있던 마리사가 침대를 벗어나는 남편을 불렀다.

"그레이엄!"

그레이엄은 아무 말 없이 침실 문을 밀고 밖으로 나갔다. 그를 따라 마리사도 빠르게 자리에서 일어났지만, 그녀가 침실을 채 나서기도 전 그레이엄은 침실 밖 거실에 도달했다.

창을 다 가린 커튼을 들어 밖을 확인한 그레이엄이 한층 더 빠르게 걷기 시작했다. 동시에 그의 품에서 무언가 떨어졌다. 그러나 뒤쫓아 오는 아내를 피해 도망치듯 나가던 그레이엄은 그것을 보지 못했다.

한편, 사내인 그레이엄과 달리 마리사는 지금 옷차림 그대로 나갈 수 없었다. 그녀가 짜증스레 머리카락을 쥐었다가 침실에 있는 긴 가운을 대강 꿰입었다. 그리고 하녀를 부르기 위해 침실을 나섰다.

거실로 나온 마리사의 발에 그레이엄이 떨어뜨린 물건이 채였다. 아까 침실로 들어서기 전까지만 해도 없었던 것이었기에 마리사는 허리를 숙여 그걸 주웠다.

"하······."

물건의 정체는 곱게 접힌 서신 한 장이었다. 마리사는 서신의 정체를 알아차리고 골치 아픈 얼굴을 했다. 남편 그레이엄이 소중히 여기며 보관하는 이 서신은 본래라면 남편의 서재에 있어야 했다.

'이걸 가져와 보여 주면서 날 설득할 속셈이었겠지.'

머리가 아픈지 손을 들어 이마를 짚은 마리사가 잠시 고민하다 서신을 펼쳐 들었다. 그러자 딱 한 줄. 그것도 급하게 휘갈겨 쓴 듯한 사내의 글씨체가 눈에 들어왔다.

-친애하는 그레이엄, 내 하나뿐인 친우. 이안과 소피아를 부탁하네.

짧은 글을 읽은 마리사가 서신을 다시 곱게 접어 카우치 앞 탁자 위에 올려놨다. 그리고 창가를 향해 힘없는 발걸음을 옮겼다. 커튼을 살짝 거두자 밖을 향해 거의 뛰다시피 걸어가는 남편이 보였다. 그리고 남편의 발걸음 끝에는 금발의 젊은 사내가 고개를 푹 숙이고 있었다.

* * *

이안은 아이샤와 다니엘이 돌아간 뒤 얼마 지나지 않아 파든 백작가로 말을 달렸다. 하지만 파든가 사람들은 다니엘에게 후작저에서 있었던 일에 대해 모조리 들은 후였다.

'후작님, 부인께서 돌아가시랍니다.'

마리사는 이안에게 문조차 열어 주지 않았다. 차가운 내침에도 이안은 몸을 돌리지 않았다. 알 수 없는 두려움에 휩싸인 그는 아이샤를 만나 변명하고, 그녀를 설득하기 전까지는 몸을 움직일 수 없었다. 그러나 아이샤는 그림자조차 비추지 않았고 마리사는 가족을 비롯한 사용인들에게 출입구 앞에 서 있는 이안을 무시하라 서슬 퍼런 명령을 내렸다.

"이안. 이게 무슨 미련한 짓이야."

덕분에 이안은 장장 5시간을 파든가 출입구에 서 있었다. 해가 떨어지고 집 안의 불이 다 꺼진 후에야 누군가 동상처럼 서 있는 이안을 향해 다가왔다. 이안은 땀에 젖은 그레이엄의 얼굴을 보고 입 안쪽을 꽉 물었다. 중년 사내의 청회색 눈에 선연하게 어린 것은 분명 걱정뿐, 그 외에는 아무것도 없었기 때문이다.

"아니다. 날이 늦었으니 일단 들어가자. 자, 어서."

이안이 대꾸 없이 제자리에 서 있자 그레이엄이 팔을 뻗어 이안의 등에 손을 가져갔다. 그리고 어린 아들을 달래듯 등을 두드리며 그를 저택 안으로 안내했다. 저택으로 들어온 파든 백작은 하인들을 물린 채 이안을 직접 제 개인 응접실로 이끌었다. 그리고 술병이 장식된 찬장을 보며 물었다.

"따뜻한 차가 좋겠다마는 지금 이 시간에 물을 끓여 오라 귀찮게 하기도 그렇고……. 오랜만에 둘이서 술이나 한잔하겠니?"

"네."

이안은 그레이엄을 바라보지 않은 채 고개를 끄덕였다. 그레이엄이 이안의 답을 듣자마자 좋은 술 하나와 크리스털 잔 두 개를 꺼냈다. 그리고 이안 앞에 앉아 빈 잔에 호박색 술을 따랐다.

"이건 네가 태어난 해 만들어진 술이란다. 네 아비…… 클리프에게 선물받았지."

그레이엄의 입에서 아비의 이름이 나오자 이안이 고개를 천천히 들었다. 그가 어둑한 개인 응접실에서 가라앉은 눈으로 그레이엄에게 물었다.

"……아저씨, 저한테 왜 잘해 주세요?"

술잔을 내밀던 그레이엄이 이안과 눈을 마주치고 씁쓸한 얼굴을 했다. 그가 제 몫의 술을 홀짝이며 이안에게 답했다.

"아들 같아서라는 말은 빈말 같고……. 솔직히 말하자면 네게 책임감을 느껴서란다. 네 부모가 그렇게 가고 이안 너와 소피아는 내게 클리프 그 친구와의 절대 깨서는 안 될 약속 같은 존재가 됐지."

그레이엄의 답에 이안은 무어라 더 물으려다가 입술을 꾹 물었다. 그레이엄은 그런 이안의 태도에 어딘가 기이함을 느꼈지만 제 착각이겠거니 하고 넘어갔다.

"이안. 이번에는 내가 물어도 되겠니?"

잠시 두 사람 사이에 침묵이 흐르고 이번에는 그레이엄이 먼저 입을 열었다. 이안이 고개를 끄덕이자 그레이엄은 술잔을 기울여 단숨에 술을 마시고는 조금 딱딱해진 목소리로 말했다.

"너 아이샤한테 왜 그러는 거냐."

"……."

"지난 몇 년간 난 네게 한 번도 묻지 않았단다. 하지만 일이 이렇게까지 된 이상 물어야겠구나. 이안, 아이샤한테 왜 그렇게 못되게 구는 거지?"

"그런 적……."

"그런 적 없다는 말은 하지 말렴, 이안. 나도 눈과 귀가 있단다."

그레이엄은 이안에게 한 번도 이리 냉담하게 군 적이 없었다. 때문에 이안은 그레이엄의 말에 압박감마저 느꼈다.

"아이샤가 이제 싫으니? 그 애와 약혼도 결혼도 하기 싫어서 그래?"

이안이 주춤거리며 도통 입을 열지 않자 그레이엄이 술잔에 술을 따르며 말을 이었다. 약혼하기 싫으냐는 그의 말에 이안이 얼굴을 일그러뜨렸다.

그레이엄은 이안의 반응에 내심 안도했다. 그는 다른 가족들과 달리 이안과 아이샤의 약혼을 항상 바라 왔으며 지금도 그 생각에 변함이 없었다. 그러나 이번 일만큼은 그도 이안에게 화가 단단히 나 있었기에 그레이엄은 속내를 감추고 엄숙한 목소리로 말했다.

"네가 파든가에서 자랐다고 정에 얽매일 필요 없단다. 네 마음이 아이샤를 향하지 않는다면 솔직하게 말하렴. 이해하고 내가 아이샤를 설득하마."

"아이샤가…… 그 애가 절 포기할 수 있을까요?"

이안이 간신히 입을 뗐다. 그러나 한참 만에 나온 그의 말은 안 하는 것만 못 했다. 그레이엄도 어이가 없는지 헛웃음을 치며 입으로 가져가려던 술잔을 내려놨다.

"물론 아이샤는 널 많이 좋아했으니 그만큼 많이 울겠지. 며칠을 아니 몇 달, 몇 년을 아파할 게다. 하지만 절 사랑하지 않는 짝과 사는 것보다야 그게 덜 고통스러울 테니 상관없다. 그러니 솔직하게 말해 주렴. 아이샤에게 더는 감정이 없어?"

쏘아붙이는 그레이엄의 목소리에 이안이 재빨리 고개를 저었다. 그리고 더듬거리면서도 제 속에 있는 마음을 꺼내 놓기 시작했다.

"아니요. 아니에요. 전 아이샤를 그 애를……. 그 애를 항상……."

벌겋게 물든 얼굴이 분명 술기운은 아니었다. 점점 작아지는 목소리에 수그러드는 고개. 보는 이도 민망할 법했지만, 그레이엄은 이안이 스스로 말을 끝내기를 인내심 있게 기다렸다.

"……좋아했어요. 물론 지금도요."

그렇게 얼마가 지났을까. 잔뜩 경직되어 있던 어깨가 지금껏 외면했던 마음과 함께 떨어지듯 내려왔다.

'내가 정말 그 애를……. 아이샤를…….'

이안은 스스로 말을 뱉고도 믿을 수 없다는 듯 눈을 크게 떴다. 그가 전속력으로 달린 사람처럼 숨을 가쁘게 쉬자 그레이엄이 아무 말 없이 술잔을 내밀었다.

이안은 거절하지 않은 채 술을 모조리 다 들이켰다. 제법 도수가 있는 술인지 단번에 삼키자 정신이 아찔해지며 어질한 시야에 아이샤가 흐릿하게 잡혔다.

'아이샤……'

본디 정체를 알 수 없을 때는 그 크기를 가늠하지 못하는 법이다. 그러나 다른 사람 앞에서 아이샤에 대한 마음을 인정한 이안은 제 두려움의 정체를 깨달았다. 그리고 동시에 파든가로 말을 달리게 한 두려움이 얼마나 큰지도 알 수 있었다.

'봐야 해. 직접 만나서 설명하고 오해를 풀고 가야 해.'

이안이 숙이고 있던 고개를 번쩍 들었다. 그리고 흐트러진 모습을 정돈할 생각도 못 한 채 그레이엄에게 부탁했다.

"아저씨. 저 오늘 아이샤를 만나러 왔어요. 지금 시간이 늦은 거 알아요. 하지만 그 애를 봐야겠어요. 아이샤를……."

"시간이 문제가 아니야 이안. 아이샤가 널 만나 주지 않는 건 당연한 거란다. 이번 일로 나도 네게 화가 많이 났는데 그 아이는 어떻겠어. 차라리 당분간 시간을 가지고……."

"아니요. 오늘 그 애한테 설명해야 해요. 아니, 사과해야 해요."

"……"

"한 번만 도와주세요."

그레이엄은 처음 보는 이안의 모습에 저도 모르게 입을 벌리고 있다가 한참 만에 한숨과 함께 고개를 끄덕였다.

"……이번 한 번만 도와주마."

절망이 드리워져 있던 이안의 얼굴에 화색이 돌았다. 그런 이안의 표정에 그레이엄은 씁쓸함과 안도를 함께 느끼며 자리에서 일어나 하인을 불러 들였다.

"아이샤를 이리로 데리고 오거라."

하인이 곧장 고개를 숙이고 달려갔다. 이안은 그가 혹여나 천천히 걸어가 그레이엄의 명을 전하지 않을까 쓸데없는 걱정까지 하며 문을 바라봤다.

"먼저 일어나마. 아이샤와 잘 이야기해 보렴."

그레이엄은 제게는 시선조차 주지 않은 채 초조하게 문을 살피는 이안을 바라보다 자리에서 일어났다. 그러자 문만 빤히 보고 있던 이안이 머쓱한지 주춤거리며 자리에서 일어났다.

"됐다. 앉아 있어."

그레이엄이 이안에게 앉으라 손짓하며 문으로 다가갔다. 이안은 그레이엄의 말에 멋쩍은 얼굴을 하며 저도 모르게 고개를 돌렸다.

'저건……'

시선을 돌린 이안의 눈에 장식장에 놓인 자그마한 모래시계가 들어왔다. 원체 작은 데다 곁에 있는 장식품들이 워낙 화려해 모래시계는 눈에 잘 띄지 않았다. 그러나 모래시계를 본 이안의 눈은 잠시 커졌다 싸늘하게 가라앉았다.

'이안. 이건 그레이엄 아저씨가 이 아비에게 졸업 선물로 준 거란다. 여기 시계에 아카시아 잎이 새겨진 게 보이지? 아카시아가 우정을 상징해서 새긴 거라나 뭐라나. 하여간 사내자식이 계집애 같은 구석이 있……'

'클리프! 애 앞에서 말 가려 못 해요?'

어린 시절 기억의 편린 하나가 툭 튀어나옴과 동시에 이안이 다시 고개를 돌렸다. 그의 시야에 막 문고리에 손을 올리는 그레이엄이 들어왔다. 이안이 그레이엄의 등을 노려보며 충동적으로 툭 뱉었다.

"……아저씨. 제 아버지와 아저씨는 아카데미 시절 처음 만나셨죠?"

난데없는 질문을 던지는 이안의 목소리는 그새 달라져 있었다. 초조함은 어디 갔는지 침착한 것도 모자라 어딘가 서늘하기까지 한 목소리에 그레이엄이 의아한 낯으로 뒤를 돌았다.

그리고 다시 마주 본 이안의 얼굴에 그레이엄은 등 뒤로 소름이 끼치는 것을 느꼈다. 이안의 눈에는 감정이 없었다. 아까 이안이 왜 제게 잘해 주냐고 물을 때와 비슷한 기이함이 그레이엄의 발을 휘감고 올라왔다.

"네 아비와는 아카데미부터 알았지."

그레이엄이 떨떠름함을 숨기지 못한 채 답하자 이안이 고개를 끄덕였다. 그리고 잠시 고민하는가 싶더니 그레이엄에게 재차 질문을 던졌다.

"그럼 아저씨. 제 어머니와는 언제부터 알고 지내셨습니까?"

이안의 두 번째 물음에 그레이엄의 눈이 순간이지만 커졌다. 그가 불길함에 쿵쿵 뛰는 심장을 느끼며 가까스로 입을 열어 답했다.

"네 어머니는…… 네 아비와 결혼한 뒤 알았단다."

* * *

'거짓말이야.'

이안은 파든 백작이 나간 문을 바라보며 속으로 중얼거렸다. 놀란 기색이 역력한 얼굴, 자신이 혹 무언가 알고 있나 샅샅이 살피는 눈. 파든 백작은 눈에 띄게 당황하고 있었다. 이안은 파든 백작의 반응을 다시 한번 떠올리며 이를 악물었다. 혹여나 싶어 시험해 봤건만 결과는 그의 바람과 반대로 흘러갔다.

"……포기 안 해."

이안은 느슨해진 마음을 다잡기 위해 일부러 육성으로 중얼거렸다. 그러나 그리해도 마음 한구석이 찜찜한 것은 어쩔 수 없었다.

'이안. 내가 너희 남매를 지켜 주마.'

파든 백작이 원수라 한들 그가 이안에게 베푼 것이 사라지는 건 아니었다. 때문에 이안은 확신을 한 지금도 결정적인 증거를 핑계 삼아 복수를 미루고 또 미루고 있었다.

'아이샤.'

게다가 이제는 다른 문제도 생겼다. 아이샤에 대한 마음을 인정한 이상 이안은 그녀를 어찌해야 할지 도통 갈피를 잡을 수 없었다.

'아이샤는 그때 어렸어. 아무것도 모르는 어린아이였을 뿐이야. 내가 직접 봤잖아. 그러니 괴로워서는 안 돼.'

복수 대상에서 그녀를 빼는 것은 문제가 아니었다. 함께 본 세월이 있는 이상, 이안이 그녀에게 면죄부를 주기는 매우 쉬웠다. 하지만 파든가 사람들에게, 아니, 파든 백작 한 사람에게만 복수한다는 것이 과연 가능할까?

이안은 고개를 저었다. 차라리 아이샤가 가족들과 사이가 나쁘면 좋으련만 그녀는 가족과 아주 끈끈한 유대를 가지고 있었다. 어찌나 화목한지 이안이 질투할 정도였으니 말을 더해서 무엇하랴.

'아니야. 아이샤는 나를 사랑해. 그러니 괴로워할지언정 날 선택할 거야.'

속이 답답해진 이안은 제가 원하는 쪽으로 생각하려 했다. 그러나 억지로 만든 안도는 몇 초도 가지 못했다. 고개를 두어 번 끄덕이던 그는 끝에 가서는 굳어진 얼굴로 주먹만 꽉 쥐었다.

'지금에라도 포기하면? 아무것도 몰랐던 때처럼 지내면……'

결국, 그가 포기를 떠올렸다. 그러나 초기면 모를까. 인제 와서는 그것도 불가능했다. 조사서에 적힌 부모의 사인. 목이 졸리고 뼈 이곳저곳이 부러져 성한 곳이 없던 몸……. 그걸 생각하면 온몸의 피가 마르는 기분이었다.

똑똑.

이안이 이러지도 저러지도 못한 채 숨이 막힌 얼굴을 할 때였다. 누군가 문을 두드린다 싶더니 곧이어 덜컹 소리와 함께 문이 열렸다.

이안이 몸을 벌떡 일으켰다. 그리고 그와 동시에 열린 문 사이로 머리를 풀어 내린 채 가벼운 옷차림을 한 아이샤가 응접실로 들어섰다.

* * *

응접실 안으로 들어선 아이샤의 표정은 수수한 옷차림과 편안히 내린 머리 모양만큼이나 단조로웠다. 감정을 도통 읽을 수 없는 청회색 눈과 일자로 다물린 입매. 이안은 아이샤를 보며 침을 꿀꺽 삼켰다.

'역시……'

긴장한 기색이 역력한 이안과 달리 상황을 어느 정도 예상한 아이샤는 담담했다. 아비가 이 새벽에 호출할 때부터 그녀는 이안이 와 있으리라 짐작했고, 때문에 응접실로 오면서 표정과 함께 제 속의 생각을 정돈할 수 있었다.

'아버지! 어머니! 잠시 와 보세요. 에드워드 형! 형도 이리 와.'

어제 오후, 다니엘은 집에 도착하기 무섭게 아카데미에 있는 아서를 제외한 온 집안 식구들을 불러 모았다. 그리고 가족들 앞에서 로이드 후작저에서 있었던 일을 낱낱이 말했다. 아이샤는 다른 때와 달리 흥분해 말을 잇는 오라비를 말리지도, 이안을 두둔하지도 않은 채 손을 모으고 가만히 앉아 있었다.

'아이샤가 이런 모욕을 당하도록 더는 두고 볼 수 없어요! 아이샤는 파혼해야 해요!'

'다니엘 말이 맞습니다. 더는 두고 볼 수 없어요.'

'나도 애들과 생각이 같아요. 그레이엄.'

가족들은 다니엘이 전한 일을 심각하게 받아들였다. 격하게 말하는 다니엘을 말리지 않은 채, 아니 오히려 두둔하며 파혼을 입에 담는 마리사와 에드워드의 얼굴은 진지했다.

'……쉽게 결정할 문제가 아니야. 시간을 가지고 생각해야지. 감정에 휩쓸려서는 안 돼.'

하지만 끝내 파혼을 입에 담지 않은 이도 있었다. 파든가의 가주이자 집안일에 가장 큰 목소리를 낼 수 있는 자. 그레이엄은 이안을 두둔하지는 않았으나 파혼에는 부정적인 제스처를 취했다.

'다니엘 네 입으로 말했잖니. 이안과 그 여인이 붙어……. 흠. 하여튼 그 행동에 이상한 구석이 있었다며. 그러니 생각을 좀 해 보자는 거다.'

'알 게 뭐예요! 뭐가 됐든 그 사생아랑 이안 자식이 입 맞췄다는 건 사실인데. 아버지가 이렇게 나오실 줄 알았으면 그 얘기는 하지 않았을 겁니다!'

'다 자라서 아비에게 버릇없게 굴지 마라. 목소리만 내세우면 다가 아니라고 내가 매번 말했지.'

'제길! 그따위 말로 다 큰 자식 입 막을 생각 마세요. 하……. 아버지는 도대체 누구 아버지세요? 이안하고 소피아가 그렇게 중하면 저희를 두고 그리로 가 버리세요! 매번 이따위 더러운 감정 생기게 하지 말고!'

'너!'

다니엘은 길길이 날뛰다 결국 그레이엄이 가장 싫어하는 말을 하고 말았다. 누구의 아비냐는 아들의 말에 그레이엄을 벌떡 일어나 당장에라도 다니엘의 뺨을 한 대 칠 것처럼 손을 들어 올렸다.

'아버지 참으세요. 다니엘! 넌 그만 올라가.'

다행히 에드워드의 재빠른 중재 덕에 부모와 자식 간의 물리적 폭력 사태는 일어나지 않았다. 그러나 험악해질 대로 험악해진 분위기 덕분에 급작스럽게 이루어진 가족회의는 그대로 파투 났다.

에드워드가 씩씩거리는 다니엘을 끌고 2층으로 올라가자 마리사가 한숨을 깊게 내쉬며 이마를 짚었다. 아이샤 또한 고개를 푹 숙인 채 아무 말이 없었다.

'저…… 주인님. 손, 손님이 오셨습니다.'

그런 와중 이안이 파든가의 문을 두드렸다. 아무 말 않고 있었던 마리사는 이안이라는 이름에 인상을 구길 대로 구겼다. 그리고 그레이엄을 노려보며 큰 소리로 이안을 집 안에 절대 들이지 말아라 명하고는 아들들이 나간 문으로 나가 버렸다.

'마리사!'

잠시 숨을 고르고 있던 그레이엄이 마리사를 따라나서려다 아이샤를 발견하고는 주춤거렸다. 아이샤는 그런 아비에게 어서 빨리 가 보라 눈짓했다. 여식의 신호에 그레이엄은 아내를 재차 부르며 뛰쳐나갔다.

홀로 남게 된 아이샤는 정문 쪽으로 난 창문을 지긋이 바라봤다. 그러나 거기까지. 아이샤는 창가로 다가가 밖을 내다보지 않았다. 앉은 채 잠시 생각에 잠긴 그녀는 가족들이 앉아 있던 카우치를 한번 둘러보고는 조용히 제 방으로 돌아가 침대에 누웠더랬다.

"하아……."

몇 시간 전 있었던 가족 간의 불화를 떠올린 아이샤가 저도 모르게 한숨 쉬며 닫은 문에 기대섰다. 별로 큰 한숨도 아니었건만 이안은 아이샤가 낸 소리에 유령을 본 사람처럼 크게 몸을 움찔거리다 한 발 앞으로 내디디며 그녀를 불렀다.

"아이샤."

애원하는 듯한 목소리. 너무도 생소한 그 목소리에 바닥을 내려다보던 아이샤가 고개를 들었다. 허공에서 이안과 아이샤의 눈이 마주쳤다.

그러나 그것도 잠시, 아이샤는 곧바로 시선을 피하더니 천천히 걸음을 옮겼다. 그리고 아무 말 없이 이안의 맞은편 자리에 앉았다. 이안과 함께할 때면 눈치를 보며 자리에 앉던 예전과는 완벽히 달라진 모습이었다. 이안도 그를 느꼈는지 손을 꽉 쥐었다. 심장이 쿵쿵 불길하게 뛰고 있었다.

서 있던 이안이 아이샤를 따라 자리에 앉았다. 그리고 몇 번이고 입을 달싹이다 간신히 말을 쥐어짰다.

"많이 늦은 시간이지. 그래도 꼭 할 말이 있어서……."

아이샤를 향한 어색한 웃음이 이안의 심정을 대변했다. 그러나 멋쩍어하는 이안의 태도에도 아이샤는 고개를 아래로 내리더니 작게 중얼거렸다.

"……또 네 멋대로구나."

작은 목소리라 한들 아이샤에게 집중하고 있던 이안에게는 동굴에서 울리는 소리와도 같았다. 처음 있는 일에 이안이 당혹스러워하며 저도 모르게 반문했다.

"어?"

"이안 네 말대로 많이 늦은 시간이잖아."

"……."

"아버지가 부르셔서 오긴 했지만 이 시간에 만나는 거 불편해. 그러니까 짧게 해 줬으면 좋겠어."

고저 없는 아이샤의 목소리에는 감정이 없었고 때문에 더욱 서늘하게 다가왔다. 이안은 입 안이 바짝 마르며 등 뒤로 식은땀이 흐르는 걸 느꼈다. 그가 축축한 양손을 마주 잡은 채 힘을 주고는 힘겹게 말문을 열었다.

"오늘……. 아니, 어제 있었던 일 말이야. 그 여자랑 나……. 내가……."

도대체 어떻게 변명해야 할까. 헬렌과의 일을 이야기하려 하자 머릿속이 하얗게 변했다. 오는 내내 상황을 설명하고 사과하겠다 생각했건만 막상 아이샤를 마주하니 말이 나오지 않았다.

'……제길.'

이안은 어제 일이 제 잘못이라 생각하지 않았다. 그러나 억울함을 느끼면서도 그는 큰 죄를 지은 기분에 휩싸였다. 이안이 입술을 잘근잘근 깨물며 제대로 말을 이어 가지 못하자 아이샤가 침묵을 깨고 툭 내뱉었다.

"……무슨 일 말하는지 알아. 그러니 설명하지 않아도 돼."

이안과 헬렌이 딱 붙어 있는 모습을 봤을 때 아이샤는 그 장면보다 스스로에게 놀랐다. 둘의 모습을 목격한 직후 경악하기는 했으나 그뿐, 참을 수 없는 고통이나 슬픔이 느껴지지는 않은 탓이었다.

물론 실망하지 않거나 아예 아프지 않은 건 아니었다. 그러나 더 작은 일에도 가슴을 쥐어짜듯 아리던 고통과 슬픔은 더는 없었다. 게다가 순간이지만 그녀는 알 수 없는 홀가분함마저 느꼈다.

"내가 그러려던 게 아니야. 내가 원해서 그런 짓을 한 게 아니라고. 그 여자가 멋대로 군 거야. 정말이야. 난 그저 넘어지려는 그 여자를……."

무감해진 마음. 거기다 제 일로 싸우는 아비와 오라비, 걱정하는 가족들의 모습……. 이안에 대한 아이샤의 마음은 체념을 넘어 회의감으로 바뀌고 있었다.

"그래서? 그럼 둘 사이에 있었던 일이 없었던 일이 돼?"

아이샤는 조급하게 변명을 늘어놓는 이안의 말을 싹둑 잘랐다. 단호한 그녀의 태도에 이안이 몸을 딱딱하게 굳혔다. 아이샤는 그런 그를 신경 쓰지 않은 채 살짝 벌어진 제 발끝에 시선을 줬다. 그러곤 발을 모으며 차분한 목소리로 속에 있는 말들을 하나하나씩 꺼냈다.

"이안. 넌 아니라고 말하지만. 어제 일 말이야, 네가 자초한 거 맞아."

"……."

"너랑 헬렌 양 사이에 지금껏 아무 일이 없었다면 모르겠지만, 아니잖아."

"……."

"헬렌 양과 사업을 한 것, 그녀와 파트너 한 것, 그녀를 후작저로 들인 것, 춤을 추고 가까이 지낸 것. 그거 모두 이안, 네가 선택한 일이야."

"……."

"이안. 난 네게 그것들이 불쾌하다 여러 번 말했어. 하지만 넌 상관하지 말라 했고 네 입장에서는 당연한 거라고……. 속 좁게 굴지 말라고 그렇게 말했잖아."

아이샤의 말이 길어질수록 이안의 얼굴은 창백해졌다. 아이샤의 말은 틀린 게 없었다. 그녀의 입에서 나온 모든 일은 지금껏 이안이 선택했던 일이었다.

"그건……"

이안이 입을 열어 아이샤에게 무어라 하려 했다. 하지만 아이샤는 못 들은 척 계속 제 할 말만 했다.

"네가 헬렌 양과 한 그 많은 일 때문에 너와 헬렌 양 사이에 소문이 생겼어. 너도 알 거야. 사람들이 너랑 헬렌 양을 두고 무어라 떠드는지."

"……"

"다른 사람들이 너랑 헬렌 양을 두고 매번 속닥거리는데 나라고 별수 있겠어? 무시하는 것도 한두 번이지. 심지어 헬렌 양이 내게 직접 와서 말해 주던걸. 너랑 자신은 깊은 관계를 맺고 있고 언젠가는 자신이 네 옆에 설 거라고 말이야."

"뭐? 그게 무슨 말이야."

이안이 처음 듣는 말에 자리에서 벌떡 일어났다. 아이샤는 갑작스러운 움직임을 보이는 그의 행동에도 여전히 눈을 내리깐 채 차분함을 유지했다.

"이제 와 화내서 뭐 해. 이미 벌어진 일이고 그 책임의 일부, 아니, 반 이상은 너한테 있는데."

잔잔한 음악처럼 아이샤의 말은 흘러갔다. 이안은 저를 보지 않는 그녀의 고요한 눈, 조금의 들뜸도 없는 눈썹, 이마와 같은 색의 뺨 등이 모조리 두려웠다. 정말 몸이 부들부들 떨릴 정도로 무서웠다. 그가 턱 막히는 숨을 견디며 아이샤를 급하게 불렀다.

"아이샤. 아이샤 잠깐만."

"……이안, 난 더는 널 믿을 수 없어. 그래서 어제 일도 내 눈으로 본 것만 믿을 거야."

이안의 반응이 어떻든 아이샤는 조각상처럼 자세를 유지했다. 그 딱딱한 태도를 견디지 못한 이안이 아이샤 쪽으로 걸음을 옮겼다. 그리고 팔을 뻗어 습관처럼 아이샤의 턱을 집어 들려다 정신을 차리고 손을 거둬들였다.

사내의 손이 제게 다가왔다 다시 돌아간 것을 알아차렸음에도 아이샤는 이안을 끝내 보지 않았다. 그러자 잠시 고민하던 이안이 털썩, 무릎을 꿇고 아이샤를 올려다봤다.

"아이샤, 나 좀 봐 봐."

쥐어짜듯 나온 사내의 목소리에는 약간이지만 물기마저 있었다. 두려움에 휩싸인 그는 자신이 얼마나 작아 보이는지 알아채지 못한 채 비굴하게 굴었다.

"……나 좀 봐줘. 응?"

이안이 아이샤의 손을 붙잡았다. 그리고 그녀의 손에 제 이마를 가져다 대며 작은 목소리로 변명을 늘어놓기 시작했다.

"나 정말 억울해. 어제 일은 정말 내가 한 게 아니야. 그리고 그 여자가 뭐라 했든 그건 나랑 상관없어. 믿어 줘. 정말이야."

이안의 태도는 얼핏 어리광 부리는 아이 같았다. 다 큰 사내가 하기에는 우스운 꼴이었건만 제 무릎에 얼굴을 묻은 이안의 금발에 아이샤의 눈이 순간이지만 살짝 흔들렸다.

"아이샤, 넌 날 좋아하잖아. 영원히 좋아할 거라며. 그건 영원히 날 믿어 준다는 뜻도 되는 거 아냐? 그러니까……."

"이안."

그러나 바로 이어지는 이안의 말에 아이샤의 눈동자는 다시 제자리를 찾았다. 그녀가 이안을 부르며 그에게 잡힌 손을 뺐다. 그리고 이안의 머리를 밀어내며 거부의 의사를 보였다.

아이샤의 작은 힘에도 맥없이 밀려난 이안이 절망과 원망이 뒤섞인 얼굴을 천천히 들었다. 그러나 그의 표정은 곧 바뀔 수밖에 없었다. 당연히 시선을 돌리고 있을 줄 알았던 아이샤가 이번에는 그를 똑바로 본 탓이었다.

위에서 아래로, 아래에서 위로. 대각선을 그린 두 사람의 시선이 정확히 맞닿음과 동시에 이안이 희망을 품고 아이샤에게 천천히 손을 뻗었다. 하지만 아이샤는 고개를 저어 하지 말라는 신호를 보내더니 깊은 한숨과 함께 속마음 가장 아래, 언젠가부터 품어 왔던 생각을 끄집어냈다.

"이안, 우리 시간을 가지고 생각을 좀 해 보자. 우선 약혼 말인데……."

"아이샤!"

아이샤의 태도에 그녀의 뒷말을 예상한 이안이 목소리를 높였다. 어찌나 빠르고 큰 소리인지 놀란 아이샤는 저도 모르게 말을 멈추고 눈을 깜빡였다.

"우리 결혼해."

그 틈을 놓치지 않고 이안이 지금의 상황을 돌릴 수 있는, 아니 그렇게 믿는 말을 꺼냈다.

"결혼하자."

"……."

"어릴 때부터 계속 말했던 거잖아. 그러니까 이제 그만 결혼해."

화려한 다이아몬드 반지도, 아름다운 풍경도, 낭만적인 말도 없는 엉망진창 초라한 청혼이었다. 하지만 예전의 아이샤였다면 이런 청혼도 기꺼이 받아들였을 것이다. 눈물까지 지으면서 예쁘게 웃어 줬겠지. 그리고 고맙다 연달아 말했을지도 모른다.

"곧 겨울이니까…… 그래, 내년 봄이 좋겠어. 촉박하긴 하지만 사람을 많이 고용하면 준비할 수 있을 거야."

이안도 그런 장면을 기대했다. 그러나 아이샤의 표정에는 일말의 기쁨도 없었다. 놀라움이 살짝 어리긴 했지만, 그것조차 몇 초의 시간뿐. 아이샤의 얼굴은 곧 무표정하게 돌아왔다.

"아이샤 네가 좋아하는 꽃들로 식장을 채우고 네가 좋아하는 색으로 연회 홀을 꾸미자."

"……."

"하객들도 되는대로 많이 초대해. 그리고 네가 가지고 싶은 것도 사고 네가 원하는 건 뭐든……."

이안도 그를 눈치챘기에 더더욱 말을 빨리 했다. 조급함이 느껴지는 그의 모습은 그를 아는 이라면 믿지 못할 정도로 초라했다. 그러나 아이샤는 이안의 말을 끝까지 들어 주지 않았다.

"이안."

저를 부르는 그녀를 이안이 불안한 눈으로 올려다봤다. 아이샤는 흔들리는 이안의 벽안에 담긴 제 표정을 보고 입 안쪽을 살짝 깨물긴 했으나 곧 천천히 입을 열었다.

"……지금은 그런 이야기 할 때가 아닌 거 같아."

아이샤의 입에서 나온 말은 분명한 거부였다. 단답형으로 싫다 말한 것은 아니었으나 머리가 있다면 누구도 알아들을 수 있을 만큼 확실한 거절. 그녀의 거절에 이안은 믿을 수 없다는 표정을 한 채 한겨울 눈에 파묻힌 사람처럼 얼어붙었다.

"시간이 너무 늦어 많이 피곤해. 나 먼저 일어날게. 조심해서 돌아가. 그리고……."

그런 이안을 두고 아이샤가 자리에서 일어났다. 그리고 잠시 뜸을 들인 그녀는 여전히 무릎 꿇고 있는 이안을 향해 나지막한 목소리로 말했다.

"……우리 당분간은 만나지 않는 게 좋겠어."

* * *

이안이 파든가를 나선 것은 어두운 새벽이 지나고 하늘이 차가운 빛으로 푸르스름해졌을 때였다. 천 년을 그 자리에 있었다는 소금 바위처럼 바닥에 무릎 꿇고 있던 그는 밖의 빛에 방이 어느 정도 밝아진 후에야 굳어 있는 몸을 천천히 일으켰다.

"그럼 조심히 가십시오."

간신히 정신을 차린 이안은 그를 위해 대기하고 있던 하인을 따라 들어온 길을 그대로 밟았다. 하인은 그에게 말 고삐를 쥐여 주기 무섭게 저택으로 들어가 버렸다. 부루퉁한 얼굴이 파든가 하인마저도 집안 아가씨를 그동안 박대했던 이안을 불쾌해한다는 것을 알려 줬다.

'아이샤.'

이안은 하인이 저를 어떤 표정으로 봤는지 알지 못했다. 온 신경이 아이샤에게 가 있는 그는 하인이 들어가고도 저택, 정확히는 아이샤의 방 창문을 바라봤다. 두꺼운 커튼으로 가린 탓에 아이샤의 방 안은 조금도 보이지 않았지만, 이안의 시선은 한참 그곳을 향했다.

결국, 이안은 하늘에 해가 어느 정도 모습을 보이고서야 말에 올랐다. 그러나 말을 몰면서도 그는 연신 뒤를 돌아 저택을 바라봤다.

이안의 고개가 정면을 향한 것은 파든가가 완전히 보이지 않고 나서였다. 이른 아침, 부지런히 움직이는 사람들 틈으로 말을 모는 그의 멍한 얼굴을 지나가는 이들이 힐끔 쳐다봤다. 하기야 어느 각도로 보나 잘난 얼굴의 젊은 신사가 세상 어두운 얼굴로 지나가니 시선이 모일 만도 했다.

'……지금은 너무 화가 나 그런 걸 거야. 그 애가 날 거부한다니 말도 안 돼.'

사람들이 자신을 어떻게 보든 이안은 생각하느라 바빴다. 아이샤의 거절과 마지막 말에 그는 몇 시간을 꿇어앉은 채 절망했지만 끝내 무너지지는 않았다.

'내가 앞으로 잘하면 분명 다시 돌아올 거야. 잠시뿐이야. 저러는 건.'

이안은 마음을 다잡으며 최대한 좋은 쪽으로 생각을 이어 갔다. 사실 그렇게 하지 않으면 견디기가 어려웠다.

'……아이샤는 누구보다 마음이 여려. 그러니 화가 좀 풀리면 내 말을 듣고 이해해 줄 거야.'

당사자인 아이샤가 알면 헛웃음을 터뜨리며 지금껏 자신이 이안에게 얼마나 만만했는지 자조할 만한 생각이었다. 그러나 지금 이안에게 잡을 희망이라고는 아이샤가 지금껏 보여 줬던, 답답하리만치 이안을 따랐던 과거 모습밖에 없었다.

'내가 잘하면 돼. 일이 잘 풀리면 그때는 제대로 청혼하자. 아까는 너무 볼썽사나웠어. 반지도 꽃다발도 없는 데다 그 시간에 장소까지 엉망이었으니 말이야.'

입꼬리를 가까스로 끌어 올린 채 이안이 열심히 자신을 스스로 다독일 때였다. 문득 아이샤와의 일이 풀린 후의 문제가 그의 머릿속에 떠올랐다.

'아이샤와 전처럼 돌아간다 해도…….'

아이샤를 마주하며 잠시 잊고 있던 부모의 일……. 이안이 피가 날 정도로 입술을 물었다.

'그 일을 넘어갈 수는 없어. 사실 지금까지 내가 아이샤한테 그렇게 군 것도 어찌 보면 그 탓인데…….'

아이샤에게 못되게 군 것은 전적으로 그의 탓이었건만 이안은 작금의 상황을 괜스레 회피하며 다른 곳에서 이유를 찾았다. 어떻게든 자신의 죄를 덜어 보겠다 발버둥 치는 꼴이 못나 보였지만 당사자인 그는 그런 자신을 아직도 눈치채지 못했다.

'하지만 일을 진행하면 아이샤가 분명 상처받을 것이고……. 무엇보다 그녀가 날 위해 가족을, 아니, 아비를 포기할 수 있을까?'

깊게 생각하면 할수록 이안의 마음은 무거워졌다. 그는 아이샤가 과연 아비 대신 자신을 선택할지 확신할 수 없었다. 아이샤에 대한 마음을 인정하지 않고 짓밟겠다 다짐했을 때도 마음 한구석은 항상 불편했다.

한데 아이샤에 대한 마음이 사실 한결같았고 그걸 입 밖으로 낸 지금은? 이안은 마음 전체가 납덩어리 여러 개를 매단 듯 괴로웠다.

'그냥 이대로 포기하면……. 사실 확증도 없잖아. 지금에라도 차라리 모든 걸 잊으면…… 편해지지 않을까?'

이안의 속내가 3년 전 의심을 하던 초창기로 돌아갔다. 마음속에 저울을 하나 만든 이안이 한쪽에 아이샤와 행복한 자신을, 다른 한쪽에는 복수에 성공한 자신을 올려났다.

거의 비등하긴 했으나 그럼에도 저울이 어느 쪽으로 기울었는지는 명확히 보였다. 그러나 차이가 크지 않아서일까 올라간 다른 쪽이 눈에 밟혀 포기할 수가 없었다.

'전처럼 날 사랑해 주는 아이샤라면……. 나를 이해해 줄 거야. 사실 어느 자식이 부모의 복수를 꿈꾸지 않겠어. 그건 너무 당연한 거야. 그러니까 아이샤도 이해할 거야. 아니, 이해해 줘야만 해.'

이안의 헛된 망상은 후작저에 도착할 때까지 계속됐다. 이안은 후작저 정문을 통과해 정원을 가로지르고 저택에 도착한 후에야 머리를 가볍게 저어 머릿속을 헤집는 생각을 지웠다.

'나중에 생각할 문제야. 일단 지금 급한 건 아이샤의 화를 풀어 주고…….'

저택으로 들어온 이안은 제임스에게 당장 목욕물을 준비하도록 명했다. 얼마 안 가 준비된 적당히 뜨거운 목욕물에 몸을 담근 이안은 앞으로의 계획을 차근차근 세우기 시작했다.

'……다시는 이런 일이 없게끔 하는 거니까.'

이안이 첫 단추로 선택한 일은 아이샤에게 잘해 주는 것과 더불어 집안을 뜯어고치는 일이었다. 아이샤를 좇아 백작저로 가는 바람에 잠시 잊고 있었으나 그는 이번 일이 헬렌은 물론이요, 소피아와 다이앤도 연관 있다 확신했다.

'소피아야 철이 없어 그렇다 해도 그 늙은이는 주제도 모르고 감히 일을 벌였단 말이지.'

조사로 알게 된 다이앤의 비밀 일부분을 떠올린 이안의 눈에 경멸이 일었다. 그가 젖은 머리카락을 위로 쓸어 올리더니 눈을 감고 당장 여동생과 조모를 어떻게 할지 생각에 잠겼다.

* * *

"아직도 술이 더 필요해?"

윌리엄은 혀가 꼬인 목소리로 자레드의 어깨를 툭툭 쳤다. 하지만 자레드는 호박색 술을 한 잔 더 들이켤 뿐. 그의 입은 자물쇠라도 걸린 것처럼 굳게 다물어져 있었다.

"자레드! 밤새워 마셨다. 이제 그만 털어놔."

그런 남동생을 보며 윌리엄이 의자를 빼고 몸을 기대다시피 앉았다. 덕분에 책상 아래 서 있던 빈 술병이 의자 다리에 치여 데구루루 굴렀다. 자레드는 형의 말에 그제야 술잔에서 손을 놓았다. 사실 그도 이제 한계였다. 더 마셨다가는 속에 품고 있는 비밀을 털어놓지 못한 채 기절하듯 잠들고 말리라.

결국, 여러 번 입을 뗐다 붙이기를 반복한 그가 어렵게 입을 열었다.

"……캐서린 말이야."

"그래. 우리 여동생께서 왜."

"캐서린이…… 아버지 딸이 아니래."

"뭐?"

자레드의 말에 윌리엄의 얼굴에 비웃음이 맴돌았다. 그가 세상에서 가장 우스운 이야기를 들었다는 듯 배까지 잡고 웃기 시작했다.

"야! 너 무슨……. 어디서 삼류 소설이라도 픕. 읽고 온 거야?"

"……."

"너 캐서린 그 애가 태어나던 순간 기억 못 해?"

폭소를 멈추고 겨우 말문을 연 윌리엄은 자레드의 등까지 치며 낄낄거렸다. 그러나 과장된 그의 행동에도 자레드가 끝내 말이 없자 윌리엄은 한순간에 웃음을 싹 지웠다. 그가 한껏 오른 술기운이라고는 잊은 듯 진지한 표정으로 물었다.

"누가 그따위 말을 해?"

"……헬렌 시저. 그 사생아가."

헬렌의 이름이 나오자 윌리엄이 바닥에 침을 뱉고는 경멸 가득한 표정을 숨기지 않았다. 그리고 잔뜩 낮아진 목소리로 읊조렸다.

"왜 그 더러운 사생아 편지를 전해 줬나 했더니. 그따위 말을 믿어 그런 거야? 그게 그런 거짓말로 널 속이고 협박했어? 아니 그보다 넌 그런 말에 넘어갔고?"

"……."

"황족 모독죄보다 더한 반역죄로군. 당장 기사들에게 명해 그 사생아 계집을 잡아 처넣어야겠어. 그리고 어머니께 고해 이른 시일 내 그 계집을 처형해야지. 사지를 잘라도 모자랄……."

"나도 처음엔 안 믿었어. 한데 증거가 있단 말이야."

자레드가 윌리엄의 말허리를 중간에 자르며 음울한 표정을 지었다. 증거가 있다는 말에 윌리엄의 얼굴이 심각하게 변했다. 그의 동생은 고지식한 부분이 있긴 했으나 그만큼 신중한 편이었다. 증거가 부실하거나 조금이라도 이상했다면 이렇게까지 굴지 않았으리라.

거기까지 생각이 닿은 윌리엄이 진중한 목소리로 물었다.

"무슨 증거?"

형의 물음에 자레드가 양손으로 머리를 감싸 쥐고 눈을 감았다. 그리고 그런 그의 귓가에 헬렌의 간드러진 목소리가 울렸다.

'제가 황후 폐하의 자식이 아니라 그런 눈으로 보시는 거겠죠? 한데 오라버니가 아끼는 여동생……. 캐서린 황녀도 오라버니와 피가 반쪽밖에 섞이지 않았다는 사실 아세요?'

리트먼 후작의 연회에서 헬렌이 여동생을 들먹이며 그를 잡고 말도 안 되는 소리를 늘어놓았을 때까지만 해도 자레드는 찝찝해할지언정 그녀의 말을 믿지 않았다.

'믿지 않으시니 증거를 보여 드리겠어요. 언제든 찾아오세요. 아니면 사람을 시켜 날 부르든가.'

그러나 두 번째 만남에서 헬렌이 내민 증거에 그는 무너졌고, 그녀와 약속을 하고 말았다. 일을 비밀에 부치는 대신 원할 때 부탁을 한 번 들어주겠노라고. 그리고 어제 헬렌은 갑작스레 그를 찾아 제 서신을 아비에게 전해 줌과 동시에 만남을 주선해 달라고 요구했다.

"그 사생아 손에 아버지가 친필로 쓴 칙서가 있었어."

"……."

"황후의 배에 있는 아이는 외간 사내와 황후 사이에서 생긴 더러운 아이이므로 황후를 그 직위에서 폐하여 탑에 가두고 아이는 낳는 즉시 추방한다. 그렇게 쓰여 있었다고."

자레드는 제가 본 증거를 윌리엄에게 털어놨다. 내용까지 정확히 읊는 남동생의 모습에 윌리엄은 다리를 꼰 채 턱을 툭툭 치더니 이어 물었다.

"직인은? 있었어?"

시저 제국 황제의 직인은 보기에는 화려한 도장일 뿐이었지만 잉크를 묻혀 찍으면 기이한 빛이 맴도는 신기한 물건이었다. 처음 이걸 만든 황궁의 발명가조차 술을 진탕 마시고 발명한 덕에 누구도 어떤 금속들이, 어떤 비율로 들어가 이 신기한 물건이 만들어졌는지 알 수 없어 다시는 만들어 내지 못할 세상에서 하나뿐인 직인이 되었다.

하지만 그 덕분에 도용의 위험성은 극히 낮아졌고 시저 제국의 황제들은 대대로 이 직인을 사용했다. 윌리엄도 그 사실을 알았기에 직인에 대해 물었던 것이다.

"……있었어. 필적과 다르게 직인은 위조할 수 없으니까 믿을 수밖에 없었던 거야."

"직인이 있었다라……."

윌리엄은 직인을 봤다는 자레드의 말에 미간을 살짝 구겼다. 그러나 그는 곧 담담한 얼굴을 하더니 어깨를 으쓱였다.

"상관없어."

자신과 달리 전혀 불안해하지 않는 형의 모습에 자레드가 머리를 잡고 있던 손을 내리고 고개를 들어 윌리엄을 바라봤다. 저를 바라보는 남동생의 눈에 윌리엄이 손을 뻗어 자레드의 이마에 딱 소리 나게 손가락을 튕겼다.

"아버지가 그런 칙서를 쓰고 직인까지 찍은 게 사실이라도 그게 공표된 적은 없잖아. 그리고 자레드 넌 어머니가 그런 짓을 할 분이라고 생각해?"

"하지만 분명 아버지 친필에 직인까지……."

자레드는 윌리엄에게 맞아 아픈 이마를 문지르며 중얼거렸다. 그러자 윌리엄은 자레드의 이마를 한 번 더 치며 고압적으로 명령했다.

"내 물음에 네, 아니오로만 대답해. 어머니가 부적절한 행동을 하실 분으로 보이느냐고."

"아니."

자레드는 고민 없이 고개를 저었다. 그러자 고압적인 얼굴로 자레드를 바라보던 윌리엄이 단번에 표정을 풀고 씩 웃었다.

"그럼 뭐가 문제야. 그따위 종이 쪼가리가 있건 없건 캐서린은 아버지 딸인데."

"……"

"황제의 직인은 위조할 수 없다지만 혹시 모르잖아? 할 수 있었는데 안 밝혀진 걸 수도. 그리고 당시 오해가 있었다가 풀렸을지도 모르지. 그러니까 어머니는 지금까지 황후이시고 캐서린은 황녀인 거야."

윌리엄의 목소리는 당당한 것이 어미를 향한 조금의 의심도 없었다. 자레드는 그런 형의 모습에 왠지 모르게 부끄러워져 고개를 숙였다.

"넌 황자가 돼서 그따위 더러운 사생아가 내민 종이 쪼가리에 휘둘려 이따위 사고나 치고, 쯧! 어머니께는 진심으로 사과드려. 이유가 뭐가 됐든 네가 어머니를 의심한 건 사실이잖아."

시무룩한 자레드에게 윌리엄이 핀잔을 날렸다. 하지만 그 속에 담긴 위로를 느끼지 못할 자레드가 아니었다. 그가 열 오른 제 얼굴을 한번 쓸고는 고개를 끄덕였다.

"……이번 일이 해결되면 여행이라도 떠나 견문을 넓혀. 하여간 은근히 손이 많이 간단 말이야."

윌리엄은 고개 끄덕이는 남동생의 어깨를 두어 번 더 치고는 생각에 잠긴 얼굴로 말했다. 해결이라는 단어에 자레드가 걱정스러운 얼굴로 윌리엄에게 물었다.

"어쩌려고? 자칫 잘못 건드리면 일이 커질 텐데."

"그 더러운 사생아 계집 때문에 부모님은 그 나이 먹고 싸우시고 내 여동생은 이상한 오해를 받질 않나, 남동생이란 놈은 휘둘리지 않나……."

윌리엄의 얼굴이 점점 스산해졌다. 그가 눈을 가느스름하게 뜨더니 제 머리카락만큼이나 붉은 술병을 기울였다. 그리고 거기서 나온 다홍색 술을 단번에 털어 마시며 중얼거렸다.

"집안의 장남이자 이 나라의 황태자로서 내가 가만두고 볼 수 없지."

* * *

'드디어!'

헬렌은 날아갈 듯 기뻤다. 자레드를 통해 구구절절 긴 편지를 전하긴 했으나 황제가 정말 자신을 불러들일지에 대해서는 내심 긴가민가했기 때문이다.

'황제 폐하께서 아가씨를 뵙고자 합니다. 마차를 준비했으니 타시지요.'

한데 편지를 전하고 이틀이 채 되지 않아 황제의 부름을 받다니. 그녀는 황제도 내심 자신을 그리워한 게 분명하다 생각하며 끝을 모르고 올라가는 입꼬리를 간신히 눌렀다.

"내리십시오."

그렇게 얼마가 지났을까. 마차가 멈추고 황제의 명을 전한 시종이 마차 문을 열고 손을 내밀었다. 헤벌쭉한 얼굴로 있던 헬렌은 그제야 얼굴을 정돈하고는 도도한 얼굴로 제게 내밀어진 손 위에 손을 올렸다.

시종은 헬렌이 손을 잡자 약간이지만 얼굴을 구겼다 폈다. 보통 사람이라면 눈치채지 못할 만큼 아주 빠른 변화였건만 헬렌은 기민하게 그를 눈치채고 눈을 부릅떴다.

'이게 감히⋯⋯!'

그러나 당장 무어라 할 용기는 아직 없었다. 헬렌은 황제를 알현한 뒤 자신이 황녀로 인정받기만 하면 이따위 시종은 당장 목을 자르겠다 생각하며 그의 얼굴을 뚫어져라 봤다.

헬렌의 시선이 워낙 무시무시했으므로 시종도 그를 눈치챘다. 하지만 그는 전혀 겁먹지 않은 얼굴로 자연스레 헬렌의 손을 놓고 안내하듯 팔을 뻗었다. 그런 태도가 더 분통이 터져 헬렌은 입술을 앙 깨물었다. 그러나 곧 입술연지가 망가질 것을 염려해 그새 바로 하고 코웃음을 한번 치는 것으로 제 기분이 상했음을 표현했다.

"이쪽으로 오십시오."

그녀가 그러거나 말거나 시종은 걸음을 옮겼다. 헬렌은 그제야 고개를 두리번거려 주변을 살폈다. 저 멀리 말로만 듣던 중앙궁의 화려한 외관이 눈에 들어왔다.

'⋯⋯듣던 것보다 더 화려하잖아. 하긴 저 정도는 돼야 황족이 머무는 곳이라 할 수 있지.'

헬렌은 중앙궁의 웅장함에 압도되어 저도 모르게 입을 벌렸다. 그러나 감탄도 잠시, 그녀는 곧 얼굴을 찌푸리며 앞서 걷는 시종에게 물었다.

"저기까지 걸어가요?"

시종이 뒤돌아 헬렌의 시선을 확인했다. 그리고 이번에는 비웃음을 숨기지 않은 채 차가운 목소리로 말했다.

"아가씨께서는 중앙궁으로 가는 게 아닙니다. 폐하께서는 아가씨를 산세베리아궁에 초대하셨습니다."

중앙궁으로 가는 게 아니라는 말에 헬렌이 주먹을 꽉 쥐었다. 사생아라 한들 저도 황제의 자식이 아닌가. 한데 중앙궁이 아닌 멀리 떨어진 별궁으로 초대한다니…….

'왜? 이건 누가 술수를 부려서야! 그게 아니면 자식인 날 왜 별궁에……. 그것도 정부들이나 머문다는 산세베리아 궁에…….'

황제만 중앙궁에 머무는 것이 아니라는 걸 생각하면 헬렌이 중앙궁에 초대받지 못한 건 당연한 일이었다. 그러나 헬렌은 중앙궁에 초대받지 못하는 게 누군가의 공작이라 생각하며 오르는 화를 간신히 내리눌렀다.

"이만 가시지요. 더 이상 지체하면 안 됩니다."

시종은 빨갛게 달아오른 헬렌의 얼굴을 무시한 채 빠르게 걸음을 옮겼다. 황제를 만난다 하여 치렁치렁하게 꾸미고 온 헬렌은 무거운 드레스를 잡고 힘겹게 그 뒤를 따랐다.

한참을 걷자 산세베리아궁이 조금 더 가까이 보였다. 높은 관목담에 둘러싸인 작고 하얀 궁. 산세베리아궁은 얼핏 보기에는 아기자기한 것이 꽤 아름다운 궁이었지만 조금 더 살펴보면 폐쇄적인데다 황족의 거처로는 초라한 궁이었다.

"언제까지 가야 해요?"

"이 정원만 지나면 됩니다."

"이렇게 먼데 마차를 타고 올 수는 없었나요?"

"죄송하지만 이 구역에서는 황족과 허락받으신 몇몇 귀족분들을 제외하고는 함부로 마차를 달릴 수 없습니다."

가까워졌다 한들 아직 먼 거리에 헬렌이 짜증을 부렸다. 시종은 그녀의 말에 건성으로 대답하며 걸음의 속도를 늦추지 않았다. 헬렌은 시종에 대한 살기가 끓어오름과 동시에 황족으로 인정받지 못하는 제 처지가 서러워 다시금 입술을 잘근잘근 물었다.

"엇?"

헬렌이 시종을 따라 정원의 반을 지났을 때였다. 앞서가던 시종이 갑작스레 멈춰 서더니 허리를 깊게 숙였다. 그리고 헬렌은 들을 수 없었던, 완벽히 예를 갖춘 목소리로 인사했다.

"황녀 전하를 뵙습니다."

황녀 전하라는 말에 헬렌의 시선이 앞으로 향했다. 그러자 연한 백금발을 길게 늘어뜨린 우아한 여인이 밝은 녹안으로 헬렌과 시종을 바라보고 있는 게 보였다.

"……황녀 전하십니다. 빨리 인사를 드리십시오."

헬렌이 멀뚱히 서 있자 시종이 그녀를 재촉했다. 여인이 누구인지 알아챈 헬렌은 뜸을 들이며 시선을 저 멀리 둔 채 뭉그적댔다.

"어서요!"

시종이 그런 헬렌을 향해 목소리를 조금 높였다. 그제야 헬렌은 허리를 아주 살짝 숙인 채 고개도 짧게 까닥여 인사했다. 적절치 못한 예에 캐서린 황녀 뒤에 있던 주홍 머리 시녀가 차가운 얼굴로 나서려 했다. 그러나 황녀는 제 시녀를 한 손으로 막은 채 담담한 목소리로 말했다.

"내 이리 어려운 인사를 받은 건 처음이야."

"죄, 죄송합니다. 황녀님."

"공의 잘못은 아니지. 일어나게."

시종이 어쩔 줄 몰라 하자 캐서린이 고개를 저었다. 그리고 헬렌을 한번 훑어보더니 곧 무표정한 얼굴로 시녀에게 손짓했다. 자연스러운 그 동작에 뒤에서 얼굴을 굳히고 있던 시녀가 헬렌을 노려보며 말했다.

"옆으로 비키세요. 황녀 전하께서 지나가십니다."

시종이 곧장 옆으로 비켜서고 헬렌도 한 박자 늦게 옆으로 섰다. 캐서린은 만들어진 길을 앞만 보고 걸었다. 자레드 황자처럼 섬세하게 아름다운 얼굴을 아니었으나 황녀의 얼굴에는 누구도 감히 따라 할 수 없는 고상함이 흘렀다. 특히 결 좋은 머리카락 아래 예쁜 선을 그린 이마와 눈매가 그녀의 우아함을 한층 더 부각했다.

헬렌도 그를 느꼈다. 때문에 그녀는 캐서린이 자신의 옆을 지나가기 무섭게 그녀의 뒤통수를 노려봤다.

'저게!'

헬렌은 지금껏 캐서린 황녀를 얕봤다. 직접 대면한 적은 없으나 위의 두 황자에 비해 황녀는 언급이 적었으므로 그녀가 뛰어나지 않을 것이라고 지레짐작했기 때문이다. 게다가 어미가 준 황제의 친필 칙서……. 그 내용을 안 뒤 그녀는 캐서린을 만나더라도 자신이 더 빛날 것을 의심하지 않았다.

'운 좋게 황녀 자리를 차지한 가짜 주제에!'

하나 막상 캐서린과 마주하자 헬렌은 저도 모르게 기가 죽고 말았다. 외관이 어떻든 누구나 황족이라 칭송할 것 같은 분위기……. 그게 헬렌의 자존심을 제대로 건드렸다.

'참자. 어차피 폐하께서 날 인정하면 저년도 조만간 끝이야. 제 어미와 함께 끝장을 내 주겠어.'

헬렌은 캐서린 황녀가 저 멀리 작아지자 소리 나게 이를 갈았다. 옆에 있던 시종이 그런 헬렌을 어이없다는 듯 쳐다보다 딱딱한 목소리로 말했다.

"아가씨, 걸음을 조금 빠르게 부탁합니다."

"가고 있으니 재촉하지 마세요!"

시종의 독촉에 헬렌은 처음과 달리 짜증을 부렸다. 그러나 무조건 황제를 알현해야 했던 그녀는 씩씩거리면서도 빠르게 걸음을 내디뎠다.

* * *

"이번 겨울에는 진주가 유행할 거 같아. 한참 사파이어가 인기였다지만 시장에 나온 물량이 너무 늘어난 탓에 사교계 명사들은 슬슬 착용을 꺼리는 데다 얼마 전 캐서린 황녀님의 진주 목걸이가 부인들 사이에서는 화제였거든."

아이샤는 에드워드의 맞은편에 앉아 테이블 위의 진주를 유심히 살폈다. 돋보기까지 낀 채 손가락 사이로 진주를 굴리며 흠이 있나 살피는 모습이 제법 전문가처럼 보였다.

"그래? 그럼 크기는 어느 정도가 적당하다 봐?"

"보자…… 딱 이 크기의 진주가 유행하지 않을까? 이것보다 큰 건 대부분 황궁으로 진상되는 데다 자칫 잘못 끼고 갔다가는 황후 폐하나 황녀 전하의 것과 비교당하니까. 좋은 평을 받으면 불경, 나쁜 평은 그것대로 별로지."

에드워드는 아이샤에게 의견을 구하며 그녀를 찬찬히 살폈다. 집중하느라 똘망똘망한 눈, 혈색이 도는 뺨……. 역시 몇 번을 살펴도 여동생은 너무나 괜찮았다.

'왜?'

하나 그래서 이상했다. 에드워드는 도통 이해할 수 없는 아이샤의 상태에 한쪽 눈썹을 치켜올린 채 생각에 잠겼다.

'……며칠 지났다고는 해도 이안과 그 사생아 일 때문에 속이 말이 아닐 텐데.'

에드워드가 익히 아는 아이샤라면 지금쯤 충격에 방 안 침대에 누워 있어야 했다. 그러나 아이샤는 후작저에서 이안과 헬렌의 입맞춤을 목격하고도 너무나 멀쩡했다. 에드워드는 이안 때문에 쓰러지지 않는 여동생을 다행이라 생각하면서도 의아한 눈으로 바라봤다.

"오빠."

"……."

"에드워드 오빠!"

"……어?"

그렇게 한참. 멍하니 상념에 잠겨 있던 에드워드는 아이샤가 큰 소리로 그를 부른 후에야 정신을 차렸다. 그가 눈의 초점을 바로 하자 아이샤가 열정 가득한 목소리로 일갈했다.

"오늘까지 보석들을 각각 얼마나 사야 하는지 언니한테 보내 줘야 한다며. 그렇게 넋 놓으면 오늘 내로 다 못 끝내."

아이샤가 언니라 부르는 존재는 에드워드의 아내 아일린이었다. 그녀는 큰 상단의 주인으로 현재 제 사업과 파든가의 사업을 위해 몇 년째 수도 밖을 떠돌고 있었다.

"아아…… . 그렇지. 그래, 빨리 봐야지."

여동생의 지적에 에드워드가 다시금 서류를 들고 집중하기 시작했다. 하지만 복잡한 머릿속 때문에 그의 집중은 오래가지 못했다. 결국, 에드워드는 케이블 위 보석을 하나하나 살피고 있는 아이샤를 불렀다.

"아이샤."

"응?"

아이샤가 테이블 위에서 시선을 떼지 않은 채 답을 했다. 에드워드는 그런 여동생의 모습에 한숨을 쉬었다가 테이블을 똑똑 두드렸다. 그제야 아이샤가 보고 있던 루비에서 시선을 떼고 동그란 눈으로 오라비를 바라봤다.

"너…… 괜찮니?"

잠깐 고민한 에드워드가 아이샤에게 담백하게 물었다. 짧은 말이었지만 무얼 뜻하는지 에드워드도 아이샤도 알았다. 아이샤의 입이 일자로 다물렸다. 그러나 그녀는 곧 작게 미소 지으며 고개를 끄덕였다.

"응. 요즘은 몸이 한결 좋아."

"…… ."

"……원래 이맘때쯤이면 항상 아팠는데 이상한 일이지."

날 때부터 몸이 약한 아이샤는 매년 가을에서 겨울로 넘어가는 때에 자주 앓곤 했다. 의사는 그녀의 약한 몸이 추워지는 날씨에 적응하지 못해 그렇다 설명했다.

'왜 나돌아 다녀! 나가지 말라 했지. 봐! 또 앓아누웠잖아.'

'하지만 더 추워지면 아예 움직일 수 없는걸.'

'이안 그 자식보고 오라 해. 그건 다리가 없는 것도 아니고…….'

'이안은 바쁘잖아. 그러니까 내가 가야지. 바쁜 사람을 오라 가라 할 수는 없는 노릇이잖아.'

하지만 그녀의 잔병의 원인이 과연 날씨에만 있었을까? 에드워드는 작년, 그리고 재작년을 떠올리며 속으로 아니라고 단언했다.

"이상한 일이 아니야. 좋은 일이지."

그가 자리에서 일어나 아이샤 쪽으로 다가가며 말했다. 아이샤는 갑작스레 다가온 에드워드를 의아한 눈으로 올려다봤다. 에드워드는 그런 여동생에게 다정하게 웃어 주며 그녀의 뺨을 살짝 꼬집으며 말했다.

"건강한 모습이 보기 좋아. 무언가 열심히 하는 모습도 보기 좋고. 아무렴 방 안에 누워 있는 모습보다야 이게 훨씬 좋은 모습이지."

* * *

'이안이 널 혼낼지도 모른단다. 하지만 소피아, 무슨 일이 있더라도 우리 셋이 한 일을 이안에게 말하면 안 돼.'

'왜, 왜요? 말은 안 하지만 이안은 헬렌을 좋아하잖아요. 그럼 차라리 도와주려 그랬다고 솔직하게 말하는 게…….'

'소피아. 이안의 성격 모르니? 제 마음을 깨닫고 스스로 말하기 전까지는 계속 부정할 거란다. 한데 우리 셋이 입맞춤……. 큼! 헬렌 양이 그렇게까지 할 줄은 몰랐다만……. 아무튼 그 일을 꾸민 걸 알면 이안은 나뿐 아니라 너도 가만두지 않을 거야.'

이안의 집무실 앞에 선 소피아는 어젯밤 조모와 나눈 이야기를 되새기며 초조함에 손톱을 잘근잘근 깨물었다. 그러나 생각을 하면 할수록 억울했다. 자신은 좋은 뜻으로 그리했을 뿐인데 죄인처럼 불려 와 오라비의 집무실 앞에 서 있는 꼴이라니 분통이 터졌다.

'이, 이게 다 아이샤 때문이야! 애초에 그게 찾아오지 않았으면……. 아니, 주제도 모르고 이안과 약혼하지만 않았어도 이런 일은 없잖아.'

결국 두려움에 질린 소피아가 가장 만만한 상대의 탓을 했다. 하지만 그렇다고 해서 당장 이 상황을 돌릴 수는 없는 일. 소피아가 발을 동동 구르며 화를 삭이고 있을 때 문 안에서 이안의 목소리가 들렸다.

"들어와."

들어오라는 오라비의 목소리에 소피아가 얼어붙었다. 잠시 숨을 멈춘 그녀는 곧 심호흡과 함께 문을 밀고 들어갔다.

덜컹.

방 안에는 이안이 그녀에게 등을 보인 채 창가에 서 있었다. 소피아는 이안의 뒷모습을 바라보며 침을 한 번 꿀꺽 삼켰다. 그리고 잠시 뒤 떨어지지 않는 입술을 간신히 뗐다.

"이안. 무, 무슨 일이야?"

"정말 몰라서 물어?"

이안이 냉랭한 목소리로 반문했다. 오라비의 분위기에 압도당한 소피아가 고개를 숙인 채 핑 도는 눈물을 간신히 참았다.

'할머니 말대로야. 헬렌 일로 괜히 날 혼낼 수도 있다고 했는데…….'

다이앤과의 대화를 다시 한번 떠올린 소피아가 속으로 아이샤에게 욕을 퍼부었다. 하지만 오라비가 무서웠기에 그녀는 겉으로는 우물쭈물하며 아무런 답도 하지 않았다. 소피아에게서 침묵만이 돌아오자 이안이 몸을 돌렸다. 그리고 마주한 오라비의 눈에 소피아는 몸을 딱딱하게 굳혔다.

"그 자리에 아이샤는 왜 데리고 왔어? 너 설마 일부러 그랬어?"

이안이 여동생의 눈을 똑바로 마주 보며 추궁했다. 소피아는 두려움에 자신이 보고 행한 것을 솔직하게 전부 말하려다 다이앤의 충고를 기억해 냈다.

'이런 일은 비밀로 하는 게 최고란다. 물론 영원히 비밀로 하자는 건 아니야. 이안과 헬렌이 이어지면 그때 가서는 웃으면서 이야기할 수 있을 거야. 하지만 그전에는 비밀로 해야 해. 모든 일은 우연히 일어난 거라 우겨야 한단다.'

'하지만 이안이 속겠어요? 오빠는 눈치가 빨라요. 그 자리에 할머니와 제가 아이샤를 데리고 나타났는데……. 모르는 일이라 잡아떼도 믿지 않을 거예요.'

'물론 믿지 않을 수 있지. 그럼 그럴 때는 말이다……. 이렇게 해 보렴.'

소피아의 눈에 갈등이 맺혔다. 그러나 그것은 찰나였고 곧 소피아의 머릿속에 다이앤의 목소리가 재생됐다.

'모든 걸 꾸며 내면 들키기 십상이지만 진실과 거짓을 섞어 이야기하면 상대도 혼란스럽지. 아이샤를 일부러 그곳에 데려갔다는 건 말해도 좋아. 하지만 레아의 손목에 쓴 글과 시호초에 대해서는 끝까지 비밀로 해야 한단다. 알았지?'

'하지만……'

'그리고 소피아 넌 누가 뭐라 해도 이안의 하나뿐인 여동생이잖니. 이안이 네게 너무 엄하게 군다 싶으면 울어 버리렴. 하나뿐인 여동생이 서럽게 우는데 이안도 적당히 할 거란다.'

소피아는 곧장 얼굴을 일그러뜨렸다. 그리고 그 자리에 그대로 주저앉은 채 어린아이처럼 엉엉 울음을 터뜨렸다.

"나, 나도 그런 일이 벌어질 줄은 몰랐단 말이야. 흐아아앙."

"……."

"아이샤가 미워서……. 흑, 그래서 일부러 오빠가 헬렌하고 만나는 자리에 데려간 건 사실이야. 골탕 좀 먹이려고. 하지만 오, 오빠가 헬렌하고 그러고 있을 줄은…….”

서럽게 우는 여동생의 모습에도 딱딱한 얼굴을 고수하고 있던 이안이 어느 순간 얼굴을 구겼다. 그가 소피아의 말을 차마 끝까지 듣지 못하고 잘랐다.

“그만.”

헬렌과 입맞춤할 뻔했던 일을 다른 사람 입으로 듣는 것은 끔찍하리만치 수치스러웠다. 때문에 그는 지끈거리는 머리를 두세 번 누르고 소피아에게 일어나라 손짓했다. 소피아는 훌쩍거리면서도 오라비의 손짓에 따라 자리에서 일어났다.

“어쨌건 아이샤와 다니엘을 일부러 그 자리에 데려온 건 사실이라는 거지?”

“응…….”

오라비의 눈치를 보면서도 소피아가 고개를 끄덕였다. 이안은 그런 여동생을 빤히 바라보다 불쑥 다이앤의 이름을 꺼냈다.

“……그 늙은이, 아니, 조모님이 네게 그러자 했어? 솔직히 말해.”

“아, 아니야. 할머니는 날 말렸어.”

소피아의 심장이 쿵 내려앉았다. 하지만 갈등할 새도 없이 입은 거짓을 말하고 있었다. 소피아가 땀에 젖은 손바닥을 드레스에 닦았다. 이안은 그런 여동생을 보며 심드렁한 목소리로 말했다.

“그래?”

제임스를 통해 이안은 아이샤와 다니엘을 그 자리에 이끈 이가 다이앤임을 이미 알고 있었다. 제 예상보다 훨씬 더 조모에게 정을 붙인 듯 보이는 여동생의 모습에 이안이 계획을 앞당길 생각을 하며 물었다.

“좋아. 그럼 너 아이샤한테 왜 그러는 거야?”

“그, 그게 무슨…….”

"지금껏 묻어 뒀지만 네가 아이샤한테 하는 행동 말이야. 전에 그 소문 건도 그렇고 도를 지나친다는 건 알고 있지?"

다이앤과 달리 소피아는 이안에게 소중한 가족이었다. 때문에 이안은 소피아에게는 기회를 주고 그녀와 아이샤가 잘 지낼 수 있는 방도를 찾고 싶었다.

"아이샤와 네가 어릴 적부터 사이가 좋지 않다는 건 알아. 하지만 아이샤를 향한 네 행동은 단순히 싫어하는 친구를 대한다기에는 항상 선을 넘어."

물론 아이샤와 소피아의 관계에서 대부분의 문제가 소피아에게 있다는 것은 이안도 전부터 인식하고 있었다. 다만 소문 건이 터지기 전까지만 해도 이안은 그 심각성을 제대로 인지하지 못하고 있었으며, 그 후에는 한동안 아이샤에 대한 마음을 부정하느라 여동생의 방종을 방관했다.

하지만 아이샤에 대한 마음을 인지하고 그녀와의 관계를 개선하겠다 마음먹은 이상 그는 더는 소피아를 두고 볼 수 없었다. 때문에 그는 자식을 혼내는 엄한 부모와도 같은 태도를 고수하며 소피아에게 재차 이유를 물었다.

"아무 말 안 하고 운다고 해도 이번에는 안 넘어가. 왜 그러는지 똑바로 설명해. 솔직하게 말하면 한 번은 기회를 줄 거야."

소피아는 고개를 숙인 채 한동안 아무 말 없이 몸을 부들부들 떨었다. 그러나 오라비의 시선이 계속되자 그녀는 참지 못한 채 고개를 번쩍 들고는 소리쳤다.

"전부…… 모두 다 그 애만 보니까! 심지어 내 오빠인 이안 너조차도 아이샤만 보잖아!"

* * *

엉엉 울면서 말을 마친 소피아는 하녀에게 부축되어 나갔다. 이안은 소피아가 나갈 때까지 엄한 표정을 풀지 않았으나 문 닫히는 소리와 함께 여동생이 사라지기 무섭게 어깨에 힘을 풀었다.

"하……."

책상으로 돌아가 자리에 주저앉은 이안이 시가를 꺼내 물었다. 부모가 죽고 하나 남은 가족인 여동생은 종종 커다란 사고를 쳐 이안에게 두통을 가져왔다.

'소피아가 먼저 아이샤를 밀었어. 얘 무릎 까진 거 안 보여?'

'아버지는 말하지 말라 하셨지만 소피아가 밖에서 파든가 이름으로 이것저것 사들인 게 제법 많아. 물정 모르는 아이라 덤터기 씌운 것도 있겠지만 그런 걸 고려해서라도 이 금액은…….'

'네 동생이 저지른 더러운 수작질 때문에 아이샤 그 아이가 무슨 일을 당했는지 몰라?'

그러나 이안은 소피아에게 어느 선 이상 화를 낼 수 없었다. 여동생을 생각할 때면 항시 뒤따르는 감정 때문이었다.

'이안. 내가 오빠 하나뿐인 여동생이 맞아?'

부모를 잃고 파든가에서 지내게 된 소피아는 이안에게 자주 섭섭함을 토로했다. 갑자기 바뀐 환경 때문에 불안해진 것도 있었지만 그보다는 또래인 아이샤가 그녀를 자극한 탓이었다.

아이샤가 소피아를 괴롭힌 것은 아니었으나 부모를 잃은 소피아에게 부모뿐 아니라 오라비들의 사랑까지 듬뿍 받는 또래 여자아이는 존재 자체만으로 열등감을 불러일으켰다. 이안은 그런 여동생의 상태를 누구보다 빠르게 눈치채고 최대한 소피아를 챙겨 주려 노력했다. 하지만 제 한 몸 건사하기도 힘든 시절, 이안에게도 한계는 있었고 그는 소피아가 원하는 만큼 여동생에게 애정을 표현하지는 못했다.

그래도 이안은 그 시절 자신으로서는 여동생에게 최선을 다했다고 생각했다. 하지만 생각과 별개로 소피아를 떠올릴 때면 안쓰러운 마음과 함께 오라비로서 더 잘해 주지 못했다는 죄책감이 드는 것은 어쩔 수 없었다. 때문에 이안은 소피아가 금전적 문제를 비롯해 큰 사고를 칠 때마다 화를 내면서도 용돈을 끊고 집 안에 그녀를 가두는 것 외 큰 벌을 내리지 못했다.

'……난 그냥 섭섭했을 뿐이야. 질투를 조금 한 것뿐이라고.'

'…….'

'흑……. 다른 건 됐어. 그냥 가끔……. 아니, 일주일에 한 번만 나랑 시간을 보내 주면 안 돼?'

'…….'

'오, 오빠가 나랑 일주일에 한 번, 한두 시간만 나한테 주면 나 아이샤한테 앞으로 안 그럴게. 괜히 심술부리지도 않고 되지도 않는 질투도 하지 않을 거야.'

이번에도 마찬가지였다. 소피아가 울며 속내를 드러내자 이안은 저도 모르게 마음을 누그러뜨리고 말았다. 화가 나면서도 안쓰러웠고, 또 한편으로는 미안했다. 결국 그는 엉엉 우는 여동생에게 일주일에 한 번 시간을 내겠다는 약속을 하며 당분간 방에서 반성하라는 말 외엔 어떤 말도 할 수 없었다.

'……일주일에 한 번 시간을 가지면서 아이샤와의 관계도 풀어야지. 앙금이 꽤 오래되기는 했지만 나아질 거야. 아니, 나아져야 해.'

이안은 시가 연기를 훅 내뿜으며 속에 가득 찬 갑갑함을 조금이라도 버리려 했다. 그러나 연기가 흩어지고 흔적조차 보이지 않자 곧 목이 죄는 기분과 함께 다른 모습의 갑갑함이 그를 덮쳤다.

'지금 소피아와 아이샤의 관계가 문제인가? 당장 나부터…….'

저절로 깊은 한숨이 나왔다. 이안은 시가를 한쪽 손에 든 채 고개를 숙였다.

'……우리 당분간은 만나지 않는 게 좋겠어.'

당분간 만나지 말자는 아이샤의 말. 그녀의 입에서 나온 그 말은 시간이

가면 갈수록 이안을 더 애타게 만들었다.

어제부터 계속 좋은 방향으로 생각은 하고 있었으나 불쑥 드는 초조함과 이대로 그녀가 영영 저를 보지 않으면 어떡하나 한계까지 다다른 불안감이 보이지 않는 사슬이 되어 그를 꽁꽁 에워쌌다.

이안은 타들어 가는 시가의 끝을 바라보다 시가를 재떨이에 비벼 껐다. 불씨에 타고 일부만 남은 시가의 끝은 쉽게 뭉개졌다. 이안은 그 초라한 꼴이 꼭 저 같다 생각하며 실소했다.

"……이대로 있을 수는 없어."

애가 타서 조마조마한 마음이 조급함을 불렀다. 아이샤에게 당분간 보지 말자는 말을 들은 지 이틀도 지나지 않았건만 이안은 더는 가만히 기다릴 수 없다 생각하며 자리에서 벌떡 일어났다.

"갈 수는 없겠지. 하지만 이대로도 안 돼."

그가 길 잃은 개처럼 방 안을 빙빙 돌기 시작했다. 빠르게 오가는 발걸음에서 초조함이 뚝뚝 묻어났다. 하지만 이안은 어지러움조차 느끼지 못한 채 입술을 잘근잘근 짓씹었다.

똑똑.

"주인님. 제임스입니다."

고장 난 듯 보이는 그의 행동은 노크 소리가 나서야 멈췄다. 문밖에서 들리는 제임스의 목소리에 이안은 문뜩 무언가 떠올리고는 성큼성큼 방을 가로질러 문을 벌컥 열었다.

제임스는 문 바로 앞에 서 있는 주인을 보고는 놀란 얼굴을 했다. 이안은 그의 표정에도 개의치 않은 채 책상 쪽으로 움직이며 머릿속에 떠오른 생각을 풀어내기 시작했다.

"아. 제임스 마침 잘 왔네. 내일부터, 아니지. 그건 너무 이르니까 모레부터 말이야, 꽃을 좀 주문했으면 하는데."

"꽃말입니까? 갑자기 왜……."

"아이샤 앞으로 커다란 꽃다발을 보내도록 해. 그만하라 따로 명할 때까지 매일 말이야. 물론 가장 좋은 것들로 보내야겠지."

빠르게 말을 쏟는 이안의 모습은 평소와는 너무도 달랐지만, 이유를 짐작한 제임스는 잔말 없이 곧장 고개를 끄덕였다.

"예. 알겠습니다."

자신과 달리 침착히 대꾸하는 제임스의 목소리에 이안이 그제야 그를 바라봤다. 그러자 제임스가 걱정 말라는 듯 부드러운 웃음까지 보이며 한 번 더 재차 답했다.

"걱정 마십시오. 거래하는 곳에 오늘 바로 언질을 주겠습니다."

"……그래. 신경 좀 써 줘."

제임스의 태도에 이안은 마음이 아주 조금은 편안해지는 것을 느꼈다. 동시에 괜히 머쓱해진 그가 헛기침을 했다. 그리고 제임스의 손에 들린 서신 뭉치를 보며 말했다.

"서신이 왔나 보군. 이리 주게."

"예. 여기 있습니다."

서류 뭉치를 받아 든 이안은 혹여나, 정말 혹시나 하는 마음으로 빠르게 수신인을 살폈다. 그러나 열 개가 넘어가는 서신 중 파든가의 직인이 찍힌 것은 하나도 없었다.

* * *

"아가씨. 너무 멀리 나오신 거 아니에요?"

"뭘 이 정도로 그래. 에드워드 오빠는 며칠 거리도 한 달에 몇 번을 오가는걸."

아이샤는 마리와 함께 수도 외곽 라프란 마을로 가고 있었다. 수도에서도 거의 끝자락에 자리한 라프란 마을은 독특한 방식으로 금실을 수놓아 아름다운 천을 만들었는데 그 질이 매우 좋아 황실에서도 라프란 마을의 물건을 진상 받을 정도였다.

황실에서도 쓰는 물건이니 라프란 마을의 천이 귀족가에서 인기 있는 것은 당연했다. 하지만 나오는 물건의 수량은 한정되어 있었고, 때문에 어느 정도 영향력 있는 귀족가에서는 마을의 장인들과 계약을 맺어 미리 물건을 예약했다. 파든가도 마찬가지라 아이샤는 오늘 가문에 예약된 천을 미리 살펴보러 가는 중이었다.

"하지만 큰 도련님이야 가문을 물려받으실 테니 당연한 거고……. 아가씨는 귀족 아가씨인데다 몸도 약하신걸요."

마리의 입장에서는 몸이 약한 아이샤가 이 일에 자원한 것이 마음에 들지 않았다. 수도 안이라고는 하나 길이 빙 둘러 난 탓에 마을까지는 마차로 장장 3시간을 달려야 했다. 거기다 가는 길 중간에는 울퉁불퉁한 산길마저 있어 마차로도 편히 갈 수가 없었다.

"벌써 길이 이런데……. 어제저녁에는 속이 나빠 식사도 거르셨잖아요. 제발 무리하지 마세요."

"무리하는 거 아냐. 이제라도 내 할 일을 하는 거지."

마리의 말에 아이샤가 밖의 풍경을 보며 입을 열었다. 낙엽이 소복이 쌓인 길은 마리의 말처럼 잘 닦인 길은 아니었지만 여기저기 난 들꽃과 바위들이 특유의 운치를 자아내고 있었다.

"아버지랑 에드워드 오빠는 물론이고 그 외 우리 집 식구들은 전부 일하잖아. 어머니만 해도 집안뿐 아니라 관리하는 사업장이 여럿 있으시고 새언니는 1년 내내 밖에서 상단을 이끄는걸."

푸릇한 산 내음에 잔잔한 미소마저 띤 채 말을 잇는 아이샤의 얼굴에는 이유 모를 해방감이 있었다. 여러 해 동안 옆에 있었지만 처음 보는 주인의 표정에 마리는 저도 모르게 입을 헤 벌리고 아이샤의 얼굴을 구경했다.

"다니엘 오빠는 기사라 훈련만으로도 바쁘고……. 아서 오빠는 공부 중이고. 말하고 보니 정말 지금껏 나만 편히 놀았네. 마리도 그렇게 생각하지?"

마리가 자신을 구경하는 것도 모른 채 아이샤가 작은 웃음과 함께 고개를 돌렸다. 반짝거리는 청회색 눈에 마리가 그제야 정신을 차리고 고개를 저었다.

"무슨 말씀을 그렇게 하세요. 아가씨도 매달 부인과 집안일도 보셨고 그 외에도 가끔은……. 가끔은……."

"생각나는 게 별로 없지?"

"……."

"……그럴 수밖에. 난 항상 집안일보다 다른 일에 더 정신이 팔려 있었으니까."

마차를 탄 이래 어둠 한 점 없던 아이샤의 얼굴에 그림자가 드리웠다. 마리는 아이샤가 누구를 떠올리며 말하는지를 눈치채고 재빠르게 답했다.

"원, 원래 귀족가 아가씨들은 그런 거예요! 아가씨가 이상한 게 아니라고요. 지나가는 사람들을 붙잡고 물어보세요. 귀속가 영애가 사업 때문에 돌아다니는 집이 몇 집이나 있어요? 대부분의 영애는 약혼자와 결혼을 기다리며 신부 수업이나 한다고요. 그러니까……."

마리의 말이 길어질수록 아이샤의 얼굴은 더욱 어두워지더니 결혼이라는 말에 굳어졌다. 그를 알아챈 마리는 티가 나게 당황하다 끝에 가서는 말을 흐렸다.

"하지만 난 오빠들이랑 똑같이 교육받았는걸. 그 값을 해야지, 안 그러면 손해야."

아이샤는 그런 마리에게 미안해 얼굴을 활짝 피며 쾌활한 목소리를 꾸며냈다. 마리도 일부러 장난기 가득한 말투로 맞받아쳤다.

"그 말씀은 꼭 부인 같으시네요. 역시 피는 속일 수 없다니까요."

"너도 별 쓸데없는 말을……."

그러나 그것으로 대화는 단절됐다. 아이샤는 말없이 다시 밖을 보며 무언가 곰곰이 생각했으며 마리는 손가락을 꼼지락거리다 시선을 마차 바닥으로 내렸다.

"뭐, 그래도……."

그렇게 한참, 아이샤를 힐끔거리던 마리가 갑작스레 입을 열었다. 턱을 괸 채 밖을 보던 아이샤가 의아한 낯으로 돌아보자 마리가 조금 상기된 얼굴을 한 채 그녀를 보고 있었다.

"아가씨가 좋으면 그걸로 됐어요!"

"……."

"사실 침대에 계시는 것보다야 이런 모습이 훨씬 보기 좋아요. 사업에 참여하는 귀족 영애라니 얼마나 멋져요?"

마리는 아이샤를 가장 가까이서 보필한 하녀였다. 때문에 그녀는 아이샤가 이안 때문에 상처받아 우는 것도, 앓아눕는 것도 모조리 볼 수 있었다.

마리는 아름답고 착한 제 주인 아가씨가 매번 사내 때문에 괴로워하는 것이 싫었다. 그 사내가 아무리 잘난 외관에, 큰 권력을 가진 귀족 나리라지만 그럼 뭐 하나. 제 아가씨는 매일같이 상처 입고 침대에 누워 눈물로 베개를 적시는데.

"그리고 아가씨가 오늘처럼 외출하시면 저도 행복해요. 청소도 빠질 수 있지, 합법적으로 바깥 구경도 나갈 수 있지, 또……."

그리하여 그녀는 아이샤의 변화를 응원하는 마음으로 열심히 종알거렸다. 청소를 빠져 좋다는 마리의 말에 아이샤는 픽 웃고는 그녀의 머리를 쓰다듬어 줬다.

"오늘 아가씨랑 나간다니까 안나가 절 얼마나 부러워했는지 아세요? 고 계집애 지금도 배가 아파서……."

마리의 말이 길어지고 그새 산길을 벗어난 마차는 덜컹거림 없이 길을 달리고 있었다. 저 멀리 보이는 붉은 지붕에 아이샤가 머릿속 한구석을 차지한 이안의 얼굴을 떨쳐 내기 위해 고개를 두어 번 저었다.

'……지금은 일이나 생각하자.'

이안의 잔상은 완벽히 사라지지는 않았다. 하지만 그가 옅어진 것만으로도 마음은 한결 편안해져 아이샤는 마중 나온 장인에게 밝게 웃어 줄 수 있었다.

* * *

"예. 아가씨. 그럼 백작님께 말씀 좀 잘 부탁드립니다."

"네. 오늘 고마웠습니다. 아버지께는 말씀 잘 드릴게요."

아이샤는 파든가와 거래하는 가게를 기쁜 마음으로 나섰다. 예상보다 좋은 물건의 질이 퍽 만족스러운 데다 수량에도 문제가 없어 일이 일찍 끝났기 때문이다.

"마리, 우리 마을 구경이나 하고 가자."

"네. 아가씨."

"두 분도 괜찮으시죠?"

"예. 아가씨 물론입니다."

아이샤가 만족스러운 얼굴을 하자 마리와 두 호위병도 덩달아 기분이 좋아졌다. 네 사람은 마을에 도착했을 때보다 가벼워진 발걸음을 옮기며 마을 이곳저곳을 구경하기 시작했다.

"와. 예쁘네요."

"그러게. 와 보길 잘했어."

라프란 마을의 곳곳에는 천이 걸려 있었다. 특히 마을 중앙에 위치한 시장에는 각 가게에서 경쟁적으로 걸어 놓은 천들이 길을 따라 늘어져 있어 장관을 연출했다. 펄럭이는 색색의 염색 천에 놓인 금사. 가게 밖에 걸어 놓은 것들이라 그리 좋은 품질은 아니었으나 햇빛에 반짝이는 금실이 아름다웠다.

아이샤는 마리사와 함께 느긋하게 물건을 구경했다. 하녀를 대동한 젊은 아가씨를 보고 상인들은 호기심과 함께 물건을 팔아 보려 눈을 번뜩였으나 곧 두세 걸음 뒤에서 따르는 커다란 덩치의 호위병들을 보고 목을 움츠렸다.

아이샤는 괜스레 상인들을 겁주는 것 같아 호위병들에게 조금 떨어져 달라 부탁했다. 호위병들은 처음에는 위험해서 안 된다며 고개를 젓다가 계속되는 그녀의 부탁에 거리를 조금 더 늘렸다.

호위병들이 멀찍이 떨어지자 아이샤는 마리와 함께 가게 안에 들어가 물건들을 구경했다. 라프란 마을의 상인들은 신분이 높은 귀족 손님을 제법 많이 받아 봤는지 별 거리낌 없이 아이샤에게 호객 행위를 했다. 그러나 침을 튀기며 말하는 상인의 열렬한 호객 행위에도 아이샤의 눈은 시큰둥했다.

'역시 따로 주문한 것처럼 좋은 물건은 없구나.'

대부분의 가게에는 아이샤가 예약 주문한 것만큼 좋은 물건이 없을뿐더러 모조품도 꽤 많이 보였다. 어찌 보면 당연한 것이 대부분의 장인은 예약이 꽉 차 있어 시장까지 좋은 물건이 나오는 일은 매우 드물었기 때문이다.

"여기만 보고 돌아가자."

흥미를 잃은 아이샤가 마지막으로 큰 가게 하나를 가리키며 말했다. 마리도 슬슬 구경이 지겨워졌는지 아무 말 없이 고개를 끄덕이며 아이샤의 뒤를 따랐다.

"어서 오십시오. 안내하겠습니다."

마지막 가게는 규모가 큰 만큼 직원들도 제법 많았다. 하지만 넓은 내부에 비해 물건의 질은 그다지 높지 않아 아이샤는 이번에도 시들한 얼굴로 걸음을 옮길 뿐이었다.

"허어. 라프란 마을 천이 얼마나 유명한지 못 들어 보셨소?"

아이샤가 가게 안 물건을 대충 훑어볼 때였다. 어디선가 날카로운 소리가 들렸다. 호기심이 인 아이샤가 소리가 난 곳을 바라봤다. 그러자 조금 떨어진 곳에 특이한 복장의 손님이 가게 주인으로 보이는 이와 실랑이하는 것이 보였다.

"흠……. 정말 그 가격이 맞나?"

"허어. 이렇게 답답할 때가!"

목소리가 큰 이는 가게 주인이었으나 시선을 끄는 이는 손님 쪽이었다. 시저 제국민에 비해 확연히 어두운 모래 빛 피부와 그와 대조되는 하얀 머리카락이 그들이 이방인임을 말해 줬다.

'아스타인?'

아이샤가 그들을 알아보고 놀란 눈을 했다. 아스타인들은 시저 제국 서쪽 바다를 지나야 나오는 아스타 왕국의 사람들로 제국의 서부에서는 몰라도 수도에서 보기 어려운 이들이었다.

"아가씨. 저 사람들 좀 보세요. 책에서나 봤지. 실제로 저런 피부색의 사람들을 보는 건 처음이에요."

"마리. 너무 그렇게 쳐다보는 건 실례야."

마리가 신기한 듯 대놓고 그들을 보자 아이샤가 주의를 줬다. 마리는 그제야 고개를 돌렸으나 관심이 가는 걸 막을 수는 없는지 곁눈질로 그들을 살폈다.

"아무튼 이건 백 골드요. 이 라프란 마을에서도 얼마나 특출난 물건인데. 의심은! 쯧!"

아이샤는 호기심에 귀를 세우다 가게 주인이 백 골드라는 어마어마한 금액을 부르자 자신도 모르게 고개를 다시금 그들 쪽으로 돌렸다. 그리고 곧 눈살을 찌푸리며 가게 주인을 노려볼 수밖에 없었다.

'저건 라프란 마을 물건이 아닌데……. 게다가 백 골드?'

백 골드는 커다란 금괴 한 덩어리를 살 수 있는 돈이었다. 한데 진품도 아닌, 위조품에 백 골드라니 말도 안 됐다. 남의 일이니 가만히 구경하려던 아이샤는 결국 참지 못하고 걸음을 옮겼다.

"아가씨?"

마리가 뒤따르며 걱정스레 그녀를 불렀지만, 아이샤는 가슴을 한번 꾹 누르고는 이방인과 가게 주인이 대치하는 곳으로 다가갔다.

"······좋아. 거래하지."

"진작 그럴 것이지. 운 좋은 줄 아시오. 다른 장인들 같았으면 이렇게 의심받고 물건 내주지도······."

아이샤가 그들 가까이 도착했을 때 이방인은 물건을 막 사려던 참이었다. 아이샤는 거들먹거리며 잘난 척하는 주인을 노려보다 세 명의 이방인들 중 가장 앞에 있는 이를 향해 말했다.

"그건 위조품이에요."

갑작스레 나타난 그녀를 이방인과 가게 주인이 돌아봤다. 아이샤는 그들에게 조금 더 가까이 다가서며 주인이 내민 물건을 손가락으로 가리켰다.

"여기를 잘 보세요. 라프란 마을 천에는 이런 자국이 없어요. 이건 일반적인 방법으로 수를 놓은 모양새예요."

"뭐, 뭐요! 당신은!"

사기 행각을 들킨 가게 주인이 아이샤에게 벌컥 화를 냈다. 아이샤는 그의 큰 목소리에 놀라 몸을 살짝 움찔거리면서도 용기를 내어 말했다.

"양심도 적당히 팔아야지. 가짜 물건을 파는 것도 모자라 백 골드라니. 이게 진짜여도 이 정도 길이의 라프란 천은 그 값이 반의반밖에 하지 않아요. 그러니 손님께서는 다른 곳을 알아보시는 게 좋겠어요."

"갑자기 나타나서 웬 훼방이야! 장사 망치지 말고 저리 꺼지지 못해?"

아이샤가 실제 물건값까지 거론하자 상인의 얼굴이 달군 것처럼 시뻘겋게 변했다. 그가 당장에라도 아이샤를 칠 듯 우악스러운 목소리로 고함을 치자 마리가 가게 밖에 대기하고 있는 호위병들에게 오라 눈짓하며 아이샤의 앞을 막아섰다.

"우리 아가씨께 고함지르지 마세요! 사기꾼 주제에."

"뭐? 뭐라고? 사기꾼?"

척 봐도 신분이 높아 보이는 아이샤와 달리 마리는 만만했는지 가게 주인이 손을 들어 올렸다. 그러자 아이샤가 차가운 목소리로 말했다.

"내 하녀에게 손가락 하나만 대 봐. 당장 그 손을 자르겠어."

"이런 망할!"

아이샤의 일갈과 저 멀리서 다가오는 호위병에 가게 주인이 천을 든 채 허둥지둥 걸음을 옮겼다. 다가가는 직원들마저 뿌리친 채 가게 안쪽 방으로 도망치는 모양새가 보기 흉했다.

"끌어낼까요? 아가씨."

"아니에요. 괜찮아요."

호위병들이 주인의 모습을 눈으로 좇으며 말했다. 아이샤는 고개를 저어 그들을 물리고는 앞에 서 있는 이방인들을 향해 고개를 돌렸다. 그리고 그들 중 가장 앞에 있는 이와 눈을 마주치고는 잠시 말을 멈췄다.

'아⋯⋯.'

세 명의 이방인 중 가장 앞에 있는 이는 단연 눈에 띄었다. 훤칠한 걸 넘어선 큰 키와 장발 사이, 한쪽 귀에만 주렁주렁 매달린 귀걸이도 그러했지만, 무엇보다 루비처럼 새빨간 붉은색의 눈동자에는 사람을 단번에 매료시키는 무언가 있었다.

그러나 거기까지였다. 사내의 외관에 큰 관심이 없는 아이샤는 곧장 정신을 차리고 밖을 향해 손가락질했다.

"라프란의 천을 꼭 사셔야 한다면⋯⋯. 저기 밖에 표시 보이시죠? 저 표시가 있는 가게는 장인들이 직접 여는 가게입니다. 한 블록 아랫길에 그런 가게들이 많아요. 그쪽에서 물건을 찾아보세요."

이방인은 아이샤의 설명에도 아무런 대꾸를 하지 않은 채 그녀를 빤히 보기만 했다. 무례를 넘어선 그 시선에 아이샤의 얼굴에 당혹감이 서렸다. 결국, 그녀가 어색한 미소로 고개를 살짝 숙이고는 몸을 돌렸다.

"그럼 이만······. 마리, 가자."

"잠깐."

짤랑. 이방인의 귀걸이가 부딪히며 소리를 내는가 싶더니 커다란 손이 아이샤의 손목을 콱 붙잡았다. 조금의 힘 조절조차 않는 그의 손길에 놀란 아이샤가 눈을 동그랗게 뜨고 그를 돌아봤다.

"이름. 그리고 가문은?"

사내는 놀란 아이샤의 표정에 씩 길게 입꼬리를 올리더니 제국어가 아닌 아스타 왕국의 언어로 명령하듯 물었다. 아이샤는 아스타어를 배운 적이 있어 그의 말을 알아들었으나 황당함에 아무 대꾸를 못 한 채 사내를 올려다 봤다.

"아가씨! 우리 아가씨한테서 손 떼!"

먼저 정신을 차린 마리가 사내에게 달려들었다. 그러나 사내는 마리의 손길에는 꿈쩍도 하지 않다가 아이샤가 붙잡힌 손을 비틀자 그제야 손을 놓았다.

"이름과 가문을 대."

"······남의 이름을 물을 때는 본인 소개가 먼저 아닌가요?"

아픈 손목을 문지르며 아이샤가 저도 모르게 톡 쏘듯 말했다. 그녀의 뒤에는 어느새 조금 떨어져 있었던 호위병들이 다가와 긴장 가득한 얼굴로 이방인 무리를 바라보고 있었다. 하나 사내는 호위병들의 등장에도 전혀 개의치 않은 채 턱을 문지르더니 답했다.

"나? 난······. 이미르. 그래. 이미르라고 해. 이제 됐지?"

생각하고 말하는 모양새가 딱 봐도 가짜 이름이었다. 아이샤는 거짓말을 대놓고 하는 사내를 황당한 눈으로 보다 일단 상황을 벗어나고자 입을 열었다.

"······아이샤입니다."

"가문은?"

"이름과 마찬가지로 먼저 소개해 주시면 저도 말씀드리지요."

"그건 곤란한데. 나중에 말해 주면 안 돼?"

아이샤는 사내와 문답을 하는 자체가 한심하게 느껴졌다. 그녀가 그를 경계하며 한 발자국 물러나자 호위병들이 재빠르게 그녀 앞에 섰다. 아이샤는 호위병들의 뒤에서 고개를 까딱이고는 빠르게 몸을 돌렸다.

"저도 그럼 나중에 말씀드리겠습니다. 그만 가자, 마리."

호위병들이 뒤를 막고 있는 탓일까. 이방인 사내는 조금 전과 달리 그녀를 붙잡지 않았다. 하지만 뒤에서 느껴지는 사내의 시선이 워낙 따끔거려 아이샤는 가게를 나와 거리를 한참 걸으면서도 미간을 찌푸리고 있었다.

* * *

"귀엽네. 그리고 예뻐서 마음에 들어."

이미르라 자신을 소개한 사내는 아이샤의 모습이 보이지 않을 때까지 그녀를 바라보다 뒤늦게 중얼거렸다. 그의 말에 묵묵히 뒤에 서 있던 이 중 오른쪽에 있던 사내가 튀어나오더니 볼멘소리로 투덜거렸다.

"……왜 제 이름을 파십니까. 이스칸 님."

"저쪽도 가짜 이름을 말한 거면 어떡하지?"

이스칸 님이라는 말을 강조한 진짜 이미르는 불만이 많아 보였다. 하나 이스칸은 신경도 쓰지 않은 채 혼잣말을 하더니 제 왼편에 있는 사내에게 명했다.

"따라가서 알아 와. 수도 귀족 같은데 마차에 박힌 문양 정도면 어느 가문 여식인지 나오겠지."

이스칸의 명에 왼편에 있던 이가 아무 말 없이 허리를 숙이더니 빠르게 사라졌다. 가게를 나서는 동작이 꼭 뱀처럼 매끄러웠다.

"찾으셔서 어쩌시려고요? 설마 또?"

사라지는 동료를 보며 이미르가 목소리를 높였다. 이스칸은 어깨를 으쓱이며 그를 돌아봤다.

"그 얼굴은 뭐야?"

"이번에는 안 됩니다. 지금 부인들만 해도 궁이 부족할 지경인데!"

"그럼 하나 새로 짓지, 뭐."

"그럼 왕께서 가만있지 않으실 겁니다!"

"그럼 마디하랑 사나, 카울라 빼고 하나 내쫓든가."

이미르가 골치 아픈 얼굴로 제 머리를 붙잡았다. 그러나 그러거나 말거나 이스칸은 제 오른쪽 귀에 달린 귀걸이를 만지작거리며 혀로 입술을 핥았다.

"너무 나쁘게만 보지 마. 어차피 시저 제국 출신 부인은 하나쯤 있어야 하잖아. 애초에 여기 온 목적 중 하나도 그거고."

"정확히는 황족이거나 적어도 고위 귀족 출신의 시저 제국 여인이어야 합니다."

"그건 생각을 미처 못 했네. 황족은 아닌 거 같고……. 한미한 집안의 여식이면 어떡하지?"

"……."

"가만 생각하니 문제없군. 부인을 둘 데리고 돌아가면 그만이잖아?"

도통 말이 통하지 않는 주인을 보며 이미르는 대꾸하기를 포기했다. 그러자 제 결정에 혼자 만족한 이스칸이 기지개를 한번 쭉 켜고는 말을 이었다.

"마디하가 이 마을 천을 꼭 사 오라 했으니 방금 그 여인이 알려 준 대로 가 보자. 물론 그 전에 일은 해결해야겠지만 말이야."

밖을 보던 붉은 눈동자가 옆으로 데구루루 구르더니 가게 안쪽 문을 바라봤다. 한심한 듯 주인을 보고 있던 이미르도 그 순간만큼은 날카로운 눈빛을 한 채 이스칸과 같은 곳을 바라보며 품속에 숨겨 둔 단검을 만지작거렸다.

"어떻게 할까요?"

"물건을 비싸게 팔아먹으려 한 건 괜찮은데 여인에게 도움받게 만든 건……. 내 체면 문제잖아. 양팔만 부러뜨려."

고개를 끄덕인 이미르가 문 안으로 들어갔다. 그리고 곧 가게 안에서 처절한 비명이 터져 나왔다.

* * *

라프란 마을에 다녀온 다음 날, 이른 아침부터 아이샤에게 선물이 하나 도착했다. 드레스 상자만큼이나 커다란 상자였다. 그 속에는 족히 백 송이는 되어 보이는 갖가지 꽃이 조화롭게 포장되어 있었다.

화사한 꽃망울이 방금 꺾은 것처럼 하나하나 생기 넘쳤다. 또한 그 향은 어찌나 좋은지 아이샤 옆에 선 마리가 탄성을 내지르며 코앞으로 향기를 끌어오기라도 하듯 손을 내저었다.

하나 선물을 받은 아이샤는 별다른 반응을 보이지 않았다. 그녀는 상자에 담긴 꽃다발을 물끄러미 내려 보기만 할 뿐, 탄성을 지르지도 놀란 눈을 하지도 않았다.

아이샤가 아무런 반응도 않자 꽃다발을 가져온 로이드가 하인이 머쓱한 얼굴을 했다. 그가 허리를 굽힌 채 아이샤를 연신 힐끔대자 아이샤가 한참 만에 작은 한숨을 내쉬며 하인에게 명했다.

"……이만 가 보게."

아이샤의 말에 마리와 하인이 동시에 조금 당황한 기색을 보였다. 보통 선물을 받았으면 그걸 전해 온 이의 편에 감사 서신이나 구두로라도 감사를 전하는 것이 예의였건만 아이샤는 그 어떤 것도 하지 않았다.

"예. 그럼 이만……."

하나 무어라 하겠는가. 하인이 떨떠름한 얼굴로 허리를 숙이더니 몸을 돌리더니 곧 사라졌다. 하인이 아예 보이지 않자 마리가 아이샤의 눈치를 살피며 물었다.

"이건 어떻게 할까요?"

"버리긴 아깝고 저택 화병에야 꽃이 충분할 테니까…… 사용인들의 숙소를 그걸로 꾸미면 좋겠구나."

"네? 하지만……"

아이샤의 답에 마리가 놀란 얼굴을 했다. 꽃에 대해 잘 알지는 못했으나 문외한인 그녀가 보더라도 이안이 보내 온 꽃은 한 송이 한 송이 값어치가 커 보였다. 한데 이 비싼 꽃들을 사용인 숙소를 꾸미는 데 쓰라니. 아깝다는 생각이 절로 들었다.

"가져가서 앤에게 맡기렴."

머뭇거리는 마리의 표정에도 아이샤는 단호했다. 그녀는 꽃다발을 맡길 사용인마저 지정하고는 몸을 돌렸다.

"아……"

시야가 돌아가자마자 머리가 어지러웠다. 동시에 배를 쿡 찌르는 감각에 아이샤는 인상을 찌푸렸다. 이상한 낌새를 느낀 마리가 아이샤에게 다가왔다. 하지만 그새 통증은 사라졌고 아이샤는 별일 아니라는 듯 손을 내저었다.

허리를 편 아이샤가 흔들림 없이 걷기 시작했다. 그리고 그 뒤로 짙은 꽃향기가 미련처럼 따라붙었다.

* * *

"오늘도 그랬나?"

"예……"

하인은 잘못한 것도 없이 벌을 서는 기분이었다. 저를 노려보는 주인의 형형한 푸른 눈. 거기에는 그가 꼭 거짓을 말한다는 듯한 의심이 가득했다.

"……그렇단 말이지. 오늘도 별다른 말이나 반응을 하지 않았다고?"

"예. 주인님."

답을 하는 하인의 다리가 두려움에 부르르 떨렸다. 이안은 그제야 머리를 짚더니 짜증스러운 손짓으로 하인에게 나가 보라 명했다. 하인은 그것이 구명줄이라도 되는 것처럼 냉큼 사라졌다.

하인이 집무실을 나가자 이안은 양손으로 이마를 짚으며 눈을 감았다. 그러자 차가운 얼굴로 제가 보낸 꽃다발을 보고 있을 아이샤가 떠올랐다.

'아이샤.'

마지막에 봤을 때처럼 냉랭할 아이샤를 상상하자 숨이 턱 막혔다. 참지 못한 그가 목을 죄고 있는 크라바트를 아예 풀어 바닥에 내동댕이쳤다.

탁.

거친 동작에도 불구라고 화는 조금도 가시지 않았다. 숨을 조금 빠르게 몰아쉬던 이안이 눈을 감고 의자에 기대듯 앉았다. 그러나 편안한 자세를 취했음에도 갑갑한 목은 여전해 이안은 목으로 손을 가져갔다.

'……왜?'

아이샤의 무반응은 일주일이 넘어갔다. 이안은 그 일주일 동안 그녀에게 하루도 빼먹지 않고 꽃다발을 보냈다. 그것도 고르고 고른 꽃들로만 추려서 말이다.

하지만 사흘이면 서신이라도 한 줄 보내 줄 줄 알았던 아이샤는 의례 하는 감사 인사조차 아직 보내지 않았다. 이안은 그게 미칠 것 같았다. 차라리 꽃다발을 보내지 말라는 서신이라도 오면, 작은 반응이라도 준다면 그걸 핑계로 아이샤에게 다가갈 텐데 상대가 무관심으로만 일관하니 도통 어찌해야 할지 갈피를 잡기 어려웠다.

'차라리 찾아갈까? 당분간 만나지 말자고 하긴 했지만, 지금쯤이면…….'

초조함에 이안은 자리에서 벌떡 일어났다. 하지만 다시 힘없이 주저앉은 그는 입술을 꾹 문 채 고개를 저었다.

'아냐. 혹여나 찾아갔다가 그때 하려던 말을 마저 하기라도 하면……'

전전긍긍 못 하면서도 이안이 아이샤를 찾아가지 못하는 이유는 하나였다. 그날 그 늦은 새벽, 잘린 아이샤의 뒷말을 예상해 버렸기 때문이다.

'이안. 우리 시간을 가지고 생각을 좀 해 보자. 우선 약혼 말인데……'

이안은 아이샤의 입에서 약혼에 대해 부정적인 말이 나올 수 있으리라고는 단 한 번도 상상해 본 적이 없었다. 때문에 그는 아이샤의 뒷말을 자신의 극단적인 상상일 거라 자기 세뇌를 하면서도 한편으로는 두려움에 바짝 질려 있었다.

'……조금만 더 기다리자. 아직 일주일이야.'

그가 머릿속에서 부정적인 생각을 몰아내려 고개를 저었다. 하지만 가만히 있으면 있을수록 서리 같았던 아이샤의 모습이 떠올라 저절로 침음성이 나왔다.

제 머리를 쥔 채 한숨 쉬던 이안이 한참 만에 책상 위의 서류를 보고 자세를 바로 했다. 높이 쌓여 있는 서류들. 억지로라도 일에 집중하면 피를 말리는 이 초조함이 가실까? 그가 피가 날 정도로 입술을 문 채 가장 위에 있는 서류를 앞으로 가져왔다.

'아스타 왕국이라……'

다행인지 손에 잡힌 서류는 꽤 중대한 사안이었다. 5년 만에 방문하는 아스타 왕국의 사절단. 요즘 구귀족파와 신흥 귀족파는 그들을 두고 한참기 싸움을 하고 있었는데 그 정도가 심해 각 세력은 사절단을 맞이하는 부처까지 본인들 세력이 강한 쪽에 맡기려 으르렁거렸다.

'황궁에 오는 게 아니오. 그럼 궁무부에서 진행해야지.'

'아니지요. 사절단 아닙니까? 외교부에서 진행해야 합니다.'

이러한 일이 일어나는 배경에는 아스타 왕국과의 교역이 있었다. 아스타 왕국은 시저 제국과 바다를 낀 채 멀리 떨어져 있었으나 몇몇 중요한 교역

물품이 있어 꼭 필요한 교역국이었다. 특히 아스타 왕국에서만 나는 향신료 몇 종은 제국에서 인기가 매우 좋아 두 나라의 교역 규모는 날이 갈수록 커지고 있었다.

한데 여기서 구귀족파와 신흥 귀족파 사이의 갈등이 생겼다. 교역 규모가 커지면서 아스타인들이 교역품을 내리는 항구의 수입도 제법 짭짤해졌는데 현재 아스타인들이 이용하는 항구는 구귀족파의 영향력이 강한 도시에 자리 잡고 있었던 탓이다.

구귀족파는 본인들의 상인 세력을 이용해 신흥 귀족파에서 움직이는 상인 세력이 항구로 들어오지 못하게 은밀히 방해했다. 이것이 마음에 들지 않았던 신흥 귀족파는 몇 년 전부터 아스타 왕국의 고위층에게 항구를 바꾸라 몰래 작업을 치고 있었다.

아스타 왕국이 국가 차원에서 항구를 지정해 줄 만큼 상업을 엄격하게 관리하는 나라였기에 가능한 작전이었다. 하지만 이는 곧 구귀족파의 귀에도 들어갔고 구귀족파는 혹여나 아스타 왕국에서 항구를 바꿀까 신흥 귀족파와 마찬가지로 아스타 왕국 고위층과 접선했다.

'아스타 왕국에서 사절단을 보낸답니다. 게다가 사절단의 대표가 왕세자랍니다!'

한데 물밑에서 이런 치열한 다툼이 오가던 와중, 아스타 왕국에서 왕을 제외한 최고 권력자이자 최고위층인 왕세자가 사절단으로 온다니 각 세력들은 촉각을 곤두세웠다.

'일단 이쪽이 유리하기는 한데……'

이안은 작금의 상황이 구귀족파에게 유리하다 판단하고 있었다. 항구를 옮기는 것은 아스타 왕국 상인들 사이에서도 번거롭다며 반대가 있는 데다 지금의 항구 위치가 매우 뛰어났기 때문이다.

하지만 긴장을 아예 늦출 수는 없었다. 신흥 귀족파들이 미는 항구의 위치는 지금의 항구보다 조금 떨어져 있긴 해도 규모가 컸다. 게다가 지금의 항구는 역사가 오래된 만큼 지역 내 부패가 심한 편이었다. 구귀족파에서 감시를 한다지만 종종 터져 나오는 불법 세금 문제. 그 때문에 지금의 항구에 불만이 많은 아스타 왕국 상인들도 많았다.

이안은 신흥 귀족파에서 내세울 여러 수를 생각하며 서류를 넘겼다. 바로 뒷장에는 아스타 왕국의 사절단을 은밀히 조사한 내용이 빼곡히 적혀 있었는데 이안은 그를 쭉 읽어 내려가다 어느 지점에서 눈을 멈췄다.

「아스타 왕국 내 왕세자의 부인으로 제국 여인을 맞이해야 한다는 의견이 있었음. 이는 두 나라 간 교역의 양이 늘어남에 따라 아스타 왕국에서 제국의 중요성이 높아졌다 볼 수 있는…….」

부인이라는 단어를 이안이 손가락으로 툭 쳤다. 그리고 저도 모르게 몇몇 단어를 읊조렸다.

"부인. 아내. 아이샤…….."

듣는 이도 없건만 말하고 나니 얼굴이 홧홧했다. 하지만 그도 잠시, 일을 핑계로 간신히 회피한 아이샤와의 상황이 그의 뇌리를 지배했다. 결국 서류를 더는 읽을 수 없었던 이안이 고개를 숙인 채 열 오른 얼굴을 식혔다.

* * *

황제와의 만남이 끝나고 방을 나서기 무섭게 헬렌의 얼굴이 싹 바뀌었다. 문이 닫히기 전까지만 해도 만연해 있었던 미소는 사라졌으며 꼿꼿했던 고개는 아래로 내려갔다.

'……도대체 왜.'

황제와 헬렌의 만남은 벌써 네 번째였다. 하나 아비를 만나면 만날수록 헬렌은 깊은 열패감에 휩싸였다.

'어머니께서는 항상 아버지가 대단하신…….'

'뭐라 했나.'

'예? 폐, 폐하 전…….'

'모른 척해도 소용없다. 이번 한 번은 봐주겠으나 다시는 그러지 마라.'

시작은 황제가 아비라는 호칭을 허락하지 않았을 때부터였다. 처음 만난 날 황제는 내내 헬렌에게 다정한 미소를 보내 줬다. 그러나 헬렌이 은근하게 호칭을 바꾸자 그는 언제 그랬냐는 듯 미소를 지우고 무표정한 얼굴을 했다.

'……예. 명심하겠습니다. 폐하.'

처음 헬렌은 자신이 조급했다 생각하며 곧장 납작 엎드렸다. 하지만 돌아가는 마차에서 그녀는 차오르는 눈물을 막기 위해 이를 악물어야 했다.

'사적인 호칭은 아직 이르다 생각했잖아. 한데 왜…….'

어느 정도 예상한 상황인데 왜 그랬을까? 헬렌은 황제와 두 번째 만났을 때 그 답을 찾았다. 무표정한 얼굴이 문제가 아니었다. 황제의 금안에 담긴 경멸. 헬렌은 아비가 제 존재를 경멸하고 있음을 깨달았다.

'아니야. 나도 황자들과 똑같은 자식인걸. 아직은 어색해서 그런 걸 거야.'

아비가 제 사생아를 경멸하는 일이야 비일비재했다. 그러나 막상 제가 그 처지가 되니 헬렌은 충격을 받았다. 물론 그렇다 해서 그녀는 멍청하게 그런 감정을 겉으로 드러내지는 않았다.

황제와 자신 간의 관계에서 황제는 얻을 것이 없었으나 자신은 그에게 앞으로의 생이 달려 있다 봐도 무방했다. 때문에 그녀는 억울함을 삼켰다. 그리고 황제와 만날 때마다 그의 비위를 맞춰 주며 입 속의 혀처럼 굴었다.

그녀의 노력을 조금은 가상하게 봤는지 황제는 네 번째 만남이었던 오늘 그녀에게 장장 세 시간을 내어 줬다. 처음 알현이 고작 삼십 분이었던 것을 생각하면 대단한 성과였다.

하지만 비위를 맞춰야 하는 시간이 늘어남에 따라 피로도가 올라가는 것은 어쩔 수 없었다. 헬렌은 너무 웃어 마비된 입꼬리를 문지르며 마차가 있는 곳으로 걸음을 옮겼다.

"아가씨. 황제 폐하께서 이걸 하사하셨습니다."

헬렌이 궁에서 벗어나 마침내 마차에 있는 곳에 다다랐을 때였다. 중년의 궁인 하나가 막 마차에 타려는 그녀에게 벨벳 상자 하나를 건넸다. 황제가 하사했다는 말에 헬렌의 눈이 동그랗게 커졌다.

"황제 폐하께서?"

"예. 그럼 물건을 전달했으니 전 이만 물러가 보겠습니다."

중년 궁인의 태도는 예의 발랐으나 어딘지 기분 나쁜 구석이 있었다. 하지만 황제에게 선물을 처음 받은 헬렌은 오늘만큼은 불쾌함을 느끼지 못한채 상자를 꼭 쥐고 마차에 올랐다.

마차 문이 닫히자마자 헬렌은 곧장 상자를 열었다. 그러자 헬렌의 붉은 머리카락만큼이나 붉은 루비가 알알이 박힌 화려한 목걸이가 그 자태를 보였다.

'이것 봐. 역시 폐하께서는 날······.'

척 봐도 귀한 물건이었다. 헬렌은 목걸이를 조심스레 집어 들고는 감동 어린 눈을 했다. 그러나 기쁨에 순수하게 빛나는 눈도 잠시. 그녀의 올리브색 눈동자 안에서는 곧 억울함이 넘실거렸다.

헬렌이 루비 목걸이를 꽉 쥔 채 마차 밖을 봤다. 그러자 저 멀리 중앙궁과 그 옆, 황족들이 머무는 아름다운 궁들이 보였다. 헬렌은 중앙을 노려보다 그 뒤, 캐서린 황녀가 머무는 장미궁을 노려봤다.

'두고 봐. 어머니 자리를 빼앗은 부도덕한 여자를 내쫓고 가짜 황녀 계집 애한테 뺏긴 내 자리를 되찾을 테니까.'

미움이 가득한 헬렌의 눈에는 열의가 가득했다. 그녀는 황궁을 벗어난 후에도 한참 황궁 쪽을 바라봤다.

황궁의 지붕조차 보이지 않을 때가 돼서야 헬렌은 고개를 돌렸다. 그녀의 눈에 황궁을 보느라 잠시 잊고 있었던 루비 목걸이가 들어왔다. 루비 목걸이의 화려함에 도취한 그녀가 오만한 미소와 함께 목걸이를 제 목에 가져다 댔다.

'오늘 밤 레버 백작 부인의 파티에 이걸 걸치고 가서……'

황제와 알현이 성사된 후 헬렌에게는 각종 파티의 초대장이 많이도 날아왔다. 물론 대부분은 시답잖은 초대장이었지만 개중에 몇몇은 꽤 영향력 있는 이가 보내 온 것이었다.

헬렌은 하루에도 몇 개의 파티에 참석했다. 그리고 황제와의 만남을 과시함과 동시에 누군가의 이름을 은근히 언급했다.

'이안……. 로이드 후작님 말씀이시죠? 저와 그분은……'

물론 로이드가에서 일을 친 직후라 전처럼 브로치를 보이는 등 대놓고 말을 흘리지는 않았다. 하지만 두 번이나 스캔들이 난 탓일까. 말끝을 두리뭉실하게 하는 것만으로도 효과는 훌륭했다.

'사람들이 떠드는 와중 내가 폐하께 인정받고 황녀가 되면 이안도 어쩔 수 없이……. 아니 그때는 먼저 살살 기면서 날 받아들이겠지.'

헬렌의 머릿속에 장밋빛 미래가 펼쳐졌다. 제국의 하나뿐인 황녀라는 타이틀을 단 채 명문 로이드 후작가의 안주인이 된 자신의 모습. 상상만으로도 손과 발끝이 짜릿했다.

'하지만 그러려면 빨리 폐하께 인정받아야 해. 또 언제 알현을 허락하시려나? 내일 또 부르시면 좋을 텐데.'

조급함에 몸이 단 헬렌이 인상을 찌푸리다 루비 목걸이를 보고 표정을 풀었다. 그녀가 루비 목걸이에 입을 맞추며 혼잣말을 중얼거렸다.

"걱정 말자. 다 내 뜻대로 될 거야."

헬렌의 손에 들린 루비 목걸이 가운데 가장 큰 루비가 불길하게 반짝였다. 하나 보석의 아름다움에 도취된 헬렌의 눈에는 그것이 보이지 않았다.

* * *

"아……."

"아가씨!"

마리는 계단을 내려가다 갑작스레 휘청이는 아이샤의 몸을 재빠르게 부축했다. 아이샤는 마리의 부축을 받으며 이마를 짚더니 작은 목소리로 중얼거렸다.

"……난 괜찮아."

"하지만……."

"정말 괜찮아. 그러니 걱정 마. 응?"

아이샤는 약하게 태어나 두통과 현기증 등을 자주 앓았다. 때문에 아이샤가 멀쩡히 걷다가도 휘청이는 것을 파든가 사용인들은 제법 자주 봤다. 하지만 계단을 내려가던 중이 아닌가. 마리는 귀한 아가씨가 크게 다칠 뻔한 상황에 심장이 쿵 내려앉는 경험을 했다.

"점심 식사를 적게 하셔서 그래요. 새 모이만큼 드시니까 몸이 부실해지잖아요."

"원래 이때쯤에는 입맛이 없었잖아. 그보다 마차는 준비해 뒀지?"

마리가 아이샤의 식사량을 타박했다. 그러자 아이샤가 그녀의 잔소리를 끊으려 재빠르게 주제를 바꿨다.

"날씨도 쌀쌀한데 그냥 저택에 계시지. 왜 굳이 나가시겠다……."

"마리, 네 잔소리는 나날이 느는 것 같아. 바깥 구경하면 좋잖니. 아직은 옷을 두툼하게 입으면 따뜻한 날씨고."

하지만 마리의 잔소리는 계속 이어졌다. 아이샤는 결국 제 하녀에게 잔소리를 그만하라 에둘러 말하며 남은 계단을 마저 내려갔다.

"대신 빨리 들어오셔야 해요. 해가 지면 날씨가 아예 달라진다고요."

"알았어. 네가 함께 가는데 내가 어떻게 늦게까지 밖에 있겠어."

아이샤와 마리가 계단을 거의 다 내려와 1층과 2층을 잇는 층계참에 다다랐을 때였다. 꺾인 공간을 막 돌려는 차 아래 1층에서 여러 사람이 웅성거리는 소리가 났다.

이 시간의 파든가는 보통 조용했기에 아이샤와 마리는 서로를 한번 마주 보고는 재빠르게 코너를 돌았다. 그러자 계단 아래 일 층과 출입구 사이 여러 사람이 서 있는 게 보였다.

"아버지? 에드워드 오빠? 이 시간에 왜⋯⋯."

사람들 사이 아비와 첫째 오라비를 발견한 아이샤가 의아한 얼굴을 했다. 아비와 오라비는 지금쯤이면 황궁에서 열심히 일하고 있을 때였다.

"아, 아이샤."

아이샤의 목소리에 그레이엄과 에드워드가 고개를 돌려 그녀를 바라봤다. 그리고 순간 아이샤의 의문은 더 짙어졌다. 아비와 오라비의 표정이 어딘가 이상했다.

'왜?'

아비와 오라비는 그녀가 지금 이 자리에 나타난 것이 내키지 않는 듯했다. 아비는 한숨을 푹 쉬었으며 오라비는 고개를 살짝 떨군 채 주먹을 쥐었다. 그들의 표정에 아이샤가 계단을 빠르게 내려갔다. 도대체 무슨 일이란 말인가? 그러나 그녀가 계단을 서너 개쯤 남겨 뒀을 때 아비와 오라비 앞으로 누군가 훅 튀어나왔다.

'어?'

당혹스러움에 걸음을 멈춘 아이샤가 아비와 오라비를 가린 이의 얼굴을 보고 손을 입가로 가져갔다. 햇빛에 잘 그을린 까무잡잡한 피부와 하얀 머리카락. 그리고 그 아래 붉은 눈동자. 선이 굵은 이방인 사내는 그녀가 얼마 전 만난 이였다.

"역시."

사내가 이를 드러내고 씩 웃으며 중얼거렸다. 목표하던 보물을 찾은 듯 아이샤를 바라보는 눈동자가 잘 닦은 유리구슬처럼 반짝였다.

　사내가 조금의 지체도 없이 거의 달려들 듯 큰 보폭으로 아이샤에게 다가갔다. 그리고 계단 세 개를 한 번에 오르더니 아이샤에게 딱 붙어 말했다.

　"아이샤 파든. 다시 봐서 반갑군. 내 이름은 이스칸 알 하마르다."

* * *

　황궁에 발을 들이지 말라는 황제의 명이 끝났다. 이안은 그 즉시 황궁에 들어 끼니도 거른 채 산적한 일들을 쳐 냈다.

　몇 시간 동안 자리에서 꼼짝도 하지 않았던 이안은 해가 중천을 넘고서야 자리에서 일어났다. 바람을 쐬기 위해 관료들에게 개방된 황궁 정원으로 걸음을 옮기는 그의 얼굴은 그늘이 잔뜩 져 있었다.

　그가 정원과 이어진 회랑을 건널 때였다. 이안의 맞은편에서 그 못지않게 젊은 귀족 사내가 반가운 얼굴로 그를 불렀다.

　"이안!"

　아카데미 동기는 아니었으나 서로 말을 편히 하는 이 중 하나였다. 이안은 그에게 말없이 고개를 까딱이며 자리에 멈춰 섰다.

　"오랜만에 얼굴 보는군. 자네가 황궁에 출입 금지를 당하다니. 깜짝 놀랐네."

　"……."

　"뭐 말 못 할 사정이 있겠지. 하지만 귀띔 정도는 해 주게. 갑자기 그런 소식 들으면 당황스러워."

　사내는 꽤 수다스러웠다. 그러나 목소리가 부드럽고 조곤조곤한 편이라 듣기 거북하지는 않았다.

　"자네가 없는 동안에 말이야……."

　이안은 신이 나 떠드는 사내를 자연스레 정원으로 이끌었다. 사내는 이안이 없는 동안 무슨 일이 있었는지 세세하게 잘도 말해 줬다. 개중에는 꽤 도움 되는 정보도 있었기에 이안은 잠자코 그의 말을 들었다.

"아, 참. 그보다 아스타 왕국 사절단 소식은 들었나?"

"아니."

"아직 못 들었나? 하긴 오늘 들어온 소식이니 못 들을 법도 하군. 자네는 온종일 여기 있었잖나."

몇 주 전 이야기를 하던 사내가 며칠 전 이야기를 하더니 이어 오늘 아침 들어온 이야기를 꺼냈다. 마침 관심 있던 주제라 이안은 그에게 말해 보라 눈짓했다. 그러자 사내가 한숨을 푹 쉬더니 허탈한 목소리로 말했다.

"아스타 왕국 사절단 말일세. 저쪽으로 아예 넘어간 거 같아."

"뭐? 왜지?"

"이유는 모르네만 사절단이 뜬금없이 파든 백작저로 갔네."

"……파든 백작저로?"

"그래. 심지어 폐하를 알현하기 전까지 거기서 머물기로 했다더군."

구귀족파에 유리할 거라 생각했던 일이 틀리는 것도 모자라 아예 예상 밖으로 튀어 버리자 이안이 미간을 찌푸렸다. 파든 백작저에 머무는 아스타 왕국 사절단이라니. 전혀 예상하지 못한 일이었다.

"한데 그보다……. 그걸 두고 이상한 말이 돌아."

그런 이안을 살피며 사내가 갑자기 잘하던 말에 뜸을 들였다. 예상 못 한 상황에 고심하고 있던 이안은 사내의 목소리가 조심스럽게 바뀐 것을 느끼고 고개를 돌렸다.

"이걸 자네한테 말해도 될지 모르겠네만……."

이안의 시선에 사내가 우물쭈물거렸다. 말을 않는 그의 모습에 답답함을 느낀 이안이 인상을 조금 더 구기자 사내는 결국 입을 열었다.

"왕세자가 파든 백작가에 간 이유가 파든 백작의 여식. 그러니까 자네 약혼녀 아이샤 양한테 관심이 있어서라는 말이 있네. 물론 뜬구름 잡는 소문이긴 한데…….”

갑작스레 튀어나온 아이샤의 이름에 이안의 눈이 순간이지만 커졌다. 그가 불쾌함을 숨기지 않은 채 사내에게 낮아진 목소리로 물었다.

“어디야?”

“응?”

“어디서 그런 잡소문이 시작됐는지 아느냐고.”

“……왕세자가 수도에 도착하자마자 보석상에 들렀다더군. 그리고 거기서 옅은 갈색 머리에 푸른 눈이 아름다운 여인에게 어울리는 물건을 내놓으라 성화였다 들었네.”

“…….”

“물론 아이샤 양을 가리키는 건 아니었을 거야. 알다시피 아스타 왕국 왕세자한테는 부인이 많잖아? 개중 아끼는 부인의 생김새를 말한 거겠지. 그리고 왕세자가 자네 약혼녀를 어찌 알겠어? 한데 하필 그런 말을 하고 파든가에 머무르겠다 하는 바람에 이것저것 엮기 좋아하는 것들이 그새를 못 참고 쓸데없는 말을 퍼뜨린 거지.”

사내가 이안의 심기를 살피며 정황을 설명했지만, 이안의 미간에 파인 고랑은 점점 더 깊어졌다.

‘제길. 도대체 왜?’

사내의 가정이 옳다는 것을 이안도 알았다. 아스타 왕국의 왕세자가 아이샤를 어찌 알겠나. 하지만 그리 생각해도 불안함이 스멀스멀 다리를 타고 올라왔다. 게다가 왕세자가 파든가에 머문다면 자신은 그림자조차 보지 못하는 그녀와 매일 얼굴을 맞댈 수도 있는 것 아닌가.

「아스타 왕국 내 왕세자의 부인으로 제국 여인을 맞이해야 한다는 의견이 있었음. 이는 두 나라 간 교역의 양이 늘어남에 따라 아스타 왕국에서 제국의 중요성이 높아졌다 볼 수 있는……」

문득 며칠 전에 본 서류와 함께 아스타 왕국의 일부다처제 문화가 떠올랐다. 이안은 소리 나게 이를 갈았다. 옆에 있던 사내가 그 살벌한 소리에 몸을 움찔 떨었으나 당장 이안의 눈에 그는 들어오지 않았다.

"이안! 어, 어디 가나?"

인내심이 뚝 부러진 이안이 사내를 내버려 둔 채 몸을 돌렸다. 그리고 곧장 황궁 출입문 쪽을 향해 걷기 시작했다.

9장. 잘못된 깨달음

아이샤는 갑작스레 집으로 들이닥친 사내의 얼굴을 알아보고 크게 당황했다. 라프란 마을에서 본 이방인이 왜 제 집에 있는지……. 하지만 그 생각도 잠시. 곧 밝혀진 사내의 정체에 아이샤는 한 번 더 놀라고 말았다.

'아이샤 파든. 다시 봐서 반갑군. 내 이름은 이스칸 알 하마르다.'

그녀의 손을 붙잡고 손등에 멋대로 입을 맞춘 사내는 아스타 왕국의 왕세자였다. 이름과 성으로 그를 알아챈 아이샤가 당황해 아무 대꾸도 못 하고 가만히 있자 에드워드가 나섰다.

그는 왕세자에게 손을 잡힌 여동생을 자연스러운 동작으로 떼어 낸 뒤 아이샤를 끌고 자리를 벗어났다. 아이샤는 에드워드에게 이끌려 가며 뒤를 봤다가 자신을 향해 손을 흔드는 이스칸을 보고 몸을 움찔거렸다.

"오빠. 저자……. 아니, 저분이 왜 여기에 오신 거야?"

"내가 물어야 할 말 같은데, 아이샤. 너 왕세자와 아는 사이야?"

"어?"

"왕세자가 도착하자마자 우리를 찾아 이상했는데 만나자마자 네 이름을 꺼냈어. 아버지랑 나랑 얼마나 놀랐는지 알아?"

아이샤는 저만큼이나 당황스러워 보이는 오라비를 향해 눈을 깜빡이다 며칠 전 라프란 마을에서 이스칸과 마주친 일을 늘어놓았다.

"별일 아니었어. 왕세자인 줄도 몰랐고. 좀 심하게 당하는 것 같아 도와준 것뿐인데……."

아이샤에게서 자초지종을 들은 에드워드는 미간을 문지르다 한숨을 쉬었다. 그가 작은 목소리로 중얼거렸다.

"……좋은 것인지, 나쁜 것인지."

"왜? 무슨 일이야?"

"왕세자는 우리한테 매우 중요한 손님이야. 서쪽 항구 문제 때문에 말이 많은 건 아이샤 너도 알지?"

"응. 어느 정도는……."

"왕세자가 항구 건에 대해 긍정적으로 생각해 보겠다 말했어. 한데 부탁이 있다더군."

아스타 왕국과 교역하는 항구를 두고 구귀족파와 신흥 귀족파가 치열하게 다투는 것은 아이샤도 익히 아는 사실이었다. 그것 때문에 아비와 눈앞의 오라비가 얼마나 자주 밤을 지새웠던가. 한데 그 주제를 두고 결정권을 쥔 자가 부탁을 했다니. 그건 이미 부탁이 아니었다.

'굳이 나한테 이런 말을 한다는 건…….'

아이샤는 오라비의 얼굴과 말에서 제가 이 일에 관계됐음을 알아차렸다. 그녀가 에드워드에게 말해 보라 눈짓했다. 에드워드는 여동생의 얼굴을 바라보며 잠시 망설이다 입을 열었다.

"……아이샤 네가 수도 구경을 좀 시켜 줬으면 한다는 거야."

오라비의 말에 아이샤의 눈이 휘둥그레 커졌다. 도대체 왜? 아니, 그전에 자신이 파든가 사람이라는 건 어떻게 알고 아비와 오라비에게 접근했단 말

인가. 라프란 마을에서의 일을 우연한 사건쯤으로 여긴 아이샤로서는 지금
의 상황이 기가 막힐 따름이었다.

"저자가 네게 관심이 있는 모양이야."

아이샤의 표정에 에드워드가 툭 내뱉듯 말했다. 왕세자라 호칭조차 않는
그의 얼굴에는 경계심이 가득했다. 아이샤는 그런 오라비의 얼굴을 빤히 살
피며 잠시 고민하다 이내 담담한 목소리로 말했다.

"뜻대로 해 줘. 오빠."

"뭐?"

어떻게 거절할지 고민하던 에드워드는 아이샤의 말에 놀라 끼고 있던 팔
짱을 풀었다. 오라비의 표정에 아이샤는 어깨를 으쓱이며 담담하게 답했다.

"크게 어려운 일도 아니잖아. 어차피 외출하려던 참이라 준비할 것도 없고."

"하지만……."

"이 일에 꽤 공들였잖아. 그런데 기회를 놓칠 생각이야?"

아이샤의 말이 맞았다. 가문의 일원이 왕세자에게 수도 구경을 시켜 주
는 것으로 유리한 고지를 점할 수 있다면 행운이나 마찬가지였다.

'왜 파든가를 찾았냐 물었지?'

'예. 사실 놀랐습니다. 먼저 연락을 주신 것도 그렇고…….'

'자네 여동생 때문이야. 내가 파든가의 아이샤 양에게 아주 관심이 많아.'

하지만 왕세자는 아이샤에게 사적인 관심을 내보이고 있었다. 에드워드
는 마차 안에서 왕세자와 나눴던 대화를 떠올리며 고개를 저었다.

'역시 안 돼. 아무 사심이 없는 상태라 해도 위험한데…….'

귀족 영애인 아이샤가 타국의 왕세자를 사사로이 접대하는 것은 옳지 못
했다. 특히 각 세력의 이권이 달린 문제였기에 자칫 잘못하면 여동생의 명
예에 흠이 가는 소문이 날 수도 있었다.

'……좀 어렵더라도 다른 방법을 찾자.'

부탁을 거절하면 자신이 어떻게 행동할지 모른다 웃으면서 말했던 이스

칸이 떠올랐으나 에드워드는 이내 고개를 저었다. 항구 일이 잘못되는 한이 있더라도 여동생에게 위험을 안기고 싶지 않았다.

"아이샤. 이번 일은 네가 신경 쓸 게 아니야. 넌 그냥……."

"내 평판 때문에 그러는 거지?"

에드워드가 여동생에게 제 결정을 말하려 하자 아이샤가 오라비의 말을 가로챘다. 그녀는 에드워드가 걱정하는 바가 무엇인지 잘 알았고 그게 꽤 큰 문제라는 것도 알았다. 하지만 그렇다고 해서 가문에 온 기회를 놓치기는 싫었다.

"그럼 오빠도 같이 가자. 그러면 왕세자의 부탁도 들어줄 수 있고, 오빠가 걱정하는 문제도 해결되잖아."

아이샤의 말에 에드워드가 어색한 미소를 띠었다. 아이샤의 말대로 되면 얼마나 좋을까. 그러나 여인에게 대놓고 관심을 보이는 사내가 보호자의 존재를 달가워할 리 없었다.

"그렇게 하지. 어찌 보면 당연한 일이군. 숙녀의 명예는 중요하니까 말이야."

하나 걱정과 달리 이스칸은 아이샤의 중재안을 냉큼 받아들였다. 그리고 에드워드의 옆에서 저를 보고 있는 아이샤에게 한걸음에 달려가더니 또 한 번 그녀의 손등에 입술을 문지르며 말했다.

"그럼 출발할까? 아이샤 양."

* * *

테이블을 사이에 두고 반대편에서 저를 뚫어져라 바라보는 시선이 참으로 부담스러웠다. 아이샤는 목까지 가리는 드레스를 입어 다행이라 생각하며 일부러 들리게끔 헛기침을 했다.

"추운가 보지? 제국의 날씨가 생각보다 더 쌀쌀하긴 하더군. 수도에서 위로 올라가면 이보다 더하다고 들었는데 사실인가?"

그러나 그녀의 헛기침을 상대는 능글맞게 넘겼다. 아이샤는 날씨 탓을 하며 싱글싱글 웃는 사내, 이스칸의 얼굴을 어이가 없다는 듯 바라보다 작게 고개를 끄덕였다.

"……예. 북쪽은 이미 눈이 내리기 시작했을 겁니다."

"저런. 이래서 제국 여인들의 옷차림이 불편한 거였군. 칭칭 동여매지 않으면 연약한 여인들은 병을 자주 앓을 테니 말이야."

"……."

"내 왕국은 다르다네. 1년 내내 태양신의 가호 아래 따사롭지. 어떤가? 아스타 왕국에 오고 싶은 생각이 드나? 오기만 한다면 그 불편한 천 대신 그대의 아름다움을 더욱 부각해 줄 옷들을 잔뜩 선물하지."

장난스러움이 묻어나는 말투였지만 아이샤는 불편함에 얼굴을 굳혔다. 제국에 비해 더운 아스타 왕국의 옷은 얇은 데다 몸의 노출이 많았다. 게다가 이스칸은 파든 저택에서 나와 같이하는 내내 그녀에게 노골적으로 굴었다. 때문에 그녀는 이스칸이 자신을 희롱한다 느꼈다.

"아, 미안하군. 불편했나?"

"……."

"이상한 뜻으로 말한 건 아니야. 정말 그대에게 잘 어울릴 것 같아 한 말이야. 아스타 왕국 여인들의 옷은 주름과 함께 떨어지는 선이 아름답지. 자연스러운 멋이 있어. 그리고 무엇보다 편하거든. 그렇게 여러 겹으로 동여매지 않으니 말이야."

아이샤의 표정이 딱딱해지자 이스칸은 곧장 사과하며 진중한 얼굴로 부연 설명을 곁들였다. 그 모습이 어찌나 진실되어 보이는지 아이샤는 자신이 괜한 오해를 했다는 생각에 볼을 붉히며 사과했다.

"제가 전하를 불편하게 해 드렸군요. 죄송합니다."

"아니야. 가만 생각해 보니 그대가 오해할 만하군. 제국과 왕국의 옷은 아주 큰 차이가 있으니까. 내가 배려가 없었어."

아이샤의 표정이 풀리자 이스칸은 언제 그랬냐는 듯 진지한 얼굴을 감추고 이를 씩 드러내며 웃었다. 선이 굵은 얼굴에 잘 어울리는 미소가 원체 유들유들해 아이샤는 순간 속은 기분이 들었다.

'에드워드 오빠는 어디를 가서 안 오는 거지.'

자리가 불편해진 그녀는 오라비를 찾으려 고개를 두리번거렸다. 이스칸이 가고 싶다는 식당에 도착한 뒤 잠시 자리를 비운 오라비는 어쩐 일인지 한참이 되어서도 나타나지 않았다.

'이미르가 일을 잘하고 있는 모양이지.'

맞은편에서 불안해하는 아이샤를 두고 이스칸은 혀로 제 입술을 할짝댔다. 관심 있는 여인의 명예야 그도 걱정하는 바이니 거추장스럽더라도 보호자의 동행을 허락했다. 하지만 그렇다 해서 단둘만의 시간이 없다면 무슨 재미가 있겠나. 이스칸은 밖에서 힘겹게 에드워드를 잡아 두고 있는 수하에 대한 걱정은 조금도 하지 않은 채 아이샤에게 다정한 목소리로 말했다.

"초행길이라 긴장했는지 배가 많이 고프군. 에드워드 공이 좀 늦는 모양인데……. 먼저 주문하는 게 어떨까? 제국의 음식에 거는 기대가 커서 말이야."

"아, 그럼……."

"아니. 그대가 추천해 줬으면 하는데."

아이샤가 직원을 부르려 하자 이스칸이 그녀를 제지하며 준비된 메뉴판을 내밀었다. 그리고 메뉴를 들여다보는 척 아이샤 쪽으로 상체를 깊숙이 숙였다.

사내의 숨소리가 가까워지자 아이샤가 몸을 움츠리며 경계심 가득한 눈으로 이스칸을 살폈다. 그러나 그는 무구한 표정으로 메뉴판을 들여다볼 뿐이었다.

"이건 동부 깊은 숲에 사는 붉은 메추리의 알로 만든 요리입니다. 재료 수급도 어렵고 요리하기도 까다로워 돈이 있어도 쉽게 먹을 수 없지요. 그리고 이쪽 디란강에서 나는 세뿔 잉어의 찜 요리도 괜찮은데……."

지나치게 가까운 거리가 부담스러웠으나 피할 방도가 없었기에 아이샤는 설명을 쭉 이어 갔다. 이스칸은 그런 아이샤를 보며 입꼬리를 올리다 그녀의 하얀 손가락 끝을 보며 눈을 반짝였다.

쪽.

사내가 예쁜 모양의 손톱에 소리나게 입을 맞췄다. 전혀 예상치 못한 접촉에 놀란 아이샤는 설명을 하다 말고 손을 거둬들였다. 이스칸은 숙였던 상체를 곧장 바로 했다. 그리고 넝쿨 속을 쉽사리 빠져나가는 뱀처럼 시치미를 뗐다.

"좋아. 다 시키도록 하게. 그대가 추천하는 건 뭐든 맛있게 먹어 주지."

뻔뻔한 이스칸의 표정에 아이샤가 그를 노려보다 자리에서 일어나려 했다. 오라비를 찾아와야 했다. 이 사내와 둘만 있는 게 점점 위험하게 다가왔다.

"전하. 제가 식음에 대한 식견이 부족하여 도움이 되지 못하는 듯싶습니다. 오라비를 찾아오겠으니 조금만 기다려 주십시오."

"그대는 아비에게 도움이 되려 이 자리를 자처한 거겠지?"

아이샤가 일어서자 이스칸의 붉은 눈이 순간이지만 번뜩였다. 그가 테이블을 손가락으로 톡톡 건드리며 지금껏 보여 왔던 것과는 아예 다른 표정을 보였다.

"좋은 판단이야. 사실 그대가 나와 함께 나오는 걸 거절하면 곧장 파든가를 떠나 다른 곳으로 가려 했거든."

"……."

"한데 지금은 나쁜 판단을 하려 하는군. 그대의 오라비는 천천히 찾는 게 좋겠어. 아니면 내 심기가 영 뒤틀릴 것 같거든."

웃고 있는 건 똑같았으나 특유의 능글맞음은 느껴지지 않았다. 대신 자리를 채운 건 권력자 특유의 오만함과 위압감이었다. 이스칸의 협박 아닌 협박에 아이샤는 다시 자리에 앉았다. 그러자 변덕스러운 사내는 또 언제 그랬냐는 듯 잘 벼려진 기세를 훅 날려 버렸다.

"장난인데. 혹시 협박처럼 들렸나?"

아이샤는 침묵을 지켰다. 당장은 싱글싱글 가볍게 웃고 있다지만 사람을 손바닥 위에서 굴리는 게 익숙한 이였다. 그리고 그런 자와는 말을 섞을수록 불리했다.

"그런 반응도 참으로 어여쁘군. 역시 내 눈이 틀리지 않았어."

붉은 눈이 긴장으로 얼어붙은 아이샤를 뚫어져라 바라봤다. 가지고 싶은 장난감을 보는 5살 아이처럼 열망 어린 눈빛이 원체 강렬해 아이샤는 고개를 아예 모로 틀어 버렸다.

아이샤가 침묵으로 일관하자 이스칸이 상체를 숙이고 팔을 뻗어 그녀의 연갈색 머리카락을 쥐었다. 그가 그 위에 입맞춤하며 은근한 목소리로 물었다.

"내가 부담스럽나?"

"……전하, 전 약혼자가 있습니다."

입술을 달싹이며 고민하던 아이샤가 약혼자라는 단어를 꺼내 들었다. 인상을 미미하게 찌푸린 그녀의 눈동자 안에는 눈앞의 이스칸이 아닌 누군가가 선명히 서려 있었다.

"그래서? 결혼한 건 아니지 않은가."

이스칸은 약혼자라는 단어에도 아무렇지 않은 표정이었다. 마음에 드는 여인은 지금껏 죄 차지하고 본 그는 결혼한 여인도 제 부인으로 들인 전적이 있는 사내였다.

"잘난 사내를 고르는 건 여인들의 권리야. 그리고 장담하건대 내가 그대의 약혼자보다 훨씬 잘난 사내일걸."

대단한 자신감이었다. 아이샤는 어처구니가 없어져 긴장했던 사실조차 잊은 채 이스칸을 똑바로 쳐다봤다. 그녀의 눈동자가 자신을 향하자 이스칸은 잠시 숨을 멈추고 몽롱한 얼굴을 했다.

"……못 참겠어."

볼을 붉힌 그가 아이샤의 손을 덥석 잡아 왔다. 너무도 갑작스러운 행동에 아이샤가 무어라 말조차 못 한 채 사내에게 잡힌 손을 빼려 힘을 줬다. 하나 이스칸은 쉽사리 그를 막은 채 아이샤 쪽으로 홍조 띤 제 얼굴을 들이밀더니 열정 가득한 목소리로 그녀에게 청혼했다.

"아이샤 파든. 난 그대가 아주 마음에 들었어. 그러니 부디 내 부인이 되어 주게."

아이샤의 얼굴이 핼쑥해졌다. 이스칸의 청혼이 갑작스러운 탓도 있었지만 그보다 그에게 부인이 현재 몇 명 있는지 아는 탓이었다. 정식 부인만 여섯이 있는 사내가 청혼을 하다니. 아이샤는 황당함을 넘어 아찔함에 눈을 깜빡였다.

'받아들이면 일곱 번째 부인이……. 세상에.'

일부다처제 국가인 아스타 왕국에서는 왕세자인 이스칸이 이런 청혼을 하는 일이 이상할 게 없었지만 아이샤는 제국민이었다. 그녀에게 일곱 번째 부인은 정부와 다르지 않았다.

모욕감을 느낀 아이샤가 온 힘을 다해 이스칸의 손을 뿌리치며 자리에서 벌떡 일어났다. 때마침 다행스럽게 이미르에게서 벗어난 에드워드가 지친 표정으로 다가왔다.

"……전하, 먼저 돌아가 보겠습니다. 오빠, 먼저 갈게."

이스칸에게 딱딱히 인사한 아이샤는 곧장 자리를 벗어났다. 에드워드는 여동생의 무례한 행동에 잠시 당황했으나 이내 이스칸과 아이샤 사이에 무슨 일이 있었구나 짐작하고는 왕세자 쪽으로 고개를 돌렸다.

아이샤는 뒤에서 무어라 말을 나누는 사내들을 내버려 둔 채 손님 하나 없는 홀을 가로질렀다. 갑작스레 나온 그녀를 보고 안쪽에서 대기하고 있던 직원이 놀라 허둥지둥 뛰어왔으나 아이샤는 그를 손길로 대충 물렸다.

딸랑.

맑은 종소리와 함께 식당 문을 열자 조금 떨어진 곳, 파든가 마차가 보였다. 마차를 발견한 아이샤는 다른 곳에는 시선을 두지 않은 채 곧장 걸음을 옮겼다.

몇 발자국이나 갔을까. 아이샤가 막 식당을 벗어나려던 때였다. 식당 바로 옆 골목에서 커다란 손이 뛰어나오더니 그녀를 곧장 낚아챘다.

"아이샤."

놀란 아이샤가 고함치려 했으나 그녀가 입을 열기도 전 감정을 꾹꾹 눌러 담은 음울한 목소리가 그녀를 불렀다.

목소리의 주인을 바로 알아챈 아이샤가 고개를 들자 그림자가 진 어둑한 골목 속에서 금발이 금실처럼 반짝거리는 게 보였다. 그러나 그 아래 파란 눈동자는 골목의 그림자보다 훨씬 어두운 빛깔로 일렁이고 있었다.

아이샤와 이안의 눈이 허공에서 마주쳤다. 이안은 그녀와 시선을 부딪치자마자 온갖 어두운 감정이 엉겨 붙은 얼굴로 그녀를 노려봤다. 그리고 아이샤의 손목을 잡은 손에 힘을 꽉 주며 낮은 목소리로 읊조렸다.

"……너 이게 뭐 하는 짓이야."

* * *

이안이 아이샤와 이스칸은 본 것은 우연이었다. 하나 우연은 이안의 심기가 꼬일 때로 꼬였을 때 찾아왔다.

아이샤와 아스타 왕국 왕세자 사이 일을 들은 이안은 앞뒤 재지도 않고 파든가로 말을 달렸다. 그러나 곧 사람들이 득실거리는 거리가 나타났고 그는 어쩔 수 없이 말을 멈췄다. 인파 사이로 말을 몰며 이안은 숨을 골랐다. 한데 하필 딱 그때 그의 눈에 파든가의 마차가 들어온 것이다.

'아이샤?'

마차의 창문 사이로 익숙한 옅은 갈색 머리카락이 비쳤다. 그를 본 이안은 곧장 마차를 따라갔다.

'저자가 아스타 왕국의······.'

마차를 쫓은 지 얼마 되지 않아 그는 마차에서 내리는 아이샤와 젊은 이 방인 사내를 발견했다. 아이샤를 에스코트하는 이방인의 머리카락과 눈동 자 색에 이안은 사내가 아스타 왕국의 왕세자인 것을 단번에 알 수 있었다.

이안의 눈에서 불꽃이 튀었다. 아이샤와 이스칸을 따라 내린 에드워드와 이미르는 그의 눈에 보이지도 않았다. 이안의 눈은 무어라 대화를 나누며 식당으로 들어가는 아이샤와 이스칸만을 쫓느라 바빴다.

'끌어내?'

두 사람이 사라진 식당을 노려보며 이안은 몇 번이고 고민했다. 마음 같 아서는 당장에라도 아이샤를 저 안에서 끌어내고 싶었으나 한 줌 남은 그 의 이성이 그를 막아섰다.

하지만 시간이 흐를수록 이안의 인내심은 짧아졌다. 결국, 말을 아무렇게 나 묶어 둔 그는 식당으로 천천히 다가갔다.

컴컴하게 어두워진 얼굴 위, 식당 정문을 노려보는 푸른 눈은 마주 보기 두려울 정도였다. 당장에라도 누구 하나 죽일 듯 살기 어린 이안의 모습은 꼭 악귀 같아 거리의 사람들은 그를 슬그머니 피했다.

식당은 전세라도 낸 모양인지 조용했다. 바로 옆 골목에 선 이안은 창문 을 통해 안쪽을 훔쳐봤지만, 아이샤는커녕 다른 이들조차 볼 수 없었다. 답 답함에 그가 식당 벽을 세게 내리쳤다.

우둘투둘한 식당 외벽은 이안의 주먹에 생채기를 냈다. 찢어진 피부 사 이 비치는 피에도 이안은 아랑곳하지 않은 채 초조함에 숨을 허덕였다. 그 러잖아도 열흘 내내 반응 없는 아이샤 때문에 신경이 잔뜩 곤두선 그였다. 한데 듣기만 해도 화가 치미는 소식과 그 소식을 뒷받침하듯 제 눈에 띈 아 이샤와 아스타 왕국 왕세자 때문에 그는 미쳐 버릴 지경이었다.

결국, 어두운 골목에서 홀로 질투를 새파랗게 태우던 이안이 더는 견디 지 못하고 식당 정문으로 향했다. 한데 다행이라 해야 할지 그가 움직임과 동시에 창가에 아이샤의 얼굴이 비쳤다.

곧장 멈춰 선 이안은 아이샤가 홀로 있는 것에 화를 조금 가라앉히고 그녀를 주시했다. 아이샤는 무슨 일인지 밖을 향하고 있었다. 기회를 포착한 이안은 아이샤가 식당 밖으로 나오기 무섭게 매가 토끼를 낚아채듯 그녀를 골목으로 잡아당겼다.

"아이샤."

아이샤의 이름을 부르며 이안은 안정감을 느꼈다. 지난 열흘, 그림자조차 보지 못한 그녀가 한 발도 채 되지 않는 거리에 있다 생각하니 며칠 내내 달고 살던 두통이 싹 가셨다.

하지만 그것도 잠시였다. 곧 마주한 아이샤의 얼굴에 이안은 속에 잔뜩 응어리져 있던 분노가 불쑥 튀어나옴을 느꼈다.

'……괘씸한 계집애.'

이안의 분노는 배신감에서 기인하고 있었다. 그에게는 당분간 만나지 말자 일갈한 주제에 다른 사내를 만났다는 사실이 이안의 가장 밑바닥에 항시 깔린 소유욕과 질투를 자극했다. 이안은 아이샤에게 그 옛날처럼 다정하게 대해 주겠다 다짐한 사실을 까맣게 잊어버린 채 몇 년 동안 그러했듯이 아이샤를 죄인처럼 취급하며 윽박질렀다.

"……너 이게 뭐 하는 짓이야."

깨진 유리 파편 같은 목소리가 날카로웠으나 예상치 못한 만남에 머릿속이 하얗게 변한 아이샤는 반응하지 않았다. 그녀는 이안을 그저 멍하니 올려다볼 뿐이었다.

'……우리 당분간은 만나지 않는 게 좋겠어.'

그 새벽 이후, 아이샤는 일부러 이안에 대해 생각하지 않으려 했다. 이안을 생각만 해도 복잡해지는 머릿속에 두통이 이는 탓도 있었으나 무엇보다 그를 지운 삶이 너무도 평온했기 때문이다. 물론 회피가 해결 방안이 아니라는 것쯤은 그녀도 알았다. 하나 당장의 해방감은 이안의 폭거에 몇 년이

나 시달렸던 아이샤에게 거부할 수 없는 쾌락으로 다가왔다.

"아이샤 파든!"

아이샤가 한참 멍하니 있자 이안의 얼굴이 더욱 사납게 구겨졌다. 그가 아이샤의 손목을 잡고 있던 손을 올려 그녀의 어깨를 잡았다. 그리고 삐죽이며 튀어나온 제 감정을 조금도 숨기지 않은 채 잔뜩 비꼬는 목소리로 말했다.

"당분간 보지 말자고 혼자 결정하더니 뒤에서 하는 짓이 다른 사내랑 놀아나는 일이야?"

"……."

"헬렌 그 여자와의 일로 화난 건 알겠어. 하지만 그렇다 해도 이따위 행동은 아니지. 넌 내 약혼녀야. 그런데 다른 사내랑……. 그것도 타국의 왕세자랑 돌아다녀? 다른 사람들이 어떻게 볼지 생각 안 해?"

계속되는 이안의 뾰족한 말에 아이샤는 뒤늦게 정신을 차렸다. 선명히 돌아온 초점, 곧 그녀는 손목의 고통과 함께 생경한 감정을 느꼈다. 저 아래서 부글부글 끓어오르는 분노. 아이샤가 느끼는 분노는 배신감에서 비롯된 이안의 것과 달랐다.

'왜? 너도 그랬잖아.'

아이샤는 이안의 말에 소리 없이 되물었다. 맹목적으로 그에게 매달릴 때도 항상 그녀 속을 울리던 말. 그는 왜 자신은 그리 행동하며 그녀에게는 안 된다 말하는 걸까.

차이가 있다면 전에는 억울할지언정 그에게 똑같이 해 주고 싶다는 감정은 느끼지 못했다는 것이다. 아이샤는 이안의 행동이 상대를 얼마나 아프게 하는지 너무도 잘 알았기에 매번 그에게 당하면서도 사랑하는 그에게 똑같이 굴지는 못했다.

하지만 지금은 아니었다. 찬란한 금발 아래 오만한 낯짝을 보자 아이샤는 억울함과 복수심이 동시에 솟구치는 것을 느꼈다. 눌러 담은 채 구석에 처박아 뒀던 무언가가 아이샤의 속에서 펑 하고 터졌다.

그러나 아이샤의 표정이 어떻게 변하는지 눈치채지 못한 이안은 계속해서 제 화만 풀어낼 뿐이었다.

"전에는 2황자와 만나고 다니더니 이제는 타국……."

"나랑 같이 온 사람이 왕세자 전하인 건 어떻게 알았어?"

그의 행태를 더는 참지 못한 아이샤가 이안의 손을 뿌리치며 그의 말을 잘랐다. 이안은 아이샤에게 내쳐진 손과 그녀의 딱딱한 표정에 잠시 주춤했으나 곧 윽박지르듯 그녀에게 반문했다.

"뭐? 지금 그게 중요해?"

"하긴 네가 알든 말든 무슨 상관일까."

"너 지금 무슨……."

"전하는 우리 가문 손님이야. 그리고 난 파든가의 일원으로 손님을 대접할 책임이 있어."

'사업과 관련된 중요한 일이야. 어쩔 수 없어. 그러니 아이샤 네가 이해 좀 해.'

아이샤는 제 목소리에 이안의 목소리를 겹쳐 들었다. 정확히는 과거 그가 했던 말이 윙윙 귓가에 울렸다.

"갑자기 책임 이야기가 왜 나와? 난 지금 내 약혼녀인 네가 다른 사내와 돌아다녀 기분이 좋지 않다는 말을 하는 거야."

"그래서? 난 파든가의 일원으로 집안일을 수행하는 중이야. 한데 이안 네기분이 나쁘다고 내가 책임을 저버려야 해?"

'그래서 뭐? 네가 서운하다 해서 내가 사업상 일어나는 일을 포기해야 하나?'

아이샤는 말을 하며 응어리진 무언가 풀릴 것을 기대했다. 그에게 비슷한 말들을 돌려주며 제 속 깊이 난 상처가 어느 정도 낫기를……. 그리하여 예전처럼 이안을 사랑하고 인내할 수 있는 자신으로 돌아가길 한편으로는 고대했다.

"어린애처럼 굴지 마. 이안."

'계속 어린애처럼 굴래?'

"아이샤!"

"네 입장이 어떻든 기분이 어떻든 그게 내가 내 할 일 하는 걸 막을 만한 이유는 못 돼."

'네 입장이 어떻든 기분이 어떻든 그게 소피아와 조모님께서 헬렌을 초대하는 일을 막을 만한 이유는 못 돼.'

하지만 똑같이 굴어도 응어리는 여전했다. 그뿐만 아니라 상처는 낫기는 커녕 그 위에 소금을 뿌린 듯 더 아려 오기만 했다.

'나……. 내가 영원히 이안을 좋아할게.'

아이샤는 어린 시절부터 내내 품었던 마음이 망가졌다는 사실을 인정했다. 자신의 입으로 영원할 것이라 말했지만 그것은 이안이 준 상처에 금이 가고 흔들리더니 종국에는 완전히 무너졌다. 남은 것은 충격에 조각조각 난 잔해뿐, 이마저도 언젠가는 모래처럼 부스러져 흩어질 게 빤히 보였다.

그 사실이 아이샤는 절망스러웠다. 그녀는 제가 품었던 마음이 한때는 찬란하게 빛났음을 똑똑히 기억했다. 레몬 나무 아래에서 이안의 눈물을 닦아 줄 때 그랬고, 아픈 그의 곁에 있을 때 그러했다. 이안이 걸어 준 진주 귀걸이를 하고 입맞춤을 했을 때, 아카데미에 간 그에게 편지를 쓸 때, 졸업한 그의 품에 안겼을 때…….

그 순간들은 분명 반짝반짝했건만 왜 뒤돌아보니 빛이 바래 있는 걸까.

알 수 없는 슬픔이 저 아래서부터 올라왔다. 아이샤는 말을 멈추고 후드득 눈물을 떨궜다. 그녀의 눈물에 있는 대로 인상을 구기고 있던 이안은 얼어붙었다. 이러면 안 된다는 생각이 그를 후려쳤다. 이안은 뒤늦게 어찌할 바 모르는 얼굴을 하다 고개를 숙이며 사과했다.

"미안해."

이안은 아이샤의 말에 기시감을 느끼다 그녀의 눈물에 자신이 했던 말들을 어렴풋이 기억해 내고 부끄러움을 느꼈다. 이제 알 것 같았다. 왜 항상 아이샤가 저만 보면 눈물을 뚝뚝 흘렸는지.

"다시는 네게 그런 식으로 말하지 않을게. 그러니 울지 마. 응?"

하지만 아이샤는 과거 그가 했던 말 때문에 눈물을 흘린 게 아니었다. 그렇기에 이안의 사과와 위로는 그녀에게 와닿지 않았다.

"아이샤, 가자. 조용한 곳에 가서 이야기를 좀 더……."

"싫어."

눈물을 훔친 아이샤는 저를 안으려는 이안의 손을 뿌리쳤다. 약하지만 분명한 부정에 그대로 밀린 이안이 멍청한 낯을 했다.

"너랑 안 가."

아이샤는 망설임 없이 이안을 스쳐 지나갔다. 이안은 그녀의 긴 머리카락 끝이 눈에 닿고 나서야 정신을 차렸다. 그가 아이샤의 어깨를 붙잡았다.

"놔."

"아이샤. 그러지 말고 나랑 이야기 좀 해."

버둥거리는 그녀를 이안은 힘을 줘 붙들었다. 분노는 사라지고 괘씸하다는 생각은 날아갔다. 그저 불안하고 무서웠다. 아이샤가 이대로 영영 멀어질 것 같다는 생각이 머릿속을 파고들었다.

"이안, 넌! 넌 매번 네 마음대로야!"

한참 실랑이하던 아이샤가 이안을 거세게 밀치며 소리를 높였다. 골목이었지만 제법 큰 소리에 사람들의 시선이 조금 쏠렸다. 이안은 그제야 입술을 깨물며 아이샤에게서 손을 뗐다.

"그때 말했지. 당분간 만나지 말자고."

"……."

"나 이안 너 보기 싫어. 생각도 하기 싫단 말이야!"

숨을 쌕쌕 몰아쉰 아이샤가 이안을 노려보며 일갈했다. 이안은 아이샤의 연한 푸른색 눈을 마주 봤다 충격을 받았다.

"꽃다발 보내는 것도 그만해. 매번 처치 곤란해서 불편해."

분명 같은 색의, 같은 크기의, 그가 매번 봐 왔던 눈이었다. 한데 낯설었다. 저를 바라볼 때면 항상 있던 맹목적이었던 애정이 더는 보이지 않았다.

당황한 이안은 눈을 깜빡여 시야를 바로 잡으려 했다. 하나 손으로 눈을 비볐음에도 아이샤의 눈동자는 여전히 낯선 빛깔을 띠고 있었다.

무언가 깨달은 이안의 몸에서 힘이 쭉 빠졌다. 단번에 무기력해진 그는 입조차 열지 못한 채 새파랗게 질린 얼굴을 했다.

"아이샤!"

이안과 아이샤. 두 사람 사이의 침묵은 식당에서 허겁지겁 나온 에드워드에 의해 깨졌다. 여동생이 누군가와 말다툼을 하고 있다 전달받은 그가 단번에 식당 밖으로 나온 것이다.

곧바로 여동생을 찾은 에드워드가 아이샤 앞에 서 있는 이안을 알아보고 얼굴을 굳혔다. 그가 주먹을 꽉 쥔 채 두 사람에게 다가오자 아이샤가 재빠르게 앞으로 튀어 나갔다. 이안은 골목을 빠져나가는 그녀를 향해 반사적으로 팔을 뻗었으나 이내 무언가 생각하고 손을 떨궜다.

"에드워드 오빠. 아무 일도 아니야."

다툼이 생길까 지레 겁을 먹은 아이샤가 에드워드의 팔에 매달렸다. 에드워드는 불안감에 달달 떠는 여동생에게 안심하라는 듯 웃어 주며 그녀의 머리를 쓰다듬어 줬다.

"아이샤. 내가 다니엘처럼 보여?"

"그래도……."

"집에 먼저 가 있어."

오라비의 다정한 말씨에도 아이샤는 연신 뒤를 돌아봤다. 에드워드는 걱정 말라는 듯 그런 여동생에게 잔잔하게 웃어 주다 아이샤가 마차에 도착하자마자 이안 쪽으로 고개를 돌렸다.

이안은 아이샤를 따라 뒤늦게 골목에서 벗어난 뒤였다. 에드워드는 표정을 딱딱하게 굳힌 채 세 걸음 정도 떨어진 이안에게 다가갔다.

"너."

"에드워드."

이안은 에드워드가 자신에게 곧장 욕지거리하며 아이샤에게 접근 말라 그리 말할 줄 알았다. 하나 에드워드는 이안을 경멸스러운 눈초리로 이안을 보더니 씹어 내뱉듯 중얼거렸다.

"……이 은혜도 모르는 짐승 새끼 같으니라고."

* * *

마리사는 평소 그녀답지 않게 불안한 얼굴로 방 안을 서성였다. 파든 백작은 그런 아내와 달리 카우치에 앉아 눈을 감은 채 시가를 뻑뻑 피웠다.

"아직도 일이 얼마나 심각한 줄 모르겠어요?"

방문 앞에서 그새 창가까지 간 마리사는 조각상처럼 가만히 앉아 있는 남편을 노려보다 더는 참지 못하고 입을 열었다. 날카로운 아내의 목소리에 그레이엄은 그제야 고개를 살짝 움직였다.

"사파이어 사업뿐만 아니에요. 공작 쪽에서 훼방을 놓았다 생각한 약초 사업부터 북부 광산 문제까지 모조리 이안 그 아이가 벌인 짓이라고요."

마리사가 남편에게 다가가며 테이블 위로 시선을 줬다. 그레이엄이 앉아 있는 카우치 앞 테이블에는 서류가 높게 쌓여 있었다. 그리고 그중 일부에는 제국 내 최고라 불리는 정보 길드의 뱀과 사과나무 인장이 찍혀 있었다.

마리사가 남편의 맞은편에 앉아 그중 하나를 집어 들었다. 몇 번이고 보았으나 도통 믿을 수 없는 내용들……

그녀는 숨을 헐떡이다 간신히 진정하고는 힘이 쭉 빠진 목소리로 말했다.

"설마 했지만, 이안 이 아이가 진정……"

배신감에 치를 떠는 목소리에는 분노보다 슬픔이 컸다. 그레이엄은 주먹을 부르르 떠는 아내를 보다 시가를 재떨이에 비벼 껐다. 마리사처럼 티가 나게 감정을 드러내진 않았으나 그의 눈에도 씁쓸함이 맴돌고 있었다.

"……그레이엄, 더 무서운 게 뭔지 알아요?"

깊은 한숨을 쉰 마리사가 남편을 쳐다보며 입을 열었다. 그레이엄은 양손을 모아 쥔 채 아내에게 말해 보라 눈짓했다.

"이안 그 아이가 훼방 놓는 사업 중에서도 제일 타격이 큰 건……. 모조리 로이드가와 관련 있는 것들이에요. 정확히는 예전에 로이드가에서 벌였다가 우리한테 넘어온 것들이요."

"……."

"게다가 아주 은밀하게, 제 흔적을 숨겨 가며 움직였어요. 철저히 조사하지 않았더라면 우리는 얼마 전까지 그랬던 것처럼 구귀족파의 공작일 거라 여겼을 거예요."

"마리사."

마리사의 말이 점점 빨라지자 내내 입을 다물고 있던 그레이엄이 말문을 열었다. 그는 테이블 위 서류에는 시선을 주지 않은 채 아내에게 안심하라는 듯 어색한 미소를 보였다.

"우리 너무 나쁘게만 생각하지 맙시다. 이안은 단순히 로이드가에서 벌였던 예전 사업을 되찾으려 하는 걸 거요. 마리사 당신도 알다시피 자존심이 강한 아이잖소. 클리프 그 친구가 실패한 일들을 보란 듯이 성공하고 싶었겠지."

"그렇다면 당신에게 말을 했든가 아니면 당당히 제 이름을 걸고 했겠죠! 이렇듯 숨어서 일을 꾸몄겠어요?"

"……."

"그레이엄. 그만 인정해요. 나도 지금껏 의심조차 못 했지만……. 시기도 딱 맞아요. 여기 봐요. 이안 그 아이가 파든가를 나가고 얼마 되지 않아 이런 문제들이 시작됐어요."

"그건 당신이 오해하는 거야. 이안은 정치적인 문제 때문에……."

"그만. 언제까지 외면할 참이에요?"

마리사는 고개 젓는 남편 앞에 서류 한 장을 들이밀며 목소리를 높였다. 그레이엄은 아내의 단호한 눈에 어쩔 수 없다는 듯 시선을 종이로 내렸다.

"이것 좀 봐요. 에드워드에게 조사하라 이른 것들이에요."

"……."

"다른 것도 문제지만……. 리바드 여행에서 이안이 누굴 만났는지 보여요? 이것뿐만 아니에요. 당시 사건의 조사서부터 기록서까지, 누가 가져갔는지 없어졌대요."

"……."

"우리가 그때 숨긴 일은 오해를 불러오기 딱 좋았어요. 이안이 만난 수사대장……. 특히 그자는 당신이 대놓고 범인으로 몰았잖아요. 게다가 이안이 파든가에서 나가 어울리는 사람이 누구예요? 레반투스 공작이에요."

"마리사. 레반투스 공작이랑 이안이 어울리는 건 같은 세력이라 그런 거요. 그리고 수사대장은 부모의 일이니까 여행을 간 김에……."

"아니요. 이안은 공작을 멀리하다 어느 시점부터 그와 어울렸어요. 그리고 여행……. 그 여행을 다녀온 뒤로 이안은 아이샤에게도 그렇지만 당신에게도 그전보다 노골적으로 굴잖아요. 최근 황궁 회의 때 이안이 한 번이라도 당신을 가만둔 적이 있어요?"

마리사는 회의 때마다 이안이 남편을 공격한다 에드워드에게 전해 듣고도 짜증이나 낼 뿐 그대로 넘긴 자신을 멍청하다 타박했다. 예전처럼 그저 정치적 연기로만 넘기기에는 내용이 점점 심각해졌건만 상대가 이안인지라 저도 모르게 신경을 느슨히 했다.

"나도 내가 과하게 생각하는 거였으면 좋겠어요. 하지만 그레이엄. 공작은 교활한 자예요. 여러 번 당해 봐서 알잖아요. 그가 뒤에서 얼마나 은밀하게 덫을 놓는지. 얼마나 교묘하게 사람을 꾀는지."

마리사는 이안 뒤에 레반투스 공작이 있다 확신했다. 공작이 이안에게 속된 말로 작업을 쳤고 이안이 넘어간 게 분명했다. 아니라고 믿고 싶었으나 직접 조사한 증거부터 정보 길드에서 보내온 자료, 그리고 여러 정황까지 딱 들어맞았다.

그러나 그레이엄은 여전히 그녀의 말을 반신반의하는 얼굴이었다. 마리사는 답답함에 울분이 솟는 걸 느끼면서도 한편으로는 남편을 이해했다. 남편만큼 이안을 아끼지 않는 그녀조차 설마 하며 이런 의심을 상상도 해 본 적 없었으니 말이다.

"이안은 우리가 키운 아이예요. 이안을 몰라요? 권력이나 부에 욕심이 있긴 하지만 그런 것들 때문에 우리를 적대할 아이는 아니에요. 그럼 남은 게 뭐가 있어요? 개인적인 원한뿐이에요."

"……."

"내 입으로 과한 생각일지 모른다 했지만 난 사실 확신하고 있어요. 이안은 당시 사람들이 그랬던 것처럼 부모의 일을 당신이 벌였다 의심하고 있는 거예요."

오래 돌본 아이에 대한 신뢰는 두터웠다. 하나 세월에 쌓인 정을 들어내고 신뢰를 벗어던지자 나타난 것은 공포였다. 마리사는 한 번도 의심한 적 없는 이가 등 뒤에 칼을 대고 있다는 사실에 분노보다는 두려움을 느꼈다.

"솔직히 난 무서워요. 공작의 획책이 있건 없건 이안은 더는 우리 품에 있던 가여운 아이가 아니에요. 다 자란 데다 당신만큼이나 영향력을 행사하는 고위 귀족이라고요. 한데 그런 이안이 우리한테 칼을 겨눈다 생각해 봐요. 그것도 복수라는 이름의 칼을요."

지나친 공포에 마리사는 몇 번이고 고개를 저었다. 과하게 생각한 것이라고. 결과를 끼워 맞추다 보니 이런 말도 안 되는 추론이 나왔다 비웃음을 흘렸다. 그러나 그것도 잠시였다. 마리사는 결국 제 짐작이 옳다 판단하고 해결책을 찾으려 했다.

"……그레이엄. 어렵겠지만 지금이라도 후작 부부 일을 이안에게 알려 줘야 해요."

며칠을 고민한 마리사가 찾은 결론은 단순하면서도 명쾌했다. 작금의 상황이 오해로 비롯된 일이라면 지금에라도 오해를 풀면 모든 문제가 해결된다.

"이안이 알게 된다 해도 당신 친구의 명예는 무너지지 않아요. 그 아이가 어디 가서 부모 일을 떠들고 다닐 것도 아니고……. 그리고 그 아이도 이제 다 컸잖아요."

물론 그 과정이 마냥 편할 수는 없었다. 지난 세월 후작 부부 일을 비밀에 부친 데는 그만한 이유가 있었으니까. 하지만 오해를 받는 상황에 영영 입을 다물다 피바람이라도 불면 모두에게 비극이 닥치는 일이었다.

"그레이엄, 뭐라 말 좀 해 봐요."

"난……."

마리사의 긴 설득에도 그레이엄은 주춤거렸다. 그에게 이안은 생채기 하나도 용납할 수 없는 어린 아들 같은 존재였다.

"그때도 그렇고 일을 숨기는 바람에 이렇게 된 거야!"

그레이엄의 침묵이 이어지자 마리사가 고함을 질렀다. 남편의 심정을 이해 못 하는 것은 아니었으나 불안에 시달린 그녀는 이 이상 인내할 수 없었다.

"난 지금껏 그 일에 대해 당신의 뜻에 따랐어. 하지만 이제는 안 돼. 그깟 종이 한 장 숨긴 일 때문에 얼마나 많은 일이 있었어? 당신은 붙잡혀 가고 가문은 휘청이고……."

"……."

"이렇게 된 이상 알려 줘야 하는 진실이야. 사실 오해 하나 푸는 건데 이렇게 어렵게 굴어야 해? 언제까지 다 큰 애를 5살 아이 다루듯 할 거야? 당신, 그게 이안을 위하는 일이라 생각하는 모양인데, 아니야. 당신이 그 애가 불면 날아갈까 감싸고 도는 건 당신의 그 쓸데없는 죄책감 때문이야!"

아내의 외침을 가만히 듣던 그레이엄은 그녀의 마지막 말에 뒤통수를 얻어맞은 듯한 표정을 지었다. 푹, 고개 숙인 그에게서 침음성이 흘러나왔다.

"마리사."

아래를 보던 그레이엄이 한참 만에 아내를 부르며 얼굴을 들었다. 잔뜩 일그러진 그의 얼굴에서는 슬픔과 자신을 향한 자책감이 가득했다. 그는 입술을 달싹이다 어렵게 고개를 끄덕이며 말했다.

"당신 말이 맞아. 당신 말대로 오해하는 거면 큰 문제고 지금껏 이런 일에 당신 판단이 틀린 일은 없었으니까. 하지만 다 컸다고 해도 부모의 죽음에 관한 일이고 이안 그 애한테는 큰 상처가 될 일이지."

"……."

"클리프랑 르네 일을 이안에게 알려 주겠소. 다만 어떻게 말을 꺼낼지 조금만 더 생각할 시간을 줬으면 하는데……."

제 말을 긍정하는 남편을 약간 풀린 얼굴로 바라보던 마리사가 시간을 달라는 그레이엄의 말에 다시 얼굴을 구겼다. 아내의 표정이 험악해지자 그레이엄은 저도 모르게 손을 내저었다. 그가 그녀의 눈치를 보며 다시 입을 열었다.

"다른 뜻이 있는 게 아냐. 최대한 상처 주고 싶지 않아서 그래. 오래 걸리지 않을 테니 너무 걱정 마시오. 이번 달 내로 말하리다. 응?"

절절매며 어찌할 바 모르는 남편의 모습에 마리사의 미간 주름이 조금씩 펴졌다. 결국 그녀는 깊은 한숨을 쉰 뒤 눈을 번뜩이며 남편에게 경고했다.

"그레이엄. 난 이안과 소피아, 그 아이들을 아껴요. 하지만 전에도 말했다시피 내게 제일 중요한 건 우리 애들 그리고 당신이야. 내 가족이라고."

"……."

"난 누구든 내 가족을 건드리면 그 배를 갈라 버릴 거야. 물론 이안도 예외는 아니야. 그러니 당신이 내뱉은 대로 이번 달 안으로 해결해요. 아니면 내가 이안에게 직접 말할 테니까. 알았어요?"

* * *

"아이샤."

"아버지?"

아이샤는 아무도 없을 거라 여긴 복도에서 아비와 마주하곤 재빠르게 눈가로 손을 가져갔다. 눈에 맺힌 물기는 그녀의 손길 한 번에 사라졌다. 하지만 발갛게 부어오른 눈가는 여전해 그레이엄은 걱정스러운 얼굴로 그녀에게 다가갔다.

"오라비와 함께 나가지 않았어? 어쩌고 너 혼자……."

"어쩌다 보니 먼저 오게 됐어요. 에드워드 오빠는 아직 왕세자 전하와 있을 거예요."

아이샤는 이안과 마주친 뒤 걱정스레 제게 온 에드워드를 이스칸에게 돌려보냈다. 왕세자의 갑작스러운 청혼에 자신이야 물러날 명분을 얻었다지만 오라비는 아니었기 때문이다.

"일이 없으면 잠깐 이야기나 할까? 부녀끼리만 이야기를 나눈 지 오래됐구나."

그레이엄은 애써 웃어 보이는 여식을 보며 팔을 내밀었다. 아이샤는 잠시 아비의 얼굴을 보다 고개를 끄덕이며 그레이엄의 팔에 팔짱을 꼈다.

부녀가 도착한 곳은 작은 온실이었다. 그레이엄은 잎이 커다란 화초 앞 대리석 의자로 아이샤를 이끌더니 손수건을 꺼내 딸이 앉을 자리에 펼쳤다.

"온실이라 따뜻하지?"

"네."

그 짧은 대화를 끝으로 부녀는 한동안 별말 없이 앉아 있었다. 아이샤는 아비가 제 입이 열릴 때까지 기다릴 참이라는 걸 눈치채고 머뭇거리다 입을 열었다.

"아버지."

그녀의 부름에 그레이엄이 기다렸다는 듯 고개를 돌렸다. 아이샤는 아비의 얼굴을 보지 않으려 고개를 푹 숙이고 한참 망설이다 속에 내내 품고 있던 말을 꺼냈다.

"……이안과 제가 파혼하는 것에 대해 어떻게 생각하세요?"

그레이엄의 얼굴이 일순 굳어졌다. 그는 여식의 입에서 파혼이 나올 거라 단 한번도 상상해 본 적이 없었다. 지난번 일에도 아내와 아들들은 파혼을 외쳤지만, 아이샤는 침묵을 지켰다. 전처럼 싫다 고개 젓지 않는 모습이 위태로워 보이긴 했으나 그래도 설마하니 딸아이의 입에서 파혼이 나올 줄은 몰랐다.

'어리석은 녀석.'

그레이엄은 이안을 향해 속으로 혀를 찼다. 얼마나 멍청하게 굴었으면, 얼마나 괴롭게 했으면 아이샤가 이럴까. 자신이 아는 제 여식은 해를 바라보는 해바라기 수준으로 이안을 좋아했다. 맹목적인 그 마음이 얼마나 깊은지 두 사람이 함께하길 바라는 그레이엄마저도 가끔은 걱정할 정도였다.

"전에 일 때문에 그런 거니? 그 헬렌이란 여자와 이안이……."

"꼭 그 일 때문만은 아니에요."

"……."

"……사실 전부터 몇 번 생각했어요."

아이샤는 힘겹게 말을 하며 소매를 움켜쥔 손에 힘을 줬다. 핏기가 사라져 하얗게 변한 손처럼 아이샤의 목소리도 창백하게 질려 갔다.

"너무 힘들어요."

"……."

"전처럼 이안을 좋아할 수가 없을 거 같아요. 그 애를 보는 게 어렵고 무서워요."

"……."

"상처받는 것도 가슴 졸이는 것도 이제 그만하고 싶어요. 불안해하는 것도 못 하겠어요."

항상 제게 너그러웠던 아비의 앞이어서 그런 걸까. 아이샤는 가둬 뒀던 마음을 숨김없이 털어놓기 시작했다.

"이안은 제게 왜 그런 걸까요. 도대체 왜 그렇게까지……."

"……."

"그 애 속을 도통 모르겠어요. 싫다면서도 기대를 주고 또 상처를 줘요. 아니, 제 잘못이에요. 제가 매번 끌려다니니까. 제가 문제인데……."

아이샤의 목소리에 울음이 맺히기 시작했다. 그녀는 지금껏 있던 많은 일을 하나하나 떠올리며 가슴께를 꾹 눌렀다. 찬찬히 제 마음을 살펴보려 했건만 어느 순간 둑이 터지듯 온갖 감정이 쏟아져 나왔다.

"그래도……. 그래도. 흑."

말을 멈춘 아이샤가 엉엉 큰 소리로 울었다. 아비 앞에서 아이처럼 우는 것이 부끄러웠지만 스스로를 통제할 수 없었다.

그레이엄은 가만히 딸을 안아 줬다. 입술을 꾹 문 그의 얼굴에는 이안에 대한 노기와 딸에 대한 안쓰러움이 가득했다. 아이샤는 아비의 품에서 그렇게 한참을 울었다.

"괜찮으냐?"

"네."

아이샤의 눈물은 그녀가 가진 손수건이 다 젖은 후에야 멈췄다. 퉁퉁 부은 눈으로 아비의 품에서 벗어난 그녀는 완전히 젖어 사용할 수 없는 손수건을 내려놓고 소매로 눈물을 닦은 후, 어느 정도 안정을 되찾자 조금 싸늘해진 목소리로 말했다.

"……이안이 진심인지는 아닌지는 이제 중요하지 않아요. 그냥 제가 편해지고 싶어요."

"……."

"며칠 이안 생각을 멈춰 봤는데 나쁘지 않았어요. 그 애가 제 삶에서 없어지면 큰일이 날 줄 알았는데 아니었어요."

그레이엄은 달래듯 아이샤의 머리를 쓰다듬으며 그녀의 말을 경청했다. 하지만 그의 속내는 겉모습과 달리 복잡했다.

"……죄송해요. 항상 멋대로여서."

"아이샤. 네 뜻대로 하렴. 한데……."

그레이엄은 이안이 제게 어떤 오해를 품고 있는지 막 알게 된 참이었다. 그리고 그 오해가 이안과 아이샤의 문제에 상관있다 여겼기에 지금의 상황이 난감했다.

"……한 달만 기다려 보겠니?"

결국, 고심하던 그레이엄은 아이샤에게 어렵게 말을 꺼냈다. 우는 딸을 보면 당장에라도 파혼하라 외쳐야 했지만 죽은 친우의 얼굴이 머릿속을 스치자 마음이 약해진 탓이었다.

아이샤는 제 말에 한 달의 기한을 두는 아비를 의아한 눈으로 바라봤다. 그레이엄은 딸의 시선을 피하며 작은 목소리로 중얼거렸다.

"……이 아비가 너희 둘 사이를 방해했을지도 모른다는 생각이 들어 그런단다."

"아버지가요? 그게 무슨……."

"미안하구나. 네게 말해 줄 수는 없는 문제란다."

아비의 태도에 잠시 답답함이 몰려왔으나 아이샤는 이내 고개를 끄덕였다. 아비가 저렇게까지 말한다면 분명 합당한 이유가 있으리라 생각했기 때문이다.

"이안이 네게 못되게 군 일들을 옹호하는 게 아니란다. 하지만 내가 결정한 일 때문에 너희 둘 사이가 그렇게 된 거라면……. 내가 많이 속상할 거 같아 그래."

아이샤가 얌전히 수긍하자 그레이엄은 오히려 더욱 죄책감이 들었다. 그가 변명하듯 말을 이어 가자 아이샤가 아비의 손을 꼭 붙잡았다.

"괜찮아요."

배시시 웃어 보이는 여식의 얼굴에 그레이엄은 순간 울컥했다. 그가 아이샤의 손을 마주 잡은 채 약간 젖은 목소리로 말했다.

"한 달을 말했다만……. 그전에라도 확신이 서면 네가 원하는 대로 하렴."

"네?"

"스스로 결정을 내리면 다른 사람에게 묻지 않는 법이지."

아비의 말에 아이샤는 뒤통수를 맞은 듯 큰 충격을 받았다. 맞는 말이었다. 진정 끝이라 결론을 내렸으면 묻는 것이 아니라 그리하겠다 말했을 것이다.

"물론 어떤 결정을 내리든 난 네 편이란다."

제 말에 아이샤의 얼굴이 급격히 어두워지자 그레이엄이 타이르듯 부드러운 표정을 여식에게 보였다. 딸은 딱 봐도 스스로를 자책하고 있었다. 그레이엄은 그게 괜히 한 달의 기한을 말한 제 탓 같아 마음이 아팠다.

"……이안과 제 사이에서도요?"

"물론 난 이안도 아낀단다. 하지만 아이샤, 네가 울었잖니."

"……."

"이것만으로 난 무조건 네 편이란다."

* * *

어두운 방은 황금 촛대와 은 장식물로 기품 있게 꾸며져 있었다. 방 전체를 감싼 검붉은 벽지가 조금 섬뜩하게 느껴지는 부분도 있었으나 방 안을 채운 가구들은 하나같이 고상하여 방을 처음 본 이들은 중후하다 탄복할 만했다.

방구석에 있는 의자도 마찬가지였다. 다리의 부드러운 곡선이 돋보이는 의자는 붉은 벨벳이 사용되었고 팔걸이는 상아로 만들어져 있어 우아함이 한층 두드러졌다.

"크으……. 커흑! 컥!"

하나 그 의자에 묶인 채 앉아 있는 사내는 우아함과 거리가 있었다. 한때

빛깔 좋았을 옷은 너덜너덜해져 있었으며 머리카락은 지저분했다. 게다가 팔걸이와 다리에 각각 묶인 사지는 멋없이 부들부들 떨리고 있었다. 특이한 점은 묶인 사내의 손목과 발목에 덧댄 두꺼운 천이었는데, 이는 끈이 피부를 파고들어 자국을 남기는 것을 방지하고 있었다.

"커어……. 끅."

사내의 입에서 기괴한 신음이 연달아 터져 나왔다. 그럴 수밖에 없는 것이 그의 얼굴에는 젖은 천이 여러 겹 올라가 있었다. 숨을 쉴 수 없는 상황. 사내의 손과 발이 간질 환자처럼 파르르 떨렸다.

듣기만 해도 괴로운 소리에도 방 한가운데, 기다란 카우치에 앉은 중년의 사내는 귀가 들리지 않는 듯 평온한 표정이었다. 그는 차를 천천히 들이켜며 테이블 위 체스판을 유심히 보고 있었다.

"공작 각하."

중년 사내 옆에 선 고동색 머리 사내가 방구석에서 나는 신음에 입을 열었다. 하나 중년 사내, 레반투스 공작은 손을 살짝 들어 조용히 하라는 제스처를 취할 뿐이었다. 테이블 위를 바라보는 그는 온 신경을 체스판에 두고 있었다.

"쯧."

체스판 위 말들을 이리저리 움직인 그가 한참 만에 혀를 차며 고갯짓을 했다. 그러자 고동색 머리의 사내가 재빠르게 방구석으로 가더니 묶여 있는 사내의 얼굴을 가린 천을 거둬들였다.

"흐으!"

급하게 숨을 들이켜는 소리가 나더니 묶여 있는 사내의 눈동자가 당장에라도 터질 듯 튀어나왔다. 고동색 머리의 사내는 신경 쓰지 않은 채 팔다리를 결박한 끈을 풀더니 사내를 짐짝처럼 공작 앞에 내던졌다.

"아, 아까 말씀드린 게 전부입니다."

"……."

"돈을 줄 테니 못, 못 본 척해 달라고만……. 외국으로 가는 배에 타면 금, 금을 준다 하여……."

묶여 있던 사내는 15년 전, 로이드 후작가의 마부로 일하던 윌킨스였다. 아무도 묻지 않았건만 그는 공작 앞에 내던져지기 무섭게 고개를 바닥에 처박으며 그날의 일을 고했다.

"정, 정말입니다. 끄윽. 그, 그게 다입니다."

당연한 일이었다. 묶인 채 숨을 틀어막히기 전 공작이 그에게 물은 것은 그날의 일 하나였으니까.

공작은 벌벌 떠는 윌킨스를 무표정한 얼굴로 내려다봤다. 인상을 찌푸린 것도, 노려본 것도 아니건만 윌킨스는 등에 꽂히는 시선에 묶여서 고문당했을 때보다 더욱 떨었다.

"……거짓이 아니군."

붉은 차를 들이켠 공작이 한참 만에 평온한 어조로 말했다. 고개조차 들지 못한 채 납작 엎드려 있던 윌킨스는 공작의 말에 저도 모르게 안도의 한숨을 쉬었다. 공작은 그런 그를 벌레처럼 보다 찻잔을 내려놓으며 혼잣말을 중얼거렸다.

"어처구니가 없어. 오랜만에 찾아온 행운이라 생각했건만……. 이건 오히려 실이 아닌가."

"……."

"결국 그 장사치가 저지른 일은 하나도 없다니. 황당하군. 헛수고가 아닌가."

공작은 신전에 심어 둔 자를 통해 윌킨스의 소재를 우연하게 들었을 때 그답지 않게 소리 내 웃었다. 15년도 더 된 그날의 진실을 알려 줄 것이고, 그게 파든 백작의 치명타가 될 거라 기대했기 때문이다. 그러나 황금 열쇠라 생각했던 이가 풀어놓은 그날의 상황으로 추측한 진실은 그가 바라던 것과 다른 방향이었다.

공작은 체스판 위 말들을 짜증스레 넘어뜨렸다. 대리석으로 만들어진 말들이 툭툭 넘어갈 때마다 윌킨스뿐 아니라 고동색 머리의 사내도 움찔거리며 몸을 떨었다.

"하나만 더 묻지. 그럼 백작이 그 자리에 그리 빨리 도착할 수 있었던 이유는 무엇이지? 그가 사고를 어떻게 제일 먼저 봤느냐는 말이야."

체스판 위에서 말을 넘어뜨리던 공작이 한숨을 푹 쉬더니 윌킨스를 향해 물었다. 고문을 떠올린 윌킨스는 공작의 말에 진정 답하고 싶었다. 그러나 그는 아는 게 없었다.

"모, 모릅니다."

"……."

"정말입니다. 그건 정말 모르겠습니다. 사고가 나고……. 눈, 눈을 뜨니 백작님께서 계실 뿐이었습니다."

"도통 써먹으려야 써먹을 데가 없군. 쯧."

공작은 불쾌한 감정을 숨기지 않은 채 손을 들었다. 그러자 고동색 머리의 사내가 밖을 향해 끌고 가라 소리쳤다. 곧 적당히 무장한 병사들이 들어오더니 윌킨스의 두 팔을 잡았다. 윌킨스는 끌려가며 연신 살려 달라 외쳤다.

"차라리 거짓을 말하게 하여 후작을 완전히 속이는 게 좋지 않겠습니까?"

방문이 닫히고 윌킨스의 소리가 잦아들자 고동색 머리의 사내가 공작을 향해 조심스레 입을 열었다. 공작은 그를 한심하다는 듯 바라보다 고개를 저었다.

"지난 2년 간 그리 떠밀었는데도 후작은 아직 정에 매여 갈팡질팡하잖나. 한데 열쇠라 기대해 기껏 데려온 이가 말하는 게 저 꼴이라니."

"……."

"게다가 후작은 나를 믿지 않아. 데려가면 자백제를 먹이고 심문할 텐데 협박해 봤자 무슨 소용인가. 지난 2년간 어렵게 자극해 놨는데……. 저자의 말을 들으면 복수심은커녕 혼란이나 생길 테고 최악의 상황에는 우리가 꼬리를 밟힐 거다."

고동색 머리의 사내는 공작의 말에 아리송한 얼굴을 했다. 윌킨스의 말에도 아직 퍼즐을 제대로 맞추지 못한 그와 달리 주인은 대강이나마 퍼즐을 완성한 듯 보였기 때문이다.

"……무슨 일이 있었는지 아시겠습니까?"

"클리프 그자는 정신이 유약해 빠졌지. 그래도 설마 했는데 오늘 본 머저리의 말을 들으니 거의 확신하게 되는군. 내 예상이 맞는다면 그날 일은 우리한테 절대로 유리하지 않아."

타박을 각오한 물음에 공작은 미간을 찌푸리더니 혼잣말 비슷하게 답을 했다. 그러나 그조차 알아들을 수 없었던 사내는 고개를 숙였다.

공작은 그런 수하를 보며 한심하다는 듯 혀를 차더니 체스판 위 말을 한꺼번에 쓸어 눕혔다. 와르르, 대리석으로 만들어진 말들이 테이블 위를 구르는 소리가 탁했다.

공작은 쓰러진 말들은 손으로 모아 제 앞에 놓았다. 그리고 말들을 제일 처음 시작하는 자리에 천천히 놓으며 명했다.

"이렇게 된 이상 입 못 여는 시체라도 써먹어야지. 가서 습격당한 시체처럼 잘 꾸미라 하게."

* * *

"이안."

"……."

"이안!"

"……."

"오빠!"

소피아는 초점 없이 찻잔을 내려다보는 오라비를 재차 불렀다. 상념에 빠져 있던 이안은 소피아가 큰소리를 내며 얼굴 앞에 손짓을 한 후에야 정신을 차리고 시선을 바로 했다.

"뭐야. 무슨 생각을 그렇게 해?"

"……아무것도 아니야."

"너무하잖아. 고작 한 시간 같이 있어 주면서……."

이안은 투덜거리는 소피아에게 아무 의미 없는 미소를 지어 주고는 대화에 집중하려 했다. 하지만 머릿속은 어제 있었던 일을 계속해서 상기할 뿐이었다.

'나 이안 너 보기 싫어. 생각도 하기 싫단 말이야!'

저를 향한 청회색 눈에는 전과 같은 감정이 조금도 없었다. 기억을 재차 더듬어 봐도 그곳에 남은 것은 경멸뿐……. 또 한 번 아이샤를 떠올린 이안은 소피아 앞이라는 것도 잊은 채 손을 덜덜 떨었다.

"차는 어때? 마실 만해?"

"……나쁘지 않아."

"그럴 줄 알았어."

앞에 앉은 오라비의 속내가 어떻든 소피아는 그가 자신과 시간을 보내는 것이 마냥 좋았다. 그녀는 자신이 따라 준 차를 단번에 들이켜는 이안의 얼굴이 새파랗게 질려 있는 것도 눈치채지 못하고 제 잔에 차를 따르며 어깨를 으쓱였다.

"귀한 거야. 구하기 힘든 건데 나랑 할머니가……."

신이 난 목소리로 떠들려던 소피아가 말을 하려다 말았다. 조모가 너무나 좋은 그녀와 달리 오라비는 조모를 아직까지도 남 보듯, 아니, 거의 적을 대하듯 불쾌해했다.

'……저 여자랑 적당히 지내.'

얼마 전 오라비의 경고를 기억해 낸 소피아가 조심스레 이안을 살폈다.

그리고 그녀는 그제야 오라비의 표정이 썩 좋지 않음을 눈치챘다.

"내, 내가 특별히 직접 가서 사 온 물건이거든. 인기가 얼마나 많은지 돈이 있어도 못 구하는 거야."

어두운 이안의 얼굴에 지레 겁먹은 소피아는 재빨리 말을 바꿨다. 그러나 여동생이 그러거나 말거나 아이샤에게 정신이 팔린 이안은 멍한 낯을 할 뿐이었다.

"자 한 잔 더 마셔. 머리를 맑게 해 준대."

소피아가 이안에게 재차 차를 따라 줬다. 향긋한 향과 맑은 보랏빛이 은은하게 맴도는 차는 무해하게 느껴졌다.

"그래."

이안은 소피아가 내민 차를 조금의 거리낌도 없이 입가로 가져갔다. 그가 차를 한 모금 넘기자 찻잔을 들고 있던 손끝과 테이블 아래로 내린 손끝이 찰나지만 차와 같은 보랏빛을 띠었다.

그러나 아주 잠깐, 그것도 유심히 보지 않는다면 눈치채기 힘들 정도의 변화였다. 때문에 차를 마시는 이안과 소피아 중 누구도 자신의 몸에 일어나는 변화를 알아채지 못했다.

"그리고 어제는 말이야……."

똑똑.

이안이 찻잔을 내려놓음과 동시에 소피아가 입을 열 때였다. 남매의 대화를 노크 소리가 막아섰다.

"누구야? 함부로 방해 말라니까."

"들어와."

짜증 내는 소피아와 달리 이안은 무표정한 얼굴로 밖에 있을 이에게 들어오라 명했다. 곧 문이 열리고 제임스가 이안에게 성큼 다가와 두 마리의 매가 서로를 노려보는 인장이 찍힌 서신을 내밀며 말했다.

"급보랍니다."

급보라는 말에 이안은 곧장 서신을 뜯었다. 그리고 곧 그의 얼굴이 딱딱하게 굳어졌다.

"이안?"

이안이 자리에서 벌떡 일어서자 소피아가 의아한 얼굴로 오라비를 불렀다. 의문이 가득한 얼굴에는 혹시나 오라비가 자신과의 시간을 팽개치고 떠날까 불안이 담겨 있었다.

이안은 여동생의 부름에 대꾸 없이 몸을 돌리더니 그대로 문을 향해 빠르게 걸음을 옮겼다. 그 뒤를 소피아의 짜증 섞인 고함이 뒤따랐으나 이안이 뒤돌아보는 일은 없었다.

* * *

「윌킨스가 죽었네. 습격이 있었어.」

레반투스 공작의 급보에는 은밀히 데려오고 있던 마부 윌킨스가 습격을 받아 죽었다는 소식이 들어 있었다. 그를 손꼽아 기다렸던 이안은 급보를 듣기 무섭게 공작저를 찾았다.

"수도에 오자마자 습격을 당했다는군. 어디서 정보가 샌 건지……."

도착한 이안을 맞이한 건 굳은 표정의 공작과 이미 차가워진 윌킨스의 시신이었다. 자잘한 상처와 목을 깔끔하게 관통한 상흔. 이안은 윌킨스의 시신을 보자마자 물었다.

"……왜?"

"…….'

"습격을 왜 당합니까? 이자가 오고 있는 걸 누가 어떻게 알고요."

"습격당한 일로 내 탓을 하는 거라면 할 말이 없군. 내가 일을 부족하게 처리한 건 사실이니까."

"……."

"다만 이걸로 한 가지는 분명해졌네. 습격을 지시한 자는 이자의 입을 막아야 할 이유가 있었던 거야."

공작은 이안의 타박에 애매한 사과를 한 후 눈을 가느스름하게 떴다. 이안은 귓가를 울리는 공작의 은근한 목소리에 아이샤의 문제로 잠시 덮어뒀던 에드워드의 말을 떠올렸다.

'……은혜도 모르는 자식.'

예상치 못한 비난을 듣는 그 순간 이안은 긴장으로 몸을 뻣뻣하게 굳혔더랬다. 아이샤의 일로 내뱉었다기에는 어딘가 초점이 어긋난 말. 뒤에서 여러 일을 벌인 이안으로서는 순간이라지만 가슴이 뜨끔할 수밖에 없었다.

'……백작이 눈치챘다고?'

게다가 오늘 윌킨스의 일까지 터졌다. 들킨 것이 확실하다는 생각에 이안은 입술을 짓씹으며 미간을 구겼다.

'언제부터? 아니, 어디까지 알고 있지?'

언젠가 발각될 것이라 예상을 했지만 막상 때가 닥치니 심장이 철렁했다. 이안은 파든 백작을 노린 여러 사업과 정치적 관계를 그리며 앞으로 어찌 해야 하나 머리를 굴렸다.

'이렇게 된 거 차라리…….'

꼬리를 밟혔다는 불안감에 이안이 아예 노골적으로 파든 백작을 옥죄어야 하나 고민할 때였다. 어지러운 그의 머릿속을 아이샤의 목소리가 관통했다.

'이안.'

눈앞에 아른거리는 아이샤는 어제와 달리 환하게 웃고 있었다. 행복해 보이는 말간 웃음과 경쾌한 목소리. 환상이지만 그걸 보고 들은 순간 이안은 멈칫했다.

'……이상해.'

복잡한 속내는 여전했지만, 손끝이 차가워지며 이성이 돌아왔다. 이안은 들켰다는 우려에 매몰돼 자칫 놓칠 뻔했던 것을 잡아챘다.

'……은혜도 모르는 자식.'

그는 의미심장했던 에드워드의 말을 그의 표정과 함께 떠올렸다. 만일 자신이 복수를 목적으로 한다는 것을 알았다면 그 신중한 성격에 과연 대놓고 적의를 드러냈을까?

'그럴 리 없지. 차라리 사업 건을 알아채 배신감을 느꼈다는 게 훨씬…….'

이안은 에드워드, 나아가 파든 백작이 복수라는 제 목적은 알아챘을 가능성은 그리 크지 않다 판단했다. 게다가 파든 백작이 설사 제 목적을 알았다 한들 윌킨스를 죽인 것도 이상했다.

'금까지 쥐여 주며 타국으로 보낸 자야. 한데 이제 와 죽인다?'

물론 공작이 은근하게 말하는 것처럼 예전에 묻어 둔 죄가 드러날까 봐지레 겁을 먹고 그랬을 수 있었다. 하지만 그렇다 해도 미심쩍은 부분이 너무 많았다.

애초 윌킨스가 제국으로 끌려오고 있다는 사실을 백작이 어떻게 알았으며, 또 알았다면 왜 진작 처리하고 딱 수도로 들어오는 순간 습격한단 말인가.

물론 그 모든 게 우연히 딱 맞아떨어질 수도 있었다. 그 확률이 얼마나 될지는 모르겠지만.

'성급하게 굴기는 일러. 아저씨……. 아니, 백작이 어디까지 아는지는 앞으로 행보를 보면 알겠지.'

이안은 습격을 왜 당한 것이냐는 제 물음에 공작이 답하지 않았음을 기억했다. 동시에 그의 의심이 방향을 틀었다.

'……누구보다 믿을 수 없는 자다.'

이안은 서늘한 지하실에 누워 있는 윌킨스의 시체를 다시 한번 살피며 속으로 읊조렸다. 그리고 그런 이안을 곁눈질하며 공작은 그 자신에게만 들리게끔 한숨을 쉬었다.

* * *

마차가 길을 따라 멀어졌다. 레반투스 공작은 이안을 태운 마차가 공작저에서 멀어지는 모습을 창가에서 바라보다 못마땅한 듯 혀를 찼다.

"……쯧. 글렀군."

공작의 뒤에 있던 고동색 머리카락의 사내는 주인의 심기가 썩 좋지 않음을 눈치채고는 긴장으로 어깨를 굳혔다. 레반투스 공작은 수하가 뒤에서 긴장을 하든 말든 계속해서 창밖을 보며 말했다.

"파든 백작에게 후작이 벌인 일을 조금씩 흘려."

"예? 하지만……."

주인의 명에 고동색 머리카락의 사내가 다시 생각해 보라는 듯 말을 흐렸으나 공작은 개의치 않았다. 그가 저 멀리 달리는 마차를 노려보며 말을 이었다.

"2년 넘게 공들인 일이 아쉽긴 하지만 기르던 짐승이 사냥감을 물기는커녕 주인에게 이빨을 드러낼 낌새를 보이고 있어. 심지어 자칫 잘못하다간 사냥감의 편에 서 주인을 공격할 참이야."

"……."

"이렇게 된 이상 짐승과 사냥감 모두를 자극해 싸움을 붙여야지. 그러면 적어도 날 공격할 생각은 못 할 테고 운이 좋으면……."

마침내 마차가 점처럼 작아졌다. 공작은 점과 같았던 마차가 아예 보이지 않자 잠시 말을 멈추고 눈을 가느스름하게 뜨며 중얼거렸다.

"……힘이 빠질 대로 빠진 둘을 전부 잡을 수 있겠지."

* * *

황제가 아스타 왕국 사절단의 알현을 생각보다 빠르게 허락했다. 덕분에 파든가에 머물던 이스칸은 사흘 만에 황궁으로 향하게 됐다.

경악스러운 청혼을 받은 후 이스칸을 피해 방에 스스로를 감금하다시피 한 아이샤로서는 천만다행인 일이었다. 그녀는 이스칸이 떠난다는 소식을 듣자 저도 모르게 안도의 한숨을 내쉬었다.

'그래도 가문의 중요한 손님인데……. 마중은 나가야겠지.'

이스칸이 떠나는 날 아이샤는 한참 고민하다 방을 나섰다. 아이샤를 찾느라 두리번거리던 이스칸은 그녀가 모습을 드러내자 하얀 이를 드러내며 미소 짓더니 그녀 앞으로 단번에 뛰어왔다.

"벌써 가야 하다니 이렇게 안타까울 수가 있나."

"……."

"하지만 너무 걱정 마. 곧 볼 수 있을 테니 말이야. 그리고 다음번에 볼 때는 꼭!"

"……."

"……마음을 돌려 좋은 답을 줬으면 좋겠군."

서글서글한 미소가 이스칸의 생김새만큼이나 시원했다. 하지만 가까이 붙어 청혼에 대해 은근하게 말을 흘리는 그가 아이샤로서는 부담스러울 뿐이었다.

"전하."

아이샤에게 그날 일을 들은 에드워드가 이스칸과 여동생 사이를 갈랐다. 왕세자의 눈길에서 이상함을 느낀 다니엘도 재빠르게 아이샤 뒤로 가 그녀를 슬쩍 당겼다.

이스칸이 오라비들 사이로 사라져 버린 아이샤를 보려 고개를 쭉 뺄 때였다. 가만히 상황을 관망하던 백작이 헛기침을 하며 말했다.

"크흠. 전하 시간이 다 되었습니다."

수하 이미르까지 다가와 빨리 가야 한다 표정으로 재촉하자 이스칸은 아쉬운 얼굴을 했다. 잠시 망설이던 그가 에드워드 뒤에 있는 아이샤를 향해 입을 열었다.

"아이샤. 약속한 춤만은 꼭 부탁하오."

장난기 가득한 목소리가 아닌, 예를 차린 정중한 어투였다. 아이샤는 이스칸의 말을 이해 못 해 잠시 의아한 표정을 하다 곧 식당에 가기 전 그를 환영하는 연회 때 함께 춤추마 약속한 일을 기억했다.

머뭇거리던 그녀가 오라비들 사이에서 나와 고개를 끄덕였다. 일곱 번째 부인이 되어 달라는 말도 안 되는 청혼을 한 그와 최대한 마주치고 싶지 않았으나 가문에서 추진하는 일도 있겠다, 그 정도는 괜찮을 거 같았다.

아이샤의 허락에 이스칸은 환하게 웃으며 마차에 탔다. 함께 황궁에 가는 파든 백작은 왕세자가 여식에게 또 쓸데없는 소리를 할까 마부를 채근해 급히 출발했다.

평소보다 빠르게 달린 마차가 곧 정문을 통과했다. 마중을 나온 파든가 세 남매는 마차가 흙먼지를 일으키며 정문 밖을 나서자마자 몸을 돌려 저택으로 향했다.

"왕세자는 무슨……. 완전 미친놈 아냐?"

다니엘은 저택 안으로 들어서며 이스칸에게 몇 번이고 욕지거리를 내뱉었다. 에드워드에게서 이제야 그간의 일을 들은 그는 이스칸이 여동생에게 청혼을 했다는 사실과 그의 부인이 이미 여섯이라는 사실에 잔뜩 흥분했다.

"부인이 여섯……. 그런데 너한테 청혼을 해? 야! 너한테는 어째 이상한 것들만 꼬이냐?"

몇 번이고 이스칸을 향해 험한 말을 뱉은 다니엘이 갑작스레 고개를 돌려 제 옆을 걷고 있는 아이샤에게 빈정거렸다. 오라비의 말에 담긴 '것들' 중 한 명이 누구인지 단번에 깨달은 아이샤의 얼굴이 어두워지고 뒤따라 에드워드의 얼굴도 딱딱하게 굳어졌다.

"다니엘."

에드워드가 엄한 목소리로 남동생을 불렀다. 형의 표정에 에드워드는 잠시 움찔거렸으나 곧 성질이 났는지 큰 소리로 투덜거렸다.

"내가 뭘 어쨌다고. 하긴 아직도 그 개새끼랑 연 안 끊는 이 집구석이 문제지."

이안과 헬렌의 일을 목격한 이후, 다니엘은 어미와 형도 저와 같은 뜻이니 여동생이 이안 그 개자식에게서 벗어나게 될 줄 알았다. 하나 어찌 된 일인지 어미와 형은 다시금 입을 닫았고 여동생은 이안과 관련된 어떤 말도 꺼내지 않았다.

자신을 빼고 입을 다물어 버린 가족들. 다니엘은 온 집안 식구들이 이 문제를 회피한다 여겼고 그 때문에 속앓이를 하는 중이었다.

"다니엘!"

"예. 예. 알았어. 간다, 가. 집에서 분란만 일으키는 나 같은 건 사라져야지."

과장된 동작으로 어깨를 으쓱이며 다니엘이 사라졌다. 에드워드는 그런 다니엘을 한 번 더 노려봤으나 남동생의 심정을 짐작했기에 더는 무어라 하지 않았다.

'설명할 수도 없고⋯⋯.'

에드워드가 작아지는 남동생의 등을 착잡한 표정으로 바라봤다. 그도 물론 아이샤와 이안의 파혼을 바랐다. 그러나 얼마 전 알게 된 이안의 수작질과 그와 관련된, 알 수 없는 문제⋯⋯. 그 때문에 그는 함부로 입을 열지 못하는 상황이었다.

'어머니, 아이샤가 전과 같지 않아요. 게다가 이안 그 자식이 뒤에서 무슨 일을 벌였는지 낱낱이 밝혀졌잖습니까. 은혜도 모르는 자식! 더 볼 것도 없어요. 아이샤에게도 이안이 벌인 일을 말해 주고 정을 완전히 떼게 해야 해요. 그리고 아버지가 무어라 하든 빨리 파혼을 밀어붙여야 합니다.'

'조금만 기다리렴. 이달 내로 마무리될 일이니까.'

'무슨⋯⋯. 사업 문제 말고 제가 모르는 게 있습니까?'

'⋯⋯당장은 말해 줄 수 없단다. 하지만 문제가 해결돼도 아이샤 일만큼

은 결과가 같아. 네 아버지는 이안한테 기회를 줄 모양이다마는…… 어림도 없지. 괘씸한 것.'

마리사의 목소리에는 분노가 가득했다. 하지만 에드워드는 어미의 눈이 분노보다는 쓸쓸함을 가득 품고 있는 걸 똑똑히 봤다. 때문에 그는 더는 물을 수 없었다.

"신경 쓰지 마."

"……응."

올라오는 두통을 참으며 에드워드가 아이샤를 돌아봤다. 그와 마찬가지로 다니엘의 뒷모습을 보고 있던 아이샤는 고개를 작게 주억거리며 걸음을 옮겼다.

"저 아가씨……."

남매가 1층 홀과 응접실을 가로질러 2층으로 올라가려던 때였다. 하녀 하나가 주춤거리며 다가오더니 아이샤에게 서신 하나를 불쑥 내밀었다.

서신에 찍힌 선명한 로이드 후작가의 문양에 아이샤는 인상을 미미하게 구겼으나 서신을 내치지는 않았다. 손을 뻗어 서신을 받아 든 그녀가 그 자리에서 인장을 풀고 안의 내용을 읽어 내렸다.

서신은 제법 길었다. 하지만 앞의 내용 중 대부분은 안부나 쓸데없는 말이었고 진짜 목적은 서신의 말미에나 있었다.

「이번 연회는 중요한 자리고 많은 사람들이 참석할 거야. 지난번 네 말을 기억하지만…… 그래도 약혼자로서 네 파트너가 될 기회를 줬으면 해.」

아이샤는 곧 있을 아스타 왕국 사절단 환영 연회 때 함께 가자 조심스레 청하는 이안의 서신에 저도 모르게 헛웃음 터뜨렸다.

물론 약혼자이니 으레 할 수 있는 청이었다. 하지만 지금은 상황이 다르지 않은가. 보고 싶지 않다, 생각도 하기 싫다 고함친 것이 엊그제였다.

한데 연회를 핑계로 서신을 보내다니. 아이샤의 기분이 저 아래로 가라앉았다.

아이샤는 곧장 하녀에게 펜과 종이를 가져오라 명했다. 모시는 이의 얼굴이 썩 좋지 않음에 하녀는 재빠르게 펜과 종이를 가져왔다. 아이샤는 언젠가 이안이 그랬듯 형제들과 함께 갈 거라 짧게 답신을 휘갈겼다.

서신을 보낼 종이의 재질과 색, 향까지 고려하고 인사말 하나에 장장 한 시간을 들였던 예전의 그녀와 비교하면 아예 딴 사람처럼 보일 정도로 건성인 태도였다.

그리고 하녀에게 서신을 주며 말했다.

"이걸 후작저에 전하라 해."

서신을 받은 하녀가 걸음을 옮기기도 전 아이샤는 계단을 올랐다. 여동생이 쓴 답신에 눈을 주고 있던 에드워드는 퍼뜩 정신을 차리고 그 뒤를 따랐다.

침묵 속에 남매는 계단을 올랐다. 2층 복도가 보이자 에드워드는 이대로 제 방으로 갈까 아니면 여동생과 이야기를 할까 고민했다.

"아……."

하나 2층에 막 다다랐을 때 반 발자국 앞서 걷던 아이샤가 휘청거렸다. 뒤에 있던 에드워드는 놀라 눈을 크게 뜨며 재빨리 여동생을 잡았다.

"왜 그래? 괜찮아?"

"아무것도 아냐. 그냥 잠깐……."

아이샤가 괜찮다 손짓했으나 허리를 살짝 굽힌 채 배에 손을 짚은 그녀의 얼굴은 창백한 것이 썩 좋지 않았다. 에드워드는 곧장 의원을 부르기 위해 고개를 들었다.

그런 그를 만류하며 아이샤가 몸을 바로 했다. 몇 번의 가쁜 호흡 끝에 혈색이 돌아온 얼굴은 꽤 생기 있었으나 걱정에 굳어 버린 에드워드의 얼굴은 쉽사리 펴지지 않았다.

"······오빠도 알잖아. 원래 이때쯤에 내가 자주 침대 신세 지는 거."

"······."

"너무 걱정 마. 안 드러누운 게 어디야. 안 그래?"

"방에 돌아가면 당장 의원을 불러. 알았어?"

"알았어. 바로 부를게. 그러니 얼굴 좀 펴."

에드워드는 아이샤가 의원을 부르겠다 몇 번이고 약속을 한 후에야 표정을 폈다. 그의 눈치를 살피던 아이샤는 혹여나 에드워드가 의원에 이어 잔소리를 더 늘어놓을까 재빠르게 화제를 전환했다.

"그보다 언니가 곧 온다며?"

"응. 일주일 후면 도착한다고 서신이 왔어."

"좋겠어."

아내, 아일린이 대화에 오르자 에드워드의 얼굴이 또 한 번 경직됐다. 하나 좀 전과는 달리 그의 볼에는 약간이지만 홍조가 돌았다.

"부끄러워서 그러지?"

"······아이샤."

"알았어. 안 그렇게. 표정 좀 풀어. 응?"

그를 알아챈 아이샤가 장난스러운 미소와 함께 놀리듯 물었다. 에드워드는 한참 어린 여동생에게 오랜만에 엄한 얼굴을 보이더니 여동생의 방 앞에 도착하기 무섭게 말했다.

"난 이만 일이 있어 가 보마. 의원은 바로 부르고 쉬어."

도망치듯 몸을 돌리는 오라비의 모습에 아이샤가 입꼬리를 올리며 소리 없이 웃었다. 하지만 방 안으로 들어가 문을 닫는 순간 그녀의 웃음은 서서히 사라지더니 종국에는 없어졌다.

'······누가 누굴 걱정한 것인지.'

에드워드와 그의 아내 아일린은 서로의 조건만 보고 부부의 연을 맺었다. 당시 어렸던 아이샤는 오라비가 두어 번 만난 여인과 그것도 아무런 감정 없이 결혼한다는 말에 경악하며 몇 달이나 오라비를 걱정했다.

하지만 제 걱정과 달리 오라비는 자신의 아내와 끈끈한 유대를 쌓았다. 두 사람은 조건만을 보고 결혼한 것이 무색하게 감정을 키워 갔으며 몇 년간 떨어져 있는 와중에도 서로에 대한 신뢰를 공고히 했다. 누구에게도 말을 하지는 않았으나 아이샤는 첫째 오라비가 2주에 한 번 오는 아내의 편지를 손꼽아 기다리고 있음을 알고 있었다.

그에 비해 자신과 이안은 어떤가. 아이샤는 스스로가 우스웠다. 반짝반짝 빛나는, 영원할 것 같았던 감정으로 시작한 그녀와 이안의 관계는 영원은커녕 어느새 오라비 부부와는 비교할 수 없을 만치 망가졌다.

'멍청해서는.'

스스로를 욕한 아이샤가 문뜩 무언가 기억해 내고 방 안 구석에 있는 화장대로 다가갔다. 그리고 화장대 서랍 안쪽에서 깨끗하지만 오래된 손수건 하나를 꺼냈다. 블루세이지가 예쁘게 그려진 손수건은 그녀가 이안에게 선물해 준 것이자 그가 버린 것을 그녀가 주운 것이었다.

'그런 손수건 쓸데없이 많아. 그리고 지금 보니 닳을 대로 닳았군. 난 해진 물건 가지고 있는 취미 없어. 그러니 마지막으로 쓴 네가 가져다 버려.'

아이샤는 오래되어 얇아진 손수건을 쓸어 보려다 말았다. 연푸른색 꽃은 여전히 아름다운 자태를 뽐내고 있었지만, 전처럼 애틋한 감정을 불러오지는 못했다.

손수건을 화장대에 내려놓은 아이샤가 화장대 서랍을 한 번 더 뒤졌다. 그녀의 손에 이번에는 초라한 진주 귀걸이가 한 쌍이 들렸다. 아이샤는 뒤가 살짝 찌그러진 그것을 손으로 한번 굴리더니 블루세이지가 수놓인 손수건 위에 올렸다.

손수건으로 진주 귀걸이를 감싸 쥔 그녀가 난롯가로 다가갔다. 난로는 타닥타닥 소리를 내며 안정적으로 불꽃을 그리고 있었다.

잠시 망설이던 아이샤가 손을 움직여 들고 있던 손수건과 진주 귀걸이를 난로 안에 툭 던졌다. 손수건은 불에 닿는 순간 타올랐으며 진주 귀걸이는 장작 사이로 형체를 감췄다.

허전한 손에 아이샤는 가슴이 욱신거리는 걸 느꼈다. 하나 그녀는 눈물 한 방울 없이 한참 난롯불을 바라보다 천천히 몸을 돌렸다.

* * *

'나 이안 너 보기 싫어. 생각도 하기 싫단 말이야!'

얼음장같이 차가운 시선과 함께 날카로운 목소리가 귀를 울렸다. 이안은 웅웅대며 울리는 아이샤의 목소리에 눈앞이 아득해지는 걸 느끼고 그녀를 향해 손을 뻗었다.

한데 이상한 일이었다. 가까이 있다 생각한 그녀는 손에 잡히지 않았다. 거리가 부족하다 생각한 이안은 곧장 발걸음을 뗐지만, 걸어도 뛰어도 아이샤에게 닿을 수는 없었다.

그렇게 한참 아이샤를 쫓던 중, 그를 노려보던 그녀가 몸을 돌렸다. 팔랑이는 소매와 군더더기 없는 동작. 일말의 미련도 없는 단호한 태도에 더 애가 탄 이안은 몸을 던지듯 날렸다.

아이샤의 긴 머리카락이 그의 손끝에 닿을 듯 말 듯 가까워졌다. 하지만 막 머리카락에 닿으려던 차……

"허억!"

……눈이 번쩍 뜨였다.

'꿈인가.'

의자에 기대 누워 있던 이안이 숨을 거칠게 헉헉대며 식은땀이 흐르는 이마를 짚었다. 꿈이라서 다행이라는 생각은 잠시, 곧 초조함이 현실로 돌아온 그를 감쌌다.

손마저 부들대던 그가 책상 서랍을 거칠게 열더니 시가 상자 안에서 시가를 꺼냈다. 그리고 책상 위의 마시다 만 호박색 술이 담긴 술잔을 손으로 끌어 가져왔다.

"하아……."

시가 연기 사이로 독한 술을 들이켜자 마음을 좀먹는 불안감이 조금은 가셨다. 이안은 정신을 몽롱하게 만들기로 작정한 듯 한참 술과 시가를 했다.

그러나 그것도 한계가 있었다. 멍해지던 정신은 어느 기점에 오히려 또렷해졌다. 도무지 견디기 힘들어진 이안은 시가를 비벼 끄고는 술잔을 신경질적으로 밀쳤다.

달그락 소리와 함께 술잔이 엎어지며 호박색 술이 책상 위를 적셨다. 제법 중요한 서류도 있었건만 이안은 축축하게 젖어 망가지는 그것들을 바라보기만 하다 호박색 술의 끝이 어디에 다다랐는지 알고 입술을 세게 짓씹었다.

「이번 연회는 가족과 함께할 생각이야.」

단정하지만 전과 같은 따뜻함이 묻어나지 않는 글씨……. 활짝 펼쳐진 서신에는 그 한 줄이 적혀 있었다.

이안은 서신을 보내면서 거절당할 것을 충분히 예상했다. 하지만 그럼에도 아이샤의 답신을 본 순간 그는 파든 백작이 어떻게 움직이는지, 일을 벌여 놓은 사업 건들은 어떻게 처리할지 아무것도 결정하지 못한 채 무기력함에 잠겨 버렸다.

아이샤에게서 온 답신을 한참 들여다보던 이안은 종이 위 글씨가 술에 젖어 흐려지고 나서야 정신을 차렸다. 그가 뒤늦게 서류를 옆으로 치우며 밖에 있는 하인을 불러 책상을 닦을 천을 가져오라 일렀다.

'……할 일이 많아. 정신 차리자.'

하인이 가져온 천으로 직접 책상을 닦으며 이안은 마음을 다스리려 노력했다. 그러나 목구멍까지 차오른 초조함은 계속해서 술을 불렀다.

'차라도……. 그러고 보니 소피아가 준 차 나쁘지 않았지.'

더는 취할 수 없다 생각한 이안이 차라도 가져오라 명하려던 때였다. 불현듯 그의 뇌리에 여동생 소피아가 따라 준 차가 떠올랐다. 깔끔하면서도 은은한 향이 제법 취향이었던 차는 소피아의 말처럼 머리를 맑게 해 주는 효과가 제법이었다.

한번 떠올리고 나자 신기할 정도로 차가 당기며 갈증이 났다. 이안은 밖에서 대기하고 있는 하인을 불러 소피아에게 차를 얻어 오라 일렀다. 그리고 얼마 가지 않아 소피아가 두 개의 찻잔을 가지고 그의 집무실에 들이닥쳤다.

"이안. 차를 찾는다기에 직접 주려고 왔지."

여동생은 불청객에 가까웠으나 방 안에 퍼지는 차향은 마음을 매료시키는 힘이 있었다. 결국 이안은 여동생에게 앉으라 이르며 자리를 내줬다.

"그럼 전 이만 물러가겠습니다."

소피아와 함께 온 하녀는 차를 내려놓고 집무실을 나왔다. 그리고 집무실 밖, 복도 끝에서는 하녀가 빈 쟁반을 든 채 조심스레 문 닫는 모습을 보며 누군가 입이 찢어져라 웃고 있었다.

* * *

아스타 왕국 사절단을 환영하는 연회는 다른 나라 사절단 환영 연회보다 조금 성대하게 열릴 예정이었다.

사절단에 왕세자가 포함된 이유도 있었지만, 그들이 가져온 여러 선물 중 황금으로 만든, 저절로 노래하는 종달새가 황제의 마음을 아주 흡족하게 만들었기 때문이다.

'건국제 이후 당분간 큰 연회는 없을 줄 알았는데……. 드레스를 하나 더 맞춰야겠어요.'

'아스타 왕국 사내들이 그리 잘생겼다지요? 궁금하네요.'

'왕세자에게 눈도장이라도 찍어 봐요. 향신료 사업에 얼마나 도움이 되겠어요.'

커진 규모의 연회를 손님으로 참석하는 이들은 반겼다. 하지만 황궁에서 일하는 궁인들과 연회를 준비하는 이들에게 갑작스레 커진 연회는 재난이나 다름없었다.

"갑자기 연회 규모를 늘리면 예산을 어디서 끌어오라고!"

황태자 윌리엄도 연회 때문에 일이 늘어난 피해자였다. 큰일을 제외하고는 아비를 대신해 대부분 나랏일을 살피는 그는 줄줄 새는 예산에 눈을 벌겋게 뜨고 관료들이 올린 장부를 살피는 중이었다.

"노망이 나신 게 분명해. 황금 새 하나에 들이는 황금이 얼마야? 이 정도 금액이면 그깟 황금 새 백 마리는 만들겠다."

"……."

"아스타 왕국 상단에 부여하는 세금을 늘리든가 해야지. 하아…….

"한숨 그만 쉬고 일해. 형. 계속 투덜거려 봤자 시간만 갈 뿐이야."

연신 투덜거리는 윌리엄 앞에서 가만히 듣고만 있던 자레드가 핀잔을 줬다. 그러잖아도 앞에서 검만 닦고 있는 꼴에 배알이 뒤틀렸는데 타박까지 듣자 윌리엄은 참지 못하고 소리를 질렀다.

"야! 넌 아무것도 안 하잖아."

"이건 내 일이 아니니까. 내가 황제가 될 것도 아니고 난 기사단 일이나 잘하면 되는걸."

틀린 말은 아니었다. 자레드는 황태자가 아닌 황자. 황궁의 내정 일은 아예 모르는 척, 못하는 척하는 것이 옳은 처사였다.

"그래. 할 일 다 마치신 우리 동생께서 그럼 여긴 왜 오셨을까?"

윌리엄도 그 사실을 알았다. 하지만 목소리가 저절로 배배 꼬이는 건 막을 수 없었다.

"……물어볼 게 있어."

자레드는 인상을 팍 찌푸리며 과장되게 어깨를 으쓱이는 형을 바라보다 한참 만에 입을 열었다. 닦고 있던 검마저 내려놓은 채 심각한 표정을 짓는 남동생의 모습에 윌리엄이 건들건들 움직이던 것을 멈췄다.

"넌 내가 지금 네 물음에 답할 시간이 있다고 생각……. 됐다, 해. 해 봐."

"그 사생아에 관해 소문이 크게 돌아."

"……."

"소문…… 형이 부추긴 거지?"

자레드의 물음에 윌리엄이 삐죽이던 입을 넣었다. 헬렌. 그녀는 현재 여러 소문을, 그것도 하나같이 위험한 소문을 몰고 다녔다.

'폐하께서 요즘 헬렌 양을 그렇게 부르신대요. 알려진 알현만 벌써 일곱 번째라죠?'

'맞아요. 게다가 한 번 들어가면 세 시간은 족히 있다잖아요.'

시작은 황제가 헬렌을 찾는다는 소식이었다. 황제와 친밀해진 그녀의 몸값은 단숨에 올랐다. 헬렌은 더 이상 한낱 사생아가 아니었다. 그녀는 황제의 딸로 대접받으며 여러 사람의 굽실거림을 즐겼다.

'헬렌 양이 차고 있는 루비 목걸이 봤어요? 그거…… 폐하께서 하사하신 거래요. 게다가 이건 헬렌 양이 직접 말한 건데…….'

하나 거기서 문제가 시작됐다. 자신에게 연신 손을 비비는 사람들 사이 헬렌은 끝을 모르고 오만해지기 시작했다.

'……폐하께서 그녀와 로이드 후작님을 이어 주려 한다지 뭐예요.'

'어머. 후작님과요? 하기야 두 사람은 전부터 말이 많았지. 한데 그럼 아이샤 양은 어떻게 해요?'

'헬렌 양 말로는 버림받을 거라 하더군요. 거기다 자신이 곧 황녀로 인정

받을 거라고 당당하게 말하던걸요.'

'에이, 설마요. 황후께서 계시는데…….'

'두 분 폐하 사이가 요즘 좋지 않다잖아요. 어머. 그리고 보니 이 말도 헬렌 양이 제일 먼저…….'

오만해질 대로 오만해진 헬렌은 연회장에서 연거푸 들이켠 술의 힘에 과장된 말들을 늘어놓았다. 황제가 답하지 않은 것을 허락했노라 말하고 다녔으며 제 바람이 이뤄진 것처럼 떠들어 댔다. 거기다 황제 부부의 사이까지 거론하며 입방정을 떨었다.

자극적인 만큼 소문은 빠르게 돌아 이런 일에 무지한 자레드의 귀에도 들어갔다. 하나같이 아슬아슬한 소문에 처음 그것들을 들은 자레드는 경악을 금치 못했다. 하지만 그는 곧 이상함을 눈치챘다. 술김이라지만 지나친 입방정……. 은밀히 조사를 한 자레드는 헬렌 옆에서 그녀를 은근히 부추기는 이들을 발견했다.

'정말요? 황제 폐하께서 그리 아끼시다니. 좋겠어요. 헬렌 양.'

'그러니까요. 부러워요. 나중에 황녀가 되시더라도 절 잊으시면 안 됩니다.'

헬렌의 말에 맞장구를 치며 그녀를 꾀는 이들. 자레드는 그들 뒤에 제 형이 있음을 간파했다.

"내가 왜?"

"……."

"나 정말 아니야. 내가 한 일이라고는 그 사생아 계집애 소식이나 모으는 것뿐인데?"

"아니잖아. 연회에서 그 사생아 계집애 옆에 있는 사람들……. 다 형 사람들인 거 알고 있어."

"……높이 올라갔다 꼬꾸라져 봐야 괴로울 거 아냐. 제 주제도 배우고. 안 그래?"

한참 시치미를 떼던 윌리엄은 자레드가 자신을 빤히 바라보자 그제야 제 속내를 털어놨다. 그는 헬렌을 곱게 망칠 생각 따위 없었다. 제 어머니와 여동생에게 해를 입히는 더러운 사생아 따위, 최대한 괴롭고 비참하게 주제를 알게 하는 것. 그게 그가 원하는 방향이었다.

윌리엄의 금안이 잔인한 빛을 띠자 자레드는 작게 한숨을 쉬었다. 그가 형을 바라보며 착잡한 얼굴을 하다 입을 뗐다.

"……다른 건 상관없어. 한데 아이샤 양은 끌어들이지 마."

"뭐?"

"그 사생아 계집이 후작과 저를 같이 들먹이는 거……. 그건 부추기지 말라는 말이야."

남동생의 말을 잠자코 듣고 있던 윌리엄은 어처구니가 없었다. 심각한 얼굴로 기껏 한다는 말이 파든가 여식을 건드리지 말라는 거라니. 그는 남동생의 절절한 짝사랑이 아직 진행 중임을 깨닫고 혀를 차다 자레드가 알면 깜짝 놀랄 만한 소식을 털어놨다.

"그동안 말 안 했는데 그거 아버지가 실제로 한 말이야."

"뭐?"

"지금은 아니신 거 같지만……. 우리 위대하신 황제 폐하께서 실제로 그 사생아 계집이랑 후작을 이어 주려 했어. 사실 후작만 좋다 하면 지금도 맺어 주려 하실걸?"

헬렌이 떠드는 말이 마냥 망상이 아님을 알게 된 자레드의 얼굴이 창백해졌다. 그가 침착한 태도를 벗어던진 채 말까지 더듬으며 윌리엄에게 물었다.

"그, 그럼 아이샤 양은, 아이샤 양은 어쩌고?"

"파든 백작이 있는데 아버지께서 아이샤 양 생각을 안 했을까? 사생아 딸자식 결혼시키려다 파든 백작이 토라지기라도 하면 골치잖아."

"그럼……."

"후작만큼……. 아니, 더 괜찮은 혼처를 주시려 했지."

윌리엄의 말에 자레드의 얼굴이 한층 더 일그러졌다. 그녀는 후작을 좋아한다. 한데 자칫 잘못하다간 황명으로 후작의 옆자리를 사생아 따위에게 빼앗기고 다른 사내와 억지로 맺어진다는 게 아닌가.

"……아버지가 생각하는 혼처가 어디야? 설마 그녀보다 현저히 나이 많은 사내라든지 수도에서 멀리 떨어진 곳은 아니겠지?"

"포기했다더니 어느 자리를 내어 주셨는지 궁금은 한 모양이야?"

짝사랑하는 여인이 혹여나 괴로운 자리로 갈까 마음 졸이는 모습이 애잔했다. 윌리엄은 자레드를 한심한 듯, 그리고 또 가엾게 바라보다 입을 열었다.

"네 옆."

"뭐?"

"네 옆자릴 주려고 했다고."

"그게 무슨……."

"후작은 나라 안에서 손에 꼽히는 신랑감이야. 그러니 뺏는다면 너 정돈 줘야 백작이 섭섭해하지 않겠지."

이어진 윌리엄의 말에 눈을 크게 뜬 자레드가 그대로 얼어붙었다. 걱정이 사라지고 기대감이 살짝 엿보이는 얼굴……. 윌리엄은 남동생의 눈동자가 잘게 흔들리는 것을 보고 픽 웃었다.

"왜? 일이 그리 흘러갔으면 좋겠어? 내가 나서 봐?"

자레드는 속내를 들켰다 싶었는지 얼굴을 붉히며 몸을 움찔 떨었다. 하지만 그는 이내 고개를 푹 숙이더니 씁쓸한 표정을 지었다.

"……내가 감히 어떻게 그러겠어."

"……."

"그 사생아가 아버지랑 만날 수 있도록 도운 건 나야. 그리고 아이샤 양은 그 때문에 피해를 당하고 있잖아."

"뭐? 후작과 그 사생아 계집애 사이에서 난 소문은 후작이 전에 보인 행동 때문이야. 애초 빌미를 주지 않았으면 약혼한 사내가 그런 소문이 쉽사리 났겠어?"

답답한 남동생의 말에 윌리엄이 역정을 냈으나 자레드는 고개를 좌우로 저었다. 그가 손을 말아 쥐었다 다시 펴며 자조 섞인 목소리를 냈다.

"……아니. 내가 그 사생아를 아버지께 데려가지 않았다면 형이 나설 일도 없었고 그럼 소문이 이렇듯 크게 돌지도 않았을 거야."

"……."

"이제는 얼굴도 못 보겠어. 고의건 아니건 상처를 준 주제에 무슨 낯으로 내가 그녀 앞에 모습을 드러내겠어."

"이건 뭐 머저리도 아니고……. 나 같으면 기회라 여기겠다."

"사람은 물건이 아니야. 수를 써서 옆에 두면 언젠가는 문제가 일어나게 돼 있어."

옳은 말이었으나 숨이 턱 막힐 듯 갑갑했다. 참지 못한 윌리엄은 목가로 손을 가져가 단추를 풀더니 힘 빠진 목소리로 중얼거렸다.

"아무리 생각해도 내가 널 너무 곱게 키웠어. 하기야 그게 나쁜 건 아닌데……. 난 가끔 내가 급사라도 해서 네가 황제가 되면 이 나라가 어떻게 될지 걱정이다."

* * *

아스타 왕국 사절단을 환영하는 연회가 황궁 루비홀에서 열렸다. 건국제를 주관한 중앙홀만큼 크지는 않은 탓에 사람들은 빽빽하게 모여 있어야 했지만, 그 덕분에 연회의 활기는 한층 살아났다.

"저쪽에 헬렌 양이에요."

"아, 그 소문의……."

"붉은 머리카락은 확실히 눈에 띄네요."

사람들은 둘 이상 모였다 하면 최근 도는 소문에 대해 떠들어 댔다. 대부분은 황제의 사생아 헬렌에 관한 것으로 그녀의 이름 사이 간간이 이안과 아이샤의 이름도 오르내렸다.

'이것 봐. 아무도 날 무시 못 하잖아.'

헬렌은 그새 생긴 추종자들을 거느린 채 그 상황을 즐겼다. 온갖 보석이 달린, 화려한 복장으로 홀을 거니는 그녀의 목은 더는 길어지지 못할 만큼 빳빳했다.

"저게 무슨 꼴인지……. 황자, 황녀 전하께서 나오는 자리에 사생아가 저리 설치고 다니다니."

사생아를 혐오하는 이들은 그런 헬렌의 모습에 인상을 찌푸리며 혀를 찼다. 몇몇은 젊은 제 자녀들과 손자들을 감시하며 헬렌 가까이 가지도 못하게 했다.

'디한 백작 부인에 에든 자작……. 노이어 후작 부인.'

헬렌은 저를 보며 눈에 띄게 인상 찌푸리는 이들을 머릿속에 담았다. 황녀가 되면 맨 먼저 저들부터 황궁에서 내쳐야지. 아니 아버지께 말씀드려 아예 수도 밖으로 내쫓으리라. 그녀는 자신을 경멸하는 이들이 아비의 명으로 몰락하는 꼴을 상상하며 연회의 주인공처럼 거들먹거렸다.

하지만 헬렌이 사람들의 시선을 독차지하는 일은 오래가지 않았다. 시종이 누군가의 입장을 알리더니 사람들의 눈이 입구를 향했다.

'사절단이나 황족들은 아직 입장이 멀었는데……. 누구야?'

제게 모이는 시선을 즐기던 헬렌은 짜증이 났다. 그녀는 오늘 연회에서 아스타 왕국 사절단과 황족을 제외하고는 누구에게도 관심을 양보하기 싫었다.

헬렌이 부채를 펼쳐 구겨진 얼굴을 살짝 가린 채 사람들을 헤치고 입구로 다가갔다. 그리고 거기서 본 이의 모습에 그녀는 놀라 눈을 크게 떴다.

사람들의 관심은 이제 막 입장한 파든가 사람들에게 향해 있었다. 파든 백작가는 제법 영향력 있는 가문이었기에 시선을 받는 것 자체는 그리 이상할 게 아니었다. 다만 그들은 평소보다 오래 사람들의 시선을 끌었는데 그 중심에는 아이샤가 있었다.

"아이샤 양 맞죠? 오늘 평소와 좀 달라 보여서 헷갈렸어요."

"그러니까요. 저런 모습은 처음인 거 같은데……."

아이샤는 데뷔탕트부터 지금까지 연회에서 항상 적당한 차림새에 얌전한 표정으로 있었다. 오라비들 아니면 부모의 뒤에 고개 숙인 채 소극적으로 구는 그녀의 모습을 사람들은 지난 몇 년 동안 봐 왔다.

한데 오늘 그녀는 조금 달랐다. 환하게 웃으며 입장한 그녀는 첫째 오라비 곁에 서서 사람들에게 적극적으로 인사하고 있었다. 목소리를 크게 내거나 웃지는 않았으나 생기 가득한 모습이 새로워 사람들은 자신들도 모르게 그녀에게 시선을 줬다.

"아이샤 양이 버림받니 뭐니 하는 소문 사실이에요? 저 모습만 보면 전혀 그렇게 보이지 않는데."

"한데 왜 후작님과 오지 않았죠? 일부러 괜찮은 척 구는 것인지도 몰라요."

"글쎄요. 그렇다기에는……. 저쪽을 봐요."

귀부인들이 아이샤를 두고 떠드는 소리가 헬렌의 귀에 박혔다. 그녀는 저도 모르게 귀부인이 가리키는 방향으로 고개를 돌렸다.

'……이안.'

언제 왔는지 이안이 저 멀리 기둥 옆에 여동생 소피아와 서 있었다. 헬렌은 그가 아이샤를 바라보는 모습을 보다 아랫입술을 꽉 깨물었다.

설명이 필요 없는 모습이었다. 이안은 소피아의 손길과 사람들의 시선에도 아랑곳하지 않은 채 뚫어져라 아이샤만을 보고 있었다. 그의 선명한 벽안이 어찌나 절절하게 끓는지 사람들은 커질 대로 커진 소문을 곧바로 부정했다.

"역시 소문은 소문일 뿐이라니까요."

"전 애초에 믿지 않았어요. 헬렌 양과 후작님 사이 말은 전에도 몇 번 돌 았지만, 결과는 항상……."

여기저기서 떠드는 소리에 헬렌은 곧장 이안에게 달려가 소리치고 싶었다. 곧 내 아비가 황녀가 될 나를 네 옆에 세울 거라고. 그러니 저따위 계집은 쳐다보지 말고 나를 보라고.

그러나 헬렌의 강렬한 눈길에도 이안은 그녀 쪽으로는 고개 한 번 돌리지 않았다. 오히려 그녀의 시선을 느낀 소피아가 헬렌과 눈을 마주쳤다.

'헬렌!'

소피아가 반가운 기색을 숨기지 않고 손을 흔들었다. 하지만 기분이 나빠질 대로 나빠진 헬렌은 고개를 홱 돌려 소피아를 모른 척했다.

'여동생이면 뭐 해. 쓸모가 없는데. 그리고 곧 황녀가 될 내가 언제까지 부모도 없는 여자애 비위를 맞춰야 해.'

황제의 뒷배에, 제게 추종자가 여럿 생겼다 생각하는 헬렌에게 소피아는 전만큼 아끼는 패가 아니었다. 때문에 그녀는 소피아의 비위를 맞추며 친한 친구인 척 사근사근 구는 것을 멈췄다.

'어?'

소피아는 그런 헬렌의 태도에 눈을 크게 뜨며 손을 슬그머니 내렸다. 멋쩍은 표정의 그녀는 당혹스러움에 손마저 살짝 떨 정도였다.

'……못 봤겠지.'

손 떨림에 양손을 꼭 쥔 채 소피아는 곧 고개를 살짝 저으며 헬렌이 자신을 보지 못했노라 속으로 되뇌었다. 가족인 오라비를 제외하고는 조모와 헬렌, 그리고 아서 정도만이 진정 제 사람이라 여기는 그녀에게 헬렌의 외면은 큰 두려움이었다.

'내가 아직도 저랑 동급인 줄 아는 모양이지.'

여전히 고개를 돌린 채 곁눈질만으로 소피아를 살핀 헬렌은 우월감에 차

콧방귀를 꼈다. 자신에게 빌빌거리며, 어쩔 줄 몰라 하는 사람들의 태도. 헬렌은 그게 너무나도 좋았다.

하지만 그녀의 우쭐함은 오래가지 않았다. 소피아를 살피다보니 그 옆의 이안에게도 계속해서 눈길이 갔다. 아직도 그녀의 존재는 모르는 듯한 얼굴. 이안의 시선은 여전히 한 곳만 향했다.

"모두 주목해 주십시오."

이안의 눈을 따라간 헬렌이 다시금 아이샤를 바라보며 손톱을 입술로 가져갈 때였다. 시종이 박수를 한 번 치며 사람들의 집중을 모으더니 큰 목소리로 외쳤다.

"아스타 왕국의 이스칸 알 하마르 전하와 아스타 왕국 사절단의 입장입니다."

10장. 파국

연회의 주인공이라 할 수 있는 사절단이 입장하고, 곧이어 황족들이 홀에 들어섰다. 사람들은 그들이 등장하기 무섭게 호기심에 눈을 반짝였다.

"어머. 저 머리카락 좀 봐요. 하얗다기에 볼품없을 거라 생각했는데 색다른 매력이 있네요."

"그러게요. 빛에 반짝이는 게 꼭 백금 같아요. 멋있네요."

제국민에 비해 확연히 까무잡잡한 피부, 노인도 아닌데 새하얀 머리카락은 이국인을 접한 적 없는 경험 적은 젊은 귀족들을 사로잡았다. 그들은 체면조차 내려놓은 채 사절단을 빤히 바라봤는데 특히 가장 앞의 풍채 좋은 이스칸의 붉은 눈은 어린 영애들의 시선을 단번에 사로잡았다.

"두 분 폐하를 보세요. 아무래도 소문이 사실인 거 같죠?"

"그러게 말이오. 그래도 보기 전까지는 혹시나 했는데…….."

하나 어느 정도 나이 든 노련한 귀족들은 남녀불문하고 사절단보다는 황제 부부에게 집중했다. 황제 부부는 어딘가 묘했다. 공식적인 자리에서도 대놓고 눈길을 주고받던 그들은 서로 보기는커녕 단상 위 준비된 자리에 올라가자마자 기다렸다는 듯 손을 툭 놓았다. 그 모습이 어찌나 냉랭한지 귀부인들은 부채 뒤에서 황제 부부가 헬렌 때문에 사이가 틀어졌다는 소문이 진짜냐며 떠들어 댔다.

작은 목소리라 한들 여러 무리가 모이면 큰 법이다. 귀족들의 수군거림을 눈치챈 황제가 눈살을 찌푸리며 황후를 힐끔거렸다. 황후는 여전히 무표정한 얼굴로 앞을 바라보고 있었다. 그를 본 황제가 시종장을 부르더니 부루퉁한 목소리로 명했다.

"시작하라."

심기가 저조한 주인을 향해 시종장은 평소보다 더욱 깊게 허리를 굽히더니 사람들 앞에 나섰다. 시종장이 낭랑한 목소리로 연회의 시작을 알리고 황태자 윌리엄이 단상 가운데에 섰다. 원래라면 황제나 황후가 나서 축사를 했을 테지만 고귀한 부부는 그 일을 장남에게 미뤘다.

황제 대신 황태자가 나서자 아스타 왕국 사절단의 얼굴이 미미하게 굳어졌다. 전의 타국 사절단 환영 연회 때 황제는 항상 축사를 읊었다. 힌데 황태자라니. 그들은 황제가 자신들의 왕국을 얕보고 무시한다 여겼다.

불만 가득한 수하들과 달리 이스칸의 얼굴은 무감했다. 미소마저 띤 채 홀을 둘러본 그는 저 멀리 아이샤를 발견하고는 숨김없이 그대로 그녀에게 눈을 뒀다. 강렬한 그의 눈빛에 몇몇 이들은 단상 위 황태자에게서 시선을 거두고 이스칸과 아이샤를 번갈아 쳐다봤다.

아이샤에게 관심 없던 이들조차 그녀에게 눈길을 줄 정도였으니 이스칸 못지않게 그녀에게 집중하고 있던 두 사내의 표정이 어떻게 일그러질지는 뻔했다. 이안과 자레드. 두 사내는 이스칸의 행동을 눈치채기 무섭게 얼굴을 구겼다. 특히 이안은 소리 날 정도로 이를 갈았다. 덕분에 오라비 옆에 있던 소피아는 깜짝 놀라 눈을 휘둥그레 떴다.

이안이 당장에라도 아이샤를 향해 뛰쳐나갈 듯 형형한 눈을 할 때였다.

다행스럽게도 윌리엄이 붉은 머리카락을 한번 쓸고는 입을 열었다.

"오늘 이 자리에 와 주신 모든 분께 감사 인사를 드리오."

짧은 인사와 함께 시작된 윌리엄의 축사는 예상보다 훨씬 훌륭했다. 단단하고 경건한 목소리로 양국의 우애를 말하는 그의 축사에 황제의 축사를 받지 못해 무시당했다 느끼고 얼굴을 굳히고 있던 아스타 왕국 사절단조차 얼굴을 누그러뜨렸다.

"하여 앞으로도 양국이 오래도록 함께 번영하기를 여신께 기도드리는 바요."

적당한 길이의 축사는 사람들의 집중 속에 무사히 끝났다. 제국 사람들은 차기 황제가 될 윌리엄을 존경의 눈으로, 아스타 왕국 사절단은 친밀감 가득한 눈으로 쳐다보다 박수를 쳤다. 자신을 향한 우레와 같은 박수에 윌리엄이 자신만만한 표정으로 손을 뻗었다. 그리고 큰 목소리로 악사들에게 명했다.

"이 기쁜 날 뭣들 하나. 곡을 연주하라."

황태자의 명에 악사들이 손을 움직이자 홀에는 금세 경쾌한 음악이 흘렀다. 춤을 추고 싶어 했던 남녀 여러 쌍이 곧장 홀 가운데로 나섰다. 윌리엄은 한층 북돋아진 홀을 한번 훑어보고는 몸을 돌렸다.

"수고했다. 멋진 축사였어."

"별말씀을요."

"아니야. 아버지 말씀처럼 훌륭한 축사였단다."

황제 부부는 자신들을 향해 걸어오는 장남을 기특한 표정으로 쳐다보며 굳어 있던 표정을 조금이나마 풀었다. 하지만 그것도 잠시, 황제는 홀 구석에 있는 타국 옷차림에 어느 중년 사내를 보고 눈썹을 꿈틀거렸다. 그리고 때마침 남편을 곁눈질로 살피던 황후는 황제의 표정에 자리에서 천천히 일어났다.

"……몸이 좋지 않아 이만 물러가 보겠습니다."

"마음대로 하시오. 언제는 당신이 내 허락을 받는 사람이었나."

딱딱한 황제의 말에 황후는 답 없이 몸을 돌리고 황녀 캐서린은 아비를 잠시 원망스레 쳐다보다 어미의 뒤를 따랐다.

"전하……. 저도 황후 폐하께 가 보겠습니다."

"어머니를 부탁하오. 내가 가야 하지만 나까지 자리를 비우면……."

"아스타 왕국에 실례지요. 걱정 마세요."

"고맙소."

안절부절못하던 황태자비가 제 어미를 따라 사라지자 윌리엄은 소리 없이 한숨을 내쉬었다. 도대체 몇 주째인지. 제국에서 가장 모범이 되어야 할 가정은 사생아를 끼고도는 아비 때문에 못 볼 꼴을 보이고 있었다.

황후를 중심으로 여자 황족들이 사라지자 축사와 춤에 정신이 팔려 있던 사람들이 단상 위를 보며 다시금 말을 나눴다. 윌리엄은 그 가운데서 의기양양한 표정의 헬렌을 보며 싸늘한 미소를 짓다가 아비의 곁에서 한 발자국도 꿈쩍하지 않은 채 심각한 표정을 한 자레드에게 다가갔다.

"윽!"

"집안이 너 때문에 엉망이 됐는데 여자에 정신이나 팔고 말이야. 쯧!"

윌리엄이 홀 어딘가를 보고 있는 남동생의 발을 빠르게 밟았다 뗐다. 형이 다가오는 것도 모른 채 아이샤를 빤히 보던 자레드는 발등의 고통에 그제야 정신을 차리고 신음을 흘렸다.

"한 여자를 둔 세 사내의 싸움이라……. 싸구려 통속 소설 같은 이야기군."

자레드가 시선을 거둔 것과 달리 윌리엄은 아이샤를 보며 어처구니없다는 듯 중얼거렸다. 단상 위에서 보니 알 수 있었다. 사내 몇이 주변 모든 것을 무시하고 한 여인에게 시선을 주는지.

"날 노려볼 때야? 저기나 봐. 네 아이샤 양에게 이스칸의 왕세자가 먼저 선수를 치려는 거 같지?"

윌리엄이 턱 끝으로 이스칸을 가리키자 인상을 찌푸리고 있던 자레드의 시선이 단상 가까이 사절단을 향했다. 이스칸은 여전히 아이샤에게 눈을 고정한 채 자리에서 막 일어서고 있었다.

"……도와주지. 대신 다음번에 일을 좀 맡아서 해 줘야 한다."

자레드가 무슨 말이냐 반문하기도 전 윌리엄은 빠른 걸음으로 단상을 내려가더니 이스칸에게 다가갔다. 아이샤 쪽으로 움직이려던 이스칸은 다른 이도 아니고 황태자가 말을 걸어오자 발걸음을 멈출 수밖에 없었다.

"왕세자! 연회는 어떠시오? 그대와 왕국 사람들을 위해 내 친히 준비했습니다만."

"아! 황태자시군요. 이처럼 훌륭한 연회는 처음이오. 내 사람들을 대표해 내가 감사 인사를 드리지."

"별말씀을. 그보다 부왕께서는 잘 지내고 계시오?"

윌리엄이 이스칸을 붙잡고 있음에도 자레드는 꼼짝할 수 없었다. 아비에게 헬렌을 소개한 일로 아이샤에게 폐를 끼쳤다 죄책감을 느끼고 있는 그는 그녀에게 제 얼굴을 보이는 것조차 미안했다.

이스칸과 웃으며 대화하던 윌리엄은 동상처럼 굳어 버린 남동생을 눈치채고는 답답함에 눈썹을 꿈틀거렸다. 결국, 이스칸과 그 일행이 눈치채지 못하게 고개를 살짝 돌린 그가 자레드를 향해 입 모양으로 소리쳤다.

'빨리 가. 이 머저리야!'

* * *

세 명의 사내가 부담스러울 정도로 강렬한 시선을 주던 때 당사자인 아이샤는 그를 눈치채지 못했다. 아니, 사실 그녀는 이안의 형형한 눈빛만은 진작 알아차렸다. 그러나 그녀는 일부러 그의 시선을 모른 척했다.

다행스럽게도 이안을 신경 쓰기 어려울 만큼 그녀는 바빴다. 분위기가 변한 탓일까. 아이샤는 평소보다 세 배 정도 많은 사람의 인사를 받았다.

"레이디 아이샤. 인사드립니다. 저는 일로안 백작가의 해리슨 일로안이라 합니다. 레이디의 오라비 에드워드 공과 황궁의 같은 건물에서 근무하고 있습니다."

인사를 해 온 이들 중 다수는 파든 백작가와 인연이 있는 가문 사람들이었지만 종종 그녀와 아무런 연이 없는 젊은 사내들도 아이샤에게 인사했다. 에드워드는 여동생에게 알량한 이유를 붙이며 인사해 오는 사내들을 못마땅하게 바라봤다. 그러나 형과 달리 다니엘은 환하게 웃으며 여동생에게 인사하는 젊은 사내들을 보다 파든 백작 부부가 자리를 비우기 무섭게 제 기사 동료들을 여럿 끌고 왔다. 하나같이 준수한 외관에 평판도 괜찮은 이들이라 젊은 영애들이 여기저기서 부러운 시선을 보냈다.

"……다니엘. 이게 무슨 짓이야. 아이샤에게 이상한 소문이라도 붙으면 어쩌려고."

"뭐 어때? 우리가 보고 있는 자리에서 인사만 시킬 뿐인데. 그리고 여인들도 사내들을 많이 만나 봐야 해. 아니면 쓸데없는 유리 조각을 보석이라며 쥐고 다닌다고."

"너 지금 그걸 말이라고……."

"아, 형! 노친네처럼 굴지 마. 혹시 모르잖아. 아이샤가 손에 쥔 사금파리 집어 던지고 이 중에서 하나 고를지. 그리고 내가 지금 여기 데리고 온 놈들은 그래도 다 어느 정도 멀쩡해."

아이샤는 몰랐지만, 그녀는 젊은 사내 중에서도 특히 기사단의 젊은 기사들에게 인기가 많았다. 하얀 피부와 그 위 하늘색 눈동자, 낭창한 허리를 중심으로 가늘면서도 여인임을 분명히 하는 몸 선. 사교계 안에서도 청초한 미인으로 유명한 그녀는 젊은 기사들이 머릿속에 그리는 소설 속 레이디의 모습에 꼭 알맞았다.

게다가 황궁 기사단 내에서도 성질 더럽기로 유명한 다니엘에겐 항상 살가운 모습을 보이니 기사들은 그녀의 성품에 대해 조금의 의심도 하지 않았다.

"레이디 아이샤. 전 다니엘과 함께 황궁 기사단에 있는 노먼 그린입니다."

"처음 뵙겠습니다. 황궁 기사단의 아민 홀입니다. 일전에 한 번 뵌 적이 있는데……."

"레이디, 저는……."

줄줄이 인사하는 젊은 기사들 사이에서 아이샤는 이런 자리에서 사람들과 어울리는 일이 생각보다 훨씬 즐거운 일임을 깨달았다. 사실 그동안의 연회에서 그녀는 가족이나 가까운 동성 친우 몇을 제외하면 누구와도 이야기를 잘 나누지 않았다. 특히 잘 모르는 젊은 사내와 이야기하는 일은 혹여나 이안의 기분을 상하게 할까 항상 멀리했고 또 그게 옳은 일이라 여겼다.

'……나쁘지 않아.'

지난 15년간 움츠렸던 어깨를 편 듯 시원했다. 아이샤는 한층 좋아진 기분을 대변하듯 활짝 웃으며 사람들과 이야기를 나눴다. 그녀의 웃음소리를 듣고 이벨린과 비올라를 비롯한 친우들도 아이샤를 찾아왔다. 곧 젊은 남녀 무리가 만들어졌고, 아이샤는 그 가운데서 연회를 마음껏 즐겼다.

남녀 젊은이들이 삼삼오오 모여 교류하는 모습에 꼬장꼬장한 귀족들도 대부분 웃는 낯을 했다. 환영 연회라는 밝은 분위기 탓도 있었으나 흘러나오는 대화의 주제도 그렇고 그들의 모습이 퍽 건전해 보였기 때문이다.

"아이샤 양 좀 보세요. 원래 사교 활동이 활발했던 영애도 아니고…….
정숙한 척 굴더니 약혼자도 내버려 두고 저게 무슨 짓이죠?"

"그러니까요. 딱 보아하니 사내들 틈에 있는 걸 즐기는 모양인데 지금까지 어떻게 숨겼나 몰라."

물론 그런 와중에도 몇몇은 아이샤를 보며 코웃음을 쳤다. 대부분은 구 귀족파에서도 신흥 귀족파를 강하게 적대하는 이들로 그들은 아이샤의 행동을 정숙하지 못하다며 흉을 봤다.

'……어쩌겠어. 이안과 오지 않기로 했을 때 예상했잖아.'

아이샤는 저를 찌르는 날카로운 시선들에 그들이 무슨 말을 하는지 대강 알아차렸다. 하지만 이안의 파트너 제안을 거절했을 때 저런 말들이 나올 거라 어느 정도 예상했기에 상처받지는 않았다. 그녀는 그들의 말을 어느 정도 감수하며 담담한 얼굴로 저를 향한 험담을 흘렸다.

"저게 무슨 꼴인지. 쯧!"

아이샤를 흉보는 이들 중에는 헬렌의 중심으로 뭉친 무리도 있었다. 자신을 떠받드는 사람들 사이에서 헬렌은 인상을 팍 찌푸린 채 아이샤과 그 주변 사람들을 노려보다 아이샤에게 모욕적인 말을 뱉었다.

"정말 몸가짐이 가볍네요. 가족들 앞이라고 하지만 저렇게 많은 사내와 어울리다니. 아이샤 양에게 실망이에요."

"맞아요. 보기 좋은 모습은 아니네요."

"부끄럽지도 않나 봐요."

헬렌의 새로운 추종자들은 앵무새처럼 그녀에게 동의했다. 그러나 그들의 눈동자에 어린 부러움을 눈치 빠른 헬렌이 보지 못할 리 없었다.

'엉덩이 가벼운 것들.'

헬렌이 사람들 앞이라는 것도 잊은 채 손톱을 깨물며 속으로 욕설을 내뱉을 때였다. 문득 그녀의 시선에 추종자 중 가장 끝에 있는 젊은 여인 하나가 들어왔다. 젊은 여인은 다른 추종자들과 달리 무리를 부러운 눈으로 보지 않았다. 오히려 그녀는 무리 속 누군가가 미워 죽겠다는 듯 살기 어린 시선을 했다.

여인의 시선이 누구에게 닿아 있는지 알아챈 헬렌이 재빠르게 여인의 이름을 떠올렸다. 그리고 여인에게 다가가 말했다.

"사라 양이 보기에도 꼴불견이죠?"

"네?"

"아이샤 양 말이에요. 귀족 영애로서 저런 행동이라니. 망측해서, 원⋯⋯."

"맞, 맞아요. 저따위 행동거지라니."

여인은 헬렌이 갑작스레 자신에게 관심을 보이자 놀라면서도 기쁜 낯을 감추지 못했다. 헬렌과 마찬가지로 어느 집안의 사생아로 눈칫밥을 먹고 살아온 그녀는 자신과 같은 사생아임에도 황제의 인정을 받아 승승장구하는 헬렌을 존경하는, 몇 안 되는 헬렌의 진정한 추종자였다.

"음……. 사라 양은 저랑 잘 맞을 거 같네요. 잠시 저쪽에서 단둘이 이야기 좀 나눌까요?"

때문에 그녀는 헬렌이 제게 팔짱을 끼고 단둘이 이야기하자는 말에 눈물까지 글썽였다. 헬렌은 잠시 이용할 패가 제게 그런 표정을 짓는 것이 우스울 따름이었지만 누군가에게 우러름을 받는 것이 나쁘지는 않았기에 턱을 치켜들고 한층 경쾌한 발걸음으로 홀 구석, 휴게실로 여인을 이끌었다.

* * *

'젠장.'

헬렌 못지않게 아이샤 무리를 날카로운 눈초리로 바라보고 있는 이가 있었으니 바로 이안이었다. 그는 어찌 보면 헬렌보다 더욱 매서운 시선으로 무리를, 정확히는 아이샤 주변에 포진한 사내들을 노려봤다. 그의 시선이 어찌나 빤한지 부끄러워진 소피아는 참지 못하고 그다지 친하지 않는 영애들 무리로 달아났다.

이안은 아이샤가 홀에 들어선 이래 그녀에게 단 한 순간도 눈을 떼지 못했다. 연회에 오기 전까지만 해도 파트너를 단번에 거절한 아이샤에게 무관심한 모습을 보이겠다 다짐했건만 막상 입장하는 그녀의 모습을 보니 그럴 수 없었다.

'……아이샤.'

아이샤를 보는 이안의 속은 시간이 가면 갈수록 바짝바짝 말라 갔다. 아이샤는 그와는 완전히 다르게 해맑은 모습으로 입장한 것도 모자라 평소와 달리 온갖 인사들과 인사를 하고 이야기를 나누었다. 이안은 아이샤의 곁에 사내가 한 명 한 명 늘어날 때마다 핏줄이 불거지도록 주먹을 쥐었다. 하지만 그가 어떤 표정으로 서 있던 아이샤는 끝내 그쪽으로 눈길 한번 주지 않았다.

'……난 네 약혼자야. 아이샤.'

그녀의 무관심에 이안은 결국 하나 남은 명분을 틀어쥐고 발걸음을 뗐다. 아이샤의 옆에 있는 에드워드와 다니엘이 걸리긴 했으나 제가 이야기할 기회를 달라 말하면 아이샤가 오라비들 정도는 물려 주리라. 그렇지 않다고 해도 어떻게든 끌고 나오리라. 이안은 그리 단단히 마음먹었다.

뭇 사내들보다 한층 더 큰 키. 멀리서 봐도 감탄할 만한 금발과 그 아래 서늘하면서도 잘난 낯. 이안이 움직이자 그 가까이 있는 사람들의 시선이 자연스레 그를 향했다. 그리고 어느 순간 바짝 가까워진 그를 아이샤도 발견했다.

'오지 마.'

이안과 눈을 마주하기 무섭게 냉랭한 얼굴을 한 아이샤가 소리 없이, 하지만 단호히 말했다. 아직 거리가 제법 있었지만, 아이샤만을 보던 이안은 그녀의 입 모양은 단번에 알아듣고 그 자리에 그대로 멈춰 섰다.

아이샤는 황궁 정원 한쪽에 자리한 조각상처럼 굳어진 그를 향해 눈빛으로 다시 한번 다가오지 말라 신호했다. 그리고 한 치의 망설임도 없이 고개를 돌려 버렸다.

아이샤의 태도에 이안은 멍청한 표정으로 손을 떨었다. 싫다 하면 끌고 나가서라도 이야기를 나누겠다 마음먹었던 것이 아이샤의 눈빛 한 번에 단번에 부서졌다.

저렇게까지 거부할 만큼 자신이 싫어진 걸까. 저렇게 단호한 이가, 매정한 이가 아니었는데 어째서 저렇게까지…….

'아니야. 정말 내가 싫었다면 진즉 파혼하자 했겠지. 아직 화가 덜 풀려서…… 게다가 다니엘과 에드워드가 옆에 있잖아. 오라비들 눈치를 보느라 일부러 저러는 걸 거야.'

공포로 인해 어지럼증까지 느낀 이안이 고개를 조금 숙인 채 필사적으로 상황을 부인할 때였다. 무리를 비집고 아이샤 앞으로 사내 하나가 모습을 드러냈다.

"황자 전하."

붉은 머리의 사내는 자리의 모두가 익히 아는 자레드였다. 자레드의 등장에 아이샤를 비롯해 무리의 모두가 예를 차리고 고개를 숙였다. 자레드는 무리를 대충 훑어보고는 곧장 아이샤에게 시선을 고정하더니 허리를 살짝 굽힌 채 그녀 앞에 손을 내밀었다.

"레이디 아이샤. 오랜만에 나랑 한 곡 어떤가?"

* * *

자레드는 윌리엄이 이스칸을 붙잡고 있는 중에도 한참 걸음을 떼지 못했다. 그러다 윌리엄이 더는 이스칸을 붙잡지 못할 낌새를 보이자 그제서야 퍼뜩 정신을 차리고 허겁지겁 단상을 내려왔다.

"잠깐. 저번에 말한 향신료와 관련한 세금 말이오⋯⋯."

윌리엄은 그런 남동생을 흘겨보며 또 한 번 힘겹게 이스칸을 붙들었다. 하나 그런 형의 노력에도 아이샤 가까이서 자레드는 더는 다가가지 못하고 머뭇거렸다. 그가 용기를 내 아이샤에게 다가간 것은 이안을 향한 그녀의 입 모양을 본 뒤였다.

'오지 마.'

아이샤의 시선이 저를 비켜나 있음을 알았음에도 자레드는 그녀의 입 모양을 보는 순간 심장이 뚝 떨어지는 기분을 느꼈다. 빠르게 뛰는 심박. 그것은 죄책감에서 비롯됐다.

'후작과 그 사생아 계집애 사이에서 난 소문은 후작이 전에 보인 행동 때문이야. 애초 빌미를 주지 않았으면 약혼한 사내가 그런 소문이 쉽사리 났겠어?'

윌리엄의 말대로 그가 굳이 죄책감을 가지지 않아도 될 일이라고, 모든 책임은 약혼녀를 두고 사생아와 염문을 일으킨 후작에게 있노라 생각해 보려고도 했다. 하지만 그가 아비에게 헬렌을 소개한 일에 대한 파장으로 헬렌과 이안 사이 소문이 한층 커진 것은 사실이요, 무엇보다 두 사람의 염문에 아이샤가 아파했을 것은 자명했기에 그는 쉽사리 죄책감을 떨치지 못했다.

'후작은 나라 안에서 손에 꼽히는 신랑감이야. 그러니 뺏는다면 너 정도 줘야 백작이 섭섭하지 않겠지.'

거기다 뒤늦게 들은 형의 말에 그는 기대를 했고 그를 반증하듯 이안을 밀어내는 아이샤를 보기 무섭게 자레드는 그녀에게 춤을 신청했다. 물론 곧바로 자신의 염치없음을 탓하며 후회했지만, 아이샤가 제가 내민 손을 붙잡자 후회는 곧 기대에 먹혔다.

"……오랜만이군. 그대와 춤추는 건."

"네. 올해 초 정기 연회 때였으니까……. 반년도 훨씬 넘었네요."

레이스 장갑을 낀 아이샤의 손을 보며 자레드는 그녀와 처음으로 춤췄을 때를 떠올렸다. 장작을 잔뜩 넣지 않으면 냉기가 느껴지는 지금과 달리 볕만으로 따사롭던 계절. 그날 자레드는 5년 넘게 지켜보기만 했던 제 짝사랑 상대의 손을 처음 잡아 봤다.

'그때와는 조금 다른 느낌인걸.'

춤을 추기 위해 아이샤의 허리를 감은 자레드는 제게 딱 붙은 그녀가 첫 춤을 추던 날과는 사뭇 다르다 느꼈다. 자신의 춤 신청에 딱딱하게 굳어 있던 그때의 아이샤는 옅은 보라색 드레스를 입고 잔뜩 긴장한 기색을 내보였다. 하지만 오늘 눈앞의 그녀는 보기만 해도 환한 노란빛 드레스를 차려입고 편안한 얼굴로 미소를 띠고 있었다. 자레드는 아이샤의 긴 속눈썹을 내려다보다 그 아래 양 끝이 살짝 올라간 입술을 보고 침을 꿀꺽 삼켰다.

'……그래도 여전히 아름답군.'

아이샤에 대한 그의 감상은 5년이 넘는 시간 같았다. 데뷔탕트를 위해 새하얀 드레스를 입고 오렌지 꽃 화관을 썼던, 거의 다 자란 소녀. 부끄러움에 볼을 붉히면서도 사람들을 향해 활짝 웃던 소녀는 21살 그에게 큰 충격이었다. 격한 훈련을 할 때보다도 빠르게 뛰던 심장과 후들거리던 다리……. 신체의 이상을 느끼면서도 자레드는 그 자리에 못 박힌 듯 서서 제 생에 처음 온 짝사랑을 눈에 담았더랬다.

자레드는 그때와 마찬가지로 쿵쿵 뛰는 심장을 혹여나 아이샤에게 들킬까 걱정했다. 장갑 아래 손은 뜨겁다 못해 축축했으며 얼굴은 제 머리카락 색만큼이나 붉을지도 모른다고, 자레드는 제 얼굴의 열을 느끼며 염려했다.

자레드의 걱정과 달리 겉보기에 그는 멀쩡했다. 때문에 아무것도 눈치채지 못한 아이샤는 무구한 얼굴로 자레드를 올려다보며 농담조로 침묵을 깼다.

"오늘은 어쩐 일로 제게 춤 신청을 다 하셨나요? 설마 그때처럼 황후 폐하나 황태자 전하께 밀려 어쩔 수 없이 하셨나요?"

"어쩔 수 없이 한 게 아니야!"

아이샤의 말에 자레드가 얼굴을 굳히더니 목소리를 조금 높였다. 그의 손을 잡은 채 작은 원을 그리며 돌고 있던 아이샤는 갑작스러운 자레드의 변화에 깜짝 올라 순간 균형을 잃고 휘청였다.

자레드가 팔심만으로 넘어지는 그녀를 제자리로 돌려놨다. 그리고 고개를 숙인 채 기어들어 가는 목소리로 사과했다.

"놀랐나? 미안하군."

"제 실수인걸요. 오히려 감사드립니다. 황자 전하."

풀이 죽은 듯 보이는 모습에 아이샤가 재빨리 고개를 저었다. 자레드는 미소를 보여 주는 그녀를 보며 잠시 머뭇거리다 입을 열었다.

"그때도 말했지만……."

'오해는 마. 그렇다고 아무 생각 없이 그대에게 춤을 신청한 건 아니야. 그대를 지켜보고…… 있던 건 아니고 나는 그냥……. 그러니깐…….'

당시를 회상하며 변명하려던 자레드가 말을 하려다 말았다. 그때도 자신이 제대로 답하지 않았음을 떠올린 탓이었다.

'그때도 지금도 내가 그대를 많이 좋아해. 그래서 그런 거야.'

마음속에 담아 뒀던 말이 목구멍까지 차올랐으나 자레드는 충동을 꾹 눌러 참았다. 제 고백에 돌아올 답은 뻔했다.

'그녀가 후작과 약혼했을 때 그만 마음을 접자 다짐하지 않았나.'

리트먼 후작저에서 이안 로이드와 아이처럼 다투고 쓰러진 그를 그녀가 한 번이라도 돌아봤던가? 그리고 후에 그녀가 그에게 보낸 서신……. 에둘러 말하기는 했으나 거기에는 확실한 답이 있었다. 또 가장 최근 발코니를 통해 그녀와 만났을 때는 어땠나. 아이샤는 이안이 나타나기 무섭게 그에게 자리를 피해 달라 했다.

'게다가 고의든 아니든 난 그녀에게 피해를 입혔어. 그러니 이 이상은 안 돼. 후작과 그녀 사이가 지금 어떻든 이건 옳지 못한 행동이야.'

춤을 추기 전 냉랭한 표정으로 이안에게 오지 말라 소리 없이 말하던 아이샤가 떠올랐다. 하지만 자레드는 끝내 고백하기를 포기했다. 당장 이안과 아이샤, 두 사람의 관계가 어떻든 그들은 약혼 관계였고 그사이 마음을 주체 못 한 자신이 고백을 한다 한들 아이샤에게 짐이 될 뿐이라는 판단 때문이었다.

"미안하군."

"네?"

"내가 많이 미안해."

"전하. 그게 무슨……."

자레드는 말할 수 없는 제 마음 대신 헬렌 일을 상기하며 아이샤에게 사과를 전했다. 아이샤는 갑작스러운 그의 사과에 어리둥절한 표정을 지었다. 하지만 자신이 아비에게 헬렌을 데려다 놓은 일로 불거진 여러 상황을 설명할 수 없었던 자레드는 씁쓸한 표정으로 입을 닫았다.

"오늘 함께 춤춰 줘서 영광이네."

길지 않은 곡이 막 끝났다. 자레드는 여전히 눈을 동그랗게 뜬 채 의아한 표정으로 저를 보는 아이샤에게 정중히 허리를 숙였다. 황자가 제게 예의를 차리자 아이샤도 재빠르게 무릎을 굽히며 고개를 숙였다.

"그럼 이만……."

"내가 한발 늦었군. 첫 춤은 당연히 내 차지라 생각했는데 말이야."

자레드가 아이샤에게 작별 인사를 할 때였다. 그가 몸을 돌리기도 전 커다란 손이 자레드와 아이샤 사이에 불쑥 끼어들었다.

고개를 돌리자 윌리엄에게서 언제 벗어났는지 이스칸이 입꼬리를 길게 올려 미소 지으며 아이샤에게 손을 내밀고 있었다. 아스타 왕국의 전통 복장대로 붉은 옷에 금으로 장식한 검은 터번을 두른 그는 화려한 옷차림 덕분에 한층 돋보였다.

"왕세자께서는 제국의 예의를 잘 모르시는 모양입니다. 춤 신청은 레이디의 상대가 자리를 뜬 후에 하는 게 옳습니다."

갑자기 끼어든 이스칸에게 자레드가 그답지 않게 날을 세웠다. 자레드는 애초 이스칸이 마음에 들지 않았다. 아무리 왕국과 제국과 문화가 다르다고는 하나 부인이 여섯이나 있는 사내였다. 한데 그 주제에 그가 귀하게 여기는 여인을 탐하다니. 솔직한 심정으로는 눈앞의 이스칸을 당장 베고 싶다고 자레드는 생각했다.

"황자께서 예의를 따지는 건 말이 안 된다 봅니다만."

인상을 잔뜩 찌푸린 자레드와 달리 이스칸은 고개를 살짝 젖히며 여유롭게 받아쳤다. 그의 귀에서 세모꼴 금귀걸이가 약을 올리듯 경쾌한 소리를 냈다.

"그게 무슨."

"격 없이 다른 이의 도움으로 기회를 가로채다니. 황족으로서도 사내로서도 못난 행동이라 생각이 드는데……."

저 멀리 단상 위 윌리엄을 향해 고갯짓하며 이스칸이 말끝을 흐렸다. 자레드가 시선을 형 쪽으로 돌리자 윌리엄은 자신은 최선을 다했노라 온 얼굴을 말하며 어깨를 으쓱였다.

부끄러움에 자레드의 얼굴이 홧홧해졌다. 그도 인정했다. 형의 도움이 아니었다면 아이샤에게 첫 춤을 받아 가기는커녕 그녀에게 오늘 연회 내내 춤 신청 따위 할 수 없었노라고.

악사들이 다음 곡을 위해 자세를 잡고 춤을 추기 위해 사방에서 남녀가 깍지를 꼈다. 이스칸을 노려보던 자레드는 주변을 슬쩍 보다 결국 그에게서 시선을 거두고 아이샤에게 고개를 살짝 까딱였다.

"……레이디 아이샤. 이만 물러나지."

"예. 전하. 오늘 영광이었습니다."

이스칸과 자레드 사이 신경전을 불안하게 바라보던 아이샤가 다시 한번 예를 갖췄다. 자레드는 그런 그녀를 향해 녹안을 처량하게 빛내다 돌아섰다.

"역시 예상대로 인기가 대단하더군. 제국의 사내들도 눈은 있는 모양이야."

자레드가 사라지기 무섭게 이스칸이 허락도 없이 아이샤의 손에 깍지를 꼈다. 부드러웠던 앞 곡과 달리 경쾌한 춤곡은 남녀가 깍지를 낀 채 빠르게 스텝을 밟아야 했다.

"자자. 지나간 사내는 잊고 약속대로 나랑 한 곡 부탁하오."

아이샤가 멀어지는 자레드의 뒷모습을 힐끔이자 이스칸이 그녀의 얼굴 가까이 제 얼굴을 들이밀었다. 귀를 스치는 뜨거운 숨에 아이샤가 놀라 상체를 살짝 젖혔다.

하지만 곧바로 시작된 곡과 함께 이스칸은 힘으로 그녀를 제 몸 가까이 끌어당겼다. 아이샤는 이스칸과 바짝 붙은 것이 부담스러웠으나 춤을 추겠다 약속한 것도 있고 춤이 이미 시작되었기에 아무 말 없이 발을 움직였다.

* * *

다니엘과 에드워드는 눈을 휘둥그레 뜨고 홀 가운데를 바라봤다. 형제뿐 아니라 여러 사람도 호기심 가득한 눈빛으로 그들과 같은 곳을 보며 소곤거렸다.

"저게 웬일이야? 어머니 말씀도 없었는데 춤을 계속 추고."

다니엘은 홀 가운데서 춤을 추고 있는 아이샤에게 시선을 고정하며 중얼거렸다. 아이샤는 벌써 다섯 번째 춤을 추고 있었는데, 그 뒤로도 기회를 노리는 이들이 많았다.

"내일 해가 서쪽에서 뜨려나. 안 그래 형?"

"넌 걱정도 안 돼?"

에드워드는 다니엘을 타박하며 깊은 한숨을 내쉬었다. 작금의 상황은 아이샤가 자레드와 이스칸에게 연달아 춤 신청을 받고 거기에 응하면서 시작됐다.

그러잖아도 평소와 다른 분위기로 관심받았던 아이샤였다. 한데 외관으로나 지위로나 대단히 괜찮은 사내인 황자와 왕세자 두 사내와 춤까지 추자 아이샤는 오늘 연회의 가장 주목받는 여인이 됐다.

'레, 레이디 아이샤. 저와도 한 곡 부탁합니다!'

모두의 시선이 집중된 와중 자레드와 이스칸에 이어 다니엘이 데려온 동료 기사 가운데 하나가 용기 내 아이샤에게 춤 신청을 했다. 아이샤는 거절하지 않았고 세 번째 춤 이후 그녀와 춤을 추겠다 여러 사내가 줄을 섰다.

"걱정을 왜 해? 보기 좋은데."

다니엘은 그런 여동생을 기쁜 얼굴로 바라봤다. 하지만 그와 달리 에드워드는 걱정스러운 눈으로 아이샤를 보는 중이었다.

"네 탓이야, 다니엘. 네가 네 동료들을 데려오는 바람에 일이 이렇게 됐잖아."

"별것이 다 걱정이다. 형은 쓸데없는 걱정이 많아."

"뒷말이 돌지도 몰라. 누가 뭐라 해도 아이샤는 아직 약혼……."

눈살을 찌푸린 채 말을 이어 가던 에드워드가 아차 싶어 입을 다물었다. 아이샤와 이안의 약혼. 그건 다니엘 앞에서는 금기어나 다름없었다.

"형."

아나나 다를까 약혼이라는 단어가 나오기 무섭게 다니엘의 목소리가 가라앉았다. 에드워드는 속으로 자신을 욕하며 남동생 쪽으로 고개를 돌렸다. 다니엘은 그와 눈을 마주치기 무섭게 진지한 얼굴로 입을 열었다.

"말 나온 김에 묻자."

"……."

"형은 저 자식을 계속 아이샤 곁에 붙여 둘 생각이야?"

물론 그럴 생각은 추호도 없었다. 하지만 아직 어머니가 입을 다물고 있었다. 이안이 벌인 일과 부모의 의미심장한 답. 그걸 말해 줄 수 없었던 에드워드는 침묵을 고수했다.

"……역시."

다니엘이 그런 에드워드를 관찰하듯 바라보다 갈색 눈을 냉철하게 빛냈다. 그는 급한 성격 탓에 머리가 좋다는 말은 잘 듣지 않았다. 하나 생각 외로 눈치가 빨랐고 특히 사람들의 표정이나 행동을 잘 읽었다. 그는 에드워드의 얼굴 미세한 떨림에서 형 또한 약혼을 깰 생각임을 알아차리고 한층 낮은 목소리로 중얼거렸다.

"하기야 계속 둘 생각이었으면 어머니도 그렇고 형도 그렇고 내가 저것들 데려왔을 때 어떻게든 막았겠지."

"……."

"나한테 비밀로 하는 모양인데……. 뭐가 됐든 아이샤가 이안 자식과 파혼만 한다면 난 그걸로 만족해."

"다니엘……."

"됐어. 아무 말 마. 형이나 어머니가 생각하는 복잡한 일에는 관심 두기 싫으니까. 두 사람이 갈라지기만 하면 돼. 그럼 된 거야."

다니엘의 말 한마디 한마디에 뼈가 있었다. 하기야 지난 몇 년 이안이 아이샤에게 어떻게 구는지, 그가 하나뿐인 여동생을 어떻게 상처 줬는지 가장 가까이서 본 이 중 하나가 다니엘이었다. 에드워드는 차마 무어라 하지 못하고 다시 고개 돌려 아이샤를 봤다.

"그보다 우리 동생 너무 멋있는걸. 역시 저 나이 때는 여러 사내랑 놀아야지. 지금이 무슨 300년 전도 아니고 사내 하나만 보는 여인이 어딨어? 그리고 솔직히 다른 집안 여식들은 다 약혼자 외에 사내들하고도 춤 잘 춰. 한데 짝사랑 좀 오래 했다고 그동안 아이샤한테만 이상하리만치 엄격한 기준이 생겼잖아. 물론 아이샤가 지금껏 한 멍청한 행동 때문에 그렇다지만 내 여동생한테만 가당치도 않는 정숙함을 요구하는 건 우스워."

다니엘이 날카로운 목소리로 뱉어 내다 아이샤를 보고 표정을 풀었다. 아이샤는 같이 춤추는 상대와 즐겁게 대화하며 발랄하게 움직이고 있었다. 하지만 여동생의 모습에 에드워드는 이상한 불안감을 느꼈다.

'아냐. 어딘가⋯⋯.'

직감. 에드워드는 그 단어를 좋아하지 않았다. 그러나 제 감이 어딘가 이상하다 외치고 있다 그는 그렇게 느꼈다.

심각한 표정으로 근래 일을 찬찬히 더듬어 가던 에드워드는 문득 아이샤가 계단에서 창백한 얼굴로 휘청이던 것을 떠올렸다. 몸 약한 아이샤가 갑작스레 현기증을 느끼는 건 흔한 일이었다. 오히려 오랜만에 그런 모습을 보았는데⋯⋯. 왜 이리 불길할까?

'⋯⋯그러고 보니 의원한테 묻는 걸 잊었군. 돌아가면 물어봐야겠어.'

에드워드가 고개를 살짝 저으며 집에 돌아가는 즉시 의원을 찾아야겠다고 생각할 때였다. 그의 시선에 저 멀리, 그들처럼 아이샤를 바라보고 있는 사내가 들어왔다.

'미친놈.'

사내, 이안을 또렷하게 담는 순간 에드워드는 소름이 끼쳤다. 이안의 눈은 쳐다본다는 말만으로는 설명할 수 없었다. 온갖 감정이 얽힌 눈. 맨 처음 만났을 때 참 아름다운 색이라 감탄했던 벽안이 어두운 감정, 그중에서도 질시로 흉흉했다.

차라리 아이샤에게 못되게 굴 때의 냉랭했던 눈빛이 나아 보일 정도였다.

에드워드는 여동생을 향해 넘실거리는 소유욕을 숨기지도 않는 이안을 보며 속으로 중얼거렸다.

'역시 아이샤 옆에 저 배은망덕한 놈은 두면 안 돼.'

* * *

숨이 차고 목이 말랐다. 그러나 다섯 번째 춤 상대를 보내고 얼마 움직이지도 않아 또 한 번 사내의 손이 그녀에게 내밀어졌다.

"레이디 아이샤. 이번에는 저와……."

"아……. 죄송해요. 잠시 쉬어야겠어요."

아이샤는 손을 살짝 내저으며 미안한 표정으로 거절의 의사를 밝혔다. 춤을 추는 건 좋았으나 잠시 휴식이 필요했다.

"그러시다면 음료를 가져다드릴까요? 같이 한잔하며 저기서 이야기를 나누는 것도 좋을 거 같습니다만."

"아니에요. 멀지 않은걸요. 그냥 혼자 갈게요."

사내는 기다림이 아쉬웠는지 끈질기게 굴었다. 마실 게 필요한 건 사실이었지만 잘 모르는 이를 더는 상대하고 싶지 않았던 아이샤는 한층 단호해진 목소리로 거절했다. 상대는 살짝 섭섭한 표정이었다. 그러나 곧 자신을 향한 에드워드와 다니엘의 섬뜩한 시선을 발견하고는 도망치듯 자리를 떴다.

다니엘이 움직여 그녀에게 다가오려던 참이었다. 곡이 시작되고 사람들이 움직였다. 춤추는 이들을 가로질러 오는 것은 예의에 어긋나는 일. 아이샤는 빙 둘러 오려는 오라비에게 고개를 저으며 조금 떨어진 구석에 있는 테이블을 가리켰다. 테이블 위에는 여러 술과 음료, 그리고 가벼운 먹거리가 있었다. 아이샤는 종종걸음으로 다가가 테이블 위 붉은색의 음료 하나를 집어 들었다.

'피곤해. 춤추는 것도 보통이 아니야.'

다행히 춤추는 사람들이 원체 많아 그녀를 향한 시선 일부는 사라지고 일부는 차단됐다. 아이샤는 잠시라도 홀로 쉬기 위해 테이블 바로 옆 기둥으로 다가갔다.

'……다리가 조금 아픈걸.'

홀을 등진 채 기둥에 숨다시피 한 그녀가 잔을 들지 않은 다른 손으로 주먹을 쥐고 허벅지를 톡톡 때렸다. 주먹으로 안마한 곳이 조금이나마 시원해지자 아이샤는 눈을 감았다.

'그러고 보니 아까 왕세자 전하의 말…….'

여유가 생기자 그녀의 머릿속에 이스칸의 마지막 말이 떠올랐다. 춤추기 전과 달리 춤추는 도중에는 예상외로 담백하게 굴던 그는 춤이 끝나고 자리로 돌아가기 전 의미심장한 말을 남겼다.

'기대해. 그대는 나와 함께 가게 될 거야.'

"더러워."

찝찝한 기분에 아이샤가 들고 있던 음료를 들이켤 때였다. 음울하고도 적의 가득한 목소리가 바로 옆에서 들렸다. 놀란 아이샤가 눈을 뜨고 고개를 돌리자 그녀 옆에는 언제 왔는지 녹갈색 머리카락의 젊은 여인 하나가 있었다.

"들었어요?"

아이샤와 눈이 마주치자 여인이 히죽 웃었다. 어두운 안색 위로 붉은 입술이 올라가는 모습이 불쾌했다.

'훌틴 백작가의 사라 양. 성은 물려받았지만, 백작의 사생아라고…….'

여인의 정체를 간신히 떠올린 아이샤가 의아한 얼굴로 눈을 껌뻑였다. 그녀와 자신은 아무런 접점이 없었다. 백작가가 구귀족파에 속하긴 했으나 백작이 아주 강성은 아니었기에 가문 간에 얼굴 찌푸릴 일도 없었다.

"들었느냐고요."

아이샤가 아무런 말이 없자 사라가 짜증 섞인 목소리를 뱉었다. 아이샤는 자신을 향한 강한 적개심에 당황하여 물었다.

"사라 양. 제게 하신 말씀이신가요?"

"보면 몰라요? 하기야 사내들 바라본다고 정신이 팔렸으니 다른 곳에는 신경 쓸 겨를이 없겠죠?"

비꼬다 못해 모욕이 돌아왔다. 아이샤도 더는 의아한 얼굴을 하지 않았다. 그녀가 몸을 굳히며 경계하듯 저를 바라보자 사라가 비웃음을 머금은 채 아이샤를 위아래로 훑었다.

"후작님께 버림받자마자 하는 짓이 사내들 꾀어내는 거라니. 역시 소문이 옳았어요."

"그게 무슨 뜻이죠?"

"꼴에 자존심은 있다고 모르는 척은……. 틀린 말 아니잖아요. 아이샤 양한테 붙은 지저분한 소문이 한두 개예요?"

"……."

"할 말 없죠? 하기야 아무 일 없었는데 그렇게 계속 소문이 돌겠어요? 같은 여자로서 얼마나 수치스러운지. 아이샤 양 같은 여자는 당장 신전에 가서 채찍질을 당하며 죄를 회개해야 해요."

"……사라 양. 그만하는 게 좋겠어요. 더 이상은 저도 참기 어려워요."

듣다 못한 아이샤가 차가운 목소리를 냈다. 하지만 사라는 그녀가 단호하게 말하기 무섭게 눈을 번뜩이더니 이를 갈았다.

"싫어."

"……."

"네까짓 게 뭔데 나한테 명령이야?"

사라의 반응에 아이샤는 한숨을 쉬었다. 상대는 괜한 시비를 거는 게 아니었다. 사라의 표정과 말투에서는 미움뿐 아니라 원망이 느껴졌다.

"사라 양. 나한테 화난 거 있어요? 제가 알기로 우리는 마주친 적도, 인사한 적도 없는데요."

아이샤의 말에 사라가 머뭇거렸다. 그러나 그녀는 곧 눈을 한층 더 매섭게 치켜뜨며 짓씹은 듯한 목소리로 말했다.

"로이드 후작님께 버려져서 초조한 건 알겠는데……. 그렇다고 그 더러운 몸으로 남의 약혼자가 될 사내에게 꼬리 치지 마."

헬렌의 추종자인 사라는 전에도 아이샤를 썩 좋아하지 않았다. 객관적으로 누가 봐도 아름다운 얼굴, 수수하게 입어도 티가 나는 값비싼 드레스, 항시 곁에 있는 가족들……. 자신이 갖지 못한 것에 질투를 느꼈기 때문이다. 하나 거기까지였다면 또래를 향한 가벼운 질투 정도였을 것이다. 사교계 자체가 원체 비교하는 일이 잦다 보니 서로를 향한 질투는 흔한 일이었으니까.

사라가 아이샤를 적대하게 된 건 헬렌의 추종자가 된 이후였다. 사라는 자신과 같은 사생아인 헬렌이 사교계 유명 인사가 된 이후 그녀를 흠모하며 한편으로는 자신과 동일시했다. 그러다 보니 그녀는 헬렌이 자주 험담을 하는 아이샤를 미워하다 못해 혐오까지 하게 된 것이다.

그런데 오늘 자신이 짝사랑하던 옛 소꿉친구가 아이샤에게 볼을 붉히며 다가가는 게 아닌가. 게다가 결정적으로 그런 사라의 상태를 알아챈 헬렌이 그녀를 부추기던 도중 소꿉친구가 아이샤와 춤까지 추자 사라의 이성은 분노에 완전히 먹혔다.

"약혼자요? 제가 알기로 사라 양은 아직 누구와도……."

"모른 척 마. 너랑 춤춘 애쉬 경 말이야!"

여인의 말을 도통 이해하지 못한 아이샤가 고개를 살짝 갸웃거릴 때였다. 여인이 갑작스레 소리를 높였다.

"애쉬는 내 약혼자가 될 거란 말이야!"

애쉬 레먼. 다니엘의 동료 기사인 그는 아이샤와 오늘 세 번째로 춤춘 이였다. 그리고 안타깝게도 그는 사라의 이복 언니와 약혼 말이 오가고 있었다. 사라는 그를 부정하며 헬렌처럼 아비가 자신을 인정하게 되면 그도 자신의 차지가 될 거라고, 언니와 애쉬가 약혼한다 한들 결혼까지 가지는 않을 거라 꿋꿋하게 믿고 있었다.

'……나도 다른 사람 눈에 저렇게 초라해 보였을까?'

계속되는 적대에 서서히 분노하던 아이샤는 사라의 외침에 그녀가 안타까워졌다. 자신도 겪은 바가 있었다. 이안과 춤추는 여인을 질투했고 티를 내지 않았으나 이안과 스캔들이 난 헬렌이 너무나 미울 때가 있었다.

'가여운 사람이야. 상대를 말자. 어차피 이런 사람들은 다른 사람들이 있으면 말도 못 해. 지금도 혹여나 다른 사람이 올까 목소리는 죽이잖아.'

악에 받친 사라의 모습이 처량해 보였다. 아이샤는 한 소리 하려던 것을 그만두고 잠시 사라를 바라보다 고개를 살짝 숙였다.

"사라 양. 난 더 할 말이 없어요. 이만 가 볼게요. 그럼……."

사라는 아이샤가 별말 없이 돌아서자 아주 잠깐 멍하게 있었다. 하지만 그녀는 곧 아이샤를 향해 손을 뻗으며 중얼거렸다.

"……너도 날 무시해?"

갈퀴 같은 손이 아이샤의 머리카락을 막 쥐려던 참이었다. 그녀 뒤로 그림자가 지더니 커다란 손이 사라의 손목을 그대로 틀어쥐었다.

"악!"

등 뒤에서 들린 소리에 막 기둥을 벗어나려던 아이샤가 놀라 다시 뒤돌아봤다. 그녀의 눈에 고통으로 얼굴을 구긴 사라의 손목을 꺾다시피 잡은 이안이 들어왔다. 이안은 아이샤가 자신을 보자 사라를 잡고 있던 손을 놓고 말했다.

"홀틴 백작의 차녀로군."

"후, 후작님……."

이안의 등장에 사라의 얼굴이 창백해졌다. 그녀도 알았다. 제 행동이 잘못됐다는 것을. 그렇기에 그녀는 기회를 엿보다 아이샤가 혼자가 되기 무섭게 움직인 것이다.

"내가 아는 백작은 냉정한 사람이야. 한데 반쪽 핏줄이 나와 척지면……. 과연 구해 줄까?"

이어지는 이안의 말에 사라의 얼굴이 이번에는 흙빛으로 변했다. 옳은 말이었다. 아비는 사생아인 그녀에게 너그럽지 않았다. 언니라면 또 모를까. 자신 때문에 눈앞의 후작과 문제가 생긴다면 아비는 가차 없이 저를 버릴 게 분명했다.

"저는……. 저, 전……."

"신전에 가야 할 사람은 따로 있는 거 같은데."

두려움에 질린 사라가 숨을 몰아쉬며 가슴을 위아래로 들썩일 때였다. 두 사람을 보고 있던 아이샤가 입술을 꾹 물고는 말했다.

"……빨리 가 봐요. 사라 양."

"하, 하지만. 하지만."

"어서 가요."

사라는 아이샤의 말에 덜덜 떨며 이안의 눈치를 보다 아이샤가 한 번 더 말한 후에야 도망치듯 자리를 벗어났다. 후다닥 소리까지 내며 사라지는 사라의 모습에 아이샤가 이안에게서 시선을 거뒀다.

쿵.

짧은 시간, 도대체 몇 번째 심장이 내려앉는 기분을 느끼는 걸까. 이안은 얼마 전 악몽을 떠올리며 곧장 아이샤에게 손을 뻗었다.

"아이샤……!"

탁.

아이샤는 여전히 이안을 보지 않은 채 그의 손을 쳐 냈다. 조금의 접촉도 허용 않는 그녀의 모습에 이안이 억울한 얼굴을 했다.

'내 탓이 아니야! 내가 그동안 네게 못되게 군 게 누구 탓인데. 네가 나한 테 이러면 안 돼. 아이샤.'

차마 입 밖으로 말을 꺼내지 못하는 이안을 둔 채 아이샤가 빠른 걸음으로 사라졌다. 이안은 제게서 멀어지는 그녀를 따라가려다 멈췄다. 금세 그에게서 멀어진 아이샤가 오라비들에게 갔다 또 다른 사내의 손을 잡는 게 보였다. 이안은 아이샤의 손을 붙잡은 준수한 얼굴의 기사를 보다 고개를 내리고 주먹을 쥐었다.

"아이샤 양이 자네 쪽으로 오지도 않다니. 상상도 못 해 본 일이야."

한참 그렇게 서 있는 이안의 귓가에 익숙한 목소리가 들렸다. 이안이 고개를 슬쩍 돌리자 호박색 술잔을 두 개 든 사내 하나가 보였다. 일전에 정원에서 그에게 이스칸 왕세자가 파든가로 향했다는 소식을 전해 준 이였다.

이안은 사내가 제게 내미는 술잔을 거절하지 않은 채 단숨에 삼켰다. 사내는 그런 이안을 놀랍다는 얼굴로 바라보다 동정하는 목소리로 말했다.

"심하게 다퉜나 보군, 하기야 평소 자네 행실을 생각하면……. 내가 전부터 말했잖나. 바람을 피우려면 반드시 아무도 모르게 피우고 아내가 될 여자한테는 따뜻하게 대해 줘야 해."

"……."

"물론 그게 힘든 일처럼 느껴질 수도 있지. 하지만 날 봐. 평소에 잘하니까 나랑 엘리자는 항상 알콩달콩하잖나. 우리는 아무 문제 없이 결혼할 거야. 그리고 행복하게 살겠……."

"그런 것치곤 자네 약혼녀가 보이지 않는군."

사내의 긴말을 잠자코 듣고 있던 이안이 결혼이라는 단어에 눈썹을 위로 쭉 치켜뜨더니 사내의 말허리를 잘랐다. 으쓱한 채로 자랑을 하던 사내는 허를 찌르는 이안의 말에 더듬거리며 간신히 변명을 늘어놨다.

"그, 그건……. 엘리자가 잠깐 친구를 만난다 해서! 그래서 내가 잠시 비켜 준 것뿐이야."

"됐고. 나랑 아이샤 사이는 자네가 상관할 바가 아니야."

이안은 관심 없다는 티를 내며 사내에게 경고했다. 사내는 그런 이안을 향해 상처받은 얼굴로 말했다.

"이안. 섭섭하게 왜 그리 매정하게 구나. 우리는 같이 관료 생활을 시작한 각별한 사이잖아. 난 다 자네를 위해서는 공작 각하의 의견도 거스를 수 있다고. 그러니 내 충고 새겨들어."

사내의 징징거리는 목소리가 이어지자 이안의 미간 사이 주름도 깊어졌다. 그러나 그는 곧 무언가를 떠올리고는 사내를 홱 돌아봤다.

"……사실이겠지?"

"응?"

"날 각별하게 생각한다고 방금 자네 입으로 말했잖아."

"으, 응. 그렇지?"

사내는 번뜩이는 이안의 푸른 눈에 불안함을 느끼면서도 고개를 끄덕였다. 이안은 그를 불신하는 눈초리로 바라보다 명령하듯 툭 내뱉었다.

"그럼 날 좀 도와."

"응? 갑자기 그게 무슨……."

"……."

"알았네! 당연히 도와야지. 그래. 내가 뭘 도와주면 되나?"

의아한 낯으로 경계하던 사내는 이안의 눈빛이 날카로워지자 언제 그랬냐는 듯 다시 고개를 열심히 까딱였다. 이안은 그런 그를 구석으로 데려가더니 저 멀리 춤추고 있는 아이샤를 바라보며 입을 열었다.

"우선……."

* * *

이안에게서 벗어난 뒤 아이샤는 더 환하게 웃으며 사람들과 교류를 이어 갔다. 다니엘은 사람들 틈바구니에서 전과 달리 소리 내 웃는 그녀를 아주 마음에 든다는 듯 보다 아이샤의 소개로 알게 된 그녀의 친우 이벨린과 춤을 추러 나갔다.

아이샤의 곁에 남은 에드워드는 남동생과 달리 조금 걱정스러운 얼굴로 아이샤를 지켰다. 하나 그에게는 곧 부모의 호출이 왔다. 에드워드는 저 멀리 정치적으로 중요한 인사와 있는 부모를 보며 떨어지지 않는 발걸음을 옮겼다.

에드워드는 자리를 벗어나며 아이샤에게 경계해야 할 무리 몇을 알려 줬다. 아이샤는 자신을 걱정하는 오라비의 얼굴에 다정한 미소를 보이며 염려 말라 소곤거렸다.

"레이디 아이샤. 이번 곡은 저와……."

"전 아까부터 기다렸습니다. 그러니 제게 기회를……."

다니엘과 에드워드가 아이샤 곁에서 떨어지기 무섭게 춤 신청이 이어졌다. 아이샤는 갑작스레 용기 낸 이들을 보며 어찌할까 고민하던 아이샤는 친우 비올라의 부탁에 그녀의 막내 남동생과 손을 잡고 홀로 나섰다.

비올라의 남동생은 어리지만 나쁘지 않은 상대였다. 말이 좀 많아 타박을 듣는 비올라와 달리 진중했고 나이에 비해 매너도 훌륭했다. 비올라의 걱정대로 아직 춤에 조금 어색한 것이 흠이었으나 차차 나아지는 것이 보였다.

"오늘 영광이었습니다. 레이디 아이샤."

"저도 영광이었습니다. 신사분."

마지막까지 정중하게 인사하는 소년을 흐뭇하게 바라보던 아이샤에게 이스칸 때와 마찬가지로 누군가 불쑥 손을 내밀었다. 아이샤가 손의 주인을 향해 고개를 돌리자 처음 보는 사내가 어딘지 어색한 미소를 머금은 채 그녀에게 춤을 청했다.

"레이디 아이샤. 한 곡 꼭 부탁드립니다."

"죄송하지만……."

아이샤는 낯선 사내의 춤 신청을 거절하려 마음을 굳혔다. 그러나 그녀가 춤 신청을 거절할 낌새를 보이자 사내는 얼굴이 창백해졌다. 동시에 손마저 떨어 아이샤는 당황하고 말았다.

"레이디 아이샤. 거절은 안 됩니다. 꼭 부탁드립니다. 제게 한 곡이라도 함께할 영광을 주시죠."

"예? 아…… 네."

애원조로 다시 한번 춤을 청하는 사내에게 아이샤는 결국 고개를 끄덕였다. 그녀의 허락에 사내가 활짝 웃더니 그녀를 곧 능숙하게 에스코트했다. 조금 전 긴장한 모습과 달리 제법 세련된 매너에 아이샤가 고개를 갸웃거렸다. 여인에게 낯가림이 심한 사내라 벌벌 떠는 것인 줄 알았는데 그게 아닌 모양이었다.

'……어디서 봤는데.'

게다가 가까이서 다시 보니 사내는 어딘가 낯이 익었다. 아이샤는 떠오를 듯 말 듯 한 사내의 정체를 알아차리기 위해 춤을 추며 계속 머리를 굴렸다.

아이샤가 사내의 정체에 대해 머릿속을 더듬어 가는 동안에도 곡은 계속 흘렀다. 사내의 춤솜씨는 능숙한 에스코트만큼 나쁘지 않았다. 춤을 추며 중간중간 나누는 대화 주제도 부담스럽지 않은 데다 사내의 목소리가 무척 좋아 아이샤는 속으로 연설문을 읽는 역할이 참 잘 어울릴 거 같다 생각했다.

'그런데 조금…….'

하지만 편안한 대화 속에서도 아이샤는 어색함을 느꼈다. 우선 사내는 곡이 진행되면 될수록 쭈뼛거리더니 처음 춤을 신청할 때처럼 바짝 긴장한 기색이 역력했다. 더군다나 괜찮은 춤 솜씨에 눈치를 조금 늦게 챘지만 사내는 조금씩 자리를 이탈하고 있었다. 동작이 큰 춤곡인 데다 사내의 얼굴을 살피느라 아이샤는 어느새 자신이 거의 구석 자리에 다다랐음을 그제야 깨달았다.

"저……."

춤추는 사람들이 벽처럼 느껴질 때였다. 아이샤가 말을 붙이자 사내는 화들짝 놀라며 그녀를 바라봤다. 그리고 순간 아이샤는 사내의 정체를 알아차렸다.

'이 사람은······.'

놀란 아이샤가 눈을 커다랗게 뜰 때였다. 곡이 절정을 달렸다. 여인들이 큰 동작으로 원을 그리고 사방에 색색의 드레스 자락이 예쁘게 부풀어 눈을 어지럽힐 때였다. 다른 사람들과 마찬가지로 몸에 익은 대로 원을 크게 그리는 그녀를 사내가 어느 방향으로 밀고, 또 가까운 기둥 뒤 숨어 있던 누군가가 확 낚아챘다.

"읍."

눈을 위로 치켜뜬 아이샤가 상대를 확인하기 무섭게 차가운 눈을 했다. 황궁의 연회 날, 그것도 모두가 있는 홀에서 그녀를 낚아챈 이는 그 대담함에 어울리지 않게 그녀와 눈을 마주하자마자 두려운 듯 몸을 살짝 떨었다.

"으······ 읍!"

"······미안."

그러나 거기까지였다. 아이샤를 붙든 이는 창백하게 질린 얼굴로 아이샤의 눈을 차마 마주 보지 못하면서도 그녀를 기둥 뒤 밖으로 향하는 문쪽으로 이끌었다.

* * *

춤추고 있던 아이샤를 밖으로 데리고 나온 이는 이안이었다. 그는 홀을 벗어나 황궁 정원으로 향하는 회랑을 지날 때까지도 아이샤의 입을 막고 있었다. 이안에게 입을 틀어막힌 채 안기다시피 한 아이샤는 얼굴을 때리는 차가운 바람에 잠시 얼어붙었다. 하지만 그녀는 곧 정신을 차리고 반항을 하다 정원 어귀에 들어선 이안이 손을 놓기 무섭게 소리를 쳤다.

"놔! 이거 놓으란 말이야!"

"쉿."

추운 날씨라 전의 연회만큼 정원에 숨어든 연인들은 많이 없었다. 그러나 아예 없지는 않았기에 이안은 아이샤의 입을 다시금 막은 채 움직였다.

이안이 멈춘 건 정기 연회 때 그가 아이샤를 속여 입맞춤 한 곳이었다. 여러 나무와 관목으로 가려진 은밀한 장소……

이곳은 전에 왔을 때와 마찬가지로 폐쇄적이었다. 하지만 그때 야광주처럼 빛을 내던 신기한 꽃들은 다 져 버렸으며 그날 밝았던 달과 달리 오늘 밤의 달은 구름이 가리어 어딘지 어두침침했다.

장소를 기억해 낸 아이샤의 얼굴이 하얗게 질렸다. 이안은 말 없는 그녀의 표정을 보고 나서야 자신의 실수를 눈치챘다. 아이샤와 단둘이 만나는 데 급급해 그 외에는 신경을 끄고 말았다.

'이런 멍청한……!'

이안은 당시 아이샤가 어떤 표정을 지었는지, 어떻게 울었었는지를 떠올리고 주먹을 꽉 쥐었다. 자신이 벌인 일 중에서도 그날의 일은 최악이었다. 도대체 왜 그랬을까. 왜 그리 멍청하게 굴었을까. 당시의 죄악은 그대로 돌아와 그의 심장에 꽂혔다.

아이샤는 저 멀리, 당시 앨버트 무리가 숨어 있는 풀숲을 핼쑥한 낯으로 보고 있었다. 이안은 흐린 달빛 아래서도 눈에 띄게 창백한 아이샤를 보며 그답지 않게 말을 더듬었다.

"미, 미안."

"……"

"일부러 이런 게 아니야. 다른 곳으로 가자."

"됐어."

아이샤는 손을 뻗는 이안에게서 한 발짝 물러나며 고개를 저었다. 그리고 그에게 끌려오느라 주름진 드레스를 정돈하며 중얼거렸다.

"……이렇게까지 해서 데려온 걸 보면 아주 중요한 말이 있나 봐."

이안은 눈을 내리깐 채 드레스를 보는 아이샤를 바라보며 섭섭한 얼굴을 했다. 그가 속에서 울컥 올라오는 감정을 누르느라 아무 말도 하지 않자 아이샤가 여전히 그를 보지 않은 채 냉랭하게 말했다.

"할 말 없으면 이만 가 볼게."

"일단 멋대로 데리고 온 건 미안해. 하지만⋯⋯."

아이샤가 당장에라도 몸을 돌릴 것처럼 굴자 이안은 그녀에게 다가가며 재빠르게 입을 열었다. 아이샤는 바짝 붙은 그에게서 또 한발 물러났다. 하지만 이안은 그런 그녀를 곧장 따르며 손을 뻗어 그녀의 어깨를 쥐었다.

"⋯⋯어쩔 수 없었어. 아이샤 네가 날 상대 안 해 준 지 얼마나 됐는지 알기나 해?"

"너 보는 거 싫다고 했잖아. 강요하는 네가 잘못이라는 생각은 없어?"

원망 가득한 이안의 말에 아이샤가 헛웃음을 터뜨렸다. 그녀의 눈에는 그를 향한 경계와 부정적인 감정이 가득했다. 그를 눈치챈 이안이 조금 전과 달리 참지 못하고 큰 소리를 냈다.

"피하기만 하면!"

"⋯⋯."

"피하면 그게 끝이야? 내가 어떤 심정으로 견디는지는 생각 안 해?"

아이샤의 어깨를 쥔 그가 그간의 초조함을 떠올리며 부들부들 떨었다. 하지만 그건 오롯이 이안의 감정이었다. 아이샤는 이안의 말이 어이없을 따름이었다. 한 달도 채 지나지 않은 시간. 겨우 그동안 저를 피했다고 이리 피해자처럼 굴다니. 그럼 그전에 자신에게는 왜 그랬나. 아이샤는 장장 6개월 이안의 그림자도 보지 못했던 때가 있었다.

"네가 할 말이야?"

"뭐⋯⋯?"

"네가 어떤 심정일지 생각하라고? 이안. 이제 와 네가 그런 말 하는 거 너무 우습지 않아?"

과거를 생각하며 아이샤가 고개 들어 이안을 똑바로 바라봤다. 이안은 환멸이 가득한 푸른색 눈동자에 당황해 아이샤의 어깨를 쥔 손에 힘을 쭉 뺐다. 그리고 자신이 과거 그녀에게 어떻게 했는지 떠올리고 절망스러운 낯을 했다.

"……미안해."

"사과는 필요 없어. 내가 원하는 건 당분간 널 보지 않는 거야. 이안."

이안이 고개를 숙이고 사과했다. 하지만 아이샤는 단호하게 그의 사과를 거부하며 제가 원하는 바를 밝혔다. 보지 않는 걸 원한다는 그녀의 말에 이안이 고개를 들며 이번에는 양손으로 아이샤의 양팔을 쥐고 살짝 흔들었다.

"아이샤. 제발……. 제발, 좀!"

"……."

"이렇게까지 매정하게 구는 건 너답지 않아. 도대체 왜 이렇게까지 하는 거야!"

"……."

"화가 났으면 이야기를 해서 풀어. 나랑 얼굴 보고 이야기 한번 하는 게 그렇게 어려워? 나랑 오늘 연회 파트너 하는 게 그렇게 못 할 일이야?"

"……."

"오늘 홀틴 백작가의 그 여자가 네게 했던 말……! 그것들만 해도 네가 나랑 함께 왔으면 안 들었을 말이야!"

"착각하지 마. 이안."

주눅이 든 모습도 잠시, 제 거부에 조금도 인내하지 못한 채 말을 쏟아내는 이안을 보며 아이샤는 냉혹한 얼굴을 했다. 그리고 보니 전에는 단 한 번도 그에게 이리 길게 거부 의사를 밝힌 적이 없었더랬지.

아이샤는 결국 이런 이안의 태도를 제가 만들었노라 인정하며 입 안을 가득 메우는 쓴맛을 삼켰다. 그리고 이안의 말을 지적하기 시작했다.

"내가 지금껏 그런 말을 들은 건 오늘 너랑 안 와서가 아니야. 네가 지금껏 내게 대했던 행동거지 때문이지."

"……."

"약혼자랑 오지 않았다고 나만큼 많은 말 듣는 사람 봤어? 당장 생각나는 사람 없지? 그러니 다른 핑계 대지 마. 오늘 사라 양이 했던 말……. 그 소문들. 네 책임도 없다 할 수는 없어."

"……."

"네가 지금껏 날 그렇게 대했잖아. 약혼하기 전에는 약혼할 듯 말 듯 사람 목을 부여잡고 괴롭히고……. 그때 내가 뒤에서 들었던 말이 뭔지 알아? 옛정을 구실 삼아 너한테 구질구질하게 매달린다는 거였어."

"……."

"뭐, 그래. 그건 사실이라 하자. 그런데 그거 말고 내가 너랑 약혼 못 하는 이유가 사내들이랑 지저분하게 구르다 네게 들켜서라고……. 소피아가 소문냈을 때 너 어떻게 했어? 재판에 세워 책임을 지우고 벌을 줘야 한다는 에드워드 오빠한테 과하다 했지?"

목구멍 저 아래부터 마르는 기분이었다. 이안은 조곤조곤한 아이샤의 말을 들으며 몇 번이고 침을 삼키다 아이샤가 소피아가 낸 소문을 들먹이자 헉하는 소리와 함께 숨을 들이켰다.

'소피아가 거짓 소문을 낸 건 사실이지만 그 애는 세간에 도는 것처럼 심한 말은 하지 않았어. 그런데 이 모든 책임을 지라는 건 과해.'

아이샤를 좋아한다고 자각하지 못했던 그때에도 스스로가 뻔뻔하게 느껴지던 말이었다. 하지만 그 말을 아이샤가 알고 있으리라고는 생각하지 못했다.

"그거 알아? 아까 사라 양뿐만 아니야. 믿든 안 믿든 아직도 그 소문을 떠드는 이들이 있어. 이유가 뭐겠어. 뭐가 됐든 겉으로 누구도 벌 받지 않았으니까. 가해자가 없으니 날 피해자라 생각하지 않는 거지."

이안이 숨을 들이켜든 말든 아이샤는 흔들림 없이 속에 든 말을 뱉었다. 이안은 담담해서 더욱 두렵게 느껴지는 아이샤의 눈을 보다 떨리는 목소리로 물었다.

"에드워드가……. 에드워드가 얘기했어?"

"아니, 내 귀로 직접 들었어."

"난 네 앞에서 그런 적이……."

"넌 몰랐겠지만…… 에드워드 오빠랑 너랑 이야기하는 거 듣고 있었어."

훔쳐 들었다는 사실에 화가 나기보다 끔찍한 수치심이 따랐다. 자신의 염치없는 그 말을 아이샤가 모조리 다 듣고 있었다니. 이안의 마음속에서 무언가 와르르 무너졌다.

"그래도 그때는 괜찮다 여겼어. 네 말대로 너랑 약혼하면 소문으로만 남겠지. 언젠가는 모두들 잊겠지 생각하면서 너한테 피해를……. 네 동생에게 갈 제약을 조금이라도 줄이려 했어."

"……."

"나라고 소피아가 밉지 않았을까? 아니, 이안. 난 소피아가 너무 밉고 끔찍했어. 그래도 널 좋아해서……. 네가 괴로운 게 싫어서 네 말대로 한 거야. 그런데 넌 약혼하고 나한테 어떻게 굴었어?"

무기력해진 채 저와 시선조차 제대로 교환하지 못하는 이안을 보면서도 아이샤는 멈추지 않았다. 그동안 속에 쌓아 놓기만 했던 것들. 아이샤는 제 잘못은 밀어 둔 채 저를 봐 주지 않는다며 초라하게 애원하는 사내를, 피해 자처럼 구는 그를 더는 두고 볼 수 없었다.

"네가 날 약혼녀로 대하긴 했어? 매번 터지는 너랑 헬렌 양의 추문부터 여전한 네 태도까지. 약혼식 때도 헬렌 양을 불러들이더니 후에도 그녀와 지긋지긋한 소문들을 몰고 다니고 내 앞에서 두 사람 입도 맞췄지? 아마."

"그건!"

입맞춤이라는 말에 억울해진 이안이 버럭 소리를 질렀다. 아이샤는 그런 그를 서늘한 눈빛으로 때리며 말했다.

"왜 그런 얼굴이야? 네가 왜? 아……. 혹시 네 탓이라고만 해서 억울한 거야?"

"그런 게 아냐! 난 그저 오해를 풀려고……."

"그래. 맞아. 네 탓만은 아니지. 내 탓도 있지."

"아이샤!"

아이샤가 제 말을 귓등으로도 듣지 않자 이안이 그녀의 팔을 쥔 손에 힘을 주며 또 한 번 소리를 높였다. 그러나 이번에는 아이샤도 참지 않았다. 그녀가 양팔을 들었다 세게 내려침으로써 이안의 손을 뿌리쳤다.

"내가 매번 그렇게 멍청하게 굴지만 않았으면! 네게 맹목적으로 그렇게······! 내 가족들까지 상처 입히면서 널 좋아하지 않았더라면······."

아이샤의 목소리가 점차 수그러들더니 울음기가 맺혔다. 이안은 눈물이 그렁그렁 맺히기 시작한 그녀의 청회색 눈을 보며 손을 뻗었다. 우는 모습은 보고 싶지 않았다. 우는 모습이 마음에 찬다 생각한 적도 있었지만······. 그때도 더 깊이 제 마음을 들여다보면 항시 불편하고 아팠다.

"······이렇게까지 되지는 않았겠지."

아이샤는 그가 제 눈물을 닦게 놔두지 않았다. 이안의 손을 피해 뒷걸음질 친 그녀가 말을 끝맺으며 소매로 대강 제 눈가를 닦았다.

'제길!'

이안은 잡을 수 없이 거리를 벌린 그녀를 바라보며 속으로 욕지거리를 내뱉었다. 물론 모조리 그 자신을 향한 것이었다.

"아이샤."

숨을 크게 들이쉰 이안이 초조함 가득한 목소리로 아이샤를 불렀다. 경계 가득한 눈으로 이안을 살피던 아이샤는 그가 다시 다가올까 또 뒷걸음질 칠 준비를 했다. 이안은 그런 그녀의 모습에 자책 가득한 얼굴을 하다 몸을 무너뜨려 무릎걸음으로 그녀 발치로 다가갔다. 잘 다려진 연회복 바지가 정원의 풀로 보기 흉하게 물들었다.

"······앞의 일들은 내가 다 잘못했어. 너한테 그렇게 군 것도, 소문도 네 말이 맞아. 모조리 다 내 탓이야."

"······."

"앞으로 네 화가 풀릴 때까지 용서를 빌게. 네가 원하면 몇 번이고 무릎 꿇을게. 다시는 그런 일 없을 거라 약속도 할게. 하지만……."

"……."

"……대신 날 피하는 건 안 돼. 이러면 우리 관계가 어그러질 뿐이야."

이안의 호소는 절절했으나 끝은 여전히 그의 성미처럼 이기적이었다. 무릎까지 꿇은 주제에 끝내 피하는 건 안 된다 말하는 그를 아이샤가 불렀다.

"이안."

"……."

"내가 조금 전에도 말했지. 네 사과를 받고 싶은 게 아니라고."

"……."

"솔직히 말할게. 네가 무릎을 꿇든 사과를 하든 지금은 눈에 들어오지도 귀에 들리지도 않아. 사과는 전에 내가 해 달라고 네게 매달렸을 때……. 몇 번이고 네게 설명을 부탁했을 때 그때 해야 했어. 지금이 아니라."

"……."

"나 당분간, 아니, 어쩌면 앞으로 영영 널 보기 싫을지 몰라. 그러니까 제발 날 좀 내버려 둬. 나 당장은 널…… 너랑 마주치기 싫어."

이안은 무릎을 꿇고 고개까지 숙이고 있었다. 때문에 아이샤는 그의 반짝이는 금발만 볼 수 있을 뿐 이안이 어떤 표정으로 있는지 보지 못했다.

"……그럼 얼마나 기다려?"

아이샤의 말이 끝나고 얼마 있지 않아 이안이 작지만, 어딘가 소름 끼치는 목소리로 물었다. 아이샤는 등골을 오싹하게 하는 목소리에 자신도 모르게 주춤거렸다.

"사흘? 일주일? 그것도 아니면 한 달? 기한이 없으면 난 계속 그 꼴을 봐야 하네?"

이안은 손을 뻗어 그런 아이샤의 손을 꽉 잡았다. 두 배 정도 차이 나는 큰 손이 제 손을 세게 붙들자 아이샤가 신음을 냈다. 그러나 이안은 그에

개의치 않은 채 고개를 번쩍 들더니 집착이 묻어나다 못해 뚝뚝 떨어지는 목소리로 말했다.

"난 못 해. 네가 다른 놈들이랑 시시덕거리는 거. 다른 놈한테 웃어 주는 거. 그놈들이랑 춤추는 거 못 봐."

"……."

"넌 나만 보잖아. 아니, 그래야 하잖아. 영영 날 좋아해 준다며. 응? 네 입으로 그랬잖아. 아이샤."

아름다웠던 레몬 나무 아래 추억이 훼손됐다. 공포까지 느낀 아이샤가 지체 없이 다리를 움직였다. 하지만 이안은 그를 두고 보지 않았다. 그는 아이샤의 손을 붙든 채 일어나더니 그녀의 허리를 감싸 안았다.

"……어디 가려고."

"악!"

갑작스레 당겨진 몸에 아이샤가 비명을 질렀다. 하지만 마침 불어온 거센 바람이 그녀의 목소리를 삼킨 채 관목을 돌아 사라졌다. 추운 날씨에도 등 뒤에 땀이 맺혔다. 아이샤는 이안에게 붙잡힌 채 버둥거리다 결국 자유로운 손을 높게 들어 올리고 말았다.

짝.

"날 함부로 대하지 마!"

날카로운 파공음과 함께 두려움을 간신히 이겨 낸 목소리가 이안의 귀를 때렸다. 이안은 돌아간 고개를 천천히 돌려 제 품을 어떻게든 벗어나려는 아이샤를 바라봤다. 뺨까지 맞았건만 그의 얼굴은 조금도 구겨지지 않았다. 아이샤는 그런 그가 소름끼쳤으나 속에 있던 말을 숨기지 않은 채 외쳤다.

"내가 이안 널 좋아했다는 게 후회스러워! 싫어!"

이질적일 정도로 무덤덤한 낯을 유지하던 이안이 그 말에 단번에 표정을 무너뜨렸다. 자신을 좋아한 일을 후회한다니. 아이샤가 그럴 리 없었다. 큰 충격을 받은 그가 가는 여체를 더욱 세게 안으려다 자신을 밀쳐 내는 힘에 그대로 밀렸다.

"아이샤."

혹여나 그녀가 눈앞에서 도망갈까 이안이 다시금 손을 뻗을 때였다. 아이샤의 눈이 그의 눈에 들어왔다. 몇 달 전만 해도 자신에게 맹목적이던 눈에는 분노와 경멸 그리고 숨길 수 없는 증오가 있었다. 이안은 자신을 향한 깊은 미움에 몸에 힘을 탁 풀었다. 그리고 반발심에 자신도 모르게 속에서 들끓는 말을 뱉고 말았다.

"그래서? 그래서 너 정말……. 너 정말 나랑 파혼이라도……."

파혼이라는 단어에 항상 아이샤가 덜덜 떠는 모습을 봐 왔던 그였다. 때문에 이안은 그 말을 함으로써 아직 아이샤가 자신을 좋아한다 확인하고 싶었다. 그러나 그건 이안의 패착이었다. 감정적 우위가 확실했을 때나 통하던 방법은 지금은커녕 지난날 새벽, 아이샤를 찾아 백작저를 갔을 때도 통하지 않던 방법이었다.

이안도 그를 알아채고 입을 중간에 다물었지만, 파혼이라는 단어는 이미 선명히 아이샤의 귓속에 박혔다.

"왜 말을 하다 말아?"

"……."

"아니, 더 안 해도 돼. 네 말 충분히 알아들었으니까."

아니나 다를까 아이샤는 전혀 두렵지 않은 얼굴로, 아니 오히려 통쾌한 얼굴을 한 채 이안에게 한발 다가갔다. 이번에는 이안이 아이샤를 피해 뒷걸음질 쳤다.

"그동안 나도 내 마음을 몰랐는데……."

"……말하지 마."

"오늘 이안 널 보니까 확실히 알겠어."

"그만 말하라 했어."

커다란 사내가 저보다 한참 작은 여인의 말에 벌벌 떨며 도망치는 모습이 꼴불견 같기도 또 한편으로는 애처롭게 느껴지기도 했다. 하지만 아이샤는 이안을 동정하기에 너무도 오래 그에게 감정적으로 시달렸다. 그렇기에 그녀는 보이지 않는 검을 꾹 쥔 채 조금의 망설임도 없이 이안에게 그것을 찔러 넣었다.

"그래, 이안. 나 이제 상관없어."

"너 지금 뭐라고……."

"너 똑똑하잖아. 그런데 왜 못 알아듣는 척해?"

"……."

"나, 이안 너랑 파혼해도 괜찮다 말하는 거야."

숨을 조금 가쁘게 몰아쉰 아이샤가 끝내 파혼이라는 말을 입에 담았다. 이안은 그녀의 입에서 나온 단어를 믿지 못하겠다는 듯 눈을 부릅뜨다 힘이 풀렸는지 휘청거렸다.

한참 큰 사내가 핏기가 사라진 얼굴로 비틀거리며 당장에라도 쓰러질 듯 구는 것이 불안할 법도 했다. 그러나 아이샤는 덜덜 떠는 이안에게 딱 붙은 채 그의 심장에 이미 꽂힌 검을 한 번 더 세게 밀어 넣었다.

"오래 기다릴 거 없어. 아버지께 내일 당장 말씀드릴게."

* * *

그 자리를 어떻게 빠져나왔던가. 아이샤는 발을 빠르게 놀리며 몸을 떨었다.

'무서워.'

내일이라도 파혼장을 보내겠다. 그 말은 진심이었으나 감정에 못 이겨 조금 강한 어조로 말한 구석도 있었다. 한데 말을 들은 직후 이안의 반응이 이상했다.

그를 마주 본 순간, 머리카락이 쭈뼛 설 정도로 두려웠다. 이안은 말로 설명할 수 없는 표정을 짓고 있었다. 직전에도 소름 끼칠 정도로 집착이 묻어나는 눈빛을 한 채 그녀를 붙잡았지만, 파혼을 입에 담은 뒤의 얼굴은 결이 아예 달랐다.

깨진 구슬처럼 빛을 잃은 벽안이 어둠 속에서 기이하게 번들거렸다. 사람과 마주 보고 있지 않은 기분. 그래. 아이샤는 당장에라도 자신을 삼키려 기다리는 괴물의 아가리에 머리를 들이민 공포를 느꼈다.

두 사람 사이에 흐르는 기괴한 침묵이 숨을 조여 왔다. 때문에 아이샤는 더는 입조차 열지 못한 채 한동안 얼어 있었다. 그녀가 움직인 것은 굳어 있던 다리가 고통을 호소한 후였다. 아이샤는 주춤거리며 한두 발자국 뒤로 걷다 무릎 꿇은 이안을 두고 등을 돌렸다. 그리고 왔던 길을 도망치듯 달렸다.

'다 왔어.'

빠른 걸음 덕에 그녀는 목적지에 금방 도착했다. 홀 가까이 다다르자 흥겨운 음악 소리와 사람들의 수다 소리가 한데 섞여 들려왔다. 아이샤는 가슴을 크게 움직여 헐떡거리는 것을 가까스로 멈춘 채 홀 안에서 나오는 빛을 안도하듯 바라봤다.

툭.

한참 호흡을 다듬던 아이샤가 뛰느라 흐트러진 머리와 드레스를 막 정돈하려던 참이었다. 누군가 뒤에서 그녀의 어깨에 손을 올렸다.

"악!"

"아! 깜짝이야!"

예민해져 있던 아이샤는 작게 비명을 지르며 뒤를 돌았다. 예상치 못한 반응에 상대도 깜짝 놀랐는지 눈을 크게 뜨고 그녀를 바라봤다.

"다, 다니엘 오빠."

아이샤는 이안의 금발과 확연히 다른 검은 머리카락과 평생 보아온 익숙한 얼굴을 확인하고 나서야 안도의 한숨을 쉬었다. 하지만 쿵쿵 뛰는 심장은 여전했기에 그녀의 안색은 썩 좋지 않았다.

"너 왜 그래? 무슨 일 있어?"

그를 눈치챈 다니엘이 걱정스레 물었다. 그러잖아도 춤을 추던 아이샤가 갑자기 사라져 걱정하던 차였다. 그나마 빨리 찾았기에 망정이지 아니었다면 환영 연회건 황족이 있건 상관없이 아이샤를 찾겠다 소란을 피웠으리라.

"무슨 일은……. 그냥. 조금 답답해서 나온 것뿐이야."

"……정말이야?"

눈을 내리깐 채 말하는 아이샤를 보며 다니엘이 의심 가득한 얼굴을 했다. 여동생이 사라지기 무섭게 이안 그 개자식도 보이지 않더랬다. 때문에 다니엘은 혹여나 연회 내내 아이샤를 지켜보던 이안이 그녀를 끌고 간 게 아닌가 의심했다.

"아까 마셨던 음료에 술이 조금 섞여 있었나 봐. 갑자기 열이 올라서……. 정말이야."

"음……."

재빨리 변명하는 아이샤를 두고 다니엘이 눈을 가느스름하게 떴다. 어두운 데다 고개를 숙이고 있어 정확히 보이지는 않았으나 여동생의 얼굴에 남은 열기가 술기운이 아닌, 눈물 자국임을 그는 정확히 알아챘다.

전의 황궁 연회에서 이안과 나갔다 큰일이 날 뻔했던 것을 잊었냐는 말이 목구멍을 치고 올라왔다. 하지만 다니엘은 주먹을 두세 번 세게 쥐었다 펴 화를 다스렸다. 그 일에 아이샤의 잘못은 조금도 없었다. 또한 자신이 그 일을 거론하며 큰 소리라도 내면 여동생이 그때를 기억하고 괴로워할 게 뻔했기에 그는 화를 꾹 누른 채 평소와 같은 톤을 꾸며 내 말했다.

"답답하면 에드워드 형……. 아니지, 형은 바쁘니까 나 불러. 괜히 걱정하게 하지 말고. 알았어?"

아이샤가 곧장 고개를 끄덕이자 다니엘은 그런 그녀를 위아래로 훑어보다 머리를 살짝 쓰다듬어 줬다. 그리고 들어가자는 듯 팔을 내밀었다. 아이샤는 오라비의 팔에 냉큼 팔짱을 꼈다. 다니엘은 그녀를 배려해 평소 제 걸음보다 조금 천천히 홀을 향해 다가갔다.

"아……."

환한 빛과 사람들이 북적북적한 홀로 들어서려던 순간이었다. 아랫배가 묵직하게 내려앉으면서 쿡쿡 찌르는 아픔이 닥쳤다. 최근에 몇 번 느꼈던 고통과 뒤이은 현기증. 아이샤는 입술을 물고 필사적으로 다리에 힘을 줬다.

'설마…….'

전처럼 금방 물러나지 않는 고통에 아이샤는 처음에 달거리를 의심했다. 그녀의 달거리는 주기가 매우 불규칙했고 그 반동인지 고통이 매우 심한 편이었다. 한 번은 통증에 쓰러졌다 사흘간 침대 신세를 진 적도 있었다.

하지만 달거리는 아닌 거 같다는 막연한 생각이 들었다. 아이샤는 이번엔 쥐어짜는 아픔에 시달리며 제 몸이 왜 이러나 생각하다 문득 어떤 단어를 떠올리고 섬뜩함에 몸을 떨었다.

'……아니야. 아닐 거야.'

아이샤가 입술을 물며 필사적으로 떠오른 생각을 지울 때였다. 바로 옆에서 그녀를 살피던 다니엘이 그녀를 부축하며 물었다.

"야! 괜찮아?"

퍼뜩 정신이 들면서 동시에 걱정 가득한 오라비의 얼굴이 아이샤의 눈에 들어왔다. 때마침 통증도 느리지만 서서히 물러났다. 완전히 가시지는 않았으나 허리를 펴고 참을 수 있을 만치 약해진 고통에 아이샤가 억지로 웃으며 오라비를 진정시켰다.

"나 괜찮아. 오빠."

"정말이야? 너 얼굴색이 별로인데."

"추운 데 오래 있어서……. 그래서 그런가 봐. 알잖아 나 추위에 약한 거."

"아는 애가 여길 이 차림새로 나오냐. 으이구. 빨리 들어가."

다니엘이 아이샤를 타박하며 홀 안 쪽으로 들어섰다. 아이샤는 저 멀리 자신을 기다리는 사람들을 보다 뒤통수를 찌르는 시선에 뒤를 돌았다.

'아…….'

언제 따라왔는지 정원과 홀을 잇는 회랑 가운데쯤 이안이 서 있는 게 보였다. 거리가 멀어서 그의 표정이 어떤지는 살필 수 없었으나 아이샤는 그가 저를 뚫어져라 보는 것만큼은 선명히 느낄 수 있었다.

아이샤는 이안과 눈이 마주쳤다는 기분이 들기 무섭게 고개를 확 돌렸다. 하지만 뒤따르는 시선은 여전해 그녀는 저도 모르게 소름 돋은 제 팔을 쓰다듬었다.

* * *

"어이구, 갑자기 웬 비가……."

마부의 한탄과 함께 마차 창문을 빗줄기가 두드렸다. 해가 완전히 진 저녁, 예고도 없이 내린 소나기에 눈을 감고 있던 아이샤는 눈꺼풀을 천천히 올린 뒤 밖을 봤다. 어두운 길가임에도 빗줄기는 선명했다. 비스듬히 내리치는 하얀 선에 아이샤는 배 위에 올린 손에 힘을 줬다.

'……비가 제법 오겠네. 다들 좀 늦게 돌아오겠어.'

괜찮아졌다 싶어 사람들과 조금 더 어울리려 했건만 또다시 강해지는 고통에 아이샤는 아쉬워하는 사람들을 뒤로한 채 먼저 자리를 떴다. 다니엘이 같이 돌아가자 했으나 술을 몇 잔 더 들이켠 그는 평소 그의 성격에 한이 맺힌 동료들을 뿌리치지 못했다.

'이거 못 봐! 아이샤. 같이……. 같이 가.'

'여동생 꽁무니 쫓아다니지 말고 이거나 마시게. 오늘 같은 날이 아니면

우리가 언제 자네를 놀려 먹겠어.'

아이샤는 밖에서 급한 성격을 뽐내는 둘째 오라비가 동료들에게 당하는 모습을 웃으며 보다 첫째 오라비 쪽으로 걸음을 옮겼다. 정신없이 바쁜 백작 부부보다 조금 덜 바쁜 첫째 오라비는 먼저 돌아가겠다 허락을 구하는 그녀의 결정을 내심 반겼다.

'자네는 아이샤를 내려 주고 다시 돌아오게. 길이 어두우니 조심해서 가야 해.'

'예. 걱정 마십시오.'

에드워드는 바쁜 와중에도 아이샤를 마차까지 데려다줬다. 아이샤는 마부에게 몇 번이고 신신당부하는 오라비를 향해 걱정 말라는 듯 옅은 미소를 보이곤 마차에 탔더랬다.

'다들 적당히 마시고 와야 할 텐데.'

아이샤가 연회홀에 남은 가족들을 떠올리며 포근한 얼굴을 할 때였다. 마차가 느려지더니 길가에 섰다.

"갑자기 비라니. 혹시나 싶어 챙겨 와서 다행이지."

무어라 중얼거리는 소리와 함께 마부가 마차에서 내려 부산스레 움직이는 것이 느껴졌다. 그리고 곧 우비를 뒤집어쓴 그가 마차 문을 두드렸다.

똑똑.

"아가씨, 비가 와서 말입니다. 속도를 좀 늦추겠습니다."

"알겠어. 갑자기 비라니……. 이 날씨에 자네가 추울까 걱정이야."

"에이. 제가 백작가 마차를 몬 지가 10년이 넘었습니다. 이런 경우가 한두 번도 아니고, 곧 도착하니 걱정 마십시오."

"그럼 수고 좀 해 주게."

"예! 걱정 마십시오."

마부의 자신만만한 목소리에 아이샤가 웃음으로 답할 때였다. 마차 밖, 부슬부슬 내리는 빗소리 사이로 말이 달리는 소리가 났다. 문을 닫고 다시 제자리로 가려던 마부도 소리를 들었는지 뒤를 살피다 흠칫 놀란 표정을 지었다.

"어? 저건……."

"무슨 일 있나?"

아이샤가 의아한 목소리로 물었다. 마부는 눈을 찡그려 저 멀리 뒤를 한 번 더 살피더니 곧 당황한 표정으로 아이샤에게 말했다.

"그…… 후작님께서 따라오신 것 같습니다."

"……."

아이샤의 웃는 낯이 곧장 딱딱해졌다. 사람이 이렇게 집요할 수가 없었다. 대화하기도, 보기도 싫다 그렇게 강조해 말했건만 기어이 따라오다니. 사람이 징글징글하게 느껴지기까지 했다.

신경이 곤두서자 조금 가라앉았던 고통이 다시금 속을 헤집었다. 고개를 정면으로 돌린 아이샤가 배를 움켜쥔 채 신음을 흘렸다.

"아……."

"아가씨. 괜찮으십니까?"

주인 아가씨의 신음에 마부가 눈을 크게 뜨고 안절부절못했다. 아이샤가 고개를 살짝 저어 괜찮다 신호했다.

"……괜찮아. 신경 쓰지 마."

"어, 어찌할까요?"

신경 쓰지 말라는 그녀의 말에 마부가 주춤거리다 한참 만에 물었다. 동시에 말 달리는 소리 대신 멈추는 소리가 났다. 히이잉. 말이 우는 소리에 아이샤가 깊게 한숨 쉬고는 딱딱한 목소리로 명했다.

"무시하고 출발하게."

마차 뒤 이안을 몇 번 더 힐끔한 마부가 고개를 숙이고 마부석으로 갔다. 곧 마차가 출발했다. 마차 안에 있는 아이샤는 창문에 커튼을 신경질적으로 쳤다. 그러나 밖을 볼 수 없음에도 이안이 마차를 따라오고 있음을 그녀는 짐작할 수 있었다.

침묵 속에서 비가 마차를 얼마나 두드렸을까. 어느 순간 달리던 마차가 잠깐 멈췄다 천천히 백작가 정문을 통과했다.

"그…… 아가씨, 다 왔습니다."

우산을 가지고 오는 하녀를 기다린 모양인지 마부는 출입구에 도착하고도 조금 있다 문을 열었다. 아이샤는 마리가 씌워 주는 우산에 몸을 숨겼다 잔뜩 젖은 채 말과 함께 서 있는 이안을 보고 마중 나온 집사를 차가운 목소리로 힐책했다.

"이런 늦은 시간에는 손님을 아예 받지 말아야지."

마차 뒤에 바짝 붙어 통과하는 말을 막을 수 없었을 뿐더러 이안은 백작가에 비교적 자유롭게 출입하던 이였다. 때문에 집사에게도 변명거리는 있었다. 하지만 집사는 아이샤의 질책에 곧장 허리를 숙이며 잘못을 빌었다.

"죄송합니다. 제 불찰입니다. 아가씨."

집사의 태도에 아이샤는 괜스레 부끄러움을 느끼며 그에게 일어나라 했다. 동시에 그녀는 지금의 상황을 만든 이안에게 화가 솟구치는 걸 느꼈다. 하지만 그와 마주하고 싶지 않은 감정과 점차 강해지는 배의 통증이 먼저였다. 아이샤는 깊은 한숨으로 감정을 마무리하고 이안을 무시한 채 몸을 돌렸다.

"아이샤. 네가 꼭 들어야 할 말이 있어."

아이샤가 자신을 기어이 무시하고 가려 하자 이안이 뒤에서 어딘가 기이한 목소리로 말했다. 이상하게도 마음에 턱 하고 걸리는 목소리였으나 아이샤는 뒤돌지 않은 채 걸음을 옮겼다.

"어?"

"후작 각하. 이만 돌아가……."

우산을 든 마리와 함께 두 발짝쯤 갔을까. 뒤에서 빗길을 걷는 사내의 발소리와 함께 집사가 누군가를 막는 소리가 들리다 중간에 끊겼다.

아이샤는 저택에서 나온 빛에 만들어진 제 그림자를 다른 커다란 그림자가 삼키는 것을 봤다. 그녀가 인상을 찌푸린 채 계속 걸음을 옮기려 했으나 몸 뒤로 다른 이의 열기가 느껴지더니 누군가 그녀의 손목을 움켜잡았다. 그리고 아이샤가 어떤 행동이나 말을 하기도 전, 음울한 목소리가 그녀에게만 들릴 정도로 작게 울렸다.

"내 부모님. 그리고 아저씨……. 아니, 네 아비에 관한 일이야."

"……."

"그러니 싫더라도 시간을 내줘."

* * *

날씨를 고려한 듯 평소보다 뜨거운 차가 테이블 위에 놓였다. 아이샤는 하녀가 따라 준 차에서 피어오르는 김을 바라보다 테이블 구석, 집사가 눈치껏 두고 간 수건을 발견하고 인상을 살짝 찌푸렸다.

마차를 타고 온 그와 달리 말을 달린 이안은 한눈에 보기에도 엉망이었다. 황궁 정원에서 무릎을 꿇느라 더러워진 바지는 비와 흙탕물에 한층 더 망가졌으며 각이 잘 잡혀 있던 상의도 코트 덕에 젖지 않았다 뿐이지 여기저기 주름이 졌다.

"……여기. 좀 닦는 게 좋겠어."

잠시 고민하던 아이샤가 보송보송하게 잘 마른 하얀 수건을 이안에게 내밀었다. 이안은 물방울이 뚝뚝 떨어지는 금발을 방치한 채 앉아 있다 제 앞에 내밀어진 하얀 수건과 그 수건 못지않게 하얀 손을 보고는 흠칫 몸을 떨었다.

"고마워."

검게 죽어 있던 이안의 벽안에 작게나마 빛이 돌아왔다. 아이샤는 그가 젖은 머리카락과 얼굴 닦는 것을 보다 찻잔으로 시선을 돌렸다.

'쓸데없는 걱정 마. 너랑 내가 무슨 사이도 아니고 너 때문에 곤란한 일 따위 생기지 않아.'

'앞서 말한 이유로 난 그대와 거리를 굴 참이야. 그러니 앞으로 이리 구질구질하게 찾아오지도, 내게 뭘 기대하지도 마.'

'앞으로는 몸가짐을 바로 하고 예의를 좀 차리도록 해. 예절이 형편없어. 이안이라니……. 너무 가까운 호칭이잖아. 응?'

파문 없이 김만 모락모락 올라오는 다홍빛 차는 이안이 여행을 다녀온 직후 로이드 후작저에 찾아갔을 때 대접받았던 것과 같은 종류의 것이었다. 물론, 그날 그녀는 차를 한 모금도 마시지 못한 채 이안에게 쫓겨나다시피 후작저를 나왔지만, 그날 차의 색과 향은 이안의 날카로운 말들과 함께 아이샤의 뇌리에 선명히 맺혀 있었다.

그러잖아도 몸이 좋지 않은 상태였다. 한데 당시 이안이 내뱉은 독설까지 머릿속을 파고들자 고통이 한층 심해졌다. 아이샤는 입 안쪽을 물었다 떼며 차가운 목소리로 물었다.

"……내가 꼭 들어야 할 말이 뭐야?"

아이샤를 바라보며 그녀가 준 수건으로 머리카락 물기를 제거하던 이안이 천천히 손을 내렸다. 그의 푸른 눈 안에는 갈등이 오가고 있었다. 하지만 그를 눈치채지 못한 아이샤는 냉랭한 태도로 이안을 재촉했다.

"이안. 네가 작고하신 후작 각하와 후작 부인 그리고 내 아버지를 입에 담지 않았으면 난 널 오늘 우리 집에 들이지 않았어. 사실 네가 생각해도 우습지 않아? 우리가 두 시간 전에 무슨 대화를 나눴는지 잊었어?"

아이샤가 황궁 정원에서의 일을 거론하자 이안의 눈이 다시금 빛을 잃었다. 그가 아이샤를 형형한 눈으로 노려보다 한참 만에 단어 하나를 입 밖으로 끄집어냈다.

"파혼."

"…….."

"그래, 아이샤. 네가 말했지. 파혼해도 괜찮다고."

"…….."

"네가 나랑 파혼……. 내일이라도 당장 파혼하겠다고. 하!"

섬뜩한 목소리에 긴장한 아이샤를 둔 채 이안이 파혼이라는 단어를 짓씹듯 여러 번 말했다. 그러다 끝에 가서는 어이가 없다는 듯 코웃음을 치더니 갑자기 낄낄거리며 웃었다. 그 낮고 어두운 웃음소리가 소름 끼쳐 아이샤는 저도 모르게 앉아 있는 카우치 등받이에 몸을 바짝 붙였다.

"……누구 마음대로?"

"……."

"난 너랑 파혼 안 해. 아니. 못 해, 아이샤."

한참 웃던 이안이 단번에 얼굴을 바꾸고 카우치 손잡이 부근을 꽉 쥐었다. 아이샤는 힘줄이 불거진 그의 손을 보며 턱을 당겼다.

"……약혼은 두 사람이 같은 마음이어야 해."

"아니. 우리 경우는 다른 사람들이랑 달라. 약혼이든 파혼이든 넌 결정할 위치가 못 돼."

이안의 오만한 말에 아이샤가 얼굴을 찡그렸다. 결정할 위치가 못 된다니. 자신이 아직도 그에게 우스운 존재인가. 아이샤가 화를 삭이며 조금 빠르게 말했다.

"내가 아직도 너한테 매달리는 멍청한, 네 말대로 구질구질한 여자로 보여?"

"……."

"이안. 나 더는 너를 예전만큼 좋아하지도 믿지도 않아. 너 때문에 이 이상 괴로운 것도 가족들 고생시키는 것도 이제는 싫어. 하지 않을 거야. 그러니 내가 예전처럼 네 막무가내 행동을 참아 줄 거라 생각하지 마."

아이샤가 정원에서 했던 말을 반복했다. 하지만 이안의 반응은 그때와 달랐다. 싫다는 아이샤의 말에 감정을 그대로 드러냈던 두 시간 전과 달리 그는 무감한 얼굴로 고개를 비스듬히 하더니 아이샤의 눈을 마주 보며 툭 뱉었다.

"참아."

"뭐?"

"아이샤, 넌 참아야 해."

묘한 말이었다. 아이샤는 이안의 짧은 말에 알 수 없는 무언가가 있음을 느끼고 입을 다물었다. 그러자 이안이 고개를 살짝 올려 아이샤를 내려다보며 느리게 말을 이었다.

"너 왜 내가 싫어졌어? 왜 전만큼 좋지 않아? 영원히 좋아하겠다며. 왜 약속을 지키지 않아?"

"지금 그걸 말이라고……!"

"내가 지난 몇 년간 못되게 굴어서 그래?"

"…….."

"그래. 내가 널 울렸지. 인정해. 내가 말로 행동으로 아이샤 네게 상처 줬어. 다른 여자랑 말 나오게 행동한 것도 네가 말한 대로 다 내 잘못이야."

언뜻 들으면 자조와 후회가 뒤섞인 말 같았다. 하지만 고개를 쳐든 채 느릿하게 말하는 이안의 태도와 표정에서는 반성이 뚜렷하게 드러나지 않았다. 때문에 아이샤는 무어라 할 수 없었다. 아니, 사실 화가 나 쏘아붙이고 싶었으나 당당한 이안의 태도와 어딘지 묘한 그의 앞선 말에 화를 내도 되는지 멈칫하게 됐다.

'뭔가 이상해. 아까 아버지한테 묘하게 적개심을 보인 것도 그렇고…….'

그가 아버지를 네 아비라 칭하며 작고한 후작 부부와 한데 말한 것이 마음에 걸렸다.

"한데 내가 왜 그랬을까? 전에 말한 대로 네가 질려서? 정치적인 이유 때문에? 돼먹지도 않은 작자들이 말하는 것처럼 네가 내 수준에 맞지 않아서? 그것도 아니면 헬렌 그 사생아 나부랭이를 정말 좋아하게 돼서?"

아이샤가 알 수 없는 불길함에 입을 다물자 이안이 자리에서 일어났다. 그의 움직임에 무릎 위에 있던 하얀 수건이 바닥으로 떨어져 내렸다. 아이샤는 제게 다가오는 그를 긴장한 채 노려봤다.

"아니야."

"……."

"다 아니야. 아니라고."

아이샤의 눈빛에 이안이 얼굴을 일그러뜨린 채 고개를 젓더니 발로 테이블을 밀었다. 무거운 원목 테이블이 불쾌한 소리와 함께 끌리며 대각선으로 삐뚤어졌다. 이안은 그를 개의치 않은 채 아이샤 앞에 한쪽 무릎을 꿇었다. 그리고 긴 팔을 뻗어 세상에서 가장 귀한 보물을 대하듯 아이샤의 얼굴을 감싸 쥐었다.

"난 너한테 질린 적 없어, 아이샤. 정치적 이유 때문도, 다른 이유 때문도 아니야. 난 여전히 널……."

"……."

"……널 많이 사랑해, 아이샤."

모르는 이가 들어도 감동할 만큼 진실된 고백이었다. 하지만 달짝지근하면서도 축축한 물기가 배어 있는 목소리에 아이샤는 숨이 턱 막혔다. 그의 눈길 한번에도 애가 달았던 예전이라면 모를까. 이안을 피하고픈 지금, 그의 절절한 고백은 집요한 모습과 더불어 아이샤에게 부담이요, 조금 더 나아가 공포일 뿐이었다.

언제부터였을까. 저 멀리 밖에서 천둥소리가 연달아 나더니 빗소리가 조금 거세졌다. 아이샤는 일부러 창밖으로 시선을 돌렸다. 어두컴컴한 가운데에도 내리는 비가 뚜렷했다. 아이샤는 귀가할 때보다 한층 더 내리는 비에 꺼림칙한 얼굴을 한 채 고개를 내렸다.

떨떠름한 아이샤의 표정을 이안도 눈치챘다. 그가 아이샤의 얼굴을 쥔 손에 힘을 조금 더 줬다. 그리고 무언가 결심한 듯 단단한 눈을 하더니 침을 한번 삼키고 말을 이었다.

"내 마음은 예전부터 한 번도 변한 적 없었어. 다만 상황이……. 내가 어찌할 수 없는 지나간 일이 날 이렇게 이끌었어. 그게 우리 사이를 망쳤다고."

조급함이 묻어나는 목소리에 또 한 번 알 수 없는 묘함이 묻어났다. 아이샤는 이안이 참으라 말했을 때처럼 의아한 눈을 했다. 그러자 이안이 아이샤의 눈에 담긴 의문을 똑바로 마주 보며 그동안 홀로 품었던 비밀을 풀어놨다.

"네 아비가 내 아버지와⋯⋯. 어머니를 죽였어."

* * *

우르릉. 쾅.

귀를 울리는 소리와 함께 빛이 번쩍였다. 알아듣지 못할 말에, 정확히는 믿기지 않아 이해할 수 없는 말에 아이샤의 눈이 커질 대로 커졌다. 이안은 경악에 찬 채 숨을 쉬는 것조차 잊은 아이샤에게 담담한 목소리로 한 번 더 충격을 가했다.

"내가 평생 아저씨라 부르며 따랐던 네 아비가 내 부모님을 죽였다고."

"그게 무슨⋯⋯. 너."

군데군데 끊어진 목소리만큼 아이샤의 손도, 나아가 몸까지 떨렸다. 이안은 팔을 내려 작고 하얀 아이샤의 손을 꼭 쥐었다. 아비가 친우를 죽인 살인자라니. 큰 충격이겠지. 하지만 여기까지 말한 이상 이안은 멈출 생각이 없었다.

"나도 차라리 몰랐으면 했어. 아니라고도 생각했어. 한데 알아볼수록⋯⋯."

평온했던 목소리 끝이 갈라지며 이안이 말끝을 흐렸다. 충격받을 아이샤를 위해 감정을 최대한 갈무리하려 했지만 생각하면 할수록 이가 갈렸다.

"⋯⋯네 아비가 내 부모님을 살해하고 사고로 위장했어. 그래 놓고 장례식에서 나와 소피아를 위하는 척 우리 남매를 돌봐 주겠다 위선을 떤 거야."

"……."

"믿기지 않지? 이해해. 나도 그랬으니까. 하지만, 아이샤. 난 거의 3년을 조사했어. 그리고 그 시간 동안 내가 어떤 걸 보고 들었는지 알아?"

이안은 후작저 제 서재 서랍에 쌓인 많은 서류를 하나하나 떠올리며 그 내용을 아이샤에게 숨김없이 전했다. 쌓아 두면 책 두어 권은 나올 분량……. 최대한 간추려 전달해도 긴 시간이 필요했다. 그리고 그동안 천둥소리는 한층 더 커져 창문을 때리는 빗소리와 함께 간혹 이안의 말을 삼켰다.

"……내가 찾은 것만 해도 이 정도야."

이안의 길고 긴말은 그의 무릎이 아려 올 때쯤에야 끝났다. 아이샤는 그가 말을 끝낸 후에도 한참 아무 답도 하지 않았다. 그저 창백히 질린 채 제가 들은 것을 곱씹고 또 곱씹는 것만이 그녀가 할 수 있는 유일한 일이었다.

"아이샤."

이안은 어두운 실내에서도 선명히 보일 만치 하얗게 들뜬 아이샤를 빤히 바라보다 그녀를 불렀다. 아이샤는 눈동자만 굴려 그와 시선을 마주했다.

"내 말이 거짓이라 생각되면 네 앞에 내가 모은 모든 증거를 가져올게. 당시 사람들도 만나게 해 줄 수 있어. 대신……."

담담한 목소리를 꾸며 내고 있었으나 이안은 사실 초조함에 말라 가고 있었다. 제가 품고 있던 비밀을 풀어놨으니 아이샤도 제 편을 들어 주리라. 제가 그간 못되게 군 것을 아이샤가 이해해 주리라 믿으면서도 불안함에 몸을 떨었다.

"……날 이해해 줘. 그리고 날 선택해."

"……."

아이샤는 이안의 절절한 눈에도 끝내 입을 열지 않았다. 침묵을 지키는 그녀를 보며 이안은 제 인내심이 한계에 가까워졌음을 깨달았다. 이안은 아이샤에게 답을 재촉하고 싶은 걸 간신히 참은 채 비가 몰아치는 창밖으로 시선을 잠시 뒀다가 꿇지 않은 나머지 무릎조차 꿇고 그대로 그녀의 무릎 위, 허벅지에 천천히 얼굴을 묻었다.

부드러운 드레스 천 뒤로 익숙한 향과 적당히 따뜻한 여체가 조급한 마음을 어느 정도 달래 줬다. 이안은 그 자세 그대로 양손을 뻗어 아이샤의 차가운 손을 움켜쥐었다.

"처음에는 네 아비와 함께 네게도 복수하려 했어. 원수의 자식이니까. 내 부모님 피를 뒤로한 채 호의호식한다 여겼으니까."

"······."

"내가 널 미워하려고 얼마나 노력했는지 알아? 계속 눈이 가는 네게서 시선을 거두려고 얼마나 발버둥 쳤는지······. 네게 가는 마음을 막아 보겠다고 어떻게 몸부림쳤는지 알아?"

자신을 바라보는 아이샤가 지겹다 생각했던 것은 스스로가 만들어 낸 착각이었다. 돌이켜 보면 자신은 단 한 번도 아이샤를 시선 밖에 둘 수 없었다. 그저 그렇게 믿고 싶어서, 부모를 생각하면 그래야 한다 억지로 다짐한 것에 지나지 않았다.

"나도 내가 널 많이 괴롭혔다 인정해. 나 때문에 네 눈에서 얼마나 많은 눈물이 흘렀는지 알아. 한데 아이샤. 어쩔 수 없었어. 난 그렇게라도 해야 했어. 아니면······. 널 미워한다고 스스로 되뇌고 괴롭히면서 내 마음을 부정하지 않으면 죄책감에 숨이 막혀 미칠 거 같았어."

"······."

"그동안 못되게 굴어서 미안해. 하지만 나도 최근에야 인정할 수 있었어. 널······. 내가 원수의 여식인 널, 버릴 수 없을 만큼 아낀다고."

빗소리와 함께 이안의 변명과 고백이 흘러나왔다. 아이샤는 제 허벅지에 얼굴을 묻은 이안의 금발을 내려다보며 멍한 낯을 했다.

"사랑해. 아이샤."

"……."

"만일 내가 널 그동안 괴롭히지 않았으면 너도 날 여전히 사랑했을 거야. 아니, 넌 지금도 날 사랑해. 단지 미워서……. 나처럼 감정에 가려 부정하는 것뿐이야."

"……."

"내가 널 괴롭게 한 것에 용서를 구해. 원한다면 평생 그 부분에 대해서만은 무릎 꿇고 빌겠어. 대신……."

사실 그녀는 아직도 이안의 말을 완전히 알아들을 수 없었다. 정확히는 그가 무어라 지껄이든 듣지 못했다. 그저 흘러가는 말들 사이로 처음 이안이 내뱉은 충격적인 말을 되뇔 뿐.

"……네 아비를 버려. 그리고 나랑 결혼해."

그녀가 조금이나마 정신을 차린 건 이안이 아버지를 버리라는 말을 내뱉은 후였다. 아이샤는 한참 동안 다물렸던 입을 달싹이며 그에게 잡혀 있는 손을 빼려 했다. 갑작스러운 그녀의 움직임에 얼굴을 묻고 있던 이안이 고개를 들었다.

"너를 생각해서 복수를 포기할까 생각도 했어. 하지만 그것만은 안 되겠어. 네 다른 가족들은 널 봐서 그냥 둘게. 하지만 네 아비는 안 돼. 백작은 죗값을 치러야 해."

"……."

"아이샤. 알았다고 한마디만 하면……. 아니, 고개만 한번 끄덕이면 우리는 예전처럼 돌아갈 수 있어. 알잖아. 우리가 얼마나 서로를 좋아하고 아꼈는지. 응?"

이안이 아이샤에게 애원하는 목소리로 아비를 버리고 자신을 선택하라 강요했다. 아이샤는 다정한 척하는 그의 표정 뒤 잔인함을 엿봤다.

'안 돼. 이안은 정말 아버지를 해칠 참이야.'

이안은 그녀의 아버지를 진정 죽일 참이었다. 그리고 그를 깨닫는 순간,

멍했던 정신이 완전히 돌아왔다. 아이샤는 덜덜 떨리는 손에 힘을 줬다.

"……아냐."

"……."

"아버지는 그럴 분이 아니야."

"……."

"네가 착각한 거야 이안. 아버지가 널 얼마나 아꼈는데. 작고하신 네 부모님 일로 얼마나 힘들어하셨는데. 난 알아. 네가 오해한 거야. 네가 틀렸어. 이안."

침착함을 완전히 잃은 아이샤가 고개를 저으며 말했다. 그녀는 이안의 말을 믿지 않았다. 아니, 믿을 수 없었다. 혹여나 믿게 된다면, 그게 사실이라면 이안이 말하는 복수가 정당해지기에, 그리고 그렇게 된다면 아버지는 그의 손에 처단당하리라.

때문에 그녀는 필사적으로 그의 말을 부정했다. 아이샤의 목소리가 다급해질수록 이안의 표정은 서서히 사라졌다. 믿음으로 반짝이던 그의 눈이 순식간에 어둡게 물들었다. 이제는 눈물까지 보이며 고개 젓는 아이샤의 손을 놓으며 이안이 피가 날 정도로 입술을 물었다 뗐다.

"……네 선택이 내가 아닌 네 아비야?"

"이안. 진정하고……!"

아이샤를 올려다보던 이안이 갑작스레 몸을 일으켰다. 그리고 칼을 맞은 듯 얼굴을 괴롭게 일그러뜨리다 아이샤의 어깨를 붙들고 그대로 제 몸의 무게를 실었다. 사내의 힘에 아이샤의 시야가 순식간에 휘청이더니 그녀의 등이 카우치 등받이가 아닌 앉는 곳에 닿았다.

"좋아. 내가 착각한 거라 치자. 한데 만일 아니라면? 정말 네 아비가 내 부모를 죽였다면, 그게 사실이라면 넌 어떻게 할 거야? 그때 가서도 네 아비를 택할 거야? 아니면 날 선택할 거야?"

이안이 기대하는 바는 분명했다. 하지만 아이샤는 이안을 선택하겠다 말할 수 없었다. 사실이라 한들 부모를 어찌 버리나. 아버지는 항시 그녀에게 따뜻한 사람이었다. 여식에게 박한 제국에서도 오라비들 못지않게, 아니, 어쩌면 더 많은 혜택과 애정을 줬다. 그런데 그런 아비를 죽이겠다 말하는 사내를 택하라고? 불가능한 일이었다.

"……사실이래도 난 아버지를 버릴 수 없어. 네가 내 아버지를 죽이는 걸 보라고? 난 그런 거 못 해. 그리고 계속 말하지만 오해일 거야. 아버지는 내가 잘 알아. 응? 이안, 네가 뭘 잘못 알고 있는 게 분명해. 그러니까……."

"하!"

배신감에 치를 떨던 이안이 헛웃음을 뱉으며 제 손으로 스스로 눈을 가렸다. 이안에게 깔린 아이샤는 볼 수 없는 그의 표정에 잔뜩 긴장한 채 몸을 움츠렸다.

번개가 번쩍이며 잠깐이나마 시야를 앗아 갔다. 이안은 한참 만에 손을 거뒀다. 그리고 나타난 그의 얼굴에는 분노를 시작으로 원망, 미움, 증오 등 온갖 나쁜 감정들이 가득했다.

그가 소리 나게 이를 갈며 한 손으로는 카우치를 짚고 다른 한 손으로는 아이샤의 턱을 움켜쥐었다.

"내가 그렇게 미워졌어? 지난 몇 년, 네게 좀 못되게 굴었다고 넌 나를……. 나를 조금도 믿지 못해? 조금의 망설임도 없이 네 아비를 택해?"

"그건 오롯이 네 잘못이야, 이안!"

믿지 않는다 일갈하며 원망을 퍼붓는 그에게 아이샤가 참지 못하고 소리 쳤다. 그래. 그녀는 이안을 조금도 믿을 수 없었다. 아비가 그녀에게 무한한 신뢰를 준 것과 달리 그는 지난 몇 년 가파르게 신뢰를 잃었으니까. 때문에 그녀는 이안의 말에 조금의 망설임도 없이 아비를 택했다.

"난 지난 3년 내내 네가 날 왜 미워하는지도 모르고 당했어. 내가 원수의 딸이라 싫었으면 무시해야지. 그냥 보지 말아야지. 넌……. 이안, 넌 날 동등한 사람 취급도 안 해 줬잖아."

"……."

"네게 매일 들은 말이 구질구질하다, 지겹다는 말이었어. 그럼 보지라도
말 것이지. 너 어떻게 굴었어? 날 네 손바닥 위에 올려놓고 가지고 놀았잖
아. 매번 말을 바꾸고 행동을 뒤바꿔 이러지도 저러지도 못하게 했잖아."

"그래서 이유를 말했잖아! 네 아비 때문이라고! 한데 넌 모든 걸 듣고
도……."

이안의 속이 들끓었다. 그는 아이샤가 자신이 아닌 아비를 선택했다는
사실이, 정확히는 그녀가 이리 쉽사리 자신을 저버렸다는 것을 인정할 수
없었다.

가식이라도 좋으니 조금이라도 고민하는 모습을 보였다면 이렇게까지 화
가 나지는 않았을 것이다. 증거를 내보이겠다는 그의 말에 증거를 보겠다
빈말 한마디라도 했다면……. 하지만 아이샤가 망설임도 없이, 이안 그는
조금도 믿지 않은 채 아비를 택했다. 그리고 그 사실은 이안의 이성을 단번
에 끊어 났다.

"……아니지. 애초 내가 기대했던 게 문제지."

턱을 쥔 손에 힘을 주자 아이샤가 버둥거리기 시작했다. 제게서 벗어나
려는 그녀의 모습에 이안의 심사가 더 뒤틀렸다. 그는 아예 몸을 내려 무게
로 아이샤를 짓누르며 말했다.

"그 아비에 그 딸이라고. 같은 피를 반이나 공유하는데 내가 괜한 기대를
가졌어."

"……아, 아파."

"가만 생각하면 아이샤 너 때문에 일을 오래 끌었어. 널 진즉 버렸다
면……. 네가 내 눈을 가리지만 않았다면 복수는 이미 끝났을 텐데."

"배가, 읍……."

"너 때문에 허비한 시간이 아까워. 너 따위에게 청혼까지 한 내가 머
저리야."

크기의 변화는 있었으나 연회장에서부터 고통이 느껴지던 아랫배 부근이었다. 한데 사내의 무게로 눌리기까지 하자 더욱 괴로웠다. 소리조차 지르지 못한 채 아이샤가 고통을 호소하며 이안을 밀어내려 했다. 하지만 때마침 울린 천둥소리에 아이샤의 신음은 사라졌으며 아무것도 듣지 못한 이안은 꿈쩍도 않은 채 제 울분을 이어 갔다.

"그래도……. 지금에라도 정신 차리게 해 줘서 고마워."

"이, 이거 놔. 놔줘. 이안."

평소의 이안이라면 급격히 흐려지는 아이샤의 얼굴색에 이상함을 느낄 법도 했다. 그러나 지금의 그는 분노에 먹힌 채 괴로워하는 아이샤의 표정에서 약간이지만 위안을 느끼고 있었다. 자신이 괴롭다 느꼈기에 아이샤도 아팠으면 하고 이안은 바랬다.

결국, 벗어나길 포기한 아이샤가 사지에 힘을 빼고 고통에 식은땀과 눈물만 흘렸다. 이안은 당장에라도 바스러질 것같이 창백한 얼굴을 바라보다 물어뜯듯 아이샤의 입술에 입 맞췄다. 그리고 잔인한 미소를 빼문 채 되는 대로 지껄였다.

"내가 널 어떻게 할지 궁금하지 않아?"

"……."

"우선 네 아비를 끝장내고 네 가문을 몰락시킨 후 널 내 노예로 둘 거야. 너도 알지? 귀족들이 암암리에 노예를 두는 거. 나도 하나쯤은 괜찮겠지."

시저 제국에서 노예를 두는 것은 불법이었다. 하지만 오래전부터 엄격히 금지한, 사람의 정신을 타락시키는 약과 달리 노예에 관한 법은 생긴 지 그리 오래되지 않은 데다 많은 수를 두지 않는다면 처벌도 약했기에 암암리에 노예를 두는 귀족들과 부자들이 제법 있었다.

그렇다 해도 불법은 불법. 아이샤는 경악해 눈을 동그랗게 떴다. 노예라는 단어조차 쉽사리 올리지 않는 그녀는 아비를 죽이고 가문을 몰락시킨 뒤 자신을 노예로 삼겠다 말하는 이안을 믿을 수 없는 눈으로 바라봤다.

"뭘 그렇게 놀라? 네가 날 버리고 네 아비를 택했잖아. 그럼 너도 내 복수의 대상이지, 그대로 둘 줄 알았어?"

"……."

"난 네 인생을 철저히 망칠 거야. 아……. 노예가 됐다고 행여나 죽을 생각은 안 하는 게 좋을 거야. 네 가족들 중 하나 정도는 목숨만 붙여 놓은 채 네 목줄로 살려 둘 테니까."

선을 한참 넘은 잔인한 말에 아이샤가 그대로 얼어붙었다. 이안은 그런 그녀를 보며 질 낮게 웃다 아이샤의 턱을 잡고 있던 손을 천천히 내렸다. 곧 사내의 큰 손이 가는 목을, 깊게 팬 쇄골 위를 쓰다듬다 그 아래까지 닿았다. 사내의 무게를 오롯이 견뎌 내는 자세도 수치스러운데 희롱까지 당하자 옅은 푸른 눈에서 눈물이 주르륵 흘렀다.

"아이샤, 넌 네 얼굴이나 몸이 사내를 얼마나 동하게 하는지 모르지?"

"이러지 마. 이안. 제발 이, 이러지……."

간신히 싫다 말하는 목소리가 희미했다. 하지만 점차 옅어지는 아이샤의 눈빛과 달리 이안의 눈은 열기를 띤 채 온갖 감정으로 들끓었다. 미움 속에 자리한 끈적한 욕망과 지독한 갈망……. 사실 그것들의 크기는 미움보다 훨씬 컸다. 다만 미움이 송곳처럼 가장 앞에 툭 튀어나와 눈에 띌 뿐이었다.

"……난 내 노예가 된 널 몇 번이고 짓밟을 거야. 그러다 언젠가 질리면 곧장 팔아 주지. 아무리 동해도 3년 이상 가겠어?"

이안이 드레스 사이 살짝 드러난 가슴을 보며 손가락을 움직였다. 피부를 꾹 누르는 손길에 아이샤가 저도 모르게 신음을 흘리자 이안이 고개를 든 채 눈을 휘어 웃었다.

"한데 널 내 곁에 뒀다 아이가 생기면 어떡하지? 난 노예를 상대로 피임초를 먹을 생각은 없는데."

노예와 아이를 함께 말하는 꼴이 역겨웠으나 시시각각 커지는 고통에 아이샤는 숨만 헐떡댔다. 아이샤가 아무 대꾸도, 시선조차 주지 않자 그러잖아도 아픈 배 위에 이안이 손을 올리며 말했다.

"노예의 태에서 난 사생아라……. 아이가 오롯이 날 닮았으면 질리든 안 질리든 어미 자격으로 후작저에 방 하나쯤은 내주지. 하지만 만일 아이가 외조부를 조금이라도 닮은 구석이 있으면……."

"흐으……."

"죽일 거야."

"이거 치워!"

비정한 목소리로 뱉는 말이 한없이 잔인했다. 결국 참다 못 한 아이샤가 없는 힘을 쥐어짜내 이안의 손을 쳤다.

탁.

"……좋아. 오늘은 이만 가지."

힘이 하나도 없었기에 이안은 일말의 아픔조차 느끼지 않았다. 그러나 의사 전달은 됐는지 아이샤를 빤히 보던 그가 그녀 위에서 몸을 일으켰다. 무거운 사내의 무게가 사라지면 고통이 조금 가실 줄 알았건만 누르는 힘이 사라지니 이상하게도 괴로움이 배가 됐다.

고통에 허리를 굽히던 아이샤가 간신히 몸을 일으켜 앉았다. 이안은 힘겹게 상체를 세우는 그녀가 순간 너무도 아슬아슬해 보여 손을 뻗었다 허공에서 멈췄다.

한 번의 깜빡임에 걱정 어린 눈을 감춘 그가 아무 말 없이 몸을 돌렸다. 아이샤는 서서히 멀어지는 그를 가물가물한 눈으로 보다 양손으로 배를 부여잡았다. 날붙이가 내장을 헤집는 것 같았다. 거기다 다리 사이가 축축한 기분도 들었다.

'……달거리가 분명해. 그런 걸 거야.'

아이샤는 그렇게 생각하며 필사적으로 몸을 일으켰다. 하지만 몇 번을 시도해도 다리에 힘이 들어가지 않았다. 결국, 그녀는 다섯 번째 시도 끝에 카우치에서 구르듯 떨어지고 말았다. 바닥에 깔린 카펫이 그녀를 받쳐 줬으나 아픈 몸은 둔탁한 통증을 크게 느꼈다.

'이상해.'

흐릿해지는 시야에 언뜻 붉은빛이 비쳤다. 동시에 훅하고 비릿한 냄새가 코를 자극했다. 콰쾅. 번개가 근처에 떨어졌는지 고막을 터뜨릴 듯 천둥소리가 크게 났다. 바람도 갑자기 거세어져 창문이 덜커덕 덜커덕 흔들렸다.

"하아……."

쉼 없이 번쩍이는 번개가 원래도 흐린 시야를 한층 더 침침하게 만들었다. 아이샤는 쓰러진 채 응접실 문을 뚫어지라 바라봤다. 이안이 나갔으니 곧 누구든 올 게 분명했건만 몸이 너무 고통스러워서 그런지 짧은 기다림도 힘들었다.

다행스럽게도 눈이 완전히 감기기 전, 응접실 문이 열리고 익숙한 인영이 시야에 들어왔다. 아이샤가 희미한 미소를 지으며 뛰어오는 이를 불렀다.

"마, 마리."

"아가씨? 아가씨, 왜 이러세요. 아가씨!"

"마리, 나 배가 이상해. 너, 너무 아파. 그러니 의원 좀……."

"아가씨? 아가씨 정신 좀 차리세요. 아가씨!"

비가 쏟아짐에도 백작저를 망설임 없이 나가던 이안의 뒷모습이 그러잖아도 불길했다. 한데 곧장 온 응접실에서 본 게 쓰러진 아가씨라니. 마리는 느리게 눈을 감았다 뜨는 아이샤를 흔들었다. 그러다 비 냄새에 섞여 든 피 냄새를 맡고 놀라 고개를 돌렸다.

"아악!"

아이샤의 노란빛 드레스가 붉게 물들어 가는 걸 본 마리가 비명을 질렀다. 천둥소리보다 큰 그녀의 비명에 응접실로 향하는 인기척이 많아졌다.

"의원! 집사님 의원을 불러요. 빨리요!"

경직된 채 벌벌 떨던 마리가 가장 먼저 도착한 집사를 발견하기 무섭게 정신을 차리고 의원을 찾았다.

"이 피는……. 의원! 의원을 불러! 당장!"

집사 역시 응접실 안 쓰러진 아이샤와 붉은 피를 보기 무섭게 마리와 마찬가지로 의원을 불렀다. 하인들이 부산스럽게 움직이는 그 순간 파든 백작 저에 큰 벼락이 떨어져 오래된 레몬 나무 하나를 완전히 태웠다. 불이 붙으려다 쏟아지는 비에 금세 검은 재가 되어 버린 레몬 나무는 오랜 세월이 무색하게 생명력을 완전히 잃고 부스러졌다.

* * *

빗소리와 천둥소리에, 의원을 부르던 파든가 사용인들의 목소리는 대부분 묻혔다. 하지만 막 말에 오르던 이안은 젖은 귀로 의원이라는 단어를 희미하게나마 들었다.

'의원…….'

그가 속으로 중얼거리며 저도 모르게 뒤를 돌아봤다. 당연하다는 듯 아이샤의 방 창문을 눈에 담았다.

이안의 발이 다시 질척한 흙바닥으로 떨어질 때였다. 번쩍하며 소리 없는 번개가 시야를 가렸다. 푸르게 변한 눈앞. 이안의 뇌리에 장례식 날 관에 누워 있던 부모의 푸른 얼굴빛이 떠올랐다.

이안은 이를 악물고 몸을 제자리로 돌렸다. 그리고 하얗게 비가 쏟아지는 앞을 뚫어지라 노려보다 발을 굴렀다.

히이잉.

한데 말이 요지부동이었다. 험한 날씨 탓에 겁을 먹었는지 짐승은 앞발을 높게 들어 올릴 뿐, 좀처럼 움직일 생각을 안 했다.

이안은 한참 말을 어른 후에야 파든가를 벗어날 수 있었다. 그러나 말을 달래는 동안 그의 머릿속은 온통 아이샤에 대한 걱정으로 가득 찼다. 때문에 그는 파든가를 벗어나고도 간간이 뒤를 돌아봤다.

"······무슨 상관인가. 어차피 내 손으로 망칠 계집인데. 좀 앓는다고 그 몸뚱어리가 닳는 것도 아니고."

내리치는 비를 맞으며 이안은 일부러 소리 내 말했다. 그렇게라도 하지 않으면 당장에라도 말 머리를 돌릴 것 같았다.

그렇게 얼마나 말을 달렸을까. 이안은 천둥소리가 멀어지고 눈앞을 뿌옇게 만든 비가 어느 정도 그친 후에야 속도를 늦췄다. 주인의 명에 있는 힘껏 달린 말은 비까지 내리는 추운 날씨에도 한껏 뜨거워져 있었다.

질척질척한 길을 천천히 가자 기분이 더욱 저조해졌다. 이안은 말의 숨소리가 제자리를 찾으면 위험하더라도 다시 속도를 내자 생각하며 앞을 응시하다, 저 멀리 보이는 갈림길에 눈을 잠시 크게 떴다.

'파르네로 가는 길이군.'

갈림길에서 오른쪽으로 향하면 후작저로 갈 수 있었다. 하지만 이안은 수도를 벗어나는 왼쪽 길을 택했다.

파르네. 수도에서 조금 떨어진 그곳은 작지만 아름다운 호수로 소소한 명성을 떨치는 마을이었다. 그리고 마을의 자랑인 호수 바로 옆에는 오래되었지만 호수와 잘 어울리는 아담한 별장이 그림처럼 자리했다.

수도에서 말로 몇 시간이면 갈 만큼 가까운 데다 경관이 제법 아름다웠기에, 전대 로이드 후작 부부를 비롯한 선대 후작가 사람들은 별장을 자주 찾았다. 하지만 선대들과 달리 이안과 소피아는 평소 별장을 방문하기는커녕 입에도 올리지 않았다.

전대 후작 부부. 즉 이안의 부모는 비 오는 날 그 별장으로 향하는 산길에서 목숨을 잃었다. 부모가 비극적으로 삶을 떠난 곳. 이안은 부모의 죽음이 사고라 생각했을 때에도 기일에나 별장을 방문했지 그 외에는 가 보지도, 입에 담지도 않았다.

그러나 이제는 달랐다. 그곳에서 부모의 일을 곱씹고 복수를 완성하리라. 이안은 그리 생각하며 말을 달렸다.

파르네로 향하는 길은 날씨가 좋을 때도 썩 편한 길이 아니었기에 말은 몇 번이고 휘청였다. 하지만 말과 함께 넘어질 뻔한 위험한 상황에서도 이안은 눈 한 번 깜빡이지 않은 채 차가운 얼굴을 했다.

'차라리 잘됐어. 이제 그 뻔뻔한 작자가 내게 뭐라 하는지 들을 수 있겠군.'

아이샤에게 속에 품고 있던 이야기를 다 꺼내 놨으니 파든 백작이 제 복수에 대해 알게 되는 것도 금방이리라. 이안은 그간 미뤄 났던 공작의 제의를 받아들이겠다 생각하며 어떻게 파든 백작가를 결딴 낼지 생각했다.

'그냥 내버려 둘 수는 없지. 넌 내 옆에서, 내가 싫증 낼 때까지 내 화를 받아 줘야 해.'

그의 머릿속에서 파든 백작가가 몰락하고 아이샤가 하찮은 신분으로 그의 곁에 강제로 붙들리는 미래가 그려졌다. 곧 이어진 질 나쁜 상상. 추잡하지만 자극적인 장면에 이안의 입꼬리가 삐뚜름하게 올라갔다.

'이안……'

이안은 제 아래에서 저를 부르며 서럽게 우는 아이샤의 얼굴을 몇 번이고 그리다가 지웠다. 그리고 그가 그 행위를 수십 번쯤 반복했을 때 저 멀리, 호수가 보이더니 작은 별장 하나가 조금씩 모습을 드러냈다.

* * *

갑작스러운 비는 서서히 멎더니 다음 날 이른 아침쯤에는 완전히 그쳤다. 이안은 별장 관리인 부부가 피워 준 난로 앞에서 서늘한 얼굴로 새벽 내내 빗소리를 듣다, 비스듬히 들어온 햇살이 눈을 찌를 때가 돼서야 몸을 일으켰다.

따사로운 햇살 아래 펼쳐진 풍경. 지난밤에 날씨가 무색하게 창밖은 그림처럼 아름다웠다. 산새 소리와 투명한 물방울이 떨어지는 나뭇잎. 간혹 간밤에 꺾인 나뭇가지와 웅덩이진 바닥이 보이긴 했으나 그 또한 자연스러운 것이 운치가 있었다.

하지만 고요한 호수의 수면이 햇살에 반짝반짝 빛나는 걸 보는 이안의 눈은 여전히 날카로웠다. 그는 앞에 펼쳐진 경치를 무감하게 쳐다보다 저 멀리 마차 소리에 고개를 돌렸다.

개인 사유지인 이곳에는 관리인 부부와 물건을 전달해 주는 이들 빼고는 누구도 드나들지 않았다. 간혹 길을 잃은 이들이나 마을 사람들이 들르긴 했지만 그조차 거의 없는 일이었다. 때문에 이안은 의아한 눈으로 별장 쪽으로 오는 마차를 보다, 곧 마차에 박힌 익숙한 문양에 얼굴을 딱딱하게 굳혔다.

'내가 여기 있는 줄 용케 알았군.'

관리인 부부 중 남편이 별장으로 오고 있는 파든가 마차를 향해 달려가는 것이 보였다. 그리고 곧 파든 백작이 커다란 가방 하나를 든 채 마차에서 내렸다.

파든 백작이 관리인을 향해 무어라 하다 고개를 들어 이안이 서 있는 창가를 봤다. 이안은 수심이 가득한 얼굴로 자신을 바라보는 파든 백작을 빤히 내려다보다, 관리인을 향해 손님을 안으로 들이라 손짓으로 명했다.

* * *

오랫동안 쓰지 않은 별장 서재 난로에 불이 타올랐다. 이안과 파든 백작은 난로에서 조금 떨어진 카우치에 마주 앉은 채 서로를 바라봤다.

팔짱을 낀 채 증오 가득한 얼굴을 숨기지 않는 이안과 달리 양손을 모아 쥔 파든 백작은 어딘가 슬픈 얼굴이었다. 하지만 오랫동안 따른, 한때는 아버지와 같다 생각한 중년 사내의 비통한 얼굴에도 이안은 눈 하나 깜빡이지 않았다.

"이안."

먼저 입을 연 것은 파든 백작이었다. 그는 이안을 보며 턱을 덜덜 떨다 잔뜩 쉰 목소리로 말했다.

"너 아이샤한테……. 내 딸한테 무슨 짓을 한 거냐."

원망 섞인 목소리에 축축함이 잔뜩 묻어났다. 하지만 의원을 부르는 사용인들의 목소리에 아이샤의 기절을 예상하고 있던 이안은 무감한 표정으로 턱을 오만하게 치켜든 채 말했다.

"기절이라도 한 모양인데. 그 일 가지고 나한테 뭐라 하면 곤란합니다. 아이샤가 몸이 약한 건 내 탓이 아니니까요."

일말의 걱정도 없는 목소리. 파든 백작의 얼굴에서 핏기가 가셨다. 그는 믿을 수 없다는 듯이 이안을 보다 맥 빠진 표정으로 허공에 시선을 던졌다.

그 모습을 본 이안은 가슴 한편에 묵직하게 내려앉은 걱정이 무게를 더욱 키우고 있음을 느꼈다. 그러나 애써 무시한 채 복수와 원수라는 단어를 속으로 되뇌었다.

효과가 있었는지 아이샤에 대한 생각이 지워지며 대신 눈앞 사내에 대한 증오가 뾰족하게 모습을 드러냈다. 이안은 파든 백작을 노려보다 빈정거리는 목소리로 물었다.

"그보다 여긴 어떻게 알고 오셨습니까? 설마 사람을 붙이진 않았을 테고……. 과거 일을 내가 알고 있다 하니 이곳이 생각나던가요?"

이안의 물음에 파든 백작은 대꾸하지 않았다. 이안은 입을 닫은 채 공허한 눈으로 자신을 보는 파든 백작을 향해 어깨를 작게 으쓱거렸다.

"뭐……. 어떻게 찾았든 상관없겠지. 차라리 잘됐습니다. 할 말이 있었거든요."

"……."

"여식에게 들은 바가 있으시겠지요? 난 당신을 용서 못 합니다."

용서 못 한다는 말에 파든 백작이 몸을 움찔거렸다. 동시에 이안은 파든 백작의 눈 깊숙이 박힌 죄책감을 발견하고 눈을 번뜩였다. 역시 맞았다. 그가 부모를 죽인 범인이요, 지금껏 자신을 농락한 죄인이었다.

흥분한 그는 어딘가 이상하다 생각하며 파든 백작이 범인이 아닐지 모른다고 조금이나마 생각했던 것을 완전히 던져 버린 채 섬뜩한 말을 내뱉었다.

"우선 파혼부터 하지요. 내일. 아니, 오늘부터 당장 그 목을 치기 위해 노력할 건데 파든가 여식하고 계속 약혼하는 꼴도 우습잖아."

"파혼……. 참 쉽게 말하는구나, 이안."

파혼이라는 말에 가만히 있던 파든 백작이 얼굴을 일그러뜨렸다. 그리고 젖은 눈에 핏발을 세우며 이안에게 따지듯 물었다.

"하녀한테 들었다. 아이샤가 너 때문에 피임초를 샀다지. 정말이냐?"

빙 돌려서 말했으나 아이샤와 침대를 공유한 일을 질책하는 것이었다. 이안은 그를 알아듣고 잠시 굳었으나 곧 입가에 조소를 문 채 답했다.

"네. 생각하시는 바가 맞습니다. 아이샤와 한 침대를 썼어요."

"너……."

"볼만한 표정입니다. 많이 놀라신 모양이네요. 하긴 아끼던 여식이 결혼 전에 순결을 잃었으니 그 속이 오죽할까."

순순히 시인하다 못해 비아냥거리기까지 하는 이안을 보며 파든 백작이 주먹을 꽉 쥐었다. 눈에 넣어도 아깝지 않을 딸자식이었다. 한데 눈앞의, 한때는 자식과 같이 키우기도 한 아이가 그런 딸을 농락했다고 웃으며 말하고 있었다.

"너……. 그런 짓을 한 주제에 네가 어떻게 파혼을 먼저 입에……. 어떻게 그리 쉽게 말을……."

제대로 말조차 하지 못하고 더듬거리는 파든 백작을 향해 이안이 입꼬리를 길게 올렸다. 불쾌하면서도 통쾌했다. 그의 마음 한구석 어디선가 그만하라 외쳤지만 원수에게 상처를 주는 행위 자체가 너무도 자극적이라 멈출 수 없었다.

"뭘 이 정도로 충격을……."

"……."

"같이 구른 주제에 파혼을 입에 담았다 탓하는 모양인데……. 보통의 영애였으면 당연히 책임졌지. 이미 결혼도 했을 거야."

"……."

"한데 아이샤는 당신 딸이잖습니까. 원수의 딸자식……. 매번 매달리는 꼴이 우습긴 했는데 여인으로서는 꽤 괜찮더군요. 곱게 키워 그런가 제법 동하는 구석이 있어서 좀 데리고 놀았습니다."

이안의 지저분한 말이 길어질수록 파든 백작의 숨이 거칠어졌다. 결국 그가 참지 못하고 벌떡 일어서 당장에라도 달려들 듯 이를 갈았다. 하나 이안은 전혀 두렵지 않다는 듯 그를 올려다보다 말했다.

"그래도 일말의 정이 있어서 기회를 줬는데 그 얘기는 안 하던가? 내 청혼을 거절한 건 당신 딸이야."

아이샤와 대화를 떠올리자 언제 그랬냐는 듯 이안의 얼굴에서 미소가 싹 가셨다. 그가 자신도 모르게 억울한 표정을 짓더니 뭉개진 목소리로 말을 이었다.

"나 대신 당신을 택하겠다더군. 어쩌나 눈물 나는 부녀지간인지. 한데 너무 걱정하지는 마십시오. 옛정인지, 몸 정인지 여튼 뭐가 남아 아이샤 그 애만을 살려 둘 생각이거든. 물론 지금처럼 곱게 만은 못 지내겠지만."

말은 지독하게 했으나 이안은 아이샤만은 제 곁에 묶어 두겠다 생각을 굳혔다. 곱씹을수록 그 몸이, 그 얼굴이 질릴 것 같지도 않을뿐더러 아이샤가 제 곁에 없는 건 애초 상상이 가질 않았다.

'그 앤 내 거야.'

이안은 지난 새벽 내내 고민하다 결국 인정했다. 모든 일을 듣고도 아비를 택한, 일말의 망설임도 없이 자신을 버린 여자였지만 그는 아이샤를 버릴 수 없었다.

끝내 인정하지 않으려 했으나 자신은 아이샤를 아직 사랑했다. 노예니, 팔아 버릴 거니 온갖 말을 뱉긴 했으나 곁에 두지 못한다면 자신이 미쳐 버릴 것이. 뻔히 상상됐다.

때문에 그는 아이샤를 평생 제 곁에 두며 괴롭힐 생각이었다. 가족을 목줄 삼아 정부로 두고, 후에는 아이로 족쇄를 채워 제 곁에 머무는 삶을 수긍시킬 참이었다.

물론 저 대신 아비를 택한 일에 벌은 내려야겠지. 하지만 종국에 그녀가 진심으로 용서를 빌면……. 그리하기만 하면 제 아내로 편히 살게 해 줄 용의도 있었다.

아이도 자신과 그녀를 반반 닮은 아들 둘과, 그녀를 닮은 딸 하나 해서 셋 정도 생기면……. 그쯤이면 자신이 그녀에게 먼저 다정하게 입 맞추고 안아 줄 수도 있으리라.

이안이 저만의 망상을 이어 갈 때 파든 백작은 그를 내려다보며 힘줄이 불거진 주먹을 어떻게든 진정시키려 노력하고 있었다. 그가 몇 번이고 거친 숨을 크게 들이쉬다 한참 만에 온몸의 힘을 뺐다. 그리고 양 손바닥으로 얼굴을 문지르다 비통함을 숨기지 못한 채 말했다.

"유산했다."

다리를 꼰 채 비뚜름한 표정을 하고 있던 이안의 얼굴이 파든 백작의 말에 처음으로 구겨졌다. 전혀 알아듣지 못할 말. 그가 파든 백작의 말을 몇 번이고 곱씹다 간신히 입을 열어 반문했다.

"……뭐?"

"지난밤 아이샤가 유산했어. 네가 다녀간 직후라더구나."

파든 백작은 멍청한 낯의 이안을 향해 지난밤 있었던 끔찍한 일을 다시 한번 말했다. 잔뜩 구겨져 있던 이안의 표정이 서서히 펴지더니 멍청하게 변했다. 파든 백작은 그런 그를 향해 울분을 터뜨렸다.

"그 애는……! 아이샤 그 아이는……. 너와 관련된 문제 말고는 부모와 오라비들 속을 썩인 적 없는 아이다. 그러니 핏물로 나온, 그 아이의 아비는 이안 너겠지."

"……."

"이안. 난 항상 네가 자랑스러웠어. 내 아들들보다 널 멋진 아이라 생각했어."

"……."

"한데 다 내 착각이었구나. 넌 참으로 무도한 인간이야. 아니, 난 이제 널 사람으로도 보기 힘들구나."

"……."

"아이샤는 네 말대로 몸이 많이 약한 아이야. 한데 그런 애 몸을 네가 더 망가뜨렸다. 평생 지워지지 않을 상처를 네가……."

"거짓말."

파든 백작의 목소리가 울음에 젖다 못해 잠길 때쯤이었다. 가만히 그의 말을 듣고 있던 이안이 짧지만 날카로운 목소리로 파든 백작의 말허리를 자르더니 벌겋게 핏줄이 불거진 눈으로 그를 노려봤다.

"유산이라니. 그 무슨!"

"……."

"말도 안 되는 거짓말이야. 그 애가 유산을 왜 해? 난 항상 피임약을 복용했어. 그리고 아이샤는 임신했다고 한 번도……. 한 번도……."

이안이 복용한 약은 효과가 매우 뛰어났다. 하지만 완벽한 것은 아니었다. 이안도 그를 알았기에 더는 약을 핑계 삼아 말을 잇지 못했다.

"……두 달로 추정된다더구나."

"……."

"원래 달거리가 불규칙한 데다 어릴 때부터 앓던 병 때문에 맥도 불안정해 의원도 눈치채지 못했다고……."

"……."

"그거 아니? 내 딸은 자신이 아이를 잃었다는 걸 아직 몰라. 네가 그 아이에게 한 몹쓸 말들만 전해 주고 정신을 잃었거든."

혼이 나간 것 같은 이안을 앞에 두고 그레이엄이 지난밤을 떠올렸다. 갑작스러운 비에 이대로 연회장에서 밤을 새울까 고민할 때였다. 시종이 아이샤와 함께 보낸 마부가 급히 찾는다며 알려 왔다. 그리고 듣게 된 마부의 말에 파든가 사람들은 하얗게 질린 얼굴로 곧장 마차에 올랐더랬다.

'빨리 더운물을 가져와! 젠장! 이럴 때 왜 이게 없어서는!'

도착한 파든가 저택은 지진이라도 난 듯 난리였다. 이리저리 뛰어다니는 사용인들과 의원의 고함. 그리고 그 속에는 애지중지 아끼던 딸이 있었다.

'아, 아버지.'

딸의 얼굴은 당장 정신을 놓지 않은 게 이상할 정도로 투명했다. 손을 대기만 해도 부서질 듯 위태로운 얼굴……. 아이샤는 이미 한 번 혼절했으나 깨어난 뒤 어떻게든 정신을 붙잡고 아비와 가족들을 찾았다 했다.

'조심……. 조, 조심하셔야 해요. 이안이 아버지를 해, 해칠지도…….'

아이샤는 숨을 가까스로 넘기면서도 어떻게든 이안과 있었던 일을 말하려 했다. 파든 백작은 딸이 혹여나 가족에게 위험을 전달하지 못할까 걱정했음을 알아차리고 가슴이 찢어지는 기분을 느꼈다.

"마리사 말이 맞았어. 내 아이들이 가장 소중한 법인데……."

그리고 그 뒤는 잘 생각나지 않았다. 다시 정신을 잃은 아이샤를 두고 다니엘이 의원에게 어떻게 해 보라 소리치는 것까지는 기억이 났으나, 그 후는 파리한 딸의 얼굴과 비 냄새마저 삼켜 버린 피비린내가 온 기억을 차지했다.

"널 언제고 아이 취급해서는 안 됐어. 네가 우리 가족을 해칠 수도 있다 인정했어야 했는데……. 내가 다 망쳤구나."

파든 백작이 정신을 차린 건 아이샤의 숨이 그나마 안정적으로 돌아온 새벽이었다. 여전히 눈을 뜨지 못하는 딸이 걱정스러웠으나 목숨에는 지장이 없을 거라는 의원의 말에 그는 서재로 갔다.

그리고 금고를 열고 그동안 꼭꼭 숨겨 두었던 여러 서류 뭉치와 책 속에 숨긴 채 소중히 간직했던 서신을 가방 안에 차곡차곡 넣었다.

'……없다고?'

'예. 간밤에 소피아 아가씨만 돌아오시고. 저 백작님. 혹시 주인님께 무슨 일이라도…….'

이안을 찾아 파르네의 별장으로 오는 일도 어렵지 않았다. 후작저에 없다는 걸 확인하자마자 이곳이 생각났으니까.

파든 백작은 얼어붙어 있는 이안을 잠시 바라보다 바닥에 있던 가방을 테이블 위에 올렸다. 그리고 가방을 열고 그 안에서 가장 위, 오래된 서신 하나를 이안 쪽으로 내밀었다.

이안은 덜덜 떨리는 손으로 서신을 받아들였다. 사실 이게 무엇이든 지금의 이안에게는 관심 밖이었다. 그러나 서신의 글씨체가 아비의 것임을 본 이상 이안의 눈은 서신을 읽어 내려가고 있었다.

「찢어 죽일 그레이엄. 지옥에 떨어져 영영 고통받아 마땅한 작자야. 지금껏 널 친우라 생각한 내가 멍청한 인간이지.」

11장. 완벽한 부부(과거 외전)

파든 영지는 제국의 동부 바닷가에 있었다. 옴폭 들어간 만이 제국 전체를 관통하는 강과도 연결된 곳. 이곳은 작지만 강을 따라 여러 지역으로 쉽게 물건을 옮길 수 있었기에 제국 안에서도 상대적으로 부유한 지역이었다.

이곳의 주인인 파든 자작은 작위에 비해 제법 유명했다. 그의 아버지는 상인이었으나 니콜라스 1세로부터 무역 전쟁의 공을 인정받아 귀족이 된 이였는데, 자작은 그런 아비보다도 뛰어난 장사 수완으로 어마어마한 부를 쌓았기 때문이다. 아직은 수도 정치에 나서지 않았으나 사람들은 자작이 곧 가진 부를 활용해 중앙 귀족 사회에 진출할 것으로 의심치 않고 있었다.

하지만 훗날의 일이 어떻든 자작은 아직 고향에 머물고 있었다. 그리고 그의 가족들, 즉 아내와 하나뿐인 아들 그레이엄도 그를 따라 파든 영지에서 살고 있었다.

"그레이엄! 또 어디 가니? 아버지께 들키기라도 하면……."

자작은 자신이 쌓은 부를 지키기 위해 하나뿐인 아들 그레이엄을 혹독하게 교육시켰다. 큰돈을 들여 과목마다 가정 교사를 붙였으며 자는 시간도 엄격히 관리했다.

"아버지는 나가셨잖아요. 저녁이나 돼서 돌아올 텐데 좀 나가 놀다 올게요. 선생님께는 어머니가 말씀 좀 부탁드려요!"

하지만 원체 바쁜 그였다. 여기저기 돌아다니는 자작이 아들을 완벽히 감시하기란 힘들었다. 때문에 그레이엄은 아버지가 없을 때면 제게 약한 어머니 올리비아에게 부탁해 밖으로 쏘다니곤 했다.

그레이엄은 집을 나서기 무섭게 가까운 들판을 찾았다. 소꿉친구들과 그가 항상 함께 노는 곳으로 무언의 약속 장소이기도 했다.

"다프네! 마리사!"

아니나 다를까. 저 멀리 소꿉친구인 두 명의 소녀가 보였다. 마리사와 다프네. 그들은 파든 영지에 사는 이들로 일반 평민들보다는 집안의 격이 있었기에 어릴 적부터 그레이엄과 어울릴 수 있었다.

"그레이엄, 보고 싶었어!"

그레이엄이 손을 흔들기 무섭게, 서 있던 두 명의 소녀 중 레몬색 머리카락을 가진 다프네가 그에게 달려와 안겼다. 작위는 없으나 귀족의 성은 간신히 유지하는, 몰락할 대로 몰락한 귀족의 딸인 다프네는 얼굴만은 동화 속 공주님 같았다.

"다, 다프네. 마리사가 보잖아."

"어때. 우리 사이에."

레몬 빛 머리카락 아래 복숭앗빛 뺨과 커다란 푸른 눈을 가진, 요정처럼 아름다운 다프네. 그레이엄은 어릴 적 첫눈에 다프네에게 반했다. 그리고 열다섯에 그 마음을 밝혀 열여섯인 지금 그와 다프네는 풋풋한 연인 사이였다.

"……그래. 난 상관없어. 너희가 이러는 게 한두 번이니."

껴안고 있는 두 사람을 바라보며 마리사가 고개를 절레절레 흔들었다. 옅은 갈색 머리카락에 똑같은 색의 눈을 가진 마리사는 귀족은 아니었으나 지역에서 제법 부유한 상인의 딸로, 다프네와 비교한다면 수수했지만 미인이라 불리기에는 부족함이 없었다. 특히 이지적인 눈이 저 멀리서도 한눈에 들어올 만큼 매력적이라 마을 소년들 가운데는 마리사를 보며 남몰래 볼을 이들이 많았다.

"그래도…… 미안해. 마리사."

그레이엄이 마리사를 향해 민망한 듯 얼굴을 붉혔다. 마리사는 제게 사과하는 그레이엄의 얼굴을 잠시 뚫어져라 보다 고개를 살짝 틀었다. 그녀의 눈에 약간이지만 쓸쓸함이 묻어났다.

그런 마리사를 힐끔 곁눈질한 다프네가 그레이엄의 얼굴에 양손을 올렸다. 그리고 그레이엄의 얼굴을 제게 고정한 채 물었다.

"그보다 그레이엄. 이상한 소문이 돌더라?"

"소문?"

"너랑 위제프 남작 딸이랑 약혼할 거라던데."

"뭐? 아니야. 그런 말 어디서 들었어, 다프네."

"벌써 마을에 파다하게 퍼졌던데. 마리사 너도 들었지?"

다프네의 물음에 마리사가 잠시 머뭇거리다 고개를 끄덕였다. 그레이엄은 두 소녀의 시선이 제게 꽂히자 잡힌 머리를 거세게 저으며 부정했다. 다프네는 그레이엄이 절대 아니라 몇 번이고 소리친 후에야 씩 웃으며 말했다.

"좋아. 믿어 줄게."

"고마워, 다프네. 믿어 줘서."

"대신 이 자리에서 말해. 그레이엄 너 누구랑 결혼할 거야?"

"당연히 다프네 너랑 결혼해야지!"

그레이엄이 한 치의 망설임도 없이 답했다. 하지만 그레이엄의 말에 다프네는 오히려 우울한 얼굴을 하더니 눈물마저 글썽인 채 중얼거렸다.

"하지만…… 자작님도. 자작 부인도 날 싫어하잖아."

사실이었다. 그레이엄의 부모는 다프네를 썩 내켜 하지 않았다. 다프네의 집안과 교류하긴 했으나 그들의 수준에 맞지 않는 사치와 오만함에 질린 탓이었다. 오죽했으면 하나뿐인 아들의 말이라면 웬만해서 들어주는 올리비아조차 다프네는 그 부모를 닮아 안 된다 선을 그을 정도였다.

"걱정 마. 허락받았으니까."

하지만 그레이엄은 끈질기게 부모를 설득했고 단식 투쟁까지 불사했다. 자작은 아들에게 매까지 들었으나 회초리가 여러 대 부러졌음에도 그레이엄이 뜻을 굽히지 않자 결국 고개를 끄덕였다.

"뭐? 정말?"

"응. 그런데 조건이 있대."

"조건?"

물론 자작은 유능한 상인답게 조건을 붙였다. 이루기 힘든 데다 시간까지 끌 수 있는 조건을 말이다.

"이제라도 아카데미에 가래. 그리고 적어도 열 손가락 안에 꼽히는 성적으로 졸업하면 다프네 너랑 결혼을 허락해 주시겠대."

"싫어!"

뭐가 됐든 그레이엄은 아비가 허락했다는 데 의미를 두고 기뻐했으나 다프네는 달랐다. 영민한 구석이 있는 그녀는 아카데미라는 함정을 바로 파악했다.

"아카데미면 수도 근처잖아. 거리가 거리인 만큼 보지도 못할 텐데……. 게다가 아카데미 졸업까지 5년이야. 그리고 열 손가락 안의 성적? 아카데미에 얼마나 뛰어난 애들이 많은지 알고서 하는 소리야? 거기는 고위 귀족은 물론이요, 천재라 불리는 애들이 득실득실한 곳이라고! 그런데 거기서 그레이엄 네가 어떻게 열 손가락 안에 들어?"

"알아! 하지만 다프네, 나 너를 위해서면 할 수 있어! 그러니까 5년만……."

"그레이엄. 나 행복하게 해 준다며. 난 너랑 지금 당장 결혼하고 싶어. 내일부터라도 네 옆에서 예쁜 드레스 입고 예쁜 집에서 살고 싶단 말이야."

떼를 쓰는 다프네를 두고 그레이엄은 어찌할 바 몰라 발을 동동 굴렀다. 그도 당장에라도 결혼하고 싶었다. 하지만 전에 다프네에게 도망가자 했을 때 그녀는 싫다 했고 그렇다면 방법은 이것밖에 없었다.

"몰라! 당장 나랑 결혼할 거 아니면 말도 걸지 마! 알았어?"

"다, 다프네!"

그레이엄이 끝내 알았다, 어떻게 해 보겠다 말하지 않자 다프네가 입을 삐죽 내밀더니 그대로 뛰어가 버렸다. 그레이엄은 그녀를 따라가려 몸을 돌렸다. 하지만 순간 마리사가 그의 소매를 잡았다.

"⋯⋯내버려 둬. 조금 있으면 다시 올 거야."

"하지만⋯⋯."

"한두 번도 아니고 매번 다프네에게 끌려다니면 너희 부모님은 다프네를 더 싫어하실 거야."

틀린 말은 아니었다. 그렇잖아도 다프네를 못마땅하게 생각하는 자작 부부는 아들이 다프네의 이름을 거론하며 이렇게 하겠다, 저렇게 하겠다 입을 열 때마다 더욱 다프네를 싫어했다.

"네 말이 맞아, 마리사. 하지만 그래도 내가 먼저 다프네를 달래 줘야지 어쩌겠어."

하지만 그레이엄은 끝내 마리사의 손을 떼어 내고 다프네가 사라진 쪽으로 달렸다. 마리사는 들판을 가로지르는 두 소꿉친구를 보다 작게 한숨 쉬며 중얼거렸다.

"⋯⋯그레이엄 네 그 멍청한 다정함만 아니었어도 내가 널 좋아하는 일은 없었을 텐데."

* * *

자작은 더는 양보할 수 없다고 그레이엄에게 말했다. 결국 당장 결혼할 수 없음을 깨달은 다프네는 5년을 기다리는 대신 결혼 뒤에는 평생 자신에게 헌신하라 소리치며 그레이엄을 아카데미로 보내 줬다.

그레이엄은 펑펑 우는 다프네와 평소답지 않게 눈물을 보인 마리사를 뒤로한 채 평생을 있었던 파든 영지를 떠났다. 그리고 그렇게 도착한 수도 근처 아카데미에서 그는 완벽한 이방인으로 배척받았다.

"저딴 것도 귀족이라고. 차라리 저 평민들처럼 머리라도 좋던가."

"상인 나부랭이의 자식이 거들먹거리는 꼴이라니."

"돈으로 작위를 샀다지? 더럽기는."

분명 귀족이었지만 아직 수도 귀족 사회에서 인정받지 못한 귀족. 신흥 귀족들의 세력은 그 위치가 매우 불안정했고 구귀족과 사이도 아주 나쁜 시절이었다. 신흥 귀족이라는 이유만으로 암살도 당하던 시기. 구귀족가 아이들이 다수인 아카데미에서 그레이엄의 위치가 어떨지는 뻔했다.

귀족가 아이들은 그레이엄을 대놓고 배척했다. 언어적 폭력뿐 아니라 물리적 폭력도 간간이 일어났다. 그러나 그레이엄은 물러날 수 없었다. 그가 아카데미로 진학한 뒤 수도로 올라온 파든 자작은 얻어맞았다는 그에게 그것도 이겨 내지 못하냐며 그럴 거면 결혼을 포기하라 말했고, 그레이엄은 고개를 저었다.

"할 수 있어요! 약속이나 지키세요."

"그래. 두고 보마."

그레이엄은 아카데미에서 생존하려 이를 악물었다. 순위권에 들기 위해 잠을 줄였으며 새벽부터 검술을 연습했다. 다행히 그는 아비인 자작을 닮아 공부 머리는 뛰어난 편이었고 육체도 평균 이상의 수준이 되었기에 좋은 성적을 유지할 수 있었다.

그리고 어느 순간 그레이엄을 향한 물리적 폭력이 없어졌다. 나중에 안 일이었지만 자작은 수도에 자리를 잡기 무섭게 아카데미에 넌지시 말을 넣었더랬다. 다른 건 몰라도 자식의 몸에 자국이 남는 폭력만은 용납하지 못한다고

"성적도 돈으로 샀나? 너희 집안에 딱 어울리는 짓이네."

"네까짓 게 검을 휘둘러? 기사의 수치야."

물리적 폭력은 사라졌으나 언어적 폭력과 은밀한 괴롭힘은 계속됐다. 때문에 그레이엄의 아카데미 삶은 그리 평탄하지만은 않았다. 그리고 그 중심에는 클리프 로이드가 있었다.

"그만들 해. 아무리 옳은 소리라도 계속 들으면 질릴 거 아냐."

"어? 클리프 언제 왔어?"

"조금 전에."

클리프는 그레이엄 못지않게 아카데미 유명 인사였다. 그는 아름다운 외모, 어린 나이 명문 로이드 후작가의 가주라는 직위 때문에 눈에 띄는 것도 있었으나 그보다는 그의 부모, 즉 선대 로이드 후작 부부가 땅을 두고 다툰 일 때문에 더욱 유명했다.

땅 때문에 이혼 소송을 하며 자식마저 거래의 대상으로 삼은 일. 국가 간 분쟁까지 갈 뻔했던 그 일은 전대 후작이 죽고 클리프가 어미 다이앤에게서 도망쳐 제국으로 오면서 해결됐지만, 아직도 사람들 입에 오르내렸다.

하지만 좋지 않은 일로 유명했음에도 클리프를 무시하는 이들은 없었다. 우선 클리프는 손에 꼽히게 명문인 로이드 후작가의 가주였으며 부재한 부모 대신 황제가 간접적으로나마 비호를 해 줬기 때문이다.

클리프도 그런 자신의 위치를 잘 알았다. 그렇기에 그는 아카데미에서 오만하게 행동했다. 하지만 권력을 휘두르는 다른 아이들과 달리 그는 가문의 격이 좀 떨어지거나 평민 아이들을 괴롭히지는 않았는데, 예외로 언젠가부터 그레이엄만은 못살게 굴었다.

"그래도 그레이엄. 그런 얼굴은 안 되지. 상인 나부랭이 아비에 평민 계집 어미라. 천한 냄새가 여기까지 진동을 하는군."

클리프의 모욕은 하루 이틀이 아니었고 평소의 그레이엄이라면 무시하고 지나갔을 것이다. 그러나 그날은 조금 달랐다. 그레이엄은 지난 주말 외출을 나갔다 우연하게 부모가 식당에서 다른 귀족에게 무시당하는 모습을 보았고 그를 마음속에 품은 뒤였다.

"너만 하겠어? 클리프."

그레이엄이 클리프를 노려보며 입을 열었다. 보통 때와 다른 그레이엄의 분위기에 클리프가 눈썹을 치켜세웠다.

"뭐?"

"그래. 내 할아버지는 장사로 자작위를 받으셨고 내 아버지는 백 년도 못 된 가문의 가주다. 내 어머니가 한낱 상인의 딸로 평민 출신인 것도 맞아. 그런데 넌? 넌 그런 아버지도 어머니도 없잖아."

클리프 앞에서 그의 부모 일을 언급하는 것은 금기나 다름없었다. 클리프 옆에서 그레이엄을 둘러싼 채 빈정거리던 아이들이 당황한 얼굴로 클리프의 눈치를 살폈다. 아니나 다를까 클리프는 주먹을 쥔 채 이를 악물고 있었다.

"너 지금 뭐라고……."

"그 유명한 로이드 후작 각하께서는 후작 부인과 이혼 소송을 하다 화병으로 돌아가셨다지? 그리고 후작 부인은 아들인 널 토도메 왕국에 가둔 채 감히 황제 폐하께서 다스리는 이 시저 제국의 영토를 차지하겠다 불민하게 굴었다고?"

"너……. 너!"

"왜 그런 얼굴이야? 사실이잖아. 여기서 네 부모님 이야기 모르는 사람이 어디 있어?"

펙.

둔탁한 소리와 함께 그레이엄이 뒤로 넘어갔다. 하지만 클리프는 거기서 멈추지 않고 그레이엄의 위에 올라타 반대쪽 주먹을 들어 올렸다.

"개새끼! 이 천한 상인 나부랭이가! 감히 누구한테!"

"감히는 무슨! 왜? 내가 없는 말 했어? 네 처지는 고아나 다름없잖아!"

그레이엄도 지지 않았다. 그는 자신을 치려는 클리프의 팔을 잡은 채 몸을 이리저리 뒤틀었다. 곧 두 소년 사이 주먹이 이리저리 오갔다. 피까지 나는 상황에 주변 아이들은 말릴 생각조차 못한 채 멍청하게 서 있다 교수가 두 사람을 떼어 놓으라 명하고 나서야 움직였다.

"함께 반성문을 쓰면서 반성하도록. 여기서도 싸운다면 부모님…… 크흠. 얌전히들 있어."

한바탕 소란은 한참 후에야 정리됐다. 아이들을 관리하는 사감은 요란하게 싸운 두 사람을 한 공간에 가둔 뒤 반성문 쓸 것을 명하며 부모에게 알리겠다 말하려다 클리프를 보고 입을 닫았다. 그러나 이미 부모라는 단어에 클리프는 인상을 구길 대로 구긴 후였다.

사감이 나가고 그레이엄은 얌전히 반성문을 썼다. 사실 그는 클리프에게 한 말, 특히 고아라는 말을 크게 후회하고 있었다.

"……미안. 클리프."

"…….."

"그렇게 말을 해서는 안 됐는데. 미안해."

고민하던 그레이엄이 펜과 함께 자존심을 내려놓고 클리프에게 사과했다. 처음 그레이엄의 사과를 무시하던 클리프는 그가 연신 사과하자 한참 만에 입을 열었다.

"……됐어. 틀린 말도 아닌데."

"…….."

"사실 알고 있어. 너뿐만 아니라 다들 그렇게 생각하는 거. 맞는 말이지. 난 고아나 다름없어."

클리프는 파든 자작이 아카데미에 찾아온 것을 우연찮게 목격한 뒤 그레이엄을 괴롭히기 시작했다. 자작이 단호한 목소리로 그레이엄의 몸에 상처가 나는 것을 허락할 수 없다 말하는 순간, 그는 그레이엄이 너무나 미워졌다.

추한 질투라는 것쯤은 스스로도 알았다. 그러나 알았음에도 감정을 참을 수 없었다. 제 아버지가 아무리 잘난 가문의 후작이었으면 뭐 하나. 저를 위해 줄 아버지는 더는 존재하지 않았고 어머니는 있으나 마나 한 존재로 그의 손으로 연을 끊었다.

거기다 세상 모두가 아는 부모의 일……. 클리프는 자신을 포함해 제 가족이 가끔은, 아니 매 순간 수치스러웠다.

"내 앞에서 말만 안 할 뿐이지, 다들……. 다들 날 보면서 내 부모님 일을 떠올리며 비웃겠지. 젠장!"

클리프가 욕지거리가 섞인 한탄을 내뱉으며 펜을 집어 던졌다. 잉크가 궤적을 그리며 그의 앞에 놓인 종이와 책상, 나아가 그레이엄의 종이까지 더럽혔다. 그레이엄은 클리프가 만든 얼룩을 빤히 봤다. 그저 잉크 자국일 뿐인데. 이상하게도 멍처럼 보였다.

"……네 잘못이 아니야."

그레이엄은 머뭇거리며 클리프에게 말했다. 자신이 잘못 짚은 것일 수도 있지만, 그레이엄이 보기에 클리프는 부모의 일로 지나치게 괴로워하다 못해 죄책감까지 가지고 있는 것처럼 보였다.

"뭐?"

"네 아버지가 돌아가신 것도, 네 어머니가 그렇게 행동하신 것도, 클리프 네 잘못이 아니라고. 그러니까 수치스러워할 필요도 괴로워할 필요도 없어."

클리프는 그레이엄의 말에 더는 대꾸하지 않았다. 그저 가만히 창밖을 보던 그는 한참 후에 새 종이를 펼쳐 들고 바닥에 던진 펜을 가져와 반성문을 쓸 뿐이었다. 그레이엄도 더 이상 말을 걸지 않았다. 그도 조용히 반성문을 써 내려갈 뿐이었다.

사각사각 펜이 움직이는 소리가 공간을 차지하고 두 소년이 써 내려간 반성문이 열 장을 넘겼을 때였다. 열한 장째 반성문을 쓰려던 클리프가 펜을 멈추고 그레이엄을 불렀다.

"야, 그레이엄."

"응?"

"……우리 친구 해."

낯간지러운 말이었다. 클리프는 지금껏 누구에게도 이런 말을 한 적이 없었다. 그를 방증하듯 클리프의 얼굴 전체가 시뻘겋게 물들었다.

그레이엄은 곧장 답하지 않았다. 열세 장째 반성문을 쓰고 있던 그는 가장 아랫줄을 완성한 뒤에야 고개를 들었다. 그리고 뚱한 목소리로 말했다.

"싫은데."

"뭐?"

그레이엄이 거절할 줄 몰랐는지 클리프의 눈이 커졌다. 그가 펜마저 떨어뜨리자 그제야 심각성을 인지한 그레이엄이 재빠르게 손사래를 쳤다.

"농담이야. 농담. 대신 사과부터 해. 우리 부모님 모욕한 거."

"야, 너도!"

"난 아까 사과했잖아."

자존심 강한 클리프는 반발했다가 뒤이은 그레이엄의 말에 입을 닫았다. 맞는 말이었다. 그레이엄은 이미 사과를 한 뒤였다.

"……미안해."

클리프가 쭈뼛거리며 그레이엄에게 사과했다. 그레이엄은 붉게 달아오른 클리프의 얼굴을 보다 고개를 끄덕이며 손을 내밀었다. 클리프는 제게 내밀어진 손이 어색한지 한참 머뭇거리다 그레이엄의 손을 맞잡았다.

악수한 두 소년은 곧 다시 반성문을 쓰기 시작했다. 그리고 그날 이후 두 사람은 함께 다니더니 어느 순간 서로에게 둘도 없는 친구가 됐다.

"야! 그레이엄. 숙제 좀 보여 줘."

"싫어. 네가 알아서 해."

"이 치사한 자식."

클리프가 그레이엄과 가까워진 뒤로 그레이엄을 괴롭히는 아이들은 없어졌다. 물론 뒤에서 무어라 하는 이들은 여전히 있었지만 그레이엄은 신경 쓰지 않았다.

그렇게 평온한 아카데미 생활이 이어지던 어느 날이었다. 아카데미에 온 지도 어느새 2년…….

그레이엄은 새싹이 피어나는 3월, 편지 한 통을 받았다. 마리사에게서 온 서신이었다.

"마리사? 매번 서신 보내 온 건 다프네라는 애 아니었어?"

"그러게. 마리사는 다프네 편으로 한두 줄 전하는 게 다였는데."

"어? 그러고 보니 다프네라는 애한테서 요즘 서신이 좀 드물다?"

"……거리가 멀잖아. 그리고 내게 온 서신에 클리프 네가 왜 이리 관심이 많아?"

"친우여. 너무 매정하게 굴지 말게나. 그저 궁금해서 그런 것뿐이니."

그레이엄은 다프네와는 자주 서신을 주고받았다. 하지만 마리사와는 일 년에 한 통, 그것도 연말에 안부를 주고받는 게 다였다.

마리사의 서신이 초봄에 온 것은 처음이라 의아했으나 그레이엄은 안부 인사겠거니 생각하며 봉인을 뜯었다. 하지만 곧이어 나온 서신의 내용에 그는 손에 힘을 풀고 말았다.

툭.

"그레이엄? 야! 너 왜 그래?"

클리프가 떨어진 서신을 주워 들었다. 그리고 나온 내용은 다프네가 임신한 채 고향을 도망치듯 떠났다는 것이었다.

* * *

마리사와 그레이엄은 6개월 짧은 약혼 관계를 끝내고 어제부로 부부가 됐다. 그레이엄의 어머니 올리비아는 이제는 가족이 된 마리사의 손을 꼭 잡으며 눈물을 글썽였다.

"마리사. 내 가족이 되어 줘서 고맙구나."

"별말씀을요."

"넌 참 고마운 아이지. 오늘의 그레이엄이 있는 건 다 네 덕이란다."

"그레이엄이 노력한 대가예요."

"아니야. 다프네가 그런 짓을 벌여서 그레이엄에게 상처를 주더니…….
얼마 가지 않아 그도 떠나고. 그때 네가 없었다면 그레이엄은 아카데미 졸업도 못 했을 거란다."

지난 3년 많은 일이 있었다. 다프네가 외지 사내와 눈이 맞아 임신한 채 야반도주를 했고 다프네의 부모는 부끄러움에 도망치듯 파든 영지를 떠났다. 그레이엄은 퇴학도 불사한 채 아카데미에서 뛰쳐나와 파든 영지로 내려갔다. 하지만 이미 떠난 다프네의 흔적은 어디에도 없었고 그레이엄은 좌절에 빠졌다.

거기다 그 일이 일어난 지 얼마 되지 않아 파든 자작이 사망했다. 공을 인정받아 백작으로 승격된 직후였다. 사인은 과로. 허망한 아비의 죽음에 그러잖아도 좌절한 그레이엄은 아예 나라를 떠나겠다 짐까지 쌌다.

짝.

'지금 네가 떠나면? 백작 부인은 어떻게 견디실까? 가문은?'

'……'

'정신 차려. 백작님께서 돌아가셨어. 한데 넌 이러고 싶어?'

그런 그레이엄을 마리사가 막았다. 친우 클리프와 어미 올리비아조차 하지 못한 일. 마리사는 그레이엄의 뺨을 치고 냉정한 말로 그를 질책했다. 그리고 그의 멱살을 잡아 수도로 올라오더니 아카데미에 밀어 넣었다. 마리사의 말과 행동력에 가까스로 정신을 차린 그레이엄은 다시 아카데미로 들어가 학업에 매진했다.

그레이엄이 정신을 차리고 다시 아카데미에 적응한 후에도 마리사는 파든 영지로 내려가지 않았다. 수도에 머무는 그녀를 그레이엄은 의아한 눈으로 바라보며 왜 내려가지 않느냐 물었다. 마리사는 그레이엄에게 집안의 장사 일을 돕게 됐다 말했다.

'와! 이게 다 얼마야? 대단해, 마리사!'

'뭘 이 정도 가지고…… . 그보다 성적은 좀 올렸어?'

제 말을 증명하듯 수도로 올라온 마리사는 능력을 한껏 발휘했다. 덕분에 그녀의 가문은 큰돈을 벌었고 마리사는 바빠졌다.

하지만 바쁜 와중에도 마리사는 그레이엄의 아카데미 생활을 살폈다. 또한 그녀는 남편 잃은 올리비아의 말동무 역할을 톡톡히 해냈다.

'자, 여기. 피로를 줄여 주는 차래. 하루에 한 잔씩 마셔.'

'고마워. 마리사.'

마리사의 적절한 충고, 따뜻한 조언은 어느새 그레이엄에게 큰 힘이 됐다. 초반 그레이엄은 마리사가 왜 제게 그렇게까지 하는지 알지 못했다. 그저 소꿉친구의 배려겠거니 하는 멍청한 생각을 했다.

그레이엄이 이유를 알게 된 건 아카데미 졸업이 얼마 남지 않은 시점이었다. 그레이엄과 함께 수도로 올라온 지 2년…… . 평소와 같이 그를 찾아온 마리사는 그를 한참 바라보다 말했다.

'……네 졸업 전에 고향으로 내려가려 해.'

마리사의 말에 그레이엄은 심장이 쿵 떨어지는 기분을 느꼈다. 초조함을 느낀 그는 자신도 모르게 마리사의 손을 잡았다.

'가지 마.'

'왜?'

'…….'

'왜 가면 안 돼?'

마리사는 손을 빼지 않은 채 그레이엄에게 반문했다. 그레이엄은 한참 답을 할 수 없었다. 왜냐. 자신도 왜 이러는지 스스로를 이해할 수 없었으니까.

'역시……. 너에게 난 친구 이상은 될 수 없었구나.'

그레이엄이 말이 없자 마리사는 울적한 표정으로 손을 빼더니 자리에서 일어났다. 그리고 그 순간 그레이엄은 자신의 행동, 그리고 마리사의 지금 까지의 행적을 이해할 수 있었다.

'마리사.'

그레이엄은 마리사를 다시 붙잡았다. 그리고 마리사에게 청혼했다.

'너만 괜찮다면 우리 결혼하자.'

마리사는 그의 말에 놀란 눈을 한 채 한동안 말없이 서 있더니 청혼을 거절했다. 이유는 절차가 너무 없다는 것이었다.

그레이엄은 마리사의 말에 미안하다 사과하고 약혼부터 하자며 좋아한다 고백했다. 두 사람은 얼마 가지 않아 약혼했고 졸업 직후 결혼하기로 약속 했다. 그리고 어제 드디어 결혼했더랬다.

"이제 와 말하는 거지만 나와 그이는 항상 네가 마음에 들었단다. 지금에 라도 그레이엄 옆에 네가 있어 얼마나 기쁜지."

마리사를 보는 올리비아의 눈에는 신뢰가 듬뿍 담겨 있었다. 어릴 적부 터 마음에 들었던 아이였다. 다프네의 존재 때문에 아들에게 말하지는 못했 으나 항상 아들의 짝으로 괜찮다 생각했던 아이. 아들이 힘들 때 항상 곁에 있어 줬던 아이. 올리비아에게 마리사는 천사나 다름없었다.

"에구. 주책맞게 눈물이……. 그보다 이제 너희 둘이 결혼도 했으니 난 영지로 내려가마."

기쁨의 눈물을 닦은 올리비아가 다시 마리사의 손을 잡으며 말했다. 눈 물 많은 남편의 어머니를 달래려던 마리사가 올리비아의 말에 놀라 눈을 깜빡이다 걱정스러운 표정을 지었다.

"혼자 내려가시면 그레이엄과 제가 불편해요. 수도 생활이 좀 맞지 않으 시더라도 저희와 함께 사시는 건……."

"아니야. 난 여길 떠나고 싶구나. 알잖니. 그이가 얼마나 고생을 했는지."

올리비아도 처음에는 아들 부부와 함께 살까 고민했다. 하지만 몇 번을 생각해 봐도 그녀는 남편이 죽은 수도가 싫었다. 백작위로 파격적인 승격을 하면 뭐 하나. 영광을 누리지도 못하고 그리 허망하게 가 버렸는데.

"그레이엄이 아카데미도 졸업했고, 너와 결혼도 했고…… 남아 있을 이유가 없어. 그리고 너희도 신혼을 즐겨야지. 내가 껴 봤자 뭐가 좋겠어."

"그래도……."

"됐다. 난 걱정 마렴. 돈도 넘치게 있겠다 시골에서 좋은 풍경에 좋은 것만 먹으면서 살고 싶구나."

"……."

"또 한 번 고맙다. 사실 마리사 네가 그레이엄 곁에 없었으면 난 내려가지 못했을 거야."

마리사와 그레이엄은 올리비아가 마차에 타는 순간까지 다시 생각해 보시라 말했다. 하지만 올리비아는 끝내 떠났다.

"사랑해. 마리사."

"나도 사랑해. 그레이엄."

그래도 올리비아의 말처럼 그녀가 없으니 신혼은 더 끈적해졌다. 서로에 대한 마음을 확인한 후에도 살짝 거리가 있었던 신혼부부는 둘만 있는 저택에서 꿈같은 시간을 보냈다.

"그레이엄. 뭘 보고 있어?"

"으, 응? 마리사 언제 왔어?"

"이거 다프네 서신……."

"마리사. 제발 오, 오해하지 마. 책에 꽂혀 있는 걸 우연히 발견했어. 정말이야. 알잖아, 당신도. 내가 책에 이런 걸 꽂는 습관이 있다는 걸."

"알아. 안다고. 하지만 기분 나빠."

물론 아주 간혹, 두 사람 사이 불편한 일도 생겼다. 그러나 그조차 일개 추억으로 치부될 정도로 두 사람 사이에는 어느새 단단한 신뢰가 쌓였기에 다툼은 있을지언정 큰 문제는 없었다.

평화로운 날들이 계속됐다. 정치적으로는 조금 힘들었으나 그레이엄은 단단해진 정신을 앞세워 잘 이겨 나갔고 마리사는 파든가의 재정을 한층 굳건하게 만들어 갔다. 그리고 부부에게 첫 아이가 찾아왔을 무렵 저 멀리, 파든 영지와 가까운 바닷가 마을에서 서신 한 통이 날아왔다.

"뭐야. 또 책 사이에서 다프네 서신이라도 발견한 거야?"

"아냐! 클리프가 보낸 거야."

다프네라는 이름에 그레이엄은 기함하며 서신에 적힌 이름을 보여 줬다. 클리프라는 이름을 확인한 마리사는 그제야 뾰족하게 세운 눈을 가라앉혔다.

"후작님이? 여행을 갔다 하지 않았어?"

"그 여행지에서 보냈나 봐. 같이 봐."

그레이엄은 아내를 껴안아 제 무릎 위에 앉힌 채 서신을 뜯었다. 그리고 나온 서신의 내용은 너무나 갑작스러운 것이었다.

「그레이엄. 이 기쁜 소식을 자네에게 가장 먼저 알리네. 나 결혼할 거야. 세상에서 가장 완벽한 여자와 말이야.」

* * *

클리프가 결혼을 약속한 여자는 조건만 본다면 명문가 후작인 그와 어울리지 않았다. 클리프는 그녀를 기사의 딸이라 소개하긴 했으나 어디 출신, 어느 가문의 여식이라 언급하지 않았다. 즉 여인의 가문이 영지는 물론이요, 작위조차 없는, 기사의 딸이라는 것조차 거짓일 수 있다는 뜻이었다.

때문에 결혼 소식이 알려지면 귀족 사회에 여러 소문이 돌 게 뻔했다. 물론 대부분은 여인에게 매우 안 좋은 쪽으로.

"그레이엄 당신과 결혼한 나조차 평민이라는 이유로 온갖 말을 다 듣고 있는데, 로이드 후작가의 안주인으로 작위 없는 가문의 아가씨라······. 한바탕 시끄러워지겠어."

마리사가 한숨을 푹 쉬며 말했다. 반쪽짜리 귀족 취급받는 그레이엄과 결혼한 그녀조차 출신으로 온갖 모욕을 다 당하는 귀족 사회였다. 그나마 자신은 장사 일을 하며 온갖 인간 군상을 다 만나 봤으니 망정이지 만일 마음 여린 아가씨가 수도 귀족 사회에 맨몸으로 던져진다면? 벌써 머리가 아팠다.

"그래도 어쩌겠어. 클리프 이 자식. 이렇게 편지 보내온 거 보면 마음을 굳힌 거 같은데 축하해 줘야지."

"흐음······. 하긴 나쁜 일만은 아니야. 이 결혼으로 더 경악할 쪽은 구귀족파니까. 후작님이 그쪽과 자연스럽게 멀어지면 우리 쪽과 가까워질 테고 그만큼 우리는 강해질 테지."

"마리사. 이런 일까지 정치적으로 얽는 건······."

"뭐 어때. 기왕 축복해 주는 거 좋은 방향으로도 생각해 보는 거지."

"그래도······."

"그레이엄. 당신 우리가 지금 얼마나 힘든 처지에 있는지 알고는 있는 거지? 우리는 지금 한 사람이라도 더 우리 편으로 끌어들여야 한다고. 그리고 날 계속 계산적인 사람으로 모는데 나도 후작님의 결혼을 진심으로 축하하고 있어."

그레이엄과 마리사는 걱정 어린 얼굴로 클리프에게서 온 편지를 바라봤다. 하지만 곧 자신들만이라도 그가 선택한 여인을 따뜻하게 대해 주자 결심했다.

"그러고 보니 후작님과 결혼하기로 한 아가씨 이름이······."

클리프의 결혼을 두고 소소하게 대화를 이어 가던 중이었다. 클리프의 편지를 다시 한번 훑어보던 마리사가 문득 누군가를 떠올리며 눈을 좁혔다. 심상찮은 표정에 그녀의 머리에 뺨을 기대고 있던 그레이엄도 편지로 다시금 눈길을 돌렸다. 어딘가 익숙한 이름에 그 역시 고개를 갸웃거렸다.

"르네? 어디서 많이 들어 봤는데…….."

"……그레이엄, 당신 바보야?"

"응?"

"르네. 르네 기억 안 나? 다프네. 당신 첫사랑 여동생 이름이잖아."

타박하긴 했으나 마리사는 사실 남편의 반응에 내심 안도했다. 다프네와 관련된 조그마한 것에도 예민하게 굴던 그였다. 그러나 이제는 그 강렬한 기억조차 많이 희석된 모양이었다.

"아……. 맞아 그 애 이름이 그런 이름이었지."

아니나 다를까, 그레이엄은 시큰둥한 반응을 보이다 뒤늦게 혹시나 마리사의 기분이 상했나 그녀의 눈치만 볼 뿐이었다. 마리사는 그런 남편의 모습에 안도하면서도 미안했다.

사실 다프네가 다른 사내의 아이를 임신한 채 도망갔다며 편지한 일로 마리사는 죄책감을 느끼고 있었다. 아무리 소꿉친구라고는 하나 자신이 그런 편지를 보낼 필요는 없었는데……. 과연 자신은 그 편지를 그레이엄을 걱정하는 마음만으로 보냈을까? 그리고 다프네……. 그녀 또한 마리사의 소중한 소꿉친구였다. 한데 자신이 그레이엄에게 소식을 알린 걸 알면 그녀는 배신감을 느끼지 않을까?

불편해진 마음에 마리사는 남편의 얼굴을 빤히 바라보다 그의 품을 파고들었다. 임신으로 부푼 배가 조금 불편해지긴 했으나 따뜻한 품에 얼굴을 숨기니 죄책감이 조금은 가셨다. 그레이엄은 갑작스러운 아내의 행동에 영문을 모르겠다는 눈을 했으나, 곧 사사랑을 가득 담아 마리사를 바라보다 그녀를 안은 손에 힘을 주고 눈을 감았다.

* * *

「르네는 봄바람 같은 여인이야. 그녀의 머리카락이 흔들릴 때면 내 세상도 함께 흔들려. 아! 나는 얼마나 행운아인가. 그레이엄. 난 세상을 다 가졌네. 왜냐고? 지금 내 옆에 제국에서 가장 아름답고, 가장 정숙하며, 가장 마음씨 고운. 세상 누구보다 완벽한 여인이 있으니까.」

그 뒤에도 클리프는 종종 편지를 보내왔다. 그레이엄은 온갖 미사여구로 뒤덮인 친우의 편지에 경악하면서도 재미있다는 듯 폭소를 터뜨렸다.

"마리사. 이거 좀 봐."

편지 속 클리프는 지난 몇 년 그와 친형제처럼 지낸 그레이엄에게도 낯설었다. 아름다운 금발에 보석 같은 푸른 눈이 아름다운 클리프였으나 그는 태생에, 자라온 환경까지 더해져 서늘하기 그지없었다.

한데 그런 사내에게 이런 면이 있다니. 자신과 싸움을 벌인 일을 제외하고는 항상 고고하고 완벽한 모습을 보여 주던 클리프의 새로운 면에 그레이엄은 생소해하면서도 한편으로는 기뻤다.

"이 자식이 이럴 성격이 아닌데. 정말 임자를 만났나 봐. 푼수 같기는."

"그레이엄. 이 자식이라니. 자식 앞에서 말을 좀 예쁘게 해."

임신 5개월 차 마리사가 눈을 흘기며 그레이엄을 타박했다. 그레이엄은 아내의 표정을 보고 제 입을 살짝 치며 고개를 끄덕였다.

"참! 우리 아이가 여기 있지. 알았어. 조심할게."

그러나 길게 올라간 입꼬리는 여전했다. 마리사는 남편의 그런 모습에 어처구니가 없다는 듯 말했다.

"당신 친구가 결혼할 여자를 데려오는 건데 당신이 더 기뻐 보여. 누가 보면 당신 신부를 데려오는 줄 알겠어."

"내 신부라니! 그런 말 마. 그리고 알잖아. 클리프 녀석은……."

말끝을 흐리는 그레이엄의 표정이 급격히 어두워졌다. 마리사는 남편의 눈에 가득한 수심에 입을 닫았다.

'클리프는 강해 보여도 상처가 많아. 알지? 전대 로이드 후작 부부의 일…….'

'응. 알아.'

'전대 후작님이 그렇게 돌아가신 것도 그렇지만 토도메 왕국에서 후작 부인이 클리프에게 좀 심하셨나 봐. 가둬 두신 것도 그렇고…… 정확히 말은 해 준 적 없지만 많은 일들이 그 애한테는 상처였던 것 같아. 그러니 마리사 너도 클리프 앞에서는 부모님 이야기라든가 그런 것들은 좀 조심해 줘. 부탁할게.'

'알았어.'

다프네가 그렇게 떠나고 몇 년을 그레이엄 옆에 있었던 마리사. 그 세월 동안 그녀는 자연히 남편의 친우인 클리프에 대해서도 어느 정도 알게 됐으며 친분도 꽤 쌓았다. 덕분에 클리프의 성격이나 환경에 대해서도 다른 이들에 비해 잘 아는 편이었다.

'성격까지 바뀔 정도로 누군가에게 푹 빠졌다는 건 정말 깊게 사랑한다는 방증이 될 수도 있지만……'

때문에 그녀는 클리프의 편지에 남편처럼 마냥 웃을 수 없었다. 대충 보면 편지 속 클리프는 사랑하는 여인을 만나 행복만 가득해 보였다. 하지만 하나하나 뜯어보면 불안한 요소들이 곳곳에 있었다.

'자칫 잘못하면 독이 될 거야. 게다가 가장 아름답고 가장 정숙하고 가장 완벽한 여인이라니. 감정이 넘칠 때라 해도 저건 너무 과해. 특히 후작님 같은 경우라면……'

마리사가 본 클리프는 어머니, 즉 땅을 위해 자신을 이용한 전대 후작 부인에게 큰 증오를 가지고 있었다. 그리고 그건 여인을 향한 그의 가치관에도 큰 영향을 미친 듯 보였다.

'레이디 돌도르. 그대와 춤을 출 수 있다면 영광으로 삼겠습니다.'

물론, 겉보기에 그는 조금 냉정하기는 하나 완벽한 신사였으므로 그런 모습이 티가 나지 않았다. 하지만 마리사는 그레이엄의 곁에서 클리프가 여인이라는 존재에 대해 얼마나 부정적이고 차별적이며 편협한 사고를 가졌는지 낱낱이 볼 수 있었다.

'여인들은 약하지. 힘을 말하는 게 아니야. 배움이 부족해 그런가 유혹에 지나치게 약해. 그래서 믿을 수가 없어.'

'클리프. 너 지금 그게……. 마리사가 듣잖아.'

'아! 마리사 미안합니다. 내가 실언을 했군요. 제가 말하는 여인에 그대는 속하지 않지요. 내 평생 마리사 그대만큼 그레이엄에게 헌신적인 여인은 본 적이 없어요.'

여인을 볼 때면 한층 더 오만해지는 눈빛, 무시하는 듯 살짝 들리는 턱……. 거기다 평소에는 잘 숨기나 그레이엄 앞에서는 간혹 툭 튀어나오는 여러 단어들. 특히 그는 여인을 말할 때면 헌신, 정숙 등의 단어에 집착했는데, 때문에 마리사는 혹 후작 부인이 토도메 왕국에서 부정한 행동을 했고 어린 클리프가 그를 본 게 아닌가 의심했다.

또한 클리프는 아카데미 졸업 이후 짧은 사교계 생활 동안 아름다운 외모와 달콤한 말로 여인들을 여럿 꾀어냈다. 그러나 미혼의 아가씨, 정숙하기로 유명한 부인, 한미한 집안의 차녀, 명문가의 외동딸 할 것 없이 누구와 교제하건 한 달을 가지 못했다.

어느 연회였던가. 마리사는 클리프가 여인에게 마지막을 고하는 순간을 우연히 목격했던 때를 떠올렸다.

'이쯤 말했으면 알아들어야지. 구질구질하게 사내 소맷자락 붙잡고 늘어지는 건 꼴불견이야.'

그는 매달리는 여인에게 냉랭하고 단호하기 그지없었다. 혹자는 그게 상처를 덜 주는 법이라며 그를 옹호할지 몰랐으나, 마리사가 보기에 그는 배려심 때문에 그러는 게 아니었다. 그는 단순히 여인이라는 존재에게 상처를 줌으로써 쾌락을 얻는 듯 보였다.

물론 남의 사생활인 만큼 마리사는 그런 제 생각을 누구에게도, 하물며 그레이엄에게도 말하지 않았다. 사실 조금 멀찍이 떨어져서 보면 클리프의 행동은 특이할 게 없었다. 사교계에는 여인들과 어울리기를 즐기는 문란한 사내들이 항상 있었으니까.

다만 클리프와 그들에게 차이점이 있다면 그가 다른 사내들에 비해 지나치게 잘난 데다 음험한 속을 잘 포장해 여인들이 쉽게 넘어간다는 것뿐이었다.

「……지금 내 옆에 제국에서 가장 아름답고, 가장 정숙하며, 가장 마음씨 고운. 세상 누구보다 완벽한 여인이 있으니까.」

마리사의 눈이 클리프의 편지, 눈에 띄는 부분을 다시 훑었다. 가장 아름답고, 가장 정숙하며, 가장 마음씨 고운. 세상 누구보다 완벽한 여인이라……. 꼭 고대 신화 속, 최초로 대륙을 통일하고 스스로 가장 위대한 대왕이라 칭한 사내에게 신이 직접 빚어 내려 주었다는 여인과 같았다.

'그 여인은 결국…….'

완벽한 여인을 선물 받은 사내는 그녀와 평생 행복하게 살았을까? 마리사는 어릴 적 읽었던 충격적인 신화의 결말을 떠올리며 어두운 눈을 했다.

"마리사?"

"…….."

"마리사!"

"으응?"

"무슨 생각을 그렇게 하기에 내 말도 못 들어?"

혼자만의 생각에 잠겨 있던 마리사는 클리프가 자신을 꼭 안으며 부른 뒤에야 정신을 차렸다. 그녀가 부푼 배를 쓰다듬으며 그레이엄에게 미안한 얼굴을 했다.

"미안. 무슨 말 했어?"

"다른 건 아니고 편지가 한 통 더 왔는데, 여기 내용이……. 클리프가 결혼식에 당신이랑 좀 친분 있는 부인들이 들러리를 서 줬으면 한대서. 신부될 아가씨가 수도에 전혀 인연이 없다네."

"……어려운 것도 아니고. 알겠어. 준비해 볼게."

비싸고 고운 편지지 속 긴 클리프의 글씨는 당장에라도 바람에 날아갈 듯 시원했다. 답장을 하는 그레이엄의 글씨체도 악필이긴 했으나 내용은 마찬가지로 경쾌했다.

"그레이엄! 오랜만이야. 백작 부인. 오랜만입니다."

"클리프!"

"오랜만에 뵙습니다. 후작님."

"아, 너무 반가운 나머지 나만 마차에서 내렸군. 잠시만 기다려 보게. 두 사람에게 소개할 사람이 있어."

하지만 클리프가 수도에 도착해 새 신부 될 여인을 소개한다며 마차 문을 열었을 때……

"편지로 몇 번 소개했지? 내 아내가 될 르네 오웬이야. 르네. 여기는 내 가장 친한 친구 그레이엄 파든 백작, 그리고 그의 부인, 마리사 파든 백작 부인이야."

너무도 익숙한 얼굴에 그레이엄과 마리사의 낯빛은 흙색으로 변했다.

* * *

백작가 응접실에서는 오랜만에 거한 술판이 벌어졌다. 하지만 취한 이는 클리프 한 명으로 그를 제외한 세 사람은 조금도 취하지 않았다.

"마셔, 그레이엄. 기쁜 날이잖아. 마셔야지."

마리사와 클리프의 새 신부 '르네'는 처음부터 술을 한 방울도 마시지 않았다. 그레이엄은 클리프와 잔을 주고받았으나 중간중간 술을 바닥의 카펫에 부었다. 마리사와 르네는 그런 그의 행동을 눈치챘으나 지적하기는커녕 오히려 도왔다.

"클리프, 자네 벌써 많이 취했어."

"괜찮아. 난 괜찮……."

쿵.

세 사람의 암묵적인 계획 아래 마침내 클리프가 테이블에 머리를 박고 잠들었다. 마리사는 그가 깊게 잠들었음을 확인하기 무섭게 하인을 불러 그를 손님방으로 데려가라 명했다.

"후작님을 3층 손님방으로 모셔 가. 가장 끝 방이 좋겠어."

"예. 부인."

세 사람은 클리프가 사라지고도 침묵을 지켰다. 사실 무슨 말을 해야 할지 알 수가 없었다. 이렇게 다시 만나게 되다니. 당혹감을 넘어 경악스러웠다.

"다프네."

한참 만에 먼저 입을 연 것은 그레이엄이었다. 르네는 진짜 제 이름이 불리기 무섭게 몸을 움찔 떨었다. 그러나 그뿐, 그녀는 그레이엄과 마리사의 시선을 피하지는 않았다.

"어떻게 된 일이야?"

해쓱한 얼굴의 첫사랑을 노려보며 그레이엄이 짓씹듯 물었다. 다프네, 아니, 이제 르네가 된 여인은 그의 물음에 입을 달싹이기만 할 뿐, 목소리를 내지 않다가 갑자기 자리에서 벌떡 일어났다. 그리고 그레이엄과 마리사가 무어라 하기도 전 그들 앞에 무릎을 털썩 꿇었다.

"……모른 척해 줘. 나, 이 결혼 꼭 해야 해."

양손마저 모은 채 비는 다프네는 여전히 아름다웠다. 몇 년 전, 갑자기 사라졌을 때보다 살이 조금 빠지긴 했으나 그조차 청초한 아름다움을 한층 더 돋보이게 했다.

틀어 올린 레몬색 머리카락을 바라보는 그레이엄의 얼굴이 무섭게 구겨졌다. 생각지도 못한 인물의 등장에 너무도 놀란 데다 클리프 앞에서는 차마 내색할 수 없어 참고 있었으나 이제는 아니었다.

"그걸 지금 말이라고! 너! 너어······!"

그레이엄이 당장에라도 고함칠 듯 숨을 거칠게 내쉬었다. 지난 몇 년, 잊었다 생각했건만 막상 당사자를 보니 화를 억누르기 어려웠다.

"그레이엄, 진정해."

마리사가 그런 남편의 팔을 단호하게 잡아끌었다. 그레이엄은 아내의 온기에 그제야 정신을 차렸다.

"미안. 당신은 놀라면 안 되는데. 그리고 내가 화를 내는 건······."

그가 마리사에게 사과하며 염려 가득한 얼굴을 했다. 이성이 돌아오자 자신을 버린 첫사랑에 대한 분노와 배신감은 순식간에 사라지고 혹여나 아내가 지금 자신의 행동에 오해를 하면 어떡하나, 그 때문에 배 속의 아이에게 혹 영향이 가지 않을까 걱정이 먼저 들었다.

"됐어. 더 말 안 해도 돼. 걱정 마."

걱정 가득한 남편의 얼굴에 마리사가 단단한 눈빛을 한 채 고개를 끄덕였다. 그레이엄은 자신을 향한 굳건한 신뢰에 마주 고개를 끄덕이다 입을 다물었다. 그런 부부의 모습을 올라다본 다프네의 눈빛이 순간이지만 차갑게 빛났다.

"다프네. 설명해, 당장."

그레이엄의 손을 몇 번 도닥여 준 마리사가 다프네 쪽으로 고개를 돌리며 차가운 목소리로 말했다. 다프네는 마리사의 부푼 배를 잠시 바라보다 눈물을 글썽였다. 그리고 입을 열어 지금껏 있었던 일들을 설명하기 시작했다.

"나도 어쩔 수 없었어. 그때는······."

다프네의 말에 의하면 시작은 전대 파든 백작, 즉 그레이엄의 아비라 했다. 당시 자작이었던 그는 그레이엄이 아카데미에 들어가기 무섭게 알게 모르게 다프네에게 그레이엄과의 결혼을 포기하라 압박했다.

"마리사, 너도 봐서 알잖아. 전대 백작님이 얼마나 날 힘들게 하셨는지. 매번 우리 부모님을 들먹이면서 눈치를 주시는데 내가 어떻게 버텨?"

당시를 떠올리며 다프네가 자신의 행동을 정당화했다. 그래, 어쩔 수 없었던 일이다. 그레이엄은 너무도 멀리 떨어져 있었고, 전대 파든 백작은 그녀를 괴롭혔다. 한데 그 와중에 나타난 다정하고 잘생긴 외지 사내……. 물론 함께 도망친 후 그가 세상에 둘도 없는 쓰레기임을 알게 됐지만, 다프네는 당시 자신의 상황에서는 그 외지 사내에게 기댈 수밖에 없었노라 생각했다.

"전대 백작님이 네게 박하셨던 건 사실이야. 하지만 다프네. 네 부모님이 먼저 잘못하셨잖아."

하지만 마리사의 생각은 달랐다. 다프네와 함께 파든 영지에 있었던 그녀는 전체적인 상황을 대강 알고 있었다. 그러잖아도 다프네에게 냉랭했던 전대 파든 백작이 더욱 그녀에게 박해진 이유, 그건 다프네의 부모에게 있었다.

"다프네 네 부모님께서는 네가 그레이엄의 약혼녀라고 말하고 다니며 전대 백작님께 무리한 요구를 여러 번 하셨지. 그리고 네가 그 사내와 떠난 건 백작님이 수도로 간 뒤잖아. 한데 돌아가신 분을 탓하다니. 너무 염치없다는 생각 안 해?"

"그, 그때는 집안 사정이 너무 어려워서……. 그래서 부모님도 그런 거야. 그리고 백작님이 수도로 가시면 뭐 해. 백작 부인께서 남아 날 괴롭히셨는걸. 매번 마리사 너랑 비교하면서 날……. 날 얼마나 구박했는데. 그레이엄, 그때 문제는 네 부모님 때문에……."

"그만."

다프네에게 시선을 거둔 채 마리사의 손만 잡고 있던 그레이엄은 다프네가 부모를 거론하자 단호하게 그녀의 말을 잘랐다. 그리고 조금의 애정도, 신뢰도 없는 목소리로 경고했다.

"내 아버지와 어머니를 탓하지 마. 이유가 뭐가 됐든 나와의 신뢰를 먼저 저버린 건 다프네 너야."

어떤 변명도 통하지 않을 것 같은 그레이엄의 표정에 다프네가 입술을
말아 물고 억울한 얼굴을 했다. 하지만 그것도 잠시, 그녀는 곧 어깨를 축
늘어뜨리고 한층 더 불쌍한 모습으로 중얼거렸다.

"……그레이엄, 네 말이 다 맞아. 내 변명일 뿐이지."

"……"

"하지만 나, 널 실망하게 한 죄로 벌을 충분히 받았어. 이것 좀 봐."

고개 숙이고 있던 다프네가 드레스를 살짝 끌어 내리고 허리를 숙여 보
였다. 그러자 등 뒤, 옅어지긴 했으나 여전히 선명한 채찍 자국이 보였다.
하얀 살결과 어울리지 않는 끔찍한 흔적에 그레이엄과 마리사의 눈이 흔들
렸다.

"그레이엄, 널 그렇게 떠난 뒤 내게 무슨 일이 있었는지 알아? 내 첫 아
이……. 그 불쌍한 아이의 아버지는 개만도 못한 놈이었어. 함께 살자며 어
린 나를 꼬드겨 고향을, 가족 곁을 떠나게 한 주제에 매일 밤 도박을 하고
돈을 잃을 때면 허구한 날 나를 때렸지. 결국 아이는 내 배 속에서 죽었어."

아이가 죽었다 말하며 다프네는 마리사의 배를 쳐다봤다. 순간이지만 오
싹한 기분에 마리사가 배를 끌어안았다. 그레이엄도 다프네의 말이 불편한
지 마리사의 손을 더욱 세게 꼭 쥐었다.

"아이를 잃고도 그놈의 폭력은 계속됐어. 이대로는 안 되겠다 싶어 도망
친 후에 고향으로 몰래 내려갔는데……. 부모님은 이미 떠난 후였어. 난 거
의 반년 동안 가족을 찾아 헤맸어. 그러다 마침내 찾았지."

"……"

"2년 만에 찾은 가족은……. 흑. 그새 아버지는 병으로 돌아가시고 내 여
동생, 불쌍한 그 아이는 물에 빠져 죽었어. 어머니는 날 보자마자 오열하시
면서 말씀하시더라. 막 죽을 참이었는데 네가 왔다고. 그래서 죽지는 못하
겠다고."

"……."

"그 뒤로 어머니와 난 외삼촌네로 가기로 했어. 그리고 도착하기 전 르네가 되기로 했지. 외삼촌네도 내 소식을 어렴풋이 알았는데……. 거기도 나름 귀족 가문이라 결혼도 하지 않은 채 임신한 날 받아 줄 리 없었거든. 앞으로 살아갈 때도 르네의 신분이 훨씬 도움이 된다 생각했어. 알잖아. 결혼도 안 한 여자가 유산했다고 하면 세상이 어떤 눈으로 보는지……. 가여운 르네에게는 미안했지만 내가 살아가려면 어쩔 수 없었어."

다프네의 목소리에는 자신을 향한 연민이 가득했다. 마리사와 그레이엄은 그게 썩 와닿지는 않았으나 다프네의 굴곡진 삶에 연민을 느꼈다. 다른 이라면 모르겠으나 그래도 소꿉친구 아닌가. 아직 어렸던 부부는 정에 많이 약했다.

"들킬까 걱정도 했는데 그동안 교류가 없어 그런지 외삼촌네는 내가 르네가 아닌 걸 모르더라. 내게는 다행이었지."

"……."

"난 다시 안정을 찾았다 생각했어. 하지만 얼마 안 가 어머니가 돌아가시고…… 외삼촌네가 바뀌었어."

"……."

"어머니가 세상을 떠나기 무섭게 외삼촌은 날 딸로 입적시키더니 팔아 버리다시피 결혼시키려 했어. 클리프……. 후작님이 그때 내 앞에 나타났으니 망정이지, 아니면 난 꼼짝없이 늙은 노인네에게 팔려 갔을 거야."

클리프의 이름을 말하는 다프네의 눈이 반짝였다. 잘난 외관, 명문가의 후작, 거기다 어마어마하게 부자이기까지. 클리프는 그녀에게 구원이요, 세상 다시없을 기회였다.

"이 결혼이 깨지면 난 다시 그 지옥 같은 상황으로 돌아가야 해. 그러니 제발 비밀로 해 줘. 날 모른 척, 처음 보는 척해 줘. 응? 마리사, 그레이엄. 우리는 둘도 없었던 친구잖아."

울며 애원하는 다프네의 모습은 그녀의 외관에 힘입어 참으로 가여워 보였다. 덕분에 그레이엄과 마리사의 눈도 연민에 살짝 흐려졌다.

하지만 두 사람 중 조금 더 냉정했던 마리사는 재빨리 정신을 차리고 고개를 저었다.

"안 돼."

마리사의 마음도 불편했다. 그러잖아도 다프네에게 죄책감을 느끼던 그녀였다. 그러나 몇 번을 생각해도 위험이 너무 컸다. 특히 클리프의 성향을 생각한다면 이 일이 밝혀졌을 때 수습하기란 쉽지 않을 게 너무도 뻔했다. 때문에 마리사는 속에서 올라오는 죄책감을 누른 채 엄한 목소리로 말했다.

"후작님께서 이 사실을 나중에라도 알게 되면? 다프네 너만 곤란해지는 게 아니야. 우리 부부도 문제에 휘말린다고. 외삼촌네가 주선한 결혼을 피하고 싶은 거면 도와줄게. 하지만 이 결혼은 포기해."

그렁그렁 눈물을 달고 있던 다프네의 눈에 독기가 서렸다. 그녀가 벌떡 일어났다. 그리고 마리사를 노려보며 소리쳤다.

"난 못 해! 아니 안 해!"

"……."

"내가 왜 이 결혼을 포기해? 어떻게 잡은 기회인데!"

"……."

"너희 둘 다 알잖아. 내 환경에서 클리프 같은 사람. 다시는 만나지 못할 거야. 그리고 나만 너희한테 미안해해야 하는 건 아니잖아. 너희도 나한테 잘못했잖아!"

친우 클리프를 행운으로 취급하는 다프네의 태도에 그레이엄이 미간을 찌푸릴 때였다. 다프네가 갑작스럽게 그레이엄과 마리사를 향해 손가락질하며 화살을 그들 부부에게 돌렸다.

"너희 둘……. 특히 그레이엄. 네가 어떻게 마리사랑 결혼을 할 수 있어?

너 영원히 날 사랑한다며. 그럼 날 끝까지 찾았어야지. 그리고 날 지켜 줬
어야지."

"……."

"마리사, 너도 마찬가지야. 내가 모를 줄 알았어? 너 어릴 때부터 그레이
엄을 좋아했잖아. 솔직히 말해. 너 사실 내가 사라져서 좋았지? 기회를 잡
았다 속으로 웃고 있었지?"

"……."

"그리고 나도 설마하니 너희를 이렇게 만날 줄 알았겠어? 나도 당황스
러운 건 마찬가지야. 클리프와 너희가 인연이 있을 거라곤 난 상상도 못
했어!"

자신을 향한 말도 안 되는 원망에도 입을 닫고 있던 그레이엄은 다프네
가 마리사를 비난하자 얼굴을 딱딱하게 굳혔다. 그리고 다프네가 말을 끝내
기 무섭게 소름 끼칠 정도로 차가운 눈을 한 채 낮아진 목소리로 또박또박
말했다.

"다프네, 너."

"……."

"다시는 마리사한테 그렇게 말하지 마. 마리사는 네가 떠난 뒤 날 버티게
해 준, 내게만은 이 세상 누구보다 고마운 여자요, 이제는 내게 가장 소중
한 내 부인이야. 한데 그따위 언사라니……. 조심하지 않으면 내가 어떻게
행동할지 몰라. 알았어?"

"……."

"그리고 솔직히 말해. 클리프가 우리 이야기 한 번도 한 적 없어? 내 이
름, 마리사 이름, 파든가를 단 한 번도 이야기한 적 없다 맹세할 수 있어?"

다프네는 제 기억 속, 바보 같았던 그레이엄의 상상도 못 한 모습에 겁을
먹고 말았다. 두려움에 질린 그녀가 저도 모르게 순순히 고개를 끄덕였다.

"……했, 했어."

"한데 우리가 클리프랑 인연이 있는 줄 몰랐다고? 제국에서 그레이엄 파든이라는 이름을 쓰는 건 나 하나뿐이야."

"늦게 알았어. 정말이야. 사실 후작님……. 클리프는 처음 평민인 척 나한테 접근했단 말이야. 그때는 너희 이름을 단 한 번도 말하지 않았어."

사실이었다. 클리프는 처음 다프네와 만났을 때 일부러 신분을 속였다. 하지만 능청스러운 그의 연기는 완벽했을지언정 입고 있는 옷과 자연스레 묻어나는 태도는 숨길 수 없었다. 때문에 다프네는 클리프와 마주 보고 앉은 지 두 시간도 채 되기 전 그가 평민을 연기하는 부유한 귀족임을 알아차렸다.

물론, 다프네는 그 사실을 그레이엄과 마리사에게 말할 생각이 추호도 없었다. 그녀는 눈물까지 짜내며 정말 몰랐다 거짓을 말했다.

"그레이엄, 네 이름이 클리프 입에서 나온 건 우리 사이가 깊어진 후였어! 내가 그를……. 클리프가 날 너무도 사랑하게 된 후였단 말이야."

옅은 레몬빛 머리카락 아래 커다란 눈망울에서 눈물을 펑펑 쏟아 내는 모습이 참으로 진실해 보였다. 그러나 그레이엄은 눈 하나 깜빡하지 않은 채 받아쳤다.

"그래서?"

"뭐? 그래서라니……."

"언제 알았건 알게 된 즉시 클리프와 헤어졌어야지. 그렇게 떠나 놓고 내 친우랑 결혼하겠다 뻔뻔하게 내 앞에 나타난다고? 네가 제정신이야?"

"어쩔 수 없었어. 정말 어쩔 수가……."

"넌 모든 일이 어쩔 수 없구나? 네 잘못은 하나도 없어."

예상보다 훨씬 냉정한 그레이엄의 반응에 다프네는 당황했다. 그녀는 어찌할 바 모른 채 발을 동동 구르다 다시 옛정에 호소했다.

"그, 그레이엄. 너 왜 이래. 너 이렇게 무서운 애가 아니었잖아. 응?"

"그런 표정 짓는다고 내가 넘어갈 거 같아? 다프네, 착각 마. 넌 더는 내 소중한 첫사랑도, 소꿉친구도 아냐."

"……."

"지금 나한테는 클리프가 더 소중하고 난 그를 배신할 수 없어. 그러니 당장 그에게 가서……."

그러나 그마저 소용없었다. 그레이엄은 당장에라도 클리프에게 진실을 말할 듯 굴었고 마리사도 침묵으로 남편에게 동의하고 있었다. 결국, 몰릴 대로 몰린 다프네는 잠시 마리사의 배를 바라보다 다시 무릎을 꿇고 아껴 뒀던 패를 꺼내 들었다.

"나 임신했어."

다프네는 기회로 잡은 클리프의 옆에 제 과거를 아는 소꿉친구들이 있다는 걸 알게 된 날, 순수한 처녀를 연기하기 위해 거부했던 동침을 허락했다. 그녀에게 푹 빠져 있던 클리프는 미안해하면서도 욕망을 주체하지 못했고 다프네는 계획대로 얼마 전 임신을 확인할 수 있었다.

"클리프 그 사람의 아이를 가졌단 말이야."

짧게 만났으나 다프네는 클리프가 가족에 대해 얼마나 집착하는지 잘 알았다. 그는 땅 때문에 망가진 가족 관계로 인해 제가 만들 가족에 대해 병적으로 굴었고, 미래의 제 자식에게 완벽한 아비가 되겠다 몇 번이고 말했다.

'원래라면 혹여나 과거가 드러났을 때 써먹으려 했지만…….'

다프네는 그런 클리프를 옆에서 관찰하며 그가 자식을 쉽게 버릴 수 없는 인간이라 판단하고 임신이 큰 패가 될 것이라 확신했다. 그러나 '완벽'이란 단어가 계속 마음에 걸렸다. 애초 그런 걸 추구하는 인간은 초기 제 계획에 흠이 보이면 아예 깨부수고 새로운 계획을 세우는 경우도 많았으니 말이다.

'……이쪽에 거는 게 더 승산 있어 보여.'

그렇기에 다프네는 오늘 그레이엄과 마리사를 만나는 순간까지 제가 가진 가장 큰 패를 숨겼다. 그리고 소꿉친구들과 이야기하며 그녀는 자신이 가진 패를 어디에 걸어야 더 제 삶에 유리할지 조금 전 판단을 내렸다.

"그레이엄, 마리사. 너희도 곧 한 아이의 부모가 되잖아. 아이에게 부모는 세상에서 가장 소중한 존재야. 한쪽이라도 없으면…… 아이는 불행해질 가능성이 커."

그레이엄과 마리사는 내내 냉랭하게 그녀를 대하고 있었으나 간간이 연민을 보였다. 게다가 유산한 첫째 아이 이야기를 할 때 두 사람의 얼굴에 맨 먼저 떠오른 감정은 안타까움이었다.

'순수한 시골 처녀 르네도 로이드 후작에 대면 흠이 많은 신붓감인데 임신한 채 사내와 도망친 다프네? 어림도 없지. 결혼이 깨질 가능성이 큰 건 물론이고, 하더라도 클리프는 전처럼 날 아껴 주지 않을 거야.'

다프네는 클리프를 절대 놓칠 수 없었다. 결혼을 위해, 앞으로 제 삶을 위해 그녀는 필사적으로 소꿉친구들의 동정심을 자극했다.

"이 아이를 봐서라도 한 번만 봐줘. 이 애한테 완전한 부모를 선물할 수 있게 해 줘. 부탁이야. 제발……. 이렇게 빌게. 이 아이가 곧 태어날 너희 아이처럼 행복한 삶을 살 수 있도록 도와줘."

나이가 어느 정도 든 그레이엄과 마리사라면 다프네의 가증스러운 곧바로 연기를 알아차렸을 것이다. 하지만 그들은 아직 경험이 적은 젊은 부부요, 소꿉친구와의 추억을 소중히 간직하고 있는 어리숙한 성인이었다.

"……일어나. 임신한 몸으로 무릎 꿇는 건 좋지 않아."

그레이엄과 마리사는 결국, 다프네의 과거를 덮어 주기로 했다. 클리프를 속인다는 사실이 무거운 죄책감으로 돌아왔으나 임신이라는 단어와 옛정이 가까스로 그 무게감을 이겼다.

그러나 세상에 완벽한 비밀은 없는 법……. 그날 침묵을 택한 그들의 선택은 결코 옳지 않았다.

* * *

클리프와 '르네'의 결혼식은 성대하게 치러졌다. 아나나 다를까 한미한,

귀족인지도 모를 신부를 두고 많은 말들이 있었으나 그것도 몇 년이었다. 르네가 후작가의 안주인이 된 지 아홉 달이 채 지나기도 전에 이안을 낳자 수군거림은 조금 수그러들었고, 그 상태로 세월이 지나자 뒷말을 할지언정 감히 앞에서 후작 부인 르네를 향해 비꼬는 이들은 없었다.

"그레이엄! 백작 부인은 좀 어때?"

"몸이 전보다 많이 무겁대. 걱정이야."

"자네 잘못이야. 아내 몸도 생각하지 않고 또 임신이라니. 아들 둘만으로 는 만족 못 하나?"

클리프의 결혼식으로부터 벌써 5년이 흘렀다. 파든가에선 에드워드에 이 어 다니엘이 태어났다. 하지만 백작 부부는 거기서 끝내지 않고 또 아이를 가졌다. 집안일에, 사업 일까지 바쁜 마리사의 일정을 생각하면 놀라운 일 이었다.

"남의 집안일에 신경 꺼. 마리사와 난 예전부터 아이는 셋 이상 낳기로 계획했어."

"그래. 알아서 할 일이지."

로이드가에서도 이안에 이어 4년 만에 아이 소식이 생겼다. 이안이 태어 난 뒤 한동안 아이가 생기지 않아 초조해하던 클리프는 아내의 임신 소식 에 날아갈 듯 기뻐했다. 그를 옆에서 본 그레이엄과 마리사는 축복해 주면 서도 한편으로는 어두운 얼굴을 했다.

"이번에는 딸이었으면 좋겠어."

"그레이엄 자네도? 나도 마찬가지야. 이안은 날 닮아 그런가, 너무 어른 스러워. 르네를 닮은 사랑스러운 딸이 있었으면 좋겠어."

"이안이 어른스러운 건 동의하네만, 자네가 어른스럽다고?"

"뭔가 그 반응은."

묻어 둔 비밀이 있긴 했으나 로이드가와 파든가는 형제 가문이라 불릴 정도로 잘 지냈다. 특히 클리프는 이득을 볼 수 있는 구귀족파에 편입되길 포기하고 정치적 중립을 유지한 채 간간이 그레이엄을 도왔는데, 덕분에 파든가는 제법 세력이 커진 신흥 귀족파 안에서 중요한 자리를 차지할 수 있었다.

"그보다 전에 약속했던 거 기억하지? 이번에 파든가에서 딸이 생기면 이안과 결혼시키는 거야."

"또 아들이면?"

"이번에 태어날 내 딸과 결혼시키면 되지."

"딸이라 확신하는군."

"예감이 그래."

남편들이 거의 이틀에 한 번 교류하는 것과 달리 마리사와 르네는 교류를 자주 하지는 않았다. 그녀들은 2주에 한 번, 두 가족이 저녁 식사를 함께할 때나 봤는데, 남편들처럼 친밀한 관계는 아니었으나 또래 사내아이들을 키우며 전보다는 가까워졌다.

"그보다 이번에 아이들이 태어나면 저녁 식사 자리를 지금보다 자주 가지는 게 어떤가? 일주일에 두 번 정도는 보면서 아이들끼리 친하게 지내게 하자고."

"됐어. 정치적인 눈들도 있고……. 지금도 충분히 자주 만나는 거야."

"그런 거 신경 쓰다 보면 끝이 없어. 그리고 르네와 자네 부인은 아직도 좀 거리감이 느껴진단 말이야."

"……마리사에게 말은 해 보지. 하지만 너무 기대는 마."

클리프는 제 아내와 마리사가 저와 그레이엄만큼이나 친해지길 바라며 저녁 식사 자리를 더 많이 가지자 종종 말했다. 하지만 속사정을 아는 그레이엄은 적당한 말로 핑계를 댈 뿐이었다.

"자네는 부인 눈치를 너무 봐. 뭐만 하면 마리사에게 물어보겠다, 마리사 허락받아야 한다. 한 가문의 가주가! 가장이! 그러면 권위가 살지 않는 법이야."

"클리프, 그거 진심으로 하는 말인가? 내가 보기에는 자네가 내 배는 부인의 눈치를 보는데."

"그건 논외지. 르네는 천사잖나. 그러니 내가 눈치 보는 건 당연한 일이야."

"아직도 콩깍지가 씌워져 있군."

그레이엄은 아내 이야기를 하며 환하게 웃는 친우의 얼굴에 과거 일을 비밀로 하기 잘했다 몇 번이고 되뇌었다. 그러나 옳았던 선택이다 매번 스스로를 세뇌하면서도, 마음 한구석이 불편해 가끔은 표정을 관리하기가 힘들었다.

"그레이엄, 고맙네."

"응?"

그레이엄의 속내를 모른 채 클리프가 그에게 뜬금없이 감사를 전했다. 그레이엄은 의아한 얼굴로 친우를 마주 봤다가 자신을 무한정 신뢰하는 클리프의 눈에 괜스레 고개를 모로 비틀었다.

"내가 이렇게 행복하게 살 수 있는 건 자네 덕분이 커."

"……소름이 돋는군. 갑자기 그 무슨 낯간지러운 말인가."

"자네가 예전에 그랬잖나. 부모님 일……. 내 잘못이 아니라고. 그때 자네에게 그 말을 들은 뒤로 여기 가슴속 무언가 뚫리는 느낌이었어."

클리프는 그레이엄이 그저 쑥스러워하는 것으로 생각하며 고개를 돌렸다. 멀리 창밖을 보는 그의 얼굴에는 행복과 감사만이 가득했다.

"그리고 넓게 보자면 르네와 결혼할 수 있었던 것도 자네 덕분이야."

"그건 또 무슨 말이야?"

"그레이엄 자네는 기억할지 모르겠네만, 르네를 만난 지역 말일세. 자네와 친해진 후 함께 읽었던 책에 나왔던 곳이거든."

"……."

"장소도 그렇지만 난 자네 때문에 사람에 대한 신뢰를 조금이나마 회복했어. 자네를 만나기 전의 나라면 르네와 마주쳤더라도 아예 말 한마디 걸지 않았을 거야. 애초 누구도 믿지 않았을 테고 낯선 이에게 말 거는 건 쓸데없는 일이라 여겼을 테니까."

"……별걸 다 엮는군."

클리프의 말이 이어질수록 그레이엄의 목소리는 작아지고, 그의 시선은 클리프에게서 더욱 멀어졌다.

"주인님! 백작님! 어디 계십니까?"

죄책감에 그레이엄의 고개가 완전히 돌아가기 직전이었다. 밖에서 집사가 그를 큰 소리로 찾는 게 들렸다. 다급한 목소리에 발코니에 있던 그레이엄과 클리프가 서로를 마주 보다 곧장 집사가 있는 쪽으로 걸음을 옮겼다.

"무슨 일인가?"

"백작 부, 부인께……. 갑자기 진통이 왔습니다. 빨리 부인께 가 보셔야 합니다."

* * *

파든가에는 남녀 쌍둥이가, 로이드가에는 딸이 태어났다. 두 가문은 아기들이 조금 자라자 곧장 만남을 가졌다. 그리고 그 가운데서 이안은 오랜만에 어린애다운 호기심을 보였다.

"이름이 아이샤라고요?"

"그래. 아이샤란다. 이쪽은 아서고."

하얀 강보에 싸인 채 각자의 요람에 누운 쌍둥이 아기는 오밀조밀한 것이 똑같이 귀여웠다. 그러나 아비와 꼭 같은 색의 금발에, 푸른 눈을 가진 소년의 시선은 분홍색 요람 위, 프릴과 리본으로 장식된 보닛을 쓴 여아에게만 고정돼 있었다.

"……쌍둥이라면서 왜 아이샤가 더 작아요?"

이안이 아이샤와 아서를 번갈아 보다 인상을 찌푸리며 물었다. 마리사는 딸아이를 관찰하는 4살배기 소년의 눈에 담긴 열망을 조금 신기하게 바라보다 순순히 답해 줬다.

"아이샤는 다른 아기들보다 조금 약하게 태어났어. 그래서 조금 작은 거란다."

아이샤가 왜 작느냐는 물음은 아들인 에드워드와 다니엘도 이미 한 터라 익숙했다. 그러나 이어진 이안의 답은 아들들과 사뭇 달랐다.

"……얘가 배 속에서 아이샤 밥을 다 뺏어 먹은 건 아니구요?"

잠시 무언가 생각하던 이안이 처음으로 아서에게 시선을 줬다. 그러나 호감 어린 눈길은 아니었다. 의심 가득한 눈초리. 이안은 당장에라도 아서에게 심문할 듯 굴었다.

"이안, 아이샤에게 관심이 많구나."

예상치 못한 이안의 말에 당황한 마리사를 보고 클리프가 나섰다. 그가 어린 아들의 머리를 쓰다듬어 주다 번쩍 들어 올려 아이샤를 좀 더 가까이 볼 수 있게 도와줬다. 까치발을 든 채 힘겹게 아이샤를 보던 이안은 아비의 도움에 순간이지만 눈은 반짝였다.

친동생인 소피아에게도 무심한 태도를 보이던 이안이었다. 때문에 클리프도 이런 아들의 모습이 낯설었다. 하지만 아이들은 순수한 법 아닌가. 클리프는 아들이 작은 아기를 걱정하는 것이라 생각하며 달래듯 말했다.

"가까이서 보니 더 작지? 하지만 너무 걱정 마. 여동생은 곧 건강해질 거예요."

"……얜 내 여동생 아니에요. 내 여동생은 저기 소피아야."

하나 이번에도 이안의 답은 어른들의 예상 밖이었다. 이안은 여동생이라는 단어에 아비를 노려보며 내려 달라는 듯 몸을 작게 버둥거렸다. 클리프는 저도 모르게 이안을 내려 줬다가 곧 조금 엄한 얼굴로 입을 열었다.

"이안. 아이샤도 네 여동생으로 대해 줘야 해. 이렇게 작고 예쁘잖니."

"싫어요. 쟨 내 동생이 아니야."

"왜? 우리 아들 아이샤가 싫어?"

"그런 게 아냐."

"그럼 왜?"

이안은 재차 묻는 아비를 보지 않았다. 그의 시선은 강보에, 정확히는 강보에 누워 있는 아이샤를 향해 있었다.

"······여동생하고는 결혼 못 하잖아. 그러니까 쟨 내 여동생이 아니야."

부루퉁한 얼굴로 침묵하던 소년은 입을 다물고 있다 한참 만에 작은 목소리로 중얼거렸다. 이안의 답에 그 바로 앞에 있던 클리프는 물론이요, 방안에 있는 모두가 모여들었다.

"어머."

"세상에, 이안."

"네 신부를 알아보는구나!"

어른들은 모두 흐뭇한 얼굴로 귀엽다는 듯 이안을 바라봤다. 특히 클리프는 아들의 말에 박수까지 치며 태중 약속을 당장 서류로 남겨 놔야 한다는 둥 온갖 방정을 다 떨었다.

"누가 누구 신부야?"

"맞아! 누구더러 신부래!"

부모들의 반응과 달리 에드워드와 다니엘은 화가 잔뜩 난 얼굴로 이안과 요람 사이를 파고들었다. 하지만 파든가 두 형제가 그러거나 말거나, 이안은 그들을 무시하고 요람 가까이 다가가 아이샤를 뚫어지라 구경했다.

"비켜! 내 동생이야!"

"······."

"다니엘이 말이 맞아. 우리 여동생이야."

"누가 뭐래?"

그새 눈을 뜬 아이샤가 이안을 비롯해 오라비들에게 둘러싸여 방실방실

웃을 때였다. 잠시 같은 요람에 눕혀 둔 소피아와 아서가 강보째로 움직이더니 서로 꼭 붙었다.

"응? 여기 좀 봐봐. 얘네는 또 왜 이런데."

"어머, 귀여워라."

"겹사돈은 좀 그런데……."

투덕거리는 사내아이들을 뒤로한 채, 양 가문의 어른들이 또 하나의 흐뭇한 광경에 웃음을 흘릴 때였다. 클리프의 중얼거림에 파든가 형제와 아이샤를 두고 대치하던 이안이 종종걸음으로 달려와 심각한 표정으로 말했다.

"아버지. 제가 로이드 후작가의 장남이에요."

"그렇지? 그런데 그건 갑자기 왜?"

"소피아의 결혼보다는 제 결혼이 우선이라는 걸 말씀드리는 거예요."

이제 4살 된 아이가 하는 말이라고는 믿기지 않을 정도로 잘 정돈된 말씨. 파든 백작 부부와 로이드 후작 부부는 모두 놀라 눈을 휘둥그레 떴다가 웃음을 크게 터뜨렸다.

"녀석!"

"이안이 참 귀엽네요."

* * *

그레이엄은 새벽이 돼서야 귀가했다. 백작저의 하인들도 대부분 잠자리에 든 시각. 그를 마중 나온 건 마리사와 집사, 그리고 하녀 하나뿐이었다.

"오늘도 고생 많았어요."

마리사가 차분한 목소리로 말하며 그에게 안으로 들어오라 몸을 살짝 틀었다. 그레이엄은 어두컴컴한 밖에서 한층 밝은 안으로 발을 내딛다 아내의 얼굴을 멍하니 바라봤다.

"뭘……. 당신이 더 고생이지. 미안해."

그레이엄이 잔뜩 잠긴 목소리로 중얼거렸다. 아내의 얼굴은 평소와 같았지만, 살짝 거뭇한 눈 아래 잠긴 피로를 눈치 못 챌 정도는 아니었다.

"……빨리 들어오기나 해요. 꼴이 엉망이야."

"응."

"오늘은 어땠어요?"

"어제랑 비슷했지. 서로 고함지르고 펜도 몇 개 날아가고……. 이번 안건에 대해서는 폐하께서 어느 편을 딱 들어 주질 않으시니 더 골치가 아파."

그레이엄은 요즘 많이 바빴다. 수도 정치판에 뛰어든 지도 10년. 애송이 취급받던 때를 지나 어엿한 귀족 사회의 일원에서 중심인물로 부상한 그는 신흥 귀족파를 대표해 구귀족파와 매일 전쟁과도 같은 정치 싸움을 이어가고 있었다.

하지만 그런 그보다 더 고생하는 이가 있었으니 바로 마리사였다. 그녀는 남편의 위치가 올라갈수록 자리가 공고해질수록 여러 방면으로 노력해야 했다.

'어머. 저 여자가…….'

'맞아요. 파든 백작 부인이에요.'

시작은 수도 귀부인들의 수군거림이었다. 신흥 귀족들이 몇 년 새 세를 크게 늘렸다지만 아직은 적은 수도 귀족 사회. 그 속에서도 여인들의 사회는 좀 더 보수적이고 폐쇄적이라 접근조차 어려웠다.

'보아하니 또 사업을 빙자한 장사를 하러 가는 모양이군요.'

'세상에 아직도요? 평민 여인도 아니고 격 떨어지게 그게 무슨…….'

어찌 보면 당연한 일이었다. 남성들은 정치나 경제에 참여하며 기존 사회에 파고들 기회가 상대적으로 많았다. 그러나 여인들은 그런 기회가 거의 전무했다. 다과회 초대 같은, 기존 사회에 자리 잡은 이의 도움이 아니라면 발조차 들이기 어려운 곳.

거기다 마리사는 귀족 여인들에게는 생소한 일인 장사, 즉 사업체를 직접 운영하고 관리했다. 때문에 그러잖아도 출신으로 배척받던 그녀는 온갖 모욕과 함께 귀족 여인들에게 따돌림을 당했다.

'엄밀히 따지자면 평민 맞죠. 백작 부인이라지만 백작 부인의 부모 중 한 사람이라도 귀족이던가요?'

'맞는 말이에요. 그래서 그런가? 예의도 형편없어요.'

'그러고 보니 부부라고는 하지만 공적인 자리에서도 부군인 파든 백작님께 말을 낮추고 함부로 이름을 부르더군요. 출신은 못 속인다고 천박해서는. 쯧!'

'노력조차 하지 않으니 원……'

처음 그런 분위기를 눈치챘을 때만 해도 마리사는 아무렇지 않았다. 수익을 극대화하고 사람들을 적재적소에 배치하여 부리는 일. 마리사는 자신의 일에 큰 성취감과 보람을 느꼈고 뒷말을 신경 쓰기에는 지나치게 바빴다.

'다니엘! 친구를 때리면 어떡해! 에드워드! 넌 동생을 말렸어야지!'

하지만 에드워드가 태어나고 그 뒤로 다니엘과 아이샤, 아서가 태어나며 상황은 달라졌다.

'그 애가 먼저 시작했어!'

'다니엘! 아직도 반성을……'

'엄마보고 예의도 모르고 멋대로 구는 평민 계집이라 했단 말이야! 그런데 가만히 둬?'

'……'

'그 자식이 엄마를 욕했어! 더 때려 줬어야 하는데!'

마리사 그녀 자신이 배척당하는 일은 괜찮았다. 조금 성가시긴 했으나 그뿐이었고 수군거림도 견딜 만했다. 그러나 자식들이 속한 사회에서 배척받는 것은 달랐다. 다른 건 몰라도 그것만큼은 견디기 어려웠다.

'내가 하던 일 이제 그레이엄 당신이 해.'

'뭐? 그쪽 일은 나보다 당신이 잘하잖아.'

아이샤와 아서가 태어나고 마리사는 결단을 내렸다. 그러잖아도 그레이엄의 위치가 올라가며 소위 말하는 '안사람'의 역할이 중요해지던 때였다.

'아예 손 놓겠다는 건 아냐. 하지만 잘난 귀족 나으리들 사이에 끼려면 어쩔 수 없잖아.'

'마리사 그럴 필요 없어. 누가 뭐라 해도…….'

'됐어. 거기까지. 그리고 하아…….'

'…….'

'앞으로는 그레이엄 당신한테 말도 조금 다르게 할 거야. 적어도 얘들하고 다른 사람 앞에서는 말이에요.'

마리사는 직접 하던 사업의 운영권을 남편에게 넘기고 보통의 귀족 부인들이 그러하듯 집안의 일을 맡았다. 물론 그녀의 현명함은 어디 가지 않았으므로 마리사는 여전히 사업에 대해 논의하고 판단했다. 그러나 그건 집안에서만 볼 수 있는 모습이었다.

더불어 마리사의 외출 방향도, 외출복도 달라졌다. 편한 옷을 입은 채 바쁘게 이곳저곳을 다니던 그녀는 공단 드레스를 차려입고 여러 귀족가의 후원을 방문했다.

마리사가 자신들의 사회에 끼어들 낌새를 보이자 귀부인들은 웃는 얼굴과 고상한 말씨로 맞이해 줬다. 그러나 그 속은 가시처럼 뾰족했다.

'파든 백작 부인. 듣자 하니 둘째 아드님께서는 첫째 아드님과 달리 부인 집안의 피를 많이 이어받아 씩씩하다지요?'

'별 말씀을요. 부인의 아드님만큼은 아니랍니다.'

여인들이 모이는 잔디 정원은 또 다른 느낌의 전쟁터였다. 몸은 조금 덜 피로했지만 아름다운 티 테이블 위 조용한 싸움은 정신적으로 매우 피로하고 지치는 것이었다. 거기다 본래 하는 일이 줄지는 않았으므로 마리사는 부족한 잠을 한층 더 줄여야 했다.

"당신이 더 힘들 텐데 내가 투정을 부렸군. 미안해."

이런 상황을 알아주는 이는 바로 곁, 그레이엄뿐이었다. 그는 아내가 얼마나 고생하는지 잘 알았으므로 항상 미안한 얼굴이었다. 하지만 당사자인 마리사는 남편의 사과에 얼굴을 굳혔다.

"내가 선택한 일이니 그런 얼굴도 정도껏 해요. 기분 나빠."

"하지만…… 알았어. 애들은? 그리고 아이샤는 좀 어때?"

그레이엄이 무어라 말을 하려다 말고 자녀들로 화제를 돌렸다. 마리사도 더는 화를 내지 않고 순순히 답했다.

"애들은 진즉 다 잠자리에 들었어요. 아이샤도 이제 괜찮아요. 열도 내렸고 더는 울지도 않아요."

"다행이군. 어제까지만 해도 어찌나 울던지. 원래부터 몸이 약해 걱정인데……."

딸아이가 울음을 그쳤다는 말에 그레이엄의 얼굴이 환하게 펴졌다. 자녀들 중 가장 약하게 태어난, 유일한 딸자식. 아이샤가 울 때면 이유가 뭐든 간에 그레이엄은 신경이 쓰이고 마음이 아팠다.

"당신은 아이샤한테 너무 물러요. 그러니 그런 말도 안 되는 떼를 쓰잖아요."

마리사가 남편을 노려보며 타박했다. 아이샤가 이틀 내내 울음을 터뜨린 이유. 그 원인은 참 황당했다.

'그럼 우리 애들 좀 잘 부탁하네.'

'걱정 말고 다녀오게. 결혼 10주년 기념이라니. 부러워.'

'하하. 다음에는 내가 자네 아이들을 돌봐 줄 테니 걱정 말고 시간이나 내라고.'

한 달 전쯤 로이드 후작 부부는 부부 여행을 떠나며 이안 남매를 파든 백작가에 맡기고, 일주일 전 여행에서 돌아오며 다시 후작저로 데려갔다.

'이안하고 놀래요. 매일 놀아 준다 했단 말이에요.'

하나 한 달 동안 이안 남매, 특히 이안에게 정이 잔뜩 들었던 아이샤는 이안이 보고 싶다고 답지 않게 떼를 쓰며 장장 이틀을 훌쩍였다. 마리사가 엄한 말로 혼을 내 봤지만 시무룩한 얼굴에 그렁그렁한 눈물은 사라지지 않았다. 그리고 그런 아이샤의 모습에 아비인 그레이엄을 비롯해 오라비들은 기겁을 했더랬다.

"아이샤가 이러는 건 처음이잖아. 난 오히려 좋았어. 전에는 너무 고집이 없어 걱정이었거든."

"이제 5살이에요. 나쁜 버릇을 들이면 계속된다고요."

"아이샤는 그럴 애가 아니니 걱정 마. 그보다…… 우리 딸은 오라비들보다 이안을 더 좋아한단 말이야. 미래의 남편인 걸 알고 그러나?"

"그런 말 함부로 말아요. 당신하고 후작님이 매번 아이들 앞에서 그리 말하니까 아이샤가 정말 이안과 결혼해야 하는 줄 알잖아요. 그런 습관적인 말 한마디 한마디가 애들한테 얼마나 큰 영향을 끼치는지 알아요?"

"뭐 어때. 아이샤와 이안은 거의 약혼한 거나 마찬가지인걸."

"그레이엄."

"알았어. 그만할게. 그러니 얼굴 펴. 응?"

아내의 경고 서린 어조에 그레이엄은 곧장 백기를 들었다. 마리사는 조금 더 말을 보태려다 남편의 어깨에 내려앉은 피로감을 보고 입을 닫았다.

두 사람은 곧 빠르게 잠자리에 들었다. 침대에 눕자 그레이엄은 자연스레 마리사에게 팔베개를 해 줬다. 마리사는 습관처럼 그의 품에 파고든 채 눈을 감았다가 문득 떠오른 생각에 눈을 뜨고 물었다.

"그보다 오늘은 후작님을 봤어요?"

"아니. 오늘도 못 봤어. 아예 황궁에 들어오질 않은 모양이던데."

"……."

"여독이 아직 풀리지 않은 모양이지. 그래도 그렇지. 이쯤 되면 얼굴은 비춰야지, 원……."

여행에서 돌아와 아이들을 데려간 뒤 클리프 부부는 통 소식이 없었다.

평소라면 벌써 몇 번이고 만났을 터라 정신없이 바쁜 와중에도 그레이엄은 종종 고개를 갸웃했다.

"……그레이엄. 그 날 말이에요."

남편의 답에 마리사가 얼굴을 굳힌 채 잠시 고민하다 입을 열었다. 사실 일주일 전 아이들을 데려가는 클리프 부부를 보며 마리사는 이유 모를 불안을 느꼈다. 붙어 있으나 어색한 동작. 서로를 바라보지 않는 눈……. 특히 무언가에 쫓기듯 긴장감 역력한 르네의 창백한 얼굴이 불길했더랬다.

"응?"

"……아냐. 아무것도 아니에요. 그보다 들어가서 씻어요. 피곤할 텐데 빨리 자야지. 내일도 일찍 나가 봐야 한다면서요."

하지만 마리사는 이내 다시 입을 닫고 눈을 감았다. 걱정이 사실이라면 너무나 큰 파장이 예상되었기에 감히 입 밖에 내기도 두려웠기 때문이다.

* * *

숨 막히는 정적이 흘렀다. 온몸을 압박하는 공기에 바닥에 주저앉은 '르네'는 간신히 숨을 쉬었다.

"……모조리 다 사실이라고?"

"……."

"나랑 결혼하기 전 한 번 결혼한 것도 모자라 임신까지 했었다고……. 하!"

일주일 만에 집에 돌아온 클리프는 말 그대로 광인 같았다. 온갖 감정이 응축된 말 뒤로 터져 나오는 공허한 헛웃음. 르네, 아니, 다프네는 화살촉처럼 박히는 제 과거에 눈을 질끈 감았다가 한참 만에 다시 떴다.

"헉."

저절로 숨이 멈췄다. 꺼멓게 타들어 간 채 이글거리고 있는 푸른 눈이 매섭다 못해 기기했다. 남편과 함께한 지 10년이 다 되었건만 저런 눈은 본 적이 없었다. 충격받은 그녀는 손발을 오므렸다 간신히 펴고 거의 기어가다 시피 움직여 클리프의 바짓자락을 붙들었다.

"클, 클리프⋯⋯."

"⋯⋯."

"내 말 좀⋯⋯. 내 말 좀 들어 봐요."

여행을 가지 말았어야 했는데. 다프네는 이미 일어난 일을 몇 번이고 후회하는 멍청한 짓을 했다. 사실 여행 자체는 문제가 아니었다. 거기서 그녀의 과거를 알고 있는 고향 상인을 만나고, 당시 제 아비에게 돈을 떼먹힌 그가 악의적으로 내뱉은 말을 남편이 모조리 듣게 된 그 기막힌 우연이 문제였다.

"그때 난 어, 어쩔 수가 없었어요. 그 일들은 내가 원한 게⋯⋯. 내 의지가 아니었어요."

"⋯⋯."

"당시의 난 너무 어렸어요. 생각도 판단도 다 미, 미숙했던 시기에 여러 어려움이 닥쳐서⋯⋯. 그래서 휩쓸렸던 거예요. 그러니까⋯⋯."

"시끄러워!"

탁.

레몬 빛 머리카락을 앞으로 쏟은 채 눈물로 호소하는 다프네는 신화 속 저주에 괴로워하는 요정처럼 애처로웠다. 하지만 지금 당장 클리프의 눈에 아내는 마녀, 괴물로 보일 뿐이었다. 그는 제 다리에 매달리는 다프네를 매정하게 떼어 내고 증오 가득한 얼굴을 일그러뜨렸다.

"지금 그걸 내 앞에서 변명이라 하는 거야? 어쩔 수 없었다고?"

전남편의 존재에 임신까지⋯⋯. 일반적인 사내라면 10년 만에 알게 된 아내의 비밀에 어떤 형태로든 감정을 보이는 게 당연했다. 하지만 클리프의 경우에는 그 정도가 더욱 심했으니, 그는 다프네의 비밀을 듣기 무섭게 아내 위로 자신이 끔찍이도 증오하는 어머니 다이앤을 겹쳐 봤다.

'아…….. 랜돌.'

'다이앤. 사랑합니다. 다이앤. 다이앤.'

부끄러움에 그 누구에게도 말하지는 않았으나 클리프는 토도메 왕국에서 어미 다이앤의 생각지도 못한 일면을 목격했다. 어머니와 얽혀 있는 아버지가 아닌 다른 사내의 모습. 그러잖아도 부모의 이혼 소송으로 납치되다시피 토도메 왕국으로 끌려온 어린 클리프에게 그건 큰 충격이요 혐오로 다가왔다.

'네 피에는 왕족의 피가 흐른단다. 그러니 항상 행동거지를 조심하도록 해. 남에게 부끄러운 모습은 절대 보이지 말란 말이야. 네 아비처럼 천하게 구는 것도 용서 못 한다.'

게다가 제국에 있을 적 어미는 어떠했나. 다이앤은 왕족의 고귀함을 항시 입에 담으며 클리프에게 고귀한 핏줄로서 부끄러운 일은 절대 안 된다 윽박지르듯 가르쳤다. 한데 그런 주제에 누가 보더라도 부도덕한 일을 저지르고 있으니 클리프는 어미를, 나아가 여인이라는 존재 자체에 큰 불신을 품었다.

여인에 대한 뒤틀린 그의 사고방식은 어미에게서 벗어나 제국으로 돌아온 뒤에도 계속됐다. 클리프가 보기에 수도 귀족 여인들은 잘 꾸며져 있었지만, 거짓과 위선이 가득해 보였다. 꼭 그의 어미처럼. 때문에 그는 여인과 어울리고 그녀들을 안으면서도 하찮게 여겼고 때로는 짐승처럼 보았다.

'르네는 완벽한 여인이야.'

그런 그에게 '르네'는 구원이었다. 르네를 만난 후에야 클리프는 이런 여인도 있구나 환희에 잠겼더랬다. 가식 가득한 귀족 아가씨들과 다른 순수한 시골 처녀. 때 묻지 않은 여인. 르네는 요정 같은 외관도 클리프의 이상형에 가까웠지만, 그 내면은 그가 추구하는 상상 속 절대 존재하지 않으리라 생각했던 이상형에 완벽히 부합했다.

'네? 입, 입맞춤이요? 그런 건 결, 결혼 후에나…….'

사내라고는 전혀 모르는 순수함.

'난 신경 쓰지 말아요. 클리프 뜻이 그렇다면 따를게요.'

상대에게 더할 나위 없이 순종적인 태도와 상냥한 말씨.

'어때요? 클리프한테 예쁘게 보이고 싶어서 꽃 몇 송이를 꺾어 꽂아 봤어요.'

수도에서는 촌스럽다 흉볼 만치 소박하지만 그럼에도 아름다운 모습. 클리프는 르네를 사랑했다. 자신이 보기에 완벽한 그 여인에게 첫눈에 반했고 전율했다. 한데 사실 그게 다 거짓이었다니. 사특한 여자의 연기에 불과했다니. 제 이상형의 실체가 알고 보니 제 어미와 같았다니.

클리프가 주먹을 쥔 채 몸을 부들부들 떨었다. 삶 전체가 기만당했다는 생각과 함께 어릴 적 토도메 왕국 그 별장이 눈앞에 펼쳐졌다. 문틈 사이 보였던 어미와 사내의 모습. 돌아가신 아버지. 아무리 소리를 질러도 아무도 오지 않는 방에 짐승처럼 갇혀 있던 어린 자신……. 그 모든 것들이 그를 휘감았다.

"클리프……."

"……."

"나, 날 용서해 줘요. 흐윽."

다프네가 다시금 손을 뻗어 그를 붙잡고 애원했다. 그녀도 변명할 말은 있었다.

"나 지금껏 잘했잖아요."

클리프의 곁에서 그녀도 마냥 편한 것만은 아니었다. 거짓으로 시작된 고위 귀족의 삶. 그녀는 그를 오롯이 누리기 위해 온갖 노력을 다했다.

"나 한 번도 당신을 부끄럽게 한 적도 없었고……. 알잖아요."

마리사조차 힘겨워했던 귀부인들의 사회에 녹아들기 위해 어떤 노력을 했던가. 그들에게 작은 책 하나 잡히지 않기 위해 그녀는 뼈를 깎는 고통을 견디며 귀족 사회 예법을 익혔고 행동거지 하나하나 조심했다.

게다가 클리프를 위해. 그가 사랑하는 '르네'가 되기 위해 얼마나 많은 피땀을 흘렸나. 다프네는 본래의 자신을 버리고 완벽히 다른 사람이 됐다. 그가 사랑하는 정숙하고, 순종적이며, 헌신적인, 그러면서도 아름다운. 그가 보는 완벽한 여인이 되기 위해 최선을 다했다.

"난 당신에게 조금의 실망도 주지 않으려 했어요. 당신이 말하는 아내가 되려 항상 최선을 다했어요."

그러나 노력을 말하는 다프네의 말에 클리프의 얼굴은 더욱 일그러졌다. 다프네의 말은 시인이나 다름없었다. 그가 그간 사랑했던 아내가 허상이라고.

"우리 애들을 봐서라도……. 이안과 소피아를 봐서라도 제발……."

클리프의 반응에 조급해진 다프네가 최후의 보루로 남겨 놨던 아이들을 꺼냈다. 과거가 밝혀진 지금에도 아이들 걱정에 별채까지 와서 말을 꺼낸 남편이었다. 그러니 아이들을 상기시키면 분명 마음이 약해질 거라고. 자신을 용서해 줄 거라고 다프네는 확신했다.

그러나 그녀의 추정은 틀렸다. 다프네가 아이들을 들먹이기 무섭게 클리프의 표정이 서서히 사라지더니 그가 한층 낮아진 목소리로 내뱉었다.

"더러운 계집."

놀란 다프네가 저도 모르게 남편을 붙잡고 있던 손을 뗐다. 더러운 계집이라니. 그는 항시 그녀에게 천사, 내 사랑하는 아내 같은 표현을 썼다. 한데 저런 말이라니. 그간 클리프가 워낙 다정했기에 이런 상황에 이르러서도 다프네는 경악하고 말았다.

"……감히 내 앞에서 애들을 팔아?"

클리프의 입장에서는 당연한 일이었다. 그는 자식을 방패로 삼는 다프네의 모습에 어미의 모습을 한층 더 뚜렷하게 봤다. 트라우마가 자극된 그가 경멸을 숨기지 않고 아내를 노려보다 몸을 돌렸다.

"클리프!"

지금 가면 정말 끝이리라. 절박함에 다프네가 몸을 날려서라도 그를 붙잡으려 했다. 하나 클리프는 거의 내던지다시피 다프네를 떼어 낸 뒤 일주일 전 그랬던 것처럼 훌쩍 집을 떠나 버렸다.

* * *

늦은 밤 술집은 귀족 손님들만 받는 곳임에도 왁자지껄한 것이 제법 시 끄러웠다. 대다수의 사내들은 일행과 잔을 부딪치며 소리를 높였고, 좋은 옷에 술이 묻는 것도 신경 쓰지 못할 만큼 취해 있었다.

그곳에서 클리프는 구석에 앉아 홀로 조용히 술을 마셨다. 그의 앞에는 벌써 많은 술병이 서 있었지만, 그는 신경 쓰지 않은 채 또 한 병의 술을 비웠다.

"이게 누구야. 우리 후작님 아니신가."

클리프가 또 한 잔의 술을 내려놓기 무섭게 누군가 그의 옆에 앉았다. 클리프는 술기운에 벌겋게 변한 얼굴을 살짝 틀어 상대를 봤다가 이내 무심하게 시선을 돌렸다. 무시당했다 생각할 수도 있었지만 사내는 여전히 유들유들한 미소를 지은 채 클리프 옆에 앉았다. 그리고 점원에게 술을 달라 요청하고는 클리프에게 말을 걸었다.

"지난번에 내가 소개해 준 곳은 유용했나?"

사내의 말에 클리프의 손이 잠시 멈췄다. 그러나 곧 그는 다시 술을 따라 마시며 중얼거렸다.

"그래. 일을 잘하더군."

"도움이 됐다면 다행이군. 그쪽에서는 유명한 곳이야. 비싸지만 일 하나는 완벽하게 해 주지."

여행에서 우연찮게 아내의 과거에 대해 듣게 된 클리프는 일주일 전 이곳에서 홀로 괴로워하며 술을 마시다 사내에게 정보 길드 중 한 군데를 소개받았다. 흔히 뒷세계라 말하는 곳에서는 제법 규모가 있는 곳으로 길드는 돈을 지불하기 무섭게 클리프에게 진실을 가져다줬다.

'사실입니다. 본명은 다프네 뒤소. 르네는 죽은 여동생 이름입니다. 열여 섯쯤 한 번 결혼을 한 것도 맞고 임신도 사실입니다만 아이는 태어나지 못 했다더군요.'

정보 길드에 의뢰를 하기 전만 하더라도 클리프는 아내를 반쯤은 믿었 다. 아니, 믿고 싶었다. 그 상인이 다른 이와 착각을 해 헛소리를 한 것이라 고. 하지만 길드에서 말을 듣기 무섭게 사실이냐 다그치자 아내는 창백히 질린 채 용서를 빌었다.

"……일을 너무 잘해 줘서 문제였지. 망할 놈들. 제기랄!"

쾅.

상인의 말이 사실이었다는 게 한 번 더 상기되자 배신감과 분노가 치밀었다. 클리프는 옆에 누가 있다는 사실도 잊은 채 탁자를 주먹으로 내리쳤다. 술병 몇 개가 넘어져 깨지며 술집 안 사람들의 시선이 몰렸다. 그러나 다른 이가 자신을 보거나 말거나 클리프는 상관하지 않은 채 양손에 얼굴을 파묻었다.

"이런……. 꽤 속상한 일이 있는 모양이야."

"……."

"나한테 말해 보게. 내가 도움이 될 수도 있잖나."

사내가 클리프의 어깨에 손을 올리며 위로하듯 부드러운 목소리로 말했 으나 클리프는 곧장 사내의 손을 쳐 내며 날카롭게 반응했다.

"꺼져."

탁.

"어이쿠. 알았네. 내가 실수한 모양이군. 사람은 각자의 사정이 있기 마 련인데 말이야. 미안하네."

"……."

"하지만 자네의 이런 모습을 보고 그냥 갈 수는 없겠는데……. 흠."

내쳐진 손에도 사내는 끈질기게 붙어 있었다. 이제 그의 목소리도 듣기 싫어진 클리프는 아예 주먹을 쥔 채 위협을 가했다.

"상관 말고 꺼지라……."

그런데 순간 기이한 향이 그의 코를 파고들었다. 아주 미세하지만 느슨한 기분을 선사하는 향. 클리프는 저도 모르게 향을 따라 시선을 돌렸다.

"어떤가? 기분이 좀 나아지지?"

향은 사내가 쥔 아주 작은 주머니에서 나오고 있었다. 사내가 주머니를 으깨듯 세게 비틀자 향이 조금 더 진해졌다. 클리프는 저도 모르게 그 향을 맡으며 꿀꺽 침을 삼켰다.

"어떤가? 나랑 같이 가 보겠나? 내가 아는 곳에 가면 근심 걱정 다 잊을 수 있는데 말이야."

사내가 웃으며 주머니를 흔들었다. 그리고 얼마 지나지 않아 클리프는 그와 함께 마차를 타고 어둡고 깊은 골목으로 사라졌다.

* * *

마차가 향한 곳은 번화한 거리에서 조금 떨어진 주택가였다. 좁은 골목을 요리조리 잘도 다니던 마차는 어느 순간 느려지더니 어느 평범한 주택 앞에서 이내 멈췄다.

마차에서 내린 사내는 익숙한 동작으로 문을 두드리더니 안으로 클리프를 이끌었다. 주택의 안에는 여러 개의 문이 있었는데 하나하나 열고 깊숙이 들어갈 때마다 사내가 들고 있던 주머니 속 향이 짙게 났다. 그리고 마침내 다다른 곳에서 클리프는 지금껏 봤던 어떤 장소보다 퇴폐적인 광경을 목격했다.

헐벗은 채 화려한 장신구들만 걸친 아름다운 여인들과 여기저기서 피어나는, 보는 것만으로도 위험해 보이는 연기. 그 사이로 흐느적거리며 간신히 술잔을 붙잡고 있는 사람들이 취기로 어지러운 클리프의 시야에 잡혔다. 클리프는 사내의 손짓 한 번에 제게 다가오는 여인들을 보며 속으로 생각했다.

'역시 계집들은 믿을 게 못 돼. 다 똑같아. 모조리 더럽고 한심하고 가벼운 것들.'

아내와 헐벗은 여인들을 동일시하며 클리프가 욕지거리를 뱉었다. 그러나 그러면서도 그는 여인들의 손에 제 몸을 맡겼다. 아니 오히려 적극적으로 그들의 손길을 반겼다.

"잘생긴 신사분. 자, 마법의 술 한 잔 어때요? 응?"

어느 자리로 그를 안내한 여인이 그의 품에 안기며 보랏빛 향기로운 술을 내밀었다. 클리프는 아내와 같은 여인의 레몬 빛 머리카락을 바라보다 술을 단번에 들이켰다.

'……좋아.'

얼마 가지 않아 몽롱한 느낌과 함께 구름 위를 둥둥 떠다니는 느낌이 들었다. 향을 맡기만 했을 때와는 비교도 안 될 정도로 느슨한 기분. 사내의 말대로 근심과 걱정이 순식간에 사라졌다.

그렇게 얼마나 있었을까. 시간이 어떻게 흐르는지도 모르는 클리프 앞에 낯선 이가 나타났다. 그리고 정중히 허리 숙여 인사하더니 바로 앞자리에 앉아 그를 물끄러미 바라봤다.

"……뭐야?"

클리프가 뭉개진 발음으로 간신히 입을 열었다. 낯선 사내는 그런 그를 보며 눈을 좁게 뜨더니 입술을 천천히 벌렸다.

"손님. 치르신 값보다 우리 애들이 일을 좀 덜한 것 같아 찾아왔습니다."

클리프는 사내의 목소리를 듣고 난 뒤에야 그가 정보 길드 사람인 걸 알아챘다. 사내는 클리프가 자신을 알아본 듯싶자 더욱 짙게 미소 지었다.

"일전에 저희에게 맡기신 일과 관련된 정보입니다. 들어 보시겠습니까?"

"말……해."

사내의 입꼬리가 길게 올라가며 공간의 붉은 등 아래에서 한층 불길하게 빛났다.

"요청하신 건은 아니었습니다만 값도 넉넉히 치르셨겠다 서비스 차원으로 알려 드리겠습니다."

"……."

"후작 부인과 친우이신 파든 백작의 관계에 대해 알고 계십니까? 두 사람 아주 가까운 사이……. 정확히는 과거 가까운 사이였는데 말입니다."

초점 없던 클리프의 눈은 사내의 말이 이어질수록 선명해졌다. 그리고 사내가 말을 끝내고 자리에서 일어나기 무섭게 배신감이라는 상처를 깊게 입은 짐승이 잔뜩 일그러진 얼굴로 끅끅 기괴한 소리를 목구멍 저 아래서부터 내질렀다.

그러나 속을 긁는 그 괴성에도 같은 공간에 있는 사람들은 신경 쓰지 않았다. 심지어 그에게 괴로운 진실을 알려 준 정보 길드의 사내조차 뒤 한번 돌아보지 않았다.

"남은 잔금 부탁드립니다."

정보 길드의 사내가 문을 열고 밖에 서 있는 이를 보며 싱긋 웃었다. 그러자 클리프를 이곳에 데려온 사내가 묵직한 주머니 하나를 꺼내 건네며 말했다.

"……공작님께는 일이 잘 풀리고 있다 전하게."

* * *

그레이엄과 마리사는 아무 말도 할 수 없었다. 10년 넘게 숨겨 온 비밀이 터지고 그들이 감당할 수 없는 후폭풍이 한바탕 삶을 휩쓸고 갔기 때문이다.

"……얼굴 좀 돌려 봐요."

한참을 말없이 있던 마리사가 침대에 자리한 남편에게 말했다. 그레이엄은 침대 등받이에 기대앉은 채 고개를 깊숙이 숙이고 있다 아내의 말에 가까스로 고개를 들었다.

"마리사, 난……."

"일단 약부터 발라요. 그새 다 지워졌잖아요."

괴로움에 얼굴을 잔뜩 일그러뜨린 그레이엄의 입을 막으며 마리사가 연고통 뚜껑을 열었다. 침대에 앓아누운 남편의 꼴은 엉망이었다. 한쪽 눈은 보랏빛으로 크게 멍들었으며 이곳저곳 붓지 않는 곳이 없었다. 그리고 옷 아래로 보이지는 않았으나 그의 몸도 멍과 발에 챈 상처로 그득했다.

"당분간은 애들 앞에 나서지 말아요. 이런 모습 보면 다들 놀랄 테니까."

"그래야지."

약을 발라 주는 마리사의 손길에 그레이엄은 움찔거리면서도 소리 한 번을 내지 않았다. 이깟 고통쯤이야 당연하다는 듯 이를 악물고 견디기만 했다. 그러나 약을 발라 주는 아내의 손길이 끝나기 무섭게 다 큰 사내는 눈물을 주르륵 흘렸다.

"내가……. 내가 망친 거야. 내가 말하지 않아서……. 아."

남편의 말을 듣고 있는 마리사의 표정은 침착했으나 그녀의 속내는 남편 못지않게 엉망이었다. 그녀도 다프네의 비밀을 함구한 공범 중 하나였으니 말이다.

'그래도 그렇지……. 이렇게 사람을!'

하지만 침대 신세를 진 남편을 보자 죄책감을 느끼는 와중에도 화가 끓어올랐다. 그레이엄은 클리프에게 두들겨 맞았다는 말이 부족할 정도로 폭행당했다.

의원은 조금만 더 맞았으면 팔다리 한 군데 정도는 영구적으로 잘못됐을 거라고, 최악의 상황에서는 죽을 수도 있었다고 말하며 약을 꼭 제 시간에 챙겨 먹으라 몇 번이고 당부하고 갔다.

"클리프. 그 자식 얼마나 괴로울까. 제기랄."

그레이엄은 제 몸의 고통에 대해서는 끝내 일언반구도 하지 않은 채 자책을 이어 갔다. 마리사는 그런 남편을 보며 깊은 한숨을 몇 번이고 내쉬다 한참 후에야 힘 빠진 목소리로 그를 달랬다.

"몸이 좀 나은 후에 용서를 빌러 가요. 지금은…… 후작님도 시간이 좀 필요할 거예요."

* * *

우르릉. 지나간 천둥소리가 저 멀리서 들렸다. 그러나 한참 작아진 소리에도 아이샤는 귀를 막은 채 아비의 품에 얼굴을 묻었다.

"……무서워요."

"이제 괜찮아. 천둥은 저 멀리 도망갔단다."

"정말?"

"그럼 우리 딸."

아이샤는 늦은 밤, 잠을 자다 말고 뛰쳐나와 아비의 품에 안겼다. 여러 걱정에 침실에 들 생각조차 못 했던 그레이엄은 아이샤를 어르며 잠시나마 시름을 잊었다.

"아빠."

"응?"

"이안은 언제 와요? 아저씨도 안 오고……. 혹시 아빠랑 아저씨랑 싸웠어요?"

아비의 품에 있던 아이샤가 눈치를 보다 이안과 클리프에 대해 물었다. 그러잖아도 클리프 때문에 수심에 잠겨 있던 그레이엄은 몸을 움찔거리며 입을 닫고 말았다.

상처가 아물고도 두 달이 넘었건만 친우는 여전히 그레이엄을 만나 주지 않았다. 하지만 몇 번을 찾아가도 볼 수 없는 클리프를 황궁에서는 간혹 볼 수 있었는데, 그는 그새 구귀족파의 일원이 되어 그레이엄을 적으로 간주하고 온갖 공격을 퍼부었다.

"그런 거…… 아냐. 아저씨랑 이안이 바빠서 그런 거야."

그레이엄이 간신히 답을 했으나 아이샤는 아비의 잠긴 목소리에서 이상함을 느끼고 입을 닫았다.

"아이샤, 그만 자러 가렴."

"하지만 아직 천둥이……."

"어서."

조금 떨어져 앉아 있던 마리사가 일어나 아이샤에게 자러 가라 일렀다. 아직은 천둥이 무서웠던 아이샤는 싫다 고개를 저으려다 엄한 어미의 표정에 지체 없이 일어났다. 그러나 아비의 품에 약간은 미련이 남는지 하녀와 함께 가면서도 간혹 뒤를 돌았다. 그레이엄은 딸아이가 뒤를 돌아 저를 볼 때마다 웃는 표정을 지으며 손을 흔들어 줬다.

아이샤가 완전히 사라지자 부부가 있는 공간에는 침묵이 돌았다. 입을 다문 채 밖의 빗소리를 듣던 마리사는 시계 분침이 반 바퀴를 돈 뒤에야 입술을 달싹였다.

"그레이엄, 우리도 이만 자요. 시간이 늦었어."

그레이엄이 아무 말 없이 고개를 끄덕이며 자리에서 일어났다. 마리사도 그를 따랐다. 그러나 부부가 막 걸음을 옮기려던 차 계단을 올라오는 소리가 나더니 집사가 당혹스러운 얼굴로 모습을 드러냈다.

"무슨 일인가?"

"주인님. 그…… 손님이 오셨습니다."

"이 시간에?"

집사의 말에 그레이엄과 마리사가 의아한 얼굴을 했다. 집사는 주인 부부를 향해 잠시 머뭇거리다 손님의 정체를 말했다. 부부는 손님의 이름을 듣기 무섭게 서로를 마주 봤다 빠른 걸음으로 계단을 내려갔다.

1층 응접실에 다다르자 카우치에 누군가 축 젖은 모습으로 어깨를 모은 채 앉아 있는 게 보였다. 그레이엄은 아내보다 한발 앞서 응접실로 들어갔다. 발소리가 들리자 앉은 채 웅크리고 있던 이가 뒤를 돌았다.

비에 젖은 레몬 빛 머리카락이 애처로웠으나 그레이엄은 더 다가가지 않고 머뭇거렸다. 그러자 손님, 다프네가 벌떡 일어나 물을 뚝뚝 흘리며 빠른 걸음으로 그에게 다가갔다.

"그레이엄!"

다프네가 그레이엄에게 와락 안기며 엉엉 울었다. 그레이엄은 갑작스레 안긴 그녀의 모습에 당황한 채 어정쩡하게 서 있다 곧이어 살짝 밀어 냈다. 마리사는 그 일련의 과정을 미간을 살짝 찡그린 채 쳐다보다 다프네와 그레이엄 사이에 자연스레 몸을 들이밀었다.

밀려난 다프네는 그새 자신과 그레이엄 사이에 선 마리사를 힐끔거리다 다시 그레이엄을 향해 시선을 던졌다. 그리고 팔을 길게 뻗어 그레이엄의 소맷자락을 붙잡더니 울음기 가득한 목소리로 애원했다.

"나…… 흑. 나 좀 도와줘, 그레이엄."

* * *

다프네에게 들은 후작가 상황은 심각했다. 클리프는 술과 도박에 빠져 당장 쓸 수 있는 집안의 돈이란 돈은 다 가져다 쓰는 중이었다. 거기다 하고 있는 사업도 갑자기 크게 벌여 놓은 탓에 다프네는 생활과 사용인들의 급여를 감당하기 위해 보석함 안의 패물 중 절대 처분해서는 안 될 것들을 제외하고 팔아 치웠다고 했다.

"난 반대예요. 그레이엄."

"……."

"차라리 후작님과 어떻게든 만난 뒤에 일을 해결해야지. 다프네를 통해 이 일을 해결하면 문제가 더 심각해질 수 있어요."

"하지만, 마리사. 당신도 그 독촉장들 봤잖아. 시간이 촉박해. 이대로 대금을 내지 못하면 일은 더 커질 거고 그럼 결국 후작가가 위태로워져."

다프네에게 사정을 들은 그레이엄과 마리사는 로이드 후작가를 도와주는 데는 의견을 모았다. 하지만 언제 어떻게 도와줄지에 대해서는 의견이 갈렸다.

"일단 급한 불부터 꺼 주자. 이 정도는 우리 선에서 충분히 해결해 줄 수 있잖아."

"……좋아. 당신 뜻이 그렇다면 이번에는 따르겠어."

결국, 마리사가 한발 물러났다. 그레이엄의 말대로 당장 처리하지 않으면 일이 복잡해지는 채무가 몇 건이나 있었기 때문이다.

"하지만 그레이엄. 이건 알아 둬야 해. 이번 한 번으로 끝날 가능성은 적다는 거."

그러나 마리사는 남편의 뜻에 따르면서도 예상했다. 이 일이 한 번에 끝나지 않을 것이라는 것을.

"술도 문제지만 도박은……. 알잖아. 그 끝이 어떤지. 자칫 잘못하면 우리도 휩쓸릴 거야."

"……이해해 줘서 고마워."

"됐어. 나도 마음이 불편해서 이러는 거니까."

이번 채무의 본질적인 문제는 클리프의 중독에 있었다. 그를 만날 수 없으니 그가 얼마나 술과 도박에 빠져 있는지 정확히는 모르나 상황이 이쯤 되었는데도 해결할 생각이 없는 걸 보면 심각한 상태임에는 분명했다.

"클리프, 그 자식. 술 때문에 그렇게……. 도대체 어쩌려고."

다만 부부는 술과 도박 이상으로 생각을 넓히진 못했다. 왜냐 그들에게 그 이상의 불법은 아예 상상 밖이었으므로…….

* * *

"거봐. 사실이지?"

클리프는 제 귀에 대고 속삭이는 사내를 제대로 알아보지 못했다. 몇 시간 전 들이켠 묘한 맛의 술의 기운이 아직 빠지지 않아 시야조차 어그러진 상태였기 때문이다.

머릿속이 엉망일수록 사내의 목소리는 크게 선명하게 박혔다. 그리고 그의 말을 뒷받침해 주듯 저 멀리 보이는 광경도 뚜렷하게 들어왔다.

"그동안 말은 안 했지만 소문도 이미 파다하게 났어."

클리프의 채무 건으로 다프네와 그레이엄 부부는 종종 만남을 가졌다. 하나 아무리 조심해서 만난다 해도 사람들 눈을 다 피하기는 힘들었다. 게다가 다프네는 위로받기 위해 사람들이 많은 연회장 같은 곳에서도 그레이엄을 간혹 불러냈다. 그리고 그러한 일들이 여러 번 생기자 작금의 상황을 만든 이들은 떠들기 좋아하는 호사가들의 입을 빌려 악의적인 소문을 퍼뜨렸다.

"……자네 부인과 파든 백작이 그렇고 그런 사이라고 말이야."

뱀 같은 사내가 조작된 추문을 클리프의 귀에 흘렸다. 클리프는 조금 떨어진 곳에서 그레이엄과 다프네가 심각한 얼굴로 무어라 이야기를 나누는 걸 보며 주먹을 쥐었다. 피가 통하지 않아 창백해진 손이 위태로웠다. 하지만 남편이 지켜보는 걸 모르는 다프네는 그레이엄의 위로에 연신 고개를 끄덕이다 울음을 터뜨리며 등을 들썩였다.

멀리서 보더라도 아내가 얼마나 서럽게 우는지 알 수 있었다. 저런 모습은 누구라도 달래 주지 않고는 못 배기겠지. 특히 옛사랑이면 더욱……. 그리고 예상대로 그레이엄은 잠시 머뭇거리다 다프네의 어깨를 도닥거렸다.

"참으로 도타워 보이는군. 하기야 첫사랑이라는 게 원래 그렇지."

사내가 클리프의 귀에 또 한 번 독을 풀었다. 의심과 질투라는 지독한 뱀독에 잠식된 클리프는 그레이엄 옆에 마리사가 있는 걸 제 눈으로 보면서도 의심을 확신으로 바꿨다.

'둘만의 밀회라. 끔찍이 좋겠어. 망할 것들!'

그의 아랫입술에서 피가 나고 곧이어 이 갈리는 소리가 살벌하게 났다. 뱀의 소리를 내던 사내는 클리프의 눈이 질투로 번들거리는 것을 확인한 뒤, 씩 웃으며 재빠르게 자리를 벗어났다.

클리프는 바로 옆에 있던 사내가 사라진 것도 눈치채지 못한 채 몸을 부들부들 떨다 결국 참지 못하고 수그렸던 몸을 폈다. 그가 벌게진 눈으로 관목을 돌았다. 그리고 곧…….

"이 더러운 것들!"

펀.

"클리프!"

"아악!"

그레이엄의 뺨에 클리프의 주먹이 꽂혔다.

* * *

"내가 이럴 줄 알았어!"

"……."

"한 번으로 안 끝날 거라 했지! 거기다 또!"

마리사는 퉁퉁 부은 남편의 뺨을 노려보다 신경질적으로 외쳤다. 그레이엄은 얼얼한 통증에 인상을 찌푸리고 있다 아내의 눈길에 눈을 내리깐 채 중얼거렸다.

"……그래. 당신 말이 맞았어. 한 번으로 끝나지 않았지."

"지금 남 얘기해?"

곧장 꼬리를 내리는 모습도 꼴 보기 싫어 마리사는 또 한 번 소리를 질렀다. 그러자 그레이엄은 아예 입을 닫고 고개를 수그렸다.

"이제 안 돼."

이마를 짚으며 그 모습을 노려본 마리사가 고개를 저었다. 더는 나서선 안 됐다. 끝없이 불어나는 로이드가의 빚을 갚아 주는 것도, 힘들다 매번 울며 남편에게 매달리는 다프네를 만나는 것도 더는 해서는 안 될 일이었다.

"다시는 다프네와 만나지 마."

마리사가 판단을 내리고 냉정하게 명했으나 그레이엄은 고개를 들더니 아직은 안 된다는 듯 입을 열었다.

"하지만 마리사, 지금 상황이⋯⋯!"

"그레이엄!"

마리사가 남편의 말을 대번에 자르며 그에게 바짝 붙었다. 눈 한 번 깜빡이지 않는 모습이 어딘가 초조하고 불안해 보여 그레이엄은 눈을 동그랗게 떴다.

"나도 후작님께 미안해. 마음이 아파. 내 탓도 있는 것 같아서 죄책감도 들어."

"⋯⋯."

"하지만 이건 아냐. 죄책감 때문에 언제까지 이럴 거야? 그레이엄. 지금 돈이 얼마나 들어갔는지 알아? 이대로 가면 파든 백작가도 위험해."

"⋯⋯."

"그리고 당신 지금 밖에 무슨 소문이 도는지는 알고 있어? 당신하고 다프네 사이에 추잡한 소문들이 붙었어. 걷잡을 수도 없을 만큼 크게 말이야!"

"그건 사실이 아니야. 마리사, 당신도 알잖아. 그건⋯⋯."

"사실이든 아니든 더는 상관없어!"

마리사는 소리를 지르며 이번에는 그레이엄의 멱살을 잡았다. 그리고 그동안 남몰래 쌓아 뒀던 감정을 터뜨렸다.

"그동안 말 안 했지만⋯⋯. 나도 불편해. 당신을 믿는 것과 별개로 당신과 다프네가 만나는 게 보기 싫다고."

남편에게 다른 뜻이 없다는 것은 알았다. 하지만 그렇다고 매번 남편에게 울며 매달리는 다프네를 아무런 감정 없이 볼 수는 없었다. 사교계에 도는 소문도 마찬가지였다. 악의적인 거짓 소문이라는 것을 알고 있음에도 들리는 것만으로도 신경이 바짝 곤두섰다.

"……내 눈에도 가끔 두 사람이 애틋하게 보여. 그러니 소문도 도는 거야. 알아들어?"

다 잊었다 생각했던 남편과 다프네의 옛 모습이 떠오르는 것도 더는 견디기 힘들었다. 결국 말을 끝낸 마리사는 저도 모르게 울음을 터뜨렸다. 억울한 표정을 하고 있던 그레이엄은 마리사의 우는 얼굴에 놀라 곧장 그녀를 껴안았다.

"알았어."

"……."

"더는 다프네를 만나지 않을 거야. 로이드 후작가를 도와주는 것도 그만해. 그러니, 마리사."

자신과 다프네의 모습이 마리사에게 그렇게 보였다니. 다른 이들이 백마디 쏟아붓는 것보다 아내의 말 한마디가 더욱 괴로웠다. 그렇기에 그레이엄은 제 머릿속 모든 생각을 지운 채 아내의 뜻에 따를 것을 약속했다.

"제발 울지 마. 응? 당신 뜻대로 할게."

* * *

그레이엄은 약속대로 더 이상 다프네를 만나지 않았다. 마리사만이 간혹 그녀를 만났으나 전만큼 도와주지는 않았기에 로이드 후작가는 남모르게 서서히 추락하고 있었다.

'곧 이안 생일이잖아요. 선물 주러 가면 안 돼요?'

그레이엄은 황궁 회랑을 걸으며 아침에 아이샤가 했던 말을 상기했다. 이안과 소피아. 로이드 후작가에서 가장 걱정되는 이들은 자식들 또래인 두 아이였다.

깊은 한숨을 푹 내쉬며 그가 걸음을 옮길 때였다. 맞은편에서 익숙한 인영이 보였다. 상대방이 클리프임을 인지한 그레이엄은 어찌할까 하다 자리를 피하기로 했다. 아직은 그가 자신을 용서하지 않았다 생각했기 때문이다.

"어딜 가지?"

예상과 달리 그레이엄을 알아본 클리프는 그에게 아는 척을 했다. 자리를 피하던 그레이엄은 놀라 그를 쳐다봤다. 클리프는 딱딱하게 얼어붙은 그레이엄을 향해 팔짱을 낀 채 비웃음을 흘리다 따라오라 고갯짓했다. 그레이엄은 또 얻어맞는 것인가 생각하다 장소가 황궁임을 깨닫고 구설을 피하기 위해서라도 방어 정도는 하자고 생각했다.

"얼굴이 좋아."

황궁 정원의 외진 곳에 다다른 클리프가 그레이엄을 잔뜩 비꼬았다. 차마 친우의 얼굴을 똑바로 볼 수 없었던 그레이엄은 고개를 숙이고 있다가 클리프의 손을 보고 멈칫했다. 자세히 보지 않으면 몰랐으나 손의 빛깔이 지나치게 창백했다. 게다가 힘을 주고 있지 않음에도 미세하게 떨리는 것이 어딘가 이상했다.

그레이엄이 고개를 들어 클리프와 마주 봤다. 그리고 친우의 얼굴에 그는 무언가 심각하게 잘못됐음을 느꼈다.

"다프네는 어디 있지? 어제 네 아내를 만났다던데. 밤에 들어오지 않았어."

그레이엄의 시선을 눈치채지도 못한 채 클리프가 대뜸 물었다. 그레이엄은 불안정하게 흔들리는 친우의 눈동자를 관찰하듯 살피다 자칫 민감해질 수 있는 물음에 곧바로 답했다.

"몰라."

"그걸 믿으라고?"

진실이었으나 클리프는 코웃음을 쳤다. 그는 이제 그레이엄에 대한 신뢰를 완전히 버린 후였다. 그레이엄은 정말 모른다고 한 번 더 말하려다 되레 역효과가 날까 입을 다물었다.

"됐어. 그런 더러운 계집 찾아서 뭐 해. 퉷!"

그레이엄이 침묵하자 삐뚤게 입술을 올린 클리프가 침을 뱉으며 말했다.

그레이엄은 다프네를 향한 친우의 지저분한 말에 놀라 눈을 크게 떴다.

"클리프, 정신 똑바로 차리고 말조심해."

"애틋하네?"

"……"

"너희 연놈들을 진즉 알아봤어야 했는데. 제길."

"……"

"이제 그렇게 눈치 볼 거 없어. 상관없으니까. 네가 출신 비슷한 그 지저분한 계집이랑 구르든 말든……. 아, 혹시 벌써 침대에서 뒹굴었나?"

"너!"

낄낄거리며 말하는 클리프에게 그레이엄이 고함을 질렀다. 친우를 망친 것에는 술과 도박도 있겠지만 그보다 더 심각한 게 있는 게 분명했다.

"클리프 너……. 도대체 뭘 하고 다니는 거야!"

그것의 정체를 예상한 그레이엄이 절망감에 빠져 클리프의 멱살을 틀어쥐었다. 한층 더 가까이서 본 클리프의 벽안. 뿌옇고 흐리멍덩해진 눈동자에서 그레이엄은 제 예상이 맞음을 다시 한번 확신했다.

"이거 놔! 이 개자식아."

탁.

기분 나쁜 웃음을 흘리던 클리프는 그레이엄에게 붙잡히자 언제 그랬냐는 듯 웃음을 멈추고 그를 힘껏 뿌리쳤다. 하지만 그새 마른 데다 무언가에 취한 그의 팔에는 힘이 없었다. 그는 가까스로 그레이엄에게 벗어나고서는 숨을 헉헉대며 말했다.

"이제 와서 그따위 표정 하지 마. 가당치도 않으니까!"

망가진 친우의 모습에 그레이엄은 아무 말도 할 수 없었다. 경악과 분노보다 자신이 친우를 이렇게 만들었다는 죄책감이 그를 단숨에 집어삼켰다.

"그 눈……. 퉤."

클리프는 그레이엄이 자신을 절망스러운 듯 바라보자 욕지거리를 내뱉으며 또 한 번 침을 뱉었다. 이번에는 검붉은 피가 뒤섞여 있었다. 제 몸에서 나온 불길한 빛깔의 액체가 익숙한 듯 클리프는 아무렇지 않게 그를 보며 숨을 골랐다. 그리고 한참 만에 그레이엄을 약간은 비껴 보며 말했다.

"르네……. 아니, 다프네지. 너랑 내 아내의 관계를 용인해 주지. 대신……."

"……."

"나한테 보상은 해야지? 있는 대로 돈 좀 내놔."

"뭐?"

친우의 상태를 감안하더라도 상상도 못 할 말이었다. 그레이엄은 한계까지 눈을 뜬 채 허옇게 질린 눈으로 믿을 수 없다는 듯 클리프를 바라봤다. 클리프는 그레이엄의 표정에 자존심이 상한 듯 미간을 구기다 차오르는 중독 증세를 이기지 못하고 되는대로 말을 뱉었다.

"왜 그렇게 놀라? 남의 아내를 침대에 눕히면 그만한 대가는 치러야지. 사실 돈으로 해결되면 싼값 아닌가? 응?"

"너 이 자식!"

퍽.

처음에는 놀라 주먹도 쥘 수 없었으나 두 번째는 아니었다. 그레이엄은 망설임 없이 클리프를 향해 주먹을 날렸다. 클리프는 쉽사리 넘어갔다. 그레이엄은 곧장 그의 위에 타고 앉아 다시 주먹을 들었다.

"넌 정말……. 정말이지, 구제 불능이야."

그새 코피를 흘리고 있는 친우가 가엾기보다는 역겨웠다. 억눌린 목소리 사이 좌절과 실망, 슬픔과 분노가 함께 묻어났다. 다른 것도 아니고 금지된 술에 망가져 그따위 말을 뱉다니. 쓰러져 제게 깔린 사내는 자신이 알던 클리프가 아니었다. 그레이엄은 눈물을 뚝뚝 흘리며 망가진 친우를 노려봤다.

"네게 더는 미안하지 않아. 미친놈, 완전히 돌아 가지고 어디 그따위 말을……."

"……."

"그렇게 살 생각이면 그냥 죽어 버려! 다른 사람 괴롭히지 말고 당장 나가 죽으란 말이야!"

클리프는 그레이엄의 말에 인상을 구겼으나 곧 멍한 눈을 하더니 무표정하게 얼굴을 바꿨다. 그리고 그레이엄이 조금 진정한 듯하자 고개를 살짝 기울이며 오싹할 만치 감정 없는 목소리로 물었다.

"그래서? 돈 줄 거야?"

* * *

"도와줘."

"……."

"제발……. 제발, 좀 살려 줘."

"……."

"부탁할 사람들이 너희뿐이야. 응?"

그레이엄과 마리사는 무릎 꿇은 다프네를 보며 아무 말도 할 수 없었다. 클리프의 상태가 얼마나 최악인지 알게 된 지금 다프네가 처한 상황이 빤히 예상이 갔기 때문이다.

"클리프 그이는 그 술에 완전히 미쳤어."

"……."

"그나마 아직은 밖에서 마시고 오는 데다 아이들 앞에서는 멀쩡한 척 굴지만, 그것도 언제까지일지 몰라. 알잖아. 이안이 얼마나 눈치가 빠른지. 사업이 어려워 아버지께서 예민하다 둘러대는 것도 조금 있으면 통하지 않을 거야."

"……너, 후작님의 상태 진즉 알고 있었지? 그런데 왜 전에 말하지 않았어?"

두 손을 모아 비는 다프네에게 마리사가 서늘한 목소리로 물었다. 다프네는 몸을 움찔거렸으나 이내 힘없이 고개를 끄덕였다.

"나도 알게 된 지 얼마 되지 않았어. 그리고…… 함부로 누구한테 알릴 수가 없었어. 혹, 혹여나 큰일이 날까 봐."

완전히 이해 못 할 바는 아니었다. 클리프가 빠진 중독성 있는 술. 그 문제는 노예, 자살과 함께 시저 제국에서 가장 엄격히 다스리는 것 중 하나였으니 말이다.

"빠른 조치가…… 필요하긴 해. 이 문제에는 귀족이라도 예외가 없으니까. 저번에 발각된 일에 연루된 자들 중에서도 둘이나 목이 잘렸고……. 나머지도 작위를 잃거나 나라 밖으로 추방당했어."

가만히 서 있던 그레이엄이 심각한 얼굴로 입을 열었다. 사실 그는 클리프가 금기에 손을 댄다고 알게 된 순간부터는 불안해서 잠도 제대로 이루지 못했다. 아직 회의에서는 멀쩡한 모습을 보이나 자신이 봤던 그 망가진 모습이 언제 나올지 모르는 일 아닌가.

"……어쩔 수 없지. 그럼 우선 후작님께 죄를 물어야 해."

"마리사. 그건 안 돼! 잘못하다간 클리프의 목이 날아가."

"내가 말하는 건 도박이야. 그레이엄."

"……도박?"

"고위 귀족으로서 술과 도박을 주체 못 한다 하면 품위를 잃었다 황궁에서 쫓겨날 거야. 일단 내쫓기면 그 핑계로 영지로 내려가서 치료를 시작해야 해. 그럼 언젠가는……. 적어도 지금처럼 마음을 졸이지는 않겠지."

"정, 정말? 그럴 수 있어?"

그레이엄 부부의 말을 절박한 표정으로 경청하던 다프네가 마리사의 해결책에 희망을 찾은 듯 눈을 빛냈다. 마리사는 부담스러운 듯 그 눈빛을 흘리며 고개를 작게 주억거렸다.

"사태가 심각하니 최대한 빨리, 조심해서 진행해야 해."

* * *

"넌 후작 부인의 하녀가 아니냐. 여기서 뭘 하지?"

파든 백작저 집사의 목소리에 문에 귀를 대고 있던 여인이 화들짝 놀랐다. 집사는 과하게 반응하는 그녀를 향해 눈을 가느스름하게 뜬 채 의심 가득한 얼굴을 했다.

"설마 훔쳐 듣고 있던 건가?"

"아, 아닙니다."

여인은 고개를 저으며 필사적으로 부인했다. 하지만 그럼에도 집사의 의심이 사라지지 않자 겁을 잔뜩 먹은 목소리로 변명했다.

"전 그저 저희 주인마님께서 언제 나오시나 하고……."

"……."

"정말입니다. 늦으면 마부에게 전해 후작저에도 알려야 하고……."

"어허! 그렇다고 해도 방금 전 행동은 벌을 받아 마땅한 걸 몰라?"

"잘못했습니다."

집사의 호통에 여인이 무릎을 꿇었다. 집사는 제 앞에서 벌벌 떠는 그녀를 어찌할까 고민하다 혀를 짧게 찼다.

'내가 관리하는 아이도 아니고……. 후작 부인의 하녀를 내가 벌줬다간 문제가 생기겠지.'

결국, 그는 한 번 눈감아 주기로 했다. 나이도 어린 데다 사시나무 떠는 듯한 모습이 가엽기도 했고 진실로 다른 뜻은 없어 보였기 때문이다.

"……내려가서 기다리거라. 후작 부인께서 나오시면 내가 알려 주마."

"예. 감, 감사합니다."

그가 엄한 목소리로 말하자 하녀는 허리를 꾸벅 숙이고 곧장 뛰어갔다. 집사는 허둥지둥 뛰어 내려가는 그녀의 채신머리없는 행동거지를 또 한 번 못마땅하게 보기는 했으나 그쯤에서 그 일을 잊었다. 그러나 집사에게 잊힌 그 일은 큰 파장을 불렀으니…….

그날 다프네와 함께 후작저로 돌아간 하녀는 깊은 밤 누군가에게 여러 번 해 본 듯 제가 들은 말을 하나도 빠짐없이 전했다.

"오늘 부인께서……."

* * *

또 한 장의 독촉장이 날아왔다. 클리프는 책상 서랍을 가득 메우다 못해 책상 위까지 어질러진 수십 장의 서류를 보다 무너지듯 의자에 앉았다.

'왜! 왜 계속 나빠지기만 하는 거야!'

금지된 술에 빠지기 전만 해도 그는 사업에 크게 실패해 본 적이 없었다. 본디 머리도 좋은 데다 신중한 성미가 자연스레 그를 실패에서 멀어지게 했기 때문이다. 그러나 그가 피우고, 마시는 그것은 그의 총명한 이성을 비롯해 모든 것을 흐리게 했다. 클리프는 그레이엄과 멀어진 뒤 그에게 접근한 레반투스 공작으로부터 정치적으로도, 물질적으로도 착취를 당했으나 그마저 눈치채지 못할 만치 망가졌다.

"어, 어디 있어. 어디 있냐고!"

스트레스가 극에 달하자 머릿속에는 하나밖에 생각나지 않았다. 클리프는 책상 여기저기를 뒤지다 종국에는 제 몸 여기저기를 미친 사람처럼 샅샅이 들추었다.

"……아버지?"

안쪽 깊은 주머니 속 종이에 쌓인 무언가가 잡힐 때였다. 끼익 방문 열리는 소리가 나더니 클리프와 똑같은 머리카락을 가진 소년이 얼굴을 빼꼼 내밀었다. 아들을 알아본 클리프의 손이 그대로 굳었다. 그는 당장에라도 종이 속 물건을 입에 털어 넣고 싶은 걸 참은 채 뒤를 돌았다.

"이안."

"아버지 무슨 일 있으세요?"

또래 소년들보다 무뚝뚝해 종종 그에게 섭섭함을 주던 아들이었다. 그러나 지금 아들은 평상시와 달리 걱정 가득한 얼굴을 숨기지 않고 내보이고 있었다. 클리프는 아들의 얼굴에 입술을 질끈 물고 간신히 멀쩡한 얼굴을 꾸며 냈다.

"아무것도 아니야. 일하는 중이니 나가 보렴."

"하지만……."

"네가 신경 쓸 게 아니야, 이안. 그만 나가 보거라."

평소와 달리 엄한 목소리에 이안이 주춤거렸다. 그러나 소년은 곧 무언가 결심한 듯 결연한 얼굴을 하더니 문을 열고 방 안으로 발걸음을 내디뎠다.

"혹시 제가 도울 일이 있으면……."

"나가!"

한 번도 들은 적 없는 고함이었다. 아비는 자식인 자신과 여동생에게 엄격할 때가 간혹 있긴 했으나 거의 대부분은 다정했고 언성을 높인 적도 없었다. 한데 지금은 이상했다. 눈이 충혈된 아비는 그가 용서받지 못할 죄라도 지은 듯 보기 싫다는 표정으로 화를 내고 있었다. 깜짝 놀란 이안은 뒷걸음으로 방 밖을 나섰다. 클리프는 그런 이안 쪽으로 성큼성큼 다가가더니 문을 쾅 소리 나게 닫아 버렸다.

철컥.

걸쇠 잠기는 소리가 귀를 울렸다. 이안은 잠긴 방문 앞에서 멍하니 서 있다 아비의 발걸음에 채여 방 밖으로 밀려난 종이 한 장을 발견했다. 이안이 허리 숙여 종이를 집어 들었다. 그리고 곧 그의 눈에 독촉이라는 단어와 어마어마한 금액이 들어왔다.

* * *

바람 없이 비가 내렸다. 추적추적 떨어지는 비를 클리프는 흐리멍덩한 눈으로 바라봤다. 그의 발치에는 레반투스 공작으로부터 온 서신이 있었다. 그리고 서신의 내용은 그레이엄과 다프네가 짜고 그를 고발할 거라는 내용이 적혀 있었다. 제정신인 인간이라면 의심을 하고도 남을 내용이었지만 그레이엄과 아내의 사이를 불륜으로 확신하고 있는 클리프는 서신을 보며 작은 의심도 가지지 못했다.

술 기운은 최고조에서 조금은 가라앉아 있었다. 그러나 그랬기에 더 위험했다. 쾌락이 서서히 사라지고 이성이 돌아올 듯 말 듯할 때, 그때가 클리프의 감정이 극대화될 때였다.

'이제 다 끝이야.'

클리프는 책상 서랍을 가득 채운 독촉장을 생각하다 낮에 아들에게 소리 질렀던 자신을 떠올렸다. 자신은 부모와 달리 완벽한 부모가 될 거라 그렇게 다짐했건만……. 어떤 의미에서 그는 자신의 부모보다도 못했다.

'이대로 가면 이안에게 또 그러겠지. 하지만 그렇다고 이걸 포기할 수도 없고…….'

찌꺼기만 남아 있는 병이 손아귀에서 힘없이 떨어졌다. 클리프도 알았다. 이걸 끊어 내야 하는 것을. 하지만 할 수 없다는 생각만 머릿속을 지배했다.

괴로워지자 클리프는 습관적으로 빈 병을 입가로 가져갔다. 그러나 술은 없었고 그는 향이라도 맡을 요량으로 병을 코 가까이 가져다 댔다. 긴 숨과 함께 아주 찰나, 그를 괴롭히는 모든 게 사라졌다. 하지만 몇 초도 되지 않는 시간이 지나가고 남은 건 더한 자책뿐이었다. 클리프는 코 가까이 댄 병을 집어 던지고 낄낄거리며 웃다 이내 허리를 굽혀 이번에는 끅끅 울었다.

스스로가 실패작이요, 괴물처럼 느껴졌다. 그러나 자신을 책망하는 시간도 짧았다. 클리프는 바닥에 뚝뚝 떨어지는 제 눈물을 보다 그 옆, 레반투스 공작의 서신을 다시 보고 눈을 위로 치켜떴다.

'거짓투성이 더러운 계집한테 속은 데다 친우라 믿었던 놈한테도 속고…….'

허리를 편 그의 얼굴에는 참을 수 없는 분노와 원망만이 남아 있었다. 그는 자신이 처한 모든 상황의 문제를 아내와 그레이엄에게 떠넘기기 시작했다. 무리하게 확장한 사업이 망한 것도, 자신이 망가진 것도 모조리 그 두 연놈들 탓이다. 남을 탓하는 일은 그 스스로를 채찍질하는 일보다 훨씬 덜 괴로웠고 훨씬 더 쉬웠다.

'이대로 나만 당할 수는 없지.'

바닥에 떨어진 서신을 한 번 더 읽은 클리프가 서신을 구기더니 멀지 않은 난로에 던져 넣었다. 컴컴한 방, 난롯불에 서신이 순식간에 재가 됐다.

"……가만둘 줄 알고."

클리프가 방보다 어둡고 기이한 표정을 짓더니 고개를 돌려 방의 오른쪽 벽을 뚫어져라 쳐다봤다. 벽 너머는 그가 일주일 넘게 들어가지 않은 부부의 침실이었고 그곳에는 그가 지금 이 순간 가장 증오하는 이가 누워 있었다.

* * *

침대 위 여인은 미동이 없었다. 입고 있는 하얀 드레스보다도 창백한 손. 여인의 팔은 침대 밖으로 나와 있었고 손은 중력을 조금도 이기지 못한 채 아래로 꺾여 있었다. 그리고 그 아래에는 작은 병 하나와 가운데가 움푹 구겨진 베개가 구르고 있었다.

차갑게 식어 가는 아내를 두고 클리프는 침대 머리맡 간이 테이블 앞에 두 무릎을 꿇고 앉아 있었다. 완전히 돌아 버린 눈을 한 그는 제 손으로 거둔 아내의 온기가 남아 있는 손으로 무언가 적어 내려가고 있었는데 그 내용이 가관이었다.

「찢어 죽일 그레이엄. 지옥에 떨어져 영영 고통받아 마땅한 작자야. 지금껏 널 친우라 생각한 내가 멍청한 인간이지.

　더러운 새끼. 내가 널 꼭⋯⋯⋯⋯.」

　후들후들 떨리는 손이 욕설과 함께 저주를 줄줄이 그렸다. 그러다 마지막에 이르러서는 눌린 펜에 잉크가 점점 번졌다. 검고 짙은 원이 핏방울 같기도, 죄악 같기도 했다. 클리프는 커지는 그것을 바라보다 떨리는 손으로 종이를 접고 간신히 봉했다. 그리고 그걸 품속에 넣고 달달 떨리는 다리를 간신히 일으켜 세웠다.

　툭.

　"허억!"

　다프네의 손이 휘청거리는 그의 몸에 닿았다. 클리프는 작은 스침에도 놀라 기겁을 하며 몸을 돌렸다. 그의 눈에 엉망으로 누워 있는 다프네와 빈 병, 베개가 들어왔다. 클리프는 눈을 부릅뜬 채 그를 보다 허둥지둥 움직이기 시작했다.

　부들부들 떨리는 손으로 간신히 병을 주운 그가 그것을 바지 주머니에 넣고 베개를 들었다. 그리고 넓게 퍼진 다프네의 머리카락 옆, 본래 있어야 하는 자리에 뒀다.

　엉망으로 남은 건 하나였다. 클리프는 한참을 고민하다 몸 전체를 떨며 아내를 향해 손을 뻗었다. 그리고 그의 손끝이 다프네에게 닿기 직전, 몇 분 전 아내와 자신의 목소리가 귀를 때렸다.

　'그래서? 뭐가 됐든 너희 둘이 만난 건 사실이네. 응?'

　'미안해요. 정말 미안해요. 하지만 클리프 당신을 구할 방법은 그뿐이었어요.'

　'아, 나를 구할 방법이 그레이엄 그 개자식과 손을 잡고 날 고발하는 일이야?'

　'클리프!'

'날 영지로 끌고 가서 뭐 하게? 가둬 두고 너희 둘은 여기서 시시덕거리려고?'

'아니야. 아니에요. 제발……. 헉!'

'……한때나마 정이 있어 편하게 보내 주는 거야. 한 모금이면 된다니까 마셔.'

'클, 클리……프.'

끔찍한 장면이 되풀이되었다. 서서히 사라지던 생명……. 그 꺼져 가는 눈빛을 보는 게 끔찍이도 괴로워 그는 독약을 아내의 입에 들이부은 것도 모자라 베개를 들어 올렸더랬다.

털썩.

"아……. 아으……."

뒤늦은 죄책감이 한 번에 몰려왔다. 클리프는 양손으로 머리를 부여잡은 채 그대로 미끄러지듯 주저앉았다. 침대 위 다프네는 여전한 모습으로 아래로 떨어진 그의 시야에 늘어진 손을 보일 뿐이었다.

도망치고 싶다는 듯 발로 바닥을 긁으며 뒤로 물러나던 그가 침대 머리맡 테이블에 부딪혔다. 물러날 곳이 없자 클리프는 둘 중 하나 남은 이의 탓을 시작했다.

"이, 이게, 다 그레이엄 네놈 때문에……."

입 밖으로 꺼내자 눈앞의 아내의 손도 정말 그레이엄이 저지른 일 같았다. 클리프는 내 탓이 아니다 몇 번 중얼거리다 품에 넣어 놨던 서신을 꺼내 들었다.

"용서 못 해. 너도 영영 괴로워 보라지."

기다시피 침대를 벗어난 그가 문 가까이 가서야 몸을 일으켜 문을 열었다. 그리고 누구에게 들킬까 방을 나와 사용인을 불렀다. 가장 가까이 있던 하인이 주인의 부름에 득달같이 뛰어왔다. 그레이엄은 하인의 얼굴을 보지도 않은 채 서신을 그의 손에 쥐여 주며 말했다.

"이걸 파든 백작가로 전달해."

갑작스러운 명에 하인은 어리둥절한 표정이었으나 머뭇거리기에는 주인의 기세가 대단히 두려웠다. 때문에 그는 곧장 뒤를 돌아 뛰기 시작했다.

클리프는 하인이 사라지기 무섭게 문을 작게 열고 다시 안으로 들어갔다. 하지만 어쩐 일인지 뒤돌아 방 안쪽을 바라보지는 못했다. 펼쳐진 광경을 외면하고 싶다는 듯 눈을 질끈 감은 그는 한동안 문에 이마를 대고 서 있다 천천히, 아주 천천히 뒤돌았다.

* * *

감당 못 할 일에 휘몰아친 후회가 기다란 비단 끈이 되어 목을 휘감았다. 서서히 흐려지는 시야에 목을 부여잡고 있던 클리프는 빨리 끝나라며 속으로 몇 번이고 외쳤다.

'……내가 이렇게 죽으면 이안은? 소피아는?'

모든 게 끝나기까지 얼마 남지 않았을 때였다. 그의 머릿속에 그와 아내를 닮은 아이들이 그려졌다.

"허억. 허으……."

클리프가 침대 밑에 비스듬히 앉아 있던 몸을 살짝 일으켰다. 덕분에 침대 기둥에 걸려 있던 끈이 느슨해지며 숨이 돌아왔다. 클리프는 거칠게 숨을 몰아쉬며 제 목가를 부여잡았다. 그러자 지금 상황과 어울리지 않게 부드러운 비단의 감촉이 생경하게 다가왔다.

'……그래. 이런 세상에 너희를 남겨 두고 가는 것도 아니지.'

끈을 움켜쥔 채 생각에 잠겨 있던 그가 부모로서도 인간으로서도 절대 해선 안 될, 절대 용서받지 못할 생각을 머릿속에 그렸다.

'어차피 이렇게 된 거 다 같이 가는 게…….'

구역질이 나올 만큼 이기적이고 역겨운 자기 합리화가 달콤하게 다가왔다. 클리프의 눈이 아내에게 병 안 액체를 들이부을 때와 마찬가지로 가라앉았다. 죽은 생선의 눈알 같은 눈동자가 이번에는 바닥을 봤다. 아래층에는 이안과 소피아의 방이 있었다.

"아니야."

비단 끈을 풀고 일어난 클리프가 한 발자국 내디뎠다가 한순간이지만 정신을 차렸다. 우뚝 멈춰 선 그가 얼굴을 절망스럽게 구긴 채 고개를 저으며 스스로에게 욕지거리를 뱉었다.

"절대 안 돼. 그것만은 못 해. 내 불쌍한 아이들……."

다행스럽게도 한번 돌아온 정신은 다시 정신 나간 방향으로 뻗치지는 않았다. 그러나 대신 무기력함과 회피가 찾아왔으니……. 클리프는 비단 끈을 놓지 않은 채 혼잣말을 중얼거렸다.

"……이 이상은 못 해."

최악은 면했으나 그뿐이었다. 클리프는 제 목에 감길 비단 끈을 포기하지 않았다. 그가 다시 침대 기둥을 바라보며 손을 뻗었다 멈췄다. 자신이 행하는 일이 이 제국에서 어떤 취급을 받는지가 떠올랐기 때문이다.

자살. 그건 시저 제국에서 절대 금기시되는 세 가지 중 하나로 법으로도 엄격히 금지되어 있었고, 종교적으로는 감히 입 밖에 함부로 내서도 안 될 단어였다.

'여신의 마지막 구원을 이자는 누릴 자격이 없습니다. 도박 빚에 스스로 목숨을 끊다니! 죄악이요!'

제국을 위할 때, 황제의 명으로 죽음을 맞이할 때를 제외하고 자살은 절대 불가한, 불명예였다. 특히 신전은 자살자에게 마지막 기도도, 매장도 허락하지 않았는데 덕분에 자살을 행한 당사자는 물론이요, 그의 가족들도 큰 차별에 시달려야 했다.

사업 빚과 금지된 술 때문에 진 빚으로 한 달이면 망할 집안에 아비에게 살해당한 어미, 아내를 죽이고 자살한 아비. 남은 이안과 소피아의 삶이 어떨지 빤히 그려졌다.

클리프의 손에 힘이 빠지고 주르륵 비단 끈이 뱀처럼 매끄럽게 바닥으로 추락했다. 하나 클리프는 몸을 숙여 다시 끈을 주웠다.

'내게 남은 건 이것뿐인데……'

그는 자신이 벌여 놓은 일에 책임을 질 생각이 조금도 없었다. 그저 벗어나고 싶다. 무게를 견디고 싶지 않다. 그 생각뿐이었다. 다만 자식들이 눈에 밟혀 어찌해야 할지 알 수 없었다.

달달 떨며 한참 고민하던 클리프는 결국 제 책임을 남에게 미루기로 했다. 그리고 그가 택한 이는 뻔했다.

클리프는 종이를 꺼내 들고 몇십 분 전, 온갖 저주와 욕설을 날린 대상에게 부탁조의 서신을 쓰기 시작했다. 자신이 처한 상황, 벌인 짓, 그리고 저지를 뻔했던 최악의 일까지 하나도 남김 없이 고백한 그는 자신은 다프네와 함께 파르네 호수에 잠길 테니 혹여나 진실이 드러나 이안과 소피아가 힘들어지지 않게 도와 달라는 말로 서신을 끝냈다.

그러나 무언가 부족해 보였다. 클리프는 자신이 쓴 긴 서신을 몇 번이고 읽어 내려가다 빈 종이 하나를 더 꺼내 들었다. 그리고 그레이엄에게 친우로서 이안과 소피아를 부탁하는 짧은 서신 한 장을 더 남겼다.

「친애하는 그레이엄. 내 하나뿐인 친우. 이안과 소피아를 부탁하네.」

두 장의 서신을 겹쳐 접은 그가 아까처럼 서신을 봉인했다. 그리고 이번에는 제임스를 호출했다.

"파든 백작가에 사람이 간 거 알고 있나?"

"네. 주인님께서 서신을 보냈다 들었습니다."

제임스는 선대 후작인 아이언 때 후작저에 들어온 이로 사용인들 중 누구보다 클리프에 충심이 깊었다. 클리프도 그를 알기에 제임스를 젊은 나이에 집사로 임명했고 사용인들 중 누구보다 가까이 지냈다.

"……하나 더 보낼 게 있어. 이건 자네가 직접 전하도록 하게."

"예?"

"아주 중요한 거라 그래. 꼭 자네가 직접 파든 백작에게 전하게."

"알겠습니다."

제임스는 무어라 하려다 그만두고 허리를 숙였다. 클리프는 서신을 든 채 물러나려는 그를 가만히 보다 문을 열고 들어갔다.

끼익.

문 열리는 소리에 걸음을 옮기려던 제임스는 걸음을 옮기려다 말고 뒤를 살짝 돌았다. 그리고 좁게 열린 방문 사이로 그는 짧게나마 오싹한 공기를 느끼고 몸을 부르르 떨었다.

* * *

"에이! 이 날씨에 무슨 파르네야! 퉷!"

많이 내리지는 않았으나 점점 짙어지는 먹구름이 험한 날씨를 예상 가능하게 했다. 로이드 후작가의 마부 윌킨스는 갑작스러운 주인의 명에 온갖 짜증을 내며 마차에 말을 연결했다.

"요즘 분위기도 뒤숭숭한데 이 와중에 별장이라니. 하여간 귀족 나으리들은……. 예전에는 추가로 삯이라도 주면 몰라. 요새는 그런 것도 없고……. 그런데 이 와중에 부려 먹어?"

쿵.

마구를 험하게 연결하던 그가 불평을 터뜨리며 마차 바퀴를 세게 걷어찼다. 그 때문에 그러잖아도 관리 소홀로 빠져 있던 못이 또 한 번 덜컹였다. 하나 그를 전혀 눈치채지 못한 윌킨스는 몸을 돌렸다. 그리고 짝다리를 짚은 채 주인이 내려오는 걸 건들건들한 동작으로 기다렸다.

"준비됐나?"

클리프는 금세 내려왔다. 그의 품에는 다프네가 안겨 있었다.

'어? 뭔가⋯⋯.'

주인 부부의 모습에 삐딱하게 서 있던 윌킨스가 번뜩 정신을 차렸다. 후작 부부가 저런 모습으로 내려오는 경우는 없었을 뿐더러 후작 부인의 모습이 어딘가 이상했다.

"뭘 보나. 빨리 마차 문이나 열어. 이 사람이 깨면 안 되니까."

"예에. 예."

하지만 주인의 눈빛이 너무나 매서웠기에 그는 더는 후작 부인 쪽으로 눈길을 주지 못하고 마차 문을 열었다. 클리프는 마차 문이 열리기 무섭게 마차를 타더니 문을 닫고 딱딱한 목소리로 명했다.

"출발해."

* * *

"이, 이게 무슨!"

제임스에게 서신을 건네받은 그레이엄은 그 안의 내용에 경악하고 말았다. 그러잖아도 저주와 함께 내일부터는 영영 죄책감에 살게 될 거라느니. 남은 밤은 제대로 잘 수 없을 거라느니 등등의 말이 적혀 있는, 조금 먼저 도착한 서신에서 불길함을 감지했던 그였다. 한데 그를 읽기 무섭게 도착한 두 번째 서신은⋯⋯.

서신의 내용대로라면 클리프가 다프네를 죽인 것도 모자라 아이들에게까지 손을 댈 뻔한 말도 못 하게 끔찍한 상황이었다. 다행히 미수에 그치긴 했으나 그 바로 아래 자살을 암시하는 문장에 그레이엄은 눈을 부릅떴다.

"백작님. 주인님께 문제가 생긴 게 맞습니까?"

불안한 표정으로 연신 눈을 돌리고 있던 제임스가 서신을 막 다 읽은 그레이엄에게 물었다. 서신을 전달하고 곧바로 갈 수도 있었으나 제임스는 불길한 예감에 일부러 클리프가 답장을 받아 오라 했다며 거짓을 말했다. 들킨다면 경을 칠 일이었으나 클리프 뒤, 주인 부부의 방에서 풍겨 오던 분위기가 계속 마음에 걸렸다.

"클리프는 지금 어디 있나? 아니, 마지막으로 본 게 언제야?"

그레이엄은 제임스의 말에 답하지 않았다. 대신 그는 제임스에게 클리프가 어디 있느냐 역정을 내다 서신을 쥔 채 뛰다시피 아래층으로 내려갔다. 곁에 있던 마리사가 남편의 모습에 경악하며 따라가려 했으나 역부족이었다.

"지금 이 무슨……."

날아가듯 사라진 그레이엄의 모습에 마리사와 제임스의 입이 경악으로 벌어졌다. 그러나 그 누구도 신경 쓰지 않은 채 그레이엄은 말을 찾더니 하인이 말을 끌고 오기 무섭게 그 위에 올라 내달렸다.

* * *

'이상해. 아무리 봐도 이상하다고.'

내리는 비를 뚫고 마차를 모는 와중에도 윌킨스는 집중을 제대로 할 수가 없었다. 자고 있다고 했지만, 사람이 그렇게 힘없이 늘어질 수 있나? 그리고 후작 부인을 보기 무섭게 등골이 오싹해지는 그 기분. 그건 예전에 익사한 시체를 봤을 때와 비슷한 느낌이었다.

고삐를 쥔 그의 손이 덜덜 떨리는 것과 동시에 왼쪽 바퀴 하나가 울퉁불퉁한 길에 서서히 뒤틀렸다. 하나 정신이 나간 데다 원래 험한 길이기에 윌킨스는 아직도 그 사실을 눈치채지 못했다.

덜컹.

바퀴가 제법 큰 돌덩이 하나를 넘었다. 마차 전체가 왼쪽으로 살짝 기울었다. 마차 안에 있던 클리프가 그를 느끼고 인상을 찌푸리다 마부석과 연결된 창문을 살짝 열고 말했다.

"좀 조심하게."

"예. 죄, 죄송합니다."

갑작스러운 주인의 목소리에 윌킨스는 깜짝 놀라며 간신히 답했다. 클리프는 어딘가 어색한 그의 모습에 창을 닫고 눈을 번뜩였다.

'눈치챘군. 그렇다면 미안하지만……'

클리프는 오늘 자신과 다프네의 사인을 완벽한 사고사로 만들 예정이었다. 그래야만 남은 아이들이 조금의 불명예도 없이 살 수 있을 테니 말이다.

'한 번에 끝을 내야 해. 다 같이 마차째로 잠기는 거야.'

클리프의 눈에 살기가 어리며 그의 머리가 비상하게 돌아가기 시작했다. 그는 마부석 쪽을 잠시 노려보다 커튼을 살짝 들췄다. 자주 다녔던 길이라 비가 오는 와중에도 어디쯤인지 곧장 알아챌 수 있었다.

'앞으로 30분. 호수에 도착하면 마차를 멈추라 하고……'

클리프가 긴장으로 굳어지는 손을 폈다 쥐었다 반복하며 도착하기까지 남은 거리와 시간을 잴 때였다. 미동 없이 그의 품에 안겨 있던 다프네의 손가락이 움직이더니 들릴 듯 말 듯 작은 목소리가 파란 입술 사이로 새어 나왔다.

"클……."

"……."

"클리……프."

생각에 잠겨 있던 클리프는 한참 만에야 다프네의 목소리를 들었다. 놀란 그가 눈을 부릅뜬 채 아래를 바라봤다. 그러자 반쯤 눈을 뜬 다프네가 희미한 표정을 짓고 있는 게 눈에 들어왔다.

"……여, 여보."

"……."

"미……안. 미, 미안해요."

"……."

"속인…… 거. 다 내 잘못……이에요."

"……."

"당신……을 이해해. 그러니 용, 용서…… 말아요."

클리프는 흐릿한 아내의 눈동자와 그 아래 맺힌 눈물을 보며 잠시 굳었다. 그러나 당장에라도 사라질 듯 옅은 목소리가 이어지고 그 내용이 귀에 박히자 그는 손을 달달 떨다가 경련하듯 몸마저 떨었다.

"르네……."

독약을 삼켰음에도 기적처럼 살아난 이의 몸을 꼭 껴안은 그가 떨리는 목소리로 아내를 불렀다. 안도와 희망이 뒤섞인 목소리. 다프네는 잘 움직이지 않는 손을 들어 그의 입술에 손가락을 가져다 댔다.

여전히 차갑지만 생기가 느껴지는 감촉이었다. 클리프는 눈물을 쏟다 입술을 꽉 물었다. 끝이라 생각했고 그리하려 했는데 길이 보였다.

배신감이라는 감정에 눈이 가려져 지금껏 저질렀던 잘못들을 되돌릴 수 있다는 희망이 솟구쳤다. 그가 끄윽 숨넘어가는 소리를 내다 고개를 들었다. 그리고 아내의 뺨에 제 손을 올렸다.

"용서받아야 할 건 나야. 내가 지금껏 미쳤어. 정신이 나가서 못 할 짓을 했어."

"……."

"미안해, 르네. 당신만 용서해 준다면 우리…… 다시 시작해."

"……."

"다 잊고 다시 시작하자."

"……."

"힘들겠지만 내가 노력할게."

다프네가 고개를 작게 주억거렸다. 클리프는 그녀의 뺨을 몇 번이고 더

쓸다 상체를 일으켜 세웠다.

숨을 쉬고 있으나 아내의 얼굴은 아직도 창백했고 피부는 차가웠다. 당장에라도 돌아가 의원에게 보여야 했다. 그리고 그 후에는……. 지금껏 벌인 일들에 대한 해결 방법을 모색해 보리라.

'염치없지만 그레이엄에게 도와 달라 하자. 그간의 일을 사과하고 도움을 구하면 분명…….'

희망으로 눈을 반짝이며 클리프가 마부석과 마차 안을 연결한 창을 열고 윌킨스에게 돌아가자 명령하려 할 때였다. 썩은 나무가 와그작 부서지는 소리가 나더니 마부 윌킨스가 기울어졌다. 아니, 시야 전체가 기울어졌다 보는 게 옳았다.

"무슨……!"

히이잉.

아주 높지는 않은 절벽 길이었다. 하지만 마차가 추락해 산산이 조각나기에는 충분했다. 거기다 그 아래 커다란 바위가 여러 개 있었으니…….

몸이 붕 뜨는 기분에 아내를 꼭 붙든 클리프에게 그의 생을 부술 거대한 바위가 성큼 다가왔다.

쿠쿵. 쾅!

몇 번의 굉음이 세상을 쪼갰다. 첫 충격에 튕겨져 나간 마부 윌킨스를 제외한 사람 둘과 짐승 넷이 마차 잔해와 함께 비로 젖은 바닥에 완전히 추락했다.

너무도 큰 충격에 산 자는 마지막 고통조차 느끼지 못하고 망자가 되었다. 거기다 내리는 빗줄기가 굵어지며 그들이 내쉰 마지막 숨조차 빠르게 온기를 잃고 흩어졌다.

* * *

부서진 마차를 가장 먼저 발견한 것은 그레이엄이었다. 클리프의 서신에 곧장 말을 타고 나갔던 그는 얼마 가지 않아 추락한 듯 보이는 마차와 그 속에 구르고 있는 클리프와 다프네를 보고 망연자실한 채 굳어 버렸더랬다.

"그레이엄……."

마리사는 사고 현장에서 아직 벗어나지 못한 듯 멍한 얼굴을 하고 있는 남편에게 손을 뻗었다. 그리고 그를 꼭 안아 줬다. 그레이엄은 아내의 온기에 굳은 몸을 약간이나마 풀었으나 이내 곧 다시 딱딱한 표정으로 고개를 들고 말했다.

"마리사. 이 일은 누구에게도 알려져서는 안 돼."

벌써 몇 번째 하는 말인지. 그레이엄의 말에 마리사가 근심 어린 얼굴을 하며 요 며칠 자신들이 벌였던 일을 떠올렸다.

'정, 정말입니다. 그건 사고였습니다. 비도 오는 데다 마차 바, 바퀴가 갑자기 부서지면서 생긴 사고였단 말입니다.'

'……'

'그, 그리고 후작 부인께서는 이, 이미……. 제 눈으로 똑똑히 봤습니다. 부, 부인께서는……'

사고가 난 날. 유일한 생존자인 마부가 변명으로 횡설수설하는 모습에서 그레이엄과 마리사는 클리프의 서신에 담긴 내용이 진실이라 생각할 수밖에 없었다. 거기다 서신을 전해 준 제임스조차 자신이 클리프에게 서신을 받으며 본 방 안의 이상한 분위기에 대해 말해 주었으니 더 이상 의심의 여지는 없었다.

'……이 일이 알려져서는 안 돼.'

'……'

'일의 전말이 알려진다면 클리프의 말대로 남은 이안과 소피아의 삶은……. 안 돼. 절대 안 돼. 마리사, 우리가 이걸 막아야 해.'

클리프와 다프네의 죽음에 슬퍼할 새도 없었다. 그레이엄은 클리프의 죽음을 막지 못했다는 죄책감과 친우의 명예, 그리고 친우가 당부와 함께 남긴 아이들을 위해 일을 완벽한 사고로 꾸미리라 다짐했다.

'제임스는 클리프에 대한 충심이 깊은 데다 후작저에서 오래 일했어. 클리프 그리고 이안과 소피아에게 해가 될 말은 절대 하지 않을 거야. 하지만 윌킨스 그자는 아니야.'

'맞아요. 그자가 만일 당시 자신이 본 걸 떠들고라도 다니면…… 후작님의 명예는 물론이요, 이안과 소피아에게도 해가 갈 거예요.'

클리프와 다프네의 명예, 그리고 앞으로 이안과 소피아의 삶을 위해서라도 일의 전말을 감춰야 한다는 것에는 마리사도 동의했다. 때문에 그들은 맨 먼저 자신들을 제외하고 사건의 일부 진실이라도 아는 제임스와 마부 윌킨스를 어찌할지 고민했다.

'제일 깔끔한 건 영영 입을 못 열게 하는 거겠지요.'

제임스에 대해서 부부는 깔끔하게 결론을 내렸으나 마부 윌킨스에 대해서 그들은 한참 고심했다. 하나 죄 없다 여겨지는 사람을 차마 죽일 수는 없었기에 그들은 조사관이 들이닥치기 전, 윌킨스에게 협박과 함께 큰돈을 쥐여 주며 그를 급히 외국으로 보냈다.

"그자가 돌아올 일은 없겠지?"

"걱정 마요. 배를 타는 것까지 확인했으니까."

"……한숨 놓았군. 이안하고 소피아는?"

"방에 있어요. 소피아는 좀 괜찮은 모양인데 이안은…….'"

"다른 건 몰라도 부모의 죽음은 사고로 알아야 해. 그것만큼은 조금의 의심도 없이 믿게 하는 게 우리의 몫이야."

"……."

"마리사. 이안과 소피아 좀 부탁해. 난 아무래도…… 하아."

그레이엄이 인상을 구기며 고개를 푹 숙였다. 클리프 부부의 죽음의 전말을 숨기는 것 말고도 할 일이 많았다. 당장 내일 있을 장례에, 구귀족과

부터 입김을 불어넣은 조사관들을 맞이할 준비까지…… 그레이엄과 마리사는 몸이 열 개라도 부족했다.

"그레이엄. 난 사실 그 아이들보다 당신이 더 걱정이에요. 이번 일에 조사를 맡은 조사관은 알다시피……"

"괜찮아. 윌킨스 그자도 떠났고……. 귀족도 아닌 자 정도는 상대할 수 있어."

"백작님. 어지러우십니까?"

"으……"

"용서하십시오. 저희도 시간이 없어서 말입니다."

말은 정중했으나 몸짓은 그렇지 못했다. 그레이엄을 딱딱한 나무 의자에 앉혀 둔 사내는 짝다리를 짚은 채 건들거리다 사흘 동안 두 시간도 제대로 자지 못한 그레이엄의 어깨를 툭툭 쳤다.

"다시 묻겠습니다. 어떻게 사고 현장에 그리 빨리 갈 수 있으셨습니까?"

"서신을…… 서신을 받고 갔다 하질 않았나."

"하인과 집사가 전달했다는 서신이요? 그럼 그건 어디 있습니까? 부인의 드레스 룸까지 뒤졌습니다만 없던데요."

"별 내용이 아니라 그 자리에서 태웠다고 이미……"

"아, 태워요? 정말 신기한 일입니다. 원래 서신을 곧바로 태우십니까?"

"알 바 없잖나."

"뭐……. 그럼 후작님 목과 손목에 난 자국에 대해서는 어떻게 생각하십니까? 그리고 조사한 바로는 후작 부인의 경우 충격으로 인한 머리뼈 골절이 치명상으로 보이기는 합니다만…… 피에서 독극물이 검출돼서 말입니다. 혹 어떤 독약인지 알고 계십니까?"

"난 모르는 내용이야. 모른다고."

사흘 내내 반복했던 질문과 답이 또다시 오갔다. 사내는 조사관이 작성한 서류를 집어 든 채 잠을 자지 못해 몽롱한 그레이엄의 발을 실수인 척 밟았다. 구둣발이 제법 딱딱한 데다 사내가 온몸에 무게를 실었기에 그레이엄은 핏줄이 터진 눈을 부릅뜬 채 짧은 비명을 질렀다.

"윽!"

"작고하신 후작님과 백작님은 원래 아주 사이가 좋으셨죠. 하지만 근래 서먹하시더군요. 그리고 이상한 소문이 많이 있던데……. 후작 부인과 불경한 사이라는 건 사실이십니까?"

"……개소리를."

"친우의 아내와 불륜이라……. 혹 후작님께서 그 일로 고발이라도 하신다 하셨습니까? 사실이면 범행 동기는 충분한데 말입니다."

"증거가 있나? 없는데 이러는 거면 네놈은……. 허억!"

그레이엄의 욕설을 실실 웃으며 받아넘기던 사내가 딱딱한 책 한 권을 그레이엄의 가슴에 대더니 쾅 쳤다. 며칠 내내 겪었지만 적응되지 않는 큰 충격이 그레이엄을 강타했다. 그레이엄은 터진 입술을 깨물며 팔과 함께 묶인 상체를 꼬꾸라뜨렸다.

"네놈이라니……."

사내는 이상한 부분에서 화가 난 듯했다. 광기로 번들거리는 눈을 한 채 그가 그레이엄의 머리카락을 쥐고 위로 당겼다.

"전 귀족이 아닙니다만 제 뒤에는 높으신 분이 계시죠. 그리고 그분한테는 나도 당신도 평민 나부랭이 피를 타고난 건 똑같을 뿐이야!"

쾅.

그레이엄의 이마가 책상 위 두툼하게 깔린 옷에 박혔다. 상처가 나지는 않았으나 머리가 얼얼한 충격에 그레이엄이 눈을 뒤집으며 숨을 거칠게 내쉬었다. 하지만 사내는 괴로워하는 그레이엄을 보면서도 꿈쩍하지 않았다. 그는 오히려 그레이엄의 머리를 꾹 눌러 압박하며 속삭였다.

"내가 당신보다 못난 게 뭔가? 나나 당신이나 타고난 피는 같은데 왜 당신은 백작이고 난……."

사건 조사의 대장을 맡고 있다지만 귀족이 아닌 사내는 귀족인 그레이엄에게 함부로 상처 입혀서는 안 됐다. 하지만 이 일만 십여 년. 남지 않는 상처를 주는 데 사내는 익숙했고, 든든한 뒷배도 있었다. 때문에 사내는 조사라는 명목 아래, 묵인될 약간의 상처를 남기며 온갖 고문을 그레이엄에게 행하는 중이었다.

그가 또다시 책을 들어 올려 그레이엄의 가슴에 댔다. 그러나 그가 막 주먹을 쥐려던 차, 기사들과 함께 누군가 조사실로 들이닥쳤다.

"당장 그만두게."

기사들 앞, 깔끔한 정복 차림의 사내가 그레이엄 옆에 선 사내를 향해 고함쳤다. 그러다 사내의 손에서 벗어난 그레이엄이 고개를 툭 떨구자 곧장 기사들에게 명했다.

"감히 귀족에게 상해를 입히다니! 저자를 체포하라."

"이, 이게 무슨! 감히 누구의 명으로 이러는 거냐! 내게 일을 맡기신 분이 누군 줄 알고! 공작님을 불러라! 각하를……."

그레이엄을 고문하던 사내가 기사들에게 붙잡힌 채 제 뒤에 있는 이를 찾을 때였다. 기사들을 불러온 이가 엄한 얼굴을 하더니 사내의 귀에 똑똑한 목소리로 속삭였다.

"황명이오."

* * *

클리프 일로 그레이엄이 조사받느냐 마냐를 두고 구귀족파와 신흥 귀족파는 대립했다. 하지만 사고의 최초 목격자, 그간 사교계에 돌았던 소문, 클리프 부부의 몸에 남은 여러 정황, 결정적으로 아직은 훨씬 우세한 구귀족파의 세력 때문에 그레이엄은 감히 귀족에게는 잘 가하지 않는 강한 조사를 받았다.

'파든 백작을 조사하는 근거가 부실하지 않는가. 거기다 조사 중 감히 해서는 안 될 행위가 있었다지?'

'폐하. 하지만……'

'그만. 더 듣지 않겠다.'

'……'

'모두 들으라. 후작 부부에게 벌어진 사고는 아직 어린 후작가의 아이들에게 큰 상처다. 그러니 이 일에 대해 감히 함부로 입을 여는 자가 있다면 내 직접 치죄하리라.'

하나 그레이엄의 목숨까지 위험해지기 직전, 황제는 신흥 귀족파의 편에 섰다. 그리고 풀려난 그레이엄 앞에 무언가를 툭 던졌다.

"이게 자네를 살린 줄 알아."

황제가 내민 것은 오래된 서류 한 장이었다. 에드워드와 이안이 태어나고 얼마 지나지 않아 작성된 서류. 그것은 유언장의 형식을 띠고 있었다.

"후작이 자네를 아이들의 후견인으로 지정한다고 유언장을 작성한 뒤 공증까지 받아 뒀더군."

혹여나 아이들이 성인이 되기 전 자신에게 일이 생긴다면 아이들의 후견인 자격을 그레이엄 파든 백작에게 일임하겠다 적은 글씨에는 신뢰가 뚜렷하게 묻어났다. 그레이엄은 그 옛날, 클리프가 쓴 것이 분명한 서류를 쥔 채 눈물을 뚝뚝 흘렸다.

황제는 제 앞에서 우는 그레이엄을 보며 한숨을 내쉬면서도 안타까운 얼굴을 했다. 자식을 저리 맡길 사이라면…….

"난 근거도 없는 소문 따위를 진실이라 생각하지 않아. 하지만 백작. 조심하는 게 좋겠네. 아니면 지금 같은 일을 또 당할 테니 말이야."

황제는 엄한 얼굴로 충고했다. 그레이엄은 지고한 황제의 말에 고개를 깊이 숙이면서 눈물을 거뒀다. 황제가 창밖에 뛰어놀고 있는 윌리엄과 자레드를 보며 한 번 더 한숨을 쉬었다. 그러다 잠시 후, 얼굴을 냉정하게 바꾸고 그레이엄의 편에 서 준 가장 큰 이유를 말했다.

"다이앤. 그 토도메 왕국 여자가 후작가 땅에 간섭하는 걸 두고 볼 수는 없어. 내가 밀어주지. 마땅한 이유도 있겠다, 그 서류를 가지고 후작가 아이들의 후견인 권리를 자네가 갖도록 하게. 알았나?"

황제가 그레이엄을 즉각 풀어 주고 구귀족파에 압력을 준 이유는 클리프가 죽기 무섭게 아이들의 후견인을 자처하며 나타난 다이앤 때문이었다. 후작가가 가진 라치하 사막. 황제는 그곳이 다이앤에게 넘어가는 걸 방지할 겸 구귀족파에 세가 밀리는 신흥 귀족에게 힘을 실어 줘 귀족 사회의 균형을 맞출 생각이었다.

"예. 명을 받듭니다."

그레이엄으로서는 어차피 해야 할 일이었다. 마리사에게 전해 받은 정황으로 봐도 이안 남매의 조모라는 다이앤에게는 핏줄에 대한 애정이 없어 보였다.

황제의 묵인 아래 이 일의 조사관들은 수도에서 쫓겨나거나 심할 경우 아예 공직에서 사라졌다. 그리고 그러한 일련의 과정들로 인해 더는 로이드 후작 부부의 일을 이상하다 거론하는 이들은 없었다.

"이안. 소피아. 오늘부터는 여기서 우리랑 지내자꾸나."

"……네. 감사합니다, 아저씨."

"이안. 그렇게 딱딱하게 인사하지 않아도 된단다. 그리고 필요한 게 있으면 언제든 말하렴. 내가 다 들어주마."

상황이 정리된 후, 이안과 소피아는 파든 백작가에 머물렀다. 부모의 죽음에 어떤 진실이 숨겨져 있는지 알지는 못했으나 부모를 잃은 남매의 표정은 어두워, 모든 정황을 다 알고 있는 그레이엄은 날이 갈수록 큰 죄책감에 시달렸다. 그리고 그의 그러한 감정들은 남매에게 너무나 약한 모습으로 나타나 파든가에 사소하지만 여러 갈등을 가져왔다.

마리사는 그레이엄에게 이안 남매를 향한 너무 유한 태도는 좋지 않다 종종 충고를 했으며 에드워드는 또래인 이안과 은근한 경쟁에 스트레스를, 다니엘은 아버지를 빼앗긴 기분에 툴툴거렸다. 아서는 그렇잖아도 가족들 사이에서 약하다 생각한 제 존재감에 회의를 느끼고 말수를 더욱 줄였다.

어린 아이샤도 이안 남매로 인한 변화에 혼란을 느꼈다. 하지만 그녀의 하늘색 눈에 가장 크게 들어온 것은 어른스러웠던 소년이 제 앞에서 눈물을 뚝뚝 흘리는 모습이었다.

"……아버지도 어머니도 이제 없어."

"……."

"아이샤. 난 이제 어떻게 해야 할지 모르겠어. 세상이 너무 두려워. 아무 것도 할 수가 없을 거 같아. 정말 아, 아무것도……."

"이안……. 울, 울지……흐아아앙."

"아이샤. 울지 마. 우리 꼬마 숙녀님이 울면 내가 신사 노릇을 할 수 없잖아."

"나…… 내가 영원히 이안을 좋아할게. 정말이야. 그러니까 슬퍼하지 마. 울지 마, 이안."

레몬 나무 아래 어린 소녀의 마음은 더없이 진실했고 나이에 맞지 않게 깊었다. 하나 영원을 말하던 목소리는 후에 소년에서 사내로 자란 이의 한 없는 불친절에 금이 가고, 깨지고, 종국에는 산산이 부서졌다.

12장. 늦은 후회

 "······이 사업 건들은 일부러 그랬다. 파든가로 채무를 옮겨 오는 과정에서 그게 드러난다면 혹여나 문제가 생길 것 같아 일부러 괜찮은 수익을 내는 사업체를 산 것처럼 꾸몄어. 하지만 그래도 채무가 너무 많아 일부 로이드가의 재산은 처분하고 어느 정도 빚을 질 수밖에 없었다. 아니면 파든가도 견딜 수가 없었으니까."

 "······."

 "그래도 중요한 것은 모두 남기고 중간에 아르카 상단을 사들여 채무 기한을 늘렸는데······ 그게 도리어 네 의심을 살 거라고는 생각 못 했다. 여기 이걸 보면 알 수 있을 거다. 마리사가 모든 일에 서류를 남겨 두라 했을 때는 들키면 큰일이니 괜한 일이라 생각했는데······. 이제 보니 다행이구나."

 그레이엄은 클리프의 서신을 시작으로 이안의 오해를 샀던 모든 부분을 명확히 해명했다. 그레이엄이 가져온 모든 걸 읽고 들은 이안의 푸른 눈동자가 쉴 새 없이 흔들렸다. 지금껏 모호한 증거로 믿었던 거짓들과 달리 아귀가 완벽히 맞는 진실과 그를 뒷받침하는 증거들……. 그를 보며 말조차 망각한 듯 입을 벌린 채 간혹 이를 부딪치는 이안의 모습은 안쓰러울 정도였다.

"내가 해 줄 말은 이게 끝이다."

"……."

"일이 여기까지 온 데는 내 잘못이 크지. 모든 걸 숨겼으니까. 하지만 이안. 네 잘못도 절대 작지는 않아. 특히 아이샤 그 아이에 대해서는……."

"거짓말이야!"

그레이엄이 아이샤를 말하기 무섭게 이안이 어깨를 들썩이더니 별장이 떠나가라 고함을 질렀다. 핏줄이 다 터진 눈이 새빨간 것이 지옥에서 막 올라온 악귀 같은 모습이었다.

"거짓을 말하는 거야! 이제 와서!"

테이블 위 놓여 있던 백 장이 넘는 종이 중 일부가 허공을 날았다. 이안은 테이블에 남아 있는 것들도 거친 몸동작으로 내던지다 모든 진실이 담긴 아비의 서신을 움켜쥐었다.

"이따위 것들! 조작하려면 충분히……."

퍽.

이안이 클리프의 서신을 찢어발기려 할 때였다. 가만히 앉아 이안의 추태를 보고 있던 그레이엄이 자리에서 일어나 그를 향해 처음이자 마지막으로 주먹을 내질렀다.

중년 사내의 주먹은 그 옛날 친우를 내려쳤던 것만큼 강했다. 정확히 얼굴에 꽂힌 주먹에 이안은 비틀거리다 카우치 위로 넘어졌다.

"거짓이라고……."

"못난 녀석."

이안은 뒤로 넘어져 신음을 흘리면서도 모든 게 거짓이라 중얼거렸다. 그레이엄은 그런 이안의 모습에서 망가진 친우의 모습을 보고 아주 잠깐이지만 안쓰러운 얼굴을 했다. 하지만 그게 끝이었다. 그레이엄은 이내 집에 누워 있을 딸아이를 떠올리고 한 톨 남은 이안에 대한 감정을 버렸다. 그리고 냉혹하게 얼굴을 바꿔 말했다.

"내 말을 믿든 말든 네 마음대로 해. 하지만 이 말만은 똑똑히 듣고 새겨야 할 게다."

"……."

"로이드 후작. 내 딸, 아이샤 파튼과 당신의 약혼은 없던 것으로 하겠소. 그리고 파튼 백작가는 오늘부로 로이드 후작가와 연을 끊도록 할 테니 그리 아시오."

길지 않은 말은 예의 발랐으나 시렸다. 그레이엄은 바닥에 누운 채 괴로움에 허덕이는, 친아들처럼 대했던 친우의 아들을 짧은 눈빛에 흘려보내며 몸을 돌렸다.

"거기, 거기 서!"

이안은 그레이엄이 나갈 듯싶자 상체를 일으킨 채 소리를 질렀다. 당장 붙잡고 모든 게 거짓이라는 답을 받아 내야 했다. 검을 찔러 넣어서라도, 인간이라면 남에게 할 수 없는 고문을 해서라도 그리 답을 들어야 했다. 아니라면, 그렇게 못 한다면 그 결과는 모조리 자신에게 돌아올 테니까.

하나 곧장 일어난 상체와 달리 다리는 주인의 죄를 아는지 돌덩이로 변해 움직이지 않았다. 결국 이안은 일어서겠다고 한참을 버둥거리다 그레이엄이 나가고 나서야 몸에 힘을 탁 풀었다.

절망에 괴로운 표정을 지은 사내가 양손에 얼굴을 묻고 시야를 가렸다. 하지만 컴컴한 와중에도 자신이 저지른 죄악은 뚜렷한 빛깔로 존재를 드러냈다.

"아니야. 아니라고."

이안은 그를 지우려 몇 번이고 제 눈가를 거세게 문질렀다. 그러나 손톱에 상처가 날 지경에 이르러서도 죄는 조금도 사라지지 않아 이안은 결국 절망하고 종국에는 몸을 완전히 꼬꾸라뜨렸다.

진실에 대해 알고 있었던 자는 의외로 가까이 있었다. 별장에서 허덕거리던 이안은 한참 뒤 미친 듯 말을 몰아 로이드가로 돌아갔다. 그리고 분명히 무언가를 알고 있을 제임스에게 따지듯 그레이엄에게 들은 말이 진실이냐 물었다.

"예. 그 서신에 대한 것이라면 백작님 말이 맞습니다."

이안의 손에 들린 서신에 제임스는 15년 이상 지켰던 침묵을 깼다. 일그러진 얼굴에는 조금의 거짓도 없어 이안은 절망하고 또 절망했다.

제임스는 그런 주인의 모습에 가슴이 찢어지는 듯 했다. 너무도 끔찍한 진실을 끝내 모르시길 바랬건만……. 하지만 바램과 달리 진실은 드러났고 이렇게 된 이상 최선은 더 이상의 오해가 없게 솔직히 모든 걸 말하는 것이었다.

"백작님께서는 분명 제게 그 일에 대해 아무에게도 말하지 말라 당부하셨습니다. 하지만 그 때문에 침묵을 지키고 있었던 게 아닙니다. 저는 그 일에 대해 침묵하겠다고 스스로 판단했습니다."

"……."

"그 일은……. 전 당시의 일이 작고하신 전대 후작 각하의 명예에도 흠이지만 주인님과 소피아 님께도 큰 상처가 될 거라 생각했습니다."

"……."

"물론 제 생각이고 판단일 뿐입니다. 그러니 감히 주인님을 능멸한 일에 대해 죄를 물으신다면 달게 받겠습니다."

이제는 다 늙어 희끗한 머리카락을 가진 제임스에게 이안은 더는 아무 말 할 수 없었다. 때문에 그는 힘없는 손짓으로 안타까움과 슬픔에 어찌할 바 몰라 하는 노신을 내보냈다.

제임스는 이안의 명에 발걸음을 뒤로 물리면서도 연신 그를 힐끔거렸다. 하지만 충격에 빠져 있는 이안에게 그가 눈에 들어올 리 없었다.

'지금껏 내가 믿었던 것들이 다 거짓이라고? 사실은……'

금지된 물건에 중독된 아비가 어미를 죽이고 자신과 여동생마저 죽일 생각이었다는 것도, 결국 그리하지는 않았으나 가장 불명예스럽다는, 신의 가호조차 받지 못하는 자살을 행하는 길에 사고를 당했다는 것도 모두 큰 충격이었다. 지금까지 그가 사실이라 믿어 왔던 것과는 터무니없을 만큼 큰 간극이었기에 더욱 그랬다.

'그럼 내가 벌인 그 모든 일은? 그것들은 전부……'

하지만 그 모든 충격적인 진실보다 그를 세게 내리친 것이 있었으니 그건 바로 그가 지금껏 행했던 스스로의 행동이었다.

'내 탓이라고?'

그레이엄 파든은 부모의 원수가 아니다. 즉, 아이샤는 원수의 딸이 아니다. 그렇다면 그동안 자신이 그녀에게 주었던 모욕과 상처는 무엇인가? 명분이 사라진 그 폭력들은 모조리……

'……내 잘못이야.'

자신이 무슨 일을 저질렀는지 천천히나마 깨닫기 시작한 이안의 얼굴이 시체처럼 창백해졌다. 하지만 그가 아직도 깨닫지 못한 것이 있었으니. 이유가 뭐든 이안이 저지른 일들은 잔인한 폭력이었고, 애초 폭력은 명분이 있다 한들 상쇄될 수 있는 성질의 것이 아니었다.

"아……"

이안의 머릿속에 그간 그가 아이샤에게 저질렀던 온갖 종류의 폭력이 스쳐 지나갔다. 납 화살보다 뾰족한 말들을 무수히 쏟아 낸 것은 물론이요, 잘 관리한 검보다 날카로운 행동들이 수십 번은 그녀를 난도질했다.

그녀의 존재 자체를 비하하는 것은 물론이요, 말 한 마디 한 마디, 행동 하나하나 트집 잡았다. 죄인의 딸이니 모두 감수해야 한다 낙인찍고 그녀가 자신에게 맞춰야 한다 강요하고 조금이라도 싫다 의견을 내보이면 곧장 철퇴를 휘둘렀다. 그리고 그 무자비한 손길 아래 아이샤는 몇 번이고, 아니.

수십 번 수백 번을 인내하다 결국…….

'유산했다.'

파든 백작의 목소리가 귓가를 때렸다. 숨이 쉬어지지 않았다. 그동안 눈 감고 아니라 소리치며 외면했던 모든 죄가 그를 덮쳤다. 이안은 숨을 헐떡이며 어찌해야 하나 공황에 빠졌다. 그러다 손을 달달 떨고, 눈을 깜빡이며 소리를 질렀다. 답이 나오지 않는 상황에서 그게 그가 당장의 감정을 표출할 수 있는 유일한 방법이었다.

'내가 왜 그랬지? 왜……. 왜 그리 쉽게 거짓을 믿고 옳다 생각했지?'

이안은 그렇게 한 시간 넘는 시간을 보내다 더는 소리를 낼 수 없을 때가 돼서야 자신이 왜 그랬는지 생각해 볼 수 있었다. 스스로가 어리석어, 그 이유만으로 그리 쉽게 거짓에 넘어갔던가.

'갑작스럽게 들릴지 모르겠다만 아카데미도 졸업했고 너도 이제 다 큰 어른이지. 그래서 말인데 내년쯤 아이샤랑 약혼하는 거 어떻게 생각하니?'

제 의심을 붙잡고 기억을 타고 올라가던 이안은 처음 아이샤와의 약혼이 정식으로 나왔을 때에 가서 멈췄다. 그랬다. 시작은 거기서 조금 더 앞선 시기……. 한참 스스로가 모자라다고 생각했을 때, 그때였다.

'……내가 과연 저 모습 저대로 아이샤를 지켜 줄 수 있을까?'

어느 모로 보나 완벽한 파든가에서도 애지중지 보물처럼 자란 아이샤. 그녀를 자신이 과연 행복하게 해 줄 수 있을까 수백 번을 고민하던 때, 눈은 흐려지기 시작했고 생각의 방향은 아주 조금씩이지만 분명히 잘못된 곳으로 향하기 시작했다.

'나중에 따로 이야기하시죠. 아저씨.'

스스로에게 던진 물음 뒤 그녀가 부담스러워졌다. 정확히는 완벽하지 않은 자신의 곁에 아이샤를 두는 게 두려웠다. 그녀가 가족들과 함께 있을 때만큼 행복해하지 않으면, 그래서 자신을 선택한 일을 후회하면 어떡하나 미칠 정도로 걱정스러웠다. 그래서 준비되지 않았다는 말로 약혼도 물렸다.

돌이켜 생각해 보면 그따위 나약하고 못난 마음을 이겨 내면 그만이었다. 하지만 중앙 귀족회 일원이 되고 가문의 빚을 갚아 가면서도 이안은 불안에 허덕였다. 아직은 멀었다, 완벽하지 못하다 스스로를 자책하다 결국 그 고통의 원인을 아이샤에게 돌리며 나약한 자신을 회피하기 시작했다.

'왜 내가 그 애를 위해 이렇게까지 노력해야 하지? 그 애한테 그만한 가치가 있을까?'

자신의 못난 모습을 외면한 채 사랑하는 여인에게 화살을 돌리면서 그는 웃었다. 처음에는 마음의 자책이라도 했다. 하지만 양심은 이내 무뎌졌고 사소하지만 작은 것부터 효용이라는 명분으로 내려놓기 시작하자 마음이 편했다.

'이제는 아저씨 신세는 그만 져야지요. 그동안 감사했습니다.'

권력을 핑계로 구귀족파의 일원이 되겠다 말하며 파든가를 벗어나 아이샤와 만나는 횟수를 줄였다. 더 멋진 모습으로 돌아오기 위해서라 스스로에게 말했지만 사실은 편하게 권력을 쥐고, 아이샤에게서 거리를 벌려 간혹이지만 느껴지는 양심의 가책에서 벗어나기 위함이었다. 그리고 그런 마음가짐으로 있던 그에게 레반투스 공작은 다가와 속살거렸다. 네가 아비처럼 따르는 이는 네 부모를 죽인 원수라고.

이안은 그레이엄이 부모의 원수인 것보다 아이샤를 미워할 수 있는 이유가 생긴 것에 만족했다. 그녀를 자신이 최선을 다해 추앙하며 무조건적으로 행복하게 해 줘야 하는 이가 아님에 기뻐했다. 아이샤를 곁에 두기 위해 몸이 부서져라 더는 노력하지 않아도 돼. 그녀는 처 죽일 원수의 딸인걸. 함부로 대해도 괜찮아.

'······아니. 사고라 단정할 수 있나?'

그렇기에 그는 쉽사리 공작의 계략에 넘어갔다. 그리고 한 번 공작의 말을 믿기 시작하자 거기에 맞춰 모든 것을 재단했다. 공작의 말에, 그가 가져온 증거에 이상한 부분이 많다 몇 번을 생각했음에도 아니라 부정지도,

아비처럼 따랐던 파든 백작에게 진실이냐 한 번을 캐묻지도 않았다.

'그러니 앞으로 이리 구질구질하게 찾아오지도, 내게 뭘 기대하지도 마.'

약간 어긋났던 선은 어느새 돌이킬 수 없게 됐다. 이안은 나중에 가서는 아이샤를 미워하고 지긋지긋하다 스스로를 세뇌했다. 그녀를 괴롭히고 거기서 희열을 느꼈다. 그러나 더 최악인 것은 자신의 감정이 그렇다 믿으면서도 결코 그녀를 놓아주지 않았다는 사실이었다.

'난 내기에서 이겨서 기분이 썩 좋아. 받을 것이 꽤 크거든. 그러니 웃어, 아이샤. 내가 기쁘니 너도 기쁠 텐데 아닌가?'

그 결과 아이샤는 그의 곁에서 그가 행하는 온갖 폭력에 노출됐다. 아이샤는 그의 손길에 턱과 팔에 멍이 드는 것은 예사요, 눈가는 하루가 멀다 하고 붉게 짓물러 있었다. 하지만 그러한 신체적 학대보다 더 심한 것은 정신적인 학대였으니, 이안은 그녀를 인형처럼 다루며 그녀 스스로 그리 하게끔 그게 옳다 종용했다.

상처 입어도 자신의 뜻에 무조건 따르고, 조금의 반항도 용납하지 않았다. 습관처럼 그의 말에 겁먹는 심리를 이용해 마음을 주무르며 상처 주고, 그러면서도 따르게 하고…… . 몸마저 쉽게 내 주게 하였다.

물론 이 모든 과정에 아이샤의 문제와 책임이 아예 없다 할 수는 없었다. 하지만 가해자와 피해자가 명백한 상황에서 이안은 감히 그녀의 잘못이나 책임을 운운해서는 안 됐다.

"우욱."

시작점마저 깨달은 이안이 진절머리 나는 제 멍청함과 파리도 상대하지 않을 만큼 역겨웠던 지난날 제 과거의 마음가짐을 깨닫고 헛구역질을 했다. 그러나 그 상황에서도 그는 마지막에는 우습도록 이기적인 생각을 했으니 …… . 이안은 당장 아이샤를 찾아가 용서를 빌고 그녀를 보겠다 몸을 일으켰다.

미친 듯 말을 달린 이안은 금세 파든가에 도착했다. 하나 파든가의 문은 그 어느 때보다 단단했고, 파든가 사람들은 철장보다 촘촘했다. 때문에 이안은 끝내 안으로 발 하나조차 들일 수 없었다.

* * *

"아서!"

가게 안, 은밀히 빌린 방 안에 앉아 있던 소피아가 자리에서 벌떡 일어나 기다렸던 이의 이름을 불렀다. 하지만 막 방으로 들어온 아서는 그녀를 쳐다보지도, 자리에 앉지도 않았다.

"갑자기 보자 해서 놀랐어. 아니, 사실 너무…… 너무 기뻤어."

"……."

"아서. 사실 나 요새 힘들어. 이안 오빠가 이상해. 너도 알지? 오빠가 아이샤랑 파혼했는데……."

딱딱한 모습에 불안을 느낄 법도 했건만 소피아는 웃으며 아서를 껴안았다. 그리고 최근 힘들었던 일들을 줄줄이 늘어놓았다.

그러나 아서는 저를 붙잡은 소피아를 지긋이 내려다보다 그녀를 단번에 떼 냈다. 차가운 연인의 손길에 소피아가 말을 멈추고 눈을 동그랗게 떴다. 그러나 아서는 개의치 않은 채 탁자 위로 무언가를 던지며 입을 열었다.

"……너 이게 뭔지 알아?"

아서의 물음에 그의 얼굴을 보던 소피아의 눈이 탁자 위 물건에 닿았다. 아서가 내던진 물건은 익히 아는 것이었다. 조모와 함께 산 향긋한 차. 머리를 맑게 해 주는 데 탁월한 그 차를 소피아는 오라비인 이안에게 대접하고, 아카데미에 있는 아서에게는 예쁜 병에 넣어 선물했더랬다.

"내가 선물로 준 거잖아. 왜? 차가 별로야?"

까다로운 그녀의 오라비조차 다시 찾았던 차였기에 소피아는 의아했다. 아서는 아무것도 모르겠다는 순진무구한 소피아의 얼굴에 눈을 질끈 감았다가 한숨과 함께 말했다.

"이거⋯⋯."

"⋯⋯."

"독이야. 그것도 사람을 망치는 극독이라고."

"뭐?"

상상도 못 한 말에 소피아가 눈을 크게 뜨고 소리를 높였다. 아서는 놀란 그녀를 보다 품 속에서 주머니를 꺼내 안에 든 내용물을 손바닥 위로 쏟아 냈다. 그리고 그 속에서 약간 보랏빛을 띠는 마른 꽃들을 두 종류로 분리해 냈다.

"여기 오른쪽 꽃. 이건 팔라스 꽃이야. 아래쪽에 줄기가 살짝 남아 있지? 이 부분을 말린 다음 뜨거운 물에 우려내면 사람의 정신을 망가뜨리는 독이 된다고."

사실 처음에는 아서도 차에 팔라스 꽃이 섞인 줄 몰랐다. 함께 있던 푸르스 꽃과 생김새가 비슷한 데다 말리니 그 차이를 더욱 알기 어려웠기 때문이다. 그가 차에 담긴 비밀을 안 것은 우연찮게 아카데미 교수에게 차를 대접한 후였다.

'아서, 손을 좀 줘 보게.'

'예? 네⋯⋯.'

'이런⋯⋯. 이거 어디서 났나? 당장 가져다 버리게!'

약초학에 박식했던 교수조차 아서의 손가락 끝이 미세하게 보랏빛을 띠는 걸 본 뒤에야 팔라스 꽃을 눈치챘다. 그만큼 차는 은밀하게 검을 품고 있었다.

'도대체 어디서 이런 걸 구한 거야. 설마 벌써 많이 마신 건 아니겠지?'

어찌 됐든 차의 비밀을 안 순간 아서는 소피아 걱정에 지체 없이 아카데미를 빠져나왔다. 아이샤 일로 몇 달을 서신만 간혹 주고받았지만 그래도⋯⋯. 아직은 소피아를 많이 사랑하고 있었기 때문이다.

'아이고, 도련님. 다행입니다. 이렇게 못 만났으면⋯⋯.'

'무슨 일이야?'

'일단 이거…… 큰 도련님이 보내신 서신입니다.'

하나 막 아카데미를 나오던 그를 가문의 하인이 붙잡았다. 그리고 전해진 소식에 아서는 소피아에게 향하던 발걸음을 곧장 집으로 돌렸더랬다.

'이안과 아이샤의 약혼은 끝이야. 그리고 우리 가문과 로이드 후작가와의 연도 끝이고.'

'……'

'네 비밀 연인에 대해서는 나도, 어머니도 이미 알고 있어. 아서 넌 똑똑한 아이이니 이 이상 긴말하지 않으마. 아이샤가 어떤지 봤지? 다니엘과 아버지까지 네 연인에 대해 알기 전에 정리해.'

정신조차 제대로 차리지 못한 쌍둥이 여동생, 그리고 이어진 형의 엄한 말. 아서는 고민하지 않았다. 마음 한구석이 찢어질 것 같았지만, 죄책감만큼은 아니었다. 그는 에드워드의 말에 고개를 끄덕이고 곧바로 소피아에게 만나자 사람을 보냈다. 소피아는 곧바로 답을 보냈다. 그리고 반나절이 채 지나지 않아 그들이 만났다.

"그, 그럴 리 없어!"

"……"

"이건 할머니가 추천해 준 건데……. 가게도 원래 아는 곳이라 했단 말이야!"

극독이라는 말에 멍한 표정을 짓던 소피아가 한참 만에 거세게 고개를 저었다. 독이라니. 정신을 망치는 물건이라니…….

'머리를 맑게 해 주는 차라 이안에게도 선물하고 싶구나. 그 애는 머리 아픈 일이 많을 테니 말이야. 하지만 내가 선물한다 하면 받지 않겠지? 그러니 소피아 네가 전달해 주렴. 응?'

문득 이안에게 한사코 차를 전달해야 한다 말하던 조모의 말이 떠올랐다. 덜컹. 소피아의 심장이 내려앉았다. 게다가 최근에는…….

'술 좀 그만 마셔! 이러다 몸 상하겠어!'

아직 대외적으로 알려지지는 않았으나 무슨 이유에서인지 오라비는 아이샤와 파혼했다. 그리고 망가졌다.

소피아는 술에 취해 잠시 쓰러진 이안의 손에 들린 파혼장을 보고 기겁했다. 오라비와 미워하는 아이샤의 파혼을 누구보다 바랐던 그녀였건만 막상 일이 닥치니 무슨 일인가 걱정이 됐다. 게다가 술만 들이켜는 오라비의 모습이 기이했기에 그녀는 평소와 달리 눈치를 보며 입을 꾹 닫았다. 그리고 걱정하는 마음에 오라비의 방으로 제가 가진 차를 날랐다.

'……더 줘.'

이안은 소피아가 내민 차를 거부하지 않았다. 아니, 오히려 더 달라고도 했다. 차를 요구하는 모습에 내심 이상한 기분이 들었지만 좋은 차니 술을 마시는 것보다야 훨씬 괜찮다 여기며 연거푸 줬는데 독이라니. 소피아가 몸을 덜덜 떨기 시작했다.

"그 차를 네 조모가 줬다고?"

아서는 소피아의 입에서 다이앤이 나오자 미간을 잔뜩 구겼다. 다이앤과 로이드가 사이의 문제와 지금 일어난 일. 그녀가 무엇을 목적으로 하는지 빤히 보였다.

"이안한테 당장 말해. 그리고 그 여자랑 가까이 있지 마. 위험하니까."

네 조모가 이안을, 그리고 아마 널 죽이려 한다고 차마 말하지 못한 아서가 에둘러 말했다. 하지만 소피아는 그의 말이 끝나기 무섭게 눈물범벅인 얼굴로 소리쳤다.

"아냐! 할머니는 너처럼 나한테 유일한……."

"정신 차려!"

아서는 더는 소피아를 참아 주지 않았다. 그가 소피아 못지않게 큰 소리로 고함치며 그녀의 어깨를 붙들었다.

"너 언제까지 어리광 부릴래? 언제까지 네 혀에 단것만 삼킬 거야!"

"……."

"이렇게까지 말해 주는데 지금 상황 파악이 안 돼? 까딱하면 너랑 네 오라비가 죽을 수도 있는 상황인데, 응?"

"아서……."

처음 보는 아서의 모습에 소피아가 울먹이며 그를 불렀다. 그리고 아이처럼 그의 품을 파고들었다. 조금만 어려운 일이 생기면 자신에게 기대려는 모습……. 한심하기도 했으나 애처로운 마음이 우선이었다. 하지만 곧 집에 누워 있는 여동생을 떠올린 아서는 더는 소피아의 이런 모습에 휘둘리지 않겠다 다짐하며 그녀를 밀어 냈다.

"소피아. 똑똑히 들어."

아서에게 밀린 소피아가 다시 그에게 다가왔다. 그러나 아서는 고개를 단호하게 저어 오지 말라 신호했다. 그리고 차가운 목소리로 선언했다.

"네 입으로 말했다시피 이안과 아이샤가 끝났어. 우리 가문과 너희 가문도 끝이고. 그리고 나랑 너도 이제 끝이야."

"싫어! 내가 너랑 왜 끝이야? 아서 넌 내 편이잖아. 나랑 계속 같이 있어야 하는 내 사람이잖…… 악!"

소피아가 악다구니를 쓰며 다시 달라붙으려 했다. 아서는 손속에 자비를 두지 않았다. 그는 강한 힘으로 그녀를 내쳐 카우치에 주저앉게 했다.

"……진작 이래야 했어."

"뭐?"

"네가……! 소피아 네가 아이샤한테 그런 짓을 했을 때 끝냈어야 했다고."

소피아를 내려다보는 아서의 얼굴은 죄책감에 일그러져 있었다. 그는 분명 소피아를 사랑했다. 자신과 비슷한 아픔이 있는 그녀에게 공감했고, 아이 같아 버거웠지만 애처로운 그녀를 지켜 주고 싶다고 십 년이 넘게 생각했다.

"지금도 소피아 너……. 네 오라비와 아이샤가 파혼하고 아이샤가 어떻게 있는지 알기나 해?"

하지만 그가 사랑한 여인은 그의 소중한 가족을 크게 아프게 했다. 또한 상처를 주고도 신경 쓰지 않았다.

아서는 소피아가 아이샤에 대한 악소문을 냈음에도 그녀의 편에 섰다. 하지만 그 뒤 죄책감은 소피아에 대한 아서의 마음을 서서히 갉아먹었고 끝내는 회의만이 남게 했다.

"……소피아. 누가 뭐라 해도 아이샤는 내 동생이야. 소중한 동생이라고. 그리고 그 애를 다치게 하는 사람을 난 사랑할 수 없어."

미련과 옛 추억이 그 사실을 가렸지만 침대에 누운 채 사경을 헤매는 여동생의 모습에 아서는 깨달았다. 그는 더 이상 소피아를 사랑하지 않았다. 아니, 사랑할 수 없었다.

"이대로 가면 나, 나 당장……."

아서가 몸을 돌리자 소피아가 전과 마찬가지로 머리 장식구를 빼 들었다. 그러나 아서는 그녀를 힐끔 보고는 그때와 달리 지체 없이 발걸음을 떼며 말했다.

"네 마음대로 해."

* * *

"……이샤."

"의원을…… 불러야……."

귓가에 여러 목소리가 얽혀 들었다. 아이샤는 좁은 시야로 흐릿한 빛을 확인한 채 멍하니 있다 서서히 돌아오는 정신에 눈꺼풀을 완전히 들어 올렸다.

"아이샤!"

"정신이 드니? 내가 누군지 알겠어?"

가물한 시야가 열림과 동시에 익숙한 얼굴들이 눈에 들어왔다. 초췌한 빛에 걱정이 가득한 얼굴이었지만 이상은 없어 보이는 모습. 아이샤는 입을 뻐끔거렸다.

"흐으……."

목소리가 잘 나오지 않았다. 마녀에게 목소리 자체를 빼앗긴 바닷속 공주처럼 아이샤의 말에는 공기 소리가 대부분이었다. 그러나 그녀는 있는 힘을 다해 단어를 만들어 뱉었다.

"아무 일 없…… 다, 다행……."

아이샤에게 집중하고 있던 가족들 중 그레이엄이 가장 먼저 그녀의 말을 알아듣고 눈시울을 붉혔다. 아이샤는 주름진 얼굴에서 툭 떨어지는 뜨거운 눈물에 고개를 저으며 손을 올리려 했다. 하지만 목소리와 마찬가지로 목도 손도 그녀의 뜻에 따라 주지 않았다.

"에이 씨!"

아이샤가 손가락을 꿈틀대는 걸 본 다니엘이 부모 사이로 파고들더니 여동생의 손을 제 양손으로 붙잡았다. 그리고 무릎을 꿇고 기도하듯 모아 쥔 채 축축이 젖은 목소리로 중얼거렸다.

"야, 너 내가……. 내가 얼마나 걱정했는지…… 젠장!"

다니엘답지 않게 더듬거리는 목소리에는 안도와 더불어 온갖 감정이 묻어나 있었다. 결국 치밀어 오르는 감정을 견디지 못한 그가 소리를 높이자 에드워드가 다니엘의 어깨를 붙잡았다.

"다니엘. 큰소리 내지 마."

얼핏 들으면 평소와 같아 보였지만 아이샤는 알 수 있었다. 큰 오라비인 에드워드도 감정에 벅차 있는 것을. 그녀가 걱정 말라는 듯 에드워드에게 희미한 웃음을 보이며 다니엘에게 붙잡힌 손을 꿈틀거렸다. 조금 전보다 살아난 움직임에 다니엘이 믿지도 않는 여신에게 감사 인사를 작게 웅얼거리며 그녀의 손등을 제 뺨에 살짝 눌렀다.

그 온기를 느끼며 아이샤가 눈동자를 굴렸다. 그러자 조금 넓어진 시야로 처음 눈을 떴을 때 얼핏 봤던 셋째 오라비가 보였다. 아서는 아이샤와 눈을 마주치자 몸을 움찔거렸으나 곧 그녀 가까이 다가왔다.

다른 오라비들과 달리 말이 없었으나 알 수 있었다. 그 또한 에드워드와 다니엘 못지않게 그녀 걱정에 마음을 졸이고 있었음을.

"걱정시켜서 죄송…… 아."

아서에게 고개를 살짝 끄덕여 준 아이샤가 제 주변에 모여든 가족들의 얼굴을 다시 한번 살피며 입을 열 때였다. 목소리를 내기 무섭게 아랫배에서 극심한 통증이 올라왔다.

"아이샤!"

"의, 의원을 불러야! 의원!"

아이샤가 신음을 흘리자 모두 하얗게 질려 안절부절 못했다. 다니엘은 벌떡 일어나 당장에라도 밖으로 의원을 찾으러 나갈 듯 몸을 움직였다. 아이샤는 가지 말라며 고개 돌린 오라비의 손을 붙잡았다. 그리고 담담한 목소리로 말했다.

"……묻고 싶은 게 있어요."

아이샤가 시선을 내려 아래, 시트에 가려진 제 배 쪽을 바라봤다. 동시에 침묵이 내려앉았다. 모두들 물 밖에 나온 조개처럼 입을 닫았다.

'맞구나.'

가족들의 침묵에 아이샤는 상황을 직감했다. 사실 정신을 잃기 직전 조금은 예상했던 일이었다. 그러나 혹시나 했음에도 둔탁한 돌덩이에 뒤통수를 내리 찍힌 느낌이었다. 저도 모르게 침음을 흘린 아이샤의 눈에서 서서히 초점이 사라졌다.

"……당신은 잠시 나가요. 너희도 나가 있으렴."

아이샤의 상태에 모두 어찌할 줄 몰라 하고 있을 때였다. 마리사가 아랫입술을 물더니 남편과 아들들을 돌아보며 말했다.

다니엘이 무어라 말하려 입술을 달싹였다. 그러나 끝내 입을 열지는 못했고 곧 그레이엄을 필두로 파든가 남자들이 모두 방 밖으로 나갔다.

"아이샤."

문 닫히는 소리가 작게 나고도 한참이 흐르고 나서야 마리사는 딸을 불렀다. 생각에 잠긴 채 멍하니 누워 있던 아이샤가 마리사를 돌아봤다. 넋이 나간 얼굴이 참담했다.

"알고…… 있었니?"

마리사가 아이샤의 이마에 손을 올리며 물었다. 아이샤는 어미의 온기를 느끼며 살며시 고개를 저었다.

"아니요."

"……."

"……전혀 몰랐어요."

"그래. 몰랐구나."

마리사가 아이샤와 눈을 맞추며 고개를 끄덕였다. 물어보니 한 달 전쯤에도 진찰받았던 여식이었다. 하나 의원조차 아이샤의 임신 사실을 눈치채지 못했다. 생리 주기가 불규칙한 것도 문제였지만 어릴 적부터 앓았던 지병에 통증을 참고 넘겼던 탓도 있었다.

의원은 아이샤가 쓰러진 뒤 몇 번이고 제 잘못이라 고개를 조아렸다. 다니엘은 그런 그를 당장에라도 베어 버릴 듯 굴었지만 마리사는 그런 아들을 만류하며 유산 이유를 물었다. 의원은 원래 약한 몸이 문제인 데다 정신적 충격이 있었던 것으로 예상된다 답하며 눈을 질끈 감았다.

의원의 말을 상기한 마리사가 주먹을 세게 쥐었다 폈다. 그렇잖아도 약하게 낳아 항상 마음에 걸리던 딸이었다. 한데 거기에 몸이 더 나빠지다니. 가슴이 찢어질 듯 아프며 폐에 물이 차오르는 것같이 답답한 고통이 느껴졌다.

"내 딸……. 우리 나쁜 꿈을 꿨다 생각하자."

고통을 참아 낸 채 마리사는 부드러운 목소리로 아이샤를 다독이기 시작했다. 자신이 아무리 괴롭다 한들 딸아이만큼은 아닐 것이다. 아무리 충격받았다 한들 아이샤만큼은……. 마리사의 눈시울이 붉어졌다.

"이 일에 네 잘못은 없어. 그러니까 우리 다 잊고 우선은 네 건강만……."

"어머니."

마리사가 간신히 말을 이어 갈 때였다. 흐려진 눈으로 어미의 말을 듣고 있던 아이샤가 갑자기 입을 열었다. 마리사는 제 말을 끊은 딸의 눈을 쳐다 봤다.

"차라리…… 잘된 일일지 몰라요."

생각지도 못한 딸의 말에 마리사가 충격으로 딱딱하게 굳었다. 그러자 어미에게서 고개를 돌린 아이샤가 배 위에 손을 올리더니 입꼬리를 기이하게 끌어 올리며 중얼거렸다.

"내가……. 나 따위가 어떻게 엄마 노릇을 하겠어요. 아이한테도 차라리……. 차라리……."

분명 입꼬리는 올라가 있지만 웃지도, 울지도 않는 입술. 한계까지 커진 채 비어 버린, 모든 감정이 말라붙은 눈. 경련하듯 쉴 새 없이 떨리는 손가락. 그 모든 게 망가진 아이샤를 보여 주고 있었다.

결국 마리사에게도 한계가 왔다. 그녀는 경직된 어깨를 툭 풀고 간신히 참던 눈물을 쏟아 냈다. 양손으로 얼굴을 감싸 쥔 마리사의 입에서 흐느낌이 흘렀다. 그러나 어미의 그런 모습을 돌아보면서도 아이샤는 눈물을 흘리지 않았다. 다만 그녀는 힘없는 손길로 배 위에 작은 원을 그릴 뿐이 었다.

* * *

추운 날씨로 창문이 희뿌옇게 얼었다. 마리는 새콤달콤한 향의 차를 옮기다 창문에 낀 성에에 시선을 줬다.

얇지만 끝이 뾰족한 성에는 보는 것만으로 차가움이 느껴졌다. 그리고 그 너머 저 멀리 저택의 출입구에 서 있는 사내를 보는 마리의 눈도 성에만큼 서늘하게 얼어붙어 있었다.

'아직도……'

하얗게 쌓인 눈에 사내의 인영은 작을지언정 금발만은 확연하게 눈에 들어왔다. 마리는 그 찬란한 빛을 노려보다 아랫입술을 꾹 문 채 고개를 홱 돌렸다.

'오늘도 오셨다지?'

'응. 벌써 몇 시간째인지.'

'날씨가 많이 춥지 않아? 이러다 송장 치우는 거 아닌지……'

차를 준비하며 들었던 동료 하녀들의 말이 귓가에 맴돌았다. 하지만 이 추운 날씨 밖에 서 있는 이를 마리는 조금도 동정하지 않았다. 다시 걸음을 옮긴 그녀는 속으로 자신이 아는 모든 욕을 사내, 이안에게 내뱉었다.

'흥! 얼어 죽든 말든 알 게 뭐야. 저대로 지옥에나 떨어지시라지!'

며칠 사경을 헤맨 뒤에 겨우 정신을 차린 아이샤였다. 그리고 마리는 그런 아이샤의 곁에 몇 날 며칠 내내 붙어 있던 이 중 하나였다.

'우리 아가씨는 죽다 살아났는데.'

마리는 그날 밤을 떠올리며 이마저 갈았다. 그 피. 아가씨의 작은 몸에서 그렇게 많은 양의 피가 나올 거라고는 상상도 못 했다. 하얀 천이 피에 젖어 들 때마다 사그라지던 얼굴의 핏기. 그리고 아가씨의 몸에 있었을 작은 생명. 그런 것들을 생각하면 밖에 서 있는 치는 당장 죽어도 싸다고 마리는 감히 생각했다.

이안에 대한 분노를 불태우며 걷자 어느새 아이샤의 방에 다다랐다. 마리는 방문 앞에서 한숨을 작게 내쉬었다 웃는 낯을 연습했다. 깨어난 이후에도 아이샤는 방 밖으로 나오지 못했다. 약해질 대로 약해진 몸 탓도 있었으나 마리가 보기에 정신적인 부분이 커 보였다.

똑똑.

"아가씨. 마리입니다. 들어갈게요."

몇 번 얼굴 근육을 움직인 마리가 밝은 목소리를 꾸며 내며 문을 열었다. 방 안은 난로의 온기로 후끈하게 느껴질 정도였다. 그러나 침대 위 인영은 몸을 잔뜩 움츠리고 있었다.

"아가씨……."

"……마리야?"

"좋아하시는 차를 가져왔어요. 상큼한 향이 아주 고급품 같아요."

아이샤는 천천히 몸을 일으켜 앉았다. 마리는 가지고 온 차를 찻잔에 따라 받침과 함께 아이샤에게 건넸다. 향기를 맡기만 해도 기분이 상쾌해지는 오렌지와 베리류의 향이 방 안을 가득 메웠다. 그러나 아이샤의 표정은 침대에 누워 있을 때와 다르지 않았다.

"어떠세요?"

"아……."

"……."

"좋아."

마리의 간단한 질문에도 아이샤는 한참 허공을 보며 멍하니 있다 답을 했다. 꼭 넋이 나간 듯한 모습. 며칠째 아이샤의 상태는 이러했으나 마리는 물론이요 파든가 식구들 중 누구도 아이샤의 이런 모습을 지적하지는 않았다. 다만 괴로운 얼굴로 그를 지켜볼 뿐이었다.

"에드워드 도련님이 친히 구해 오신 물건이래요. 좋으시면 많이 드세요. 요즘 날씨가 건조해서 뭘 많이 마셔야 해요."

"응……."

"……답답하지 않으세요? 커튼을 좀 걸을까요?"

"마음대로."

"방 안 온도는 어떠세요? 조금 더운 거 같은데……. 답답하시면 창문을 잠시 열까요?"

"……."

마리의 말에 작게라도 고갯짓하던 아이샤가 문득 반응을 멈췄다. 그리고 마리에게 찻잔을 넘겨주며 방 안 어딘가를 빤히 바라보다 말했다.

"마리. 나 좀 부축해 줄래?"

"네? 아직은 밖에 나가시면……."

"밖으로 가려는 게 아냐. 저기 화장대까지만 도와줘."

마리의 시선이 아이샤를 따라 화장대에 박혔다. 기분 전환으로 화장이라도 하고 싶으신 건가? 차라리 그랬으면 좋겠다 생각하며 마리가 아이샤를 화장대 앞으로 부축했다.

하지만 마리의 예상과 달리 아이샤는 화장품에는 조금의 눈길도 주지 않았다. 그녀가 화장대 앞에 앉더니 가장 바깥쪽 서랍을 열었다. 그리고 작은 물건을 집어 들었다.

'이건…….'

물건의 모습에 마리의 표정이 기묘해졌다. 아이샤의 손에 들린 것은 작은 진주 귀걸이, 아니, 귀걸이였던 것이었다. 진주를 제외하고는 고리가 비틀려 형체도 알아보기 힘들었지만 진주의 생김새가 익숙했던 마리는 그것의 본래 용도를 알 수 있었다.

"마리. 이거 좀 버려 줘."

아이샤는 얼마 전 손수건과 함께 귀걸이를 난롯가에 던져 넣었다. 하지만 귀걸이는 난롯불이 가라앉고서도 잿더미 사이에 남아 있었다. 비록 모양이 망가졌으나 검은 재 사이에 남은 반짝임에 마음이 끌려 저도 모르게 잿더미에서 그것들을 건져 냈었건만……. 이제는 그 반짝임조차 보이지 않았다.

마리는 순순히 고개를 끄덕였다. 그녀도 이 물건이 누구에게서 왔는지 아는 탓이었다.

"네. 당장 버릴게요."

마리가 곧장 버리고 오겠다 방을 나섰다. 아이샤는 화장대에 앉아 그녀가 나가는 것을 멍하니 보다 욱신거리는 고통에 아랫배에 손을 올렸다.

옴폭 파인 배는 그때나 지금이나 같았다. 부풀지 않은 탓일까. 사실 아이샤는 제게 일어난 일에 현실성을 크게 느끼지 못하고 있었다. 그러나 이렇듯 통증이 올 때면, 밖의 앙상한 나뭇가지를 볼 때면 설명할 수 없는 공허한 감정이 차올랐다.

"······미안."

문득 아이샤는 배를 문지르며 그렇게 말했다. 정확히는 툭 튀어나온 말이라 보는 게 옳았다. 하지만 한 번 말하고 나자 속에서 둑이 터지듯 무언가 솟구쳤다. 아이샤는 양손을 배 위에 올렸다.

"미안해. 미안. 정말······."

갈비뼈 아래 홈이 느껴지자 사과의 말이 빨라졌다. 고개를 숙인 그녀에게서 꾹꾹 내리누른 소리가 흘러나왔다.

어느새 소리와 함께 눈물이 솟구쳤다. 얼굴이 완전히 젖어 들었지만 아이샤는 배 위에 올린 손을 떼지 않았다. 오히려 그녀는 양팔로 가로지르듯 배를 감싸며 허리를 굽혔다. 곧 아이샤의 치맛자락에는 커다란 그림자가 생겼다.

"지켜 주지도 못한 주제에 그런 말을······. 미안. 정말 미안해."

눌린 울음이 작은 흐느낌으로 변했다. 그리고 마리가 다시 돌아왔을 때쯤에는 방 안 가득 이름조차 없는, 사라지기 전까지 존재조차 몰랐던 아이를 잃은 어미가 통곡으로 처음이자 마지막 애도를 하고 있었다.

* * *

퍽.

"꺼지라고! 이 새끼야!"

퍽.

"아니면 죽여 줘? 응? 죽여 달라 이러나?"

퍽.

"아니, 내가 이따위 고민은 왜 하지? 그냥 죽이면 그만인데."

"다니엘. 그만해."

폭력의 도가 지나쳤다. 정확히는 조금도 방어하지 않는 상대 탓에 위험했다. 에드워드는 내키지는 않았으나 이성이 사라지기 직전인 남동생의 눈과, 그보다 더하면 더했지 덜하지 않은 이안의 생기 없는 눈에 두 사람 사이로 내키지 않는 발걸음을 옮겼다.

말리지 말라며 한바탕 난리를 칠 거라 생각했던 다니엘은 의외로 순순히 물러났다. 그러나 분이 가시지는 않은 모양인지 이안을 바닥에 험하게 내던지고 침까지 뱉었다.

"그래. 저런 걸 패 봤자 내 손만 더러워지지. 퉷!"

구겨진 이안의 바지 아랫부분에 침이 묻었다. 그러나 이안은 아랑곳하지 않았다. 신음 하나 없이 쓰러져 있던 그는 다니엘이 저를 때리는 것을 멈추자 오히려 초조해진 모습으로 벌떡 일어나더니 에드워드를 향해 애원하듯 말했다.

"아이샤를…… 그 애를 만나게 해 줘."

"허. 이 미친놈이……."

"다니엘!"

다니엘이 다시 몸을 숙여 이안의 멱살을 붙잡고 또 한 번 흠씬 두들기려했다. 에드워드는 그런 남동생을 단호하게 제지하며 고갯짓으로 저택을 가리켰다.

"넌 들어가 있어."

"형! 이 자식이……."

"가."

다니엘은 씩씩거렸으나 결국 에드워드의 뜻에 따랐다. 에드워드는 다니엘이 사라지기 무섭게 이안을 내려다봤다. 다니엘과 달리 그는 무표정했다.

그러나 아이샤와 비슷한 색의 눈은 서늘한 분노를 여지없이 보이고 있었다.

"후작 각하."

"에드워드."

두 사람이 동시에 서로를 불렀다. 이안은 전과 달리 사석에서도 거리를 두며 존칭을 쓰는 에드워드를 보며 잠시 입술을 물었다. 그러나 그는 곧 쓰러진 몸을 일으킨다 싶더니 에드워드 앞에 양 무릎을 털썩 꿇었다. 그리고 모든 자존심을 내려놓은 채 애원했다.

"이렇게 빌겠다. 아이샤를 만나게 해 줘. 아이샤를 봐야 해."

"……."

"난 용, 용서를 빌어야 해. 아이샤를 보고 그 애한테 내가……."

용서라는 단어를 담은 이안을 에드워드가 어이없다는 듯 보며 눈썹을 치켜올렸다. 그가 조금 전보다 한층 예리해진 어투로 이안의 말허리를 잘랐다.

"각하께서는 조금의 양심도 없습니까?"

에드워드의 물음에 이안은 감히 답할 수 없었다. 때문에 그는 말없이 무릎걸음으로 에드워드에게 한 발 더 다가섰다. 오랜 시간 봐 왔지만 한 번도 본 적 없는 이안의 모습에 에드워드는 내색하지 않았지만 조금은 놀랐다. 그러나 거기까지. 놀랄지언정 그의 마음은 조금도 움직이지 않았다.

"매일같이 파든가에 이런 꼴로 계시니 말이 돕니다. 로이드 후작가와 파든가의 연은 끊어졌는데 계속 얽혀 사람들 입에 오르내린단 말입니다."

양가의 파혼으로 사교계에 도는 온갖 소문을 떠올리며 에드워드가 최대한 감정을 억눌렀다. 파든가 사람들은 이제 이안에게 화조차 내고 싶지 않았다. 그러면 치가 떨려 보기도 싫었다.

"파든가 누구도 로이드 후작가……. 특히 각하와 더 이상 엮이고 싶지 않습니다. 그러니 그따위 꼴값은 그만 떨고 꺼지십시오. 머리카락 하나만 봐도 구토가 치밀고 역겨워 견딜 수가 없으니 민폐 그만 부리고 가란 말입니다."

자제한다 했지만 끝에 가서는 감정이 말에 섞여 나왔다. 그러나 온갖 무도 한 말에도 이안은 눈 하나 깜빡하지 않았다. 당연한 일이었다. 어떤 말을, 어떤 대우를 받든 그가 아이샤에게 저지른 일보다 무도한 일은 없을 테니까.

"그럼……."

"……."

"볼 수 없다면 이것만이라도 알려 줘."

"……."

"아이샤는? 괜찮은 건가? 정신은 차린 건가? 무슨 문제는 없는……."

하나 자신의 그 모든 죄를 인정하면서도 이안은 아이샤를 봐야 했다. 아니, 적어도 무사한지, 괜찮은지 확인만이라도 해야 했다.

"……짐승도 못 되는 새끼가 누굴 계속 입에 올려?"

아이샤를 향한 집요한 질문에 에드워드의 인내심이 끊겼다. 그가 이안을 내려다보며 말했다.

"이안. 네놈은 내 여동생의 이름을 담을 수가…… 아니, 들을 자격도 없는 놈이야. 그런데 뭐? 보고 용서를 빌어? 괜찮은지 감히 물어?"

몇 번이고 터져 나오는 헛웃음이 그의 심정을 말해 줬다. 에드워드는 제 발치에 초라한 모습으로 꿇어앉은 이안을 당장에라도 걷어차고 싶은 걸 간신히 참은 채 짓씹듯 그를 불렀다.

"후작 각하."

"……."

"그런 걸 물을 정도로 아직 낯짝이 두꺼운 모양인데……."

"……."

"……그 매스꺼운 낯짝 사포에라도 갈고 양심 좀 챙기십시오."

* * *

'아니야. 아니라고. 아니야!'

소피아는 마차 안에서 연신 고개를 저었다. 자신이 알아본 것들은 거짓이어야 했다. 그렇지 않다면 제 손으로 오라비를, 그리고 그녀 자신을 죽일 뻔했으니까.

아서에게 일갈을 들은 뒤로도 소피아는 장장 이틀 동안 그의 말을 부정하며 아무것도 알아보지 않았다. 그러나 매일 파든가로 나갔다 저녁 늦게 돌아와 술에 취한 오라비가 차를 계속 찾자 불안함에 더는 견딜 수 없었다. 때문에 그녀는 수소문해 약초를 잘 아는 이를 찾아가는 한편 조모와 차를 샀던 가게로 다시 갔다.

'가게 말입니까? 글쎄요. 저긴 그냥 가정집이라⋯⋯. 아! 그리고 보니 몇 달 전 친척 집에 간다 잠시 집을 비웠다 들은 것 같기도 한데.'

'이 차는 독이 맞습니다. 어허. 그런데 귀하신 아가씨께서 이걸 어떻게⋯⋯. 이건 토도메 왕국에서 쓰는 독초입니다.'

그리고 알게 된 진실은 소피아로서는 최악이었다. 조모와 함께 갔던, 오래되었다는 가게는 그새 사라져 있었으며 수소문해 찾아간 약재상은 아서의 말이 사실임을 알려 줬다.

"아, 아가씨 도착했습니다."

소피아가 제 머리를 뜯으며 마차 안에서 몸부림칠 때였다. 마부가 후작저에 도착했음을 알렸다. 소피아는 마부의 말에도 허리를 굽힌 채 눈을 질끈 감고 있다 한참 만에 몸을 벌떡 일으켜 마차 문을 벌컥 열었다.

"이안은? 오빠는 어디 있어? 또 나간 거야?"

"⋯⋯아닙니다. 오늘은 조금 전 돌아오셨습니다."

후작저로 달리다시피 들어간 소피아는 하인을 보기 무섭게 이안을 찾았다. 믿기 힘들었으나 목숨이 달린 일이었다. 오라비에게 사실을 알리고 일을 해결해야 했다.

"그럼 서재에 있나?"

"주인님께서는⋯⋯."

"빨리 말해! 급하단 말이야. 오빠는 어디 있어?"

소피아의 물음에 하인은 잠시 머뭇거렸다. 소피아는 그런 그를 조금도 참아 주지 않은 채 일갈했다. 하인은 주인 아가씨의 기세에 놀라 주인이 어디 있는지 곧장 불었다. 그리고 들려온 예상치 못한 하인의 말에 소피아는 계단을 뛰어 올라갔다.

"이안!"

이안은 소피아의 방에 있었다. 먼저 그녀의 방을 찾는 법이 없는 오라비였기에 소피아는 놀랐다. 그러나 당장 손에 든 이것이 먼저였기에 그녀는 제 방 응접실 한구석 서랍장 앞에 서 있는 오라비를 향해 한걸음에 다가갔다.

"오빠. 내가 할 말이……."

다급해 보이는 소피아의 모습에도 이안은 반응하지 않았다. 대신 그는 손을 앞으로 뻗었다. 짙게 풍기는 술 내음. 소피아는 오라비가 취했다는 것을 곧장 알아차렸다.

"……네 차가 필요해."

이안은 다짜고짜 소피아에게 차를 요구했다. 그런 오라비의 모습에 소피아는 얼어붙었다. 차는 분명 계속해서 생각나는 구석이 있긴 했다. 그러나 이렇듯 자제를 못 할 정도는 분명 아니었다.

'그러고 보니 술을 마실 때마다…….'

최근 술을 마신 뒤에는 꼭 차를 달라 하던 오라비의 모습이 떠올랐다. 오싹한 기운이 등골을 타고 흘렀다. 소피아는 손에 쥔 주머니를 등 뒤로 감췄다. 그러나 이안은 이미 여동생의 몸짓을 본 뒤였다.

"한 잔만 부탁해. 머리를 식히고 싶어."

"이안. 이건…… 앗!"

소피아가 고개를 저으며 차에 대해 다시 한번 설명하려던 때였다. 이안이 인상을 구기더니 그녀에게 성큼 다가와 주머니를 빼앗았다.

"그거 독이야!"

순식간에 차를 빼앗긴 소피아가 급하게 외쳤다. 오라비의 저런 모습을 보니 확실히 깨달을 수 있었다. 저 물건은 독이 맞다고.

"설명하자면 길어. 하지만 나도 할머니한테 속은 거야."

"……."

"우선 당장 그걸 가지고 의원한테 가야 해. 오빠도 나도 이걸 꽤 오래 마셨으니까 당장……."

"독……?"

보통의 사람이라면 독이라는 말에 주머니를 내동댕이쳤을 것이다. 그러나 지금 이안의 상태는 정상인의 궤도에서 한참 벗어나 있었다.

잠을 제대로 자지 못한 게 며칠째인지도 알 수 없었으며 아침부터 해가 질 때까지 파든가 앞에 서 있다 돌아와 새벽이 될 때까지 술만 들이켜는 파괴적인 일정. 그에 더해 아이샤에 대한 죄책감, 자신에 대한 혐오감으로 정신적으로 완전히 구석에 몰린 이안은 정신이 나가 있었다.

이안이 주머니를 열고 다른 쪽 손바닥에 차를 털어 올렸다. 꽤 많은 양이 커다란 손에 수북이 쌓였다. 보랏빛의 말라비틀어진 꽃이 섬뜩한 색을 빛 아래 자랑했다. 이안은 손가락으로 꽃 두어 송이를 비틀어 부수며 중얼거렸다.

"그래. 독이라고……."

"이안. 왜 그래. 뭘 하려…… 아악!"

말릴 새도 없었다. 이안은 제 손바닥에서 유혹하듯 향을 풍기는 차를 그대로 제 입에 들이부었다. 소피아가 소리를 지르며 발을 구르다 그에게 달려들었다. 하지만 바닥에 떨어진 것을 제외하고도 꽤 많은 양이 이안의 목구멍 뒤로 넘어갔다.

"미쳤어? 이거 독이라니까 지금 무슨! 밖에 누구 없어? 의원을 불러! 당장!"

지독히 쓴 맛이 입과 목구멍 전부를 메우는 것도 잠시, 이안은 혼몽해지
며 눈앞이 도는 것을 느꼈다. 그가 비틀거리며 머리를 부여잡았다. 소리가
들리지는 않았으나 소피아가 무어라 밖을 향해 고함치는 것도 들렸다.
　하지만 이안에게 그런 것들은 멀어질 뿐이었다. 세상이 빙글 반대로 도
는 기분을 느끼기 무섭게 그의 인영이 허물어졌다.
　쿵. 둔탁한 소리가 났다. 그러나 바닥에 쓰러진 이안은 오히려 편안한 모
습으로 제 죄를 외면한 채 어둠 속으로 도망칠 뿐이었다.

＊ ＊ ＊

　'……끝에 와서 일이 꼬이는구나. 하긴 애초에 쉽지 않은 일이라 생각
했지.'
　다이앤은 소피아를 이용해 이안을 차에 중독시켜 서서히 죽일 생각이었
다. 차의 독은 이지를 흩뜨리며 죽음에 이르게 하는 것이라 교활한 이안에
게 딱 알맞았다.
　"왜 그러셨어요?"
　"……."
　"말씀 좀 해 보세요! 왜! 왜 그런 짓을 벌이신 거예요?"
　하나 다이앤이 생의 마지막 짠 계획은 무너지기 직전이었다. 그녀는 제
게 고함치는 소피아를 보며 속으로 혀를 찼다.
　'그래도 아직 해 볼 만해.'
　그나마 제 계략을 눈치챈 것이 이안이 아닌 소피아라는 사실과 이안이
사경을 헤매고 있다는 것에 그녀는 희망을 가졌다. 다이앤은 울부짖는 소피
아를 위아래로 훑어보다 단번에 가면을 썼다. 그리고 담담하지만 어딘지 슬
픈 목소리로 말했다.
　"……다 들켰구나."

"……."

"미안하다. 이 할미가 할 말이 없어. 소피아."

너무도 쉽게 죄를 인정하는 모습에 소피아는 말문이 막혔다. 그녀가 입을 벌린 채 바람 빠지는 소리를 내며 다이앤을 바라봤다. 그러자 다이앤은 고개를 살짝 숙이며 눈물을 찍어 냈다.

"하지만 나한테도 어쩔 수 없는 사정이 있단다."

"……."

"……토도메 왕국에 내 손자들이 있어. 소피아 너처럼 내 피를 물려받은 손자들 말이다."

아서의 말이 모조리 사실이라는 것도 충격인데 그에 더해 몰랐던 충격적인 진실이 또 더해졌다. 갑작스러운 다이앤의 고백에 소피아의 눈이 커질 대로 커졌다.

"그 애들은 소피아 너와 달라. 그 애들의 아비는……. 클리프 즉, 소피아 네 아비의 배다른 동생이란다."

다이앤은 소피아의 얼굴에서 혼란을 읽고 더욱 교묘하게 가여운 목소리를 냈다. 그리고 천천히 진실을 풀어 났다. 물론 그 속에는 말하지 않은 거짓도 있었다.

"일이 이렇게 된 이상 다 털어놓으마. 시작은 네 할아버지와 연이 끊기고 난 뒤 누군가를 만나고부터란다. 외로웠던 시절 만난 진정한 사랑이었으나 그 사람과 난 인정받지 못했어. 그래서 그이와의 사이에서 낳은 아이도 ……. 그 아이가 결혼해 낳은 아이들도 아무것도 없이 태어났다. 내가 왕족인데 내 아들도 내 손자들도 귀족의 신분조차 얻을 수 없었단다."

"……."

"신분도, 재산도 없이 태어난 그 가여운 아이들이 험한 세상에서 어떤 고생을 했는지 소피아 넌 모를 거다. 알 수가 없지."

"……."

"그래도 아들이 살아 있을 때는 조금 괜찮았어. 그 애는 머리가 좋아 왕궁에 일자리를 구했거든. 하지만 아들이 일찍 죽고 손자들은 아주 힘들어졌어. 난 그 애들을 도와주고 싶었지만 네 할아버지에게서 땅을 가져오지 못한 난 토도메 왕국에서 그저 힘없고 쓸모없는 늙은이에 불과했지. 때문에 그 애들한테 돈 한 푼 제대로 쥐어 줄 수 없었단다."

"……."

"뭐라도 해야 했단다. 나마저 죽으면 입에 풀칠도 못 할 아이들에게 뭐라도 물려줘야 했어."

"……."

"고민이 깊어질 때쯤 너희 소식을 들었다. 아주 부유하게 잘 살고 있다고 하더구나. 그 소식을 듣고 처음에는 화가 났단다. 같은 내 핏줄인데……. 그런 생각이 들었지."

"……."

"솔직하게 말하마. 10년 넘게 돌봐 온 왕국의 손자들이 내게는 더 소중했단다. 그래서 난 너희 남매에게 목적을 가지고 접근했어."

죽이고 재산을 빼돌릴 계획이 목적이라는 단어로 순화됐다. 하나 그 목적이 무엇인지 이미 알게 된 소피아였다. 그녀가 배신감에 치를 떨며 노려보자 다이앤은 재빠르게 말을 이었다.

"하지만 소피아. 지금은 아니란다. 너를 보며 마음이 바뀌었어. 이안과 달리 넌 내게 너무나 잘해 줬지. 나한테 참 착한 아이였어. 그래서 차마 널 해칠 수는 없었단다."

"……."

"의원에게 몸을 보여서 알겠지? 이안과 달리 넌 거의 중독되지 않았어. 왜냐면 그 차를 주고……. 내가 해독제도 줬으니까."

다이앤이 소피아에게 따로 해독제를 준 것은 진실이었다. 그러나 해독제를 준 이유는 거짓이었다. 다이앤은 이안을 쥐도 새도 모르게 죽이고 슬픔에 잠겨 있을 '유일한 로이드가의 일원' 소피아를 이용해 재산을 쉽게 빼돌릴 생각이었다. 그렇잖아도 멍청하고 정에 약한 소피아는 조모의 정을 갈구하며 자신에게 홀랑 빠져 있었으니 어렵지는 않을 거라 여겼다.

"소피아. 이안은 몰라도 네게만은 난 진심이란다. 처음은 거짓이었지만 지금은 왕국의 아이들만큼 널 사랑해. 조모로서 네게 뭐든 해 주고 싶은 마음이야. 이것만은 믿어 주렴."

지금도 보라지. 사랑한다는 말에 소피아의 어깨가 움찔거리는 것을 다이앤은 똑똑히 봤다. 그녀가 자리에서 일어나 소피아에게 다가갔다. 그리고 소피아의 손을 잡아 부드럽게 주물러 주며 속삭였다.

"이안은……. 그 애가 먹은 양을 생각하면 가망이 없어."

"……."

"이안이 죽고 이 일로 날 고발하면 소피아 넌 이 세상에 피붙이가 하나 없이 혼자가 된단다. 참…… 외로운 삶이지."

"……."

"이안의 일은 내가 평생 네 곁에서 용서를 비마."

"……."

"……사실 이안은 네게 정이 없어. 네가 제일 잘 알잖니. 그 애는 가족의 정이라곤 거의 없는 차가운 성정이야. 하지만 난 다르단다. 난 정말 널 아껴. 널 사랑해. 그리고 앞으로도 사랑할 거란다."

"……."

"그러니 소피아 우리 아가. 내 말 듣고……."

다이앤은 눈물이 차오르기 시작한 소피아의 얼굴에 회심의 미소를 지었다. 역시 멍청한 계집이었다. 이따위 말에 이리 쉽게 넘어가다니. 하지만 소피아는 눈물이 그렁한 눈을 하면서도 팔을 크게 휘둘렀다.

"난 바보가 아니야!"

소피아는 참담했다. 그녀가 다이앤에게 가족의 사랑을 요구하며 매달렸던 것은 사실이다. 그녀가 주는 애정이 좋아 지금껏 맹목적으로 굴었던 것도 사실이다. 그러나 그녀도 눈이 있었다. 생각하는 머리라는 게 있었다.

"도대체 날 얼마나 멍청하게 봤으면……!"

다섯 살 아이도 아니고 목숨을 노린 이의 말을 어떻게 믿는단 말인가. 꿀 같은 말로 자신을 속이려는 다이앤이 멍청하게 느껴지기도 했지만 곧 조모가 자신을 얼마나 쉽게 봤으면 이럴까 자괴감이 들었다.

"할머니는 죗값을 치러야 할 거예요. 그리고 할머니의 그 하찮은 평민 손자들은 왕국에서 비참하게 죽어 갈 거예요. 불쌍하기는 무슨. 그게 제 분수에 맞는 거지."

"너어!"

때문에 소피아는 제 반응을 예상치 못해 눈을 크게 뜬 채 경악하고 있는 조모에게 독한 말을 뱉었다. 다이앤은 소피아가 제 손자들을 하찮은 평민이라 부르자 눈을 뒤집어 깠다. 그녀에게 있어서 세상에서 가장 아픈 문제였다. 왕족인 그녀의 핏줄이 평민이라는 사실은.

"고얀 것! 그걸 지금 말이라고!"

"……."

"그 애들을 모욕하지 마라! 감히 네가 그렇게 말할 아이들이 아니야!"

"……."

"그 애들은 네 할아비의 피를 타고난 너나 이안보다 훨씬 고귀하고 사랑스러운 아이들이야. 한데 그저 운이 나빠……. 아니 네 조부와 아비가 내 것을 빼앗아 너희들에게 물려준 탓에 힘들게 사는 가여운 아이들일 뿐이야!"

"……."

"그 애들은 너보다 훨씬 부유하게 살 자격이 있어! 네가 지금 누리고 있는 이 모든 게 본래는 그 애들 것이라고!"

'역시…… 나한테는 한 톨의 감정도 없었던 거야.'

다이앤의 고함이 커질수록 소피아는 조모의 사랑이 완벽한 거짓임을 확신할 수 있었다. 표정을 드러내지 않으려 했지만 끔찍하게 외로운 감정이 몸을 옭아맸다. 그녀는 길길이 날뛰는 다이앤을 보며 떠오르는 한 사람의 이름을 중얼거렸다.

'아서……. 보고 싶어.'

오라비는 중독으로 쓰러져 있고, 조모는 모든 게 거짓이었다. 때문에 소피아는 당장 기댈 수 있는 이로 아서를 찾았다. 하지만 며칠 전을 생각하면 만나 줄지조차 의문이었다.

눈물이 또다시 솟는 걸 간신히 참은 채 소피아가 양손에 힘을 꾹 줬다. 그리고 다이앤에게 차갑게 일갈했다.

"할 수 있으면 해 보세요. 그런데 허튼 수작은 안 부리시는 게 좋아요. 할머니가 애지중지하는 손자들……. 그중의 하나가 여기 있잖아요? 손녀를 하녀로 위장시키다니. 대단하세요."

"너 그걸 어떻게……."

다이앤이 몸을 딱딱하게 굳히며 경악에 찬 목소리로 중얼거렸다. 소피아는 그녀의 반응에 허무한 표정으로 입을 열었다.

"설마했는데 정말인가 보네. 누구 없어? 들어와!"

"뭐, 뭐?"

다이앤은 소피아를 멍청하다 여기며 얕잡아 봤지만, 소피아는 눈치가 제법 빠른 편이었다. 특히 제게 오는 애정에 예민한 그녀는 자신이 집착하는 상대를 집요하게 관찰했고 그들의 눈에 담긴 감정도 예리하게 읽었다.

때문에 그렇잖아도 전부터 조모가 데리고 온 하녀를 극도로 감싸고도는 데 불만과 의심을 품었던 소피아는 조모가 뱉은 진실에서 숨겨 둔 것을 본능적으로 눈치챌 수 있었다. 소피아 그녀에게도 보여 주지 않았던 애정 어린 눈길. 고작 하녀에 불과한 애를 묘할 정도로 싸고돌며 어딜 가나 데리고 다녔던 모습……. 들어온 하인들을 향해 소피아가 명했다.

"그 레아라는 어린 계집애를 가둬. 당장!"

"너! 너 감히!"

애지중지 감싸던 손녀가 위험에 처하자 다이앤이 소피아를 향해 달려들었다. 그러나 소피아는 그를 손쉽게 피했다. 다이앤이 붉어진 얼굴로 균형을 잃고 바닥에 쓰러졌다. 소피아는 그런 조모를 바라보며 모든 애정이 다 떨어졌다는 듯 차가운 얼굴로 말했다.

"오빠가 깨어날 때까지 여기서 꼼짝하지 마세요. 아시겠어요?"

* * *

숨기려 한들 사람들 눈을 언제까지 피할 수는 없었다. 특히 파든가나 로이드가처럼 사람들의 주목을 많이 받는 곳은 더욱 그랬다.

"로이드 후작님과 아이샤 양이 파혼했다죠?"

"파혼장을 파든가에서 먼저 보냈대요."

"후작님께서 매일 파든가 정문 앞에 서 있다 최근에는 안 보인다는데……."

아이샤의 유산이나 이안의 중독에 대해서는 아직 말이 나오지 않았으나 두 사람의 파혼에 대해서는 대부분의 이들이 알았다. 사람들은 파혼장을 먼저 보낸 것이 파든가라는 사실과 몇 날 며칠 파든가 앞에 서 있었던 이안에 대해 떠들며 파혼의 이유가 무엇일까 제멋대로 상상했다.

"……다들 함부로 잘도 떠드는군."

그리고 그런 모습을 착잡하게 보는 이가 있었으니 다름 아닌 자레드였다. 자레드는 형 윌리엄 덕분에 파혼 소식을 빠르게 들을 수 있었다. 그리고 그 소식을 들은 직후부터 그는 걱정과 묘한 기대감에 밤에 잠을 제대로 이루지 못하고 있었다.

"하긴, 내가 할 말은 아닌가. 무슨 이유든 그녀는 분명 괴로울 텐데……."

자레드는 파혼 소식 이후 기대감을 가진 자신이 한심하고 또 역겁기까지

했다. 사랑하는 이는 분명 아플 텐데 기회가 생겼다 기뻐하는 꼴이라니. 양심 없는 무뢰배들과 자신이 뭐가 다르단 말인가.

'……아프다는 말도 있던데. 안부 서신 정도는 괜찮지 않을까?'

그러나 죄책감에 시달리면서도 그는 계속해서 아이샤와 접촉할 핑계를 찾고 있었다. 스스로를 경멸하고 그러면서도 기회를 찾고. 얼마를 그러고 있었을까. 생각에 잠긴 그는 누군가 제게 바짝 다가온 후에야 인기척을 느꼈다.

"아, 황자가 아닙니까."

"왕세자……."

바로 곁에 선 이를 본 자레드의 눈에 경계가 가득 찼다. 이스칸은 기사 주제에 저를 한참 만에 알아채고, 또 알아챈 후에는 융통성 있게 넘어가지 못하고 지나치게 경계하는 자레드를 보며 코웃음을 쳤다.

'능구렁이 같은 황태자와는 완전히 딴판이군. 자리를 물려받지 않는다고 바보로 키운 모양이지.'

이스칸은 속으로 자레드를 비웃었다. 그러나 겉으로만큼은 사람 좋은 웃음을 띤 채 말문을 열었다.

"날씨도 추운데 여기서 뭘 하고 있습니까?"

"그냥 잠시 산책을……. 왕세자께서는 황태자 전하를 만나고 오는 길인가 보군요."

"맞습니다. 그보다 산책이라니……. 날이 추워 볼 것도 없는데 생각할 게 많은 모양입니다?"

"……제가 뭘 하든 왕세자께서 신경 쓰실 일이 아닙니다."

평범한 대화는 단 몇 마디만에 뾰족한 가시가 생겼다. 이스칸은 유들유들하게 말을 쳐 내려다 마음을 바꿨다. 자레드만 그를 마음에 들어 하지 않는 게 아니었다. 이스칸도 자레드가 싫었다. 어쨌거나 그가 관심 두는 여인에게 똑같이 이성적으로 관심을 두는 이였으니 말이다.

"얼굴 좀 펴지. 곧 가족이 될 사이인데. 그리 날카롭게 굴어서 좋을 건 없잖습니까."

이스칸은 자레드를 골려 줄 겸 의미심장한 말을 했다. 자레드는 곧장 이스칸의 말을 알아듣고 눈썹을 꿈틀거렸다.

"……황태자 전하와 말이 잘 끝난 모양입니다."

"뭐 서로 이득이니까요. 정식 황녀가 아닌 건 아쉽지만 부왕께서는 제국 황제의 여식을 얻어 좋고 그대들은 골칫거리를 치워서 좋고."

황제의 여식이라는 말에 자레드가 이번에는 인상을 구겼다. 그러나 그 이상 대꾸하지는 않았다. 이스칸은 말이 없어진 자레드를 보며 시시하다는 듯 어깨를 으쓱이다 또 한 가지 예민한 주제를 꺼내 들었다.

"황자도 아이샤 양에 대해 걱정이 많은 모양입니다."

"왕세자께서 상관할 바가 아닙니다."

앞선 대화와 달리 자레드는 즉각 반응했다. 이스칸이 재미있다는 듯 눈을 접어 웃었다. 그에게서 놀리듯 경쾌한 목소리가 터져 나왔다.

"이 나라를 떠나기 전 한 번 더 아이샤 양에게 청혼할 생각입니다."

"무슨……!"

"난 황자가 한심합니다. 좋아하는 여인에게 고백 한번 못 하다니 참."

조금도 돌리지 않은 말에 자레드가 다시 입을 다물었다. 이스칸은 명치를 맞은 듯 그대로 굳어 있는 자레드의 어깨를 두어 번 툭툭 치고는 발걸음을 옮기며 말했다.

"어차피 영영 말도 못 꺼낼 거 같은데 내가 성공할 수 있게 빌어나 주십시오. 조금 전 말했다시피 우리는 곧 가족이 될 사이 아닙니까."

* * *

"이건 감금이야! 당장 풀어 주세요!"

허공을 찢을 듯 울리는 여인의 목소리가 날카로웠다. 듣는 것만으로도 인상이 찌푸려질 법도 했건만 여인의 앞에 앉아 있는 윌리엄은 다리를 꼰 자세만큼이나 여유로운 표정이었다. 그런 윌리엄의 모습에 여인, 헬렌의 눈동자가 사정없이 흔들렸다. 불안감에 무너진 그녀는 주저앉은 그대로 드레스 자락을 쥔 채 악을 썼다.

"나한테 이럴 수는 없어요! 이 일을 폐하께서 아시면 가만있을 줄 아세요?"

황제가 거론되자 윌리엄의 눈썹이 살짝 움직였다. 오만한 자세로 방 안의 그림을 보고 있던 그가 시선을 내렸다. 헬렌은 순간 오싹한 느낌에 몸을 떨었다. 그러나 그녀는 곧 눈앞의 황태자보다 강한 제 뒷배를 한 번 더 언급함으로써 두려움을 떨쳐 내려 했다.

"폐하……. 아, 아버지를 만나게 해 줘요!"

"아버지?"

윌리엄이 어이가 없다는 듯 바람 빠지는 소리를 내며 카우치에 기대고 있던 상체를 앞으로 숙였다. 아주 조금 더 가까워졌을 뿐이건만 헬렌이 입을 다물었다. 정확히는 목소리를 내기 어려울 정도의 위압감에 눌렸다고 보는 게 옳았다.

"아직도 정신 못 차렸네. 아니, 멍청한 건가?"

"……."

"하기야 멍청하니 상황이 여기까지 왔는데도 주제넘은 소리나 지껄이지."

윌리엄의 목소리는 여느 때와 같았으나 내뱉는 말은 평소와 달랐다. 헬렌의 손끝이 새파랗게 질려 갔다. 멀리서 지켜본 황태자는 이런 사람이 아니었다.

그는 항상 유들유들한 미소를 잃지 않는, 항상 우아하고 부드러운 사람처럼 보였다. 한데 지금은 아니었다. 미소는 여전했으나 우아하고 부드러웠던 모습은 온데간데없었다.

"황제의 여식이라고 거들먹거릴 때는 좋았지? 남들이 떠받들어 주니 날아갈 거 같았지?"

윌리엄은 얼어붙은 헬렌을 향해 입꼬리를 좀 더 길게 빼물었다. 헬렌은 그의 올라간 입술 끝을 보다 눈이 마주치고는 헉 숨을 들이켰다.

"우리 황제 폐하께서도 하루가 멀다 하고 불러 주고⋯⋯. 신이 났겠지. 그런데 그거 알아? 네가 기를 쓰고 내 아버지께 떨어 댄 아양. 그거, 헛고생이야."

윌리엄은 겁에 질린 얼굴을 보다 짧게 혀를 차고는 창밖으로 시선을 돌렸다. 마침 저 멀리 타국 사신들이 머무르는 건물의 지붕이 눈에 들어왔다. 눈에 띄게 푸른 지붕. 그곳은 부모의 불화의 시발점이었다.

'더는 두고 못 보겠습니다, 아버지. 어머니께 왜 그러세요?'

'⋯⋯.'

'듣자 하니 세인트 왕국의 아베르 경 사신으로 황궁에 머물고 있다던데 설마⋯⋯.'

동생들은 전혀 알지 못했으나 윌리엄은 어릴 적 아비가 어미와 다툰 일을 목격한 바가 있었다. 어미의 고국인 세인트 왕국 최고의 기사 아베르 경, 아비는 어미의 첫사랑이자 어미를 잊지 못해 평생 수절한 그 기사를 극도로 경계하고 질시했다.

아비와 어미의 싸움은 대부분 그 기사로 인해 비롯됐다. 헬렌의 어미 셀린느가 잠시나마 아비의 곁을 차지할 수 있었던 것도 당시 어미의 시녀였던 그녀가 사절단으로 제국을 방문한 아베르 경과 어미의 만남을 아비에게 부풀려 전달함으로써 사이를 벌려 놨기에 가능한 일이었다. 때문에 윌리엄은 제 예상을 반쯤 확신하며 아비에게 빈정거렸더랬다.

'⋯⋯참 못나셨습니다. 그때 오해도 다 풀어 놓고 지금 와서 또 시답잖은 질투를 하시는 겁니까?'

쾅!

'황태자. 네가 감히……'

예상은 정답이었는지 황제는 윌리엄의 말에 화를 숨기지 않았다. 하지만 머리가 다 큰 윌리엄에게 아비의 그런 모습은 두렵기보다 한심했다. 게다가 그는 무어라 하면 아비가 화를 가라앉히고 제정신으로 돌아갈 것도 잘 알았다.

'궁의가 어머니 일로 절 찾아왔어요.'

'뭐? 궁의? 카르나가 어디 아프냐? 상했어? 왜 나한테 아무도 말하지 않았지?'

'아버지랑 어머니가 냉랭한데 아랫것들이 무어라 할 수 있겠어요. 어머니……. 너무 많이 우셔서 눈이 상하셨대요. 이대로면 시력에 문제가 생길 수도 있다고 합니다.'

아들의 빈정거림에도 씩씩거리기만 했던 황제의 얼굴이 시체처럼 창백해지더니 자리에서 벌떡 일어나 한걸음에 아내에게 달려갔다. 그러나 그는 아내를 보지도 못한 채 쫓겨났다. 윌리엄은 패잔병처럼 어깨를 늘어뜨린 아비를 향해 감히 혀를 찼다.

'카르나 상태가 그 정도일 줄은……. 윌리엄. 내가 심했던 거냐?'

'아버지, 그걸 지금 말이라고 하세요? 어머니 앞에서 그 여자 딸을 감싸고 돌봐 주는 티를 팍팍 내시고……. 어머니가 불쾌한 티를 내시니 세인트 왕국에 있는 사촌 누이를 빌미 삼아 어머니를 겁박하셨잖아요. 거기다 들리는 소문에는 그 사생아한테 제국에 자리를 만들어 주겠다 로이드 후작과의 결혼도 추진하셨다던데 사실이에요?'

'틈만 나면 사신이니 사절단이니 핑계 대며 네 어미를 보러 오는 그자가 거슬리고……. 네 어미가 내 마음은 몰라주니까 감정이 격해져서 좀 강하게 나간 것뿐이야. 한데 설마하니 그 정도로 카르나가 크게 충격을 받을 줄은…….'

'그 정도면 어머니께서 눈이 상할 정도로 눈물 흘리지는 않으셨겠죠.

아버지께서 말도 안 되는 투기나 부리고 계실 때 무슨 일이 벌어진 줄 아세요?'

윌리엄은 아비에게 잘못을 정확하게 인지시키는 한편 헬렌을 향해 촘촘히 놓았던 덫을 확 끌어당겼다. 그는 아비에게 헬렌의 그동안 행실을 낱낱이 고하며 그녀가 무슨 말을 하고 다녔는지 알아보라 말했다. 황제는 아들의 말에 시종장을 불렀고 그는 헬렌 주변 이들을 문초했다. 당연히 대부분은 윌리엄이 미리 헬렌 주변에 심어 놓은 자들이었고 덕분에 그간 헬렌이 했던 주제넘은 말과 행동들은 모두 황제의 귀에 들어갔다.

"적당히 까불지 그랬어. 네가 얼마나 시끄럽게 굴었으면 아버지도 치를 떨어?"

"그게 무, 무슨……."

"황제 폐하께서는 네게 조금의 미련도 없으시다. 네 주제넘은 행동에 화가 단단히 나셨거든. 내 어머니, 그리고 내 여동생이 버젓이 있는 마당에 황제의 여식이라 거들먹거리다니 쯧."

일말의 고민도 없이 헬렌에게서 정을 거둔 아비를 떠올리며 윌리엄이 어깨를 으쓱였다. 조금의 미련도 없어 보이는 아비를 생각하면 눈앞의 사생아에게 약간이지만 동정심이 들기도 했다. 하지만 윌리엄이 헬렌을 조금이나마 가엽다 생각하기 무섭게 헬렌이 왈칵 소리를 질렀다.

"내가 황제 폐하의 여식인 건 분명한 사실이에요! 그리고 아직 모르시는 모양인데 황태자 전하. 전하께서 여동생이라 감싸고도는 그 계집! 그 계집은 가짜입니다."

"……."

"증거도 있습니다. 못 믿겠으면 제가 머무는……."

"이거?"

윌리엄은 헬렌이 말을 다 끝내기도 전, 품에서 종이 한 장을 꺼내 들었다. 서류를 알아본 헬렌이 놀라 눈을 크게 떴다.

"그걸 어떻게······."

"물건을 숨기려면 잘 숨겨야지. 식상하게 이중 서랍이라니 재미없잖아. 그리고······."

헬렌의 표정이 어떻든 윌리엄은 종이를 쥔 채 아무렇게나 흔들었다. 황제의 직인이 선명하게 빛을 발했다. 그러나 아비가 찍은 것이 분명한 그 흔적에도 윌리엄은 웃음을 잃지 않더니 헬렌을 한심하다는 듯 돌아봤다.

"너 이걸 믿어?"

"······."

"네 더러운 어미가 무슨 정신으로 이걸 보관하고 또 네게 넘겼는지는 모르겠는데······. 이거 아무런 의미 없는 거야. 이 멍청한 것아."

"······."

"의미가 있었으면 진즉 내 어머니께서 쫓겨나고 네가 캐서린 자리에 있었겠지. 네 어미가 왜 갓난애였던 너와 함께 쫓겨났겠어?"

맞는 말이었다. 과거 황제는 이간질에 놀아나 정부의 앞에서 말도 안 되는 서류를 작성하고 직인까지 찍은 일이 있었다. 하지만 아내가 난산으로 위험해지기 무섭게 그는 아내 앞에 무릎을 꿇었고 정부는 무어라 제대로 말도 못 한 채 마차에 태워져 내쫓겼다.

"그거 알아? 이게 너한테는 최악의 수야."

헬렌의 어미 셀린느는 황제의 눈치를 보느라 이용하지 못했던 서류를 제국으로 가겠다 선언한 딸에게 내밀었다. 그녀 나름대로 딸이 이를 잘 써먹었으면 하는 바람이었겠지만 그건 최악의 결과로 돌아왔다.

자레드 황자까지는 황제의 직인이 찍힌 서류가 통했으나 황태자 윌리엄은 눈 하나 깜빡하지 않고 서류에 대해 판단하고 역으로 헬렌을 궁지에 몰았다. 그는 시종장에게 온갖 이야기를 들은 아비가 헬렌에 대해 정이 떨어졌을 때 놓치지 않고 이를 보였다. 자신이 이런 서류를 작성했는지조차 잊고 있었던 황제는 크게 분노했다.

'고얀 것! 감히⋯⋯. 제 까짓 게 감히! 윌리엄 그 계집을 당장 내쳐라! 당장!'

이런 멍청한 내용의 서류를 자신이 썼다는 수치에 더해 하마터면 사랑하는 아내를 제 손으로 해칠 뻔했다는 자책감이 황제를 집어삼켰다. 그리고 얼마 가지 않아 황제의 하늘을 찌를 듯 강한 분노는 일을 초래한 헬렌에게 향했다.

"앞서 천지 분간 못 하고 까분 네 주제넘은 행동들도 문제였지만, 그보다 아버지를 더 화나게 한 게 이 서류야. 이게 네 손에 있다 말씀드렸더니 네 혀를 뽑고 당장 때려죽이라 하시더군. 그뿐인 줄 알아? 네 어미도 너 때문에 제대로 곤란해졌어. 아버지께서 가만두지 않으실 참이거든. 카이사 왕이 있다지만 여자 하나 때문에 제국의 황제와 척지진 않을 테니 네 어미 신세도 뻔하지."

"아니야. 그럴 리 없어. 아니야."

윌리엄의 말이 거짓처럼 느껴지지는 않았으나 때문에 헬렌은 더더욱 고개를 세차게 저었다. 윌리엄은 절벽에 몰린 그녀를 구경하다 일을 마무리하기 위해 입을 열었다.

"내게 고마워해."

알아들을 수 없는 윌리엄의 말에 헬렌이 고개를 들었다. 그러자 윌리엄이 그녀를 내려다보며 빙긋 미소 지었다.

"내가 네 목숨을 살렸어. 아버지께 청을 드렸지. 그래도 쓸모가 있으니 목숨만은 살려 주자고."

"⋯⋯."

"선택해. 아버지 명대로 혀가 잘린 후에 맞아 죽을래? 아니면 친교의 상징으로 아스타 왕국에 갈래?"

"그게 무슨⋯⋯."

"이번에는 멍청하게 굴지 마. 누가 봐도 후자를 택해야 하잖아. 몸 성히

귀한 신분으로 가는 건데 말이야."

윌리엄은 처음 아비의 명을 빌미 삼아 헬렌을 죽일 생각이었다. 한데 마침 이스칸 왕세자가 친교의 상징으로 제국의 고위 귀족 여인을 데려갈 수 있냐 요청한 것이 떠올랐고 그는 헬렌을 그 자리에 밀어 넣기로 했다.

아스타 왕국은 여인에게 외출도 허락하지 않는 가혹한 나라였으나 황제는 반대하지 않았다. 아니, 그는 오히려 반겼다. 온갖 정이 다 떨어진, 눈엣가시가 된 사생아가 제국에 도움이 된 채 저 먼 타국으로 가다니 나쁘지 않다 여겼다.

"아스타 왕국이라면……. 싫어요!"

아스타 왕국 여인들의 삶이 어떤지는 어느 정도 알려져 있었다. 때문에 헬렌은 윌리엄의 의도를 알아채기 무섭게 싫다며 고함을 질렀다.

"내가 그리로 왜 가! 난 황제의 딸이야. 황녀라고!"

헬렌의 머릿속에 이안 로이드가 그려졌다. 제국 황제의 딸이라면 적어도 그런 사내 옆으로 가야 했다. 제국 명문가 출신에 부유하고 권력 있는 사내의 유일한 정식 부인. 헬렌은 그런 자리야말로 제게 알맞다 여겼다.

"내게 어울리는 건 그런 자리가 아냐. 난 적어도…… 흐윽."

헬렌의 목소리는 처량했다. 눈물 가득한 얼굴이 가엽게 구겨졌다. 그러나 윌리엄에게 헬렌은 아껴 줘야 하는 여동생이 아니었다. 그에게 그녀는 어머니를 괴롭힌 하찮은 여자의 여식이요 제 가족을 괴롭히는 골칫덩어리일 뿐이었다.

그렇기에 그는 웃으며 그럼 죽든지, 라며 손으로 목을 긋는 시늉을 했다. 조금의 동정심도 없는 모습. 헬렌은 윌리엄이 자신을 벌레처럼 보고 있다는 사실을 깨달았다.

'……이자는 날 조금도 가엽게 여기지 않아. 날 핏줄은커녕 짐승만도 못하게 볼 뿐이야.'

윌리엄의 속내를 깨닫자 오한에 몸이 떨렸다. 웃고 있는 저 낯짝 뒤 한없이 냉랭한 성정이 당장에라도 칼이 되어 지금보다 더 잔인하게 자신을 난도질할 수도 있다 생각하니 두려웠다. 때문에 헬렌은 결국 윌리엄의 말을 수긍하고 그에게 복종할 수밖에 없었다.

'좋게 생각하자. 적어도 목숨을 지켰잖아. 그리고 친교의 상징이라면 제국에 와 있는 아스타 왕국 왕세자의 부인 자리일 테니 신분도 괜찮고……. 게다가 거기로 가면 제국에서 진 빚들은 잊어도 돼. 그러잖아도 그 많은 돈을 어떻게 갚나 걱정했는데 나쁘지만은 않아.'

어깨를 늘어뜨린 그녀가 제 상황을 어떻게든 긍정적으로 생각하려 할 때였다. 윌리엄은 잔인하게도 그녀의 마지막 희망을 밟았다.

"사는 걸 택한 것 같으니 말해 주지. 넌 아스타 왕의 부인이 될 거야. 일흔여덟 번째라던가. 그래도 얼마나 영광스러운 자리야. 네 어미와 다르게 적어도 합법적인 자리로 가는 건데."

"뭐?"

당연히 왕세자의 부인으로 갈 거라 생각했던 헬렌의 얼굴이 구겨졌다. 아스타 왕국의 왕. 지위로 보면 왕세자보다 위였지만 그는 나이 든 노인이었다. 거기다 그에게는 벌써 많은 부인과 자녀가 있었다. 때문에 부인이라 한들 헬렌의 처지는 뻔했다. 결국, 그녀가 참지 못하고 윌리엄에게 달려들었다.

"내가 뭘 그리 잘못했어! 난 그저 내가 누려야 할 걸 누리려 했을 뿐이야!"

"그러게 제국에 왜 왔나. 네 어미 곁에서 살지. 아니, 제국에서도 적당히만 했으면 내가 널 이리 신경 쓸 일 없었어."

윌리엄은 손톱을 세우는 헬렌을 손쉽게 피했다. 공격할 대상을 잃은 헬렌이 카우치로 꼬꾸라졌다. 윌리엄은 내동댕이쳐지듯 카우치에 쓰러진 헬렌에게 일갈했다.

"네게 내려진 처우가 억울하다 생각할 수 있지. 하나 작금의 상황은 네가 만들었어. 너 따위가 감히 내 가족을 건드려?"

"내가 뭘 그리 잘못했어. 뭘 그리 잘못했냐고……."

뭘 그렇게 잘못했냐는 헬렌의 말에 윌리엄이 입꼬리를 비틀었다. 제가 판 함정이 잔인한 것은 그 자신도 잘 알았다. 이스칸 왕세자의 부인으로 갈 수 있는 그녀를 나이 든 왕에게 보내는 것이 얼마나 모진 일인지도 알고 있었다. 그러나 윌리엄은 제 가혹한 처사를 되돌릴 생각 따위 없었다.

"네 어미가 널 데리고 제국을 떠났을 때 난 너희 모녀에 대해 잊으려 했어. 어차피 다시는 보지 않을 인간들이고 너희를 증오해 봤자 끝내는 너희를 만든 내 아버지를 원망해야 했거든."

누구에게도 말하지 않았으나 윌리엄은 헬렌과 헬렌의 어미를 크게 증오하고 있었다. 어린 시절, 이상적으로만 보였던 부모 사이를 그들이 망쳤고 완벽했던 그의 가족에 그들이 유일한 오점이라 생각했기 때문이다.

"한데 넌 돌아왔지. 돌아와서 내 신경을 아주 박박 긁어 댔어. 내 어머니 눈에서 눈물이 나게 하고 여동생을 시름에 잠기게 하고 시답잖은 걸로 내 남동생까지 협박하고 괴롭혀 댔지."

물론 그도 가장 큰 잘못은 짧은 기간이라 한들 정부를 들이고 사생아를 만든 아비에게 있다 생각했다. 하지만 그래도 가족의 선에 있는 아비와 달리 헬렌과 헬렌의 어미는 윌리엄에게 주제도 모르고 설치는 원수일 뿐이었다. 그것도 잊혀질 기회를 줬음에도 불구하고 제 발로 돌아온 것으로 모자라 그를 자극한 원수. 헬렌이 조용히 지냈으면 모를까 그녀가 또 한 번 가족을 건드린 이상 윌리엄은 참지 않았다. 아니 그는 앞의 일들까지 다 묶어 헬렌을 지옥으로 떨어뜨렸다.

"나도 가족이야! 나도 내 어머니도 황가의 일원으로서……."

"궁금하군. 혀가 잘린 여인도 아스타 왕국에서 친교의 의미로 받아 줄지 말이야."

어찌 보면 아비에게 다 하지 못한 화풀이를 하는 것이요, 자신보다 약한 상대를 찍어 누르는 행위일지도 모른다고 윌리엄은 생각했다. 그러나 일말의 가책을 느끼면서도 그는 손속에 조금도 자비를 두지 않았다.

"이제 말귀를 좀 알아듣는 모양이군."

완전히 절망한 헬렌이 몸을 수그린 채 엉엉 서러운 울음을 토해 내기 시작했다. 그 모습이 어찌나 처량한지 헬렌을 싫어하는 이라도 조금은 가엽게 여길 법했다. 하지만 윌리엄은 반쪽이나마 피가 섞인 그녀를 끝내 원수로만 대하며 말했다.

"여기서 조용히 머물다가 떠나도록 해. 혹여나 내 귀에 시끄럽게 군다는 소리가 들린다면……. 그때는 폐하께서 내린 명을 수행할 거니까. 알아들어?"

* * *

'으아아앙.'

멀리서 아이 우는 소리가 들렸다. 아이샤는 눈을 감고 귀를 틀어막고 웅크리고 앉았다. 그러나 손에 힘을 주면 줄수록 아이 울음소리는 가까워지며 커져만 갔다. 결국 아이샤는 바로 앞에서 울음소리가 나자 눈을 살며시 뜰 수밖에 없었다.

눈을 뜨자 신기하게도 울음소리가 뚝 그쳤다. 동시에 눈앞에 무언가 보였다. 나무로 만들어진 사각 다리. 튀어나온 레이스 시트. 시선을 올리자 자그마한 요람이 보였다.

아이샤는 벌떡 일어나 떨리는 걸음을 옮겼다. 그러자 둥그런 지붕으로 일부가 가려진 요람 아래 너무 작은 아기의 발이 보였다. 손가락 두 마디보다 작은 발. 아이샤는 움직이는 작고 보드라운 발을 시작으로 시선을 천천히 올렸다. 그러자 작은 몸이 나타나고 곧 아기의 통통한 뺨과 작은 입술이 눈에 들어왔다.

아기가 아이샤를 향해 까르르 웃었다. 아이샤는 아기의 얼굴을 똑바로 보기 위해 요람 위 드리워져 있는 지붕에 손을 가져다 댔다. 그러나 요람에 손을 대기 무섭게 아기가 훅 사라졌다. 남은 것은 가지런히 놓여 있는 아기 옷뿐. 경악한 아이샤는 주변을 돌아봤다. 그러나 주변은 어둠뿐이요, 아무것도 없었다.

'아아…….'

결국, 아이샤는 아기 옷을 틀어쥔 채 허물어지듯 주저앉았다. 아무런 형태도 잡히지 않는 옷이 구겨진 채 품 안에 들어오자 허탈한 감정이 온몸을 휘감았다. 저절로 눈물이 쏟아졌다. 하지만 소리는 나지 않았다. 차라리 엉엉 소리 내 울고 싶은데 벙어리라도 된 듯 목소리가 막혔다. 그게 너무 답답해 아이샤가 가슴을 때렸다. 그러자 누군가 그녀의 손을 꼭 잡았다. 그러고는 아이샤의 이름을 불렀다.

"아이샤."

순간, 아이샤가 눈을 번쩍 떴다. 오랜만에 보는 이가 눈앞에 있었다. 믿을 수 없어 눈을 몇 번 깜빡이 그녀가 상대의 이름을 불렀다.

"아일린…… 언니?"

아일린. 그녀는 파든가 장남 에드워드의 배우자였으나 상인으로서 일이 바빠 지난 2년간 파든가를 떠나 있었다. 하지만 아이샤는 그녀와 제법 자주 편지를 주고받았기에 거리감을 느끼지는 않았다.

아일린이 아이샤를 향해 미소를 지었다. 선명한 적금발을 한데 묶은 그녀는 올라간 눈꼬리 때문에 무표정일 때 인상이 사뭇 날카로웠는데 미소를 짓자 신기하게도 인상이 아주 부드러워졌다.

"우리 아가씨. 오랜만이지?"

그녀가 따뜻한 손을 아이샤의 이마에 올리며 장난스레 말했다. 우리 아가씨. 오랜만에 듣는 애칭과 다정한 말씨에 아이샤의 눈에서 눈물이 왈칵 솟았다. 아일린은 인연을 맺고 지낸 지는 그리 오래되지 않았으나 아이샤가 어리광을 부릴 수 있는 몇 안 되는 이였다. 같은 성별, 또래 여인이라 그런가 아이샤는 오라비들에게도 쉽사리 털어놓지 못하는 일들을 같은 아일린에게는 종종 털어놨더랬다.

"그런데 악몽이라도 꿨어? 아까 보니까 자면서 앓던데."

감정이 격해서 울먹이는 아이샤의 이마를 쓸며 아일린이 물었다. 아이샤는 곧장 고개를 끄덕이려다 멈칫했다. 아이의 꿈……. 괴로웠으나 감히 악몽이라 할 수는 없었다. 아이샤가 고개를 저었다.

"……아니에요."

"그래."

아일린은 담백하게 수긍하며 아이샤의 이마를 쓸던 손을 내렸다. 누워 있던 아이샤가 그제야 자신이 누워 있음을 깨닫고 일어나려 했다.

"괜찮아. 누워 있어. 얼굴이 창백해."

"그래도 예의가……."

"우리 사이에 무슨 예의야."

아일린이 단호하게 고개 저으며 아이샤의 상체를 눌렀다. 결국, 아일린을 이기지 못한 아이샤는 누운 채 그녀에게 물었다.

"언제 왔어요?"

"어젯밤에 왔어. 원래 조금 더 일찍 왔어야 했는데 다리가 끊겨서 말이야. 산을 둘러 오느라 고생 좀 했지."

어젯밤이라는 말에 아이샤가 고개 돌려 밖을 봤다. 창밖으로 거의 다 진 해가 보였다. 아이샤는 자신이 언제 잠들었나 기억하려 했다. 그러나 떠오르지 않았다. 다만 하루 넘게 잠들어 있었던 것은 분명했다.

"시간이 벌써……."

그리고 보니 오늘이 며칠인지도 흐릿했다. 아이샤는 그제야 자신이 어딘가 이상함을 깨달았다. 알게 모르게 잠들고 가끔 마리가 깨워 무언가를 줄 때 먹고……. 최근에 그 이외에 무언가를 한 기억이 별로 없었다.

"……미안해요. 언니. 내가 마중 나갔어야 했는데."

무기력해지는 감정을 간신히 누른 채 아이샤가 아일린에게 말했다. 아일린은 그런 아이샤를 찬찬히 바라보다 웃으며 답했다.

"늦게 와서 다들 자고 있었어. 신경 쓰지 마. 그보다 아직 식사 전이지? 일단 나랑 식사나 같이할까?"

하루 넘게 굶은 게 분명한데도 무언가 먹고 싶지 않았다. 아니, 솔직히 말하면 거부감이 들었다. 하지만 오랜만에 온 이가 청하는 식사를 거절할 수는 없었다. 때문에 아이샤는 고개를 끄덕이며 몸을 천천히 일으켰다.

* * *

"아이샤는?"

"잠을 못 이기겠대. 잠들었어."

"……."

"당신도 참……. 일이 이렇게 될 때까지 뭘 했어?"

에드워드는 아일린의 일갈에 아무 대꾸도 할 수 없었다. 그는 고개를 숙이고 양손으로 제 머리카락을 살짝 쥐었다. 그러자 화가 난 표정으로 팔짱을 끼고 있던 아일린이 아차 싶은 표정으로 그에게 다가왔다.

"……미안. 당신도 괴로울 텐데."

"아냐. 당신 말이 맞아. 지금껏 도대체 뭘 했는지……."

아이샤가 유산하고 쓰러진 뒤부터 에드워드는 죄책감에 밤에 제대로 잘 수가 없었다. 어둠 속에 누우면 그때 여동생을 어떻게든 말렸어야 했는데, 진작 두 사람을 떼어 놨어야 했는데, 아비가 무어라 하든 남동생의 말대로 이안을 완전히 끊어 냈어야 했다는 생각만 머릿속에 맴돌았다.

"그만해. 그렇다고 이제 와서 뭐가 바뀔 것도 아니고……. 자책 마."

남편의 상태를 알아챈 아일린이 깊은 한숨을 쉬더니 냉정한 목소리로 말했다. 그러나 에드워드의 어깨를 두드리는 손길은 제법 다정해 에드워드는 오히려 위로받는 느낌이었다. 그가 아내 쪽으로 고개를 돌렸다. 그러자 아일린이 엄한 눈을 한 채 자신이 본 상황을 이야기하며 해결 방안을 말하기 시작했다.

"아이샤 상태가 별로야. 계속 잠이 온다 하는 것도 그렇고 식사도 거의 안 하다시피 하던데, 저대로면 몸이 완전히 상할 거야."

"……."

"의원이 있는 것만으로는 안 될 거 같고 내가 당분간 옆에 있을게. 밥도 같이 먹고 규칙적으로 잠들게 해야지. 그리고 조금 괜찮아지면 같이 나가 사람들과 좀 어울려야겠어."

"그건……."

앞의 이야기에는 눈으로 긍정을 표하던 에드워드는 사람들과 만난다는 말에 부정적으로 반응했다. 몸이 나아 밖으로 나가는 것은 그도 바라는 바였다. 하나 지금 아이샤를 향한 시선은……. 사용인들의 입을 철저히 막았다지만 이안과 파혼한 일로 아이샤를 향한 온갖 억측이 돌고 있었다.

"뭘 걱정하는지 알아. 하지만 이대로 집 안에만 있으면 아이샤한테 나쁜 말들이 더 붙을 거야. 그러니 몸이 어느 정도 회복되면 밖으로 나가야 해. 그게 맞아."

아일린은 에드워드를 향해 단호하게 말했다. 에드워드는 꽤 오래 고심했으나 결국 아내의 판단이 옳다 여기고 고개를 끄덕였다.

"……그래."

그 후, 아일린은 자신이 말한 아이샤의 옆에 거의 온종일 붙어 있다시피 했다. 아이샤는 무기력함에 눈을 감고 싶었으나 오랜만에 본 아일린을 거부할 수 없어 매번 그녀와 식사하고 짧은 산책을 했으며 몇 시간이고 대화를 나누었다.

"춥지 않아?"

"괜찮아요. 오히려 밖이 덜 추운 거 같아요."

신기하게도 그것만으로 아이샤는 서서히 나아졌다. 그리고 그녀가 쓰러지고 한 달 만에 외출을 결심했을 때, 스스로 입에 독약을 털어 넣은 이안도 열흘 만에 눈을 떴다.

* * *

"이안!"

눈을 뜨자마자 가장 먼저 눈에 들어온 것은 통곡하는 소피아였다. 길게 늘어뜨린 금발을 오라비의 상체 위에 드리운 그녀는 눈을 뜬 이안을 보기 무섭게 울음을 터뜨렸다.

"아가씨. 잠시 이리……."

제임스가 그런 그녀를 어깨를 살짝 쥔 채 비켜 세웠다. 옆에서 안절부절못하고 있던 의원은 그제야 이안을 살펴보더니 한참 만에 안도의 한숨을 내쉬었다.

"정신을 차리신 것 보니 위험한 고비는 넘겼습니다. 하지만 앞으로 절대 안정을 취하셔야 합니다."

잔뜩 긴장한 채 의원과 이안을 보던 제임스가 고개를 끄덕이더니 소피아를 놔주었다. 그러자 소피아가 잔뜩 젖은 얼굴로 다시 앞으로 튀어 나갔다. 제임스는 오라비의 손을 부여잡은 채 끅끅 소리 내는 그녀를 보다 의원과 사용인들에게 나가 보라 고갯짓했다.

소피아의 울음소리는 제법 컸다. 하지만 눈을 뜬 이안은 눈동자를 굴려 여동생을 한번 봤다가 다시 천장을 멍하니 바라봤다. 그런 오라비의 모습에 소피아가 이안의 손을 붙잡고 있는 손에 있는 힘껏 힘을 줬다.

"왜 그랬어! 내가 얼마나……. 흐윽."

오라비가 독 차를 제 입에 스스로 털어 넣고 쓰러진 열흘. 소피아에게 그

열흘은 끔찍하리만치 긴 시간이었다. 어찌해야 할지, 무얼 해야 할지 아무 것도 모르겠는데 문제는 산적한 상황. 그녀는 당장에라도 로이드가를 뛰쳐 나가고 싶은 충동에 시시각각 시달렸다.

'아가씨! 정신 차리십시오. 지금 가문에는 아가씨밖에 없습니다.'

그나마 다행이었던 것은 로이드 후작가에 제임스가 있었다는 점이었다. 그는 이안이 쓰러지기 무섭게 의원을 부르고 소피아를 진정시켰다. 겁에 질 린 소피아는 패닉에 빠져 못 한다며 고함을 몇 번 지르긴 했으나 곧 정신을 차리고 제임스의 충고에 따라 목적을 가지고 독 차를 들여온 조모를 상대 한 구금했다. 그리고 이안이 일어날 때까지 제대로 자지도 않은 채 제임스 와 함께 로이드 후작가 안팎의 상황을 어느 정도 정리했다. 덕분에 밖에서 는 이안이 급병으로 앓아누웠다 정도로만 알려졌다.

"……놔."

이안은 제 손을 잡은 여동생의 손아귀 힘이 지나치게 강해지자 그제야 고개를 살짝 돌리고 입을 열었다. 오랜만에 듣는 오라비의 목소리에 소피아 가 숨마저 멈춘 채 안도의 표정을 짓다 힘을 풀었다.

"그, 그래도 다행이야. 이렇게 일어나서 정말이지……."

잠시 후, 소피아가 다시금 눈물을 떨구기 시작했다. 아까처럼 통곡까지는 아니었으나 흐느낌은 쉽사리 잦아들 분위기가 아니었다. 하지만 들썩이는 여동생의 어깨에도 이안은 무미건조한 눈을 했다.

'한심한 놈.'

사실 정신을 차린 이래 이안은 스스로에 대한 환멸 때문에 주변을 돌아 볼 겨를이 없었다. 자신이 만든 상황을 견디지 못해 충동적으로 독이 든 찻 잎을 씹어 먹은 것도 한심스러운데 도망친 주제에 죽지도 못해 다시 눈을 떴다는 게 혐오스러웠다.

이안이 신음을 흘리며 제대로 들어가지 않는 손에 어떻게든 힘을 줬다. 제 몸을 지금이라도 붙잡고 양 갈래로 갈가리 찢어 버리고픈 충동이 들어

견딜 수가 없었다. 그러나 열흘 동안 시체처럼 누워 있던 몸에 힘이 있을 리 없었다. 손가락은 그런 그를 비웃기라도 하듯 주인의 뜻에 반해 살짝 구부러졌다 다시 펴질 뿐이었다.

"으…… 으윽!"

결국, 화를 이기지 못한 이안이 정상으로 돌아오지 못한 목으로 신음을 흘리며 어떻게든 손가락을 움직이려 했다. 그러자 그의 몸이 갑자기 뜨거워지며 팔뚝의 핏줄이 툭툭 불거졌다.

"으아아악!"

"이안! 왜 그래? 오빠!"

간신히 가라앉혔던 독 기운이 순식간에 올라왔다. 온몸이 끓는 괴로움에 이안이 몸을 비틀었다. 훌쩍이던 소피아는 가만히 있다 발작이라도 일으키듯 움직이는 오라비의 모습에 비명을 질렀다. 이안의 창백한 얼굴에는 그새 독 기운의 보랏빛이 올라와 있었다.

"이게 무슨……. 주인님! 의원! 의원은 어디 있나!"

제임스가 이안을 눌러 제압하며 의원을 불렀다. 밖에서 대기하던 의원이 놀라 문을 박차고 들어왔다. 이안은 의원이 제 입에 억지로 무언가 흘려 넣을 때까지 발작하다 피를 토하고서야 줄 끊어진 인형처럼 축 늘어졌다.

열흘 만에 깨어난 게 무색하게 의식이 멀어져 갔다. 이안은 당장에라도 사라질 듯 가물거리는 시야를 느끼다 소리 없이 아이샤를 불렀다.

'아이샤…….'

생각하는 것만으로도 죄스러웠다. 하지만 한번 그 이름을 외자 그의 신경은 온통 아이샤에게 쏠렸다. 결국 이안은 몇 번이고 아이샤를 부르다 고개를 툭 떨궜다. 소피아와 제임스는 혼절한 이안의 입에서 수없이 나오는 익숙한 이름에 얼굴을 굳혔다.

"주인님? 정신이 드셨습니까?"

이안은 그렇게 쓰러지고 다음 날 새벽이 돼서야 다시 눈을 떴다. 소피아에 이어 그를 지키고 있던 제임스는 이안이 정신을 차리기 무섭게 자리에서 일어나 의원을 부르려 했다. 그러나 이안은 손을 뻗어 제임스를 붙잡은 채 고개를 저었다. 잠시 침묵한 그가 탁한 목소리로 물었다.

"……그 애는 어때?"

* * *

아이샤는 파든가 가족들의 예상보다 빠르게 회복했다. 그리고 그녀의 회복을 도운 일등 공신은 누가 뭐라 해도 에드워드의 아내, 아일린이었다.

"일어났어? 그럼 아침 먹고 나랑 같이 온실 구경이나 가자. 거긴 따뜻하니 좀 걸으면 좋을 거야."

아이샤와 거의 모든 일상을 함께한 아일린은 아이샤를 잠시도 놔두지 않았다. 정해진 기상 시간, 거르지 않는 끼니, 거기에 꼬박꼬박 행해지는 산책과 소일거리까지. 무기력에 잠겨 있던 아이샤는 며칠 힘겨워하긴 했으나 아일린의 단호한 다정함에 힘입어 곧 적응했다.

아일린은 아이샤가 무리 없이 산책을 할 수 있게 되자 곧바로 외출을 제안했다. 오랫동안 집 밖을 나가지 않았던 아이샤는 물론이요, 파든가 식구들도 난색을 표했다. 아이샤가 두문불출한 지 한 달하고 보름이 지나긴 했으나 늦겨울의 날씨는 제법 매서웠고 무엇보다 그녀와 이안을 향한 온갖 소문들이 밖을 떠돌고 있었기 때문이다.

그러나 아일린의 뜻은 강경했다. 에드워드도 그녀의 의견에 동의했다. 무엇보다 나가길 꺼리던 아이샤도 아일린의 설득에 이내 고개를 끄덕였다.

"많이 추워?"

"아니에요. 그냥 좀……. 오랜만에 마차를 타서 멀미를 하나 봐요."

오랜만에 저택 밖으로 나온 아이샤는 잔뜩 긴장했다. 유산을 겪은 그녀는 그새 세상이 무서웠고 거부감마저 들었다. 때문에 마차가 움직이기 무섭게 아이샤는 몇 번이고 헛구역질했다.

아일린은 그런 아이샤의 반응에 마차를 천천히 몰아라 마부에게 명했다. 하지만 천천히 갈지언정 파튼가로 돌아가지는 않았다.

"어서 오십시오. 기다리고 있었습니다."

"폴. 오랜만이에요."

두 사람의 첫 목적지는 파튼가에서 운영하는 귀금속 상점이었다. 예약 손님만 받는 그곳은 애초에 사람이 별로 없었다. 덕분에 도착해서 창백히 질려 있던 아이샤도 곧 익숙한 직원들과 살펴봐야 하는 일에 빠져 서서히 거부감을 지웠다.

아일린은 그렇게 외출 반경을 넓혀 갔다. 손님이 적은 파튼가 소유의 상점에서 조용한 식당으로, 또 적당히 손님이 있는 찻집까지. 아이샤는 몇 달 전만 해도 아무렇지 않게 다녔던 곳들을 어색해했다. 그러나 그것도 잠시, 익숙한 장소에 그녀는 서서히 몸에 힘을 풀었다.

아일린은 아이샤가 외출에 어느 정도 익숙해지자 밖에서 지내는 시간을 늘렸다. 가문 소유의 상점 여러 곳을 둘러보고 저녁까지 밖에서 먹고 오는 일정. 제법 힘에 부치는 일정이었으나 사흘쯤 지나자 할 만하다고, 아니, 제법 즐겁다고 아이샤는 생각했다.

"장부 본다고 힘들었지? 내가 사 주는 거니까 많이 먹어."

"고마워요. 언니."

오늘도 마찬가지였다. 파튼가 소유의 제지소 다섯 군데를 아일린과 함께 돌아본 아이샤는 일을 잘 끝내고 보람에 가득 차 제법 큰 식당에 들렀다. 유명세만큼이나 가격이 비싼 곳이었지만 맛을 보장하기라도 하듯 식당 안에는 사람들이 많았다.

"저기 앉아 있는 사람……. 아이샤 양 맞죠?"

아이샤와 아일린이 내일 일정에 관해 이야기하며 즐겁게 식사를 하고 있을 때였다. 아이샤는 문득 다른 이의 입에서 제 이름이 나오는 걸 들었다.

사실 식당을 막 들어섰을 때도 저를 알아보는 시선에 조금 떨었더랬다.

아이샤의 심장이 긴장감으로 조금 빠르게 뛰며 그녀의 귀가 조금 더 열렸다.

"후작님과 파혼하고 도통 나오지 않더니 웬일이래요?"

"후작님과 파혼했다고 결혼을 안 할 수는 없는 노릇이잖아요. 아픈 척 연기를 했으니 이쯤이면 다시 얼굴을 들이밀 때도 됐죠."

뚜렷해진 목소리들이 귀에 들어왔다. 아이샤는 조금 떨어진 곳 자신에 대해 떠드는 귀부인 무리를 슬쩍 쳐다봤다. 친분은 없었으나 얼굴은 아는 이들로 구귀족파에 속하는 이들이었다.

"하기야 내년부터는 더 열심히 다녀야지요. 얼굴도장 찍는 노력도 안 하면 누가 아이샤 양을 데려가겠어요? 후작님과 그렇게 오래 인연을 이어 갔는데……."

"그것도 그렇네요. 호호."

눈치 빠른 귀부인들은 곧 아이샤의 시선을 눈치챘다. 그러나 입을 우아하게 가릴지언정 말을 멈추진 않았다. 아니, 오히려 조금 더 큰 목소리로 말을 주고받았다.

아이샤는 자신을 향한 악의에 천천히 시선을 거뒀다.

"괜찮아?"

아일린도 상황을 눈치챘는지 걱정스러운 얼굴을 했다. 아이샤는 아무렇지 않은 얼굴로 아일린을 마주 보며 싱긋 웃었다. 이상했다. 긴장으로 땀이 잔뜩 난다 싶었는데 이안과의 관계로 흉을 본다 생각하니 오히려 진정이 됐다.

"네. 저런 말이 돌 거라 몰랐던 것도 아닌데요."

씁쓸함은 조금 남았으나 전처럼 감정이 올라오지는 않았다. 무덤덤한 기분에 아이샤는 스스로를 낯설게 느끼며 잠시 멈췄던 포크를 다시 움직였다.

"그래. 신경 쓰지 마. 그래 봤자 얼마 가지 않아서 다른 일로 시시덕거릴 거야."

아이샤가 괜찮은 듯싶자 아일린도 이내 음식에 시선을 내렸다. 곧 두 사람은 다른 주제로 대화를 시작했다.

한참 아일린의 여행담에 대해 조용히 떠들 때였다. 올렸던 시선이 살짝 튀며 아이샤는 무심코 제 흉을 보던 귀부인 하나와 눈을 마주쳤다.

순간 귀부인에게 앞의 일행이 무언가를 속삭였다. 그리고 귀부인의 시선이 아이샤의 얼굴에서 아래로 스르르 내려갔다.

쿵.

귀부인의 눈이 어디에 닿았는지 깨달은 아이샤의 심장이 내려앉았다. 귀부인이 아이샤의 배를 본 건 아이샤가 다른 사내의 아이를 가져 파혼당했다는, 말도 안 되는 악의적인 소문을 즐기기 위해서였다. 사람들은 소문이 터무니없다 생각하면서도 순전히 재미를 위해 질 나쁜 소문을 즐기고 퍼뜨렸다.

'아…….'

다른 행동이었다면 조금 전과 마찬가지로 무시하며 웃어 넘겼을 것이다. 그러나 유산을 겪은 아이샤는 사람들이 제 배를 보는 것만으로도 패닉에 빠졌다.

'으아아아앙.'

많이 좋아졌다고는 하나 아이샤는 아직 아기 울음소리가 들리는 악몽에서 완전히 벗어나지 못했다. 악몽이 덧씌워진 그녀의 눈에 귀부인의 입이 아이라는 말을 뱉은 듯 보였다. 아이샤는 저도 모르게 손으로 배를 감싸 안으려 입 안쪽을 살짝 깨물고 포크와 나이프를 세게 쥐었다.

'아이샤. 네 그 아이에 대해서는…….'

아이샤가 조금 괜찮아졌을 때 마리사는 조심스럽게 말했다. 유산에 대한 건 철저히 비밀에 부칠 거라고. 그 이유에 대해 마리사는 설명하지 않았다. 그러나 아이샤는 자신의 미래와 가문을 위해 부모가 그리기로 했음을 알고 있었다.

'안 돼. 여기서 못난 모습 보이면 더 말이 돌 거야. 그럼 가문에도 폐가

될 거고 그 아이에 대해서도…….'

몰염치하게 유산에 대해 다 잊은 듯 지내고 있었으나 그래도……. 적어도 죽은 아이가 사람들 입에 함부로 오르내리는 건 싫었다. 아이샤는 아무렇지 않은 듯 최대한 모습을 꾸며 냈다. 물론 미세한 떨림을 아예 숨길 수는 없었기에 앞에 앉아 있던 아일린이 팔을 뻗어 그녀의 한쪽 손을 잡아 줬다.

다행히 떨림은 서서히 멈추자 아이샤는 다시 포크와 나이프를 움직일 수 있었다. 아이샤는 부지런히 음식을 씹고 삼켰다. 물론 근사한 음식의 맛은 더는 느껴지지 않았다.

먼저 온 귀부인들이 자리를 뜨고도 아이샤는 식사를 멈추지 않았다. 아일린은 그런 아이샤를 가만히 지켜보다 그녀의 접시가 깨끗하게 비자 입을 열었다.

"이제 그만 갈까?"

"……네."

식사를 했음에도 몸이 허하고 힘들었다. 아이샤는 멍한 눈으로 있다가 마차가 움직이기 무섭게 토기를 느끼고 입을 막았다. 분명 내일을 떠올리며 즐겁다 생각했는데……. 끔찍하게 괴로운 기분이 들었다.

결국, 아이샤는 헛구역질을 하며 엉엉 이유 모를 울음을 터뜨렸다.

아일린이 마차를 멈추고 아이샤를 꼭 안아 줬다. 아이샤는 그녀의 품에서 한참 눈물을 쏟다 마차 창문을 조금 열었다. 서늘한 바람이 축축한 뺨을 스쳐 열 오른 얼굴을 식혔다.

아이샤는 그렇게 겨울바람에 한참 눈물을 말리다 창문을 닫기 위해 손에 힘을 줬다. 마차 창문이 완전히 닫히기 직전이었다. 아이샤는 살짝 남은 틈으로 언뜻 누군가의 시선을 느꼈다. 그러나 닫힌 채 희뿌옇게 서리가 낀 창문 너머에는 아무도 없었다.

아이샤가 창문을 다시 열까 고민하던 차, 눈송이 하나가 떨어지더니 이내 눈이 내리기 시작했다. 천천히 떨어졌으나 눈 덩어리가 작지 않기에 아일린은 마부를 향해 출발하라 외쳤다.

아이샤를 태운 마차가 천천히 움직이다 이내 달리기 시작했다. 그리고 마차가 점처럼 작아졌을 때, 길 위로 말에 탄 사내가 슬그머니 모습을 드러냈다.

떨어지는 눈에 말이 머리를 흔들며 투레질을 했다. 그러나 움직이는 말과 달리 이안은 머리에 눈이 쌓일 때까지 꼼짝도 하지 않은 채 마차가 달리는 길 위를 바라봤다.

'아이샤.'

그는 아이샤의 흔적을 더듬는 중이었다. 머리로는 그도 알았다. 지금 자신이 하는 행동은 다른 이는 몰라도 적어도 그만큼은 어떤 이유로도 해서는 안 될 일임을.

그러나 아이샤를 보자 발걸음은 저절로 움직였다. 다가가지는 못했으나 주변을 맴돌기만 온종일. 몸도 정신도 지쳤으나 이안은 멈출 수 없었다.

마차가 사라질 듯 말 듯 작아지자 이안이 말을 천천히 몰았다. 눈이 내리자 더욱 차가워진 바람이 얼굴을 때렸지만 개의치 않았다.

아이샤가 탄 마차의 목적지는 이안의 예상대로 파든가인 듯싶었다. 이안은 딱 들키지 않을만큼의 거리를 유지하며 마차를 따라가다 파든가 입구가 보이자 마차 따르는 것을 멈추고 관목에 모습을 숨겼다.

아까와 마찬가지로 마차가 점점 더 작아지자 심장이 옥죄이는 듯했다. 당장에라도 달려가고 싶은데. 자신을 혐오하고 침을 뱉어도 좋으니 한 번만 얼굴을 보고, 목소리를 듣고 싶은데. 차마 그럴 수 없다는 사실이 괴로웠다.

그러나 불가능하다는 걸 알면서도 마차가 내리막을 내려가느라 보이지 않자 그는 고삐를 세게 쥐고 당장 뛰쳐나갈 듯 몸에 긴장을 줬다. 말도 주인의 의도가 무엇인지 알 수 없어 불편한 기색을 드러냈다.

'안 돼.'

가까스로 참은 그가 눈을 감았다 뜨며 고개를 저었다. 이렇게 보는 것만으로도 또다시 죄를 짓는 일이라며 몇 번이고 되뇌자 몸에 힘이 빠졌다.

'내가 해야 하는 건 이따위 혐오스러운 짓이 아니야.'

이안은 내리막을 다 달리고 다시 모습을 보인 마차를 바라보며 지금의 자신이 해야 하는 일들을 되뇌었다. 우선 가장 시급한 것은 아이샤를 향한 소문을 해결하는 일이었다. 급히 알아본 바로는 자신과 파혼한 것에 이어 파든가에서 나오지 않았던 일로 온갖 소문이 아이샤에게 붙었더랬다.

'잘못은 전부 내가 했는데 그따위 말들은 대부분 아이샤를 향하고 있으니…….'

모든 죄는 자신이 짊어져야 함에도 사람들의 입은 아이샤를 향했다. 이안은 그게 끔찍했다. 전부터 항상 이랬다. 잘못은 그가 했음에도 화살은 아이샤를 향했다.

사람들의 입을 막아 소문을 지우는 것은 현실적으로 힘들었다. 때문에 이안은 소문의 방향을 자신에게 돌릴 참이었다. 다행히 그가 파든가 앞에 며칠이고 서 있던 일로 일을 꾸미기는 제법 수월했다. 제게 온갖 말을 붙여 파든가의 입장에서 파혼이 당연한 것으로 꾸미면 아이샤가 조금이나마 편해지겠지. 이안은 그리 생각하며 입술을 세게 물었다.

없애야 할 소문을 곱씹던 그가 문득 손을 파르르 떨다 미친 사람처럼 눈을 부릅뜬 채 제 목에 손을 가져다 댔다. 그리고 꼭 원수에게 하듯 제 목을 양손으로 조르기 시작했다.

소리도 제대로 나지 않을 만큼 강한 악력이었다. 누군가 이안의 이러한 꼴을 본다면 미친 사람이라 소리치며 도망칠 법도 했다. 그러나 이안은 멈추지 않았다. 아니, 멈출 수도 없었다.

'유산했다.'

시시각각 떠오르는, 자신이 아이샤에게 저지른 죄 중에서도 무거운 죄. 이안은 그 죄를 느낄 때면 숨을 쉬다가도 자신이 살아 있음에 혐오감을 느꼈다. 그리고 그의 몸은 그런 감정에 극단적이고 직관적으로 반응했다. 이안은 깨어난 뒤로 하루에도 몇 번씩 제 목을 조르거나 날붙이로 몸 여기저기를 그어 댔다.

제대로 치료조차 하지 않았기에 그가 입에 털어 넣은 독 차와 같은 색의 멍은 물론이요, 제대로 멎지 않은 상처에서 피가 흘러 옷을 적시기도 했다. 하지만 아무 생각도 할 수 없을 만치 몸이 괴로워야 삶을 이어 갈 수 있었기에 이안은 충동을 참지 않았다.

"커……. 허윽."

숨이 틀어막힌 몸이 한계에 다다랐다. 그러나 팔다리가 덜덜 떨리는 와중에도 이안은 손의 힘만은 풀지 않았다. 기괴했다. 꼭 그의 손가락만 다른 이가 실을 묶어 멋대로 조종하는 것처럼 보였다.

"히이이이잉."

쿵.

이안이 그러고 있자 영리한 말이 부러 발을 구르며 그를 관목 쪽으로 떨어뜨렸다. 침엽수 관목은 충격을 제법 잘 흡수했다. 덕분에 이안은 자잘한 상처만 입은 채 눈이 쌓이기 시작한 바닥에 떨어질 수 있었다.

이안이 까진 손바닥으로 바닥을 짚은 채 저 멀리 마차를 바라봤다. 아이샤가 탄 마차는 파든가 입구를 통과하더니 곧이어 사라졌다.

망막에 허공만이 담겼다. 이안은 비어 버린 공간을 바라보다 주먹을 세게 쥐었다. 손바닥에 맺힌 피와 흙, 눈이 지저분하게 엉겨 붙었다.

사내의 목에서 긁는 듯한 소리가 흘러나왔다. 말이 그런 주인의 옆에서 불안한 듯 바닥을 긁으며 거칠게 숨소리를 내다 달래 주듯 더운 제 얼굴을 바짝 붙였다. 하지만 이안은 그의 어깨 위 눈이 쌓일 때까지 흙바닥에 주저앉은 채 고개를 푹 숙이다 다시 제 목에 손을 올려 숨통을 조였다.

* * *

"내가 아이샤 그대를 한번 보겠다고 귀국 일정을 얼마나 늦췄는지 아나?"

응접실 카우치에 편히 기대앉은 이스칸에게서는 남의 집에서 느낄 법한 불편함을 조금도 찾아볼 수 없었다. 아이샤는 팔걸이에 늘어져 있는 이스칸의 기다란 소맷자락에 시선을 주다 고개를 살짝 숙였다.

"송구합니다. 제가 그간 몸이 불편하여⋯⋯."

"그대가 얼마나 자주 외출을 했는지 이미 다 알아본 참이야. 그러니 빤히 보이는 거짓말은 그만둬."

의례적인 핑계에 이스칸이 손사래를 쳤다. 화가 난 것 같지는 않았으나 불쾌한 기색을 숨기지 않는 얼굴에선 왕족 특유의 오만한 모습이 그대로 보였다.

이스칸의 표정에 아이샤는 무어라 변명하려다 그만뒀다. 계속 만나러 오겠다는 이스칸을 일부러 피한 것은 사실이었으니. 다만 그녀는 이스칸이 이리 집요하게 자신을 만나려 할 줄은 몰랐기에 조금 당황한 참이었다.

"뭐⋯⋯. 그래도 이리 봤으니 그대가 내게 저지른 무례는 이쯤 잊어 주지."

아이샤가 곤란한 표정으로 머뭇거리자 이스칸이 용서를 베푼다는 듯이 말했다. 그러다 차를 들이켜며 잠시 뜸을 들이다 본론을 툭 꺼냈다.

"긴말 않겠어. 아이샤 파든. 전에도 한번 말했다마는, 내 부인으로서 나와 함께 아스타로 가지 않겠나?"

조금의 부끄러움도 주저함도 없는 담백한 청혼이었다. 하지만 동시에 무례하고 오만한 청혼이기도 했다.

"제국에 온 목적 중 하나가 제국의 여인을 내 부인으로 데려가는 거였지. 한데 일이 좀 틀어져서⋯⋯. 내 신붓감은 고사하고 새어머니만 모시고 돌아가게 생겼단 말이야. 이제 언제 또 제국에 올지도 모르니, 난 그대가 나와 함께 가 줬으면 해."

새어머니라는 말에 아이샤가 손끝을 움찔거렸다. 이스칸 왕세자가 말하는 새어머니는 헬렌으로, 그녀가 아스타 왕국으로 가는 일은 황태자 윌리엄의 주도 아래 이미 귀족 사회에 파다하게 퍼진 소식이었다. 아이샤도 다른 이들보다는 한참 늦긴 했으나 그 일에 대해 알고 있었다.

'아이샤 양. 난 이안이 좋아요.'

'이안은 근사한 사내잖아요? 젊은 데다 얼굴도 잘났고 명문가 가주에 똑똑하기까지. 그런 사내는 드물지. 여인이라면 한 번쯤 눈길을 줄 만해.'

'이안이랑 침대에서 뒹구는 게 설마 아이샤 양 하나고 그 때문에 본인이 특별하다, 뭐 그런 순진한 생각 하는 건 아니죠?'

아이샤는 헬렌을 좋아하지 않았다. 지난 일여 년, 그녀와의 연은 분명 악연에 가까웠으니. 그러나 아스타 왕의 부인 자리는 제국의 누가 보더라도 혀를 찰, 여식을 조금이라도 아끼는 부모라면 감히 보내지 않을 그런 자리였다. 한데 황제의 사생아로 승승장구할 것 같았던 그녀가 왜 그런 자리로 가게 됐는지…….

이유는 알 수 없었으나 헬렌의 소식을 듣는 순간 아이샤는 연민의 탄식을 흘렸다. 헬렌에 대해 생각하던 아이샤가 자연스레 그녀와의 악연의 고리가 된 이안을 떠올렸다. 그러나 그녀는 이내 이안에 대한 모든 생각을 차곡차곡 접었다.

'……이제 나랑 상관없는 사람이야.'

존재조차 몰랐던 아이를 짧게나마 추모하며 함께 흘려보낸 과거의 인연이었다. 정신을 차리고 얼마간은 그가 끔찍했으나 지금은 그런 감정조차 부질없게 느껴졌다.

물론 때로는 지난 기억과 함께 그가 불쑥 튀어나오기도 했다. 이안과 그녀의 연은 제법 길었기에 생활 습관에서, 사소하게 둔 물건에서 그의 흔적이 나타나기 일쑤였다.

감정도 그 순간만큼은 격해졌다. 하지만 허망하게 떠난, 어미인 자신조차 존재를 숨기기 급급한 죽은 아이를 생각하면 아이샤는 이안에게 어떤 감정도 더는 주고 싶지 않았다. 때문에 이안이 생각날 때면 아이샤는 억지로라도 그를 잊는 습관을 들였다. 다른 일에 몰두하거나, 그도 여의치 않으면 약의 힘을 빌려서라도 잠드는 방법 등으로 말이다.

다행히 사람은 습관에 약했다. 훈련을 통해 아이샤는 이안을 조금이나마 수월하게 지웠다. 가족들도 그런 그녀를 도왔다. 부모는 물론이요, 오라비들도 적어도 아이샤 앞에서만큼은 이안에 대해 이야기하지 않았다.

그러나 아이샤는 몰랐다. 그 모든 것이 회피에 지나지 않음을. 그리하여 그녀에게는 또 다른 습관이 생겼다. 아이샤는 이안에 대해 잊으려 할 때면 무의식적으로 눈살을 살짝 찌푸리며 더없이 서늘한 얼굴을 했다.

그녀 곁에 가까이 있는 파든가 식구들은 이미 아이샤의 새로운 습관을 눈치챘다. 다만 그들은 아무 말 하지 않고 모른 척 지나갔다. 하나 그녀의 새로운 습관은 이스칸의 오해를 불렀다.

"물론 제국의 여인들이 내 왕국의 문화에 거부감이 있다는 건 알아. 그대들은 부인이 여럿 있는 걸 싫어한다지?"

이스칸은 아이샤가 제 고국의 일부다처제 문화에 전처럼 반발심을 느끼며 불쾌해한다 여겼다. 그렇기에 그는 목소리를 부드럽게 깔며 그녀를 설득하려 했다.

"하지만 잘 생각해 보면 그리 이상한 것도 아니야. 내가 알기로 제국의 사내들도 여인을 여럿 두는 경우가 제법 잦다더군. 물론 부인의 명칭은 한 명에게만 돌아간다지만 남편을 나눠 가지는 건 어차피 같은 거 아닌가."

"……."

"그 부분만 그대가 이해하면 돼. 몇 번째라는 숫자가 싫을 수는 있지만 똑같은 정식 부인이라 서열이 정해진 것도 아니니 말이야."

"……."

"무엇보다 내 부인이 되면 그대 인생은 더없이 반짝거릴 거야. 난 내 여인한테 아끼는 사람이 아니거든. 온갖 보석에 가지고 싶은 건 무엇이든 쥐여 주지. 거기다 그대는 내 애정에 대해서도 걱정할 필요가 없어. 왜냐, 그대는 오롯이 내가 선택한 여인이니까. 이것저것 재면서 들인 이들과는 애초부터 다르지. 그러니 아이샤 파든. 나와 함께 가. 영원을 맹세할 수는 없어도 오래도록 그대를 아끼고 행복하게 만들어 주지.”

아스타 왕국에서 나고 자란 이스칸 입장에서는 그럴듯한 말이었으나 아이샤에게는 일전과 마찬가지로 황당하고 무례한 청혼일 뿐이었다. 아이샤는 줄줄 길게도 말하는 이스칸을 보며 차를 마셨다. 얼핏 보면 경청하는 듯도 보였다. 하지만 그녀는 이스칸의 말이 끝남과 동시에 단호하게 찻잔을 내려놨다.

탁.

“싫습니다.”

평온한 얼굴이었으나 거절을 밝히는 태도는 결연했다. 이스칸은 조금 미묘한 표정을 지었다. 어쩐지 전에 식당에서와는 조금 다른 느낌이었다. 그때 눈앞의 여인은 도망치듯 떠나며 거절을 에둘러 표현했건만 지금은 그를 똑바로 마주 보며 말하고 있었다.

“왕세자 전하. 전 아스타 왕국을 존중합니다만, 말씀하신 것처럼 왕국의 결혼 문화에 대해서는 받아들일 수 없습니다.”

“……”

“또한 전하께서는 내미신 조건은 제게 매력적이지 않아요. 제게 보석과 물건들은 지금도 충분하고 전하의 애정은 분명 값지고 영광스럽겠지만……. 지금 제가 받고 있는 애정들과 바꿀 만큼은 아닙니다.”

“……냉정하군. 칼같은 거절이야.”

이스칸이 그런 아이샤를 멍하니 쳐다보며 안타깝다는 듯 중얼거렸다. 아이샤는 그의 부담스러운 눈빛에 시선을 살짝 아래로 내렸다. 하지만 아이샤를 보는 이스칸의 눈빛은 여전했으며 그의 얼굴에는 살짝이지만, 홍조가 돌고 있었다.

두 사람 사이에 침묵이 흘렀다. 아이샤는 여전히 눈을 내리깐 채였으며 이스칸은 심각한 얼굴로 무언가 골몰히 생각하다 한참 만에 표정을 바꿨다.

"좋아. 청혼은 물리도록 하지. 그럼 아스타 왕국으로 여행은 어떤가? 어차피 그대 지금은 자유의 몸이 아닌가? 듣기로는 그대에게 어울리지 않는 머저리와 끝이 났다지?"

이스칸의 목소리가 한층 경쾌해졌다. 말투도 그의 미소처럼 가볍게 느껴졌다. 하지만 이안이 다시금 떠올라 아이샤는 저도 모르게 얼굴을 굳혔다.

그런 그녀의 반응에도 이스칸은 장난스럽게 손을 내밀었다. 여행. 이스칸의 말 자체는 불편했으나 여행이라는 단어는 묘하게 끌렸다. 아이샤는 눈앞에 놓인 사내의 커다란 손을 물끄러미 바라봤다. 아이샤의 눈빛에 이스칸이 짙게 미소 지으며 속삭였다.

"이별 후에는 여행이 간절해지는 법이지. 어떤가? 그대가 좋다고 한다면 내가 최고의 여행을 만들어 주겠어."

* * *

화려한 마차가 길을 달리기 시작했다. 이미르는 굳은 얼굴로 밖을 바라보는 이스칸의 눈치를 살피다 입을 열었다.

"생각 외로 쉽게 물러나시는군요. 다행입니다."

"왜? 내가 아이샤 파든을 납치라도 할까 봐?"

"솔직히 그러실 줄 알았습니다. 전하께서는 전적이 있으시잖습니까. 그때만 생각하면⋯⋯."

이미르는 고개를 저으며 목소리를 높였다. 수하가 주인에게 하기에는 무례하게 느껴질 법도 했으나 이스칸은 어린 시절부터 함께해 온 이미르에게는 관대한 편이었다.

"원래는 납치라도 해서 데려가려 했지. 한데 흠이 생겼잖아?"

황궁에서 윌리엄과 자레드의 대화를 훔쳐 듣게 된 이스칸은 아이샤의 유산에 대해 알게 됐다. 물론 아이샤 앞에서는 모른 척 티를 내지는 않았으나 이스칸은 그 소식에 많이 아쉬웠더랬다.

"다른 사내의 손을 탄 건 괜찮지만, 아이라니……. 쯧."

이스칸이 고개를 살짝 기울이며 혀를 찼다. 여상한 목소리였으나 어딘지 불쾌한 표정. 이미르는 작금의 상황에 주인이 단단히 짜증 났음을 알아차렸으나 모른 척 말을 받았다.

"그렇게 생각하시면 진작 포기하고 제시간에 귀국하셨어야지요. 왕께서 얼마나 화가 나셨는지 아십니까?"

"아이샤 파든을 데려가고 싶은 마음은 지금도 여전해. 다만 흠 때문에 더 노력할 마음이 들지 않은 것뿐이지."

진심이었다. 이스칸은 아이샤를 제 왕국으로 데려가지 못해 진정으로 아쉬웠다. 그녀가 부인으로 가겠다. 아니, 아스타 왕국으로 여행이라도 가겠다 고개를 끄덕였다면 이리 아쉽지는 않을 텐데. 손안에서 황금 모래가 빠져나가는 기분이었다.

"……그래도 이쯤 해서 다행이야."

미련에 쓴 입 안을 느끼며 이스칸이 마차 밖으로 시선을 돌렸다. 이미르가 주인의 말을 알아듣지 못해 의아한 얼굴을 했다.

"더 지켜봤으면 다른 사내의 아이를 낳았더래도 데려가고 싶었을 테니까. 그만큼 마음에 들었던 여인이야."

"……."

"하나 앞뒤 재지 않고 데려가기에는 조건이 좋지 않아. 파든 백작가 자체도 용납하지 않을 것이고 하필이면 황자가 짝사랑하는 여인이라니……. 하긴 귀한 것은 여럿이 눈을 주는 법이지."

아이샤를 포함해 여인을 완전히 물건 취급하는 언사였다. 하지만 말을 하는 이스칸은 물론이요, 이미르도 그런 말에 전혀 위화감을 느끼지 못했다.

"성과가 조금도 없으니 결과적으로는 귀국을 늦춘 건 멍청한 선택이었어."

이스칸이 한숨을 쉬었다가 저 멀리 길가에서 무언가 발견하고 미간을 살짝 찌푸렸다. 이미르도 이스칸을 따라 마차 밖으로 시선을 던졌다.

"하지만 내가 아무리 멍청한들……."

마차 밖 길 가장자리에는 사내가 말 한 마리 위에 앉아 있었다. 관목에 몸을 반쯤 숨긴 채 파든가 쪽을 바라보는 모습이 꼭 동상 같았다. 이스칸이 사내의 금발을 보며 경멸스럽다는 듯 차가운 눈을 했다. 그리고 사내가 가까워졌을 때 툭 내뱉듯 말을 이었다.

"저 밖의 머저리보다는 현명한 것 같군."

* * *

겨울의 기세가 순식간에 꼬꾸라졌다. 고작 한 주 만에 눈은 사라지고 한낮에는 햇살의 따사로움이 손끝에 잠깐이나마 머물렀다.

"올해 꽃의 여왕은 누가 될까요? 연회가 제법 크게 열린다는데……. 벌써 기대가 크네요."

"전 꽃의 여왕보다는 연회와 함께 열리는 마상시합에 관심이 더 간답니다. 알다시피 제 약혼자가 이번에……."

봄이라는 계절에 맞춰 여러 연회가 예정되어 있었다. 덕분에 사람들도 겨우내 속닥이던 낡은 소문은 제쳐 놓고 새 소식으로 조잘거리기 바빴다.

하지만 몇몇 소식들은 여전히 사람들의 입에 오르내렸다. 우선 황제의 사생아 헬렌. 그녀는 귀국하는 이스칸 왕세자를 따라 아스타 왕국으로 정략결혼을 하러 갔다. 제국과 왕국 사이 화합을 상징한다지만 거창한 명분과 달리 그녀는 조금도 대접받지 못했다.

황제는 그녀에게 제대로 된 어떤 하사품도 내리지 않았다. 거기다 신하들이 그래도 나라 간 이뤄진 결혼이니 조촐한 연회라도 열자 이야기하기 무섭게 권좌의 팔걸이를 쿵 쳤다.

황제의 그런 태도에 사람들은 그녀가 아비에게 버림받았음을 곧장 인지했다. 하기야 조금이라도 사생아를 아꼈다면 왕세자의 부인도 아니요, 다 늙은 왕의 부인으로 보내지는 않았으리라.

헬렌은 지난 일여 년, 제국 귀족 사회에서 분주히 돌아다닌 것이 무색하게 조용히 아스타 왕국으로 떠났다. 마차 안에서 엉엉 우는 그녀의 목소리는 새 신부가 내기에는 지나치게 처량했다. 그러나 제국 내에서 그녀에게 진정으로 정을 준 이들은 몇 없었기에 동정 여론조차 생기지 않았다.

"난 솔직히 잘된 일이라 봐요. 생각해 봐요. 그동안 그 사생아가 얼마나 오만했어요?"

"맞아요. 황제 폐하의 사생아라지만 지나쳤죠. 제국에서 오래 지냈으면 또 몰라. 타국인이나 다름없으면서 어찌나 유세를 떠는지."

"듣자 하니 감히 황후 폐하와 황녀 전하 앞에서도 고개를 빳빳하게 들고 다녔다더군요. 수치도 모르고……. 하기야 보고 배운 게 그것뿐이니, 원."

추방당하듯 떠난 헬렌을 사람들은 그렇게 흉봤다. 그리고 그 속에 당장 몇 달 전만 하더라도 그녀에게 잘 보이려 아양 떨던 이들도 있었다.

그리고 그런 헬렌보다도 사람들의 입에 꾸준히 오르내리는 이가 있었으니, 그 주인공은 이안이었다.

'로이드 후작이 조모에게 독살을 당할 뻔했답니다.'

'토도메 왕국 출신의 그 여자한테요? 세상에…… 그래서 한동안 밖에 나오질 않은 모양이군요.'

'그런데 왜 그랬대요?'

'뻔하잖아요. 로이드가 재산 때문이지. 듣기로는 후작님이 죽으면 허수아비로 내세울 로이드가의 먼 방계도 구해 놨더랍니다.'

'끔찍하네요.'

'어쩜. 몇 년에 한 번씩은 이런 소식이네요.'

이안을 둘러싼 소문은 여러 개로 하나같이 자극적이었다. 특히 명문가의 가주인 그가 외국인 출신의 조모에게 살해당할 뻔했다는 것은 거의 기정사실화 되어 사람들 입을 탔다.

"그나저나 로이드 후작님께서는 여전히 그러고 계신다지요?"

"어머. 아직도요?"

"네. 파든가 근처에서 후작님을 봤다는 사람들이 한둘이 아니에요."

하지만 그를 둘러싼 소문들 중 무엇보다 많이 사람들 입에 오르내린 건 파혼과 관련된 것이었다. 앞뒤 관계가 어느 정도 명확한 독살미수 건과 달리 이유가 불분명한 파혼 소식에 사람들은 온갖 추측을 했다.

'이안 로이드 후작이 아이샤 파든과 파혼했다더군요.'

이안과 아이샤의 파혼 사실이 처음 알려졌을 때 사람들은 대부분 로이드 가에서 파든가로 파혼장을 보냈으리라 짐작했다. 지난 몇 년간 아이샤 파든을 향한 이안 로이드 후작의 냉대, 그리고 아이샤 파든을 둘러싼 여러 소문들……. 두 가문의 영향력에 생각이 있는 자라면 함부로 입을 열지는 않았으나 보고 들은 것들이 있었기 때문이다.

"일이 도대체 어떻게 흘러가는 것인지……. 후작님께서는 분명 아이샤 양을 싫어하셨잖아요."

"그래 보였지만 모르지요. 남의 사정을 어떻게 정확히 알겠어요."

"하긴, 그러고 보니 전에 아이샤 양이 2황자 전하의 파트너로 왔을 때 후작님께서 대놓고 역정을 내셨잖아요."

"그렇지만 그 연회에 후작님은 헬렌 양과 함께 오셨는걸요."

"맞아요. 지금은 떠났다지만 당시만 해도 후작님은 헬렌 양과 자주 붙어 다니셨죠. 거기다 헬렌 양이 그랬잖아요. 로이드 후작님과 자신이 이어질 거라고."

하지만 실상은 반대로 파혼장을 던진 쪽은 파든가였다. 예상과 다른 결과에 모두들 혼란스러워했다. 아이샤 파든을 대놓고 귀찮아하던 이안 로이드 후작이 파혼을 당하다니 이 무슨 일인가. 게다가 파혼당한 이안 로이드 후작은 왜 죄인처럼 아이샤 파든 근처를 서성이는가. 도통 납득되지 않는 앞뒤 상황에 사람들의 고개를 갸웃거렸다.

"지금은 누가 봐도 후작님께서 아이샤 양에게 매달리는 것처럼 보이지요? 아무리 남녀 간의 관계는 복잡 미묘한 거라지만……. 그걸 참작해도 이해할 수가 없네요."

"그러니까요."

오래도록 구설수에 오르내렸던 이안과 아이샤이니만큼 많은 사람들의 시선이 몰렸다. 그러나 아이샤에게 훨씬 많이 집중되었던 전과 달리 이번에는 이안에게 눈길을 더 줬다.

아이샤가 파혼에 대해 입을 다문 채 조용히 제 할 일을 하는 것과 달리 이안은 누가 보더라도 매달리는 자세를 취했다. 파든가 문을 두드리지는 않았으나 주변을 맴도는 그의 모습과 피폐해진 몰골에 사람들은 파혼에 이안의 잘못이 있지 않을까 추측했다.

'뭐? 자네가 언제 여자 여섯과 놀아났나? 같이 가자 해도 싫다 고개를 젓는 사람이.'

'……말한 대로 해 줘. 부탁이야.'

그리고 이는 이안이 원하는 바이기도 했다. 이안은 아이샤가 파혼을 이유로 따가운 눈총을 받는 걸 견디기 힘들었다. 이렇게 된 건 모조리 제 탓인데 그녀가 왜 조롱을 들어야 하나. 때문에 그는 부러 제게 나쁜 소문을 퍼뜨리며 사람들 눈에 띄게 행동했다.

하지만 그런 노력에도 아이샤를 향한 따가운 눈총을 모조리 돌릴 수는 없었기에 그는 매일 자괴감에 허덕였다. 게다가 매일같이 파든가를 서성이는 목적이 사람 시선을 제게 옮겨 오는 것에만 있을까? 이안은 아니라고 생각했다.

'……그 애 앞에 가는 것조차 죄야.'

독이 든 찻잎을 씹고 죽다 살아난 뒤 이안도 머리로는 깨달았다. 자신은 아이샤 앞에 감히 얼굴을 보여서는 안 되고 에드워드의 말처럼 그녀의 삶에서 완전히 사라져 주는 게 옳은 일이라고. 그러나 알면서도 차마 그럴 수가 없었다.

'얼굴을 보겠다는 게 아니야. 내가 이러면 사람들은 날 손가락질할 거니까. 적어도 그 정도는…….'

그래서 그는 온갖 핑계를 만들어 파든가 주변을 서성였다. 아이샤의 삶에서 사라져야 한다니. 그녀 옆의 사내가 더는 자신이 아니라니. 상상만으로도 몸의 피가 다 빠져나가는 기분이었다.

이스칸 왕세자가 귀국 전 아이샤를 방문한 것을 목격했을 때는 어떠했나. 이스칸은 이안이 그를 전혀 신경 쓰지 않고 있다 봤지만, 아니었다.

'죽여 버릴까.'

아이샤의 앞에 나타나는 것조차 죄악이라 인정했음에도 이안은 올라오는 감정을 막을 수 없었다. 파든가로 들어가는 왕세자의 마차 바퀴를 부수고, 그를 끌어내 심장에 검을 꽂고 싶었다. 자신은 신발 끝조차 보지 못하는 아이샤를 저 눈으로 머리부터 발끝까지 담을 것을 생각하자 질투심이 솟구쳐 두 눈을 파 버리고 싶었다.

다행히 이스칸은 정신을 놓기 직전인 이안에게 해를 입지 않고 아스타 왕국으로 돌아갔다. 하지만 이스칸이 돌아간 뒤로도 이안은 여전했다. 그는 오늘도 당연하다는 듯 말을 타고 파든가로 가는 길을 맴돌았다.

'아이샤…….'

차마 입 밖으로는 내지 못한 이름을 수없이 외며 그가 파든가를 바라봤다. 말은 이제 주인의 이런 행동에 완전히 적응했는지 적당한 거리를 알아서 오가고 있었다.

중천에 있던 해가 떨어지기 시작했다. 이안은 돌아갈 시간이 도래했음을 깨닫고 입술을 꽉 깨물었다.

그가 떨어지지 않는 발걸음을 간신히 옮길 때였다. 말머리를 돌리기 무섭게 저 멀리서 누군가의 인영이 보이더니 천천히 말을 모는 이안을 따라 잡았다.

이안은 말발굽 소리가 들리자 뒤를 돌았다. 속으로 외던 이와 묘하게 비슷한 얼굴. 그가 우뚝, 몰고 있던 말을 멈춰 세웠다. 상대도 이안과 거리가 가까워지자 말고삐를 가깝게 잡았다.

"······후작 각하."

잠시 침묵이 흐르고 이안을 마주 본 이가 먼저 입을 열었다. 이안은 자신을 부르는 명칭에 움찔거렸다. 전이라면 가족과도 같은, 친근한 명칭으로 불렀을 것이다. 새삼 느껴지는 거리감에 이안의 어깨가 조금 내려갔다.

이안의 모습에 그를 바라보던 상대, 아서의 눈이 잠시나마 흔들렸다. 정확히는 이안의 금발과 축 처진 모습을 누군가와 겹쳐 본 탓이었다.

아서가 이내 제 입술을 꾹 물었다 뗐다. 그리고 이안을 향해 조금 더 사무적인 목소리로 말했다.

"잠시 저와 함께 가시죠. 아이샤······. 누이가 각하를 보고자 합니다."

13장. 남겨진 자

아이샤는 제 방 개인 응접실에 앉아 생각에 잠겨 있었다. 아무렇지 않을 거라 여겼건만 막상 이안의 얼굴을 본다 생각하니 심장이 불안정하게 뛰었다.

결국, 초조함을 이기지 못한 그녀가 저도 모르게 보고 있던 책을 꽉 잡았다. 책을 쥔 그녀의 손은 아무런 장신구 하나 없이 텅텅 비어 있었다. 눈에 확 띄던 푸른 다이아몬드 반지가 없는 손가락이 어딘가 허전했다. 그러나 동시에 말끔해 보이기도 했다.

아이샤는 이안이 자신의 주변을 맴돈다는 걸 알고 있었다. 바깥 활동을 늘리며 그녀도 여기저기서 보고 들은 것들이 있었다.

'저기 아이샤 양이네요.'

'멀쩡한 얼굴이에요. 누구랑 다르게.'

'듣기로는 로이드 후작님께서 아직도…….'

시작은 다른 가문의 연회에 오랜만에 참석한 날이었다. 그곳에서 사정을 아는 가족들은 물론이요, 파혼 사유를 모르는 친우들도 아이샤의 눈치를 보며 이안의 소식을 어떻게든 차단하려 했다. 하지만 아이샤도 귀가 있었고, 그녀의 반응을 보기 위해 몇몇 이들은 대놓고 이안의 행적에 대해 그녀 근처에서 수군거렸다. 그리고 결정적으로 그날 연회에서 돌아오며 아이샤는 이안을 목격했다.

빠르게 달리는 마차, 관목 뒤에 숨은 그를 본 것은 순전히 우연이었다. 빼꼼 나온 금발조차 한 줌이라 함께 마차에 타고 있던 다른 가족들은 이안의 존재를 눈치채지 못한 듯했다.

그러나 조금이나마 보이는 그 익숙한 머리카락 색에 아이샤는 곧장 이안의 존재를 눈치챘다. 그녀의 눈은 평생 습관처럼 이안을 좇았기에 어찌 보면 당연한 일이었다.

이안이 주변을 맴도는 것을 확인한 뒤 아이샤는 다시 잠을 뒤척이기 시작했다. 신경이 쓰여 견딜 수가 없었다. 거기다 듣지 않으려 해도 이안의 이름이 들리면 어느새 귀가 열려 있었다.

'아이샤?'

'……'

'아이샤? 내 말 들려?'

'……'

'아이샤!'

'……네?'

잠을 제대로 자지 못하니 일하는 낮에 제대로 집중을 할 수 있을 리 없었다. 멍하니 허공을 보는 일도 잦아졌다.

'왜 이러는 거야, 왜!'

아이샤는 그런 제 상태에 크게 분노했다. 분명 아무렇지 않다고, 이제는 잊을 사람이라 무시하면 그만이라고 머리로는 생각했고 이안이 주변에 있다는 걸 알지 못할 때는 분명 그에 대해 무덤덤했더랬다. 하지만 존재를 확인하기 무섭게 알 수 없는 불편함을 시작으로 감정이 올라왔다. 그리고 스스로도 도무지 정의할 수 없는 감정은 시시각각 주기가 짧아졌다.

'왜 나를 괴롭혀! 왜 끝까지 나를 못살게 구냐 말이야!'

결국, 참지 못한 아이샤는 그녀의 삶에 있어 가장 격정적으로 행동했다. 그녀는 고함을 지르며 방 안의 물건을 던졌다. 드레스를 찢고 이안이 생각나는 물건이라면 모조리 난롯불에 던져 넣었다.

'아가씨! 아가씨! 문 좀 열어 주세요!'

잠긴 문밖에서 그 난장판을 눈치챈 마리가 어찌할 바 모른 채 발을 동동 구르는 것이 들렸지만 무시했다. 그녀는 온몸에 힘이 다 빠질 때까지 그 폭력적인 행동을 반복했다.

결국, 마리의 말을 들은 다니엘이 문고리를 부쉈다. 그때쯤 아이샤는 지쳐 바닥에 주저앉은 채 양손에 얼굴을 묻고 있었다. 다니엘은 산발이 된 머리를 한 채 엉망으로 있는 아이샤의 꼴에 당황해 입조차 제대로 떼지 못했다.

'……다니엘. 나가 봐요. 너희도 이만 가 보렴.'

가만히 서 있는 다니엘을 밀어 내고 아일린이 나섰다. 그녀는 자신을 제외한 사람들을 밖으로 내보내고 문을 다시 닫았다. 그리고 아이샤 옆으로 가 그녀 앞에 아무렇게나 앉았다.

'보, 보낸 아이를 생각해서 깨끗하게 잊어버리려 했어요. 그리고 분명 다 잊었어요. 얼마 전까지만 해도 그 애 생각조차 안 했다고요.'

'……'

'……그런데 그 애가 갑자기 생각나고 생각할수록 미워 죽겠어요. 날……. 나를 이렇게까지 괴롭히는 그 애가 너무 싫어요.'

'……'

'그런데 언니, 그 애보다……. 이안보다 나 자신이 더 싫어요. 미워. 끔찍해.'

'……'

'똑같이 복수할 생각도 못 할 거면 잊기라도 할 것이지. 이게 뭐야……. 앞에 나설 용기도 못 내면서 잊는 것도 못 해.'

아이샤는 이안을 잊지 못하는 자신이 증오스러웠다. 이름만 들어도 제멋대로 솟구치는 감정이, 움직이는 눈이, 열리는 귀가 끔찍했다. 그 많은 일을 겪고도 이안에게 줄 신경이 있다는 사실에 몸서리가 쳐졌다. 그리고 동시에 두려웠다. 이대로 영영 그에게서 벗어나지 못하면 어쩌나 하고.

'……어쩌면 당연한 거야.'

아일린은 몸을 만 채 덜덜 떨며 우는 아이샤에게 말했다. 아이샤는 등을 부드럽게 도닥이는 아일린의 손길에 손에 묻었던 얼굴을 들어 올렸다.

'생각해 봐, 몇 달 만에 잊고 신경을 끊는다는 게 더 이상하지 않아? 그렇게 긴 시간 동안 품었던 사람인데…….'

아일린은 그 이상 무어라 달래 주지는 않았다. 하지만 담백한 그 말에 아이샤는 서서히 안정됨을 느꼈다.

'내가 말한 건 생각해 봤어?'

아이샤가 울음을 완전히 그치자 아일린은 손수건을 쥐여 주며 물었다. 아이샤는 아일린의 말에 눈물을 닦으려다 잠시 멈칫했다.

'날씨가 좀 더 풀리면 북부로 같이 가.'

얼마 전, 아일린은 아이샤에게 한 가지 제안을 했더랬다. 여름이 다가오기 직전 북부로 함께 떠나자고.

'여행도 한번 해 보고 싶다며. 북부로 가는 길은 험하긴 하지만 아름다워. 한 번쯤은 눈에 담을 만하지.'

아일린은 가문의 사업을 위해 짧게는 몇 달, 오래는 몇 년 제국을 돌아다녔다. 이번 그녀의 목적지는 북부로, 마지막 도착지까지는 마차로 쉬지 않고 달려도 넉 달이 걸렸다.

파든가 식구들은 아이샤를 제외하고는 다들 제국 곳곳으로 여행이나 사업차 방문을 한 적이 있었다. 아서조차 아카데미 교수를 따라 저 멀리 서부 끝으로 몇 달간 떠난 적이 있었다.

그러나 북부는 추운 곳이었다. 거기다 아일린의 마지막 목적지는 1년 내내 눈이 내리는, 날씨가 험한 곳이었다. 때문에 수도의 귀족들 중 삶이 다하는 날까지 그곳을 가 본 이는 손에 꼽을 정도였다.

다른 곳도 아니요, 그런 곳으로 간다 하면 부모는 물론이요, 오라비들도 반대할 게 뻔했다. 하지만 그때 아이샤는 잠시 고민한 뒤 고개를 끄덕였더랬다.

'가는 데만 넉 달……'

아이샤가 허공을 보던 시선을 다시금 책으로 내렸다. 그녀가 펼친 페이지에는 눈보라가 휘몰아치는 아름다운 마을이 하나 그려져 있었다.

'……많이 춥겠지.'

아이샤는 책에 그려진 그림을 홀린 듯 보다 손가락으로 더듬었다. 그러기를 한참, 이대로면 그림이 해지거나 손가락 지문이 닳는 것이 아닐까 쓸데없는 생각이 들던 차 누군가 문을 두드렸다.

똑똑.

"아이샤. 나야."

＊ ＊ ＊

파든가 저택에 발을 들인 순간부터 이안은 자신을 향한 적대감을 여실히 느낄 수 있었다. 파든가에 오래 있었던 사용인들은 그를 알아보기 무섭게 눈을 세모꼴로 뜨거나 아예 존재 자체를 무시해 버렸다.

등을 쿡쿡 찌르는 적대감은 갈수록 심해졌다. 그러나 제 죄를 알고 있었기에 이안은 자신을 건방지게 바라보는 그 누구도 치죄하지 않은 채 한발 앞서가는 아서의 등만 바라봤다. 정확히는 다른 이들을 신경 쓸 겨를이 없었다.

이안의 심장은 아이샤를 본다는 사실에 생애 어느 때보다 빠르게 뛰고 있었으며 정신은 잔뜩 곤두서 있었다. 긴장감을 유지한 채 둘은 아무 말 없이 정원을 지나 저택 안으로 들어섰다.

정원도, 저택 외관도, 안쪽도 이안에게는 익숙했다. 하지만 이안은 어쩐지 파든가 모든 게 낯설고 불편했다. 그리고 그는 그런 감정들이 제 죄책감에서 오는 것임을 분명히 알고 있었다.

"……몸은 괜찮습니까? 그 독, 굉장히 위험한 것으로 알고 있습니다."

이안이 어깨를 짓누르는 제 죄의 무게를 느끼며 걸을 때였다. 앞서 가던 아서가 갑자기 그에게 말을 붙였다. 생각지도 못한 물음에 이안은 잠시 머뭇거리다 이내 짐작 가는 게 있는지 입을 열었다.

"……소피아가 말해 줬나 보군."

이안이 독 차를 먹고 중독된 사실은 철저히 비밀에 부쳐졌다. 심지어 로이드가 사용인 중에서도 제임스를 비롯한 몇몇 이들만 이 사실을 알았기에 밖의 사람들은 애초 그가 중독된 사실조차 몰랐다. 하지만 아서는 소피아가 일방적으로 보내는 서신을 통해 로이드가 상황을 어느정도 알고 있었다.

"독 차에 관한 것도 아서 네가 소피아에게 알려 줬다지. 고마워. 진작 말했어야 했는데 인사가 늦었어."

중독에서 깨어난 뒤 아이샤 생각과 자괴감에 멍하니 있는 이안을 두고 보던 소피아는 결국, 며칠 만에 그 앞에서 울며 한탄을 늘어놓았다.

'내가……. 내가 그동안 얼마나 고생을 했는데! 얼마나……. 흐아아앙.'

이안이 쓰러져 있었을 때 자신이 얼마나 힘들었는지 한탄하던 그녀는 터져 나온 감정에 그 외에 힘든 것들도 모조리 털어놨다. 덕분에 이안은 소피아와 아서가 어떤 관계였는지, 그리고 둘의 상황이 아이샤 일로 어떻게 흘러갔는지도 대강 눈치챌 수 있었다.

'아이샤 때문에 이게 뭐야. 오빠도 이 꼴이고 아서도 나랑 끝내자고 하고.'

소피아는 일생일대의 비밀을 털어놓는 심정으로 말했으나 이안은 여동생의 갑작스러운 고백에 놀라지 않았다. 조모와 여동생이 친밀히 지내기 시작했을 때 여동생에게 붙여 둔 이들이 소피아와 아서의 관계에 대해서도 말해 줬기 때문이었다.

아서는 이안이 소피아와 자신의 관계에 대해 어느 정도 아는 눈치이자 당혹스러움에 입을 다물었다. 하지만 입술은 묻고 싶은 것으로 얼마 가지 않아 다시 저절로 움직였다. 이안은 아서의 뒤에서 걷느라 그의 얼굴을 볼 수는 없었으나 굳어 있는 어깨와 분위기로 보아 그가 무엇을 알고 싶은지 대강 눈치챘다.

"소피아는……. 잘 지낸다고까지는 못 하겠지만 괜찮게 지내고 있어."

이안이 소피아에 대해 짧게 언급하자 아서가 잠시 발걸음을 늦췄다. 그러나 그는 곧 작게 고개를 끄덕여 답을 대신하더니 다시 발걸음을 옮겼다.

얼마 가지 않아 두 사람은 계단을 올랐다. 이안은 계단 끝에서부터 숨을 멈췄다. 오른편 복도 끝으로 가면…….

'아이샤…….'

눈앞에 복도가 길면서도 짧게 느껴져 다리가 후들거렸다. 동시에 시야도 아지랑이가 핀 듯 울렁였다. 이안은 숨을 뱉지도 못한 채 식은땀을 흘리며 주먹을 쥐었다.

막상 아이샤를 본다 생각하니 몇 달간 그녀 곁을 맴돈 것이 무색하게 도망치고 싶었다. 당장에라도 등을 돌리고픈 충동이 머리를 지배함과 동시에 이성이 속삭였다. 양심이 있다면 돌아가라고. 하지만 이안의 이성은 항시 쓸모없는 것이었다. 그는 멈추지 않고 끝내 발걸음을 끌었다.

앞서가던 아서가 어느 방문 앞에서 우뚝 멈춰 섰다. 이안의 발걸음도 멈췄다. 아서가 문을 두드리며 이안을 살짝 돌아봤다.

"아이샤, 나야."

* * *

아이샤의 개인 응접실은 파든가 저택 중 어느 곳보다 이안에게 낯설게 느껴졌다. 커다란 가구는 대부분 그대로였으나 커튼부터 작은 소품까지 여러 곳이 바뀌어 있었다. 이안은 바뀐 물건들 중 일부가 자신과 관계있던 것임을 곧바로 깨닫고 입 안쪽을 세게 물었다가 카우치에 앉아 있는 아이샤의 뒷모습을 보고 숨을 크게 들이쉬었다.

아이샤의 뒷모습, 그것도 카우치 등받이에 가려져 상체만 조금 보이는 모습이었다. 하지만 연갈색의 긴 머리를 늘어뜨린 채 앉아 있는 그녀의 모습에 이안을 깨달을 수 있었다. 이 방 안 무엇보다 낯설어진 것은 아이샤라고.

이안이 제자리에 섰다. 아서가 그와 여동생을 한 번씩 번갈아 보다 아무 말 없이 방을 나섰다. 문이 작은 소리와 함께 닫혔다.

작은 개인 응접실에는 잠시 난롯불이 타오르는 소리만 났다. 남은 두 사람 중 누구도 먼저 입을 열지 않았다.

그렇게 얼마나 있었을까. 시간의 흐름이 명확하게 느껴지지 않던 때 아이샤가 먼저 움직였다. 자신과 마찬가지로 정물화 속 물건처럼 있던 그녀가 움직이자 이안이 긴장감에 주먹을 움켜쥐었다가 뒤를 돌아 자신을 응시하는 아이샤의 눈에 굳어 버렸다.

몇 달 만에 가까이서 본 아이샤의 모습 여전하면서도 낯설었다. 이안은 저도 모르게 울컥하는 것을 간신히 조절했다. 그가 말을 배우지 못한 이처럼 입술을 달싹였다.

그런 그를 보며 아이샤가 무어라 말을 꺼내려다 그만뒀다. 이안은 그녀가 인사를 하려다 말았음을 알아챘다.

"……후작 각하."

두 사람 사이에 다시 침묵이 찾아오기 직전, 아이샤가 입을 열었다. 작지만 또렷한 발음으로 자신을 부르는 목소리. 이안은 그 목소리가 반가우면서도 자신을 향한 호칭에 심장을 난도질당하듯 큰 고통을 느꼈다.

파든가의 다른 이들이 자신을 그리 불렀을 때도 낙담했으나 아이샤가 자신을 후작이라는 호칭으로 부르니 절망감마저 들었다. 그가 후들거리는 다리를 간신히 지탱한 채 발을 옮겼다.

다가오는 그를 보고 아이샤가 움찔거리더니 한 손으로 반대편 팔을 잡으며 몸을 파르르 떨었다. 누가 봐도 거부감을 느끼는 모습이었다. 이안은 또 한 번 가해지는 충격에 몇 발 떼지 않은 것을 멈췄다.

"……이리 앉으세요."

멈춘 이안을 본 아이샤가 그제야 떨던 것을 멈추고 앉아 있던 곳 반대편을 가리켰다. 이안은 무거운 발걸음을 간신히 옮겨 그녀가 가리키는 자리에 섰다.

마주 보고 있었으나 두 사람의 시선은 마주 보지 않았다. 이안은 어찌할 바 모르면서도 아이샤를 뚫어지라 봤지만 아이샤는 눈꺼풀을 내리깐 채 그의 시선을 피했다.

자리를 안내했음에도 서 있는 그를 향해 아이샤가 다시금 입을 열려고 할 때였다. 이안은 조금 전보다 보폭을 크게 해 한걸음에 아이샤 앞으로 다가갔다. 그리고 그녀가 반응하기도 전, 털썩 무릎을 꿇었다.

"……."

지난 시간, 이안은 아이샤를 보면 어찌할지 수백 수천 번을 생각했다. 자신의 손가락 하나 보기 싫어할 테지만 그래도 보게 된다면, 마주할 기회를 준다면 세상 가장 낮은 자가 되어 용서를 빌리라. 물론 양심이 있다면 그런 기회를 바라는 것조차 안 됐지만, 그래도 만일 그녀가 자신을 한 번만 봐준다면…….

하나 막상 기회가 오니 아무 말도 할 수 없었다. 낮은 자는커녕 세상에서 자신이라는 존재가 사라져야 할 것만 같았다. 때문에 이안은 무릎 꿇고 고개 숙인 채 한참 기괴한 소리만 냈다.

사내의 목에서 나는 소리는 크지 않았으나 아이샤는 꼭 울음 같은 비명이라 생각했다. 그녀가 시선을 좀 더 아래로 내려 반짝이는 금발 아래 콧날에 시선을 주다 한참 만에 입을 뗐다.

"……잘 지내셨냐고는 묻지 못할 거 같아요."

본래 그녀는 웃으며 이안에게 자신들의 관계에 끝을 고하려 했다. 이안의 앞에서 웃을 수 있다면 그에 대한 모든 것을 정리했다 스스로에게 말할 수 있을 테니까. 그러나 완전히 가라앉혔다 생각했던 감정은 그를 보자 다시 들썩였다. 아이샤는 이대로 가면 얼마 전 물건을 던질 때로 돌아갈 것 같다 두려움을 느꼈다.

"각하. 이제 그만해요."

"……."

"이만하면 그만둘 때도 됐어요."

서서히 차오르는 조급함에 아이샤가 곧장 본론을 꺼냈다. 무얼 그만두라는지 정확히 말하지는 않았으나 이안은 아이샤의 말을 곧장 알아듣고 얼굴을 와락 구겼다.

모든, 자신과 그녀 사이 모든 것을 그만두자 말하는 것이리라. 이안은 그게 당연한 일이라 생각하면서도 숨을 쉴 수가 없었다. 귀에 안 된다는 자신의 목소리가 터져 나왔다.

그래, 이대로 끝낼 수는 없었다. 이기적이라 해도, 죽일 놈이라고 해도 이대로는…….

이안이 차마 말은 못 하고 고개만 저었다. 아이샤는 크지는 않으나 명백한 거부 의사에 속으로 헛웃음을 터뜨렸다. 그러나 상황이 여기까지 치달았음에도 끝까지 제 뜻대로 하겠다는 그를 보니 마음이 어느 정도 진정됐다. 그녀가 차가워진 목소리를 조금 더 다듬고 입을 열었다.

"파든가 길목에 계셨던 거 몇 번이고 봤어요."

"……."

"사실은……. 끝까지 모른 척하려 했어요. 절 지켜보시든 말든 더는 신경 쓰고 싶지도 않았고 쓸 여유도 없다고 생각했거든요."

"……."

"그런데 많이 힘들어요. 각하의 존재를 보는 것만으로도 견딜 수가 없어요.

그래서 오늘 보자 청한 거예요."

　보는 것만으로도 힘들다는 말에는 조금의 거짓도 없었다. 이안은 자신이 모든 것을 초래했음에도 아이샤의 말을 믿을 수 없었다.

　이안은 상황을 외면했다. 해를 찾는 해바라기처럼 그를 찾으며, 그를 보기만 해도 활짝 웃던 아이샤였다. 눈을 마주치면 눈을 반달처럼 접는 모습이 아직도 선했다. 비록 정신 나간 자신이 그 모습이 싫다, 지겹다 외긴 했으나 실상은 한 번도 싫은 적이 없었다. 그는 항시 그녀의 그런 모습을 원하고 또 바랐다.

　"아이샤 난, 내가……."

　"……."

　"내, 내가 다 잘못한 일이야. 내가 정신이 나가서 네게 그런……."

　"……."

　"용서……. 아니, 용서는 바라지 않아. 하지만 계속 내가 빌 수 있게 그렇게만이라도 해 줘."

　"……."

　"난 널 보지 않고는 살 수가 없어. 나는 도저히 그럴 수가……."

　이안은 떨리는 어깨만큼이나 말을 더듬었다. 아이샤는 몇 마디 되지 않는 말을 힘겹게, 길게도 하는 그를 가만히 지켜봤다. 그러나 이안이 끝내 고개를 젓자 냉혹하게 그의 말을 잘라 냈다.

　"한 번쯤은 제 부탁을 들어주세요."

　"……."

　"지금껏 한 번도 제대로 들어주신 적 없잖아요. 그러니 마지막으로 한 번만 아무 말 없이 제 뜻대로 해 주세요. 전……."

　"……."

　"……후작님에 관한 건 다 잊고 싶어요. 모조리 다요."

　단호한 그녀의 목소리에 이안의 손에서 힘이 풀렸다. 본디 마음이 약한 이였다. 누군가의 작은 부탁도 매사 지나친 적이 없었으며 그의 말이라면 무조건 따라 주던 이였다.

한데 그런 그녀를, 자신을 그리 봐 주던 아이샤를 자신이 이리 만들었다. 이안은 제 손으로 망친 모든 것들에 절망했다. 평생 바라던 것을 놓쳤다. 그것도 다른 이의 개입이나 상황이 아닌 오롯이 머저리 같은 자신의 잘못으로. 이안은 무릎 위의 제 손이라도 잘라 버리고 싶은 충동에 휩싸였다.

그러나 그러면서도 그는 아이샤의 '부탁'만은 들어줄 수가 없었다. 용서가 안 된다면 보는 것만이라도 허락해 줄 수는 없는 걸까. 그가 애원하려 고개를 들었다.

"웃……."

이안이 반쯤 얼굴을 들었을 때였다. 서 있던 아이샤는 잠시지만 분명히 스치는 아랫배의 통증에 저도 모르게 짧은 신음을 흘렸다. 다른 이들 앞에서는 티를 내지 않았으나 유산의 후유증으로 그녀의 몸은 이렇듯 종종 고통을 호소했다. 그래도 그나마 다행인 것은 그 주기가 점점 길어지고 통증이 약해진다는 것이었다. 아이샤는 통증이 완전히 사라진다면 아이를, 이안을 잊을 수 있을까 하루에도 몇 번 생각했다.

올라가던 이안의 시선이 그대로 아이샤의 배와 고통에 익숙한 듯 배에 올린 작은 손에 닿았다. 이안의 고개가 그대로 멈췄다. 그가 저지른 죄 중에서도 가장 악질적인 것이 똑똑히 상기됐다.

결국, 이안은 다시 고개를 숙였다. 투둑, 그의 손등 위에 눈물이 떨어졌다. 그러나 덥고 짠 그것은 그의 죄를 조금도 지워 주지 못했다.

사내의 흐느낌이 방 안에 낮게 깔렸다. 아이샤는 이안이 무너진 것 같다 생각했다. 하나 초라한 그의 모습에도 동정심은 조금도 들지 않았다. 아니, 솔직히 부족하다 생각했다. 이안의 시선이 자신의 배를 향했음을 아이샤도 똑똑히 봤기에.

"이만 돌아가 주셨으면 해요."

그녀가 표정을 완전히 지운 채 축객령을 내렸다. 그리고 이안의 답은 듣지 않겠다는 듯 방문 쪽으로 걸음을 옮겼다. 이안은 아이샤의 베이지색 드레스 자락 끝에만 시선을 줬다. 그 위로는 차마 볼 수가 없었다.

"아서 오빠. 각하께서 그만 돌아가신대. 그런데 내가 몸이 좀 좋지 않아서 배웅 좀 부탁할게."

방문을 연 그녀가 혹여나 싶어 밖에 있던 아서에게 말했다. 아서는 아이샤의 말에 고개를 끄덕이며 방 안으로 들어오다 사내의 울음소리에 잠시 멈췄다.

언제나 강하고 냉정할 것 같았던 사내가 우는 모습은 생소했다. 상상도 해 본 적이 없었기에 더욱 낯설었다. 하지만 여동생과 마찬가지로 아서도 이안을 동정하지는 않았다. 단지 그는 상황에 조금 불편함을 느끼고 쭈뼛거렸다.

"그래도."

오라비를 스쳐 방 밖으로 나서려던 아이샤가 멈춘 채 충동적으로 입을 열었다. 그리고 아주 살짝 뒤를 돌아본 채 고민하다 입을 열었다.

"……잘 사셨으면 좋겠어요."

* * *

"이거."

파든가 정문에서 이안은 하녀가 던지듯 주는 작은 상자 하나를 받았다. 붉은 벨벳으로 감싸여 있는 상자는 부드러웠으나 지금 이안에게는 까슬하게만 느껴졌다.

"가져가세요. 그럼 이만."

상자를 건넨 이는 마리였다. 마리의 태도는 당장 벌을 받아도 모자랄 정도로 무례했다. 하지만 이안은 어떤 불쾌한 기색도 내보이지 않았다. 그는 마리가 아이샤 곁에 상주하는 하녀임을 깨닫자마자 아무 말 없이 돌아가는 그녀를 눈으로 좇았다. 그렇게라도 아이샤의 흔적을 보고 싶었다.

마리는 금세 사라졌다. 그녀의 모습은 더 이상 보이지 않았으나 이안은 미련스럽게 빈 공간을 응시했다. 그러다 한참 만에 시선을 떨어트려 손에 들린 상자를 열었다. 달칵 소리와 함께 푸른 다이아몬드가 아름다운 반지 하나가 모습을 보였다. 반지의 정체를 단번에 알아본 이안이 신음을 흘렸다. 파혼했음에도 제 왼손 약지에는 당연하다는 듯 있는, 아이샤와 맞춘 약혼반지였다.

들고 있는 벨벳 상자의 감촉이 까슬하다 못해 이제는 가시를 만지듯 뾰족하게 느껴졌다. 하지만 이안은 아프다 느끼면서도 상자를 꾹 쥔 채 반지를 들여다봤다.

그가 한참 그렇게 있다 제 왼손에서 반지를 빼 아이샤가 준 상자에, 그녀가 꼈을 반지 옆에 제 반지를 놓으려 했다. 그러나 아이샤 앞에서 끝까지 답을 하지 않았듯 그는 결국 다시금 제 왼손에 반지를 끼고 그 손으로 반지 상자를 꾹 쥐었다.

* * *

사람 수가 많은 만큼 다과도 풍족하게 차려졌다. 그러나 먹음직스러운 간식거리와 과일들을 앞에 두고도 파든가 식구들은 선뜻 손을 대지 않았다. 티타임이라지만 몇 시간 전 아이샤가 이안과 만난 일로 분위기가 영 좋지 못했기 때문이다.

"너라도 말렸어야지! 그러다 쟤한테 무슨 일이라도 나면 어쩌려고 그 인간을 여기에 들여!"

다른 가족들과 달리 일어선 다니엘은 아서를 향해 고함을 질렀다. 귀청이 떨어질 듯 큰 소리에 진즉 귀를 막은 아일린을 제외한 파든가 식구들 모두 인상을 찌푸렸다.

하지만 단호하게 제지하지 않는 모습에 아이샤는 가족들이 다니엘의 말에 동의하고 있음을 알았다. 결국, 셋째 오라비를 향한 둘째 오라비의 계속되는 비난에 상황을 만든 그녀가 나섰다.

"내가 원한 일이니 그만해, 다니엘 오빠. 아서 오빠한테 내가 부탁했어."

"야, 너 설마 아직도……!"

"다니엘. 귀가 좀 많이 아프네요."

다니엘이 눈을 부릅뜨며 이번에는 아이샤를 향해 고함치려 했다. 그러나 아일린이 먼저였다. 그녀는 오른손을 내려 입술 앞에 손가락을 대며 다니엘을 만류했다. 다니엘은 형의 부인인 그녀를 어려워하는 편이었기에 곧장 입을 다물었다.

"너도 생각이 있었으니 그 애……. 아니, 로이드 후작과 만났겠지. 하지만 다음번에는 나한테 먼저 일러 줬으면 좋겠구나."

다니엘이 조용해지자 이마를 짚은 채 미간을 살짝 구기고 있던 마리사가 아이샤를 쳐다보며 말했다. 조금 화가 난 기색이었으나 아이샤는 어미의 말에서 걱정스러움을 가장 크게 느꼈다.

"걱정 마세요. 이제 후작님을 볼 일은 없을 거예요."

아이샤는 조금의 지체도 없이 고개를 끄덕이며 답했다. 그녀의 표정과 목소리가 어찌나 단호한지 씩씩거리던 다니엘도 한층 누그러진 기세로 자리에 앉았다.

"그나저나 이렇게 다 모이는 거 되게 오랜만인 거 같아요. 이이도 그렇고 다들 바빴잖아요."

"그래. 다 같이 얼굴 보는 건 정말 오랜만이구나."

모두 제자리에 앉고 침묵이 내려앉자 아일린이 주제를 돌렸다. 그녀의 말대로 이렇듯 온 가족이 모이는 자리는 2주 만이었다.

다른 사람들도 마찬가지였지만 특히 파든 백작 부부와 에드워드는 최근 많이 바빴다. 다니엘과 아이샤, 아서에게는 사업차 일 때문이라 둘러댔으나 실상 세 사람은 아주 강한 적을 공격하기 위한 준비를 하고 있었다.

'위험하지 않겠어?'

'그래도 해야만 해.'

'……다른 말은 않겠어. 그래도 몸조심해요.'

아일린은 에드워드를 통해 남편과 파든 백작 부부가 벌일 일을 대강 짐작하고 있었다. 그렇기에 그는 세 사람이 더는 신경 쓸 일이 없도록 하고 싶었다. 하지만 아이샤의 결심이 선 이상, 꼬드긴 그녀로서는 떠나기 한 달 전인 지금 상황을 말할 의무가 있었다.

"저……."

그녀가 피곤해 보이는 파든 백작 부부의 눈치를 살피며 입을 열 때였다. 아이샤가 고개를 작게 저으며 자신이 말하겠다며 눈빛을 보냈다.

아일린이 입을 닫으며 아이샤를 향해 시선을 보냈다. 모두의 시선이 아이샤에게 닿았다. 아이샤는 가족들 전부를 보며 잠시 고민하다 마지막으로 부모에게 시선을 고정하며 말했다.

"저 언니를 따라 북부로 떠날까 해요."

* * *

봄이 찾아왔음에도 로이드가의 분위기는 어두침침하고 서늘했다. 때문에 사용인들은 길게 들어오는 볕에도, 피어나기 시작한 꽃에도 간혹 몸을 떨었다.

어찌 보면 당연한 일이었다. 주인 되는 이의 모습이 그러했으니. 이안은 홀로 한겨울 속에 사는 듯 피폐한 꼴이었다. 사용인들은 간혹 그를 볼 때면 유령 같은 낯에 깜짝깜짝 놀랐다.

"언제까지 이럴 거야!"

"······."

"꼴이 이게 뭐야? 제발 정신 좀 차려!"

"······."

이안의 모습에 당혹스러운 것은 사용인들뿐만이 아니었다. 소피아는 오라비의 폐인 같은 모습에 이제 넌덜머리가 났다. 독 차를 입에 쏟아 넣고 쓰러졌을 때만 해도 일어나기만을 바랐다. 하나, 원대로 일어난 오라비는 최근 의식이 없을 때가 나았다 생각이 들 만큼 못난 모습이었다.

그래도 2주 전까지만 해도 제정신이 아닌 사람처럼 매일 파든가로 가긴 했으나 사람도 만나고 대화도 어느 정도 가능했다. 하나 얼마 전부터, 정확히는 파든가로 가는 것을 멈춘 뒤부터 오라비는 사람같이 굴지 않았다. 누구를 만나지도, 또는 그 누구와도 대화를 제대로 하지 않았다. 그나마 가문의 급한 일은 처리하는 모양이었지만 그조차 나날이 손에 놓는 일이 많았다.

"도대체 왜 이래? 이제 더는 못 참겠어! 무슨 일이 있는 건지 말이라도 해 봐!"

바로 눈앞에서 바락바락 악을 썼으나 이안은 소피아를 상대해 주지 않았다. 술을 마시는 것도, 독 차를 마신 것도 아닌데 멍한 눈이 꼭 썩은 생선 같아 소피아는 가슴 부근 옷자락을 쥐어뜯었다.

"하아······."

결국 진 것은 어제와 마찬가지로 소피아였다. 소피아는 반응 없는 오라비의 앞에 털썩 주저앉았다. 그리고 깊게 한숨을 내쉰 뒤 일단 당장 해결해야 하는 일을 들이밀었다.

"나도 몰라. 알아서 해. 하지만 이건 알아 둬야 할 테니까."

"······."

"오빠가 바랐던 대로 할머니······. 아니, 그 여자의 추방이 결정됐어. 내일 호송해서 토도메 왕국으로 넘길 거래."

이안이 쓰러져 있는 동안 로이드가에 구금되어 있던 다이앤은 이안이 깨어난 뒤 곧장 재판에 넘겨졌다. 죄목은 살인 미수로 감히 친족을, 그것도 가주를 죽이려 한 그녀는 본디 마땅히 사형에 처해야 했으나 토도메 왕국의 왕족이라는 신분이 문제였다.

죄가 드러났으니 법대로라면 사형도 가능했다. 하지만 타국의 왕족을 함부로 사형에 처하는 것은 자칫 잘못하면 외교적 문제를 일으킬 수 있는 데다 피해자인 이안과 소피아가 일이 크게 알려지길 원하지 않았으며 무엇보다 사형까지 바라지 않았기에 다이앤은 목숨을 건질 수 있었다.

소피아는 몰라도 이안이 조모를 사형대로 보내지 않았던 이유는 단순했다. 그게 더 괴로울 테니까. 이안은 그렇게 판단했다.

'뭐? 살려 두자고? 오빠는 분하지도 않아? 게다가 혹여나 또⋯⋯.'

'⋯⋯그 늙은이한테는 남은 게 없어. 그러니 더 이상 뭘 할 수 있겠어?'

'⋯⋯.'

'어차피 남은 삶이 지옥일 거야. 그러니 살려 둬.'

조모는 로이드가에 머무르기 위해 땅에 대한 모든 걸 포기한다는 서류는 작성해 그에게 넘긴 뒤였다. 그러니 토도메 왕국으로 가 봤자 홀대받을 것이 뻔했다. 거기다 땅 문제가 있다고는 하나 손자들을 죽이려 한 그녀에게 사람들의 시선이 고울 리 없었다. 그는 삶이 얼마 남지 않은 조모가 아무것도 얻지 못한 채 죄인이라는 굴레까지 쓰고 죽는 날까지 괴롭길 바랐다.

이유가 단순 명확했던 이안과 달리 사실 소피아의 마음은 복잡했다. 그녀는 처음 배신감에 조모가 사형에 처하든 말든 상관하지 않으려 했다. 하지만 시간이 지날수록 그런 마음은 이상한 불편함에 잠식되어 갔다.

'아가씨! 할머니를 살려 주세요. 제발요!'

그리고 조모와 마찬가지로 구금된 레아를 본 순간, 그런 마음은 극에 달했다. 구금된 직후 레아는 다이앤이 제 조모가 맞으며 그녀의 아비가 다이앤의 사생아라 인정했다.

'할머니는……. 저와 오빠 때문이에요. 아버지가 돌아가시고 저희 남매가 가엾게 사는 게 불쌍해서 그래서 그랬던 거예요.'

'…….'

'할머니가 잘못한 거 알아요. 하지만 아가씨의 조모님이세요. 그러니 제발……. 제발요.'

모든 걸 인정한 레아는 소피아의 앞에서 바닥에 머리를 댄 채 다이앤을 살려 달라 빌었다.

소피아는 어린 소녀가 울며 조모의 목숨을 구걸할 때 제 불편함의 일부를 깨우쳤다. 비록 자신을 죽이려 한, 정조차 거짓이었던 조모였으나 소피아 그녀가 조모에게 품은 감정은 진실이었다. 정이 고팠던 그녀는 조모에게서 가족의 애정을 찾았다. 거기다 자신과 마찬가지로 조모의 손녀지만 사정은 완전히 다른 소녀…….

소피아는 레아가 싫었지만, 마음 한구석에 동정심이 차오르는 것을 막을 수는 없었다.

"……레아인가 하는 그 계집애도 같이 보내려 해. 걘 죽이든 살리든 마음대로 하랬지만 그래도 같이 보내야 할 거 같아서……. 반대 안 하지?"

레아 앞에서는 네까짓 것이 상관할 바가 아니라 호통쳤으나 소피아는 추방되는 조모 곁으로 그녀를 보내기로 했다. 조모와 달리 왕족으로 인정받지 못한 어린 소녀는 죽든 말든 아무도 관심을 두지 않을 테지만 그래야만 마음이 한결 편할 것 같았다.

"……그래."

소피아가 말을 끝내자 그동안 입을 다물고 있던 이안이 처음으로 목소리를 냈다. 갈라지고 탁한 목소리. 소피아는 겉모습처럼 망가진 오라비의 목소리에 또다시 분이 차올라 소리를 질렀다.

"그만 좀 해! 아이샤랑 왜 헤어졌는지는 모르겠지만 그렇게 구질구질하게 구는 거 정말 꼴불견이란 말이야!"

"……."

"밖에서 오빠를 보고 뭐라 떠드는지 알아? 내가 이안 너 때문에 어떤 취급을 당하는지 아느냐고!"

소리를 지르자 간신히 눌렀던 감정이 다시 쏟아졌다. 사실 빈말이 아닌 게 소피아는 최근 밖에서 거의 따돌림을 당하고 있었다. 본디 오만한 성격 탓에 인간관계가 좁은 탓도 있었으나 이안이 매일같이 파든가 앞에 있었던 일과, 그가 부러 낸 여러 소문들, 그리고 조모의 일까지…….

로이드가를 둘러싼 여러 일 때문에 사람들은 소피아가 전염병이라도 걸린 양 대놓고 피했다.

"이안, 넌 내가 지금까지 얼마나 힘들었는지 모르지?"

때문에 소피아는 어느 때보다 외로움을 크게 느끼고 있었다. 거기다 얼마 되지 않는 그녀의 인간관계도 거의 파탄 지경이었다.

"나한테는 아무도 없어! 할머니도 가짜고 친구라 생각했던 사람들도 다……. 아서도 그렇게 가 버리고……. 흐윽. 그런데 오빠까지 이러면……."

바락바락 악을 지르던 그녀가 와아앙 울음을 터뜨렸다. 그러나 이안은 얼굴을 찌푸리지도 않고 눈을 감은 채 그녀를 그대로 외면해 버렸다. 감정을 쏟아 낼 수 있는 마지막 보루가 자신을 무시하자 소피아의 눈에서 불똥이 튀었다.

"이게 다 아이샤 때문이야! 그 애가 뭔데 오빠가 이렇게까지 망가져야 해!"

"……."

"아이샤 그 계집이 뭔데! 뭔데 이안 널 이렇게 힘들게 하냔 말이야!"

그녀는 이러면 안 된다 생각하면서도 이안의 반응을 이끌어 내기 위해 오라비가 가장 신경 쓰는 이를 건드리기 시작했다. 아니나 다를까 소피아가 아이샤를 입에 담자 이안이 눈을 떴다. 그리고 차갑게 일갈했다.

"그만. 그 애를 그렇게 말하지 마."

곧장 반응하는 오라비를 보며 소피아가 허탈한 코웃음을 쳤다. 분명 같이 계집이라 할 때는 언제고 이제 와서…….

소피아는 배신감을 느끼면서도 이럴 줄 알았다 생각했다. 오라비는 지난 몇 년 분명 아이샤를 냉대했다. 하지만 생각해 보면 오라비는 제 앞에서 아이샤를 욕해도, 사람들 앞에서 외면해도 눈은 항상 그녀를 쫓았다. 그리고 그걸 알았기에 소피아는 아이샤가 더 질투 나고 싫었다. 하나 남은 가족의 관심을 차지하는 그녀는 미웠다.

이안은 여전히 소피아를 냉한 눈으로 보고 있었다. 소피아는 반발심에 오라비의 신경을 더 긁을까 하다 두려움에 뒤를 돌아 소리쳤다.

"그럼 진작 잘하든지! 끝난 뒤에 왜 구질구질하게 구는 거야? 짜증 나!"

다시 뒤돌아 오라비의 반응을 살필 용기는 없었다. 소피아는 도망치듯 걸음을 옮겨 문을 열고 쾅! 닫았다. 다행히 이안은 쫓아오지 않았다. 하지만 안심이 되면서도 섭섭한 감정이 치솟았다.

"……난 아무도 신경 안 써."

소피아가 작게 중얼거리며 훌쩍였다. 그녀의 모습에 밖에서 대기하던 하녀가 어쩔 줄 몰라 하며 손수건을 내밀었다. 소피아는 평소처럼 네까짓 게 뭐냐며 하녀의 손을 세게 내치려다 그만두고 손수건을 받아 들었다.

하녀는 소피아가 얌전히 손수건을 받자 건넸음에도 놀란 얼굴을 했다. 하녀가 어떤 표정을 짓든 상관하지 않고 눈물을 닦은 소피아가 한참 만에 손수건을 다시 건넸다. 그리고 한층 차분해진 목소리로 눈을 빛내며 명했다.

"……가서 마차를 준비하라 해. 갈 곳이 있어."

* * *

"리튼 자작가는 어떻게 된답니까?"

"폐하께서 작위를 거두신답니다. 사형에 처할 거라는 말도 있어요."

"세상에……."

귀족 사회는 한창 시끄러웠다. 사람들은 모이기만 하면 다른 주제를 모두 젖혀 두고 새로 터진 심각한 소식에 수군거렸다.

"고발문 작성에 가장 앞장선 것이 파든 백작이라지요?"

"그렇답니다. 거기다 고발문에 적힌 이름 중에는……."

시작은 파든 백작을 필두로 한 신흥 귀족파 구성원들 중 일부가 한 고발이었다. 불법적인 약 문제. 황궁에서 가장 심각하게 여기는 사항 중 하나가 여러 이름과 함께 고발문으로 황제에게 전해졌다.

고발문에 적힌 이름 대부분은 구귀족파의 것이었다. 약 문제도 큰일이었지만 신흥 귀족파에서 사형까지 거론할 수 있는 죄로 구귀족파 다수를 고발한 것은 소강상태에 접어들었던 귀족 세력 간의 전쟁을 다시 시작하자 포문을 연 것과 같았다.

귀족들은 죄가 있건 없건 몸을 사렸다. 하지만 고발문과 함께 황제에게 전해진 방대한 증거자료로 곧 조사가 시작됐고 얼마 가지 않아 가장 아래부터 줄줄이 죄가 있는 자들이 끌려 나왔다.

"당장 다 잡아들여라! 나라를 좀먹는 쥐새끼 같은 것들에게 모두 철퇴를 내릴 것이다."

황제는 문제의 사안이 사안인 만큼 자비를 두지 않았다. 그는 전국에 많은 조사관들을 파견하는 동시에 평소 아끼던 귀족이라도 죄가 있다면 가차 없이 내쳤다.

"이번에는 누구랍니까?"

"윌튼 자작가의 장남, 차남이 같이 잡혀갔다더군."

조사가 어느 정도 진행되자 제법 굵직한 이들도 잡혀 들어갔다. 그리고 그쯤 되자 사람들은 고발문이 누구를 겨냥한 것인지 알 수 있었다. 파든 백작은 레반투스 공작을 정조준 한 것이었다. 정확히는 그와 그가 이끌고 있는 구귀족파의 중심 세력을 목표로 했다.

"파든 백작이 그간 조용히 지내더니 이번 일을 위해서군. 공작 각하께서 골치가 아프겠어."

"그래도 설마하니 공작 각하께서 당하시겠습니까."

물론, 정치에 잔뼈가 굵고 눈치가 빠른 레반투스 공작이 이번 일로 무너질 거라 사람들은 생각하지 않았다. 하지만 그의 세력이 크게 타격을 입을 것 같다는 데는 모두 동의했다. 당장 레반투스 공작의 측근 중 하나로 활약하던 밀터 백작이 잡혀 들어가지 않았던가.

일이 날이 갈수록 심각해지자 귀족들은 전보다 더 폐쇄적으로 굴며 같은 소속끼리만 뭉치기 시작했다. 정치와 거리를 둔다는 여인들도 마찬가지로 그들은 티타임 한번 참석하는 것에도 가문에 문제가 생길까 조심, 또 조심했다.

"아이샤 양. 오랜만입니다. 여전히 아름답군요."

"칭찬 감사합니다. 레만 백작 부인."

"모처럼 왔는데 충분히 즐기다가요."

"네. 신경 써 주셔서 감사합니다."

덕분에 북부로 떠날 차비를 하는 아이샤가 만나는 이들도 친우들을 비롯해 신흥 귀족이 다수였다. 그들 대부분은 아이샤에게 호감을 가지고 있었기에 아이샤는 오랜만의 바깥 활동에도 불편한 상황을 많이 겪지는 않았다.

"음……. 그런데 아이샤 양. 궁금한 게 있는데 답해 줄 수 있어요?"

"말씀하세요."

"이런 질문 실례일지 모르지만……. 로이드 후작님과의 그……. 흠, 파혼 말인데……. 어찌 된 일인가요?"

그러나 친분과 호의 가장한 무례한 질문이 간혹 들어왔다. 몇몇 이들은 아이샤에게 파혼 사유나 이안을 둘러싼 소문이 사실인지 등을 대놓고 물으며 호기심을 채우려 했다. 아이샤는 무례한 질문에 보통 제대로 된 답을 하지 않았다.

하지만 피하기 어렵거나 입을 닫음으로써 말이 더 돌 것 같을 때는 적당한 핑계를 댔다. 다행히 고발문 일로 아이샤에게는 둘러댈 이유가 있었다. 아이샤는 무례한 질문에는 세력 문제라고 어렴풋이 말했다. 파든 백작이 한참 구귀족파를 몰아세우고 있었기에 대부분은 그쯤에서 수긍하고 물러났다.

"하여간 떠들기 좋아하는 사람들은……. 아이샤 양. 저런 사람들한테 일일 답해 줄 필요 없어요."

"난 괜찮아요. 이벨린 양."

오늘도 참석한 연회에서 비슷한 일이 생기자 아이샤의 친우인 이벨린이 얼굴을 구기며 호기심에 무례한 이들을 욕했다. 아이샤는 저 대신 화를 내주는 그녀에게 따뜻한 웃음을 보이며 괜찮다 말했다. 이벨린은 그런 아이샤를 걱정스럽게 바라보다 물었다.

"그보다 정확히 언제 떠나는 거예요?"

"다음 달 중순쯤에요."

"세상에. 3주도 채 남지 않았잖아요."

"그러게요. 시간이 빠르네요."

이벨린처럼 따뜻한 이를 당분간 볼 수 없다는 사실은 아이샤로서도 슬펐다. 그러나 떠나는 날이 정해져 있어 당장의 순간이 더 값지게 느껴지기도 했다.

"다들 결혼해 떠났는데……. 아이샤 양마저 떠나면 정말 허전할 거예요."

"너무 섭섭해 말아요. 편지 자주 할게요."

아이샤는 와락 안겨 오는 이벨린을 마주 안아 주며 등을 토닥였다. 그리고 그런 그녀의 뒷모습을 누군가가 뚫어져라 쳐다봤다.

* * *

덜컹.

"어이쿠!"

파든가에 도착하기 직전, 아이샤를 태운 마차가 매우 급하게 멈췄다. 말을 몰던 마부는 놀라 욕지거리를 내뱉다 거친 숨을 내쉬는 말을 재빨리 진정시켰다.

"아가씨. 괜찮으십니까? 죄송합니다. 갑자기……."

상황을 알아보려 아이샤가 마부석과 연결된 창문을 열자 마부가 고개를 연신 숙이며 죄송하다 말했다. 하지만 그의 얼굴에는 뚜렷한 억울함이 있었기에 아이샤는 입을 열어 물었다.

"무슨 일인가?"

"그게……."

마부가 제대로 답하지 못한 채 앞을 힐끔댔다. 아이샤는 그런 그에게 똑바로 답하라 무언의 눈짓을 했다.

"웬 놈이 길을 막고 섰습니다. 그리고 놈의 뒤에 계신 분은 아무리 봐도……."

"아무리 봐도?"

"……로이드가의 소피아 아가씨입니다요."

익숙한 이름이 들리자 아이샤가 작게 한숨 쉬었다. 소피아의 성격은 익히 알고 있었지만 이리 무모한 행동이라니. 아이샤는 밀려오는 두통에 미간을 찌푸렸다.

"비키라 할까요?"

"아니야. 내게 할 말이 있는 것 같으니 소피아더러 이리 들어오라 전해 주게."

마부가 고개를 끄덕이며 재빠르게 마차에서 내렸다. 그리고 얼마 지나지 않아 마차 문이 벌컥 열리더니 열이 잔뜩 오른 소피아가 모습을 드러냈다.

"너 만나기 정말 어렵구나."

소피아는 마차에 오르기 무섭게 세모꼴 눈으로 아이샤를 노려보다 아이

샤 맞은편 자리에 앉았다. 들어오라 전했으나 문이 떨어져 나갈 듯 거칠게
연 것도, 앉자마자 다리를 꼰 채 노려보는 것도 무례했다. 하지만 아이샤는
군이 지적하지 않았다. 대신 그녀는 소피아의 빈정거림을 무시한 채 무표정
한 얼굴로 물었다.

"무슨 일이야?"

아이샤는 소피아가 며칠 동안 자신을 따라다니는 것을 알고 있었다. 오
늘 다녀온 연회만 해도 그랬다. 신흥 귀족이 대부분인 그 자리에 불청객인
소피아가 불쑥 나타나더니 아이샤에게 몇 번이고 다가오려 했다. 그러나 아
이샤는 부러 소피아를 피했다.

"무슨 일이냐고? 야! 솔직히 말해. 너, 내가 너 만나려고 지난 며칠 고생
한 거 이미 알고 있었지?"

"할 말이 그런 거라면 내려. 상대하기 싫으니까."

아이샤는 소피아의 목소리가 커지자 불쾌한 기색을 숨기지 않고 단호하
게 축객령을 내렸다. 소피아는 그런 아이샤의 모습이 익숙하지 않은지 저도
모르게 몸을 움찔거리다 자존심이 상해 아랫입술을 꾹 물었다.

하지만 그것도 잠시, 소피아는 곧 제 열을 삭였다. 지난 며칠 아이샤를
보러 어떤 고생을 했는데 말도 못 하고 쫓겨날 수는 없었다.

"……아이샤, 너 이안이 어떤지 알아?"

한층 수그러든 기세로 소피아가 말문을 열었다. 아이샤는 반응하지 않았
다. 소피아는 이안의 이름을 말했음에도 눈썹 하나 까딱하지 않는 아이샤를
노려본 채 말을 이었다.

"엉망이야. 식사도 제대로 챙기지 않고 잠도 자지 않아. 무얼 하는지 불
꺼진 방에서 온종일 보내."

"……."

"잠긴 방문을 간신히 열고 보면 꼴이 유령이나 다름없어. 나날이 말라 가
는데……. 못 봐줄 정도야. 이대로면 곧 죽을 거 같다고."

초췌한 꼴의 이안을 보고 사용인들만 비명을 지른 게 아니었다. 소피아도 오라비의 모습에 경악했다. 그녀는 그렇듯 망가진 오라비를 본 적이 없었다. 어릴 적, 부모가 죽었을 때도 꼿꼿했던 오라비였다. 한데 짧은 시일 새에 그는 몰라볼 정도로 망가졌다. 소피아는 그게 너무 두려웠다.

"그래서?"

"뭐?"

"후작 각하께서 상태가 좋지 않다는 건 알겠어. 그런데 나더러 어쩌라는 거야."

하지만 소피아의 말에 아이샤의 반응은 너무나 담백했다. 소피아는 두려움에 떨며 심각하게 말하는 자신과 달리 저 먼 나라, 남의 이야기를 듣는 듯 반응하는 아이샤를 이해할 수 없었다.

"너!"

"……."

"내가 바보로 보여? 이안이 저런 꼴인 건 아이샤 너 때문이잖아! 네가 파혼장을 보내고 오빠를 만나 주지 않으니까 그런 거잖아!"

화를 참지 못한 소피아가 버럭 소리를 질렀다. 소피아가 보기에 오라비가 망가진 것은 다 눈앞의 아이샤 때문이었다. 한데 원인 제공자가 이리 태연하다니. 소피아의 속에서 열이 끓었다.

"어떻게 넌 아무렇지 않을 수 있어? 너 알고는 있어? 이안이 죽을 뻔했다는 거."

아이샤의 반응을 끌어내기 위해 소피아가 몇 달 전 일을 꺼냈다. 하지만 이안의 죽음까지 거론했음에도 아이샤는 평온했다. 그녀가 작게 고개를 끄덕이며 답했다.

"그 일은 얼마 전에 들었어."

다른 이들보다야 늦었으나 밖의 활동을 하며 아이샤도 다이앤의 독살 미수 건에 대해 알게 됐다. 그걸 처음 들었을 때 어떤 기분이었더라……. 기억이 지워지기라도 한 듯 그때의 감정을 정확히 떠올릴 수 없었다. 하지만 그렇기에 그녀는 아무렇지 않게 답할 수 있었다.

"그런데 그런 얼굴이야? 그 독살 미수 사건의 실상은 할머니가 문제가 아니라……. 아니, 할머니 탓은 맞지만……."

"……."

"오빠 말이야. 지난겨울 파든가에 갔다가 술에 취해 와서는 죽, 죽으려 했다고. 파든가에서 돌아와서 스스로 독 차를……."

아이샤가 원하는 반응을 보이지 않자 흥분한 소피아는 다른 이들에게 비밀로 해야 하는 실상을 술술 말했다. 직접 독을 삼켰다는 말에 아이샤의 눈썹이 미세하게 움직였다. 그러나 화가 난 소피아의 눈은 세심함을 잃었기에 그를 보지 못했다.

"그래도 그때도 이렇게까지는 아니었어! 이안이 저런 꼴이 된 건 얼마 전 파든가를 방문하고부터야! 너 그때 오빠랑 만났지? 이안한테 뭐라고 했어! 뭐라 했기에 이안이 저 꼴이 된 거야!"

날카로운 목소리가 아이샤를 몰아붙이기 위해 잔뜩 날을 세웠다. 아이샤는 벌겋게 변한 소피아의 녹안을 잠시 바라보다 순순히 고개를 끄덕였다.

"네 말이 맞아. 후작 각하와 만났어."

소피아는 그제야 아이샤가 오라비를 존칭으로 부른다는 걸 깨달았다. 작년, 오라비가 아이샤에게 존칭을 쓰라며 일갈하는 걸 훔쳐 들었을 때는 통쾌했는데 막상 아이샤가 존칭 쓰는 것을 보니 가슴 부근이 덜커덕거렸다.

"그리고 그날 후작 각하께 나와의 인연을 완전히 끝내 달라고 부탁드렸어."

소피아가 무어라 대꾸를 못하고 뻐금거리자 아이샤가 고요하게 말을 이었다. 아이샤의 뒷말에 소피아의 눈이 한계까지 커졌다.

"끝을……. 이안이랑 끝을 낸다고?"

"……."

"아이샤 네가?"

믿을 수 없다는 듯 말하는 목소리의 끝이 떨렸다. 소피아는 알아들을 수 없게 무어라 웅얼거리다 와락 화를 냈다.

"네가 그러면 안 되는 거잖아!"

사실 파든가에서 파혼장을 보냈을 때도 지금과 비슷한 기분이었더랬다. 그러나 소피아는 아이샤만큼은 제 오라비를 버리지 못한다고, 무슨 일로 오라비를 괴롭히고는 있으나 끝내는 오라비만 바라보는 멍청한 아이샤로 돌아올 거라 무의식적으로 믿고 있었다.

"이안 좋다고 따라다닌 건 너잖아. 네가 오빠 쫓아다니면서 귀찮게 했잖아. 그런데 인제 와서 뭐? 아이샤 네가 뭔데 끝을 내? 응?"

"……."

"책임져. 끝이라는 무책임한 소리 하지 말고 우리 오빠가 저런 꼴인 거 책임지란 말이야!"

때문에 소피아는 아이샤에게 배신감마저 느꼈다. 참지 못한 그녀가 상체를 앞으로 내밀고 팔을 뻗어 아이샤의 어깨를 쥐었다. 아이샤는 이안과 같은 색의 머리카락에, 똑 닮은 소피아를 잠시 바라보다 그녀의 손을 냉정하게 쳐 냈다. 의외로 소피아는 별 반항 없이 물러나 허물어지듯 자리에 앉았다.

"……나 때문에 그래?"

잠시간의 침묵이 흐르고 소피아가 입을 열었다. 지금까지와 달리 힘이 잔뜩 빠진 목소리였다. 고개 숙인 그녀의 어깨가 축 처졌다.

"내가 아이샤 네게 지금껏 못되게 굴어서 이안하고 파혼하는 거야?"

뻔뻔한 분노를 기반으로 한 공격이 상대에게 통하지 않자 나온 행동이었다. 소피아는 아주 조금 인정했다. 자신이 지금껏 아이샤에게 저지른 일들이 아이샤와 오라비가 틀어지는 데 영향을 끼쳤을지 모른다고.

"내가 널 미워한 건 사실이야. 하지만 그 정도로 파혼은……."

잔뜩 뭉개진 목소리로 핑계를 대려던 소피아가 아이샤의 표정을 힐끔 살피더니 입을 다물었다. 그리고 한참 만에 툭 내뱉듯 말했다.

"……미안해."

"……."

"내가……. 내가 잘못했어. 하지만……."

지금껏 소피아는 누군가 그녀에게 강요하기 전까지 아이샤에게 사과한 적이 없었다. 아이샤에게 진심으로 사과한다니. 있을 수 없는 일이었다. 하지만 지금은 상황이 달랐다.

소피아는 자신을 둘러싼 상황들이 더 나빠질지 모른다는 두려움에 자존심을 꺾고 스스로 사과의 말을 꺼냈다. 물론 짧은 사과 뒤에는 곧장 본인을 변호할 변명거리들이 줄줄이 뒤따랐다.

"너한테 그런 건……. 난 아이샤 널……."

"……."

"……질투했어."

"……."

"부모님이 돌아가시고 네가 부러웠어. 부모님도 오라비들도 다 있는 네가 너무 부러워서…… 나중에는 밉더라."

"……."

"한번 네가 싫어지니까 계속 싫어지기만 하는데 와중에 이안도 네게만 관심을 주니까 외로웠어. 나한테는 아무도 없다는 생각이 든 거야."

"……."

"그때 생각나? 내가 너 밀자마자 다니엘이 나 밀어서 드레스 망친 거……. 아저씨가 새로 드레스를 맞춰 주셨지만 난 그 일이 너무 서러웠어. 부모님의 마지막 선물이었는데, 그게 망가졌는데 다들 내가 잘못한 일이라고 하니까 화가 났어."

"……."

"그래서 지금껏 네게 못되게 굴었어. 넌 내가 가지질 못할 걸 다 가진 데다 내 것도 앗아 가니까."

소피아는 아이샤가 당연히 자신을 이해할 것이고 가엾게 여길 거라 생각했다. 전이었다면 옳은 생각이었다. 이안을 우선시했던 전의 아이샤는 소피아와 좋은 관계는 아니었으나 언제나 관계 개선을 원했다. 그렇기에 그녀는 소피아가 짧지만 먼저 사과를 하고, 제 감정을 설명했더라면 그게 전부 진실이라 믿으며 먼저 다가가 안아 줬을 것이다.

"이제 다시는 안 그럴게. 이번에 이안을 보고 깨달았어."

"……."

"이안한테는……. 오빠한테는 아이샤 네가 있어야 해."

하지만 이제는 아니었다. 눈물을 뚝뚝 흘리는 소피아의 애처로운 모습도, 그녀가 뱉는 사과와 변명들도, 다시는 그러지 않겠다는 다짐도 아이샤의 가슴에 닿지 않았다.

"넌 더 아끼는 오빠가 얄밉지만 그래도 소중한, 하나 남은 내 가족이야. 그리고 너희 집 식구들……. 너랑 아저씨랑 아서랑……."

아이샤의 무반응을 좋은 쪽으로 생각했는지 소피아는 계속 주절거렸다. 사실 이안의 꼴도 그러했지만 최근 소피아는 완전히 몰려 있었다. 다이앤, 헬렌, 아서 등 영원할 것 같았던 관계는 다 깨어졌으며 사람들은 로이드 후작가의 일원인 그녀를 멀리하고 흉봤다.

소피아가 전에 좀 잘 처신했으면 모를까, 그녀의 과거 행동거지는 엉망이었기에 사람들은 너 나 할 것 없이 등을 돌렸다. 완전히 파탄 난 인간관계, 외로움에 소피아는 제 곁에서 사라진 파든가의 부재를 누구보다 깊게 느끼고 있었다.

"파든가에서 날 얼마나 신경 써 줬는지 알았어. 다른 사람들은 그렇게 못 해 주더라. 심지어 내 진짜 핏줄도……."

스스로를 동정하며 제 감정에 완전히 취한 소피아가 아이샤의 손을 슬그머니 붙잡았다. 그리고 아이샤의 손등에 눈물을 뚝뚝 떨어뜨리며 말했다.

"조금 늦었지만 이제 내가 너한테 못되게 굴 일은 없을 거야. 나 잘할게. 그러니 아이샤. 내 사과 받아 줘. 그리고 전처럼 이안하고 지내. 나랑도 이 제는 잘 지내고. 응?"

"……네 사과는 받아 줄게."

아이샤는 소피아의 구구절절한 말에 짧게 대답했다. 하나 짧을지언정 답이 제가 원하던 것이었기에 소피아는 웃으며 아이샤의 손을 쥔 제 손에 힘을 줬다.

"고마워! 정말 고마워!"

작금의 모든 상황이 좋아질 거라는 희망에 소피아의 얼굴이 활짝 폈다. 아이샤는 그런 소피아와 눈을 마주했다. 그리고 제 본론을 말했다.

"대신 너랑 다시 마주치고 싶지는 않아."

"뭐? 너 방금은 분명……."

아이샤가 소피아를 마차에 태운 것은 이 말을 위해서였다. 아이샤는 소피아가 무슨 말을 하든, 어떤 행동을 보이든 그녀에게 말하고 싶었다. 이안과 마찬가지로 너와의 인연도 끝이라고. 그러니 다시는 보지 말자고.

지난 세월 이안 때문에 많이 괴로웠던 그녀였지만 소피아의 괴롭힘도 큰 고통이었다. 아이샤는 소피아도 완전히 잊고 싶었다.

"소피아 네가 내게 벌인 일들은……. 정말 잘못한 거야. 그건 너도 알잖아."

"……."

"특히 작년에 네가 퍼트린 소문을 생각하면……. 난 널 용서하기 힘들어. 하지만 당시 나 스스로가 그 일을 넘어가자 했으니 더 말하는 건 우스운 일이고……."

"……."

"……방금 말했다시피 네 사과는 받을게. 하지만 후작님과 파혼한 마당에 너랑도 더 이상 얼굴 마주 보고 싶지는 않아. 그러니 내게 정말 미안하다면 오늘처럼 날 쫓아다니지도, 날 보려고 하지도 않았으면 해."

"너!"

원하던 바가 꼬꾸라지자 소피아의 성깔이 살아났다. 그녀는 조목조목 말하는 아이샤의 입을 틀어막고 목을 조르고 싶다 생각하며 악을 썼다.

"너 이렇게까지 구는 이유가 뭐야?"

"……."

"너 이런 애 아니잖아! 왜 어울리지 않게 독하게 굴어?"

"……."

"이안이 너 때문에 힘들다니까! 네가 죽고 못 사는 내 오빠가 아이샤, 너! 너 때문에 송장 꼴이라고."

"……."

"솔직히 오빠가 널 그렇게 대한 게 하루 이틀도 아니고……. 지금껏 잘 참았으면서 갑자기 파혼장을 던지더니 끝이라고 하고……. 너무 갑작스럽잖아. 못 참겠으면 진작 티를 내지! 네가 아무 말 안 해 놓고 이제 와서 이러면……."

그러나 그럴수록 아이샤의 얼굴은 무표정에 가까워질 뿐이었다. 초조해진 소피아는 고함치던 것을 멈추고 입술을 잘근잘근 문 채 아이샤를 노려봤다. 그러다 그녀는 문뜩 무언가를 생각해 내고 아이샤를 추궁하기 시작했다.

"……너 다른 이유가 있는 거지? 그렇지?"

"……."

"소문대로 2황자 전하와 뭐가 있는 거야? 아니면 아저씨가 요즘 레반투스 공작님을 공격한다는데 설마……."

"……."

"설마 파든가에서 그 일로 로이드가도 무너뜨리려는 거야? 그래서 그 전에 파혼하고 이안을 버리는 거야? 황자 전하랑 잘될 것 같겠다, 권력도 쥘 것 같겠다, 그러니 이제 로이드 후작가를 쳐 내려는 거냐고!"

아이샤는 소피아에게 대답할 가치조차 느끼지 못하고 한숨을 쉬며 고개를 슬며시 돌렸다. 그러나 그 모습에 소피아의 눈이 번뜩였다. 그녀가 당장에라도 아이샤를 칠 듯 손을 확 올렸다.

"정말 그런 거면 넌 쓰레기야! 아이샤 너란 계집애는……."

벌컥.

소피아가 질 낮은 말을 뱉을 때였다. 마차 문이 떨어져 나갈 듯 열리고 누군가 모습을 드러냈다. 상대를 본 소피아의 눈이 커졌다.

"아, 아서?"

막 귀가하던 아서는 집에 거의 다 도착해 멈춰 선 누이의 마차를 발견하고 의아한 표정을 지었더랬다. 하나 가까이 다가가기 무섭게 들리는 익숙한 목소리……. 아서는 목소리의 주인공을 알아채기 무섭게 말에서 내려 이를 갈았다.

조금의 지체도 없이 아서가 소피아의 팔을 거머쥐었다. 잔뜩 얼어붙은 소피아는 아서가 쥔 제 팔의 위치를 깨닫고 어쩔 줄 몰랐다. 오랜만에 본 건데 이런 모습을 보이다니. 끔찍했다. 소피아는 아이샤가 자신을 궁지에 몰았다 생각하며 아이샤를 향해 눈을 세모꼴로 치켜떴다.

"나와!"

그 모습을 본 아서의 이성이 뚝 끊어졌다. 큰소리를 잘 내지 않는 그가 화를 숨기지 않고 소피아를 완전히 짐짝처럼 다루자 아이샤가 오히려 놀랐다.

"아서 오빠!"

아이샤가 아서를 말리려 했다. 하나 아서는 한 손으로 소피아를 마차에서 끌어 내리고 다른 손으로는 아이샤를 막더니 그대로 마차 문을 닫아 버렸다. 그리고 마부를 향해 당장 출발하라 일갈했다.

* * *

소피아는 어느 때보다 살벌하게 이안에게 달려들었다. 아서에게 잡혀 아이샤의 마차에서 끌어 내려진 소피아는 이성이 완전히 나가 있었다.

"이유를 말해! 내가 왜 이렇게 괴로워해야하는지 설명하란 말이야!"

소피아는 오랜만에 만난 아서와 어떻게든 다시 이야기하고 싶었다. 그러나 소피아가 아이샤를 어떻게 대했는지 마차 밖에서 들은 아서는 소피아의 말을 조금도 들어 주지 않았다.

'네가 어떻게 지내든 로이드가가 어떤 꼴이든 그건 다 너랑 네 오라비 탓이야! 그러니 엄한 내 누이 괴롭히지 말고 꺼져.'

머리 꼭대기까지 화가 난 그는 소피아에게 험하게 말하며 그녀를 내동댕이치다시피 했다. 소피아는 아서가 제게 그리 험한 말과 행동을 할 수 있다 상상도 해 본 적이 없었기에 큰 충격에 빠졌다. 하지만 아서는 뒤도 돌아보지 않은 채 말을 타고 아이샤의 마차와 함께 사라졌다.

감정을 쏟아 내던 아이샤도 사라지고 아서도 차가운 모습으로 그녀를 내쳤다. 소피아는 결국 울분에 차 울면서 로이드가로 돌아왔다. 그러나 평생 제 행동이 잘못됐다고 생각해 본 적 없는 그녀는 또 남 탓을 시작했다. 이번에는 집에 있는 오라비 이안에게.

"아서가 그랬어!"

본래 소피아는 오라비를 무서워했기에 그에게 달려드는 일은 별로 없었다. 하지만 최근 오라비의 모습을 옆에서 보며 스트레스가 극에 다다르기도 했고 아서가 자신을 그리 대했다는 게 소피아의 이성을 끊어 놓게 했다.

"자기가……. 아니, 파든가가 왜 로이드가랑 더는 연을 이어 가지 않으려 하는지 아이샤한테 따질 생각 말고 이안 너한테 물어보라고!"

이안은 여동생이 무어라 하든 한 귀로 듣고 흘리고 있었다. 그에게 있어 소피아의 징징거림은 이미 일상이었고 벌레의 귀찮은 날갯소리와 같았으니 말이다. 하지만 소피아가 아이샤를 만났다면 이야기가 달랐다. 이안은 소피아가 아이샤를 거론하기 무섭게 고개를 들었다.

"누구한테 따져? 너 설마⋯⋯. 그 애를 만났어?"

"그래, 아이샤 만났어! 그래서 뭐!"

"왜!"

바락바락 악을 지르던 소피아는 이안이 목소리를 키우기 무섭게 겁을 먹고 입을 다물었다. 그러나 늦었다. 소피아가 아이샤를 만났다는 말을 하기 무섭게 석상처럼 앉아 있던 이안이 일어나 그녀에게 바짝 붙었다. 그리고 조금 전까지 흐릿했다는 게 믿기지 않을 정도로 또렷하고 차가운 눈을 한 채 소피아에게 일갈했다.

"왜 만났어. 걜 네가 왜 찾아가."

"이, 이안 네 상태를 말해 주러 갔어!"

소피아는 상체를 뒤로 빼다 오기가 생겼는지 눈을 꼭 감고 또다시 소리쳤다. 아이샤에게 자신에 대해 말했다는 말에 이안의 눈동자가 세차게 흔들렸다.

"뭐⋯⋯?"

"오빠가 죽을 뻔한 거, 지금 꼴 다 말했어. 그런데 아이샤 그 망할 계집애 반응이 어땠는지 알아?"

"⋯⋯."

"아무런 상관없다는 듯 평온하게⋯⋯. 흭!"

오라비의 반응이 꺾이자 의기양양해진 소피아가 다시 멋대로 혀를 놀렸다. 그러나 이안은 살벌하게 그녀의 말을 잘랐다.

"그렇게 부르지 말랬지."

소피아는 쿵쿵 빠르게 뛰는 심장을 간신히 누른 채 감정과 자존심을 내세웠다.

"내가 왜! 나도 그 못된 계집애 때문에 힘들어! 그러니 오빠가 뭐라 하든

내 멋대로 부를 거야! 아서랑도 걔 때문에 헤어진 거나 마찬가지고……. 흐
윽. 오빠가 이 꼴인 것도…….”

쾅.

“악!”

이안이 책상을 힘껏 내리쳤다. 험악해진 분위기에 소피아가 그제야 이성
을 되찾았다. 그러나 이번에는 이안의 분노가 극에 달했다. 소피아를 노려
본 그가 밖을 향해 소리쳤다.

“밖에 누구 없나!”

얼마간 부르지 않아 낯설 법도 했건만 이안이 소리치기 무섭게 제임스와
하인 하나가 들어왔다. 이안은 제 앞에 얼어붙어 있는 소피아를 한번 위아
래로 봤다가 제임스에게 명했다.

“소피아의 짐을 싸도록 해.”

“예?”

“소피아를 냄밸턴 영지 신전으로 내려보내. 당장!”

“뭐라고!”

냄밸턴은 로이드가가 가지고 있는 남부 영지로 제국의 끝에 가까웠다.
수도와는 아주 멀리 떨어진 곳, 그곳의 영지 저택도 아니요, 신전으로 가라
는 건 큰 벌이었다.

“주인님, 그건…….”

“내 명을 듣지 않을 생각인가?”

놀란 제임스가 이안을 만류하기 위해 입을 열었지만 이안은 칼 같았다.
그가 제임스를 향해 날카로운 눈초리를 하자 제임스도 물러날 수밖에 없
었다.

“싫, 싫어! 안 갈래! 안 갈 거야! 내가 거길 왜 가?”

“…….”

“오, 오빠! 이안! 이러지 마. 내가 잘못했어. 흐아아아앙!”

상황이 심상치 않게 흘러가자 소피아가 이안에게 매달렸다. 오라비가 이렇게까지 할 줄은 몰랐다. 기껏 해 봤자 지금처럼 로이드가 수도 저택에서 근신이나 명할 줄 알았다.

"방으로 데려가."

이안은 울며 매달리는 여동생을 제게서 떼어 놓으며 제임스 옆 하인에게 명했다. 주인의 기세에 완전히 눌린 하인이 저항하는 소피아를 제압한 채 방을 나섰다. 곧 하녀들이 소피아를 인계받았다. 소피아는 하녀들의 손에 끌려가는 중에도 울면서 싫다 소리쳤다.

"……내가 소피아까지 망쳤어."

소피아의 목소리가 작아지다 아예 들리지 않게 되자 이안이 중얼거렸다. 그의 목소리에는 자책감이 가득했다.

"아이샤, 그 앨……. 아껴 줘도 모자랄 애를 소피아가 괴롭히는 걸 그냥 두고 본 내 잘못이야."

소피아의 모습에서마저 이안은 제 죄를 봤다. 얼마 지나지 않은 과거, 그는 소피아가 아이샤를 괴롭히고, 깎아내리고, 또 질 나쁜 소문까지 낸 것을 알면서도 모른 척하고 여동생을 두둔했더랬다. 심지어 몇 번은, 아니, 꽤 자주 여동생과 함께 아이샤를 흉보기도 했다.

그때는 그게 옳다 여겼다. 말도 안 되는 혼자만의 오해와 아집에 사로잡혀 아이샤에게 고통을 주는 일이라면 무엇이든 괜찮다 여겼다.

"주인님. 소피아 아가씨께서 철이 없다지만 이번 벌은 한 번 더 생각해 보심이……. 남부는 지나치게 멉니다. 가는 도중 무슨 일이 일어날지도 모르고요."

제임스가 주먹을 쥔 채 혼자만의 자책에 빠진 이안에게 조심스레 제안했다. 하지만 이안은 고개를 저으며 조금 전 명을 그대로 말했다.

"아니. 짐이 챙겨지는 대로 남부로 보내. 그리고 거기 사제에게 전하는 게 좋겠어. 다른 이들과 똑같이 지내게 하라고."

"예."

주인의 뜻이 꺾이지 않음을 짐작한 제임스가 허리를 깊게 숙이고 방을 나서려 했다. 이안은 제임스가 방문까지 가는 것에 신경도 쓰지 않다 그가 방문을 열기 직전 갑자기 물었다.

"……제임스. 아이샤가 수도를 떠난다는 게 사실인가?"

* * *

오랜만에 마구간을 벗어난 말이 신이 나 다리를 움직였다. 날씨도 그런 짐승의 기분에 맞춰 주듯 적당히 포근하고 서늘했다. 하지만 말 위에 오른 사내는 조금도 즐겁지 않은 얼굴이었다. 그는 앞을 멍한 눈으로 보며 말을 달렸다.

익숙한 길에 들어서고 얼마 지나지 않아 저 멀리, 파든가의 지붕이 보였다. 이안은 조금 더 달리다 이를 악물고 말을 멈췄다. 오랜만에 달리던 말이 아쉬운 듯 투레질을 했다. 하지만 이안은 그 자리에 서서 아이샤가 이별을 고했을 때 했던 말을 곱씹었다.

'이만하면 그만둘 때도 됐어요.'

'각하의 존재를 보는 것만으로도 견딜 수가 없어요.'

모조리 가슴이 미어지는 말이었다. 떠올리는 것만으로도 온몸의 피가 마르는 고통이 다가왔다. 그러나 그는 신음을 낼 자격조차 없는 이였다. 용서받기는커녕 빌러 갈 수조차 없는 이였다.

'……후작님에 관한 건 다 잊고 싶어요. 모조리 다요.'

이안은 귓가를 울리는 아이샤의 목소리에 간신히 말 머리를 돌렸다. 그리고 이랴, 말을 달렸다. 하나 커다란 쇳덩이를 들어 올리기라도 한 듯 주인의 온몸에 미련이 내려앉았기에 짐승은 아까처럼 빠르게 달리지 못했다.

해가 들기 시작한 아침임에도 방 안은 어두웠다. 먼지가 잔뜩 낀 커튼들이 퀴퀴한 냄새를 내며 빛을 완전히 가렸다. 그리고 그 아래, 쭈그린 채 무릎에 얼굴을 묻은 여인은 방 안에서도 가장 어두워 보였다.

"죽여 버릴 거야……."

무섭게 웅얼거리는 여인, 사라 홀틴이 느끼기에 그녀 스스로의 삶은 참으로 기구하고 불행했다. 그녀의 아버지는 홀틴 백작으로 구귀족파의 수장 레반투스 공작의 측근이었다. 때문에 홀틴 백작가는 부유했고 권력도 제법 있었다. 자연히 그의 자녀들도 제법 괜찮은 환경에서 자랄 수 있었다. 딱 한 명, 사라 홀틴을 제외하고 말이다.

'저리 가라. 꼴도 보기 싫으니……. 쯧!'

사라 홀틴은 백작의 사생아였다. 그녀의 어머니는 어느 창부로 홀틴 백작가에 그녀를 몰래 두고 떠나 버렸다. 백작은 처음에는 사라를 버리려 했으나 백작 부인의 만류에 그녀에게 성을 주고 자녀로 인정했다. 하지만 딱 거기까지였을 뿐이었다.

백작은 백작 부인과 자신 사이의 자녀들과 사라를 노골적으로 차별했다. 그녀에게는 이복 언니, 여동생들이 쉽게 가진 드레스, 보석 어떤 것도 주어지지 않았다. 그나마 백작 부인이 살아 있을 때는 괜찮았다. 백작 부인은 남편과 달리 심성이 고운 이로 어린 사라를 이해하고 돌봐 주려 했으니 말이다.

하지만 그녀는 사라가 10살이 채 되기 전 죽었고, 백작이 다음에 들인 백작 부인은 사라에게 친절하지 않았다. 백작도 새로운 백작 부인도 사라를 냉대했다. 이복형제들도 마찬가지였다. 원래도 사라에게 거리를 느꼈던 그들은 부모를 따라 사라를 무시하거나 천대했다.

'안녕. 사라? 오늘 입은 드레스 예쁘다.'

'애, 애쉬, 안녕?'

사라가 당시를 견딜 수 있었던 것은 소꿉친구 애쉬의 존재 때문이었다. 사라의 한 살 위 이복 언니의 소꿉친구이기도 한 그는 죽은 백작 부인이 만들어 준 인연으로 사라에게 꽤 친절했다.

자라며 세상의 냉대가 더욱 심해지자 사라는 따뜻한 애쉬에 대한 짝사랑을 키웠다. 그러나 좋은 가문의 그는 사라의 이복 언니와 약혼했다. 사라는 자신을 괴롭히지는 않지만 무시하는 이복 언니를 가족 중 누구보다 증오했기에 애쉬와 언니의 약혼 소식에 온종일 비명을 질렀다.

사라의 기이한 집착을 느낀 탓일까. 애쉬는 사라에게 서서히 거리를 뒀다. 그러나 사라는 애쉬가 냉랭해질수록 그와 약혼하는 자신을 종종 상상했다. 그리고 그 상상을 어느 순간부터는 반쯤은 믿었다. 애쉬가 사랑하는 것은 자신이요, 언니와의 약혼은 어쩔 수 없이 한 것이라고.

'애쉬는 날 사랑해.'

고귀한 기사와 천한 신분의 여인이 사랑을 하는 책에도 나오지 않는가. 기사는 처음에는 여인의 신분 때문에 그녀에 대한 사랑을 자각하지 못한다. 하지만 이야기의 끝에 다다라서는 그녀를 사랑함을 깨우치고 결혼을 한다. 사라는 애쉬와 자신도 그렇게 될 것이라 생각했다.

'헬렌 양은 정말 멋져요. 분명 힘들었을 텐데 저렇게⋯⋯.'

그리고 그쯤 헬렌이 제국에 나타났다. 사라는 같은 사생아 출신으로 화려하고 당당하게 사는 그녀를 동경했다. 사라는 헬렌의 진정한 추종자였다.

'헬, 헬렌 양이 어디로 간다고요? 아스타 왕국이요?'

'언니랑 애쉬가 결혼해? 왜?'

하지만 애쉬에 대한 상상도, 헬렌에 대한 동경도 한순간에 깨져 버렸다. 애쉬는 사라의 이복 언니와 결혼 날짜를 잡았다. 그리고 동경하는 헬렌은 완전히 망가진 채 쫓겨나다시피 아스타 왕국으로 떠났다.

그래도 거기까지였다면 사라는 이렇듯 절망하지 않았을 것이다. 사라는 환경 탓에 나름 집요하고 강한 구석이 있었기에 다시 삶의 의미를 찾으려 했다. 사라는 언니와 결혼한 애쉬가 소꿉친구가 아닌 가족으로 자신과 가까워지다 사랑에 빠지는 상상을 했다.

'애쉬와 난 진정한 사랑이야. 좀 늦을지언정 우리는 언젠가 결혼하고 아이도 가지고 행복하게 살 수 있어. 언니는 그저 이야기 속 방해물 같은 존재일 뿐이야. 우리의 사랑을 굳건하게 해 줄 그런 방해물.'

사라의 망상이 이어지는 가운데 언니의 결혼 날짜가 다가왔다. 사라는 웃으며 이복 언니의 곁에서 애쉬를 지켜봤다. 한데 이번에는 집안에 큰일이 닥쳤다. 고발장이라는 단어가 들리더니 황궁의 기사들이 백작가를 뒤지고 아비를 잡아갔다.

한순간에 집안이 망했다. 싫어하는, 아니, 증오하는 집구석이었지만 무너지니 사라의 삶에도 타격을 줬다. 당장 이복 언니와 애쉬의 결혼이 깨졌다. 사라는 애쉬를 더는 전처럼 가까이 볼 수 없었다. 그리고 힘들어진 집안 사정에 백작 부인이 사라를 전보다 더욱 괄시하며 괴롭히기 시작했다.

사라는 제 삶이 망가진 이유를 벌건 눈을 한 채 찾았다. 언니의 결혼을 망쳐 애쉬를 제 곁에서 떨어뜨린 이는 고발장을 쓴 자……. 파든 백작이었다.

'홀틴 백작의 차녀로군.'

'후, 후작님……'

'내가 알기로 백작은 냉정한 사람이야. 한데 반쪽 핏줄이 나와 척지면……. 과연 구해 줄까?'

파든 백작을 떠올리자 아이샤 파든과의 악연이 그녀의 머릿속을 지배했다. 그러고 보니 그날 아이샤 파든 때문에 이안 로이드 후작에게 협박을 당하지 않았다면…….

그랬다면 자신은 겁에 질려 한 달 넘게 방 안에 숨어 있지만은 않았을 것이다. 오히려 용기를 내 애쉬에게 진작 고백했겠지.

그리고 제 고백으로 자신의 진심을 깨달은 애쉬는 그녀에게 곧바로 청혼했을 것이고 자신은 지금쯤 그와 결혼해 이런 비참한 삶과는 무관한, 행복한 삶을 살고 있었을 게 분명했다.

'⋯⋯헬렌 양의 말이 맞았어. 아이샤 파든은 화근 덩어리야. 욕심 많고 더러운, 겉모습만 번드르르한 계집이야.'

동경하던 헬렌이 아이샤를 미워하는 이유를 지금에서는 더욱 명확히 알 것 같았다. 아이샤 파든은 헬렌이나 저와 같이 가여운 여인을 괴롭히는 마녀였다. 부유한 파든가에서 태어나 모든 것을 누리고, 사내들까지 후리는 더러운 마녀.

'내 삶을 엉망진창으로 만든 주제에 웃어? 잘 살아?'

사라는 파혼 소식이 들리고 한동안 두문불출하던 아이샤가 바깥 활동을 시작하자 증오를 더 키웠다. 자신은 불행한데, 이토록 기구한 삶을 사는데 아이샤는 웃고 있는 모습이 끔찍했다.

"죽여 버릴 거야."

사라가 얼마 전 우연히 봤던 아이샤의 모습을 떠올리며 또 한 번 무서운 소리를 했다. 그리고 푹 수그리고 있던 고개를 들며 품을 뒤졌다. 작지만 날카로운 날붙이가 어두컴컴한 방 안에서 모습을 드러냈다.

'내가 이 자리까지 어떻게 왔냐고요? 사라 양. 기억해요. 난 가지고 싶은 건 어떤 수를 써서라도 가지고, 당하는 건 수단과 방법을 가리지 않고 갚아 줘요. 그래야 남이 날 우습게 보지 않는답니다.'

사라는 언젠가 추종하던 헬렌이 했던 말을 기억하며 자리에서 일어났다. 그리고 뿌연 먼지가 앉은 커튼을 쥐고 단검을 쥔 다른 손으로 위에서 아래 부터 길게 그었다. 찌이익 불길한 소리와 함께 두껍고 붉은 커튼의 일부가 툭, 바닥으로 추락했다.

* * *

날이 많이 더워졌다. 늦봄에 다다른 계절은 한껏 만개하고 곧 초여름으로 접어들 준비를 했다.

"털옷도 좀 더 챙기셔야 해요. 거긴 아직도 눈이 내린대요."

"내 것은 충분하니 네 것이나 좀 더 챙겨 둬, 마리."

아이샤도 출발할 준비를 거의 다 마쳤다. 사업차 챙겨야 할 물건들은 대부분 아일린이 챙겼지만 멀리, 오래 가는 탓일까. 아이샤도 제법 준비할 게 많았다.

"그보다 어머니가 걱정이야. 눈물을 자주 보이시는 분이 아닌데."

"어찌 보면 당연한 거예요. 아가씨는 이제껏 한 번도 백작 부인 곁을 떠나신 적이 없잖아요."

엄격하던 마리사는 아이샤가 떠날 때가 다가오자 그녀답지 않게 눈물을 보였다. 아이샤는 어미가 너무 서럽게 울어 잠시 가지 말아야 하나 생각마저 했다. 그러나 마리사는 눈물을 보일지언정 다시 한번 생각해 보라는 다른 가족들과 다르게 아이샤의 여행을 한 번도 만류하지는 않았다.

"가서 편지를 자주 보내야겠어."

똑똑.

싱숭생숭한 마음의 아이샤가 마리와 함께 한창 떠날 준비를 하는 참이었다. 문 두드리는 소리와 함께 에드워드가 모습을 보이더니 서신을 하나 건넸다.

"황궁에서 아이샤 네게 온 서신이야."

황궁이라는 이름에 걸맞게 서신의 종이는 고급이었다. 아이샤는 어딘가 익숙한 재질의 종이를 보다 서신을 뒤집어 아래에 적힌 이름을 봤다.

* * *

길고 정갈한 글씨의 주인은 아이샤로서는 몇 달 잊고 있었던 이였다. 아이샤는 에드워드의 에스코트를 받으며 처음 와 보는 황자궁을 천천히 둘러보다 안내하던 시종이 멈추자 시선을 바로 했다.

"경께서는 잠시 여기서 기다려 주십시오."

시종의 말에 에드워드가 고개를 작게 끄덕였다. 아이샤는 첫째 오라비와 헤어져 복도를 좀 더 걸었다. 그러자 얼마 지나지 않아 복도와 연결된 회랑이 나오더니 곧 흰 대리석 가제보가 모습을 드러냈다.

가제보 옆으로 장미 관목에 알알이 맺힌 꽃송이가 탐스러웠다. 작은 새들은 장미의 가시가 무섭지도 않은지 고운 소리로 지저귀며 가끔 가제보를 통과했다.

"그럼 먼저 물러나겠습니다."

시종은 아이샤가 가제보 안의 사내를 보기 무섭게 허리를 숙이고 사라졌다. 아이샤는 피어난 장미만큼이나 붉은 머리카락을 등 뒤로 늘어뜨린 사내의 뒷모습을 잠시 바라보다 천천히 걸음을 옮겨 가제보 계단을 올랐다.

"……정말 오랜만이군."

"전하."

아이샤가 계단을 오르는 소리에 자레드가 곧장 몸을 돌리더니 움직여 아이샤를 에스코트했다. 아이샤는 그의 에스코트를 받아 나머지 계단을 오르며 장미가 만개한 이 장소와 자레드가 참 잘 어울린다 생각했다.

"갑자기 불러 미안해. 오는 길은 불편하지 않았나?"

"불러 주신 것만으로도 영광입니다."

"……너무 그렇게 예를 차리지 않아도 좋아."

아이샤를 바라보는 자레드의 녹안은 다른 때도 깊었으나 오늘은 더했다. 부담스러워진 아이샤는 고개를 살짝 내렸다. 자레드는 아이샤의 태도에 조금 섭섭한 얼굴을 했으나 곧 표정을 지우며 속으로 중얼거렸다.

'……섭섭하다니 우습군.'

그는 사실 지난 연회 이후로 아이샤를 더는 보지 않을 생각이었다. 자신과 춤출 때 너무나 담백했던 아이샤의 태도에 마음을 접어야 한다 생각한 것도 있었으나 그 뒤 알게 된 사실이 더 문제였다.

'아이샤 파든에 대한 마음은 깔끔하게 접어.'

'갑자기 무슨······.'

'아이샤 파든이 유산했다.'

윌리엄을 통해 아이샤의 유산을 알게 된 그는 형으로부터 경고를 받았다. 윌리엄은 자레드의 짝으로 아이샤는 안 된다 못 박았다.

'유산한 아이의 아비는 뻔하지.'

'······.'

'자레드. 너도 알다시피 난 남녀의 만남에 대해 그리 보수적으로 구는 사람이 아니야. 때문에 지금껏 네 편에서 널 도왔어.'

'······.'

'네 마음이 얼마나 깊은지는 알아. 하지만 이쯤 해. 상처가 있는 여인은 널 괴롭게 할 거야.'

윌리엄은 황좌에 아예 관심이 없는 동생이 누구와 결혼하든 너그러운 자세를 보일 생각이었다. 하지만 그는 태생이 황족이요 차기 황제였다. 윌리엄은 아이를 유산한 아이샤를 동정한 것과 별개로 아끼는 남동생이자 황자인 자레드에게 너무 깊은 과거를 가진 여인은 어울리지 않는다 판단했다.

자레드도 형의 말이 옳다 생각했다. 때문에 그는 아이샤가 얼마나 고통스러울지 매일 밤을 걱정으로 지새우면서도 그간 서신 한 번, 얼굴 한 번 비추지 않았다.

'혹시 파든가에서 온 서신이 있나?'

'파든가에서 온 것은 없습니다.'

하지만 아이샤 또한 당연하다는 듯 자레드에게 무관심하자 그의 마음에는 서서히 섭섭함이 차올랐다. 자레드는 저도 모르게 그녀가 자신에게 기대지 않을까 기대했기에 실망감에 몸부림쳤다.

게다가 얼마 가지 않아 들려온 소식은 아이샤가 수도를 떠난다는 것이었다.

그쯤 되니 자레드는 초조함에 아무것도 할 수 없었다. 번민을 잊으려 검을 휘두르는 것조차 하지 못하고 그는 방 안에 틀어박혔다.

그러다 결국 아이샤가 떠나는 날이 열흘 앞으로 다가오자 참지 못하고 그녀에게 서신을 보냈더랬다.

'난 황자가 한심합니다. 좋아하는 여인에게 고백 한번 못 하다니, 참.'

자레드는 그때 자신에게 큰 충격이었던 이스칸 왕세자의 말을 떠올리며 숨을 잠시 멈췄다. 서신을 보내며 스스로에게 다짐했다. 이대로 머저리처럼 아무것도 못 하고 보낼 바에는 한 번이라도 제대로 마음을 전하자고. 그리고 만약이라도 그녀가 자신을 받아 준다면…….

그는 최선을 다할 것이고 형 윌리엄을 포함한 가족들도 어떻게든 설득할 생각이었다.

"가지 마."

자레드가 멈춘 숨을 내쉬더니 툭 내뱉었다. 자레드 그 자신은 제법 크게 말했다 생각했지만 앞에 있는 아이샤의 귀에도 겨우 들릴 정도로 작은 목소리였다.

"곧 떠난다 들었어."

"……."

"내 청이 갑작스럽다는 거 알아. 하지만 난 아이샤 그대가 수도를 떠나지 않았으면 해."

가지 말라는 말에 아이샤가 당혹스러운 얼굴을 하자 자레드가 빠르게 말을 이었다. 조금 전보다는 한층 커진 목소리가 명확했다. 그러나 아이샤는 답하지 못한 채 머뭇거렸다.

"난 그대를 제법 오래 좋아했어. 6년 전 데뷔탕트 때 그대에게 반했지. 오렌지 꽃 화관을 쓰고 있던 모습에서 눈을 뗄 수 없어서……. 그 뒤로 쭉 그대를 생각했어."

"……."

"내 마음……. 이미 짐작하고 있으리라 생각해. 난 형처럼……. 아니, 황태자 전하처럼 뭘 숨기는 데 익숙한 사람이 아니니까."

어찌할 바 몰라 하는 아이샤의 태도에 씁쓸해하면서도 자레드는 속에 품었던 말과 감정을 모조리 끄집어냈다. 말을 하면 할수록 얼굴에 열이 오르고 손이 축축해졌다. 그러나 심장이 불안히 뛰는 가운데서도 그는 멈추지 않았다.

"아이샤 파든. 가지 말고 내 옆에 있어 주면 안 되겠나? 행복하게 해 주겠어. 내 모든 걸 걸고."

누가 듣더라도 고백의 말이었다. 자레드의 말대로 아이샤는 그가 제게 호감이 있음은 이미 짐작은 하고 있었다. 하지만 이렇듯 마음이 깊을 것이라고는 상상하지 못했기에 시선만 자꾸 내렸다.

"전하. 전……."

아이샤는 분명한 거절의 기색을 띠고 있었다. 자레드는 낙담해 저도 모르게 고개를 숙였으나 곧 다시 들었다. 그리고 아이샤의 손을 잡고 살짝 힘을 줬다.

"다시 한번만 더 생각해 줘. 그대에게 힘든 일이 닥친 거 알아. 많이 괴로웠을 거야. 하지만 내게 기회를 주면……."

그러나 초조함이 일을 다 그르쳤다. 자레드는 속에 있는 말을 조금도 거르지 못하고 뱉었다. 아이샤는 그의 의미심장한 말과 자신의 배를 향한 시선을 곧바로 눈치채고 그대로 얼어붙었다.

"알고…… 계시는군요."

가족이 아닌 누군가가 유산 사실을 알고 있다는 것만으로도 몸이 차가워졌다. 자레드는 그제야 제 실수를 눈치채고 입술을 물었다.

"……아무에게도 말하지 않아. 그러니 걱정하지 마."

자레드가 진실하고 입이 무거운 사람이라는 것은 아이샤도 알았다. 그렇기에 그녀는 곧 평온함을 되찾았다.

"전하."

담담한 목소리로 그녀가 자레드를 부르며 그의 손을 조심스럽게 떼어 냈다. 그리고 자레드에게서 한발 물러나 허리를 깊게 숙였다 펴고는 그와 눈을 마주쳤다.

"전하께는 일개 귀족 영애인 제게 많은 영광을 주셨습니다. 항상 감사하게 생각하고 있었어요."

"……."

"전하께서 주신 마음도 마찬가지입니다. 전하께서 절 좋게 봐주신 것에 많이 감사드립니다."

"……."

"하지만 전하의 마음은 너무 큰 영광이라 부족한 제가 감히 감당할 수가 없습니다. 그러니 말씀을 물러 주세요. 부탁드립니다."

자레드는 아이샤가 제 손을 떼어 내는 순간부터 그녀의 말을 짐작했다. 하지만 선명하게 박히는 부드러운 말들이 마음을 난도질하고 난처한 듯 엷게 지은 미소가 심장을 후비자 예상했음에도 눈물이 핑 돌았다.

6년은 결코 짧은 시간이 아니었다. 그러나 이제는 지워야 했다. 자레드는 붉어지는 눈시울을 가리기 위해 허리를 깊게 숙이고 아이샤의 한 손을 떠받들 듯 쥐었다. 그리고 작고 하얀 손에 떨리는 입술을 가져다 대며 제 짝사랑에게 처음이자 마지막으로 원망의 말을 쏟아 냈다.

"……아이샤, 그대는 잔인해."

* * *

땀에 젖은 이안의 금발이 반짝이며 눈가를 찔렀다. 하나 이안은 거슬리는 머리카락의 감촉을 느끼지 못한 채 계속해서 달렸다.

'2황자 전하께서 자네 약혼……. 아니, 그 파든가 여식을 불러들이셨다더군.'

남겨진 자 441

그 말에 심장이 요동쳤다. 아이샤의 마지막 원대로 이제 그녀의 삶에서 완전히 떠나 주겠다 다짐했건만 다리가 저절로 움직였다.

다른 사내라면 모를까 2황자 자레드는 예전부터 노골적으로 아이샤에게 관심을 보인 사내였다. 게다가 고작 한 번이긴 하나 아이샤는 황자와 파트너를 한 적이 있었으며 황제도 제 차남과 아이샤를 함께 거론한 적이 있었다.

때문에 이안은 두려웠다. 이스칸 왕세자가 아이샤를 만나러 가는 걸 목격했을 때보다 수십 배는 더.

'아저씨가 아이샤를 타국으로, 그것도 여인에게 박하다는 아스타 왕국으로 보낼 리는 없어. 하지만 자레드 황자는……'

아이샤와 자레드 황자가 꼭 붙어 춤추던 모습이 머릿속에 그려지며 이안의 불안감이 극에 달했다. 그는 손마저 벌벌 떨었다.

아이샤와 자신이 끝난 이때, 혹여나 2황자가 기회를 잡을까 봐. 그게 무서워 견딜 수가 없었다.

"저자는 로이드 후작이 아닌가?"

"무슨 일로 저리 달리는지……."

주변 이들이 황궁을 달리는 그를 경계하며 바라봤다. 하지만 이안에게는 그들을 신경 쓸 틈이 조금도 없었다. 그는 아이샤가 있을 황자궁으로 쉬지 않고 달렸다.

'아이샤!'

무슨 우연일까. 이안이 황자궁에 거의 다 다다랐을 때 아이샤는 막 황자궁 계단을 내려오고 있었다. 높은 계단이었으나 서로 알아볼 수 있을 만치 가까운 거리. 이안이 멈췄다.

그보다 한발 늦게 계단 위 아이샤도 이안의 존재를 눈치챘다. 그녀의 옅은 푸른 눈이 조금 커졌다. 이안은 아이샤가 자신을 인식하자 사막에서 길을 잃고 헤매던 이가 오아시스를 발견한 듯 감히 표현할 수 없는 희열을 느꼈다.

이안이 기쁨과 불안감이 뒤섞인 감정을 주체하지 못하고 아이샤를 향해 발걸음을 뗄 때였다. 굳은 채 멈춰 선 아이샤가 천천히 고개를 돌리더니 움직였다. 자신에게서 거둬지는 시선과 굳은 입매. 싸늘한 아이샤의 분위기에 이안은 그제야 이성을 되찾았다.

그가 계단을 오르려던 발을 내린 채 몸을 굳혔다. 뒤늦게 이래서는 안 된다는 죄책감이 몸을 꽁꽁 묶었다. 하나 아무리 자제하려 해도 눈이 움직이는 것은 어찌할 수 없었다. 이안은 자신을 보지 않는 아이샤를 바라봤다.

감정이 그대로 묻어나는 애절한 눈빛이었다. 하지만 아이샤는 아무것도 보지 못한 듯 무감한 얼굴로 걸음만 옮길 뿐이었다.

계단을 다 내려온 그녀가 시선을 앞에만 고정한 채 이안을 지나쳤다. 살포시 떠오른 연갈색 머리카락 끝이 부드럽게 움직였으나 이안에게는 얼음 조각처럼 날카롭게 느껴졌다. 당황한 기색을 조금이나마 보였으면 이렇게 괴롭지 않았을까? 이안은 자신의 존재를 아예 무시해 버리는 그녀의 태도에 얼굴을 일그러뜨리며 속으로 절규했다.

'너는 정말 나를…… 잊을 생각이구나.'

* * *

아이샤가 떠난 가제보 안에는 적막만이 남았다. 자레드는 조금 전까지 그녀가 있던 자리를 한참 바라보다 제 입술에 손가락을 살짝 올렸다.

'……죄송합니다. 전하.'

자레드는 제 입술에 남은 그녀의 온기를 찾으려 했다. 그러나 사죄의 말과 함께 살며시 뺀 손의 온기가 아직까지 남아 있을 리 없었다.

가슴이 미어지는 아픔에 자레드는 고개를 숙였다. 거절을 빤히 예상했음에도 괴로웠다. 그의 눈시울이 다시금 피어난 장미처럼 붉어졌다. 아이샤 앞에서는 내보이지 않았던 굵은 눈물이 툭, 하얀 대리석 바닥에 떨어졌다.

누군가 본다면 기겁할 만한 일이었다. 제국의 2황자로 자레드는 아주 어릴 적을 제외하고 울어 본 일이 없었다. 어린 새를 구하고자 나무에 올랐다가 떨어져 다리가 부러졌을 적에도, 대련을 하다 어깨의 뼈가 보일 만치 다쳤을 때도 그는 비명을 지를지언정 눈물을 보이지는 않았다.

어찌 보면 당연한 일이었다. 형 윌리엄처럼 황태자는 아니었으나 그는 엄연한 황자로 엄격한 교육을 받았다. 스승들은 황자는 황제의 아들이요 황족으로서 항시 의연하고 모범이 되어야 한다 귀에 박히도록 말했다. 특히 몇몇 엄격한 스승들은 눈물은 부모가 돌아가셨을 때도 함부로 흘리는 게 아니라며 이르곤 했다.

하지만 수년간 들어온 가르침은 소용이 없었다. 기나긴 짝사랑이 결국 끝이 났다 인정한 순간 자레드는 의연함을 잃었다. 그간 굳어 있던 그의 눈물샘은 갑작스러운 작동에도 불구하고 많은 눈물을 샘솟게 했다.

흰 대리석 바닥에 점점이 떨어진 눈물방울이 안타까웠다. 자레드는 하늘이 제 머리카락 색처럼 붉어지고 나서야 눈물을 멈췄다. 그리고 그쯤 황족이 아니라면 함부로 들어올 수 없는 이 은밀한 장소에 손님이 들었다.

"……이 무슨 처량한 꼴이야."

타박을 가장한 목소리에는 안타까움과 걱정이 잔뜩 묻어 있었다. 조각상처럼 굳어 있던 자레드는 익숙한 목소리에 그제야 고개를 움직였다.

"누가 보기라도 하면 어쩌려고."

깊은 한숨을 쉬며 윌리엄이 손수건을 내밀었다. 자레드는 고개를 저어 거절하며 형과 눈을 마주치기를 거부했다. 말하지는 않았으나 다 자라 이런 모습을 보이는 건 부끄러웠다.

윌리엄도 그런 남동생의 심정을 이해하는지 손수건을 다시 거둬들이며 입을 닫았다. 형제 사이에는 잠시 침묵과 바람만이 맴돌았다.

"……형."

그렇게 얼마나 지났을까. 자레드가 문득 윌리엄을 불렀다. 윌리엄은 기다렸다는 듯 자레드와 시선을 맞췄다.

"티타르 왕국……. 내가 갔으면 하는데."

자레드는 잠시 고민하다 곧 결연한 얼굴로 입을 열었다. 남동생의 입에서 나온 티타르 왕국이라는 말에 윌리엄이 잠시 멈칫했다. 티타르 왕국은 아름답기로 유명한 곳이었지만 제국에서는 바다를 두 번 건너야 할 정도로 먼 나라였다. 왔다 갔다 하는 데만 일여 년이 걸리는 곳이라 가겠다 하는 이들이 적어 5년에 한 번 보내는 사절단을 꾸리는 일도 힘들 정도였다.

한데 그곳으로 가겠다니. 황후인 어미는 물론이요, 황제인 아비조차 역정을 낼 게 뻔했다. 윌리엄도 그 먼 곳으로 동생을 보내기 싫었다. 그러나 거절하기도 전에 그는 남동생과 눈을 정확히 마주하고 말았다.

이미 결정을 다 한 녹안은 어떤 말에도 부서지지 않을 만치 단단했다. 결국, 윌리엄은 잠시 고민하다 포기한 얼굴로 고개를 끄덕였다.

"너도 황자로서 나랏일을 할 때가 됐지. 좋아. 가 봐. 가서 고생 좀 하고 와."

* * *

북부로 떠나는 날이 정말 코앞으로 다가오자 오히려 여유가 생겼다. 하지만 다가오는 날짜와 비어 버린 시간에 아이샤의 마음은 날이 갈수록 뒤숭숭해졌다.

바빴을 때는 이곳저곳을 다니느라 몸도 힘들었고 챙길 것이 많아 잡생각을 할 틈이 아예 없었다. 아침 이르게 외출을 나갔다가 밤에 돌아와 침대에 누우면 그다음 날이었으니까. 그러나 손과 발이 놀고 몸이 편해지자 애써 잊고 있었던 것이 하나둘씩 눈에 밟혔다.

'……저런 것들이 뭐가 문제겠어.'

아이샤는 밖의 커다란 앵두나무를 보며 한숨을 쉬었다. 어릴 적 그녀는 여름철이면 이안과 앵두를 따겠다 저 앵두나무를 올랐더랬다.

이렇듯 보이는 족족 다 없애 버렸음에도 파든가 내에는 이안을 생각나게 하는 것들이 있었다. 아이샤는 서로의 입에 앵두를 넣어 주는 소년 소녀를 그리다 저도 모르게 며칠 전 황궁에서 마주친 이안의 표정을 떠올렸다.

'내가 문제지.'

고개를 살짝 저은 아이샤가 자리에서 일어났다. 이래서는 안 됐다. 떠나기 직전인데 이리 찝찝한 마음으로 보내기는 싫었다.

"마리. 나 에드워드 오빠한테 갔다 올게."

"첫째 도련님한테요? 전달하실 게 있으면 제가 다녀올게요."

"아니야. 그냥 차나 한잔하려고."

"네. 그럼 다녀오세요."

앵두나무에 열린, 아직은 푸른 열매가 바람에 살짝 흔들리는 것을 본 아이샤가 잡념을 잊기 위해 일어섰다. 마리는 평소보다 빠르게 걸음을 움직이는 아이샤를 보며 고개를 갸웃거렸으나 곧 다시 하고 있던 정리 정돈에 집중했다.

"그 개자식이 인제 와서 무슨 짓이래? 그렇게 하면 우리가 다시 저를 상대나 해 줄 줄 알고 그러는 거야?"

"……나도 골치 아파."

아이샤는 금방 에드워드의 방 근처에 도착했다. 그러나 문을 두드리기 전, 그녀는 반쯤 열린 문밖에서 첫째 오라비와 둘째 오라비의 심각한 목소리에 손을 멈췄다.

"형이 가서 강하게 말해. 우리 집에 그만 상관하고 알아서 좀 살라고."

"…….."

"아니지, 이참에 그냥 죽어 주면 고맙겠다고 말하는 게 낫겠다. 그 망할 자식! 독도 마셨다면서 확 뒈져 버리지, 왜 살아서 얼쩡거려."

"일이 간단하지가 않아. 이안……. 아니, 후작의 행동거지가 못마땅한 것과 별개로 도움이 커."

에드워드의 입에서 나온 이름에 아이샤가 저도 모르게 입술을 꾹 물었다. 안의 두 형제는 굳은 얼굴의 여동생이 방문 앞에 서 있다는 걸 눈치채지 못한 채 계속해서 말을 이었다.

"은근하게 우리 쪽으로 넘겨주는 자료도 그렇고 회의 때 발언도 아버지께 도움이 크게 돼. 솔직히 우리 힘만으로는 레반투스 공작을 이렇게 몰아붙이지 못했을 거야."

"그래서? 그 자식 도움을 더 받겠다 이거야?"

"그런 게 아니라는 거 다니엘 너도 잘 알잖아. 다만 지금은 상황이……."

"상황이 뭐? 그 자식이 도움되니까 모른 척 일에 끼어드는 걸 두고 보겠다는 거 아냐!"

"레반투스 공작은 위험한 자야. 이번 기회를 놓치면 분명 우리가 위험해질 거야."

"그래도 안 돼. 레반투스 공작이 빠져나가는 일이 있더라도 이안 그 개자식과는 엮이면 안 된다고. 벌써 잊었어? 그놈이 아이샤한테 저지른 일을?"

방 안의 목소리들이 점차 커졌다. 아이샤는 귀를 기울이다 둘째 오라비의 입에서 나온 제 이름에 정신을 차리고 부러 작게 기침을 했다. 밖에서 들리는 인기척에 안의 대화는 끊겼다. 그리고 곧바로 문이 완전히 열리더니 다니엘이 놀란 눈으로 아이샤를 불렀다.

"아이샤?"

"심심해서 에드워드 오빠랑 차나 한잔할까 들렀는데 다니엘 오빠도 있었네."

"……일단 들어와."

* * *

와르르 소리와 함께 체스판 위 말들이 카펫 위로 추락했다. 어두운 고동색 머리카락을 가진 사내는 주인의 분노에 무릎을 꿇은 채 숨을 죽였다.

"제기랄!"

퍽.

공작이 책상에 아슬아슬하게 서 있는 마지막 말을 집어 수하의 머리를 향해 집어 던졌다. 제법 둔탁한 소리와 함께 고동색 머리카락 사이로 피가 흘렀으나 무릎 꿇은 이는 여전히 복종의 자세를 취했다.

"이게 무슨 꼴이란 말인가!"

레반투스 공작은 피를 봤음에도 한참을 더 소리를 지르며 분을 토해 냈다. 그러다 수하의 머리에서 흐른 피가 카펫에 제법 큰 원을 그리고 나서야 씩씩거리며 자리에 앉았다.

"그 죽일 놈들이……."

이마를 짚은 채 이를 가는 그의 모습에서는 평소의 여유가 없었다. 어쩌면 당연한 것이 그는 지금 구석에 몰릴 대로 몰려 있었다.

파든 백작의 고발장과 황제의 명. 그 뒤로 수족들 중 다수가 쓸려 나갔으며 나머지도 몸을 잔뜩 웅크리고 있었다. 머리인 레반투스 공작 그 자신도 마찬가지였다. 그는 자신을 향한 화살을 피하기 위해 저 아래의 자잘한 제 사람들부터 바로 옆의 수족이 끌려갈 때도 모른 척하고 있었다. 덕분에 그를 필두로 한 구귀족파는 이 위험한 시기에 분열까지 일어날 조짐을 보였다.

"놈들을 떨어뜨려 놓았는데 이 무슨……."

레반투스 공작은 작금의 상황에 분노를 참을 수 없었다. 겉으로는 분명 제 뜻대로 됐다. 파든 백작가와 로이드 후작가는 오랜 연을 끊고 파혼을 했으니.

하나 그것 빼고는 전부 뜻대로 흘러가지 않았다. 파혼 전에는 정치적으로 삐걱거리던 놈들이 파혼 후에는 입을 맞춘 듯 함께 그를 공격했다. 사실 지금의 위기도 파든 백작가와 신흥 귀족파에서만 움직였다면 벌써 벗어나고도 남을 일이었다.

한데 내부 사정을 어느 정도 알고 있는, 얼마 전까지만 해도 함께했던 이안 로이드가 저쪽 편에 서니 해결되기는커녕 일이 날로 심각해졌다.

'후작이 오해를 풀기 전 한쪽을 완전히 죽여 놨어야 했는데……'

공작은 일이 왜 이렇게 됐는지 대강 짐작은 했다. 그가 우려했던 대로 이안 로이드에게 불어넣은 오해가 완전히 부서진 것이리라. 그러니 파혼장을 먼저 던진 것은 파든가요, 이안 로이드가 그 여식에게 매달리는 것이겠지.

"두 짐승이 서로를 뜯어야지, 감히 합심해 날 물어?"

그러나 일의 흐름을 예상했다 한들 화가 나는 것은 어쩔 수 없었다. 그는 고귀한 공작이었다. 그런데 상인 나부랭이인 파든 백작과 명문가 주인이라 한들 새파랗게 어린 이안 로이드가 자신을 감히 공격하다니 있을 수 없는 일이었다.

쾅. 그가 책상을 내리치며 어떻게든 분을 삼키려 했다. 머리는 알았다. 지금은 이리 화를 내며 시간을 낭비할 때가 아니라는 것을. 황제와 황태자조차 가는 눈을 한 채 그에게 어느 때보다 냉랭하게 굴고 있었다. 심지어 황태자 놈은 어찌 알았는지 그가 쫓겨난 사생아 헬렌을 뒤에서 조금이나마 도운 것을 그새 눈치채고 이리 말했더랬다.

'내 공작의 목적 중 하나가 파든가와 로이드가를 갈라놓는 것임은 알고 있었지. 하지만 그 목표를 위해 감히 황제 폐하를 이용해?'

'전하. 그 무슨 말씀이십니까.'

'모른 척 마시오. 일전에 황제 폐하께 사생아도 핏줄이다 쓸데없는 애틋함을 불어넣은 이 중 하나가 공작임을 내 모르지 않으니. 그 사생아 계집과 로이드 후작이 약혼하면 저절로 전의 연은 깨지니 그걸 노렸겠지.'

'……'

'그래도 대단하오. 꽤 늦게 눈치챘거든. 전에도 느꼈지만, 공작은 꼬리와 발자국을 참으로 잘 숨기는 것 같아.'

'……'

'하나 들킨 이상 내 기분을 이리 만든 값은 치러야지. 이번 일도 꼬리와 발자국을 잘 숨기는 게 좋을 거야. 나도 사냥에 조금은 관심이 있으니 말이오.'

황태자 윌리엄은 젊었으나 절대 만만하지 않은 상대였다. 한데 그런 그가 파든 백작의 편에 서겠다 말했으니 일이 꼬여도 단단히 꼬였다.

'기분을 운운했으나 황태자의 진정한 목적은 나와 구귀족파의 세력 약화다. 자신이 황위에 오르기 전 어떻게든 날 꺾겠다는 거겠지. 황태자가 편을 들어주면 신흥 귀족파 그 잡것들도 이번 기회를 놓치지 않을 터. 절대 이 이상 끌려가서는 안 된다.'

레반투스 공작은 이마에서 손을 떼고 눈을 냉랭하게 빛내더니 체스판을 뒤엎게 한 원흉이 된 서신을 다시 펼쳐 들었다. 서신에는 오늘 아침 황제를 알현한 파든 백작이 황제에게 며칠 내로 레반투스 공작이 이번 일에 관여되어 있다는 직접적 증거를 보이겠다 말했다는 내용이 있었다.

'어디냐. 천한 상인 놈……. 무얼 찾은 거냐.'

어떤 증거일지는 모르나 황제와 독대해 말한 내용이니 어딘가에서 꼬리를 밟힌 것은 확실했다. 레반투스 공작은 자신에게로 들어오는 불법 약물과 관련된 자금 루트를 하나씩 되새겨 보다 미간을 잔뜩 찌푸렸다. 무엇 하나라도 걸리면 작금 상황에서 그는 끝이었다.

'배은망덕한 이안 로이드는 나중으로 두고 파든 백작 놈 입부터 완전히 틀어막아야 하는데…….'

목숨을 위협하는 위기에 공작의 머리가 차가워졌다. 그가 바닥에 널브러진 여러 장기 말들을 바라보며 머릿속으로 여러 수를 그렸다.

'이럴 때일수록 복잡하게 생각 말고 단순하게 가야겠지.'

확률이 가장 낮은 수부터 하나둘씩 치우자 길이 보였다. 공작은 곧 마지막 남은 정직하고 단조로운 길에 입꼬리를 비스듬히 올렸다. 그리고 여전히 조각상처럼 제 곁에 부복하고 있는 이에게 명했다.

"가장 약한 곳을 찌르면 어쩔 도리가 없겠지. 아이샤 파든……. 그 천한 상인 놈의 여식에 대해 오늘 내로 샅샅이 알아 와."

* * *

감긴 눈을 뜨고 고개를 드니 캄캄한 밤이었다. 이안은 집무실 의자 등받이에 기대고 있던 뻐근한 목을 좌우로 움직이며 미간을 문질렀다.

'……또 꿈인가.'

그는 여전히 잠을 자지 못했다. 게다가 간혹 잠드는 십여 분의 짧은 잠에도 꿈에 시달렸다.

꿈의 장면은 매번 달랐으나 한 가지 공통점이 있었다. 아이샤. 꿈에서는 제 옆에서 눈을 반짝이며 웃는 아이샤가 나왔다.

아이샤는 베이지색 드레스에 아기자기한 레이스 양산을 들 때도 있었고, 눈동자와 꼭 같은 옅은 푸른색 드레스에 투명한 숄을 걸칠 때도 있었다. 조금 전 꿈에는 샛노란 드레스에 진주 머리 장식을 하고 있었더랬다.

전부 언젠가 본 차림새였다. 그러나 이안은 그녀를 돋보이게 해 주는 드레스나, 화려한 장신구보다 얼굴에, 정확히는 잔뜩 피어난 미소에 시선을 줬다.

'이안.'

눈을 살포시 접은 채 입꼬리를 올리며 그의 이름을 부르는 모습이 눈물이 주르륵 날 정도로 빛이 났다. 동시에 그리웠다. 가졌던 것인데……. 분명 제 손에 있던 것인데……. 제 스스로 철저히 부숴 버렸다는 사실에 끝없는 절망감이 들었다.

때문에 이안은 꿈에서 깨기 싫어하면서도 벗어나고 싶었다. 볼 수 없는 이의 가장 그리운 모습을 환상으로나마 더듬을 수 있다는 것은 지금의 그에게 최고의 선물인 동시에 최악의 벌이었다. 현실에서는 다시는 일어나지 않을 일이었으니 말이다.

잠시 고개를 숙인 채 제가 저지른 일을 후회하던 이안이 발발 떨리는 손으로 책상 한구석에 있는 서류 뭉치를 앞으로 끌어왔다. 일이라도 미친 듯이 해야 했다. 아니면 괴로움에 당장 질식할 것 같았다.

다행인지 일은 산더미처럼 많았다. 최근 파든가를 정치적으로 돕고 있는 이안은 그간 파든가를 공격하기 위해 준비했던 모든 것들을 레반투스 공작을 무너뜨리기 위해 쓰고 있었다.

물론 파든가의 모두가 그의 도움을 바라지 않는다는 것을 알고 있었다. 그러나 이안은 파든가를 무너뜨리기 위해 레반투스 공작과 어울렸던 시절이 있었다. 그렇기에 그는 레반투스 공작이 파든가를 무너뜨릴 목적이 있다는 것을 누구보다 잘 알았다.

제 멍청한 오해가 모두 풀린 지금에 와서는 파든가가 무너지는 것을 결코 두고 볼 수 없었다. 백작 부부는 그의 은인이나 다름없고 그 아래 자녀들은 그를 형제처럼 여기며 아껴 주던 때가 있었다.

'아이샤……'

그리고 무엇보다 파든가는 아이샤의 가문이었다. 파든가가 무너지면 아이샤의 삶도 무너지리라. 한때는 파든가를 무너뜨리고 절망할 그녀를 착취하고 끝에 가서는 버릴 계획까지 가졌으나 지금은 그런 것들을 상상조차 할 수 없었다.

'그 애는 누구보다 행복해야 해.'

자신 때문에 몇 년을 고통에 시달렸던 그녀였다. 이안은 앞으로는 그녀가 행복하기만을 바랐다.

'행복……'

이안이 아이샤의 행복만을 생각하며 일에 매진하려 할 때였다. 문뜩 자신이 없어야 그녀가 행복할 수 있다는 사실이 그의 뇌리를 지배했다. 저절로 주먹에 힘이 들어갔다. 온몸이 괴로움을 호소했다. 손끝부터 발끝까지 떨릴 정도로 고통이 느껴졌다. 특히 심장 부근에는 검 수십 개가 꽂힌 듯 날카로운 통증이 느껴졌다.

결국, 견디지 못한 이안이 제 가슴 부근의 옷자락을 강하게 쥐었다. 인정할 수 없었다. 아니, 인정하기 싫었다.

계단에서 자신을 보지 못했다는 듯 스쳐 지나가던 모습이 떠올랐다. 참을 수 없어진 이안은 제 목에 양손을 올리고 공기를 완전히 차단할 듯 목을 졸랐다. 습관이 됐는지 손은 어디를 눌러야 하는지 잘도 알았다.

얼굴이 흙빛으로 변하고 눈앞이 완전히 차단되기 직전에서야 이안은 손에 힘을 풀었다. 위태롭던 생명은 되찾은 삶에 허덕였다. 하나 이안은 돌아오는 정신에 얼굴을 구겼다.

"흐으……."

사내가 돌이킬 수 없는 제 죄에 또 한 번 무너졌다. 힘없이 아래로 추락한 어깨가 볼썽사나웠다. 그러나 어쩌겠나. 지금의 모든 고통은 모조리 그의 잘못이었으니, 후회도 고통도 모조리 그의 몫이었다.

14장. 위기와 속죄

수도를 떠날 날이 사흘 앞으로 다가오고 아일린은 아예 저택에서 얼굴 보기도 힘들었다. 아이샤는 아일린에게 자신이 도울 일이 없냐 물었지만 아일린은 지금 챙기는 것은 누군가에게 맡길 수 있는 일이 아니니 추운 북부에서 편히 지낼 수 있는 물건이나 더 챙기라 말하며 쏜살같이 밖으로 나갔다.

이미 물건은 넘칠 정도로 챙겼으나 무료한 몸에 잡념이 깃드는 것을 막기 위해 아이샤는 하루에 한 번 마리와 함께 외출했다. 하지만 필요한 물건은 대부분 구한 뒤라 그녀들의 손은 보통 비어 있었다.

"아가씨. 물건이 괜찮던데 하나 더 장만하시지 그러셨어요. 안쪽에 털이 있는 숄은 몇 개 없잖아요."

오늘도 마찬가지였다. 아이샤는 마리와 함께 빈손으로 가게를 나왔다. 아무것도 사지 않아 시무룩해진 가게 주인의 얼굴에 조금 미안한 감정도 들었으나 괜한 낭비를 하고 싶지는 않았다.

"내 것은 벌써 열댓 개는 있어. 그보다 마리 네가 쓰는 건 어떨까? 그러고 보니 네 몫의 솔은 잘 보지 못한 거 같은데……"

"저 같은 하녀한테 저런 고급 물건이 가당키나 한가요. 비슷한 것이라면 준비했으니 걱정 마세요."

"하지만 북부는 수도와 달라. 특히 우리가 지낼 곳은 1년 중 아홉 달은 눈이 내리는 곳이야."

"제 고향도 비슷했는데요, 뭘. 괜찮아요."

그러다 아이샤는 함께 북부로 가는 마리가 걱정돼 다시 가게로 들어가려 했다. 하지만 마리는 아이샤를 한사코 말렸다. 결국, 작은 실랑이 끝에 그들은 다시 대로변 쪽으로 걷기 시작했다.

"톰은 어디서 대기를 하고 있는 거야?"

대로변 쪽으로 가며 마리가 마차를 찾을 때였다. 자그마한 그림자가 마리와 아이샤 뒤쪽으로 접근했다. 그리고 작은 손가위가 불쑥 튀어나왔다.

"양산을 펴야겠……. 어?"

햇빛에 손 가리개를 하던 마리가 들고 있던 양산을 펼치려다 작은 손과 반짝이는 날붙이를 발견하고 몸을 굳혔다. 그러나 이미 늦은 후였다. 마리가 눈을 휘둥그레 뜸과 동시에 날붙이가 아이샤의 손목 쪽에 닿더니 툭 끊어진 진주 팔찌가 꾀죄죄한 작은 손 위에 안착했다.

"너!"

후다닥 소리와 함께 소매치기 아이가 후다닥 다람쥐처럼 재빠르게 뛰어갔다. 마리가 곧장 소리치며 아이를 쫓았다. 그러나 아이는 바로 전에 아이샤와 마리가 나온 건물 옆 작은 골목으로 쏙 들어갔다. 마리는 자연스레 골목 앞까지 아이를 쫓았다. 그러나 더는 보이지 않는 아이와 빛이 들지 않은 으슥한 골목 안을 보고 걸음을 멈췄다.

그때, 마차가 대로변을 급히 지나는 소리가 났다. 마리는 귀를 스치는 말발굽 소리를 흘리며 뒤를 돌았다.

"아가씨……?"

마리는 골목 앞까지 고작 스무 걸음 정도만 왔을 뿐이다. 한데 이상한 일이었다. 짧은 시간, 바로 뒤에 있어야 할 아이샤가 사라져 있었다.

"아가씨!"

놀란 마리가 제자리로 돌아갔으나 아이샤는 어디에도 없었다. 눈앞이 캄캄해진 마리가 하얗게 질린 얼굴로 두리번거렸다. 바로 앞 대로변에는 많은 사람이 지나다니고 있었다. 그들은 혼비백산해 눈동자를 굴리는 마리를 이상하게 흘겨봤다.

너무나 평온한 일상의 거리, 그곳에서 아이샤만 감쪽같이 사라지다니. 마리는 혹여나 자신이 꿈을 꾸나 팔을 꼬집었다. 아팠다. 꿈이 아니었다.

"마리! 여기서 뭐 해?"

그때, 마부 톰이 다가왔다. 얼마 떨어지지 않은 곳에 마차가 보였다. 마리가 톰에게 달려들어 그의 멱살을 와락 잡으며 소리쳤다.

"아가씨는! 아가씨 어디 있어?"

"뭐? 그게 무슨 말이야?"

"마, 마차로 먼저 가신 거지? 그렇지?"

"아가씨는 너랑 계셨잖……."

당황한 얼굴로 말하던 톰이 심상치 않은 마리의 모습에 상황을 눈치채고 눈을 크게 떴다. 그리고 그와 동시에 다리에 힘이 풀린 마리가 길바닥에 털썩 주저앉았다.

* * *

"자네 정말 어쩌려고 이러나."

"……."

"난 자네가 정말 걱정돼. 파든가와 파혼까지 한 마당에 공작님께 왜 그리 날을 세워?"

"……."

"자네가 이 세상에서 사라지면 난 친우를 잃은 슬픔에 목 놓아 울……. 이안? 이안. 내 말 듣고 있나?"

카엘은 제 말은 귓등으로도 듣지 않는 이안을 보며 제 가슴을 쳤다. 자신은 항시 그를 도와주는데! 심지어 황궁 연회장에서 납치까지 도와줬는데! 이안은 그의 걱정스러운 충고 한마디 제대로 들어 주질 않았다.

카엘은 처음으로 친우에게 화를 내기로 작정하고 팔짱을 꼈다. 그리고 제 딴에는 싸늘한 얼굴을 하며 입을 열었다.

"이안! 내가 지금껏 참아 왔는데……. 어?"

그러나 그가 말을 채 끝내기도 전 이안이 무언가를 보며 눈을 크게 뜨더니 상체를 거칠게 움직여 마차 창문에 붙었다. 그리고 말을 하다 말고 놀란 카엘이 무슨 일이냐 묻기도 전 소리쳤다.

"당장 세워!"

* * *

"척 봐도…… 아가씨 같은데……."

"……이러다 잘못……. 우리만……."

"돈……. 어쩔 수……."

"……위험……. 목숨을 잃을 수는……."

귓가에 사내들의 목소리가 드문드문 울렸다. 아이샤는 잘 떠지지 않는 무거운 눈꺼풀을 간신히 올렸다.

'……어떻게 된 일이지?'

가물거리는 시야 속에서 아이샤가 기억을 더듬었다. 마리가 소매치기 아이를 쫓기 위해 뒤를 돌자마자 마차가 한 대 나타났다. 어디서나 볼 수 있는 흔한 마차.

아이샤는 그저 옆을 지나는 마차라 생각하고 마리의 등만 바라보고 있었다. 하지만 마차는 속도를 늦추더니 문을 벌컥 열었다. 그리고 나온 커다란 손 한 쌍.

아이샤는 거친 사내의 손에 들린 흰 천을 보기 무섭게 마차 안으로 끌려 들어 가 정신을 잃었다.

'약⋯⋯.'

어지러운 머리는 생각하길 거부했으나 아이샤는 흰 천에서 풍기던 독한 향을 떠올렸다. 코에 그 냄새가 닿기 무섭게 눈이 감겼더랬지.

'납치당한 거야.'

수상한 마차, 정신을 잃게 하는 독한 향. 아이샤는 자신이 납치를 당했음을 깨닫고 몸을 움직이려 했다. 그러나 뒤로 꺾인 팔 끝 손목은 무언가에 꽉 묶여 있었으며 발목도 마찬가지였다. 심지어 입에도 무언가를 물려 소리조차 제대로 낼 수가 없었다.

"아, 몰라! 우리는 넘겨주고 나머지 돈만 받으면 돼! 저 계집이 귀족이든 뭐든 상관할 바가 아니라고."

"하지만 혹여나 들키면⋯⋯."

"이 일 한두 번 해? 안 들켜!"

움직일수록 파고드는 끈의 거친 표면에 고통을 느끼던 아이샤가 갑자기 커진 사내들의 목소리에 움직임을 멈췄다. 묶인 것에 신경 쓰느라 잊고 있었다. 눈앞에 납치범들이 있음을. 그녀가 재빨리 눈을 감고 정신을 잃은 척 연기했다.

"어! 저 계집 지금 움직였어."

"뭐?"

그러나 한발 늦었다. 서 있던 네 명의 사내 중 하나가 아이샤가 정신을 차린 것을 눈치챘다. 사내들이 서로 시선을 주고받다 아이샤에게 다가오기 시작했다.

"그러게 낯짝 구경 적당히 하고 다시 안대 씌우랬잖아. 어찌할 거야? 우리를 봤는데."

"걱정할 거 있어? 의뢰인 분위기 봤잖아. 이 계집, 살기는 어려울 것 같던데."

가장 먼저 다가온 사내 둘이 쭈그려 앉으며 말했다. 가까워진 목소리에 겁에 질린 아이샤는 필사적으로 정신을 잃은 척했다. 그러나 긴장은 몸으로 나타났다. 떨리는 눈꺼풀에 사내들이 씩 비열한 웃음을 지었다.

"어이. 아가씨. 일어난 거 다 알아. 그러니 눈 좀 떠 봐."

"그래. 눈 뜨고 우리 좀 보지? 그 고운 얼굴이나 제대로 구경해 보자. 응?"

꺼슬꺼슬한 손이 아이샤의 뺨을 멋대로 쓰다듬었다. 온몸에 소름이 돋으며 아이샤가 몸을 바들바들 떨었다. 그러자 사내들이 와하하 크게 웃음을 터뜨렸다.

"생긴 것만큼 귀여운 아가씨네. 죽기는 아까워."

"그러게 말이야. 피부도 참 부드러워 보이고……."

분위기가 심상찮아지며 이번에는 다른 사내가 아이샤의 어깨를 세게 쥐었다. 강한 손아귀 힘에 견디지 못한 아이샤가 소리 없는 비명을 지르며 저도 모르게 눈을 떴다. 아이샤의 시야에 어디서나 볼 수 있는 평범한 얼굴들이 잡혔다. 그러나 자세히 보면 사내들의 얼굴과 손에는 평범한 이에게는 잘 없는 상처가 여기저기 있었다.

아이샤가 겁에 질려 눈시울을 붉히고 있는데도 사내들은 눈을 뜬 아이샤의 얼굴에 감탄했다. 납치할 때도 느꼈지만 지나치게 어여뻤다. 어디 가서 쉽게 볼 수 없는 외관에 저절로 목울대가 움직였다.

"……아까도 생각했는데 이 정도면 이대로 넘길 이유가 있나?"

사내 중 하나가 아이샤의 뺨을 툭툭 건드리며 입맛을 다시다 말했다. 아이샤의 얼굴을 구경하던 다른 이들이 의아한 얼굴로 사내에게 집중했다.

"무슨 말이야?"

"선금으로 이미 반 받았잖아."

"그래서?"

"이 정도면 남은 돈은 포기하고 팔아 버리는 게 더 이득일 거 같은데."

잠시 침묵이 흘렀다. 남자들은 생각을 하는 듯 심각한 얼굴을 하다 동의한다는 듯 고개를 천천히 끄덕였다.

"괜찮은 생각이야."

"하지만 이 계집은 귀족 같은데……. 탈출이라도 하면 문제야."

"외국으로 노예를 넘기는 놈을 알아. 꽤 철두철미한데 값도 잘 쳐 준다는군."

"좋아. 그럼……."

얼핏 보기에는 평범한 물건을 두고 어떻게 하면 값을 잘 받을지 고민하는 것 같았다. 그러나 그 물건은 인간이요, 아이샤 그녀였다. 아이샤는 오싹 소름이 돋았다. 그들에게 그녀는 이미 사람이 아니었다. 그리고 고작 팔려 갈 물건이라면 앞으로의 대우는 뻔했다.

"으흡……."

아이샤는 필사적으로 움직였다. 허무한 몸부림일 뿐이었지만 당장의 위기에 이성은 제대로 작동하지 않았다.

"뭐 하는 거야?"

"어이구. 그래서 몇 발자국이나 가겠어?"

사내들은 아이샤의 몸부림을 보며 낄낄거렸다. 그러다 한 사내가 아이샤를 와락 붙들었다. 얼굴부터 상체를 훑는 눈알이 개기름이 낀 듯 번들거렸다.

"우리 심기 거스르지 말고 얌전히 있으면 몸은 성히……."

쿵.

사내가 음흉한 미소와 함께 낮은 목소리로 말할 때였다. 어디선가 둔탁한 소리가 들렸다. 아이샤 주변에 쭈그리고 앉아 있던 사내들이 벌떡 일어나 뒤를 봤다. 뒤에는 커다란 문이 있었다.

침 삼키는 소리도 들릴 만치 조용해졌다. 사내들이 서로 눈치를 보다 천천히 문 쪽으로 이동했다. 그들의 손에는 언제 꺼냈는지 날카로운 날붙이가 있었다.

가장 선두에 선 이가 문 바로 앞에 도착했다. 그가 뒤를 보며 사내들과 눈을 마주치더니 귀를 문에 천천히 가져다 댔다. 사내의 귀가 낡은 나무 문에 완전히 닿기 직전이었다. 나무 문이 아주 조금, 눈치채기도 어려울 만치 움직인다 싶더니…….

"으아악!"

"뭐, 뭐야?"

쾅. 거대한 소리와 함께 문에 붙어 있던 사내가 뒤로 넘어갔다.

* * *

"아이샤!"

"아이샤!"

낡은 나무 문이 활짝 열리고 땀에 젖은 젊은 사내 둘이 동시에 아이샤를 불렀다. 그러나 열고 들어간 안에는 아이샤는커녕 사람의 인기척이라고는 조금도 느낄 수 없었다.

"아이샤!"

다니엘이 텅 빈 창고를 휘저으며 여동생의 이름을 다시 한번 목이 터져라 외쳤다. 그의 얼굴에는 어느 때보다 초조함과 불안감이 가득했다.

"……여긴 없어."

이안이 다니엘의 뒤로 다가오며 중얼거렸다. 다니엘보다 훨씬 이성을 유지한 듯 보였으나 자세히 보면 이안의 눈동자도 사정없이 흔들리고 있었다. 다니엘은 이안의 목소리를 듣지 못한 듯 몇 번 더 창고를 뛰어다니다 욕설을 내뱉었다.

"젠장!"

홀로 돌아온 마부에게서 아이샤의 실종 소식을 처음 들었을 때 어떤 기분이었던가. 세상이 무너지는 것 같음과 동시에 온갖 후회가 밀려들었다. 대로변의 커다란 가게를 간다 해도 호위는 항상 붙였어야 했는데. 아니, 집에 있는 날이었으니 함께 갔어야 했는데.

그러나 무엇보다 아이샤를 찾는 것이 급선무였으므로 다니엘은 후회를 뒤로한 채 여동생을 찾기 위해 밖으로 뛰쳐나갔더랬다. 그리고 그는 곧 마리를 통해 아이샤의 실종을 알게 된 이안과 마주했다.

'계획된 납치야. 우선 소매치기 아이를 찾아야 해.'

평소 같았으면 아이샤의 일에 신경 끄라 했을 것이다. 하지만 지금은 원수 같은 이안이라도 도움만 된다면 참을 수 있었다.

다행히 두 사람은 금방 아이샤의 팔찌를 훔친 소매치기를 찾을 수 있었다. 팔찌를 그새 팔아 버린 소매치기 아이는 찾아온 다니엘과 이안을 보기 무섭게 도망치려 했다. 그러나 두 사람은 쉽게 따돌릴 수 있는 마리가 아니었다. 소매치기 아이는 곧장 붙잡힌 뒤 목에 닿는 검에 자신이 아는 바를 모두 술술 불었다.

'전, 저는 시키는 대로만 했어요! 그 아가씨의 팔찌를 훔, 훔쳐 잠시 시선만 끌었을 뿐이에요.'

소매치기 아이를 통해 이안과 다니엘은 아이샤가 전문 납치범들에게 납치됐음을 알았고 곧장 흔적을 좇았다. 그리고 하루 만에 아이샤가 끌려간 것으로 예상되는 골목, 버려진 창고에 도착할 수 있었다.

하지만 간신히 도착한 창고에는 아무도 없었다. 허탈함과 커지는 불안감에 다니엘이 벽을 걷어찼다. 이안도 주먹을 쥔 채 입술을 피가 날 정도로 물었다.

"씨발. 이게 다 너 때문이야!"

나무로 만들어진 벽을 거의 부술 듯 발길질하던 다니엘이 갑자기 이안에게 달려들었다. 그러고는 그의 멱살을 잡고 바닥으로 내동댕이치더니 위에 올라타 주먹을 들고 소리쳤다.

"아이샤는 네놈 때문에 북부로 가는 거야! 네놈만 아니었으면 북부로 갈 채비를 하다 외출을 했을 리도 없고……! 망할, 개자식!"

퍽. 있는 힘껏 내리친 다니엘의 주먹에 이안의 입가가 터졌다. 다니엘은 한 대 더 치려다 손에 힘을 풀었다. 그도 알고 있었다. 이런 행동은 괜한 화풀이일 뿐이라는 것을.

다니엘이 일어났다. 이안도 아무 말 없이 그를 따라 일어났다. 화는 조금도 나지 않았다. 사실 다니엘의 말에 이안은 어느 정도 동감했다. 옳은 말이었다. 자신이 아니었다면 그녀는 북부로 가지 않았을 것이다. 그리고 이런 일도 없었겠지.

'아이샤. 난 끝까지 너한테…….'

이안은 또다시 제 목으로 가려는 손을 간신히 진정시키며 고개를 숙였다. 순간 벽과 바닥 사이의 틈에서 무언가 보였다. 끈적이는 붉은 액체, 그리고 작지만 반짝이는 것. 이안이 손을 뻗었다.

'……얼마 되지 않았어.'

틈 사이의 붉은 액체는 이안의 예상대로 피였다. 아직 완전히 굳지 않은 것이 오래전 흘린 피는 아님을 보여 줬다. 이안이 틈을 길게 훑으며 다른 흔적이 더 있나 샅샅이 뒤지기 시작했다. 그러자 겉으로는 티 나진 않으나 나무 벽 틈, 여기저기 굳은 피가 조금씩 박혀 있는 게 보였다.

'혈흔이 여기저기 흩어진 데다……. 조금 흘린 게 아니야.'

불길한 생각을 간신히 떨치며 이안이 손에 들린 것을 바라봤다. 피 묻은 작은 진주……. 진주는 그리 값나가는 물건은 아니었으나 이런 낡은 창고에는 어울리지 않았다.

이안이 진주를 손가락 사이에서 굴렸다. 진주는 반지나 목걸이 등 액세사리에 쓰이는 게 아니었다. 급으로 보나 구멍 크기로 보나 드레스나 신발

등을 자잘하게 장식하는 물건이었다.

이안이 발견한 피를 뒤늦게 알아채고 굳어 있던 다니엘도 이안의 손에 들린 진주를 보고 깨우치는 바가 있는지 눈을 크게 떴다. 당장은 없으나 아이샤가 여기에 있었던 것은 분명했다. 그가 몸을 돌리며 고함쳤다.

"그 소매치기 놈하고 납치나 하는 버러지들!"

다니엘은 납치범들이 아이샤를 다치게 했으며 장소를 옮겼다 생각했다. 그가 돌아가기 위해 지체 없이 문가로 달려갔다. 그러나 이안의 생각은 달랐다. 이안은 혈흔을 한 번 더 눈에 담았다. 너무 방대한 범위의 혈흔, 한 명이 흘렸다기에는 비산한 흔적이 지나치게 많았다. 게다가 핏자국이 거의 지워진 점도 의심스러웠다.

'설마……'

불현듯 불길한 가정이 스침과 동시에 최근 동태를 보고받고 있던 이에 대한 어느 첩보가 머릿속에 떠올랐다. 얼굴을 굳힌 이안이 진주를 쥔 손에 힘을 줬다. 그리고 다니엘을 뒤따라 그도 급히 창고를 나섰다.

* * *

"어, 어쩌면 좋지. 왜 안 오는 거야……. 아악!"

사라는 손톱을 소리 나게 물어뜯으며 불안감에 몸서리쳤다. 저지른 일의 무게가 서서히 느껴지며 무서워 죽을 지경이었다.

'계집 하나만 납치해서 데려와.'

일을 시작할 때는 분명 용기가 넘쳤다. 아이샤 파든을 납치하는 데 거의 평생 몰래 모은 돈을 쓰는 게 조금 속이 쓰리긴 했으나 곧 제 인생을 망친 그 계집을 제 손으로 도륙할 수 있다는 데 의미를 뒀다.

하나 일이 이상하게 흘렀다. 선금을 받아 간 이들은 아이샤 파든을 그녀가 말한 장소로 데려오지 않았다. 묵직한 주머니와 날카로운 단검, 그리고 사람을 괴롭게 죽일 수 있는 극약까지 챙겨 온 사라는 흘러가는 시간에 점차 초조해하다 약속 시간으로부터 반나절이 흐른 후에는 도망치듯 집으로 돌아왔다.

"실패한 거면……. 그 천한 것들이 혹여나 나에 대해서 말했다면……."

아비는 잡혀가고 집안이 완전히 몰락 직전일 때 그녀의 행각이 밝혀진다면 결말은 뻔했다. 아비 대신 집안을 간신히 돌보고 있는 이복 오라비와 백작 부인은 그녀를 가만두지 않을 터였다. 당장 병사들에게 그녀를 넘기고 가문에서 이름을 제하겠지. 사라는 그러한 결말을 상상하다 귀를 막고 몸을 웅크렸다.

"아, 아니야. 내 정체를 밝힌 것도 아닌데 날 어떻게 찾겠어. 그리고 아니라고 잡아떼면 그만이야."

필사적으로 고개를 젓는 사라의 모습은 기괴할 정도였으나 다행히 홀틴 집안에서 그녀를 찾아올 이는 없었다. 사라는 그렇게 홀로 제 방에 틀어박혀 불안감에 좀먹어 갔다.

"난 아니야. 난……."

그렇게 얼마의 시간이 흘렀을까. 초조함에 거의 이틀을 자지 못한 사라는 깜빡 잠들었다. 하지만 눈을 감고 십 분도 지나기 전, 밖이 소란스러워지더니 누군가 그녀의 방문을 허락도 없이 열어 재꼈다.

쾅.

"뭐, 뭐야!"

사라가 화들짝 놀라며 고개를 들었다. 그러나 문을 연 이는 그녀의 반응을 전혀 신경 쓰지 않은 채 저벅저벅 다가오더니 사라를 거칠게 일으켜 세웠다.

* * *

혼몽했던 정신이 두려움에 완전히 깨어났다. 아이샤는 몸을 벌벌 떨며 사방을 살폈다.

손발을 묶인 채 있었던 창고와 달리 지금 그녀가 있는 공간은 어느 정도 아늑했다. 침대도 있었고, 그 위 시트도 깨끗했다. 먼지가 풀풀 날렸던 창고와 달리 나무 바닥은 주기적으로 청소한 듯 낡긴 했으나 윤이 났다.

하지만 나아진 환경과 별개로 아이샤의 두려움은 극에 달해 있었다. 이 방으로 끌려오기 전 그녀는 봤다. 자신을 둘러싼 사내들이 순식간에 도륙당해 바닥으로 허물어지는 모습을.

"아⋯⋯. 아흑."

귀족 영애로 잘 꾸며진 환경에서 자란 아이샤에게 피가 튀는 살해 장면은 큰 충격이었다. 때문에 그녀는 멍한 정신으로 끌려온 뒤 침대에 웅크리고 앉아 연신 헛구역질을 했다.

속이 쓰릴 정도로 헛구역질한 아이샤가 한참 만에 입술을 문 채 어떻게든 정신을 차리려 했다. 하지만 드레스 자락에 묻은 피와 코끝을 계속 맴도는 피비린내가 정신을 아득하게 만들었다.

'이러면 안 돼. 일단 여기가 어디인지⋯⋯.'

아이샤는 코를 손으로 가린 채 피 묻은 드레스 자락에서 시선을 최대한 멀리 거뒀다. 그리고 그녀가 갇혀 있는 방을 관찰하려 후들거리는 몸을 간신히 일으켜 세웠다.

납치범들을 죽인 사내들의 목적도 납치 같았다. 다만 창고에 그녀를 묶어 둔 일전의 납치범들과 달리 새로운 이들은 그녀의 손발을 묶지 않았다. 이곳으로 끌려올 때 눈이 가려지긴 했으나 방에 밀어 넣고는 눈가리개도 풀어 줬더랬다. 그러나 손발이 자유로웠음에도 아이샤는 더한 압박감을 느꼈다.

'⋯⋯너무 높아.'

현재 그녀가 있는 방은 꼭 감옥처럼 느껴졌다. 창은 천장 가까이 아주 작게, 사람은 결코 빠져나가지 못할 만치 작게 뚫려 있었으며 그마저도 쇠창살이 가로막고 있었다. 게다가 낡은 방에 어울리지 않게 문은 보는 것만으로도 제법 두꺼워 보였다.

아이샤는 혹시나 싶어 문으로 다가가 차가운 문고리를 몇 번이고 흔들었다. 하지만 밖에서 잠긴 듯 문고리는 꿈쩍도 하지 않았다. 결국 힘이 빠진 아이샤는 침대로 돌아가 다시 주저앉았다.

'가둬 놓은 걸 보면 죽일 생각은 없어. 하지만 왜 나를……'

아이샤가 새로운 납치범들의 목적이 무엇인지 생각할 때였다. 밖에서 자물쇠를 푸는 소리가 여러 번 들리더니 곧 그녀의 손에는 꿈쩍도 않던 문고리가 돌아갔다. 아이샤는 얼어붙은 채 문에 온 집중을 했다. 철컥 소리와 함께 끼익 두꺼운 나무 문이 아주 조금 열리고 손 하나가 불쑥 나타났다.

놀라 숨마저 멈춘 아이샤의 시야에 팔을 시작으로 창백한 얼굴이 들어오더니 깡마른 사내 하나가 완전히 모습을 드러냈다. 달칵. 좁은 틈을 뱀처럼 파고들어 방 안으로 들어온 사내는 몸으로 문을 닫았다. 안에 있는 이가 문이 열린 틈에 빠져나가는 것을 애초에 차단하려는 듯한 움직임이 익숙하고 자연스러웠다.

사내는 아이샤와 눈을 마주하고도 아무런 말도 하지 않았다. 단지 거무죽죽한 눈가 가운데 흐리멍덩한 눈을 데구루루 굴려 아이샤를 위아래로 한 번 살필 뿐이었다.

아이샤는 사내가 다가오자 자연스레 뒷걸음질 쳤다. 이미 한 번 본 얼굴이었다. 창고에서 사내들을 단숨에 찔러 죽인 자들 중 하나……. 눈앞의 사내는 피를 뒤집어쓰고도 무표정한 표정이었더랬다.

"오, 오지 마."

고개를 내저으며 아이샤는 필사적으로 도망치려 했다. 그러나 침대 위 공간은 애초 성인 하나가 겨우 누울 만치 좁았다. 곧 아이샤의 등에 벽이 닿았다.

사내는 겁에 질린 아이샤를 보고는 귀찮은 기색을 보이더니 터벅터벅 발걸음을 옮겼다. 그러곤 그녀가 앉아 있는 침대 위로 한쪽 무릎을 올리고 상체를 숙이더니 무언가 불쑥 내밀었다.

"마셔."

갈퀴 같은 손은 나무 잔을 쥐고 있었다. 아이샤는 눈도 깜빡하지 못한 채 시선을 나무 잔으로 내렸다. 잔 안에는 불길한 보랏빛 액체가 넘실거리고 있었다. 코를 자극하는, 어딘지 묘한 향에 아이샤는 본능에 따라 고개를 틀었다. 그러자 사내가 짜증스러운 한숨을 내쉬더니 다른 쪽 손을 뻗었다.

"악!"

사내의 손이 아이샤의 머리카락을 틀어쥐었다. 그러잖아도 겁에 질려 있던 아이샤가 비명을 지르며 몸부림쳤다. 하나 사내는 무표정한 얼굴로 손아귀에 힘을 더욱 주더니 그녀의 입가에 나무 잔을 바짝 붙이며 말했다.

"힘 빼기 싫으니까 얌전히 마셔."

레반투스 공작은 미소를 지으며 체스판 위 말들을 바라봤다. 그러다 검은색 폰 하나를 툭 하고 쳐 쓰러뜨리며 옆에 부복한 이에게 물었다.

"우리 쪽 흔적은?"

"깨끗이 치웠습니다. 아마 지금쯤 일이 어떻게 된 건지 우왕좌왕하고 있을 겁니다."

레반투스 공작은 아이샤를 납치, 그녀를 쥐고 파든 백작을 협박할 계획을 세우기 무섭게 곧장 실행했다. 어찌 보면 굉장히 무모한 계획이었으나 작금의 상황에서는 위험을 감수하더라도 상대의 약점을 제대로 찔러야만 했다. 그리고 다행스럽게도 공작의 계획은 성공을 목전에 두고 있었다.

"그 사생아는 붙잡혀 갔다더냐?"

"예. 로이드 후작과 파든가 차남이 홀틴 백작가에 들이닥쳤답니다."

공작은 이번 일에 일등 공신은 누가 뭐라 해도 사라 홀틴이라 생각했다. 우연하게 굴러온 행운. 사라는 레반투스 공작의 계획을 한층 더 쉽게 만들어 줬다.

"흠……. 그런 지저분한 것들도 가끔은 쓸모가 있단 말이지."

무슨 이유에서인지는 모르겠으나 그녀는 아이샤 파든의 납치를 획책했다.

아이샤를 납치하려 그녀 주변을 맴돌던 레반투스 공작은 사라 홀틴의 흔적을 발견하기 무섭게 옳다구나 손뼉을 쳤다. 그리고 그녀가 아이샤를 납치할 때까지 기다리다 사라가 고용한 사람들이 납치한 아이샤 파든을 이중으로 납치했다.

덕분에 흔적을 남길 위험은 현저히 줄었고 아이샤 파든을 찾는 이들은 사라 홀틴이 남긴 흔적에 시간을 낭비했다. 이번 계획에서는 시간을 버는 것이 중요했기에 공작은 마음 같아서는 사라 홀틴을 불러 칭찬하고 싶을 정도였다.

"사흘 뒤 파든 백작에게 사람을 보내 나를 찾으라 해. 오지 않겠다 하면 아끼는 여식이 약이 쏟아지는 어느 파티에서 발견될 거라 귀띔해 주고."

"예."

레반투스 공작은 우선 아이샤의 안위를 쥐고 파든 백작의 입을 막을 요량이었다. 그리고 이번 위기에서 어느 정도 벗어나면 역으로 파든 백작을 공격할 생각이었다.

"백작의 여식은 언제쯤 여신의 축복을 받을 것 같나?"

"늦어도 열흘이면 충분합니다. 그쯤이면 자신이 무얼 말하는지도 모른 채 여신의 축복만 찾을 겁니다. 여신께서 축복만 준다 하면 시키는 대로 고분고분 말도 잘 듣겠지요."

레반투스 공작은 사람을 약으로 무너뜨려 종종 이용하였다. 다른 것들이라면 모를까 그가 이런 일에 쓰는 여신의 축복이라는 약은 한 번 중독되면 일단 사람의 이성을 마비시키고 생각이라는 것 자체를 하지 못하게 했다. 중독되면 약만 찾으러 다니며 준다는 이에게 꼭두각시처럼 구는 물건. 중독자들은 약이 주는 쾌락에 여신의 축복을 부르짖었으나 공작은 그 약으로 사람을 멋대로 조종할 수 있다 하여 여신의 축복이라 칭했다.

"파든 백작…… 그 천한 상인이 애가 타겠군."

공작이 앞으로의 계획을 상상하며 웃었다. 호탕한 웃음이 제법 듣기 좋앉으나 그의 계획을 생각한다면 역겹게 들렸다.

"약 문제로 나를 고발하겠다는 이의 여식이 약쟁이라…….."

레반투스 공작은 약에 중독된 아이샤를 손아귀에 쥐고 칼로 쓸 작정이었다. 파든 백작은 옴짝달싹 못 할 게 뻔했다. 아끼는 여식을 다른 약쟁이처럼 처형대로 보낼 수도 없을 뿐더러 불법적인 약물로 고발을 한 주제에 여식이 약쟁이라니. 그 사실이 알려진다면 애초 파든 백작을 중심으로 한 고발문 자체가 힘을 잃을 수밖에 없었다.

'뭐, 뭐든 시키는 대로……. 시, 시키는 대로 다 하겠소.'

'뭐든? 정말인가? 그럼 약값으로 네 아내와 아들을 넘길 수도 있나?'

'뭐? 그건…….'

'선택은 네 몫이야. 하지만 나도 바쁜 사람이니 오늘은 이만 돌아가지.'

'아, 알겠소. 데려……. 데려가시오. 저 안에 있소. 그보다 제, 제발 그걸 좀……. 그걸 빨리 좀 주시오.'

게다가 여신의 축복……. 공작은 자신이 지금껏 무너뜨린 이들을 생각하며 손가락을 꿈틀거렸다.

"……아비가 저를 범했다 고발하라 시켜도 볼만하겠군. 생각만으로도 즐거워."

공작이 보통 이들이라면 감히 상상도 하지 못할 역겨운 계획을 세웠다. 여신의 축복에 중독이 된 이들은 가족을 팔아넘기는 것은 물론이요, 살인을 시켜도 주저 없이 했다. 그러니 한 번 중독만 시킨다면 가족이나 지인들을 음해하라 명하는 건 세 살배기 아이의 손목을 꺾는 것보다 쉬웠다.

물론 여신의 축복이 만능은 아니었으므로 레반투스 공작의 역겨운 계획은 실패할 가능성도 충분히 있었다. 실제 중독되었던 모든 이가 시키는 일을 모조리 했던 것도 아니었고 개중 몇몇은 주변을 어떤 식으로든 해칠 바에야 목숨을 끊기도 했다.

하지만 애초 공작의 가장 큰 목적은 당장 며칠 뒤 황제에게 찾아갈 갈 파든 백작의 입을 틀어막고 그가 찾은 제 치부가 무엇인지 확인한 뒤 뒤탈 없이 처리하는 일이었다. 그리고 아이샤가 수중에 들어온 이상 그건 성공한 것이나 마찬가지였다.

"그 천한 상인 놈. 이번에야말로 끝장을 내 주지."

한바탕 웃은 공작이 가벼운 손길로 다시 체스판 위 말을 움직였다. 그리고 그의 손에 하얀 말들이 수없이 쓰러지다 마지막에는 킹마저 무너졌다.

* * *

'아이샤 파든을 왜 내게서 찾나. 이제 약혼녀도 아닌데 어지간히 챙기는군.'

'……'

'그보다 우리 사이에 대해 언제 한번 이야기해야 할 텐데 말이야. 내 후작을 매우 아꼈는데 일이 이렇게 돼서 슬퍼. 하지만 배신자에게는 마땅히 벌이 필요하지. 기다리고 있게. 곧 자네 차례니까.'

황궁을 걸으며 이안은 소리 나게 이를 갈았다. 길게 웃음 짓던 레반투스 공작. 그는 아이샤의 이름에도 표정 하나 바뀌지 않았다. 그러나 여유로운 미소에서 이안은 확신했다. 아이샤를 데리고 있는 이가 공작임을.

하지만 증거가 없는 이상 레반투스 공작을 어찌할 방법은 없었다. 홀로 있으면 검을 들이밀며 협박이라도 해 보겠건만 공작은 그런 상황을 예방하려는 듯 제 호위와 한시도 떨어지지 않았다.

이처럼 레반투스 공작은 철저한 자였다. 이안은 지난 몇 년 그와 가깝게 지내며 구귀족파의 제법 많은 정보를 알 수 있었으나 공작이 숨기고자 하는 것들은 무엇 하나 확실하게 알 수 없었다.

'사람을 최대한 풀면……'

물론 지난 몇 년 동안 보고 들은 것이 있었기에 의심스러운 곳은 몇 군데 있었다. 그러나 그곳을 모두 다 뒤지기에는 사람도, 시간도 없었다. 게다가 함부로 들쑤셨다가 들키기라도 한다면 공작이 어떻게 나올지도 알 수 없었다.

이안이 초조함에 주먹을 꾹 쥘 때였다. 누군가 그의 앞에 나타났다. 이안은 얼굴에 지는 그림자에 고개를 들고 상대방을 불렀다.

"에드워드."

이안만큼이나 새까맣게 타들어 간 얼굴엔 걱정이 한가득이었다. 그는 이안을 보기 무섭게 깊은 한숨을 쉬며 말했다.

"홀틴 백작 부인이 사라 홀틴을 가문에서 제할 테니 마음대로 하라더군. 한데 그 여자에게선 더는 캐낼 게 없어."

사라 홀틴은 강도 높은 심문에 제 죄를 모조리 털어놓기는 했으나 도움이 되지는 않았다. 다니엘은 그녀의 손가락을 하나하나 잘라서라도 무언가 알아내겠다 길길이 날뛰었지만, 감정 소모일 뿐이었다. 사라 홀틴은 정말 아무것도 몰랐으니까. 그녀는 시야를 일시적으로 가릴 연막에 불과했다.

"공작에게 붙인 사람은?"

"아무것도······."

에드워드도 진짜 범인이 누구인지 알았다. 며칠 전과 달리 여유로운 웃음을 보이며 돌아다니는 레반투스 공작의 시선에는 비웃음이 가득했으니. 그러나 흔적은 없었고 막막함과 걱정이 눈앞을 가렸다.

"그 애가 무사하기만을 바랄 뿐이야."

한참 침묵하던 에드워드가 고개를 숙이며 중얼거렸다. 공작의 수는 어찌 보면 정직할 정도로 뻔했다. 위기에 처한 이때 아이샤를 쥐고 위기를 벗어난 뒤 역으로 아비를 공격할 생각일 테지. 하지만 빤히 보이는 수에도 파든가는 당할 수밖에 없었다. 그들에게는 무엇보다 아이샤의 안위가 우선이었다.

"······오늘까지 소식이 없으면 내가 먼저 공작을 찾아가기로 했어."

에드워드는 가문이 신흥 귀족파 사이에서 배신자라는 오명을 쓰는 한이 있더라도 아이샤를 최우선으로 둘 참이었다. 때문에 그는 이미 반쯤 포기하고 공작에게 먼저 항복을 말할 생각도 하고 있었다.

이안은 에드워드를 착잡한 표정으로 봤다. 이번 일이 공작의 뜻대로 흘러가면 파든가는 아주 큰 위기를 맞을 터였다. 물론 그가 최대한 파든가를 도우려 할 테지만 얼마나 도움이 될지는 알 수 없었다.

이안은 이대로 공작의 뜻대로 흘러가게 된다면 조심해야 할 상대를 하나하나 되짚어 봤다. 그러다 이번 일로 내쳐진 공작의 측근 중 하나이자 사라 홀틴의 아비인 홀틴 백작을 떠올렸다.

'홀틴 백작은 유능한 자야. 뱀과 같은 지혜에 산새와 같은 조심성을 갖추고 있지.'

레반투스 공작의 측근 중에서도 냉정한 일 처리로 유명한 그는 어쩐 일인지 고발 문건에 제대로 얽혀 감옥에 갇혀 있었다. 공작은 지난 십여 년 홀틴 백작을 측근들 중에서도 제법 아꼈지만, 자신이 위험해지자 가차 없이 그를 내치며 제 죄마저 그에게 일부 뒤집어씌웠다.

그렇게 몰락한 채 사형 선고를 기다리고 있는 홀틴 백작을 이제 그 누구도 신경 쓰지 않았다. 그러나 이안은 그가 레반투스 공작 밑에서 무슨 일을 했는지 기억하고는 황궁 복도를 곧장 내달렸다.

* * *

"백작."

어두컴컴한 지하 감옥에 갇혀 있던 홀틴 백작이 저를 부르는 소리에 고개를 들어 이안을 봤다. 그의 몰골은 눈뜨고 봐 주기 어려울 정도로 망가져 있었다. 다 떨어져 나간 셔츠에 땟자국이 가득한 몸, 헝클어진 머리카락. 그러나 형형한 눈빛은 여전히 감옥 안에서 빛났다.

"이게 누구야. 더러운 배신자 아닌가."

사형 선고가 거의 확정이어서일까 홀틴 백작은 두려울 게 없어 보였다.

모든 것을 포기한 그는 이안을 향해 적개심을 숨기지 않았다. 그가 이렇게까지 몰락한 데에는 파든가를 도운 이안의 역할도 있었으므로 어찌 보면 당연했다.

"물어볼 게 있어서 찾아왔다."

"너 따위 배신자에게 내가 무슨 말을 해 줄까!"

홀틴 백작의 노골적인 적개심에도 이안은 눈 한 번 깜빡이지 않았다. 대신 그는 철장 가까이 한 발 더 다가섰다. 홀틴 백작은 이안이 철장 가까이 붙자 짐승처럼 이를 보였다. 불쾌한 악취가 코를 찔렀으나 이안은 인상 한 번 찌푸리지 않고 백작의 가장 아픈 곳을 찔렀다.

"어제 홀틴 백작저를 가 보니 참담하더군. 가주인 그대가 이 꼴인 덕분에 남은 이들도 완전히 무너졌어."

"네놈이 거길 왜 가! 이미 나, 날 가두지 않았나. 한데 왜!"

사라 일을 모르는 홀틴 백작은 이안이 고발문 건의 조사차 홀틴 백작저에 가 남은 가족들을 심문했다 생각하고 철장을 거세게 흔들었다. 이안은 그가 오해했음을 눈치챘으나 오히려 바라던 바였으므로 모른 척 말을 이었다.

"이미 알고 있겠지? 그대의 여식은 파혼당했고 장남인 리먼 공은 내가 듣기로 백작 그대의 죄에 연루되어 곧 조사실로 끌려갈 거라더군. 아비도 없겠다 그가 다시 햇빛을 볼 수 있을지나 모르겠어."

쾅. 자식들 이야기가 나오자 백작이 참지 못하고 철장을 흔들었다. 자식. 철두철미한 일 처리로 유명한 그가 이곳에 있는 이유. 그건 어찌 보면 자식 때문이었다.

홀틴 백작은 자식들에게 냉정한 편이었다. 특히 사생아인 사라에게는 아비로서 정을 조금도 주지 않았다. 그러나 죽은 전처소생만은 예외였다. 백작은 전처소생 셋에 한해서는 누구보다 따뜻한 아비였다.

아비의 애정이 충분했는지 그들은 대부분 괜찮게 자랐다. 아비의 좋은 머리와 죽은 어미의 고운 심성을 어느 정도 물려받은 장남과 장녀는 어디

내놔도 부끄럽지 않을, 홀틴 백작의 자랑이었다. 하지만 그런 아비의 속을 매번 썩이는 자식도 있었으니 전처소생의 차남 레이건이었다.

레이건은 같은 배에서 난 형제들과 달랐다. 어린 나이에 어미를 잃은 충격이 커서일까. 그는 자랄수록 비뚤어지더니 어느새 상종 못 할 망나니가 되었다.

홀틴 백작이 약과 관련된 위험한 일을 맡게 된대도 차남 레이건의 역할이 컸다. 레이건은 어느 정도 자라자 술과 창부를 가까이하더니 약에 손을 대며 사고를 쳤다. 그리고 그를 막아 주는 대가로 공작은 다들 꺼리는 위험한 일을 백작에게 하나둘씩 맡기더니, 어느새 홀틴 백작은 약으로 벌어들인 자금 루트를 비롯한 공작의 더러운 뒷일들을 총괄하게 됐다.

아주 위험한 일이었으나 백작도 어느 순간부터는 자신이 맡은 일을 괜찮다 여겼다. 위험한 일인 만큼 많은 재물을 누릴 수 있었고 공작의 총애를 얻을 수도 있었으니. 게다가 약에 중독된 레이건을 차마 때리며 훈육할 수 없었던 그는 차남이 제 영향권 아래에서 약을 하는 것을 오히려 다행이라 생각하기도 했다.

하지만 황제에게 파든 백작의 고발문이 당도하고 약에 대한 수사가 본격적으로 시작되자 지금껏 홀틴 백작이 누렸던 모든 것은 촘촘한 그물이 되어 그를 옥죄었다. 집안의 재물, 약쟁이들 입에서 수도 없이 나오는 그의 이름, 거기다 보호하며 싸고돌았던 약쟁이 아들까지 들키자 홀틴 백작은 도저히 빠져나갈 수 없었다.

"그 애들은 건드리지 마. 만일 허튼 수작을 부리면 공작 각하께서 네놈을 가만두지……!"

처벌을 피할 수 없는 상황이 되자 홀틴 백작은 남은 가족들의 안전을 약속받는 대신 지금껏 드러난 레반투스 공작의 죄를 대부분 뒤집어썼다. 하지만 감옥에 있는 내내 그는 불안함에 떨었다. 공작이, 사람 내치기를 주저않는 공작이 과연 남은 제 가족들을 지켜 줄까 하고.

"저지르지 않은 죄까지 뒤집어쓰면서 공작에 대한 충심을 지키려 하는 모양인데……. 지난번 그대의 사형을 가장 앞장서 폐하께 청한 이가 공작이야. 백작 그대를 빨리 죽여 혹여나 있을 뒤탈을 막고 싶은 거겠지."

"……."

"이건 알고 있나? 백작의 차남은 이미 목이 잘렸어."

이안은 홀틴 백작이 느끼는 불안감을 정확히 잡아내고 거짓을 말했다. 홀틴 백작의 차남 레이건은 감옥에 갇히긴 했으나 공작의 은근한 보호 아래 아직까지는 목숨이 붙어 있었다.

하지만 황태자의 철저한 감시 아래 공작은 황궁 지하 감옥 안까지 영향력을 끼치지는 못했고 외부와 완전히 차단된 홀틴 백작은 공작에 대한 신뢰를 시시각각 잃고 있었다.

"뭐?"

"재판에서도 약에 취해 횡설수설했는데 살 수 있다 생각했나?"

"그, 그럴 리 없다. 공작 각하께서 분명……. 분명……."

"그걸 믿었나? 사실 알고 있잖나. 공작은 더 이상 백작 그대도, 백작의 자녀들도 지켜 주지 않아. 오히려 방패막이 삼아 도망치기 바쁘지."

"아, 아으……."

전의 백작이라면 이안의 거짓말에 이리 쉽게 넘어가지 않았을 것이다. 그러나 극에 다다른 불안감은 인간을 단숨에 쓰러뜨렸다. 결국, 백작은 이안의 말이 거짓인 것을 눈치채지 못한 채 철장 밖으로 손을 뻗었다. 이안은 그런 그를 향해 가져온 수도의 지도를 내밀며 말했다.

"백작의 목숨은 몰라도 백작 부인과 자녀들은 내가 어떻게든 살려 주지. 대신 내가 묻는 걸 아는 대로 알려 줘야 해."

* * *

"젠장! 이거 왜 이래? 너 뭘 잘못한 거야?"

"내, 내가 잘못한 거 아냐. 갑자기 저 혼자 피를 쏟더니 이러는 거라고."

가쁜 숨을 내쉬는 아이샤를 두고 사내들은 어찌할 바 몰랐다. 분명 다른 이들을 중독시킬 때와 마찬가지로 조심스럽게, 정확한 양을 계산해 먹였는데 반응이 심상찮았다.

"이건 꼭 갈 데까지 간 약쟁이들이 죽기 전에 보이는 반응이잖아."

아이샤에게 들이민 '여신의 축복'은 고급품으로 중독성은 매우 강했으나 단기 복용에는 어느 정도 안전한 물건이었다. 그러나 아이샤는 세 번째 잔에 호흡 곤란도 모자라 피를 토하는 등 갑작스러운 부작용 증세를 보이고 있었다.

"일단 의원을 불러야 하지 않겠어?"

"뭐? 여기로? 미쳤어?"

사내들은 물론이요, 공작도 몰랐다. 어릴 적부터 지병을 앓던 아이샤가 주기적으로 복용한 약이 여신의 축복과 상극일 줄은.

아이샤는 저를 두고 떠는 이들 사이에게 계속 피를 토하며 몸을 떨었다. 벌겋게 물든 낡은 광목 드레스 앞자락에 결국 사내들 중 우두머리로 보이는 이가 소리쳤다.

"의원을 불러와. 그리고 너는 당장 이 소식을 공작가로 전해!"

* * *

세상은 뜻대로만 굴러가지 않는 법.

"뭐! 누가 누굴 만나?"

내일이면 일그러진 얼굴의 파든 백작을 볼 생각에 신이 나 있던 공작이 자리를 박차고 일어났다. 그가 일어나며 만든 충격에 체스판 위의 말들이 우수수 떨어졌으나 공작은 신경조차 쓰지 않았다.

"이안 로이드 그자가 황궁 지하 감옥에 어떻게 들어간 거야!"

"정확한 건 아닙니다만, 황태자의 도움이 있었던 것 같습니다."

"그 어린놈은 사사건건 방해로군!"

황궁 지하 감옥 중 귀족들을 가두는 곳은 아무리 대귀족이라 한들 함부로 접근할 수 없었다. 그곳의 귀족들은 보통 아주 큰 죄를 저질렀거나 정치적인 이유로 갇혔으므로 밖의 접근이 철저히 차단됐다.

때문에 레반투스 공작은 한때 측근으로 자신 가까이서 위험한 정보를 많이 알고 있는 홀틴 백작에게도 쉽사리 접근할 수 없었다. 다행히 감옥에 갇히기 직전 잘 구슬려 놨지만 불안한 것도 사실이었다. 사람이란 쉽사리 약해지는 법이고 특히나 감옥 같은 환경에서는 순식간에 무너졌으니까.

"설마 홀틴 백작이……. 백작과 로이드 후작이 무슨 이야기를 나눴다더냐."

"죄송합니다. 안으로 들어갈 수는 없어 거기까지는……. 다만 감옥에서 나온 후작의 손에 지도 같은 것이 들려 있었다 합니다."

콰직. 돌로 만들어진 체스판이 공작의 손에 바닥으로 떨어지며 산산이 조각났다. 지도가 무엇에 쓰는 물건인가. 어딘가를 찾기 위해 쓰는 물건 아닌가.

홀틴 백작이 아는 장소는 하나같이 위험했다. 온갖 더러운 일을 도맡아 하던 그는 약을 유통하는 곳부터 공작이 뒷공작에 쓰는 사람들이 있는 곳도 알고 있었다. 그리고 그중에는 아이샤 파든을 가둬 둔 곳도 있었다.

"지난번 처형 때 어떻게든 처형대에 올렸어야 했는데……."

공작은 홀틴 백작을 진작 없애지 못한 것에 이를 갈았다. 그러나 이미 엎질러진 물. 이안 로이드가 제 비밀 장소들을 습격하기 전에 당장 조치를 해야 했다.

"빨리 전해. 당장 정리하고 흔적을 지우라고."

그나마 다행인 것은 고발문으로 일이 벌어진 뒤 몸을 사리기 위해 대부분 장소를 정리했다는 것이었다. 홀틴 백작도 그 사실은 모를 터. 미처 정리하지 못한 몇몇 곳만 빠르게 정리하면 위기에서 벗어날 수 있었다.

"가, 각하! 급한 소식입니다."

공작이 화를 간신히 가라앉히고 명을 내리려 할 때였다. 누군가 문을 두드리기 무섭게 들어왔다. 공작은 예의도 없는 놈이라며 화를 내리다 소식을 가져온 이의 표정에 말해 보라 손짓했다.

"그게 잡아 둔 파든가의 여식이……."

헐레벌떡 들어온 이가 겁을 먹은 채 공작에게 아이샤의 상태에 대해 전했다. 공작은 요긴하게 써먹어야 할 인질의 상태가 좋지 못하다는 말에 신경질적으로 고함을 질렀다.

"이 머저리들! 다들 일을 어떻게 하는 것인지! 어떻게든 살려서 끌고 와라. 반드시!"

* * *

"그래. 이대로는 가망이 없다고?"

"……나로서는 방도가 없소. 내 능력 밖이오."

의원이 고개를 끄덕였다. 침대에 누워 있는 여인은 파리한 안색만큼 이미 맥이 약해져 있었다. 의원 뒤에 있던 사내들이 서로 눈짓을 주고받았다. 그러다 의원 가장 가까이 있던 이가 품에서 단검을 꺼내더니 순식간에 의원의 목을 그었다.

"……억!"

쿵. 의원이 제대로 소리조차 지르지 못한 채 바닥에 쓰러졌다. 한순간에 시체가 되어 버린 그의 몸에서 아직 따뜻한 피가 흘러나왔다. 그러나 서 있는 사내들은 누구 하나 시체에 신경조차 쓰지 않았다.

"이제 어떡하지?"

"이대로 데려가야지. 수가 있나."

"살려서 데려오라잖아. 시체를 가져가면 그 늙은이가 우리를 그냥 두겠어?"

"그러게 애초에 제대로 약을 먹였어야지!"

"그게 내 잘못이야? 이 계집의 몸이 이상한 탓이지!"

사내들은 금세 소리를 높여 싸우기 시작했다. 서로를 탓하는 얼굴에는 불안과 초조함이 가득했다.

"그만!"

사내들 사이 침묵을 지키고 있던 이가 보다 못해 소리를 질렀다. 우두머리 격인지 그의 고함에 싸우기 바빴던 이들이 한순간에 입을 다물었다.

"지금 우리끼리 이럴 때가 아니야. 우선 계집을 챙기고 여기를 정리한다. 최대한 빠르게 움직여야 해."

사내가 익숙하게 명령을 내렸다. 하지만 싸우던 이들 중 빼빼 마른 이가 입을 툭 내밀더니 팔짱을 낀 채 삐딱하게 말했다.

"싫다면?"

"뭐?"

"여기를 왜 정리해. 남아 있는 물건이 얼마나 많은 줄 알아? 정리하면…… 다 태우고 간다는 건데 손해가 이만저만이 아니야."

"그래서? 그럼 그분의 명을 어기겠다는 건가?"

"제기랄! 그분 좋아하네! 내가 진작 말했지. 귀족 나으리니 뭐니 하는 것들하고는 깊게 엮이는 게 아니라고!"

빼빼 마른 사내는 그동안 쌓인 불만이 많았던 듯 거침이 없었다. 우두머리로 보이는 이는 한순간 눈을 잔인하게 빛내다 참는 듯한 표정으로 입을 열었다.

"그만해. 여기를 지휘하는 건 나야."

"씨발. 웃기지 마. 네가 언제부터 우리 대장이었어?"

"……한번 해 보자는 건가?"

결국, 우두머리로 보이는 사내가 단검을 꺼내고 뒤이어 빼빼 마른 사내도 품속에 손을 넣었다. 하나 그들이 서로를 노려보며 거리를 벌리는 순간,

쾅! 하고 문이 열리더니 누군가 뛰어 들어왔다.

"다, 당장 도망쳐야 해! 당장! 기사들이 오고 있다고!"

기사들이 오고 있다는 말이 끝나기 무섭게 대치하고 있던 사내 둘은 물론이요, 옆에서 긴장한 얼굴로 있던 사내들도 상황을 눈치채고 재빠르게 움직이기 시작했다. 조금 전 다툼은 없었던 일인 것처럼 일사불란한 몸놀림이었다.

"빨리 움직여!"

곧 건물 여기저기서 불길이 타올랐다. 그리고 그와 동시에 기사들의 무거운 발걸음 소리가 들리기 시작했다.

"월! 빨리 와!"

"알았어!"

우두머리와 대치하던 빼빼 마른 사내가 그대로 달려 나가려다 멈춰 섰다. 그가 잠시 고민하다 욕을 내뱉고 아이샤가 있던 방으로 들어와 아이샤를 안아 올렸다. 그러나 사내의 팔에 올라가기 무섭게 아이샤의 몸은 축 늘어졌으며 고개는 옆으로 꺾였다.

"이 계집……"

차가운 몸에 사내가 아이샤의 코로 손을 가져다 댔다. 아무것도 느껴지지 않았다. 얼굴을 굳힌 그가 당황한 듯 머뭇거렸으나 방 가까이 다가온 열기에 그는 곧 아이샤를 불길이 번지는 방 안에 아무렇게나 내려놓고 달리기 시작했다.

화마가 목조 건물을 빠르게 삼켰다. 그러나 미동 없는 아이샤는 손가락 하나 꿈쩍 못 한 채 잠시 멈췄던 옅은 숨을 가까스로 내뱉을 뿐이었다.

* * *

불이 오르는 건물을 보며 이안은 몸을 돌렸더랬다. 공작은 아이샤를 이용할 속셈이니 적어도 불길 속에 놔두지는 않겠거니 생각했으므로.

그러나 다시 말에 올라 훌틴 백작이 가르쳐 준 다른 곳으로 이동하려 할 때였다. 아직 타오르지 않은 건물의 창고, 쓰레기를 모아 놓은 듯한 곳에서 그는 이곳과 어울리지 않는 것을 발견했다.

구겨진 채 버려진 드레스는 엉망이었다. 한때는 부드럽고 고급스러웠을 천은 흙먼지에 더러워졌으며 군데군데 검붉게 딱지가 진 피도 묻어 있었다. 게다가 드레스 자락은 무언가를 뜯어낸 듯 여기저기 훼손돼 있었다.

이안은 드레스 자락에 뜯긴 부분을 유심히 보고 입술을 물었다. 일전에 창고에서 발견한 진주, 그것들이 다 뜯긴 모양새였다.

이안이 지체 없이 말에서 내려 불타는 건물로 뛰어갔다. 도망치는 이들을 잡고 있던 기사 중 하나가 건물에 다가서는 그를 보고 놀라 외쳤다.

"각하! 위험합니다!"

기사의 손이 이안의 어깨에 닿았다. 그러나 이안은 그 손을 곧장 뿌리친 채 건물의 입구 중 그나마 아직 불타지 않는 곳으로 뛰어 들어갔다.

* * *

매캐한 연기와 사방에서 뿜어져 나오는 열기가 당장에라도 숨을 앗아 갈 듯했다. 이안은 소매로 코와 입을 가린 채 계단을 올랐다.

우지직. 그가 2층을 밟기 무섭게 아래부터 타들어 간 계단이 무너졌다. 이안은 끊어진 귀로에도 뒤 한번 돌아보지 않은 채 건물을 2층 복도를 달리며 아이샤를 불렀다.

"아이샤!"

대부분 열려 있는 문 안쪽은 텅 비어 있었다. 머물다 급히 떠난 행적들이 불길에 사그라지는 모습을 보며 이안은 입술을 물었다. 아이샤가 이곳에 없을 수도 있지만 혹여나 저 불길에 닿기라도 했다면……. 상상만으로도 그의 심장이 미친 듯 뛰었다.

그가 건물 2층을 대부분 살폈을 때였다. 복도의 끝 살짝 꺾인 곳에서 지나친 문들과는 어딘가 다른 문이 보였다. 누군가를 가둘 목적인지 바깥 자물쇠가 세 개나 있는 문. 이안은 본능적으로 그곳을 향해 달렸다.

쿵.

불길에 반쯤 먹힌 건물은 이제 하나둘 잔재를 떨어뜨리고 있었다. 달리는 이안 앞에도 몇 번이고 까맣게 탄 나무 부스러기가 떨어지고, 그슬린 바닥 일부가 재가 돼 움푹 구멍이 파였다. 그러나 이안은 조금도 지체하지 않고 문으로 다가갔다. 그리고 단번에 두꺼운 문을 열어젖혔다.

"아이샤!"

아니길 바랐건만, 이안의 눈에 가장 먼저 들어온 것은 연기 속에 쓰러져 있는 아이샤였다. 이안은 뜨거운 불길을 맨손으로 헤치며 방 안으로 들어섰다. 그러곤 곧장 바닥에 쓰러져 있는 아이샤를 안아 들고 얼굴에 손을 가져다 댔다.

산 자라면 느껴져야 할 숨결이 없었다. 이안은 충격에 불길 한가운데라는 사실도 잊고 그대로 굳었다. 그리고 손을 덜덜 떨며 간신히 상체를 아이샤 쪽으로 숙였다.

쿵. 쿵. 쿵.

다행히 귓가로 빠르게 뛰는 심박동이 들렸다. 동시에 아주 옅지만 바람 같은 것이 아이샤의 입에서 나와 이안의 머리카락을 간지럽혔다. 아이샤가 살아 있음을 깨달은 이안의 눈이 생기를 되찾았다. 그는 조금의 지체도 없이 그녀를 안아 든 채 일어났다.

몸을 완전히 세우자 기다렸다는 듯 불길이 치솟았다. 이안은 들어올 때보다 거세진 불길을 노려보다 아이샤를 품에 감출 듯 안았다. 그리고 몸을 돌려 불길을 등으로 막았다. 천을 뚫고 피부를 때리는 열기가 당장에라도 기절할 만치 괴로웠지만 그는 제 고통보다는 혹여나 품에 있는 아이샤에게 불의 티끌이라도 닿을까 노심초사했다.

와지직. 등으로 문을 때리자 불길에 타들어 가던 문이 열리는 대신 완전히 부서져 내렸다. 이안은 자신과 아이샤를 삼킬 듯 맹렬히 타오르는 불길도 그 자세 그대로 뚫었다.

하지만 밖으로 나온 그 앞에 펼쳐진 것은 또 다른 불길이었다. 혀를 날름거리는 불길은 이제 발 디딜 틈조차 없이 사방에서 그를 조여 왔다. 이안은 재빠르게 불이 없는 곳을 찾았다.

꼭 한 군데 있었다. 불길이 아직 닿지 않는 곳이. 복도의 난간 앞. 뻥 뚫린 그곳 주변은 불길이 빠르게 닥치고 있었으나 그래도 아직 남은 공간이 있었다.

"크흑……."

등을 우그러뜨린 불길이 이번에는 어깨와 오른팔 일부를 태웠다. 살이 타는 냄새가 뿌연 연기와 함께 이안을 덮쳤다. 하나 이안은 피가 날 만치 입술을 문 채 식은땀이 저절로 나는 고통을 이겨 냈다. 그리고 사람 하나 겨우 설 만한 난간 앞으로 어렵게 다가갔다.

"각하!"

다행히 아래에서 그를 찾던 기사들이 곧장 이안을 발견했다. 이안은 높이를 가늠하며 아이샤를 꼭 안았다.

'……위험해.'

건물은 밖에서 보는 것보다 높았다. 이안은 아이샤를 안은 채 뛰어내리는 것은 위험하다 판단했다. 자칫 잘못하다간 그녀가 크게 다칠 수도 있었다. 하지만 이곳 말고는 출구가 도통 보이지 않았다. 계단은 이미 불타 없어졌으며, 복도의 바닥도 딛는 순간 훅 꺼질 만치 타들어 간 곳이 대부분이었다.

결국, 이안은 손을 대기조차 어렵게 달궈진 난간에 배를 비롯한 상체 아랫부분을 가져다 댔다. 그리고 열기에 내장이 녹는 듯한, 뒤틀린 고통을 견딘 채 아이샤를 안은 팔을 상체와 함께 최대한 앞으로 내밀었다.

아래에 있던 기사들이 이안의 의도를 알아차리고 가까이 모였다. 이안은 그들을 못 미더운 듯 한 번 더 살피다 가장 가까이 있는 이를 향해 최대한 팔을 뻗었다. 그러다 한계에 다다르자 이를 꽉 물고는 그녀를 최대한 살포시 던졌다.

"성, 성공입니다!"

다행히 아이샤는 안전하게 기사의 품으로 착지했다. 그녀가 공중에 있던 그 짧은 순간을 미칠 듯한 표정으로 보던 이안은 아이샤가 안전한 곳에 안착하기 무섭게 멈췄던 숨을 내쉬며 소리쳤다.

"의원에게 가! 그녀를 당장 의원에게 보여야 해!"

아이샤를 안은 기사와 몇몇 이들이 이안의 말이 끝나기 무섭게 고개를 끄덕이고 몸을 돌려 달렸다. 이안은 힘없이 달랑거리는 아이샤의 발을 한없이 걱정스러운 눈으로 보다 아래에서 자신을 향해 소리치는 말에 겨우 정신을 차렸다.

"각하! 빨리 뛰어내리십시오! 그 위는 위험합니다!"

가장자리부터 무너지는 건물의 수명은 얼마 남지 않았다. 남은 기사들은 초조함에 어찌할 바 모른 채 계속 손짓했다. 이안도 시간이 얼마 없음을 인지하고 뛰어내리려 난간에 손을 올렸다.

"으……!"

불길에 그슬린 손이 뒤늦게 고통을 호소했다. 하지만 여기서 이대로 화마에 집어삼켜질 수는 없었기에 이안은 이를 꽉 물며 몸을 움직였다.

"각하! 조심하십시오!"

하나 그가 난간을 막 뛰어내릴 때였다. 쿵, 하는 소리가 여러 번 나더니 나무가 쪼개지는 소리와 함께 천장을 지탱하던 커다란 기둥이 쓰러졌다. 그리고 그와 거의 동시에 기둥과 기둥을 연결하던 나무토막들이 불이 붙은 채로 막 몸을 던진 이안을 덮쳤다.

온몸에 힘이 없었다. 아이샤는 누운 상태로 간신히 고개만 돌려 옆을 바라봤다.

'마리?'

마리가 침대 바로 옆에 의자에 앉아 졸고 있는 것이 보였다. 아이샤는 불편한 자세로 자는 그녀를 부르려 했으나 목에서는 바람 빠지는 소리만 날 뿐이었다.

몇 번의 시도에도 목소리가 나오지 않자 아이샤는 포기하고 정신이라도 차리기 위해 애썼다. 그러자 새빨간 불길의 열기, 공중을 나는 느낌, 그리고 자신을 단단하게 감싼 손의 감촉이 불현듯 떠올랐다.

'무슨…….'

하나 드문드문 있는 감각만 생각날 뿐, 기억은 좀처럼 떠오르지 않았다. 백지가 된 듯 새하얀 머릿속에 아이샤가 인상을 찌푸리다 갑작스러운 두통에 소리를 냈다.

"아……!"

고통으로 인한 소리였으나 노력해도 나오지 않던 목소리가 돌아온 탓일까, 다행이라는 생각이 먼저 들었다. 아이샤는 다시 소리를 내기 위해 두통과 메말라 까슬거리는 목구멍의 고통을 참아 냈다.

"마……리."

"아, 아가씨?"

작았으나 잠귀를 열어 둔 마리는 곧장 반응했다. 그녀가 의자에서 벌떡 일어나 아이샤를 살폈다.

"다행이에요. 흐아아앙."

아이샤가 정신을 차린 것이 맞는지 몇 번이고 확인한 마리가 울음을 터뜨렸다. 아이샤는 그녀의 눈물에 얼마나 많은 걱정이 맺혀 있는지 보고 미안하다는 듯 미소 지으며 움직이려 했다. 하지만 마비라도 된 듯 몸은 제대로 움직이길 거부했다.

"가만히 계세요. 열흘 넘게 쓰러져 계셨어요."

마리가 아이샤의 의도를 알아차리고 고개를 절레절레 저었다. 그리고 잠시 기다리라는 말과 함께 아이샤가 뭐라 할 틈도 없이 밖으로 나갔다.

"아이샤!"

곧 의원과 다니엘, 아서가 급한 걸음으로 들어왔다. 아이샤는 눈 밑이 거무죽죽한 오라비들을 보며 어렵게 입꼬리를 올렸다. 다니엘은 그런 아이샤를 향해 울컥한 표정을 지으며 당장에라도 껴안을 듯 달려들려 했으나 아서의 만류에 의원에게 자리를 양보해야 했다.

"절대로 무리해서는 안 됩니다. 몸이 제자리를 찾을 때까지는 절대 안정을 취하셔야 합니다."

아이샤의 몸 이곳저곳을 진찰한 의원은 한시름 놓았다 말하면서도 장장 30분 동안 주의 사항을 늘어놓았다. 의원은 아이샤의 몸이 죽을 뻔한 위기를 겪으며 많이 망가졌으니 봄바람 한 점도 조심해야 한다 연신 당부했다.

"의원 말 들었지? 일어날 생각도 하지 마."

"……어차피 일어나지도 못하는걸."

"그만! 목소리 들으니 목도 정상이 아니잖아. 말도 마. 알았어?"

의원을 말을 철저히 지키겠다는 듯 다니엘은 아이샤가 입을 열기 무섭게 물잔을 들이밀며 그녀의 입을 막았다. 목이 찢어질 듯 아픈 것은 사실이었기에 아이샤도 고개를 끄덕이며 얌전히 다니엘이 흘려 주는 물을 받아 마셨다.

'힘 빼기 싫으니 얌전히 마셔.'

물이 목 뒤로 넘어가자 끔찍했던 어느 순간이 갑작스럽게 떠올랐다. 불길한 보랏빛 물과 기이한 그 냄새, 가물거리는 시야 사이로 솟는 불길과 도망치듯 사라지는 발걸음……. 그리고 뒤이어 어느 사내가 문뜩 떠올랐다.

아이샤가 고개를 저어 물을 거부하고는 다니엘을 똑바로 바라봤다. 다니엘은 여동생이 갑작스레 표정을 굳히자 괜스레 긴장한 표정을 지었다. 아이샤는 그런 오라비를 진지한 눈으로 바라본 채 천천히 입을 열어 물었다.

"……무슨 일이 있었는지 알려 줘."

* * *

다니엘은 의외로 순순히 자신이 아는 모든 사실을 알려 줬다. 덕분에 아이샤는 자신이 약의 부작용으로 큰일이 날 뻔했다는 것과 더불어 이안이 불길 속에서 자신을 구했다는 사실을 들을 수 있었다.

'이안……. 아니, 후작 각하께서는 지금 어때?'

'……그 자식은 아직 정신을 차리지 못했어.'

열흘 만에 깨어난 아이샤와 달리 이안은 그날 무너진 천장에 맞아 추락한 뒤 여태 정신을 차리지 못했다. 아이샤는 이안의 상태가 위중하다는 말에 저도 모르게 입 안쪽 살을 세게 깨물었다.

'네 잘못은 절대 아니야. 그러니 괜한 죄책감은 가지지 마.'

다니엘은 그녀에게 연신 그리 말했더랬다. 아이샤는 아무 대꾸 없이 고개를 끄덕였다. 하지만 마음은 무거워져만 갔고 그녀는 밤새 뒤척이며 제대로 잠들지 못했다.

결국, 그녀는 보름을 꼬박 고민하다 몸을 어느 정도 움직일 수 있게 되자 직접 로이드가를 방문하기로 했다. 가족들은 그녀의 결정을 만류하긴 했으나 강하게 반대하지는 않았다.

아이샤가 깨어난 뒤로도 한참이 흐른 지금……. 아직도 일어나지 못한 이안은 파든가 다른 가족들에게도 무겁게 다가왔다. 과거의 일과는 별개로 사람이라면 느낄 수밖에 없는 감정들이었다.

"……이 길도 오랜만이구나."

마리와 함께 오랜만에 로이드가로 향한 아이샤는 그새 낯설어진 길에 마차 밖에서 시선을 떼지 못했다. 작년만 해도 여러 번 오간 길인데……. 기분이 묘했다.

"어서 오십시오. 아가씨."

"제임스……."

마차는 금세 로이드가에 도착했다. 아이샤는 정문까지 나와 자신을 맞아 주는 제임스의 얼굴에 말문이 턱 막혔다. 나이 든 그는 주인의 상태 때문인지 더욱 늙고 노쇠해져 있었다. 괜스레 눈물이 날 것 같아 아이샤가 고개를 살짝 비틀었다.

"주인님. 들어가겠습니다."

아이샤는 아무 말도 하지 않았으나 제임스는 자연스럽게 아이샤를 이안에게 안내했다. 아이샤는 답이 없을 것을 알고 있음에도 노크를 하고 예의를 차린 채 방문을 여는 제임스의 모습에 또 한 번 마음이 울컥했으나, 최대한 감정을 억누른 채 방 안으로 한 발짝 걸음을 옮겼다.

* * *

초여름부터 날이 무더웠다. 날씨에 맞춰 녹음이 뒤덮인 세상을 낮에는 매미 소리가, 밤에는 개구리 소리가 커다랗게 메웠다. 덕분에 커다란 정원이 있는 귀족가 사용인들은 한층 바빠졌다. 여름이라 화사하게 피어나는 화초들을 관리하랴 주인의 신경질에 매미와 개구리를 쫓으랴 그들의 손은 쉬지 않았다.

"주인님은 아직이라지?"

"응. 의원 말로는 깨어나면 기적이라던데……."

하나 시끄러운 소리에도 적막한 곳이 있었으니, 바로 주인이 쓰러진 로이드 후작저였다. 후작저는 한 달 넘게 깨어나지 못하는 이안으로 인해 초상집이나 다름없었다.

"……이러다 주인님께서 정말 돌아가시기라도 하면 어쩌지?"

"어쩌긴 뭘 어째. 남부에 계신 소피아 아가씨께서 가문의 권리를 물려받겠지."

"하지만 소피아 아가씨는 영……. 차라리 저번에 그 누구냐, 후작가의 먼 친척이라는 그자가 낫지 않을까?"

사용인들은 둘 이상 만나기만 하면 집안에 대해 수군거렸다. 눈을 이리저리 굴리는 그들의 표정에도 불안과 걱정이 가득했다.

"그자는 저번에 노부인……. 아니, 쫓겨난 토도메 왕국의 여자와 일을 꾸민 게 발각되어 감옥에……. 집, 집사님!"

로이드 후작가의 집사 제임스도 집안에 내려앉은 분위기에 대해 잘 알고 있었다. 다들 그 앞에서는 조심하려 했으나 귀가 있는데 아무것도 듣지 못할 리 없었다.

"……일하지 않고 무엇들 하나."

"죄, 죄송합니다!"

제임스는 함부로 떠드는 사용인들을 크게 혼낼까 하다 관뒀다. 제임스 앞에 선 이들은 혼이 날까 잔뜩 긴장한 채 굳어 있다가 그가 손짓하자 재빠르게 도망쳤다.

"하아……."

주변에 아무도 없는 것을 확인한 제임스가 저도 모르게 한숨을 쉬었다. 나이 든 그의 얼굴 주름 사이사이에 불안과 걱정이 가득했다. 그러나 그는 곧 옷매무새를 가다듬고 표정을 정돈한 채 걸음을 옮겼다. 꼿꼿한 허리와 일정한 발걸음에서 결연함마저 묻어났다.

그는 곧 이안이 누워 있는 방에 도착했다. 누구도 대꾸하지 않을 것을 알았으나 제임스는 정중히 노크하고 조용히 문을 열었다. 더운 날씨에도 방

안의 공기는 제법 선선했다. 제임스는 방구석에 있는 커다란 그릇에 얼음이 얼마 남았나 확인하고는 침대로 조용히 다가갔다. 그리고 걱정스러운 얼굴로 이안을 쳐다봤다.

이안의 얼굴은 왼쪽 눈 위에서 눈썹을 바깥쪽으로 가르는 상흔 외에는 거의 다 나았다. 하지만 목 아래 그의 상체는 화상으로 엉망이었다. 특히 오른쪽 어깨부터 팔, 그리고 등은 심각했다. 처음에는 계속 나오는 상처의 진물로 의원이 버린 천만 해도 한 무더기였다.

다행히 지금은 상처 대부분이 아물었으나 의원은 눈에 보이는 자국이 일부 남을 것이라 말했다. 하나 제임스는 몸에 남은 화상 자국보다 이안의 정신이 걱정이었다. 그는 도통 일어나질 못했다.

'후작 각하께서 내려오시던 차에 하필 건물이 무너져서……'

그날, 이안을 목격한 기사들의 말에 따르면 화마에 무너진 기둥과 지붕이 그를 덮쳤더랬다. 의원은 아마 그때 머리에 큰 충격을 받은 모양이라고, 때문에 자신도 이안이 언제 깨어날지 장담하지 못하겠다는 말을 반복했다. 제임스는 의원을 이해했으나 답답함은 숨길 수 없어 종종 그를 다그쳤다.

'아가씨께서 한 번만 더 와 주신다면……'

죽은 사람처럼 미동 없는 주인을 바라보던 제임스가 저도 모르게 나오는 눈물을 훔치며 아이샤를 떠올렸다. 사흘 전 방문한 아이샤. 제임스는 분명 보았다.

'……괜찮은 건가요? 의원은 뭐라고 하던가요.'

찰나지만 떨리는 아이샤의 목소리에 아주 조금이지만 움직이던 이안의 손끝을. 의원은 그의 착각이라고, 나아진 바는 없다고 단언했지만 제임스는 제 눈으로 본 것을 믿었다.

'아가씨. 부탁드립니다. 주인님이 깨어나실 때까지만……. 아니, 며칠만이라도 더 방문해 주시면 안 되겠습니까?'

'……제임스. 미안해요.'

'아가씨……'

'이안……. 후작 각하께서 깨어나면 소식 전해 주세요. 그리고 이걸……'

때문에 제임스는 로이드 후작가를 떠나는 아이샤에게 한 번 더 방문해 달라고 부탁했다. 그러나 아이샤는 품에서 하나의 서신을 꺼내 건네며 한마디 말만 남긴 채 돌아갔다.

제임스는 그간 제 주인이 파든가에, 특히 아이샤에게 얼마나 큰 잘못을 저질렀는지 잘 알았다. 하지만 주인이 이런 꼴이 되자 부탁을 거절한 아이샤가 냉정하게 느껴지는 것도 사실이었다. 어찌 되었건 아이샤를 구한 것은 제 주인 아닌가. 그런 생각이 계속해서 머릿속에 맴돌았다.

'내가 지금 이 무슨……'

점차 올라오는 원망을 없애려 제임스가 고개를 저었다. 이안이 이렇게 된 후 파든가에서는 은근히 많은 도움을 주고 있었다. 파든 백작은 이때다 싶어 접근하는, 친척이라고 하기에도 뭣한 로이드 후작가의 방계와 정치적으로 이안을 공격하려는 이들을 막아 줬으며, 에드워드는 소피아에게도 혹여나 접근할 이들이 있을 수 있으니 사람을 보내 지키라 충고했다. 또한 로이드가의 의원을 보조하도록 파든가의 의원과 실력 좋은 의원도 여럿 보내 줬더랬다.

'방문은 거절하셨지만 아가씨께서도 수도에 머무르고 계시고……. 말씀을 하지 않으셨을 뿐 주인님을 신경 쓰고 계시는 거야.'

제임스가 깨끗한 물에 천을 적신 뒤 물기를 짜기 시작했다. 날씨가 더워짐에 따라 상처를 자주 닦아야 했다.

"주인님. 내일은 소피아 아가씨께 서신을……!"

제임스가 물기를 머금은 천을 든 채 이안에게 말할 때였다. 더운 날씨에 맞춰 얇아진 이불 밑으로 무언가 움직였다. 제임스는 지체 없이 이불을 거뒀다. 그러자 파르르 떨리는 손가락 끝이, 곧이어 미약하지만 꿈틀거리는 손이 보였다.

"의, 의원! 의원을 불러라!"

제임스가 방 밖을 향해 할 수 있는 한 가장 큰 목소리로 외쳤다. 밖에서 그의 소리를 듣고 누군가 달리는 것이 들렸다. 제임스는 방문을 향했던 고개를 다시 돌려 주인을 바라봤다. 그리고 그가 이안을 부르려던 순간 번쩍, 약간 탁해진 벽안이 열렸다.

"여신께서 기적을 내리신 게 분명합니다!"

이안은 이틀 동안 정신을 잃었다 깨어나기를 수없이 반복하다 곧 완전히 정신을 차렸다. 의원은 빠르게 회복하는 이안을 보며 기적이라 말했다. 하지만 이안은 제 몸에는 관심을 두지 않고 목소리를 낼 수 있기 무섭게 제임스를 보며 누군가의 이름을 뱉었다.

"아……이샤……."

"아가씨는 무사하십니다."

제임스는 곧장 이안이 듣고 싶어 하는 답을 들려줬다. 아이샤가 무사하다는 말에 고개에 힘을 빳빳이 주고 있던 이안이 힘을 탁 풀고 구겼던 인상을 폈다.

제임스는 몸이 이 꼴인 와중에도 아이샤를 맨 먼저 찾는 주인이 안쓰러웠다. 때문에 그는 오늘 아침 들려온 소식을 이안에게 알려야 하나 말아야 하나 고민했다. 그러나 언제까지 소식을 숨길 수 없음을 알았기에 그는 이안을 보며 착잡한 표정으로 입을 열었다.

"……아가씨께서 얼마 전 주인님을 뵈러 후작저를 방문하셨습니다."

아이샤가 자신을 보러 왔다는 말에 이안이 눈을 부릅떴다. 아이샤를 구했다고는 하나 그녀가 자신에게 돌아와 주리라고는 생각도 않았다. 하나 인간은 본디 희망을 가지는 생명체. 그의 마음은 어느덧 기대감에 부풀고 있었다.

"언, 언제? 정, 정확히……."

"엿새 전에 오셨습니다."

일주일도 되지 않았다는 말에 이안이 저도 모르게 몸을 움직였으나 한참 누워만 있던 몸은 그의 마음만큼 따라 주지 않았다. 이안은 몇 번의 실패 끝에 간신히 상체만 겨우 일으켰다.

"안 됩니다! 절대 안정을 취해야 한다 의원이 말하지 않았습니까."

제임스가 놀라 그를 만류했다. 하지만 이안은 개의치 않은 채 몸을 굴렸다.

쿵.

둔탁한 소리와 함께 이안이 바닥에 볼썽사납게 떨어졌다. 아직 채 아물지 않은 상처가 찢어지고 짓이겨지며 피가 붕대에 배어 나왔다.

"가⋯⋯ 가야 해. 보러 가야⋯⋯."

이안이 헐떡이며 어떻게든 몸을 일으키려 했다. 아이샤의 방문은 그녀의 마음이 어떻든 이안에게는 희망과도 같았다. 자신을 봐 주지 않는가. 그렇다면, 혹 지금이라면⋯⋯.

한계까지 힘을 끌어낸 그가 비틀거리며 섰다. 가까스로 균형을 잡은 다리가 덜덜 떨렸으나 앞으로 나아가겠다는 그의 의지를 막을 수는 없었다. 결국 보다 못한 제임스가 소리쳤다.

"떠나셨습니다!"

제임스의 말에 이안이 고개를 돌려 그를 바라봤다. 무슨 말이냐는, 설명을 요구하는 얼굴에 제임스가 고개를 살짝 숙이고 시선을 피한 채 답했다.

"⋯⋯오늘 아침에 북부로 떠나셨습니다."

제임스는 이안이 깨어나면 전해 달라는 아이샤의 마지막 말에 일말의 희망을 품었었다. 마음씨 고운, 이안 로이드라면 언제고 달려와 줬던 아가씨이니 마음이 약해지신 게 분명하다고. 아일린님이 북부로 떠났음에도 수도에 남으셨던 아가씨이니 소식을 전하면 분명 와 주리라 어떻게든 좋게 생각했다.

그러나 이안이 깨어났단 소식을 전하고 하루가 지난 오늘 아침, 그는 파든가에서 들려온 소식에 희망을 꺾을 수밖에 없었다.

'정말이냐? 아이샤 아가씨께서 오늘 수도를 떠나셨어?'

'예, 집사님. 파든가에서 일하는 브라운에게 확인도 했고 제 눈으로도 똑똑히 봤습니다. 아가씨께서 타신 마차와 짐마차가 줄줄이 달리는 걸요.'

아이샤의 북부행은 이미 몇 달 전에 정해진 바였으나 이번에 큰일도 있었겠다, 아일린이 떠났음에도 수도에 남았겠다 제임스는 당연히 취소되리라 여겼다. 하지만 아이샤는 이안이 깨어났다는 소식을 전해 듣기 무섭게 떠났다고 한다. 그건 이안과 더는 마주하고 싶지 않다는 의미였다.

"아가씨께서 이걸 주인님께 전해 달라 하셨습니다."

멍해진 이안에게 제임스가 서신 하나를 내밀었다. 엿새 전 아이샤가 이안이 깨어나면 전해 달라던 서신이었다. 이안은 제임스의 손에 들린 서신으로 시선을 천천히 떨구다 허겁지겁 손을 뻗었다. 그러잖아도 위태롭게 흔들리던 몸이 갑작스러운 움직임에 넘어질 듯하자 제임스는 재빠르게 이안을 부축하며 걱정스러운 목소리로 말했다.

"제발, 조심하십시오. 주인님."

이안은 대꾸하지 않은 채 달달 떨리는 손으로 봉투를 조심스레 뜯었다. 봉투 안에 하얀 종이는 삼등분으로 반듯하게 접혀 있었다.

이안이 서신을 펼치려다 눈을 감고 숨을 한 번 내쉬었다. 어떤 말이 있을지 조금도 짐작이 가지 않았다. 그러나 아주 짧은, 단 한 문장, 아니, 한 단어라도 좋으니 그에게 희망을 주는 말이 있다면……

이안의 손이 살며시 서신을 펼쳤다. 그의 눈이 서신에 적힌 모든 글자를 담기 위해 새파랗게 빛을 냈다. 하나 희망은 일그러졌다. 곧 이안의 눈에서 빛이 꺼지고 손은 그나마 있던 힘마저 잃었다. 툭 떨궈진 손 아래로 서신이 추락했다.

"아……"

이안의 부축하던 제임스의 시선이 바닥에 펼쳐진 서신에 닿았다. 그는 저도 모르게 신음을 흘렸다. 떨어진 서신에는 글씨라고는 찾아볼 수 없었다. 아무것도 적히지 않은 서신. 그건 하얀 백지 그 이상도 이하도 아니었다.

어디선가 떨림이 느껴졌다. 제임스는 고개를 돌렸다. 세상을 잃은 표정으로 사내가 눈물을 떨구고 있었다. 피가 묻어나는 붕대를 휘감은 가여운 몰골을 한 채, 눈물을 훔칠 생각조차 못 한 채 울고 있는 모습이 보기 힘들 정도로 처량했다.

하지만 떠난 이는 돌아오지 않는 법이요, 눈물에 젖은 서신은 여전히 하얀 바탕만 자랑할 뿐이었다.

에필로그. 견뎌야 할 몫

"내가 누군 줄 아느냐! 놔! 당장 놓지 못하겠느냐!"

레반투스 공작은 완전히 몰락했다. 파든 백작은 아이샤의 안전을 확인하기 무섭게 황제에게 달려가 그간 정리한 증거들을 내밀었고 속속히 나온 죄들 때문에 공작은 제대로 손쓸 틈도 없이 황궁 기사들에게 체포당했다.

"죽여라!"

"천벌을 받을 놈! 퉤!"

수십 년간 구귀족파를 이끌며 제국의 대귀족으로 권력의 정점에 있던 그는 어두컴컴한 감옥에 갇혀 있다 처형대에 올랐다. 초라한 그의 마지막에도 사람들은 레반투스 공작을 조금도 동정하지 않았다.

"공작이라는 작자가 하는 짓은 버러지만도 못했다니!"

"귀족의 수치요! 사람도 아닙니다!"

줄줄이 나오는 그의 죄는 책 세 권을 훌쩍 넘겼다. 불법 약물, 살인 교사, 노예 매매 등 공작의 더러운 꼬리는 제국을 감싸 안을 만큼 길었다.

레반투스 공작이 지위를 잃고 형장의 이슬로 사라짐에 따라 구귀족파도 세력을 크게 잃었다. 하지만 그들이 사라지거나 망한 것은 아니었다. 세력이 크게 약화되긴 했으나 새로운 우두머리가 빠르게 뽑히며, 그들은 살기 위해서라도 단단하게 뭉쳤다.

"가드너 후작이라……. 나쁘지 않습니다. 원칙주의자로 꼬장꼬장한 성격이 문제이긴 하지만 구귀족파 안에서도 온건파로 분류되던 인사가 아닙니까."

"두고 봐야 알 일이지요. 일단 지휘봉을 잡으면 바뀔 수도 있으니까요."

"후작은 남부에서 오래 지냈습니다. 당분간은 수도에 적응하는 것도 힘들 겁니다."

구귀족파의 새로운 우두머리는 남부 명문가 출신 가드너 후작이었다. 그는 이제 막 불혹을 넘긴 나이였으나 카리스마 있게 구귀족파를 추슬렀으며 신흥 귀족파와 대척점에 섰다. 하나 레반투스 공작과는 달리 그는 대화의 장을 어느 정도 열어 두는 융통성을 보였으므로 신흥 귀족파는 그를 경계하면서도 당장 끌어내리려 하지는 않았다.

이러나저러나 당분간 유리한 쪽은 신흥 귀족파였으므로 겉보기에는 신흥 귀족파가 승자 같았다. 하지만 이번 일에 진정한 승리자는 황실이었다.

"공작가의 더러운 재산이 빈민 구제에 쓰인다지요?"

"크게 알리는 건 그 부분이지만 대부분 재산은 황실로 넘겨진다더군요."

"황태자께서는 영리하십니다. 즉위하시면 피곤해지겠습니다."

레반투스 공작을 처형하며 황실은 그의 더러운 재산을 평민들에게 일부 나눠 줬다. 물론 대대적인 홍보와 함께. 하지만 레반투스 공작가의 재산 대부분은 황실의 창고로 갔다. 게다가 공작가에서 거둬들인 여러 영지들로 황실은 귀족들을 다룰 또 다른 무기도 얻었다.

황제는 막대한 이득에 웃음을 숨기지 않았다. 그러나 황태자 윌리엄은 제가 황위에 올랐을 때 더욱 강한 황권을 원했으므로 쉬지 않고 움직였다.

그는 공공연하게 세가 준 구귀족파 편을 들어 주며 힘의 균형을 다시금 맞추려 했다.

"황태자 전하 말씀 못 들었소! 이번 건은 우리 쪽이 맞다니까."

"아니, 그리 우길 것이 아니라 생각이란 것을 좀 하시오! 눈이 있으면 이걸 보란 말이오! 누구 말이 옳은지!"

황궁 회의에서는 다시금 고성이 오갔다. 그러나 두 세력 모두 당장은 상대를 쓰러뜨릴 생각이 없었으므로 당분간은 평화가 지속될 것으로 보였다.

* * *

「……그러니 날짜를 맞춰 내려오도록 해. 이만 줄이마. 항상 건강 조심하고. 에드워드가.」

"첫째 도련님이 뭐라 하세요?"

초봄임에도 창밖에는 눈이 펑펑 내렸다. 창가 카우치에 앉아 오라비에게서 온 서신을 읽고 있던 아이샤는 마리의 말에 고개를 들고 말했다.

"다니엘 오빠가 드디어 결혼하나 봐."

"오래도 끄셨어요. 2년이라니……. 이벨린 아가씨가 도망가지 않은 게 용하다니까요."

"그러게. 다니엘 오빠도 참……. 이런 일에는 더디다니까."

"그나저나 결혼 날짜도 정해진 건가요? 내려갈 채비를 해야 하나?"

"응. 날짜에 맞춰 내려오래. 서둘러야겠어. 아니면 결혼식을 못 볼지도 몰라."

아이샤가 고개를 끄덕였다. 다른 일도 아니요, 둘째 오라비 다니엘의 결혼이 결정되었으니 이제는 수도로 돌아갈 때가 되었다.

"와……. 그러고 보니 여기 온 지도 벌써 2년이 넘었네요."

마리의 말에 아이샤가 창밖에 내리는 눈을 봤다. 1년 중 7개월이 하얀 이곳에서 거의 3년······. 길다면 긴 시간이었다.

"이벨린 아가씨도 결혼하는데 아가씨는 언제쯤 결혼하실 거예요?"

"또 잔소리! 마리. 요즘 잔소리가 너무 심한 거 아냐?"

"심하다니요. 이벨린 아가씨까지 결혼하면 이제 아가씨 친구분들은 다 기혼이라고요."

아련한 마음으로 밖을 보는 아이샤를 마리가 일깨웠다. 아이샤는 잔소리를 시작하는 마리를 흘겨봤으나 그녀의 말에 그다지 스트레스 받는 기색을 보이지는 않았다.

"결혼 상대로 리버티 백작님은 어떠세요? 최근에 따로 네 번이나 만나셨잖아요."

"저번 만남에서 좋은 친구로 남기로 했어."

"네? 언제요?"

아이샤의 잡에 마리가 고함치며 발발 뛰었다. 리버티 백작. 마리가 보기에 그는 아이샤의 짝으로 꽤 괜찮았다. 알아주는 기사에 북부에서도 세 손가락 안에 드는 외관.

마리는 그가 검은 눈으로 아이샤를 어떻게 보는지 알았다. 전형적인 북부의 기사로 말은 별로 없었으나 커다란 손으로 제 무겁고 긴 망토를 들어 아이샤가 눈에 맞지 않게 해 주는 모습이 참으로 멋졌는데, 좋은 친구라니! 마리로서는 뒷목이 아파 오는 소식이었다.

"길란 후작님도 그렇고! 마르사 경도 그렇고! 언제까지 만남만 가지실 거예요!"

"글쎄? 모르겠는데."

결국, 참지 못한 마리가 리버티 백작 전에 아이샤에게 호감을 보였던, 그녀의 눈에는 나름 괜찮았던 사내들을 줄줄 읊었다. 하지만 아이샤는 어깨를 으쓱이며 자리에서 일어났다. 그리고 마리를 피해 달아나며 외쳤다.

"마리! 그럼 난 준비 때문에 바빠서……. 너도 짐 좀 챙겨 놔!"

* * *

"아이샤 양. 내일 떠나는 거예요?"

"네. 내일 출발이에요."

"어쩜……. 아쉬워라. 또 올 거죠?"

"그럼요. 여기를 어떻게 잊고 지내겠어요."

작별 연회가 조촐하게 열렸다. 아이샤는 제 손을 잡는 이들과 하나하나 눈 마주치며 작별을 고했다. 다들 떠나는 그녀를 진심으로 아쉬워했다.

그럴 수밖에 없는 것이 북부에서 아이샤는 수도와는 사뭇 다른 사람처럼 지냈다. 활발했고 사람들하고도 최대한 많이 어울렸다. 전이라면 상상도 못 해 본 밤샘 연회에도 참석한 것은 물론이요, 한 연회에서 두어 번 추고 말았던 춤도 적어도 일곱 번은 췄다. 덕분에 그녀는 많은 이들과 친밀한 관계를 가질 수 있었다.

"……와 줘서 고마워요."

작별 인사가 이어지던 중 아이샤가 사내 한 명을 마주하고는 잠시 멈칫했다. 하지만 그녀는 이내 다른 이들을 대했던 것과 마찬가지로 웃으며 손을 내밀었다. 사내는 말을 하지도 웃지 않았으나 그녀의 손을 마주 잡고 그 위에 입맞춤함으로써 예의를 보였다.

"리버티 백작님께서 많이 아쉬워 보였어요."

"그래? 난 모르겠던걸."

작별 연회가 끝나고 짐을 마저 챙기며 마리는 한 번 더 자신이 보기에 괜찮은 신랑감이었던 리버티 백작에 대해 은근하게 말을 꺼냈다. 하지만 아이샤는 별다른 반응 없이 침대에 누웠다.

마리는 그런 아이샤를 보며 북부로 온 뒤 주인 아가씨가 참 많이 달라졌다고 생각했다. 사람들을 사귀는 것에 주저함이 없어진 것도 그랬지만 무엇보다 아이샤는 속된 말로 연애라는 것을 세 번 정도 겪었다.

처음 아이샤가 사내와 단둘이 외출을 했을 때 마리는 걱정했더랬다. 북부는 젊은 남녀의 연애에 비교적 자유로운 분위기였으나 아이샤는 수도 출신이었다.

게다가 종종 북부를 들른 수도 이들 중 몇몇은 아이샤를 알아보고 수군거리며 말을 퍼뜨렸다. 하지만 아이샤는 신경 쓰지 않았고 당사자의 반응이 시큰둥하자 별다른 말이 돌지 않았다.

'아가씨께는 여기가 더 좋은 곳인데……. 무뚝뚝해 보여도 다들 선하고 친절한 곳이야.'

사실 마리는 아이샤가 이곳에서 연을 찾고 정착하길 바랐다. 과거 사랑이라는 이름 아래 주인 아가씨가 얼마나 고생했던가. 마리는 아이샤의 그런 모습을 다시 보고 싶지 않았다. 그러나 북부에서 두세 번의 연은 있었으되 결실을 본 인연은 없었다.

"그럼 주무세요, 아가씨."

아쉬움에 마리가 작게 한숨 쉬며 밖으로 나갔다. 아이샤는 마리가 나갈 때까지 몸을 옆으로 누인 채 눈을 감고 있다 문 닫히는 소리가 나자 눈을 떴다. 창밖에는 어둠에도 선명히 보일 만치 하얀 눈이 내리고 있었다.

문득 3년 전쯤 누군가에게 전했던 서신이 아이샤의 머릿속에 떠올랐다. 밖의 눈처럼 하얀, 자신도 그 의미를 모를 그 서신…….

아이샤도 마리와 마찬가지로 한숨을 쉬다 한참 만에 눈을 감았다.

* * *

"이걸 언제 다 하려고? 황태자 전하께서 자네를 아끼는 게 아니라 미워하는 게 분명하군."

"……할 말 없으면 그만 가 주겠나?"

이안은 서류 더미 너머 팔짱을 낀 채 깐죽거리는 카엘을 바라보다 짜증스러운 목소리로 말했다. 카엘은 이안에게 맞받아치려다 그의 표정을 보고 움찔거렸다. 그리고 곧 입술을 삐죽인 채 등을 돌렸다.

"흥! 도와 달라 부탁하면 도와주려 했더니만……. 자네는 여전히 딱딱하군그래."

카엘이 나가고 이안은 미간 사이를 꾹 눌렀다. 카엘의 말대로 일이 많기는 했다. 벌써 꼬박 하루를 새웠으니. 하나 그렇다 해서 카엘의 도움을 받고 싶지는 않았다. 그는 유능했지만, 너무 말이 많아 이안이 제대로 일을 할 수 없게 했다.

'……좀 쉬기는 해야겠어.'

현재 이안은 구귀족파도 신흥 귀족파도 아니었다. 동시에 중앙 귀족회의 일원도 아니었다. 그는 권력의 중심에서 어느 정도 벗어났다.

한때는 어떻게든 가지려 했던 자리였으나 지금은 부질없게 느껴졌다. 하지만 그 자리에서 물러났다 해도 그는 여전히 바빴다. 황태자 윌리엄이 어느 파벌에도 속하지 않고 중립에 가까운 그의 위치와 능력을 꽤 마음에 들어 했고 일거리를 잔뜩 던져 줬다.

'전하께서 내일까지는 월던 댐에 대해 보고하라 하셨으니까…….'

쌓여 있던 서류에 다시금 눈을 돌린 이안의 시야에 문득 하얀 백지가 들어왔다. 이안은 홀린 듯 그를 앞에 가져와 흰 바탕을 뚫어져라 보다 저절로 그려지는 얼굴에 입술을 꽉 깨물었다.

그가 품에 손을 넣었다. 서신 하나가 손에 이끌려 나왔다. 이안은 봉투를 조심스레 열고 안에 접힌 서신을 꺼냈다. 서신은 조금 전까지 보고 있던 백지와 마찬가지로 한낱 빈 종이일 뿐이었다. 하나 이안은 그곳에 세상에서 제일가는 명문이라도 적힌 듯 뚫어져라 봤다.

처음 아이샤에게서 이 서신을 받았을 때 그는 울음을 멈출 수가 없었다.

아이샤가 제게 이 백지처럼 깨끗하게, 우리 사이의 연을 없던 것으로 하자 말하는 것 같아 견디기 힘들었다.

'가야 한다. 가야 해! 가서 한 번만 기회를 달라고 그 애한테 말해야 해.'

'주인님! 안 됩니다! 주인님!'

때문에 그는 성치 않은 몸으로 서신을 쥐고 북부로 갔다는 아이샤를 따라갔다. 화상에 온전치 않은 몸은 피를 터뜨리며 반항했으나 이안을 기어코 말을 달려 열흘 만에 아이샤를 따라잡았다.

하지만 마차를 보기 무섭게 그는 굳어 버렸다. 한계에 다다른 몸을 이끌고 미친 사람처럼 말을 몰았으나 막상 아이샤를 코앞에 두자 도저히 그녀 곁으로 갈 수가 없었다. 결국 이안은 멀어지는 마차를 보다 쓰러졌다. 길 가던 어느 상인이 그를 발견해 치료해 줬기에 망정이지 아니었다면 그는 그날 죽었을 게 분명했다.

'……후작님에 관한 건 다 잊고 싶어요. 모조리 다요.'

가까스로 살아난 이안은 정신을 차리고 적어도 자신이 들은 아이샤의 마지막 부탁만은 들어주자 다짐했다. 그러나 1년이 조금 넘은 어느 날 그의 귀에 아이샤가 북부의 어느 귀족과 교제한다는 소식이 들려왔다.

자레드 황자와도 말이 있었을 뿐, 교제는 하지 않았던 그녀였기에 이안은 그 소식을 믿지 않았다. 하지만 북부에 다녀온 이가 사실이라 말해 주자 이안은 그간의 인내심을 잃고 또 한 번 말을 북부로 몰았다.

그러나 이번에도 그는 아무것도 할 수 없었다. 멀리서 아이샤를 보기 무섭게 그는 1여 년 전 마차를 봤을 때와 마찬가지로 굳어 버렸다. 사내와 팔짱을 끼고 웃고 있는 모습은 보는 것만으로도 심장을 쥐어뜯는 듯한 고통이 몰려왔지만 발을 떼 그녀에게 달려갈 수도, 그녀 곁의 사내에게 대거리를 할 수도 없었다.

이안은 또다시 조용히 몸을 돌렸다. 그리고 눈밭에서 서서 홀로 눈물을 떨구며 속으로 중얼거렸다. 아이샤는 저대로 행복하게 살아야 한다고. 자신이 느끼는 이 괴로움과 고통은 오롯이 자신의 몫이라고.

발아래 눈을 눈물로 다 녹인 후에야 이안은 수도로 돌아왔다. 갈 때와 달리 돌아오는 길은 한참이 걸렸다. 한 발 한 발 내디딜 때마다 눈물이 바닥에 뿌려졌다.

다시 수도로 돌아온 그는 아이샤의 소식에 더는 급히 말을 달리지 않았다. 하지만 그녀의 이름이 들릴 때면 저절로 열리는 귀만은 끝내 막지 못했다. 때문에 이안은 아이샤가 누군가와 헤어졌다 들을 때면 천국을, 또 누군가와 스캔들이 나면 지옥을 오갔다. 소식이 가짜든 진실이든 상관없이.

그렇게 2년이었다. 이안은 여전히 아이샤의 소식에 무덤덤해질 수 없었다.

'……내게 남은 건 이뿐이야.'

그가 아이샤의 마지막 서신을 가만히 쓸었다. 처음에는 연을 끊자는 것 같아, 보는 것만으로도 눈물이 쏟아지던 서신이었다. 하지만 이제는 의미가 좀 남달랐다. 이안은 이것으로 아이샤를 향한 제 이기적인 마음을 누른 채 그녀를 그릴 수 있었다.

'……아이샤.'

서신을 살살 쓸어 보길 오래. 이안은 한참 만에 서신을 접고 봉투에 넣었다. 밝은 여름날이 으레 그러하듯 강한 햇살 아래 청명함을 뽐내고 있었다.

간밤에 내린 소나기에 거미줄에 맺혀 있던 물방울이 똑똑 아래로 떨어졌다. 그리고 그 시각, 아이샤를 태운 마차가 거의 3년 만에 수도 성문을 통과했다.

* * *

며칠 뒤면 돌아올 자레드 황자를 위해 황궁은 연회 준비가 한창이었다. 황제는 티타르 왕국에서 뛰어난 외교 성과를 보인 차남을 위해 성대한 연회를 준비하라 일렀다. 이안은 황궁 정원에서 평소보다 한층 더 다듬어진 관목 옆을 지나며 약간 멍한 얼굴을 했다.

'일할 사람이 없어. 그러니 자네가 이것도 좀 맡아서 하게. 카엘 공에게 맡겼는데 재무와 관련된 일은 영 엉망이야!'

그러잖아도 바쁜 그에게 황태자 윌리엄은 연회와 관련된 일도 맡겼다. 덕분에 이안은 며칠째 잠을 제대로 자지 못하고 있었다.

'으……!'

그가 순간 지끈거리는 두통을 막기 위해 이마를 누르며 눈을 감고 걸음을 한 발짝 옮길 때였다. 아주 가까운 곳에서 인기척이 들렸다. 이안은 다른 이와 혹여나 부딪칠까 재빨리 눈을 뜨고 앞을 살폈다.

그리고 앞이 보인 순간 그는 지난 어느 때보다 당황하고 말았다. 바로 앞 관목 길이 꺾어지는 그 지점에 한 여인이 서 있었다. 구불거리는 옅은 갈색 머리카락과 동그란 하늘색 눈동자. 매일 그리느라 익숙했으나 실물은 이제 낯선, 아이샤였다.

이안은 그 자리에서 발이 묶인 듯 얼어붙었다. 아이샤도 당혹스럽기는 마찬가지인 모양이었다. 그만큼이나 굳어 버린 작은 몸이 이안의 벽안에 또렷이 들어왔다.

'돌아왔다 듣기는 했지만…….'

몸은 아이샤를 보며 환희했다. 눈도 귀도 온몸의 감각이 죽었다 살아난 듯 생동했다. 하나 이안은 제 몸의 반응에도 도망치듯 등을 휙 돌렸다. 그리고 어떻게든 힘겨운 한 발을 내딛으려 했다.

"각하."

그가 아이샤에게서 어떻게든 멀어지려 할 때였다. 뒤에서 아이샤의 목소리가 그의 등을 두드렸다. 이안은 벼락을 맞은 듯 몸을 움찔거리며 제자리에 멈춰 섰다. 아이샤는 그 뒤로 말이 없었다. 이안은 몰랐으나 그녀의 눈은 이안의 머리카락 아래 셔츠에 완전히 가려지지 않은 목을 보고 있었다.

관찰력이 뛰어난 이가 아니라면 발견하기 어려운 곳이었다. 그러나 아이샤는 이안이 등을 돌린 순간 그 좁은 틈 사이 화기에 우그러진 채 흉측히 변한 피부를 정확히 보았다. 또한 흐릿하긴 했으나 분명하게 남은 손등의 상흔도 알아차렸다. 아이샤의 마음 구석에 억지로 잊고 있던 죄책감과 함께 여러 감정들이 딸려 올라왔다.

"상처는……."

여전히 등 돌리고 있는 그를 향해 아이샤가 다시 입을 열었으나 곧 그만뒀다. 이안은 들리다 만 그녀의 목소리에 주먹을 꽉 쥐었다.

'……난 자격이 없어.'

이안은 그녀를 볼 자격도, 감히 말을 걸 자격도 제게 없다 생각했다. 그렇기에 그는 당장 몸을 돌려 아이샤에게 다가가라는 머릿속 외침을 간신히 무시했다. 결국, 십여 분의 침묵이 흐르고 아이샤가 고개를 내린 채 돌아서려 했다.

"아이샤. 하나만……."

그 순간이었다. 아이샤의 몸이 미세하게 움직이는 소리에 이안이 눈을 사정없이 떨더니 충동적으로 입을 열었다. 막 뒤돌던 아이샤가 고개를 바로 했다. 그러자 이안도 천천히 몸을 돌렸다. 그러나 차마 완전히 몸을 돌리지 못한 채 그가 떨리는 목소리로 말을 이었다.

"……하나만 물어봐도 될까?"

아이샤의 시선이 사정없이 떨리는 그의 소매를 향했다. 이안은 누가 보더라도 잔뜩 긴장해 있었다. 그녀가 고개를 작게 끄덕였다. 그러자 이안이 숨을 한 번 크게 들이쉬었다 내쉬며 지난 3년 내내 속에 품었던 말을 툭 끄집어냈다.

"네 서신……. 어, 어떤 의미야?"

몸처럼 덜덜 떨리는 목소리가 참 낯설었다. 아이샤는 이안이 말하는 서신이 무엇인지 곧장 알아차리고 주먹을 꼭 쥐었다. 밖이 온통 하얗게 물들

때 그녀도 종종 떠올렸다. 자신이 보낸 새하얀 그 백지를.

아이샤는 자신이 보낸 백지가, 아무것도 쓰여 있지 않은 그 흰 종이가 어떤 의미인지 지난 날 여러 번 고심했다. 하나 보낼 때와 마찬가지로 그녀도 그것이 어떤 의미였는지 정확히 알 수 없었다.

본래 아이샤는 이안에게 구해 줘서 고맙다는 말과 함께 떠나는 자신을 잊어 달라 쓰려 했다. 하나 막상 글을 쓰려니 손이 움직이지 않았다. 때문에 그녀는 결국 온몸에 화상을 입은 채 눈조차 뜨지 못하는 그에게 백지 한 장을 남겼더랬다.

지금 와서 생각하면 아무것도 적혀 있지 않은 것을 남길 이유는 없었다. 그저 떠나면 될 것을, 자신은 왜 굳이 서신을 남겼을까. 아이샤는 속으로 스스로에게 물음을 던지다 입꼬리를 올려 자조하고 말았다.

'……미련스러워.'

제 입으로 꺼내기는 싫었으나 어떤 감정이든, 어떤 형태로든 이안을 신경 쓰고 있기 때문이리라. 아니라고 고개를 저으면 뭐 하겠나, 자신의 행동이 그를 뒷받침하는데. 지금도 보라지. 아이샤는 이안에게서 가장 먼저 그날의 상처를 찾았고 그에게 미안함이라는 감정을 느꼈다.

'그깟 상처가 뭐라고. 사는 데 지장이 있는 것도 아니잖아.'

편치 못한, 미안하다는 이런 감정은 곧 용서하고 싶다는 마음을 불러일으켰다. 아이샤는 저도 모르게 한숨을 쉬었다. 어리석은 자신은 영영 용서 못 할 거라 생각한 그에게 흔들리고 있었다.

"……답하기 싫어요."

아이샤는 그런 자신이 미워져 부러 모질게 말을 툭 뱉었다. 이안은 아이샤가 싸늘하게 반응하자 곧장 고개를 숙였다. 아이샤는 그런 이안을 보며 속이 더 뒤틀리는 것을 느꼈다. 자신이 그 때문에 갈등하는 것에 분노가 불쑥 차올랐다.

열이 오른 아이샤는 이대로 이안을 무시한 채 가 버릴까 생각하다 마음을 바꿨다. 그도 자신처럼 고통받았으면 싶었다. 이러지도 저러지도 못한 채 괴로움에 허덕였으면 했다.

"그래도 하나는 말씀드릴 수 있을 것 같아요. 전이라면 그 서신에 대한 답장이 오더라도 받지 않았을 거예요. 하지만 지금은……."

아이샤가 지난날 이안을 봤다면. 북부에서 지내는 그녀의 소식에 새카맣게 애를 태우던 이안의 모습을 한 번이라도 봤더라면 훨씬 괜찮은 복수를 할 수 있었을 것이다. 이안에게는 아이샤가 마치 이안이라는 존재를 잊은 듯 지내던 때가 가장 지독한 지옥이었으니.

"……답장을 보내셔도 좋아요. 물론 답장을 읽을지 안 읽을지는 아직 모르겠어요."

아이샤의 말에 이안은 심장이 쿵쿵 뛰는 것을 느꼈다. 그녀가 자신을 앞으로 수만 번 밀어내더라도 좋았다. 단 한 번의 기회만 잡을 수 있다면 ……. 이안은 아이샤가 선사한 희망 고문에 낯을 어둡게 하면서도 눈을 희망으로 반짝였다. 하지만 그는 고개를 여전히 숙이고 있었기에 아이샤는 이안의 눈을 볼 수 없었다.

* * *

여름에서 가을로 가는 계절, 다니엘의 결혼식은 성대하게 치러졌다. 하객 수도 어마어마했으며 규모도 남달랐다. 온 사방에 뿌려지는 꽃잎에 공기는 향을 입고 사람들 사이에 떨어졌다.

하나 아무리 큰 잔치도 끝날 때가 있는 법. 식이 끝나고 신랑 신부가 떠날 때가 되자 하객들은 서서히 돌아갈 채비를 했다.

"다니엘. 여행에서는 사고 치지 말고 이벨린에게 잘해 줘야 한다."

하객들이 대부분 빠지고 가족들만 남아 떠나는 신랑 신부를 배웅했다. 아름답지만 길고 무거웠던 드레스에서 벗어난 신부를 안아 들고 신랑이 마차에 올랐다. 신랑은 자신에게 이것저것 잔소리하는 가족들과 대거리를 할 법도 했건만 내내 웃으며 신부만을 바라봤다.

"이벨린 축하해요. 다니엘 오빠도 축하해."

아이샤는 그런 오라비의 모습을 흐뭇하게 바라보며 축하를 했다. 다니엘이 그런 그녀를 향해 고개를 살짝 끄덕여 고마움을 표하고 마차 문을 열었다. 그리고 신부에게 모두가 보는 앞에서 입맞춤을 하더니 볼이 붉어진 신부와 함께 마차 안으로 쏙 들어갔다.

마차 문이 닫히자 신랑 신부가 탄 마차가 서서히 움직이고 이내 사라졌다. 아이샤는 마차가 보이지 않을 때까지 가족들 옆에서 손을 흔들어 줬다.

마차가 완전히 사라지자 파든 백작 부부는 신부의 부모와 함께 자리를 옮겼다. 에드워드와 아일린은 아이샤와 아서에게 내일 보자며 급한 걸음으로 사라졌다. 바쁜 데다 떨어져 있는 기간이 긴 두 사람은 오늘만큼은 단둘만의 시간을 가지고 싶어 하는 눈치였다.

"오빠. 오늘은 꼭 부모님께 이야기해야 해. 리리엔 숲으로 다음 주에 떠나잖아."

"알았어. 알았다고."

셋째 오라비와 남게 되자 아이샤는 그에게 잔소리를 퍼부었다. 아서는 재잘재잘 떠드는 여동생을 피해 자리를 옮겼다. 모두가 사라지자 아이샤도 피로를 느꼈다.

아이샤가 우선 씻기 위해 약간 힘 빠진 걸음을 옮길 때였다. 누군가 뛰어오는 소리가 들리더니 마리가 그녀에게 말했다.

"아가씨. 손님이 오셨어요."

아이샤는 지는 해를 바라보고는 입을 다물었다. 이 시간에 올 손님이라고는 뻔했다. 그녀가 평소보다 더욱 느리게 발걸음을 옮겼다. 중간에 앉아 쉬며 아이샤는 거의 한 시간을 가까이 낭비했다. 그동안 그녀를 기다렸을 손님은 조금도 고려하지 않은 채.

한참 만에 응접실에 도착한 그녀가 반짝이는 금발을 보고 살짝 인상을 찌푸렸다. 오늘도 그를 마주하기 싫었다. 아이샤는 마리에게 답신을 두고 가라는 말을 손님께 전하라 명하려 했다. 하지만 순간, 손님과 그녀는 시선을 똑바로 마주했다.

"아이샤."

이안이 그녀에게 한달음에 다가왔다. 아이샤는 한 발 물러나 그에게서 떨어졌다. 그 모습에 이안의 눈에 생채기가 났으나 그는 곧장 그것을 숨겼다.

"······답장을 전하러 왔어."

이안은 아이샤가 답장을 보내도 좋다 말한 날부터 하루도 빼먹지 않고 파든가를 찾아 그녀에게 '답장'을 전했다. 물론 아이샤는 대부분 그에게 얼굴조차 보이지 않은 채 마리나 사용인에게 답장을 가져오라 전했다. 그러나 이안은 실망한 기색 없이 곧이곧대로 그녀의 말을 따랐다.

'이안 그 새끼랑 또 엮이려고? 야, 너 설마 그때 일 때문에 이래?'

'······제가 허락한 일이에요.'

사실 이안이 파든가 응접실에 출입할 수 있게 된 것도 얼마 전부터였다. 그가 다시 아이샤에게 접근하자 파든가 식구들은 모두 반발했다. 하지만 3년 전 사고 때문인지 아이샤가 무덤덤하게 상황을 설명하자, 파든 백작을 제외하고는 모두 얼마 전부터 이안의 출입을 어느 정도 허용하는 눈치였다.

'누가 함부로 내 집에 외부 사람을 들였나. 당장 나가라 하게.'

다만 한때 이안에게 가장 너그러웠던 파든 백작만큼은 이안이 눈에 띌 때마다 사용인들에게 축객령을 내리게 했다. 오늘도 다니엘의 결혼식으로 정신없는 파든 백작 몰래 응접실로 안내받은 것에 가까웠다.

"두고 가세요."

아이샤는 아직 그 답장 중 단 하나도 읽어 보지 않았다. 오늘 답장도 마찬가지일 게 빤히 보였다. 그러나 이안은 아이샤의 냉랭한 목소리와 한 번

닿지 않는 시선에도 고개를 끄덕였다. 그러곤 응접실 탁자 위에 편지 봉투를 올려 두고 조용히 물러났다.

이안이 나간 걸 본 아이샤는 자연스레 응접실 탁자를 바라봤다. 탁자 위에는 어제와는 또 다른 색의 편지 봉투가 놓여 있었다. 아이샤를 그것을 쥐었다.

"후작님이 이것도 답장이니 전하라 하셨어요."

무언가 골몰히 생각하며 아이샤가 편지 봉투의 모서리로 손가락을 콕 찌를 때였다. 마리가 응접실 안으로 들어오며 무언가를 내밀었다. 응접실 안은 순식간에 향으로 찼다. 하얀 튤립 여덟 송이가 탐스럽게 솟은 사이로 냉이꽃이 초록빛 줄기와 함께 보였다.

아이샤는 저도 모르게 꽃다발을 안아 들듯 쥐고는 코를 가져다 대며 꽃다발 속 꽃들의 꽃말을 떠올렸다.

새로운 시작. 당신께 내 모든 것을 바칩니다.

"……이제 와서."

아이샤가 원망스럽다는 듯 중얼거렸다. 하지만 그녀는 꽃다발을 던지거나 마리에게 다시 주지는 않았다. 대신 꽃다발을 안아 든 채 피어나는 향을 지긋이 맡다가 손에 들린 편지를 살며시 펼쳐 볼 뿐이었다.

〈내게만 불친절한 당신에게〉 끝.